法国经典文学研究论集

郑克鲁 著

文汇出版社

图书在版编目(CIP)数据

法国经典文学研究论集 / 郑克鲁著. -- 上海：文汇出版社, 2017.11
ISBN 978-7-5496-2337-2

Ⅰ. ①法… Ⅱ. ①郑… Ⅲ. ①文学研究-法国-文集 Ⅳ. ①I565.06-53

中国版本图书馆 CIP 数据核字(2017)第 249803 号

法国经典文学研究论集

著　　者 / 郑克鲁

责任编辑 / 戴　铮
封面装帧 / 张　晋

出版发行 / 文汇出版社
　　　　　　上海市威海路 755 号
　　　　　　(邮政编码 200041)
经　　销 / 全国新华书店
排　　版 / 南京展望文化发展有限公司
印刷装订 / 上海宝山译文印刷厂
版　　次 / 2017 年 12 月第 1 版
印　　次 / 2017 年 12 月第 1 次印刷
开　　本 / 890×1240　1/32
字　　数 / 420 千字
印　　张 / 22.25

ISBN 978-7-5496-2337-2
定　　价 / 108.00 元

目 录

揭露资本主义罪恶的杰作
　　——《茫茫黑夜漫游》……………………………… 1
史实和虚构的结合
　　——试论尤瑟纳尔的历史小说 …………………… 16
宏伟瑰丽的交响乐
　　——谈《约翰·克利斯朵夫》……………………… 29
二十世纪批判现实主义的又一鸿篇杰作
　　——长河小说的《蒂博一家》……………………… 47
初露锋芒的试作
　　——简析普鲁斯特的《欢乐与时日》……………… 67
一针见血的批评
　　——普鲁斯特对圣伯夫的有力批驳 ……………… 99
朗松的文学史研究方法简析………………………………… 114
超现实主义的发展过程和理论主张………………………… 130
试论普吕多姆的诗歌创作…………………………………… 146
论纪德的小说………………………………………………… 169
工人运动的第一部悲壮史诗
　　——《萌芽》………………………………………… 199

论《漂亮朋友》……………………………………… 214
论《一生》和《两兄弟》………………………… 226
《恶之花》的主旋律
　　——波德莱尔的《忧郁之四》………………… 247
人的异化
　　——兰波的《醉船》……………………………… 260
《茶花女》简析……………………………………… 270
浪漫派诗歌的第一声号角
　　——拉马丁的诗歌创作………………………… 281
论《包法利夫人》………………………………… 295
史诗小说
　　——《萨朗波》…………………………………… 313
通俗小说的典范
　　——《基督山恩仇记》…………………………… 332
传奇与历史壁画的巧妙结合
　　——简析大仲马的《二十年后》………………… 353
乔治·桑和《康素爱萝》………………………… 362
《瓦朗蒂娜》简论………………………………… 382
《莫普拉》简论…………………………………… 395
梅里美的传奇小说………………………………… 406
雨果小说简论……………………………………… 417
论《悲惨世界》…………………………………… 440
雨果的散文………………………………………… 459
"这个人是一个世界"
　　——巴尔扎克的生平和创作历程……………… 465

论巴尔扎克 ……………………………………………… 485
金钱的罪恶
　　——论《高老头》 ……………………………………… 529
论《幻灭》 ……………………………………………… 537
略论巴尔扎克的中短篇小说 …………………………… 566
沙漠与绿洲
　　——18世纪法国诗歌 …………………………………… 579
狄德罗对表演艺术的贡献 ……………………………… 595
寓言诗的翘楚
　　——论拉封丹的寓言创作 ……………………………… 610
论法国短篇小说 ………………………………………… 641
法国散文概述 …………………………………………… 665
法国第一位抒情诗怪才
　　——维庸及其《绞刑犯谣曲》 ………………………… 670
法国诗歌概述 …………………………………………… 684
失恋者之歌
　　——法国爱情诗一瞥 …………………………………… 693

揭露资本主义罪恶的杰作
——《茫茫黑夜漫游》

塞利纳在相当长的时期内是一个有争议的作家。但是,从20世纪60年代以来,他的小说吸引了越来越多的读者,也引起越来越多的批评家的注意,"其激烈程度本身是他的作品具有活力的证明。"①

塞利纳一生写过九部小说,代表作是《茫茫黑夜漫游》。这部小说集中地包容了他的小说的写作题材。如果说《延期死亡》在艺术上显得更完整些,但在内容上却远远不及《茫茫黑夜漫游》,前者只补充了第一次世界大战前的一段生活,即作者童年至青少年时期的生活,但批判社会黑暗的锋芒已大大减弱;而在第二次世界大战后所写的几部小说,或者是对后来生活的补充,或者是对《茫茫黑夜漫游》中某个题材的重复,如战争。虽然在艺术手法上,后来的小说有所发展,可是它们都建立在第一部小说之上。

《茫茫黑夜漫游》发表后引起了轩然大波,赞扬和贬抑的见解几乎旗鼓相当。一些著名作家把名不见经传的塞利纳列入与他们并肩的地位,如瓦莱里认为这是一部"写罪恶的杰作";莫洛亚在

---

① 奈泰尔贝克:《塞利纳》,《法国文学史教程》第6卷第565页,社会出版社,1982年。

《纽约时报》上撰文推荐这位"有杰出才能的新人"。① 莫里亚克在日记中写道,他"庆贺这部作品问世,因为完全纯粹的恶在其中得到展现"。他在《巴黎回声报》发表的文章中则指出:"这部使人感到压抑的小说,正当就要颁发各种文学奖之际,人们关于它谈论不休,却不该推荐任何人阅读。它具有力量使我们生活在绝望的人类最密集的地方,这类人安营扎寨在现代世界一切大城市的门口。这类人不是普通人民,甚至不是无产者,他们超脱了一切希望和一切怜悯,游荡在弱肉强食的世界以及肮脏、仇恨和藐视自己的贫困中。这类人已不再知道仁慈这个名字本身。"②萨特对这部小说也很欣赏,西蒙娜·德·波伏瓦曾回忆说:"那一年我们最看重的法国作品,就是塞利纳的《茫茫黑夜漫游》。我们背得出许多段落。他的无政府主义,我们觉得很接近我们的。他攻击战争、殖民主义、庸俗、老生常谈、社会,其风格、语调令我们着迷。塞利纳锻造了一种新工具:一种像口语一样生动的文字。在纪德、阿兰、瓦莱里无动于衷的句子之后,多么放松啊!萨特仿效这种写法。"③克洛德·莱维-施特劳斯在《社会主义大学生》杂志上撰文,认为"从它深刻的价值,从它有意过激的、咄咄逼人的、使它具有宣言甚至解放宣言格调的方式来看,无疑是十年来出版的最重要的作品"。④ 美国作家亨利·密勒是最早接触到这部小说的外国作家,

---

① 《〈茫茫黑夜漫游〉出版说明》,《塞利纳小说集》第 1 卷第 1272 页,加里玛出版社,1981 年。
② 引文出处同上,第 1275 页。
③ 《岁月的力量》第 142 页,加里玛出版社,1960 年。
④ 《岁月的力量》第 1278 页,加里玛出版社,1960 年。

他赞赏地说,"任何作家都没有给我这样的冲击。"①

有的作家基本上持否定态度。季奥诺说:这部小说"很有趣,但有偏见。而且不自然,如果塞利纳确实怎么写就怎么想,他就会自杀。……他对人抱着什么希望呢"?布勒东直到后来仍然坚持,看了这部小说后"令人难受","我反对一个殖民地下级步兵军官难以形容的洋洋自得的自述。我觉得这里面显露了卑劣的线索。"②

在批评家中,除了列昂·都德以外,一般都持有褒有贬的态度。比利先在文章中罗列了异议和保留,然后指出作者的灵感是异乎寻常的,这部小说"属于诅咒的文学,这种文学的精神之父是兰波,超现实主义也倚重它"。蒂博岱认为:塞利纳"创造了一个崭新的世界……人们不太可能喜欢它,但可以忍受它。他使在他之前不像样的东西具有文学性"。③

值得注意的是法共和苏联对这部小说的态度。让·弗雷维尔在《人道报》上撰文写道:"一部绝望的史诗,一篇忏悔,其中抒情的叙述夹杂着讽刺,带着思想的真诚、表达的不留情和辛辣,这些特点使这部作品具有激烈和独创的色调……他无可挽回地谴责腐朽的统治阶级,但他可怕的描绘缺乏结论……他看不到新的力量和革命的阶级——无产者,它将从资产阶级衰弱无力的手中夺过文明的火炬……所有激动我们心灵的东西……塞利纳都格格不

---

① 布拉赛伊:《亨利·密勒的伟大与个性》第 80 页,加里玛出版社,1975 年。
② 引文出处同上,第 1277 页。
③ 引文出处同上,第 1269 页。

入……塞利纳只导致摈弃、毫无出路的忧伤哲学。"①但亨利·勒菲弗尔却认为这部小说虽然"令我们非常高兴",却"不可卒读,令人恶心"。高尔基在1934年举行的苏联作家代表大会上则把塞利纳作为资产阶级文学的颓废倾向加以批判:"资产阶级社会已经失去了它的创造力。个人主义的浪漫主义只能认识怪异和神秘。它远离现实,不是建立在形象的引起联想的力量上,而是仅仅建立在字句的魔力上……正如人们在《茫茫黑夜漫游》中看到的那样,西方作家离开了现实,主张绝望的虚无主义……"但不久,这部小说却译成俄文在苏联出版,批评家伊凡·阿尼西莫夫认为这部小说是"垂死的资本主义的真正百科全书",外交家里特维诺夫甚至透露,《茫茫黑夜漫游》是斯大林的"枕边书"。② 托洛茨基在《塞利纳和普安卡雷》中认为,塞利纳写这部小说是为了反对总统普安卡雷,这部小说的悲观主义超过了反抗性,描绘生活的荒诞景象超过了对社会状况的责难:"塞利纳表达了现存的东西。因此他看来像个革命者。但他不是革命者,也不想成为革命者……'塞利纳主义'是一种道德和艺术上的反普安卡雷主义。它的力量就来自这里,但这也是它的局限。"③有作家回忆,托洛茨基认为马尔罗的《人的状况》和《茫茫黑夜漫游》是当时两部好书。1935年9月,雅克·杜克洛在一篇讲话中认为塞利纳属于"像我们一样想拯救文

---

① 布拉赛伊:《亨利·密勒的伟大与个性》第1264页,加里玛出版社,1975年。
② 引文出处同上,第1265页。
③ 《文学与革命》第340—341页,朱利亚出版社,1964年。

化的人"。①

　　一部小说引起法国乃至国际上如此重视,这是一个并不多见的文学现象。原因在于,《茫茫黑夜漫游》在思想和艺术上都有独特的创造,同时也存在缺憾。

　　从思想内容来看,《茫茫黑夜漫游》主要有四个方面的描写:战争,殖民主义在非洲,美国的繁荣和工人的艰苦劳动的对照,巴黎下层人民的生活。这些内容在其他作家的作品中不是没有描写过,但是,集中在一部三十几万字的小说中去描写,却是独一无二的。这四个方面的内容,都属于第一次世界大战至30年代初资本主义社会的重大问题,有的甚至是当时最重大的问题。它们触及资本主义制度的本质,由此可以看出《茫茫黑夜漫游》的题材的重要性。塞利纳虽然以不多的篇幅去描写每一个方面,但他所揭露的内容却绝不亚于写同类题材的任何小说。

　　关于战争。《茫茫黑夜漫游》显然不同于巴比塞的《炮火》和于勒·罗曼的《善意的人们》等描绘第一次世界大战的小说。塞利纳没有正面描写战争场面和战争的残酷,主人公的遭遇倒有点像好兵帅克,但帅克是个憨厚正直的人,而费迪南·巴达缪是一个复杂的人物。他尽管不满意于各种现象,抨击军官的所作所为,可是他也具有低级趣味,多少有点玩世不恭。他对将军的抨击是犀利的:"他好像特别喜欢舒适,甚至片刻不可无舒适。尽管一个多月来我们连连败退,他仍然穷讲究:到达新营地,如果传令兵没有及时为

---

① 《文学与革命》第 1266 页,朱利亚出版社,1964 年。

他安排好整洁的床铺和现代化厨房,那么大伙儿都得挨骂。"参谋长潘松动辄想枪毙士兵,而"宪兵队长寸步不离参谋长,一心只想干这等差事哩。宪兵队长的仇人可不是德国人啊"。那些低级军官比平时更苛刻、更凶狠、夜以继日地折磨人,"即使铁打的硬汉,也会不想活下去的。"奥托朗上尉迷上了可卡因,脸色苍白,眼圈发黑,四肢虚弱,每次下马,总得跄跄一阵才恢复过来,"他恨不得把我们派到对方的炮口里去吃炮火。"法军来到努瓦瑟市,市长等待的不是他们,而是德国人。但他的卖国自有一番理由,他一再强调要保护古建筑和艺术遗产,"德国人可不喜欢形迹可疑的城市,不能容忍敌军士兵出没",因此,他把法军"扫地出门"了。这场帝国主义战争就这样被描绘成荒谬的战争,士兵们是炮灰、草芥,军官无法无天,有的人去送命,有的人发战争财。随后,小说笔锋一转,写到后方。巴达缪受伤后,治疗期间受到不公正的待遇,他被当作神经错乱的伤员,关在一所中学里进行观察,"以便鉴别我们的爱国理想是受到了毒害还是完全不中用了。"伤员之间不能说悄悄话,否则很可能被送往刑场。女门房一面靠卖淫和卖日用品为生,一面从伤员口中掏出真心话,向主任医生作汇报,然后枪毙这些人。伤员之间不可能有友谊和信任,为了防止奸细向上汇报,每个人都设法保护自己。巴达缪不禁喊出:"我反对战争,反对战争的各个方面。"他的女友劳拉说:"但反对战争是不可能的,费迪南,当祖国危亡的时候,只有疯子和懦夫才反对战争。"巴达缪回答:"那么疯子万岁!懦夫万岁!"费迪南的话是对沙文主义的愤怒批驳。在医院里,大家开展竞赛,看谁编造英雄业绩的本事大,战功越讲越邪乎,简直无法收场。但诗人再把这些"业绩"写成诗歌,在法兰西剧院举行朗诵会。奇怪的是,战争越持久,首饰的需要量就越大,罗杰·皮塔为国防部提供首饰,"立下了汗马功劳",忙得不可开交。达官权贵搞投机,时运亨通。后方的生活的无奇不有,进一步突出了战争给社会造成的灾难。塞利纳描写战争的角度是独特的,揭露战争的不合理性也是相当尖锐而深刻的。

关于殖民主义。对法属非洲殖民地的揭露,在纪德的《刚果纪行》和《乍得纪行》等游记作品中,已有相当深入的反映。塞利纳显然吸取了这些作品中的某些描写。但是可以说他的揭露更为尖锐、深刻。他一方面揭露殖民者对黑人的残酷盘剥和作威作福,另一方面描写黑人的非人生活。主人公费迪南·巴达缪到非洲去是想发洋财的。在"布拉格通海军上将"号轮船上,他获悉能用一包刀片向黑人换到又长又粗的象牙、珍禽异兽、未成年的女奴。在邦博拉-布拉加芒斯,总督是至高无上的统治者,官员们盼着有一天总督跟他们的妻子睡觉。在首府戈诺堡,漂亮建筑的主人多半是酒囊饭袋。黑人干着苦力,黑女人更苦,她们头顶着棕榈筐,背上还有孩子,"恐怕蚂蚁还不如她们吃力"。黑人衣衫褴褛,遍体脓疱,"搬运时,尽管监工的闷棍落在他们直不起的背上,他们却没有一声异议,不发一声怨言,浑浑噩噩,不作任何反抗。"黑人"一贫如洗,家徒四壁。他们世代受苦,却逆来顺受,和我们国内的穷人相比,并无二致,不过孩子多些,脏衣服少些,红葡萄酒少些"。一个波迪里埃尔公司的欧洲人掌管一家门市部,害着奇痒难熬的皮肤病。他对黑人的盘剥是惊人的:有一家黑人来自森林,他们一家采集了很久,才搞到一筐橡胶,然而所得只有几枚银币。这种不等价的交易,到了令人咋舌的地步。经理"历来所干的荒淫无耻的勾当,超过了一个军港监狱的全部犯人"。这里医院很多,疟疾和其他疾病也多。有个格拉帕中尉管打官司,他讨厌动脑筋,动辄下令打棍子,把一个老人打得动弹不得,巴达缪"倒不觉得他比别人更暴虐无道"。他的文明是"罗马式的,即鞭打驯服者,赤裸裸地压榨部落"。在塞利纳笔下,非洲是一片未开化的地方,贫穷、落后、生活条件极其艰苦,要么炎热异常,要么大雨倾盆,茅屋四处漏雨,一到夜晚,森林里便传来动物的各种声响,使人难以成眠。殖民制度并没给这块大陆带来任何福音,却使这里变得更加乌烟瘴气,灾难重重。能逃离这块鬼地方,真是人生一大乐事!

关于美国的繁荣、生活幸福的神话。塞利纳一是描写美国人令人眼花缭乱的生活,一是描写下层人民的艰苦工作。美国是一个不同于法国的国家,纽约的"街道肮脏不堪,潮湿阴暗"。在百老汇大街,摩天大楼顶端几层楼的高处还有一些日光和几片云天,行人走在下面,像在森林中一样,"灰暗得整条街好似一大团混杂的脏棉花。这条漫无尽头的街道好像一条令人心酸的伤疤"。厕所非常龌龊。美国人"对人事沧桑满不在乎,也不想明白为什么活着,全然无所谓"。巴达缪感到无所事事,"在非洲诚然我感到孤独,那是一种野兽般的孤独,而在人声鼎沸的美国所感受的孤独更令人难堪。"来到街上,走到商店,他看到了"美国的商业无孔不入"。人们"夜以继日地把日子往前赶,一辈子也看不清生活的真面貌"。为了生活,巴达缪来到底特律的福特汽车制造厂。工厂周围和上空的机器响声震耳欲聋,这杂乱的巨响仿佛是砸碎庞然大物引起的。找工作要排队等候,有个人等了两天,还没有动窝;等候的人互相窥伺,有如两败俱伤的野兽互不信任。巴达缪先进行体检,护士认为他的身体糟透了,"不过没关系";医生发现体弱多病的人反而高兴,是否录用,"身体好坏无关紧要"。他说自己学过医,医生们立即对他冷眼相看:"你的学业对你毫无用处,小伙子!你来这里用不着思想,而要按别人的指令行事。我们的工厂不需要思想家,而需要黑猩猩。"的确,在这个工厂里,人是附属于机器的奴隶,只是一头干活的动物。在这里,令人感到从脚到耳都在震动,"逐渐地人也成了机器,浑身上下的肉随着震耳欲聋的哐当哐当声而颤动,从头到脚,从里到外翻腾得叫你两眼冒金花,心脏怦怦跳个不停。"装满金属制品的小火车在一道道工序之间蜿蜒而行,工人必须紧张干活,让火车及时开向前。生产线上的工人弯着腰,机油味呛得人嗓子冒烟。他们屈服于噪声,"有如屈服于战争"。塞利纳观察到人的异化现象:"正因为对生命爱惜得不够,所以才必须把生命变成物,变成结结实实的物体";"成千上万台机器轰隆隆不停地指挥着人。其他一切皆无关紧要。"在这里,人的本质确实以非人的方式同自身对立起来,亦即异化了。一天工作下来,整夜脑子里嗡嗡作响,机油味老散不掉。当时美国正实施泰勒工作法,也就是最大限度地榨取工人的剩余劳动价值。流动生产线虽然能够提高劳动生产率,却加大了工人的劳动强度。美国资本主义的迅速发展,是建立在进一步榨取工人血汗的基础之上的。

关于法国下层人民的生活。塞利纳描写的是巴黎郊区和外省的生活。巴达缪发现巴黎6月里汽车造成的热气几乎和福特汽车厂里没有两样。他经过五六年的学习,终于获得了医学文凭,在加雷纳-朗西从业。这里同底特律一样,灰蒙蒙的天空,沉沉的烟雾笼罩着平原。楼房外表粗糙,远处的烟囱高低不齐。每天早晨,人们一窝蜂拥进地铁,电车上人们动不动互相谩骂。到处是战争、革命、商业倒闭留下的痕迹。穷人们生活在这样憋气的环境里,精神境界便十分低下,或者只想着能多几个小钱而做出不合情理的事,或者寻求一时的快乐,或者以酒浇愁,再想法出气。昂鲁伊夫妇希望老太太早点死,但是老太太精神抖擞,又固执、孤僻。结果昂鲁伊串通罗班松,想在兔棚里放炸药,把老太太炸死。罗班松贪财,居然动手安炸药,不料失手,炸伤了自己。"富翁不需要为糊口而亲自动手杀人,只要指使别人去干就行了。他们自己不作恶,却付钱让别人作恶。"另有一户人家的女儿,总是同有妇之夫的上司来往,经常打胎,引起大出血。看门人一家常常吃醉酒,父亲举起椅子当斧头,母亲拿起木柴作大刀,或者打孩子,踩得小狗哇哇叫,东西纷纷被砸碎。还有一家,大人吵架以后,把气出在孩子身上,将孩子绑在椅子上痛打一顿。万桑街的一家,女儿的相好无影无踪,她生下了一个孩子,却甘心随遇而安。贝倍尔得了伤寒,不治而死。巴达缪为他们治病从来只收取很少的费用,不收钱也不行,"免费治疗向来不是光彩的事情。所以他们背地里骂我的脏话无奇不有。我和大多数的医生一样没有汽车,在他们看来,我步行去上班是一种缺陷。"做好事也得不到好结果,没有钱就被人看不起。随着罗班松和昂鲁伊老太太去了图卢兹,巴达缪也离开了朗西。

罗班松在眼睛看不见东西时，已经不能忍受昂鲁伊老太太获得大部分看管木乃伊展览馆的收入，最终把她从楼梯上推了下去。待他眼睛复明后，他更是抛弃了爱着他的姑娘玛德隆。他对一切都厌倦了，不愿意再同玛德隆恢复关系，宁死不干。面对那么多的恶，巴达缪不由得感叹道："不幸的是人们虽有那么多潜在的爱，却恶得不得了。总之，潜在的爱总表现不出来……直到人死，爱仍留在内心。"这是塞利纳对当时社会人与人关系的看法。巴达缪最后来到疯人院工作，这里的环境和气氛十分特殊，意志坚强的人才能待下去。院长巴里通就不堪忍受而离去。

在塞利纳描写的这个横跨欧洲、非洲和美洲的世界中，充满了非正义现象，主人公巴达缪，包括以后发表的小说的主人公费迪南，都受到无情命运的包围。这是一个异化的世界：战争的荒谬可笑，军官的胡作非为，官员的卖国行径；非洲殖民地充满人性的丑恶，不仅殖民者敲骨吸髓，连黑人也串通白人做人贩子，甚至令人难以忍受的自然条件也具有异化的色彩；美国资本主义生产造成的人的物化，人被剥夺了思想的权利，而成为血肉做的机器；法国下层人民也沾染了金钱利益置于一切之上的风气，发展到谋财害命的地步。自私自利是唯一的道德准则，死亡是唯一的真实，要生活下去，就得忍受一切庸俗和谎言。这样一个人难以生存的异化的世界，是一个荒诞的世界。巴达缪无论在战争期间，在后方治疗，在航船上，在非洲丛林，在美国，在巴黎郊区，在疯人院，处处碰壁，受到压抑。他几乎是一个受气包和受害者，忍受着丑恶现实的折磨。在塞利纳后来的小说中，这种思想得到延续。《延期死亡》

描写家庭窒息人的有毒的氛围,学校里疯狂的残忍,商界的伪善恶毒,"很少作品像《延期死亡》那样,表现'美好时代'的反面";①《诺尔芒斯》描写战争期间一座楼房的居民的荒唐经历;《王帮》描写死亡的不断威胁,它来自卡斯卡德的腐朽社会价值观和由妓女和强盗结成的黑帮。世间充斥着丑恶,以致扭曲了人性,看来毫无出路。正如《茫茫黑夜漫游》卷首诗所写的:"我们的人生正如/冬夜的一次旅行,/我们在寻找道路/天空无明月繁星。"整个世界陷入了一片黑暗之中。与这种荒诞的内容相配合,塞利纳也采用了不少荒诞的手法:"我具有从许多权威人士面前滚开的经验,所以知道如何从这位美国权威人士面前滚开:先毕恭毕敬冲他立正,行军礼,而后敏捷地向后转,屁股朝他,开步走。"不仅语言是嬉笑怒骂式的,而且情节的安排也与传统小说的"合情理"不一样,而是在荒唐中显得合理。如军官对士兵的颐指气使,巴达缪被卖到苦役船上,等等。从某种意义上来说,《茫茫黑夜漫游》等小说发荒诞文学之先声。

主人公巴达缪是一个反英雄。塞利纳在战场上十分英勇,为此得了军功章,而巴达缪却害怕打仗,害怕死亡。他对生活的感受充满低级趣味,看女人首先注意她们的大腿,经常逛妓院,不管玛德隆是他的朋友罗班松的未婚妻,想方设法把她弄到手。他并无雄心壮志,只求能浑浑噩噩地过日子。但他也不是非常坏,他还有上进心,要念书当医生,不收穷人多少诊费,对卖国行径表示出愤

---

① 亨利·戈达尔:《塞利纳小说集》序第26页。

恨之情。这样的人物不同于 19 世纪受压迫受打击受侮辱的小人物，他是一个观察者，也是一个参与者。他观察世间的不幸，自己也经历着这种不幸。他不是逆来顺受者，他发觉环境不合他的意，便要离开这个地方；但他也不是反抗者，他只避开环境而已，并不作出激烈的对抗行动。因此他不是一个英雄人物，而是一个与传统小说的主人公不同的反英雄人物。

　　塞利纳的小说大多具有自传性，然而，塞利纳只是从自己的生平经历中撷取素材，他往往加以改造，再写进小说中去。例如，他在第一次世界大战中右臂受了伤，写到小说中，巴达缪却是头上受了伤。以致在很长一段时期内，人们以为塞利纳是头部受伤。他拿到医生执照后，是在克利希行医，但在小说中却改在朗西行医。值得注意的是，塞利纳往往将别人的作品加以改变，写到自己的小说里。塞利纳在写作巴达缪到美国后的经历，尤其是在福特汽车厂工作的插曲时，参考了杜阿梅尔的《未来生活场景》。这部作品写的是芝加哥屠宰场工人的劳动情况，这是一个"死亡王国"，牲口一头接一头，"就像士兵走进战壕一样"。塞利纳从杜阿梅尔的描写中获得启发。塞利纳 1925 年春在美国的见闻与杜阿梅尔在 1928 年秋所看到的十分类似。但是，塞利纳的描写角度显然有了很大变化。首先，屠宰场变成了福特汽车厂，这就有一个质的变化。福特汽车厂是美国最大、最现代化的企业之一，代表了美国最先进的生产方式，以此来反映美国的资本主义更有典型性。其次，一是用机器来屠宰牲口，一是工人在流动生产线上干活，这也有根本的不同。两者虽然都能表现美国生产方式的先进，但后者却同时反映了工人的劳动强度,反映了人的物化和异化。此外,塞利纳借鉴纪德的《刚果纪行》,也有异曲同工之妙,揭露得更为尖锐和深刻。

塞利纳善于运用口语化的语言,这是他的小说的一大特点。他的句子十分简短,大量使用老百姓的日常语言。贝纳诺斯认为这是"少见的语言,充满自然和巧妙"。达尔戈指出:"塞利纳的语言异常丰富,仅此一点,就足以解释它对读者的魅力。法语至今多少丧失的丰富性,由一个具有节奏感和细腻感的人还给了文学。"[①]塞利纳越到后来,越喜欢使用删节号,这种表达法在于使句子简短。他的写法看来简单,因此有不少作家纷纷模仿塞利纳,但都没有取得成功,可见这是塞利纳独特的表达方式,别人难以模仿。塞利纳的语言有点像拉伯雷,连拉伯雷的粗俗也相似,应该说,塞利纳使用了过多的不堪入目的词句,《延期死亡》刚发表时,编辑不得不留下了许多空白,因为这些淫秽的语言实在不堪入目。语言不加节制是不可取的。

《茫茫黑夜漫游》虽是一部揭露性极强的小说,但其中多少包含了塞利纳后来鼓吹种族主义的思想因子。"塞利纳既不相信资本主义的自由民主,也不相信真正民主的社会主义的可能性。"[②]他对资本主义、殖民主义的批判,多少带有无政府主义的倾向,这一点在1932年小说出版时已经有不少人正确地指出来了,尼赞在承认这是一部重要作品的同时,认为"这种纯粹的反抗可以把他导

---

① 《塞利纳小说集》序第38页。
② 《塞利纳小说集》序第41页。

向任何地方"①,这是很有见地的话。塞利纳对黑人的受压迫是同情的,但对他们的愚昧、落后并不是怒其不争,甚至也有一些偏见。不少评论家指出《茫茫黑夜漫游》酷似伏尔泰的《老实人》。在形式上,这两部小说的确很相似。可是,塞利纳的思想却根本不同于启蒙思想家伏尔泰。后者是一个不屈不挠的斗士,而塞利纳却谈不上是个斗士。塞利纳绝不是进步力量的同路人,更不会赞成社会主义。

《河北师范大学学报》,1998年,第1期

---

① 《塞利纳小说集》第1277页。

史实和虚构的结合
——试论尤瑟纳尔的历史小说

玛格丽特·尤瑟纳尔(1903—1987)是法兰西学士院成立以来近350年的第一个女院士。她的创作不能不引起世界文坛的注意。

玛格丽特·尤瑟纳尔是一个颇有创造性的历史小说家。20世纪涌现的历史小说不可谓不多,但大多数历史小说都受到19世纪历史小说的影响,在形式上没有多少创新。它们往往以虚构为主,不重历史事实,就像大仲马的小说那样。尤瑟纳尔则别出机杼,试图走出新路子。评论家注意到,尤瑟纳尔从不写自己的经历,她把目光投向历史,"总而言之,玛格丽特·尤瑟纳尔似乎对除了玛格丽特·尤瑟纳尔之外的一切,除了她的生活之外的全部生活,除了为她安排的环境之外的所有的环境都感兴趣。"[①]这种异乎寻常的特点,表明尤瑟纳尔是一个相当纯粹的历史小说家,也是一个与众不同的历史小说家。

从她的历史小说的内容来看,大致可以分为两种类型:一是

---

① 让·勃洛特:《尤瑟纳尔论》,见《尤瑟纳尔研究》第560页,漓江出版社,1987年。

写历史题材,一是写她的家族史。

写历史题材有这样几部小说:《阿德里安回忆录》《苦炼》《一弹解千愁》《一枚传经九人的银币》,以及其他中短篇小说。它们在尤瑟纳尔的创作中占据较大的分量。《阿德里安回忆录》写的是公元 2 世纪罗马皇帝的经历,《苦炼》以 16 世纪上半叶法国和欧洲为背景,《一弹解千愁》转到 20 世纪初的俄国,《一枚传经九人的银币》发生在墨索里尼统治下的意大利,此外,《东方奇观》写到中国、阿尔巴尼亚、希腊、印度、土耳其、荷兰,但时代不详。她的小说涉及意大利、佛兰德尔、英国、美国、古希腊、基督教初期的希腊、现代希腊、中国、巴尔干半岛、奥匈帝国、东波罗的海沿岸、德国……时间包括公元前 5 世纪、2 世纪、中世纪、文艺复兴、18 世纪、19 世纪、20 世纪初、第一次世界大战、20 世纪 30 年代……可以看出,尤瑟纳尔力图在她的历史小说中囊括整个世界,从古代一直写到现代。

这类小说,只有《阿德里安回忆录》的主人公实有其人,其余几部小说的主人公名字基本上都是虚构的。尤瑟纳尔选取了公元 2 世纪的罗马帝国,是有深意的。这时期的罗马帝国正处于鼎盛时期,随后逐渐走向衰落。尤瑟纳尔想通过阿德里安皇帝的命运,探索人类历史发展的症结所在。阿德里安前后几个皇帝的产生,都是以一种较为民主的方式进行的。这几个皇帝都没有后嗣,因此,他们只能通过实践去物色接班人。图拉真就是这样当上皇帝的,而他也是通过这种办法,在病重时把皇位传给了阿德里安。阿德里安也没有后嗣,他先选定了安蒂诺乌斯,但安蒂诺乌斯体质太弱而夭折。阿德里安果断地又选中了安东尼。这种不是父传子的皇位继承法,也许是保证罗马帝国在相当长的时期内不致迅速衰败的原因。就阿德里安来说,他不但是一个英勇善战的军事家,屡建奇功,而且是一个出色的政治家,他懂得与邻邦和睦相处的必要性,同时他实行了一系列有利于发展社会和安定民心的措施:让无地的农民耕种荒芜的土地,给予妇女在婚姻、家族和财产方面的权利,对商人实行监督政策,军队地方化,以减轻国家负担,又能加强防卫,建造城市,发展艺术等等。他统治的宗旨是"人道、自由、幸福",重道德而不重法律。这些政策果然做到社会安定繁荣,人民安居乐业,实现了斯巴达式的统治理想。而对于犹太人的反抗,他则采取了坚决的镇压手段,荡平巴勒斯坦,处决了九名叛乱的首领。这场战争夺去了几百万人的生命,毁灭了九百多座城市和村庄。战争虽以帝国的胜利告终,但也大大削弱了它的力量,种下了它衰落的根源,阿德里安后来意识到这是他的一大失策。罗马帝国终于由盛而衰,它当时横跨欧亚非,是欧洲历史上最繁荣最强大的帝国。它实行的是奴隶制,对人民的统治是极其残酷的,但是,它为什么会达到这样强盛的地步? 尤瑟纳尔对阿德里安的描写显然有夸大之处,甚至是以今人的意识去理解和表现这个罗马皇帝。因为一个奴隶主的头子不可能信奉"人道、自由、幸福"的宗旨,而应该说正好相反,他实行的政策是不人道、无自由、不考虑人民幸福的。我们不排除阿德里安会实施一些利国利民的政策,否则他不可能坐稳二十年的皇位,上述措施都属于符合历史发展潮流,有利于罗马帝国存在的良策,就是证明。但是,他也不可能超越时代,实施资产阶级提出的一套原则。不过总的说来,尤瑟纳尔对阿德里安的描绘大体上是符合历史真实的。

《苦炼》描写的时代则处于法国历史发展的重要阶段。16世纪的法国属于文艺复兴时期。小说题名取自炼金术的术语,"它指的是物质分解和融化的那个阶段",那是大功告成前最难以攻克的一道关口;它的引申意为"象征摆脱了陈规陋习和狭隘偏见的哲人所经受的考验"。小说主人公泽农是个炼金术士,同时又是一个医生和哲学家,他掌握了最先进的知识。炼金术士懂得一定的自然科学,他们做的是化学实验。泽农就对自然现象如北极光等很感兴趣。泽农懂得解剖,深入研究过心脏功能和构造,处于当时医学的最前沿。他是个无神论者,反对宗教信条,因此受到教会的迫害和追捕。他还是个哲学家,力图探索世界的真谛、人类历史的过去和未来图景。作者在《〈苦炼〉后记》中说:"在思想方面,泽农还带有经院哲学的烙印,他起而反对经院哲学,处于炼金术士的颠覆动力论向取代经院哲学的机械论哲学过渡的中途,介乎认为万物内部有一个潜在的上帝的神秘主义和还不敢为自己正名的无神论之间,既有实践者的唯物经验主义,又有犹太经学学生近似幻觉的想象力,同时,他也从当时名副其实的哲学家或科学家的著述中寻求依据。"[①]泽农的一生都在探索,这是人文主义者的主要特点。尤瑟纳尔虽然没有运用人文主义者这个词来指泽农,但泽农无疑是一个人文主义者,他甚至超越了人文主义者的思想,因为他几乎是个无神论者。他在法庭上直言不讳地宣称自己是个叛逆分子。后

[①] 《尤瑟纳尔研究》,第338—339页。

来他集中研究人体，改变了以前认为人在宇宙中是至高无上、完美无瑕的观点，发现人有很多生理和心理上的缺陷；他对人的本质认识得越深入，便越是对人产生厌恶。《苦炼》所描绘的时代正好与《阿德里安回忆录》描绘的时代相反，后者写的是盛极而衰，而前者写的是一个社会大变动时期，资本主义正孕育在这个大变动中，新社会出现之前要有"阵痛"。作者曾经作过这样的解释："在坩埚里进行炼金，包括三个阶段：最长最困难的熔至黑色，与物质的分解相应。从中炼出黑色的残留物，它变成偏见与毁灭的象征。摆脱这些偏见，这是不容易的。然后，如果炼金术士办得到，他就继续炼下去。熔至白色，从寓意的角度看，与苦行阶段相应。最后是第三阶段——但是否已经达到呢？——这时物质重新返回，达到具有神奇力量这一步。"[①]由此看来，《苦炼》的描写具有象征意义，尤瑟纳尔将泽农的探索看成是一种苦炼，他的一生在同社会偏见作斗争，他在肉体上被消灭了，但他在科学和精神方面的探索成果，就像炼金术士进行熔炼那样，最后在坩埚里留下的物质却是最宝贵的东西。

在这两部小说中，尤瑟纳尔选取了杰出人物作为主人公。在《〈阿德里安回忆录〉创作笔记》中，她指出："我很快就发现我是在写一个伟人的传记。"[②]她还认为自己是在探索皇帝的伟大历史。泽农则属于"思想先进"的人士，他的所作所为像著名的人文主义者多雷，又有伽利略、康帕涅拉、布鲁诺的学问和胆识。通过一个

---

① 亨利·勒梅特尔：《法国文学》第5卷，第177页。
② 《尤瑟纳尔研究》，第328页。

杰出人物来表现一个重要的历史时期，是尤瑟纳尔创作历史小说的一个重要方法。

尤瑟纳尔的另外几部历史小说都没有上述两部小说重要，但多多少少也反映了她对历史的思考。其中，《一枚传经九人的银币》以墨索里尼统治下的意大利为背景，通过普通人的生活，描写法西斯的猖獗。作者并没有正面接触法西斯的罪恶，但是，法西斯势力却像阴云一样笼罩在每个人的头上，敢于指责墨索里尼的人自然被杀害了，企图谋杀墨索里尼的玛尔赛拉也死去了。大多数人，包括工人都以为墨索里尼会在下一次大战中把意大利变成一个举足轻重的大国。尤瑟纳尔写出了法西斯意识存在的社会基础，再现了第二次世界大战前夕山雨欲来风满楼的社会状况。《一弹解千愁》据作者在序中的介绍，"具有文献资料的价值"，而不是为了它的政治意义。这部小说写的是第一次世界大战和俄国十月革命期间的事，按理说牵涉到红军和白军的斗争，难以回避两个阶级的生死搏斗。但尤瑟纳尔却从爱情纠葛入手，小说集中描写了两个主要人物埃里克和索菲，他们同属于特权阶层。索菲爱上了埃里克，而埃里克无意于她，索菲于是自暴自弃，走向堕落。作者描写索菲的政治倾向与埃里克不同，埃里克是个白军军官，而索菲同情红军，最后还加入了红军。命运仿佛在捉弄他们，埃里克俘虏了一批红军士兵，其中就有索菲，索菲不仅不要埃里克赦免她，反而要埃里克亲手打死她，以便让埃里克终生内疚。她确实达到了目的。作者声称这是一部根据真人真事写成的小说。从内容来看，这是一个异乎寻常的爱情故事。尤瑟纳尔将贵族青年面对本阶级毁灭的到来而感到苦闷,行动乖戾,走向沉沦,描写得相当真实,并如实记录了他们在时局的影响下产生了分化,朋友可以变为敌对分子,然而他们的内心情感还不能完全割断。他们不能结合,便会产生怨恨,这是20世纪初贵族青年中出现的一种特殊现象。尤瑟纳尔试图以此来表现20世纪初的社会变化。

尤瑟纳尔的历史小说的第二个,同时也具有特殊性的内容,是以她的家族史为描写对象。她力图通过自己的家族史,反映两个家庭的变迁,进而从一个侧面表现社会的变化。《虔诚的回忆》写的是她母系的家族。小说先写作者母亲费尔南德的婚姻,后来她得了产褥热和腹膜炎而去世。随后,小说追述了费尔南德的家庭和她本人的情况,从她的外曾祖父叙述起。1830年革命后,他当上马尔西那市市长。因此,作者的母系属于新贵。这个市长的大儿子阿尔蒂尔两夫妇是虔诚的天主教徒,一心照顾田庄。主妇玛蒂尔特有个得力助手弗洛依琳小姐。玛蒂尔特生下八个儿女,作者的母亲费尔南德是最小的女儿,玛蒂尔特在生下她十四个月后死去。小说插入了对表舅奥克塔夫·皮尔麦茨和雷莫的叙述,扩大了对母系家族描写的范围。雷莫从小同情弱小者,对1871年凡尔赛人的残暴行为十分愤慨,后来他接受了达尔文主义,放弃了信仰基督教,终于自杀。奥克塔夫也和弟弟雷莫一样,寻求一个与他所处的资本主义社会不同的制度,但他不是改革家,也不是战斗者。晚年他大量施舍,他的死众说纷纭。小说最后一部分回到关于费尔南德的叙述上来。她在修道院办的女子寄宿学校读书,本来成绩优异,却因一个美丽的荷兰姑娘的到来,改变了这种状况。

她迷上了这个荷兰姑娘,为了让她得到第一,竟然不再用功,成绩急转直下,被父亲叫回了家。阿尔蒂尔留下七个孩子,遗产一分,每个孩子所得便不多,费尔南德的婚姻就成了问题。尽管她长得漂亮,可是没有人向她求婚,因为她无法使丈夫飞黄腾达。好不容易她才找到 46 岁、妻子去世的法国人德·C 先生,他比她大 18 岁。作者的母系仅仅经过三代人,便走了下坡路,到了她母亲那里,可以说已经败落了。幸好德·C 先生还有点财产。作者的母系是比利时人,这一世系的变迁是一个比利时的贵族之家由盛而衰的写照。尤其是她的母亲,费尔南德本来对姐姐们的包办婚姻很反感,从中看到她们不幸的家庭生活。可是,她的爱情追求却一再落空。她先迷上一个金融新贵的儿子,他们对音乐有共同的爱好,然而,他怎么会去爱这个没有家庭作坚强后盾的姑娘呢?在爱情失意中,她出国旅游,多次望着那些英俊的小伙子出神。这时她才发现罗曼蒂克的爱情和婚姻是不存在的。《虔诚的回忆》是叙述中上阶层人物之家的一部家史,它反映了 19 世纪比利时列日地区的社会风貌。

《北方档案》则是写父系的家族史。他的家族最早可以追溯到 16 世纪初。比作者早十三代的克利纳维克,是个小领主——历史学家认为是暴发的商人,有自封纹章,住在佛兰德尔。作者的祖父米歇尔-沙尔到巴黎学法律,这是在 19 世纪 40 年代。由于他娶了一个有钱的法官的女儿,过上了优裕的生活。他的儿子小米歇尔在中学时同情巴黎公社社员,差点被开除。在大学时,他放荡无度,酷爱自由的生活使他离家出走,但却来到军队。因赌博输了钱还不起而逃到英国,又与友人之妻私奔。如此过着不安定的生活,直到他父亲为他安排了一门婚事,他才有了一个安定的归宿。可是好景不长,五年以后,即1899年,他的妻子贝尔特去世了。过了一年,他娶了费尔南德。他在自己的手臂上刺了一个希腊字:"命中注定"。作者认为这很符合她父亲碰运气的一生。从作者的祖辈起,她家已经侧身法国北部城市里尔的上流社会。尤瑟纳尔的父系与母系在社会地位方面几乎相当,只是她的父亲的经济地位还没有败落。她的祖父和父亲经历了19世纪动荡的年代,而且不同程度地受到影响。20世纪初史称"美好时代",但尤瑟纳尔却认为这是一个充满人类愚蠢、暴力和贪欲的时代。《北方档案》反映了四百年来法国北部地区的历史的一个侧面,构成法国近代编年史的一个组成部分。

不难看出,尤瑟纳尔的历史小说或者通过在历史上起过重要作用的政治家和代表了先进思想的人物(作为历史先进人物的体现)来表现历史,或者通过自己的家族的历史演变来表现历史进程,这是她写历史小说的两种主要方法,并且取得了很大的成就。前者在于探索历史发展的本质,既不排除历史人物的重要作用,又描写历史发展面临关键时刻人物和事件所构成的阻遏作用或推进作用。至于后者,尤瑟纳尔显然认为自己的家族具有代表性,其变迁体现了资产阶级在近代,特别是自19世纪以来的发展轨迹,她是以点去反映面。她的目的和意图十分明确,较之把历史小说写成通俗小说,无疑高出一筹。

从艺术上来看,尤瑟纳尔的历史小说也有一些成功的经验和创新之处。

首先,她以第一人称去写历史小说,这是别开生面的。这种写法在她之前已经出现过,如让·施伦贝热(Jean Schlumberger, 1877—1968)的《变老的狮子》(Le Lion devenuvieux, 1924)。但尤瑟纳尔有自己的创造。阿德里安确实写过回忆录,虽然至今只留下三行字,这是关于他的政治遗言。尤瑟纳尔想象他在晚年为后代着想,把自己的生平和治国策略写下来。尤瑟纳尔指出:"用第一人称是为了避免任何中介,即使这个中介是我自己。由阿德里安来讲自己的生平一定比我讲得实在,比我讲得有声有色。"第一人称的写法在某种程度上缩短了读者与历史人物的距离,读者仿佛有阅读真人真事的感觉,随着人物的思索去判断发生的事件。当人物自我反省时,读者便确实觉得这是人物会有的想法:"我不否认这一点:犹太省的战争是我的一次失败。西蒙的罪孽、阿基巴的疯狂当然并非因我而起,但是我自责在耶路撒冷耳目闭塞,在亚历山大心不在焉,在罗马缺乏耐性。我没能对百姓好言安抚,即使不能防患于未然,至少可以延缓这种过火行动的爆发……"能承认自己失策说明他是清醒的。同样,他对政敌的分析又令人觉得他十分明智:"我言谈稍有不慎他(指塞尔维亚努斯)便添枝加叶,行动稍有失误他便加以利用,使皇上对我越来越不满。这样一个敌人实在是教人谨慎处世的好先生,我受教于塞尔维亚努斯之处多矣!"尤瑟纳尔尤其注意对人物心理的刻画,她明确指出:"现代历史小说以及通常图方便称为历史小说的作品,必须深入到一个被重新发现的时代中去,并以此去把握一个人的内心世界。"上述两个例子就能表现阿德里安的性格的重要方面：他有自知之明，十分清醒，不是一个暴君。小说着重描写阿德里安在政治上的考虑，通过内心思索，写出他的政治抱负和各种行为。他对皇位的继承特别花费心思。作者不仅写出他选人的标准，还写出了他考虑问题的细致和处事的果断。尤瑟纳尔还根据现存材料，写出他在统帅外表下流露出知识分子的气质。他喜欢最难懂的诗人，但他自己写诗的时候，却仿照民间诗歌。他留下的三封信中，一封是写给岳母的，活泼诙谐；一封是写给姐夫兼政敌的，潇洒从容；第三封是写给他的继承人的，高雅不凡。史书记录的他的话，有的巧妙，有的直率，有的细腻。尤瑟纳尔一一加以吸收，写进小说，力图再现他的复杂个性。这一点是《阿德里安回忆录》取得成功的重要原因。

其次，尤瑟纳尔运用综合手法去塑造人物。《苦炼》的主人公泽农就是综合了当时最先进的人物的学识和见解写成的。以综合的手法去塑造人物早已有之，但尤瑟纳尔的手法稍有不同，她是把真实的人物综合起来，去写一个虚构人物。她指出："虚构'历史'人物和根据真人真事再创造，这两种方法在许多方面是不相上下的。对历史人物再创造，为了全面表现那个人物的历史面貌，小说家必须潜心研究由历史传说所形成的那个人物的有关文献，用心之细是永无止境的；而虚构一个历史人物，小说家只有求助于过去的史实和日期，也就是说，乞灵于历史，才能给这个虚构人物创造出一个特定的、由时间和地点所决定的真实环境。"[1]在她笔下，泽

---

[1] 尤瑟纳尔：《〈苦炼〉后记》。

农与当时有过类似曲折经历,不懈地探索的人,有着千丝万缕的联系。他进过修道院、发明机器,与埃拉斯姆相同;他的暴烈,使人想到多雷;他身兼炼金术士、医生和哲学家,同传说的帕拉塞尔斯的生平几乎一样;他施行外科手术,套用了昂布洛瓦兹·帕雷的记载;他的科学研究,根据的是达·芬奇的《手记》以及其他科学家的实验;他在近东的经历,同炼金术士的传记如出一辙;甚至他的鸡奸嫌疑,也与某些著名历史人物的行为相似。尤瑟纳尔写道:"在某些情况下,甚至一种感情或一种思想的表达,也参照泽农这个人物所处时代的真实历史人物,以便使这些角度恰如其分,符合16世纪的真实。"作者参考了大量的文献,以求有根有据,当然,在时间的先后上略有出入,例如,作者也参考了蒙田的著作,把布鲁日的两起风化案提前了几年。有时,则把两件史实糅合在一起。尤瑟纳尔这样描写的目的,是为了反映历史的真实。以真人真事为根据去塑造虚构人物,确能使这个虚构的历史人物写活,而不致违反历史真实。

尤瑟纳尔又以另一种方式去写家族史:她完全是写真人真事。小说虽然是以第一人称去写的,但行文的大部分实际上仍然是第三人称,"我"只不过在小说中作插入的叙述或评论,但她以历史家、小说家、道德家或诗人的面目出现。作者力求对自己的先辈保持客观态度。例如,她对两个表舅的评价是:"我对雷莫十分尊敬。至于奥克塔夫,他有时使我感动,有时使我愤怒。"她的母亲的座右铭是:"深刻认识事物,为的是从中得到解脱。"作者表示不同意这个观点。她的父母举行婚礼时,费尔南德让漂亮的莫妮克作伴娘。作者不无讽刺地写道：那个荷兰姑娘的美貌使德·C 先生赞叹不已，可是已经太晚了；莫妮克已经订婚。这种揶揄口吻是建立在对人物品性的了解之上的，能够深化对人物的描绘。然而，尤瑟纳尔的家族史是小说，其中大量情节是虚构的。作者根据一些基本事实，加以铺陈，因为许多细节她无法知晓。尤瑟纳尔是个严谨的小说家，她的小说往往都是经过长年累月的材料积累和思索然后写出来的，她从 18 岁起就酝酿写作历史小说；对于家族史也一样，她尽量搜集祖先的材料，"以克服不真实感"。尤瑟纳尔创作历史小说取得成功，绝不是偶然的。

宏伟瑰丽的交响乐
——谈《约翰·克利斯朵夫》

罗曼·罗兰的《约翰·克利斯朵夫》是20世纪批判现实主义文学中的一部杰作,它曾在我国读者中产生过很大的影响。这是一部值得一看的小说,但是,它的篇幅浩大,内容也相应地较为复杂,需要作些认真的分析,帮助青年读者阅读。

一

罗曼·罗兰于1866年1月29日出生于法国中部克拉姆西的一个公证人家庭。他的母亲笃信宗教,酷爱音乐,给罗兰以深刻的影响。1880年罗兰全家迁至巴黎。他在准备投考高等师范学校期间,阅读了大量的文学作品。"我阅读莎士比亚和雨果的作品所失去的时间,在理解生活上得到了补偿。"莎士比亚和雨果这两个伟大作家的作品给年轻的罗兰打开了一个新世界。在这同时,罗兰被斯宾诺莎的哲学著作所吸引。罗兰由于厌弃"虚伪的唯灵主义",在高师选学了历史。就在1886年,罗兰读到了托尔斯泰的《战争与和平》,"发现了另一个莎士比亚",他被这部小说征服了:"在热爱与兴奋的激情中,气都喘不过来。"1887年4月罗兰给托尔斯泰写了第一封信,向他寻求关于生活的答案。同年10月,罗兰喜出望外地收到了托尔斯泰一封二三十页的长信,"托尔斯泰的慈祥的回答"给罗曼·罗兰的思想和后来的创作带来了不可磨灭的影响。

罗曼·罗兰在高师毕业后,当了研究生,在罗马做了两年研究工作。罗兰早就有志于写作,甚至下了"不创作,毋宁死"的决心。1890年,克利斯朵夫的形象第一次出现在他的脑海中,不过,罗兰并没有立刻从事小说写作。他在高师一面担当艺术史的教学,一面开始戏剧创作。罗兰偏爱戏剧,但在这方面成就不大。这时期他所创作的都是历史剧。罗兰的戏剧创作体现了他的一个重要思想观点:他认为19世纪末的法国社会已经同法国大革命的传统割断了联系,而法国的复兴只有恢复并发扬这个传统才能实现。他在给小说家兼评论家布尔热的信中说:"我们这个世纪的不幸,它所遭受的困扰,来之于大革命的潮流不断被各种反动力量所遏止……无论如何必须恢复这股动力,使这整部作品臻于完成。"他想做的是"补天"的工作。从1895年至1902年,罗兰接连写了六个剧本:收入《信仰悲剧》的有《圣路易》(1895)、《哀尔特》(1897)和《理性的胜利》(1899);收入《革命戏剧》的有《群狼》(1898)、《丹东》(1900)和《七月十四日》(1902)。其中,《群狼》一剧影射当时席卷全国的德雷福斯案件;《七月十四日》表现了人民群众攻打巴士底狱的激情场面。可是,罗曼·罗兰并没有实现自己所主张的发扬大革命传统的原则。他从抽象的人道主义出发,在剧本中竟对右翼的吉伦特党而不是对左翼的雅各宾派深表同情。毫不奇怪,罗曼·罗兰的剧作得不到观众的欢迎。

但是，罗兰也有收获。他取得了丰富的创作经验。约从1902年开始，他的创作进入了一个崭新阶段。这个阶段是以写作《约翰·克利斯朵夫》和《名人传》为主要内容的。《名人传》包括《贝多芬传》(1903)、《米盖朗琪罗传》(1906)和《托尔斯泰传》(1911)。这三部传记的主旨是同《约翰·克利斯朵夫》一脉贯通的：为具有巨大精神力量的英雄树碑立传，让世人"呼吸英雄的气息"。《贝多芬传》是其中的代表作，它所强调的自由精神以及作者在音乐方面的精湛修养吸引了人们的注意，这是一部独具一格的传记。《约翰·克利斯朵夫》则是《名人传》所宣扬的"英雄"形象的艺术体现。这部小说自1903年起在《半月丛刊》上发表，以后差不多每年刊载一卷，第十卷发表于1912年10月。罗曼·罗兰的小说家才具在《约翰·克利斯朵夫》中得到了充分表现，他的创作达到了第一个高峰。

1914年第一次世界大战的爆发使罗兰的生活和创作揭开了新的一页。罗兰走出书斋，参加了日内瓦的"战俘通讯处"的工作。9月15日他发表了《超乎混战之上》一文，谴责了这场帝国主义战争，呼吁以精神的力量去遏止战争势力。这篇文章立即遭到狂热的沙文主义者的围攻。在法国，沙文主义者咒骂罗兰是"卖国贼"，罗兰坚决顶住了他们的猖猖狂吠。罗兰的立场在国际上不乏支持者和同情者。流亡瑞士的列宁曾表示要争取和团结罗曼·罗兰。1915年秋传来罗兰要成为诺贝尔奖候选人的消息，当时的法国政府曾竭力加以阻止。罗兰重申他"对统治阶级的鄙视"，"对一切受苦的人们的友爱"和"对于未来的人类大团结的信念"。罗兰获奖后把奖金全部赠给了国际红十字会等组织。

两次大战之间罗曼·罗兰的创作又一次达到高潮。1919年罗兰发表了中篇小说《哥拉·布勒尼翁》。这部写于1913年因战乱延迟出版的中篇小说,描写了十六七世纪一个具有乐天性格的手工匠。同《约翰·克利斯朵夫》这部鸿篇巨制相较,《哥拉·布勒尼翁》可算是一朵小小的奇葩。它具有浓郁的乡土气息,作者所运用的拉伯雷式的爽朗奔放的笔调,是深深植根于法兰西文学传统的土壤之上的。1920年罗兰发表了两部反战小说《克莱朗波》与《皮埃尔和吕丝》。紧接着罗兰开始长篇小说《母与子》(原名《欢悦的灵魂》)的创作。这部小说的写作前后达十一二年之久。它的内容反映了罗曼·罗兰思想发展中的重要变化。小说的前三卷描写一个富裕家庭出身的女子安乃德,她先是为冲破当时社会的婚姻观念而奋斗,继而她破了产,又为抚育儿子玛克而独自谋生。玛克长大后,母子却产生了隔阂,但他认清了自己父亲的政客面目后,回到了母亲的怀抱。这三卷的内容描绘的仍然是约翰·克利斯朵夫式的个人反抗。第四卷《女预言者》写于1929年至1933年,作者笔下的人物出现了变化。玛克积极参加了反法西斯斗争,终于被法西斯暴徒刺死。安乃德勇敢地走上她儿子走过的道路。当时,罗曼·罗兰积极从事反法西斯和反战的斗争,政治上拥护苏联,对社会主义抱着真诚的愿望。1931年他发表了《向过去告别》一文,就表现了他要同以往决裂,迈出新的一步的决心。罗兰和高尔基的深厚友谊在30年代初日益发展,高尔基对罗兰的思想无疑起了有益的影响。总之,罗兰在这时期思想的发展是《母与子》的主人公投入政治斗争的基础。这部长篇是罗兰后期创作的高峰,高尔基认为写得"完全成功"。

罗曼·罗兰的思想始终没有越出资产阶级人道主义的体系。1919 年他发表的《精神独立宣言》就是从人道主义思想出发,去呼吁遏止新战争的。20 年代他花了相当多的精力研究印度问题,写出了《马哈德马·甘地》等三部传记,十分赞赏甘地的非暴力主义。直至晚年,罗兰也基本上没有改变他的立场。资产阶级人道主义贯穿了罗兰的全部创作。

1935 年罗兰发表了两部重要的政论集:《战斗十五年》和《通过革命,争取和平》。1939 年发表的剧本《罗伯斯庇尔》,对雅各宾党人改变了看法,转为赞颂的态度。

第二次世界大战爆发、法国沦陷后,罗兰蛰居在巴黎郊区的维兹莱家中,受到严密监视。罗兰潜心于著述,写出回忆录《内心旅程》(1942),完成长篇传记《贝多芬的创作时期》和《贝吉传》(1944)。罗兰看到了巴黎的解放。1944 年 12 月 30 日,体弱多病的罗兰终于溘然长逝。

二

文学艺术是社会生活在作家头脑中的反映的产物。一部杰出的文学作品必然反映出具有本质意义的社会生活。《约翰·克利斯朵夫》就反映了 19 世纪末、20 世纪初这个风云变幻、动乱异常的时代某些有重大意义的社会现象。

诚然,《约翰·克利斯朵夫》描写的是一个音乐家的一生,但作者是把他放在广阔的社会背景上来描绘的。罗曼·罗兰有意识地力图把这部小说写成《战争与和平》那样的规模:故事情节发生在欧洲几个国家,构成一部史诗性的作品。罗曼·罗兰当初酝酿这部作品时,就设想主人公要"翱翔于时间之上","对现代欧洲作出评判"。就是说,要从艺术上对现代欧洲作出批判性的反映。《约翰·克利斯朵夫》的情节是在德国、法国、意大利、瑞士等国展开的。19世纪末、20世纪初,德、法、意这几个重要的欧洲国家逐渐从资本主义发展到帝国主义,社会状况和人们的精神面貌发生了重大变化。《约翰·克利斯朵夫》正是在这个方面深刻地反映了时代,从而取得了重大成就。

首先,《约翰·克利斯朵夫》深入地表现了19世纪末、20世纪初日益增长和激化的社会矛盾。小说主要通过主人公克利斯朵夫的经历来反映这种尖锐对立的阶级状况。

在小说的前几部,约翰·克利斯朵夫是一个叛逆的形象。他生长在阶级界限、上下尊卑十分森严的环境中,从小就孕育了反抗性格。作者通过一系列的事例来塑造这种性格。最初,他对两个小主人的欺弄感到满腔愤懑,作了大胆的还击。他为父母居然对那些卑鄙的恶人卑躬屈膝感到可耻。他甚至看不惯善良的母亲低声下气地接受主人家的恩赐。他对父亲要把他训练成一头玩把戏的动物而感到愤慨,执意不想再弹钢琴。他受不了满身铜臭气的伯父的揶揄,心头火起,竟对着伯父脸上啐了一口。他过早地就开始挣钱谋生,支撑这个被酗酒的父亲弄得破败不堪的家庭。他同弥娜闹恋爱,遭到克里赫太太的反对,她要他考虑门第,克利斯朵夫羞愤交集,宣称他"不是任何人的仆人!……即使我没有你的门第,我可是和你一样高贵。……我尽管不是一个伯爵,我的品德也许超过多少伯爵的品德"。这段愤激的话是对社会不平等的愤怒抗议,是对豪门权贵的高度蔑视。克利斯朵夫独来独往的行为竟然得罪了大公爵。有一次他在一份社会党的报纸上发表了一篇文章,大公爵暴跳如雷,训斥他:"你什么权利也没有,唯一的权利是不开口。"克利斯朵夫没有被淫威吓倒,他说:"我不是您的奴隶,我爱说什么就说什么,爱写什么就写什么。"表现了凛然不可侵犯的正气。克利斯朵夫最后因出于义愤打死了一个侮辱乡下姑娘的大兵,他的个人反抗达到了最高潮。克利斯朵夫的反抗反映了下层人民和上层统治者愈来愈尖锐的阶级对立。如果说,克利斯朵夫在闭塞保守的德国看不到组织起来的群众对统治当局进行斗争的话,他却在具有光荣革命传统的法国巴黎同工人群众相遇,终于不期而然地碰上示威游行队伍。他不由自主地同警察进行搏斗,成了被追捕的逃亡者。工人团体的活动和示威游行是20世纪初期逐渐高涨起来的群众性斗争,它们反映了社会矛盾的加剧。小说中的描写透露了强烈的时代气息。

　　罗曼·罗兰在小说中反映了尖锐的社会矛盾并不是偶然的。他从青年时代起就一直关注社会的动向和变化。他说:"我是纠缠着1900年前后法国第三共和国的政治社会危机的热烈而专注的见证人。"他十分注意布朗瑞将军与右翼暗中勾结的丑闻和轰动一时的德雷福斯案件,他常去听若累士的讲演和法国社会党内部的辩论。他对1905年的俄国革命运动十分关切,这一年年底他写道:"我怀着热烈的关心注视着俄国的事件。"他认为这是一次伟大的事件。1909年爆发了大规模的法国邮政工人罢工,罗兰说:"我不隐瞒,我所有的同情都在罢工工人一边。"对当时的政治事件、革命斗争和工人运动的关心和同情,使罗兰感受到时代跳动的脉搏。在小说中他有时正面描绘了这种社会矛盾,有时则放到背景之中,起到烘托气氛的作用。小说的描写使人感到当时的欧洲埋伏着深重的政治社会危机。

其次,小说描写了资产阶级的文化和精神的堕落。揭露得尤为淋漓尽致的是在第五卷。罗兰猛烈地抨击了巴黎艺术界。克利斯朵夫未到法国之前,把巴黎想象为自由的天堂,在巴黎爱干什么就可以干什么,既没有什么组织来操纵人家的声名和成功,文人也不相轻,批评界也不压制天才……可是到了巴黎以后,克利斯朵夫看到的却完全是另一个样。巴黎的出版商像猛兽等待猎物一样专候艺术家走投无路,自动送上门来。他发现这儿的文学专门描写淫荡肉欲,到处都"弥漫着精神卖淫的风气"。资产阶级文人标榜什么"为科学而科学""为艺术而艺术",实际上他们是"为金钱而艺术"。在作家们的眼里,财富竟是一种美,几乎也是一种德,因此,他们的作品也成了"现代工商业化的出品"。罗兰一针见血地指出:金钱"在这商业化的民主国家中控制了全部的艺术思想"。巴黎文艺界的高级社交场所被作者绝妙地讽刺为广场上的市集,人人都在那里闹闹嚷嚷,推销自己的拙劣作品,并且互相攻讦。他们一旦发现克利斯朵夫是个大胆的革新者时,就想尽一切办法阻碍他获得成功。资产阶级文化上的堕落反映了他们精神上的堕落。罗兰用冷嘲的笔锋写道,那些上流社会的贵妇人,生活空虚,只求享乐,连小动作都有一定的功架,"对着闪光的羹匙、刀叉、银咖啡壶,把自己的倩影随便瞅上一眼,她们更觉得其乐无穷。"这些女人身上散发着腐化堕落的气息。至于男人们,"他们嘴里一刻不停地说着自由,可是没有人比他们更不懂得自由,更受不了自由。"那些议员们一心只想捞到财产和再次当选;"在法国,政治被认为是工商业的一支。"他们中间有一个虚伪透顶的资产阶级文人兼政客——雷维·葛,他是暴发户的儿子,专搞些贵族式的文学,大言不惭地自命为第三共和国治下的贵族,"永远装得彬彬有礼,周到细腻,便是对心里厌恶而恨不得推下海去的人也是如此。"这个伪善的家伙却在上流社会中如鱼得水,十分活跃。小说对巴黎上层社会的乌烟瘴气,绅士淑女的猥琐卑污和精神堕落,作了真实的写照。文化和精神的颓废沉沦是帝国主义时代的显著特点之一,《约翰·克利斯朵夫》关于这方面的反映也是入木三分的。

　　罗曼·罗兰明知这样描写要得罪不少的人,他说:"我攻击了太多的人,以致要被他们的报纸和沙龙乱咬一阵。我当然喜欢处于安静地幻想之中。但必须说出真相。即使我要隐忍着保持沉默,克利斯朵夫也不能忍耐下去;一旦我拒绝说出真相,他就会离我而去,一去永不复返。"正是这种敢于揭露社会黑暗面的写真实的精神,推动罗曼·罗兰写出了小说中最有分量的一些篇章。

　　第三方面,小说描写了一场即将来临的战争笼罩着欧洲上空的严重威胁。这场战争从 19 世纪末已经投下了阴影,20 世纪初这种歇斯底里的叫嚷更加甚嚣尘上。罗兰在中学时代就被战争的幽灵纠缠不已。对此,他大声疾呼要实现民族和睦,特别是德法两个民族的和睦。"我们是西方的一对翅膀……战争要来就来吧!咱们的手始终紧紧地握着,像兄弟般契合的心灵始终在一块儿飞跃。"罗曼·罗兰通过克利斯朵夫和法国青年奥里维的友谊形象地表达了他的民族和睦的思想。奥里维和他的姐姐安多纳德的故事是十分动人的。奥里维纯朴、多情、孱弱、天真,但骨子里他是个意志坚定、独立不羁、热血沸腾的青年。他和克利斯朵夫相遇后,彼此互相吸引,结为知己。克利斯朵夫通过他了解到法兰西纯洁、美好、向往和平的民族精神。每当局势紧张时,克利斯朵夫就认为德法两国应当携手,解除仇恨。他和奥里维在这种剑拔弩张的情势下都感到不胜苦闷。军国主义者十分猖獗。什么是爱国主义?是否要为统治者效命?这些问题纠缠着每一个人,也纠缠着他们俩。罗曼·罗兰描写奥里维在克利斯朵夫丧母时赶到德国去安慰他,而克利斯朵夫在奥里维跟雅葛丽纳离异后也给他以支持,他们之间心灵的融洽显示了两个民族可以达到和睦的思想。当然,罗兰的思想不可能达到制止战争的目的,他也不了解企图发动战争的狂人行动的原因。尽管如此,他的小说对回击沙文主义者的叫嚣、对帝国主义战争的谴责还是很有意义的。他的声音在沙文主义者的大合唱中显得十分突出。这种思想代表了相当一部分法国人要求遏止战争的善良愿望。

　　罗曼·罗兰在写完这部小说时曾说过:"在刚过去的半个世纪中,精神界的改变较之以往的二十个世纪变化更大。"他的长篇小说就是要描绘出这种精神变化,他把自己的小说称为"历史"或"历史性的"作品,又说这是"现代心灵的精神道德史诗"。着重从精神道德方面去反映广阔的时代面貌是《约翰·克利斯朵夫》在思想内容上的总的特点。从上述三个方面也可以看到,罗兰通过克利斯朵夫的幻想、追求、奋斗写出了小资产阶级在精神上的动荡不安,通过巴黎文艺界的形形色色的人物写出了资产阶级在精神上的腐化堕落,通过帝国主义战争的威胁写出了各阶层人物的骚乱不宁。《约翰·克利斯朵夫》确是一部描绘了19世纪末、20世纪初这个动乱时代人们精神心理的史诗作品。

然而,罗曼·罗兰的思想是复杂的。一方面,他富有正义感,同情下层人民生活,鄙视邪恶势力,在这种思想指导下,他敢于面对现实,揭露现实,笔锋所向,毫不留情。他继承了批判现实主义的优秀传统,把《约翰·克利斯朵夫》写成一部具有深刻揭露性的内容的长篇小说。另一方面,他又笃信单靠精神力量能够改造这个社会的不合理现象,夸大精神自由和独立的力量。克利斯朵夫在他笔下是一个限于个人反抗的"英雄",又是一个以所谓精神力量"慑服人心"的"英雄"。罗兰思想上的矛盾导致小说主人公的复杂性。

对于克利斯朵夫的个人反抗,应当如何看待呢?不能不承认,克利斯朵夫这种敢于反抗强暴,连大公爵也敢于藐视的无畏性格;这种压迫他的势力越是强大,越是激起他的愤怒和憎恨的个性;这种即使会撞得头破血流,仍然不断地反抗,并对命运长期斗争,不愿听天由命的抗争精神:这一切无疑是很可贵的,正是这些地方博得了读者的同情和喜爱。同时也要看到,19世纪末、20世纪初,生活在风雨飘摇之中的小资产阶级有一部分沉沦了,有一部分采取了克利斯朵夫式的个人反抗,也有的倾向于社会主义(法国第一个工人政党成立于1879年)。克利斯朵夫同工人运动是有接触的。尽管克利斯朵夫(还有奥里维)主观上不愿同搞社会革命的人联盟,但"他们总还是在那条载着劳工队伍与整个社会的船上"。克利斯朵夫"用一种带着鼓励意味的关切的态度,看着无产阶级团结起来"。他虽然内心并不相信民众,仍然"喜欢到骚动的平民堆里混一下,让精神松动一点,事后觉得自己更有劲更新鲜"。他所作的革命歌曲,在工人团体中不胫而走。一直到最后,克利斯朵夫和奥里维身不由己地被卷进五一节的游行队伍中。但克利斯朵夫毕竟同工人在思想上是格格不入的。他的个人反抗应该说已远远落后于时代的发展,但他没有认识到这一点,始终不愿投身于革命运动之中。他成名之后,躲开社会斗争的漩涡,追求不可企及的精神恋爱,沉醉于脱离社会生活的音乐创作之中,这是个人反抗的一条悲剧性的出路。但在创作《约翰·克利斯朵夫》的初期,罗曼·罗兰却把克利斯朵夫的个人反抗看成了不起的英雄行为,他说:"我只将那些心灵伟大的人称作英雄。"这样的"英雄"是"不怕在自己那个自由的思想领域内孤立"的。他认为在这个被卑鄙的利己主义窒息着的世界,需要这样的孤独的"英雄":"世界闷死了。打开窗户吧!放进自由的空气吧!让我们呼吸英雄的气息。"罗曼·罗兰认为这样的"英雄"是"新的人物"。实际上,这仍然是19世纪批判现实主义文学中常见的以资产阶级人道主义为思想武器的个人主义者。这样的个人主义者的行动既不可能、也绝不会动摇资产阶级社会,他们的反抗行动甚至得不到群众的理解(克利斯朵夫为搭救乡下姑娘打死了大兵,却受到农民的埋怨,即是一例)。他们不去投身于革命运动,势必成为落伍者,被时代的车轮抛在后面。到后来,罗曼·罗兰也开始意识到这一点,他说:"《约翰·克利斯朵夫》总的来说不代表我的全部思想。这是一个完整的世界,却是一个正在完结的世界,它要诞生出另一个世界。"这段写于1912年1月的话既针对小说而言,也针对小说的主人公而言,说明罗曼·罗兰的思想已超越了当初构思这部小说时的高度,认识到受个人主义思想制约的人物已不符合时代潮流的发展。

三

《约翰·克利斯朵夫》在艺术上是一部独具特色的小说,它在长篇小说的创作上做出了重要的贡献,受到普遍的重视和赞赏。

《约翰·克利斯朵夫》最显著的艺术特色在于具有交响乐一般的宏伟气魄、结构和色彩。这在世界文学史上是前无古人,独创一格的。小说同音乐本是两种类型的文艺形式,而在罗曼·罗兰那里,却有机地结合在一起,产生了无穷的魅力。罗曼·罗兰多次谈到自己的作品包含着音乐性:"我的思想表达到人物身上,他们的互相吸引和冲突组成了一曲交响乐。在心灵的天地中有着节奏和旋律,这就是我的思想致力于达到的图景。"他又说:"我的精神状态始终是音乐家的而不是画家的精神状态。我先是把整部作品的音乐效果孕育成满天星云一样璀璨,然后才考虑主要的旋律节奏。"罗曼·罗兰具有深湛的音乐修养,他不仅精通欧洲音乐大师们的作品,而且自己还是个优秀的钢琴家,他还是一个音乐艺术史教授、音乐评论家和音乐家传记作者。这些优越的条件保证了他能在一部长篇小说中创造出交响乐一般的华美瑰丽的效果。

从结构上来看,《约翰·克利斯朵夫》的各卷有如交响乐的几个乐章一样,分成序曲、发展部、高潮和结尾,气势浩荡,浑然一体,鸣响着时代的强音。作者凭借他对欧洲音乐的深厚素养,在小说中交叉穿插对音乐作品和音乐家的评点,带领读者漫游欧洲古典音乐的王国,使读者感到生活在管音琴声的氛围里,陶醉在音乐曲调的享受中,这是深切热爱音乐的行家用小说的形式表达自己真切情感的一部杰作。

小说主人公克利斯朵夫是一个有杰出才能的音乐家。罗曼·罗兰酣畅自如地描绘了这个音乐家的内心世界。他细致入微地写出了克利斯朵夫儿时对音乐的敏感和觉醒,万事万物常常在他的心里融会为曲调:"这种无所不在的音乐,在克利斯朵夫心中都有回响。他所见所感,全部化为音乐。"他的舅舅常常带他去散步,给他唱一些动听的小调,和他谈论星辰、云彩,"教他辨别泥土、空气和水的气息,辨别在黑暗中飞舞蠕动、跳跃浮游的万物的歌声、叫声、响声,告诉他晴雨的先兆,夜间的交响乐中数不清的乐器。"舅舅是他的真正的音乐启蒙老师。描绘这个小小音乐家的音乐心理活动最为生动的一节,是当克利斯朵夫发现父亲逼他练琴,为了从他身上捞钱,于是他拒绝练琴,被父亲关在黑屋子里的一段描写。他幼小的心灵先是愤怒地咒骂,幻想出自己反抗的故事。莱茵河

在屋下奔流,水声引起了他的音乐想象:

> 浩荡的绿波继续奔流,好像一整片的思想,没有波浪,没有皱痕,只闪出绿油油的光彩。克利斯朵夫简直看不见那片水了;他闭上眼睛想听个清楚。连续不断的澎湃的水声包围着他,使他头晕眼花。他受着这永久的,控制一切的梦境吸引。波涛汹涌,急促的节奏又轻快又热烈的往前冲来。而多少音乐又跟着那些节奏冒上来,像葡萄藤沿着树干扶摇直上:其中有钢琴上清脆的琶音,有凄凉哀怨的提琴,也有缠绵婉转的长笛……
>
> ……音乐在那里回旋打转,舞曲的美妙的节奏疯狂似的来回摆动;一切都卷入它们所向无敌的漩涡中去了……自由的心灵神游太空,有如为空气陶醉的飞燕,尖声呼叫着翱翔天际……欢乐啊!欢乐啊!什么都没有了!……哦!那才是无穷的幸福!……

这段文字把主人公所特有的音乐感绘写出来了,这种音乐感代替了人物的心理活动描写,或者说,所写的既是人物的音乐感,又是心理活动。我们可以从中看到人物音乐才能的成长过程:主人公的生活遭遇和自然界的音响相结合,促使这种才能得到了发展。心理描写(即音乐感)是独特的,细腻的;而自然景色的描写是富有诗意的,优美的。两者的结合形成一段动听的奏鸣曲,并构成整个交响乐的一部分。

正由于《约翰·克利斯朵夫》同音乐结合得这样紧密,所以有不少评论家把它称为一部"音乐小说"。

罗曼·罗兰着重描绘的人物心理状态、心理感受,既反映了主人公的音乐才能,同时又表现了他倔强的个性。描绘青年时期的克利斯朵夫时,作者更是着力于个性的刻画。例如,小说描写克利斯朵夫在一次音乐会中突然觉得一切都是虚伪的,他抑制不住,大声狂笑起来,甚至看到那些吃惊的脸,越发笑得厉害。这个场面把一个狂放不羁的音乐家形象相当鲜明地显现了出来。

罗曼·罗兰遵循着现实主义塑造典型的方法,他说:"我竭力描绘的是典型,而不是个体。"他指出自己笔下的人物肖像"包含着一些真实的人物面容,往往不知不觉借用了我所熟知的这样那样的人物:但是这些肖像绝不会是我所熟悉的这样那样的人"。他又说,他经过长期观察,把一些同样类型的人物综合到他笔下的一个人物身上,而成了他自己的一个创造。例如,克利斯朵夫的生平采用了德国伟大音乐家贝多芬的身世,但克利斯朵夫的身上还综合了其他一些欧洲音乐家的生平材料。克利斯朵夫绝不是贝多芬,而是20世纪初的音乐家形象,打上了时代的烙印。

《约翰·克利斯朵夫》中出现的人物相当多,一些次要人物也性格突出,给人留下深刻印象。如酗酒成性、浑噩贪财的曼希沃,善良懦弱的鲁意莎,慈祥温和的米希尔,淳朴得像水一样清朗的高脱弗烈特。还有自命不凡、爱卖弄风情的弥娜,朴实痴情的洛莎,懒散柔和的萨皮纳,开朗快乐的高丽纳,娴静贤淑的葛拉齐亚,刚强奔放的赛西尔,骚动不安、精神无所寄托的雅葛丽纳,温柔坚忍、为弟弟耗尽了最后一滴血的安多纳德,等等。在小说中出现的一系列女性形象都各各不同。能在同一部小说中创造出众多的互不雷同的人物,表明作家具有高度的艺术技巧。

《约翰·克利斯朵夫》的艺术风格是朴素中隐含着绮丽,流畅中蕴含着精粹。罗曼·罗兰在小说中写下这样一段话:"对普通的人就得表现普通的生活;它比海洋还要深,还要广。我们之中最渺小的人也包藏着无穷的世界……你写这些简单的人的简单的生活吧,写这些单调的岁月的平静的史诗吧,一切都那么相同又那么相异……你写得越朴素越好……你是向大众说话,得运用大众的语言。字眼无所谓雅俗,只有把你的意思说得准确不准确……文字应当跟从你心灵的节奏。所谓风格是一个人的灵魂。"罗曼·罗兰正是这样去做的。他的文学真诚朴实,不假虚饰,有如清澈见底的流水;这一条条清溪最后都汇入大河,然后再浩浩荡荡奔向前去。这样的语言能在朴素简单中见出浑厚浩瀚,在平凡静穆中显出深广热烈。

小说的情节开展也有类似特点:以主人公克利斯朵夫的生平经历为主线,其他人物随着克利斯朵夫走向社会而陆续出现;有的重要人物如奥里维直到第六卷才露面。这种写法乍看似无匠心,朴素无奇,然而这是像日常生活一样的简单朴讷,它使人感到平易亲切,就像咀嚼橄榄一般,你能慢慢体会出浓郁的生活气息来。

《约翰·克利斯朵夫》的巨大成功引起了广泛的注意。英国小说家威尔斯认为罗曼·罗兰开创了一个新流派。法国文学批评家朗松也认为这部小说是"我们时代最高水平、最优美的作品之一",

尤其在法国文坛处于不景气的时刻,这部小说就显得更加光彩夺目。确实,《约翰·克利斯朵夫》可以毫无愧色地置于世界文学杰作之列。

1980 年 4 月

二十世纪批判现实主义的又一鸿篇杰作
——长河小说的《蒂博一家》

从20世纪开始,法国的长篇小说创作出现了一种新体裁:长河小说。它们的篇幅都在一百万字以上,有的长达几百万字。罗曼·罗兰在《约翰·克利斯朵夫》第七卷的序言中把他的小说比作一条河流。自此,长河小说的称谓便沿用下来。罗歇·马丹·杜伽尔的《蒂博一家》便是长河小说中有代表性的一部。

《蒂博一家》在20世纪上半叶的法国文学乃至西欧文学中占有一个重要位置,它跟《约翰·克利斯朵夫》《追忆似水年华》以及《布登勃洛克一家》[①]齐名。马丹·杜伽尔于一九三七年"因为他的长篇小说《蒂博一家》所描绘的人的冲突及当代生活中某些基本方面的艺术力量和真实性"而获得诺贝尔文学奖,这是对《蒂博一家》的成就和它在国际上的影响的一个高度评价。

《蒂博一家》花费了作家将近二十年的巨大精力。这是在他拥

[①] 《追忆似水年华》(1913—1928)系法国意识流作家普鲁斯特(1873—1922)的著名作品;《布登勃洛克一家》(1901)系德国作家托马斯·曼(1875—1955)的杰作。此外,法国的长河小说还有儒勒·罗曼(1875—1972)的《善意的人们》,共二十多卷;乔治·杜哈曼(1884—1966)的《帕斯吉埃家族史》(1933—1941)。

有丰富的阅历和写作经验,进入中年以后的一部创作,也是他毕生文学写作的结晶。

　　罗歇·马丹·杜伽尔1881年5月23日生于纳伊利-舒尔-塞纳。父亲是巴黎塞纳区法庭的第一审诉代理人。童年时他经常在拉菲特别墅区度过,这个地方在《蒂博一家》中得到充分描绘。九到十岁时,有个小邻居把自己写的一个诗剧借给马丹·杜伽尔,这个偶然的行动竟然在马丹·杜伽尔幼小的心灵里打开了一个新世界,唤起了他巨大的激情:"这个激动了我一辈子的写作需要,我认为是在一个春天的傍晚,受到我的朋友让的戏剧作品的魅惑之下产生的。"1892年,他进入天主教学校读书,爱看左拉的小说和米拉波的历史著作,并练习写诗和短篇小说。1896年,他离家去上中学,有个神甫借给他托尔斯泰的《战争与和平》:"不用说,发现托尔斯泰是我青年时期最重要的事件之一;它无疑对我成为作家的未来产生最持久的影响。"[1]他又说:"发现托尔斯泰对我的文学修养、小说家的禀赋,以及后来对我的全部作品——我甚至要说对我一生——有着决定性的、最大的和持久的影响。"[2]中学毕业后,他在索尔本学院念文学预科。著名评论家法盖是他的老师,鼓励他从事创作。1899年,他进入宪章学院,学习历史和中世纪建筑学,这些课程培养了他对历史和当代事件的兴趣,使他学会了科学分析。1902至1903年,他到卢昂服兵役,复员后继续学习,1905年毕业。1906年结婚后,偕妻子到北非住了四个月。1908年,他钻

---

[1] 见《回忆录》第2卷第46页。
[2] 见《全集》第1卷第569页。

研过精神病学。这些活动都为他日后创作提供了各种知识。

1910年,马丹·杜伽尔自费发表了第一部小说《成功》。小说情节不算复杂:巴黎一个公证人的儿子安德烈·马塞雷尔以为自己有作家才能,但他缺乏恒心,每次创作都以失败告终。他在上流社会遇到一个女子凯蒂·马丽娜,一见钟情,然后又遇见另一个女子瓦朗蒂娜。由于她们没有财产,他抛弃了她们,最后娶了一个有钱的女继承人德尼丝·艾尔佐,于是放弃了文学创作,过起乡绅的悠闲生活。妻子在生育中死去,他挥霍过度,靠典押度日。这部小说对文学问题发表了不少有益的见解,但本身缺乏生动性,写得并不成功。1913年,马丹·杜伽尔又出版另一部小说《让·巴罗瓦》。如果说,他的第一部小说的批判精神尚能贯彻始终的话,那么,《让·巴罗瓦》则倒退了一步。小说主人公出身资产阶级家庭,从小身体羸弱,15岁时对宗教产生怀疑。他在巴黎学医,毕业后教书。因他不信教,导致同妻子分居。他创办了一本哲学和社会学杂志《播种人》。在德雷福斯事件中,这份杂志登载了为德雷福斯辩护的公开信。45岁上,他感到心力衰竭,无法进行对公众的鼓动。他得了胸膜炎以后便不再领导《播种人》杂志。他的女儿这时当了修女;他和妻子思想逐渐接近,终于破镜重圆。他感到需要休息,临终时改变了自己叛教的信念。这部小说内容较为消极,它反映了马丹·杜伽尔思想上的矛盾。虽然他看到了19世纪末、20世纪初随着社会的变动在一部分资产阶级知识分子中产生了精神信念的动摇,然而马丹·杜伽尔对这种动摇还缺乏坚定赞同的态度,他处在观望犹豫之中。小说主人公的结局反映了作家这种思想状况。

这两部小说尽管写得并不成熟,但有三点值得注意。其一,作家企图在小说中通过一个资产阶级出身的人物的一生经历,写出一代人的精神面貌。其二,小说注意对时代重大事件的反映,尤其是《让·巴罗瓦》对19世纪末、20世纪初席卷法国的德雷福斯事件作了正面描绘。其三,马丹·杜伽尔开始运用对话作为他的小说艺术的主要手段,并常用心理描写。这三个特点是马丹·杜伽尔第一阶段创作的主要收获,它们孕育了健康的成分,为马丹·杜伽尔的创作打下了良好的基础。

1914年,第一次世界大战爆发,马丹·杜伽尔在总动员的第二天就上了前线。他在第一骑兵军团当下士,担任运输给养弹药的工作,直到战争结束。马丹·杜伽尔不仅仅是普通的士兵,他作为一个清醒的现实主义者,看到了资本主义文明的毁灭和这个社会的精神信念的破产,明确了他在战前模糊地认识到的问题。他的思想趋于成熟了。1919年2月,他复员回到巴黎,同友人一起从事戏剧活动。从1920年春天起,他开始酝酿写作《蒂博一家》。起初,为了模仿《战争与和平》,想用《善与恶》作为小说的名字。随着构思的深入,他抛弃了这个过于抽象的题名。1922年4月,小说第一卷《灰色笔记本》问世,5月第二卷《教养院》出版。1923年10月,发表《美好的季节》。第四、五卷在1928年出版,次年发表第六卷。但在写作第七卷《开航》时遇到了挫折。在此期间他发表了《古老的法兰西》,这是一组农村的速写画,随着邮差的足迹,读者看到了一个小村镇的一系列场景:用作者的话来说,里面"搜集了丑恶的面影,冷酷的贪婪的残忍的心"。

正是当时的政治局势促使马丹·杜伽尔改变了写作《开航》的初衷。法西斯势力的猖獗和一次新的世界大战的危险促使他要正面描绘第一次世界大战给人们的精神带来的深刻影响。他毅然决然毁掉了三年来的心血,决定另起炉灶,动手写作《一九一四年夏天》,这一卷在1936年完成。马丹·杜伽尔的努力取得了出色的结果。纪德曾经这样评论说:"这样解决我看是十分成功的,较之他先前设想的冗长的续篇远远好得多;不仅更有意义,而且有助于阐明前几卷的思想内容。"①《一九一四年夏天》引起了国际上的重视,它受到的欢迎是马丹·杜伽尔获得诺贝尔文学奖的直接原因。当时马丹·杜伽尔正在构思小说的结尾,这一卷直至1940年1月才辍笔付梓。写成这部纪念碑式的作品,马丹·杜伽尔的创作生涯实际上也告结束。

在第二次世界大战期间,马丹·杜伽尔着手创作另一部长篇小说《穆莫上校的日记》。小说主要写1940年6月德军入侵时,退休的穆莫上校烧毁了自己四十年来的日记;不久,他又开始记日记,并回忆自己早年的生活和走过的道路。可是,马丹·杜伽尔几度易稿,却始终没有完成这部长篇。

此外,马丹·杜伽尔写过几部戏剧,都并无显著特色。不过,他从事戏剧创作对于他写作小说得益匪浅。不妨说,他的戏剧创作是为了小说创作而进行的一种练笔。

---

① 见纪德:《日记》。

马丹·杜伽尔于1958年8月20日病殁。

同罗曼·罗兰一样,马丹·杜伽尔是个继承了19世纪批判现实主义传统的作家。《蒂博一家》通过一个资产阶级家庭及其社会关系,反映了整个资产阶级社会在20世纪初的变迁以及世界大战对社会的深刻影响。

从内容来看,《蒂博一家》的前六卷为一部分,后二卷为另一部分,但这两部分彼此交叉穿插,不能割裂。

蒂博父子一家是小说中重点描绘的对象。蒂博先生属于大资产阶级,经营社会慈善教育事业。这个一家之长自以为是,独断专行,习惯于在家庭中发号施令,一心要两个儿子按照他的意志踏入社会。其实他一手创建的教养院是个戕害青少年身心健康的地方,连他的小儿子也深受其害。他企图让自己的名字留传后世,结果事与愿违,两个儿子都没有继承他毕生精力所贯注的事业,临死时他才明确地意识到这一点。他亲手建造起来的大厦眼看一朝倾覆。他的死是一场痛苦的挣扎,预示了这个大资产阶级家庭的没落崩溃。

他的大儿子昂图瓦纳是个有才干、有毅力的年轻医生,看来有条件成为蒂博家的继承人,像他父亲一样,活跃于社会上。他思想比父亲开明,对于监禁在教养院里的弟弟富有同情心,不惜同父亲面对面争执,并使父亲让步——他的才干看来在他父亲之上。对于跟自己家里信仰的天主教不同的新教家庭——丰塔南家,他也能随声附和,不坚持己见,表示出宽容态度。他对自己是盲目信任的。自从遇到拉雪尔以后,他开始意识到自身的弱点,对自己的力量逐渐产生怀疑。随着战争的逼近,他认识到自己与同时代人的联系,自己一帆风顺的前途成了问题。父亲死时,他朦胧地感到一切都要丧失。他在37岁的青春年华便因中了毒气而慢慢死去。最后他失去了自信心,知道他所生活的世界行将瓦解,他所依仗的个人奋斗已经不可能实现。这是一个年轻有为、循规蹈矩的资产者子弟所走过的道路。老一代的钻营失败了,这新一代的奋斗也碰了壁,小说形象地表明20世纪初某些大资产阶级家庭的历史命运。

蒂博先生的小儿子雅克是这个资产阶级家庭的逆子。他富于反抗精神,十四五岁时已想离开这个窒闷的家庭。教养院扼杀人的精神主动性的规章险些毁掉了这个倔强的孩子。他具有不亚于兄长的智力,居然考中了名牌学府高师,而且还名列第三。出于对环境的不满和爱情的失意,他再一次离家出走。他在瑞士同一些政治活动家致力于和平主义运动。他力图通过各种政治活动去解决当前的社会危机,包括政治危机。他离开家庭,投入社会斗争以后,眼界比以前开阔,思想意识也产生很大变化:从反抗家庭转到反对各国政府对战争威胁的软弱政策。他殚精竭虑,奔走于各个国家,鼓吹发动总罢工;执行领导人的指示,盗窃军事情报,甚至冒着生命危险乘坐飞机去散发传单,企图阻止战争蔓延。最后,他死于自己的宣传对象的枪口下:飞机坠毁,他受了重伤,抬担架的一名宪兵溜走了,他的担架被别人夺走,另一个抬担架的宪兵索性把这个"间谍"一枪打死。他的悲剧给他从事的活动作了总结：他企图遏止战争的行动之所以归于失败,是因为他进行的是消极的斗争,不可能改变战争发动者的政策。总之,他只从个人的地平线走到大众的地平线的边缘,还没有真正踏入社会主义的斗争道路。

蒂博父子的悲剧既是这个大资产阶级家庭的悲剧,也是第一次世界大战以前法国社会乃至西欧社会的悲剧。马丹·杜伽尔十分注意反映生活中这种悲剧因素,他说:"长篇小说的主要目标就是表现出生活的悲剧性,个人生活的悲剧性,一个正在形成的命运的悲剧性。"[①]这里包含了个人生活的悲剧和社会生活的悲剧。在表现个人生活的悲剧时,作家着重描写人物的精神苦闷。昂图瓦纳在勒阿佛尔的码头上冒着风雨像无家可归的人一样奔走摸索,他感到空虚、彷徨、凄苦、无依无靠,与他以前充满信心判若两人。雅克在考上高师以后只有短暂的快乐,他始终处在精神压抑之中,无法摆脱烦恼苦闷。蒂博父子力图掌握自己的命运,但有一股看不见的力量在主宰他们,压倒他们,他们的悲剧是伴随着整个社会面临的浩劫而不可避免地产生的。昂图瓦纳回顾自己的一生,"把着欧洲的脉搏",发出具有预言性的感叹:"西方犹如一只火药桶。一旦哪儿爆出一点火星,那就不得了啦!"这种危机感道出了人们的普遍心理。雅克比昂图瓦纳更进一步,他感到资本主义文明已无法解决社会危机,资本主义社会所宣扬的家庭和谐、精神道德并不能适应个人发展的需要,他要摆脱这一切,斩断资产阶级传统观

---

① 见杜伽尔在接受诺贝尔文学奖奖金仪式上的讲话。

念的约束。这种潜伏在知识分子中的精神危机乃是资本主义文明的深刻危机的反映。资本主义文明无法遏止世界大战的爆发,这本身就表明了它无力解决社会矛盾,正是这些矛盾导致了社会大悲剧的到来。

在小说中,除了蒂博一家,还有另一种类型的资产阶级家庭,这就是丰塔南家。丰塔南是个生活糜烂的资产者,为了追逐女人,不惜弃家庭于不顾,跟着情妇跑到国外,一过几年,最后他陷于精神矛盾而开枪自杀。这个新教家庭完全依靠丰塔南太太的张罗才勉强维持下去。丰塔南太太温柔善良,逆来顺受,出于无奈才与丈夫经济分家,总算把两个孩子拉扯大。战争期间她投身于护理工作,把自己的别墅改为医院,救护伤兵。她的大儿子达尼埃尔继承了父亲的浪荡本性,他的母亲对他放任自流,也助长了他放纵自己。他虽然具有绘画才能,终因懒散而不能充分发挥自己的才能。战争中他失去了腿,无法重温旧梦,抑郁终日。他怨恨和牢骚满腹:"为什么我要把世界上的罪恶和不幸都扛在自己肩上呢?我得不到什么好处,也不为任何人受罪,我遏制了自己的创造力,扼杀了自己的才能。我生来不是使徒……那就让我成为魔鬼吧。"他那种玩世不恭、贪图享乐、悲观厌世的思想,同他父亲一样,代表了碌碌无为、堕落无耻的资产阶级人物。他的妹妹贞妮较为单纯,却趋向美好的事物,厌恶不良的行为。她对雅克的爱情是慢慢形成的。起初她憎厌雅克,认为是他带坏了自己的哥哥,使哥哥离家出走。但在接触雅克的过程中,她发现雅克聪明、正直、疾恶如仇,不屑于朝三暮四、水性杨花的性格,同自己的志趣完全吻合,雅克的政治活动也得到她的支持。她由厌恶、抗拒、逃避,直至面对现实,承认了自己的内心所爱。她和雅克纯洁的爱情与小说中其他人物的思想情操形成了鲜明的对照。她和雅克的遗腹子让-保尔是蒂博家的唯一根苗,也是作家对未来所抱有的一丝希望,尽管这希望是朦胧的。丰塔南家各个人的遭遇代表了破落的资产阶级家庭的经历,从另一个侧面反映了资产阶级不同人物的精神面貌。

通过家庭的变迁去描绘社会的变化是《蒂博一家》的重大特色,这也是它有别于先前出现的长河小说的地方。《约翰·克利斯朵夫》是一部近乎自传体的小说,《追忆似水年华》虽也描写了几个家庭,但基本上围绕个人生活而展开。《蒂博一家》扩展了自传体小说的写法,而且从家庭纪事入手,这种写法对社会各方面的触及必然广泛一些。家庭是社会的基本单位,牵动着社会的神经。对一两个家庭的深入剖析显然能扩大对社会的批判。为了深化对社会的描绘,马丹·杜伽尔对宗教、道德、社会学、哲学、政治问题都进行过深入研究,搜集了广泛的资料。他在1918年1月18日的信中说:"我关心所有的重大现实问题,并以此自豪;我在这方面不停地工作,增加材料,我没有一天不在记哲学或社会学问题的笔记,翻阅理论书,剪贴杂志和报纸。"如果说,在小说前六卷中政治问题接触不多的话,那么,在《一九一四年夏天》和《结尾》中就全面展开了描述。马丹·杜伽尔在领取诺贝尔文学奖奖金的讲话中说:"在这三册书中,我力图再现1914年总动员前夕欧洲的不安气氛,我力图指出各国政府先是软弱、犹豫、冒失,具有遮遮掩掩的贪欲;我尤其力图再现和平的人们面对浩劫的来临的麻木状态,他们就要受到浩劫的为害,这场浩劫将要带来九百万人的死亡和一千万人的伤残。"他要"保卫某些重新受到威胁的有价值的东西,反对战争力量的不祥传染"。他要"让忘却往事的老人、不知道或轻视往事的年轻人回忆起过去的惨痛教训"。

《一九一四年夏天》确实再现了第一次世界大战前夕和战争初期的历史面貌。当时,各国政府的外交活动和人们的态度先是麻木不仁,继之惊慌失措;各派政党紧张活动,尤其是社会党人与和平主义者大力宣传自己的主张。小说描写了社会党领袖若莱斯被暗杀的经过,渲染了战争狂人的猖獗活动气氛。小说还描写了1914年6月28日奥匈皇储被刺后的紧张局势。马丹·杜伽尔并不满足于这种全局性的画面描绘,他还力求分析这种战争的根源。小说中刻画了一个革命者的领袖梅奈斯特雷尔,他富有实际工作经验,善于归纳问题,从纷繁复杂的社会问题中抽出主要的东西,用明确的形式表达出来,他认识到"没有革命的理论,就没有革命的运动"。需要指出,马丹·杜伽尔对他怀有偏见,把他看作一个过激分子:梅奈斯特雷尔认为在战争中才能更好地实施自己关于暴力革命的理论,因此把雅克窃来的秘密文件销毁,不希望这些文件披露后会制止战争爆发。但是,梅奈斯特雷尔关于战争形势和根源的分析却颇为精辟。他认为,资本主义的经济依然十分坚挺,这部剥削工人的机器还能运转。无产阶级在受苦受累,骚乱不安,但总的说来还未饿得发慌。"一切只不过是时间问题!这个制度的矛盾与日俱增。各国之间的斗争也在加剧。竞争、争夺市场在激化。这是生死存亡的问题:它们的整个制度的构成是为了不断扩张市场！仿佛市场可以无止境地增长！……来到壕沟前，要站立不稳！世界在走向危机，不可避免的危机。这危机将是普遍的……只要等待！等待世界的经济情况无法解决的时候到来……等待机器越加缩减雇用工人的数目……等待破产和倒闭飞速增加，等待到处缺乏工作，等待资本主义经济处于需要保险的状态中；到时候一切保险者都要遭受损失。"梅奈斯特雷尔的话比小说中其他人物，包括雅克的观察都要来得准确。他的话在1937年尤其具有现实意义。因为自1933年希特勒上台以后，法西斯主义日益猖狂，战云笼罩在欧洲上空，这种一触即发、危在旦夕的局面，一般人并不洞察内中的根源。从经济原因去剖析各帝国主义国家的矛盾加剧，便道出这场迫在眉睫的战争的秘密。

　　小说用了更多的篇幅去描写雅克的活动。雅克认为人民并没有觉悟到战争的危险；一旦工人动员起来，实行总罢工，就能阻止战争爆发。他对群众大声疾呼："你们本来可以阻止战争！你们是爱好和平的人，占压倒多数，以前你们不会联合起来，组织起来，用团结一致的有决定性影响的方式及时进行干预，发动各国各阶层人民起来对纵火者进行抵制的运动，让欧洲各国政府接受你们的和平意志。"他呼吁法国人和德国人联合起来，实现民族和睦："法国人和德国人，你们是人，你们是兄弟！以你们的母亲、妻子儿女的名义，以你们身上最崇高的感情的名义，以来自历代的深处、使人成为正义和讲理智的创造灵感的名义——抓住这最后一个机会吧！得救的机会掌握在你们手中！"他的演讲和鼓动并没有产生预期的效果,不久,战争爆发了。他转而又想对士兵们做动员工作:"明天,在太阳升起时,法国人和德国人,你们大家一起,在同一时刻,怀着同样的英雄主义和兄弟情谊,举起你们的枪托,扔掉你们的武器,喊出解脱的呼声!人人站在那里,为了拒绝战争!为了迫使各国马上重建和平!"雅克的活动和呼吁是不切实际的幻想。当时,以人道主义的准则去启发人民群众虽有一定作用,但并不能起到动员人民起来阻止战争的效果。不过,马丹·杜伽尔忠实于生活,他描写雅克以失败告终表明了雅克的主张和活动是行不通的。以雅克为代表的和平主义者的活动在当时确实如小说所描写的那样,十分活跃。在某种意义上,这恰是一个历史的教训。面临二次大战的欧洲人民,应能从这里得到有益的借鉴。

由于忠实地再现了一次大战前夕的历史,马丹·杜伽尔受之无愧地获得了形象的历史家的称誉。

《蒂博一家》在艺术上取得了显著的成就。总的说来,马丹·杜伽尔继承了批判现实主义的传统,并有所发展,具有自己独特的艺术风格,成为20世纪重要的批判现实主义作家。

马丹·杜伽尔在艺术上深受托尔斯泰的影响。在结构布局方面,《蒂博一家》和《战争与和平》有相同之处:小说先写和平生活,后写战争突然到来。和平生活中孕育了战争爆发的因素,战争又给人们生活带来重大影响,两者交叉连接,构成严密的整体。在塑造人物方面,马丹·杜伽尔对托尔斯泰也十分钦佩,他说:"究而言之,他(按,指托尔斯泰)给我们再现的人物恰似生活给我们提供的那样;但他善于在人物的细微之处发现这种隐秘的本质,它隐藏在表面现象之下,要不是他,我们就会看不到。他的洞察力使我们目瞪口呆。与他的洞察力相比较,我们的观察是多么欠缺、表面、下功夫不够和程式化!"同托尔斯泰一样,他笔下的人物肖像画不是一次完成,而是逐层加厚。人物的全貌只有当对它的描写全部完成,我们才能得到最后的印象。他的人物是一步步发展、变化的。我们看到了青少年时期倔强的雅克,未必知道成年后沉默郁闷的雅克,更料不到他考上高师会离家出走,投入社会斗争中。我们看到了稳重自信的昂图瓦纳,未必知道他对自己的信心产生了动摇,更料不到最后他完全对自己的家庭丧失了信心。仿佛由远而近,我们逐渐看清了人物的面目。

可是,马丹·杜伽尔毕竟与托尔斯泰不同。

关于如何写作现代长篇小说,马丹·杜伽尔对以前的小说家的经验作过总结,他借自己小说中的人物发表了如下的见解:"在冒险小说和风俗研究之间,有一个位置需要占据:在大仲马和布尔热①之间穿行;像前者那样选择人物和历史题材,像后者那样剖析细微的意识;依靠材料再现人物;以历史画面写出心理小说。"②这一段话可以看作马丹·杜伽尔写作小说的基本纲领。他的小说既重视历史事实和生活真实,又注意心理描写,两者糅合在一起。关于前者,他还说过:"我称之为客观性的东西,就是忠于真实,而

---

① 布尔热(1852—1935),法国心理小说家和批评家。
② 见《成功》第89页。

结构和写作要朴素。"①《蒂博一家》对生活的再现是逼真的,采取了写实手法。这种写实手法非常朴素自然。马丹·杜伽尔并不追求华丽的辞藻,复杂的语句。他的语言平易流畅,仿佛写来并不费力。福楼拜说过:"杰作就像大动物一样。它们有平静的外貌。"这句话有一定的道理,用在《蒂博一家》上尤为确切。《蒂博一家》的平淡朴实与作品的规模和场面的宏伟阔大十分协调,起到绝妙的衬托作用。另一方面,《蒂博一家》在描写每一个场景时又十分缜密细致,小说的每一卷所发生、经历的时间都很短:《灰色笔记本》是五天;《教养院》是几个星期(昂图瓦纳去看望弟弟只有几小时,占去大半篇幅);《美好的季节》是五个月(主要场面在一个夜晚和一个白天进行);《诊断》是二十四小时;《小妹妹》是两三天;《父亲的死》是一个星期;《一九一四年夏天》是八十天;《结尾》是六个半月。由此看来,描写极其细腻,而结构简明,脉络清楚,这是小说的一大优点。这种写法颇有巧用电影镜头的意味。作者手中的摄影镜头仿佛集中在一个场面上,从各个不同的角度进行拍摄,拍完了这一组场景,再转向另一情节。马丹·杜伽尔对这种手法作过如下说明:"电影式的描写手法不是一幅素描。相反,是一种综合。要写得好,必须先开始描写三页,然后涂改、删削、压缩、精炼、突出主要的东西。"因此,这种平易朴素的风格乃是经过艰苦的劳动而取得,绝不是像表面看来那样一蹴而就的。马丹·杜伽尔多次谈到过,他先是想象一个场面,反复思索,构思出准确的情景,人物活

---

① 转引自米歇尔·雷蒙:《大革命以来的小说》第184—185页。

动的范围、内心的发展、对话的开展等等,然后才开始动笔。所以,"作品还没有写出一行字,整个情景已经出现在我的眼底下。"①写成以后也就显得一气呵成,明快酣畅。

至于心理描写,《蒂博一家》较之19世纪的法国小说前进了一大步。马丹·杜伽尔吸收了现代小说家,尤其是意识流小说家的新手法。他指出:"作家要竭力全面地反映出一个心灵的心理发展过程。"②马丹·杜伽尔擅长描写人物的心理活动,以展示人物的思想发展和性格特点。昂图瓦纳在给骨折的小女孩动手术时内心的活动写得非常细致。在这个场合,昂图瓦纳不可能滔滔不绝地把心里的想法诉之于在场的人们。他的心理活动是微妙而复杂的:他从来没有动过手术,但又要表现得自信和有能耐。在动手术时,他心里自然而然冒出各种各样的想法:有职业上的同情心,也有掌握了一定技术的自信心,既有被推上手术台的无可奈何,又有担心失败的惶恐,这些心理反映了他的性格特征。又如他搬到新居和弟弟同住时,心里高兴、得意,对前途充满幻想,同时又生怕弟弟耽误了自己的钻研。他这时一个人在搬书,没有对话者,只能通过他的独白和心理活动来袒露他的思想。读者通过他的内心活动进一步了解到这个人物的精神世界。以前他是一个持重、富有同情心的青年医生,现在才透露出他十分看重自己的名誉地位,虚荣心很强。同样,在表现雅克情窦初开时的幼稚盲目(与女仆李斯贝特的关系)和难以抑制的爱情冲动(对贞妮的依恋)时,也插入了

---

① 见《马丹·杜伽尔全集》第1卷第69页。
② 见《让·巴罗瓦》序言草稿。

大段的心理描写,既写出了雅克心头的苦闷,也写出了他思想的成长。而这些地方用白描手法是很难表达出来的。马丹·杜伽尔在心理描写上作了很多探索,把人物的思想发展过程淋漓尽致地描写出来。他的成就推动了现代法国小说的发展,所以加缪称赞他的创作比纪德和瓦雷里更加"预示了今日的文学"①。

《蒂博一家》是一部所谓对话体小说。小说的主体由对话构成,其他部分如同剧本的说明词,起着解释、连接的作用。马丹·杜伽尔认为:"我的人物和他们赖以活动的场面的突出鲜明来自描绘的那种述说方式。人们看到它们是活灵活现的。"优秀的对话文体能生动地传达出人物的思想和性格特点,又能使文字如行云流水,轻灵自如。《蒂博一家》的对话写得十分出色,例如蒂博先生的专横、傲慢,丰塔南先生的油滑轻佻,连次要人物、蒂博先生的秘书沙斯勒先生的委琐、卑顺、婆婆妈妈,教养院院长费斯姆先生的谄媚、精明都靠人物的语言来表现。至于一些特定的场合,如昂图瓦纳去看望雅克时,雅克寡言少语,昂图瓦纳则千方百计引导他说出心里话,一问一答富有戏剧性,整个场面恍如目前;而拉雪尔滔滔不绝对昂图瓦纳讲述自己的身世,则又写出这个人物爱动荡爱刺激的特殊性格。与此同时,马丹·杜伽尔也竭力避免对话文体容易出现的单调平板,除了情节写得曲折以外,在语言的运用、时态的复杂变化等方面他都力求丰富多彩,一方面"创造出一种柔和的气氛",另一方面"在各个场景周围加上色彩缤纷的气氛"。

---

① 加缪:《马丹·杜伽尔全集序》。

毫无疑问,马丹·杜伽尔在塑造人物方面功力很深。他说:"天才的小说家能从这种激情辨别出来:他要不断深入了解人,从他笔下的每一个人物身上抽出个人生活的特点,抽出每个人物不会重复出现的、使他成为典型的东西。依我看,一个小说家的作品有可能流传下去,就看他捕捉到的个人生活的质与量。但这仍然不够。小说家还必须拥有对日常生活的感受力;他的作品必须表明个人对世界的想象力。在这方面,托尔斯泰是个大师。他笔下的每一个人物或多或少隐约受到抽象思索的缠扰;他是人类的经历的历史家,他的每个人物的身世不是对人物进行一般调查,而能引起人们对生活意义的不安询问。"[1]这段话表达了马丹·杜伽尔对人物塑造的见解:伟大的小说家要塑造出数量众多的人物典型;典型从生活中撷取而来,又能使人对生活进行思索。《蒂博一家》的人物性格鲜明,互不雷同。昂图瓦纳和雅克是"气质尽可能不同的两兄弟",一个对自己有约束力,拒绝干出绝对的行为,另一个有独立精神,拒绝逆来顺受,要反叛逃跑。这两兄弟中,雅克无疑是更受人们同情的人物,他正直、纯朴,酷爱正义,勇敢而不屈不挠,一心想为社会作出自己的贡献,无论是对友谊还是对爱情都热烈纯真,敢于掏出自己的心里话,被认为是法国文学中最美的青年形象之一。昂图瓦纳则有不同的典型意义,有人认为他的经历更有启示性:他的发展变化不像雅克,他本来是个幸福的人,生活使他逐渐认识到社会的贫困和自身的弱点,他终于抛弃了自己已经

---

[1] 转引自雅克·布雷纳尔:《马丹·杜伽尔》第44页。

达到的名誉地位。他的经历是有才能有地位的知识分子在这动乱的时代发展变化的写照。他贯穿了小说的始终也说明这个人物的重要性。不仅蒂博父子性格各异,丰塔南家的四个人物也是各个不同。丰塔南先生轻浮,他的妻子温柔贤惠,恰成对照。达尼埃尔与父亲有相同之处,但又有区别,他带有艺术家的气质。贞珍不同于母亲之处是她较有主见,柔中有刚。甚至有些不出场的人物,通过别人的叙述也性格鲜明,如希尔什,粗野、暴戾,有传奇色彩。马丹·杜伽尔能抓住人物的性格特点,善于作对比的描绘,笔墨虽则有多有少,但都栩栩如生。还有一点:马丹·杜伽尔笔下的人物往往不是绝对好或绝对坏。比如,他无情地鞭挞了蒂博先生的专横、自以为是、爱虚荣,又写了他确有替儿子前途着想的愿望。雅克虽然纯朴,在生活的道路上也不是洁白无瑕的(与女仆李斯贝特的关系)。丰塔南先生后来也想幡然悔悟,赎补前愆,把受过自己玩弄被迫过卖笑生涯的勒·迦德送回布列塔尼,让她过上小康生活。丰塔南太太善良有余,刚毅不足,显得过分软弱。马丹·杜伽尔对每个人物的处理未必正确,但他不从一般概念出发,力图写出活生生的不同类型的人,则是用心良苦,工力可嘉的。

长篇巨著《蒂博一家》,无论在思想内容上和艺术上都是20世纪法国文学的一部杰出作品。马丹·杜伽尔很注意内容和形式的紧密结合。他说:"依我看,内容和形式有如兔子和佐料那样的分别。兔子难道生来是拌红酒洋葱的吗? 你得首先肯定,你的兔子是上好的,你不能满足于在一只插在叉上的老兔子周围浇上美味的佐料!"①他还把内容和形式比作蜂房和蜂蜜:"事实上,我的工作中有两件要分清的事:蜂房和蜂蜜……蜂蜜就是我渴望放进去的活生生的、有个性因素的、动人的、新颖的东西。只有我的蜂房准备好容纳蜂蜜时,我才能把蜂蜜放进去。"②力求取得内容与形式的完全一致是马丹·杜伽尔孜孜以求的目标,他呕心沥血创造出来的《蒂博一家》在这方面提供了成功的经验。漓江出版社把这部作品介绍到我国来,必将受到读者的欢迎。

1981 年 12 月

---

① 见 1942 年 3 月 17 日《日记》。
② 见 1947 年 4 月 7 日《日记》。

初露锋芒的试作
——简析普鲁斯特的《欢乐与时日》

1896年6月12日,《欢乐与时日》(Les Plaisirs et les jours)在书店发行,这是普鲁斯特的第一部作品集。它包括七个短篇、八首诗和两组散文与散文诗。这种短篇、诗歌与散文诗的组合较为奇特,在以往的作家集子中很少见。普鲁斯特将他中学时期(他自己说,他最早写作时只有14岁)在《宴会》以及在《白色杂志》(1892—1893)、《每周评论》上发表的质量不等的习作,还有在1896年6月以前在《费加罗报》《新法兰西杂志》等报刊上发表的作品,也就是说,主要写于1892至1895年的作品汇集在一起。书名从希西俄德的《工作与时日》中得到启发。这是他第一个创作阶段的总结(其中1893年12月发表于《白色杂志》上的《夜晚之前》[①]没有收入集子中),虽然这些作品并不成熟,但却预示了他的创作素质和特点。今天看来,有的作品还具有一定的质量,无论短篇、诗歌还是散文诗,都不时被收入各种法国文学选集中。这固然是因为普鲁

[①] 《夜晚之前》写一个少妇临死前的忏悔,明确写到同性恋:"一个女人与其同一个男人,还不如同一个女人一起得到快乐。这种爱情的起因在于神经的变质……"也许是由于这个原因,这个短篇没有收入《欢乐与时日》。

斯特是一位大作家,他的各种文体的作品不可忽视,另一方面,这些表现出普鲁斯特特殊风格的作品,可以代表这位作家某一类作品的特色,因而吸引了选家的注意。纪德在普鲁斯特逝世后的纪念文章中说:"当我今天重读《欢乐与时日》的时候,这本出版于1896年的精致的书所具有的优点,在我看来这样光辉夺目,以致我很惊讶,当初人们没有感到目眩。可是,今天我们的目光富有经验了,从今以后,我们在普鲁斯特的作品中所能欣赏的一切,在我们以前没能发现的地方重新确认了。"①纪德的话代表了后世评论界对《欢乐与时日》的重新评价,甚至有人认为这是普鲁斯特"第一次钻石商的陈列"②,也就是说,这是一些精品。

一、法朗士的序言

法朗士(Anatole France,1844—1924)为这部结集写了一篇短短的序言。法朗士是普鲁斯特青年时代所敬重的作家,尽管这两位作家在创作风格上迥然不同,但这并不妨碍普鲁斯特从法朗士的幽默风格中吸取了有益的养料。法朗士确实也注意到普鲁斯特的作品充满"罕见的魅力和精细的雅致"。这一评语相当确切地抓住了普鲁斯特正在形成的创作特色。普鲁斯特的文风显然具有与众不同的地方,"精细的雅致"也许是刚刚显露出来的一种创作倾向。普鲁斯特的句子和叙述方式具有古典式的优雅和贵族沙龙的

---

① André Gide: En relisant les Plaisirs et les Jours, Hommage à Marcel Proust, 1927(《新法兰西杂志》1923年1月1日的重印本)。
② Maurice Bardèche: Marcel Proust romancier, p46, Les Sept Couleurs, 1971.

典雅气质,明显地不同于19世纪的各个作家。龚古尔兄弟虽然也注重艺术风格,可是他们的注意力放在下层人物和精神病理现象上,这种艺术爱好与描写对象的巨大差异,使两者之间存在着某种不和谐之处,而普鲁斯特的长句和曲折的表达方式更具有精细的艺术气质。他所描写的内容是贵族生活或上层人士的生活感受,内容与形式是吻合的。法朗士的艺术感受力十分准确,他看出这个年轻作家对"年代久远的世界阅历老到","这是一座百年老林的老枝上萌生出嫩叶的春天。似乎嫩芽染上了树林古老的过去,穿上以往千百年历史的丧服"。法朗士看到的是一个少年老成的作家对贵族阶层带上忧郁的描写,这一评价只接触到普鲁斯特这部集子的部分内容,从总体来说还不是十分准确。同样,法朗士认为普鲁斯特描写的是"典雅的痛苦、人为的痛苦"[①],却并不明白这个年轻作家的真正立意所在。面对大自然的景色,普鲁斯特的心境是忧郁的吗?是附庸风雅者的虚荣吗?这同浪漫派的忧郁情调是一样的吗?应该说截然不同。法朗士并没有理解普鲁斯特的描写的着意之处和"创新"所在。不仅法朗士,而且恐怕其他作家和评论家在相当长一个时期内并不认为这是一个大作家出现的前兆。毕竟普鲁斯特的创作特色还未形成,他的创新自然得不到人们的认可。

　　法朗士有一点倒是很有见地的,就是他看到了普鲁斯特像一个德国医生那样,能看透人体:"诗人一下子就穿透了隐秘的思想,没有吐露出来的愿望。"这指的是普鲁斯特对人物心理的剖析。尤

　　[①] 引文均见《欢乐与时日》,袖珍丛书版,第6页,加里玛出版社,1971年。

其是普鲁斯特的短篇，多数是在刻画人物的心理。法朗士没有做更多地发挥，他还看不出普鲁斯特的小说与当时流行的心理小说，如布尔热和巴雷斯的小说有什么不同之处，虽然普鲁斯特与这两位心理小说家走着不同的道路，但的确分界线还不明朗，毕竟这些小说篇幅太短，意识流与心理分析的差别难以划分。

应该指出，法朗士后来也并没有看出普鲁斯特的天才。据别人的见证，法朗士曾经说过："我认识他，我相信，我为他的早期作品之一写过序……我丝毫不了解他的作品。他是令人愉快的，充满了才智。他有敏锐的观察感。"[①]事实确实如此。

二、短 篇 小 说

《欢乐与时日》中的七个短篇是这部集子中最值得注意的部分。这七个短篇是：《巴尔达萨尔·西尔旺德，即德·西尔瓦尼子爵之死》(La Mort de Baldassare Silvande, vicomte de Sylvanie)、《薇奥朗特，或名迷恋社交生活》(Violante ou la mondanité)、《布瓦尔和佩居谢的贪图名利和音乐迷》(Mondanité et mélomanie de Bouvard et Pécuchet)、《德·布雷弗夫人忧郁的度假》(Mélancolique villégiature de Mme de Breyves)、《一个少女的忏悔》(La Confession d'une jeune fille)、《城里的一次晚宴》(Un dîner en ville)、《嫉妒的结束》(La Fin de la jalousie)。这七篇小说都各有特点，分别显示了普鲁斯特的摸索努力和预示了他的探索

[①] 转自勒内·德尚塔尔：《马塞尔·普鲁斯特——文学批评》第 569 页，蒙特利尔大学出版社，加拿大，蒙特利尔，1967 年。

方向,从中可以看到普鲁斯特受到都德、莫泊桑,甚至王尔德的影响。它们大致可分为三种类型。

第一种类型是回忆写法,如《少女的忏悔》。这篇小说以前没有发表过。小说以女主人公临终前对自己堕落的悔恨形式写出,与《追忆逝水年华》的叙述方式相似,虽然规模不可同日而语。这个短篇描写主人公用手枪自杀,她没有立即死去,可是子弹取不出来,她在苟延残喘,能拖上一个星期。在这期间,她回忆起往事。最早是她14岁到乌布利去避暑那一次。每年她的母亲都带她到那里去,从4月待到6月末。那一年,她遇到一个15岁的小表兄。他已经十分放荡,他告诉她一些事情,一面讲一面抚摸她的手。她感到"一种彻底毒化了的快感",但"在快乐的同时,我似乎感到我已犯了过错,而必要的力量和支持却离我而去"。一次次相遇使得她感到"极度自卑,万分痛苦羞耻"。她产生了在母亲去世后便立即自尽的想法。另一方面,乌布利的自然景色吸引着她,使她憧憬未来。16岁时她开始涉足上流社会。她爱上了一个淫邪、恶毒的年轻人,他引诱她做坏事,以致他们分手的时候,她已养成了坏习惯。20岁时她有了一个未婚夫,她向听她忏悔的神父询问,是否要向未婚夫承认自己以往的过错,神父制止了她。以她的德行去打赌,看她是否向别的男人屈服。他到教堂去,向天主祈祷,让他始终爱弗朗索瓦丝,又祈祷天主让他不再爱弗朗索瓦丝。弗朗索瓦丝即索纳夫人,原来是个公主,同索纳先生结婚后失去了贵族称号。她家的沙龙是巴黎最考究的沙龙之一。奥诺雷的精神恢复正常后两个月,他在布洛涅园林的大道上被马踩断了双腿,这是在5

月的第一个星期二。他被送到医院包扎。他知道弗朗索瓦丝越来越爱他,大家都接受他们的关系。可是他想,她怎能爱一个断腿的人呢?他希望她快点结婚。最后他在矛盾的心境中去世。

这篇小说不是成熟之作。普鲁斯特试图写奥诺雷的嫉妒心理,但是他嫉妒的对象却并不统一。小说第二节写的是奥诺雷虽然和弗朗索瓦丝相好,却又见异思迁,看上了长得更加漂亮的德·阿莱里乌弗尔王妃。这时他希望弗朗索瓦丝欺骗他,这样他就有理由去追求王妃了。这种情感很难说是嫉妒。小说第三节才是真正描写嫉妒心理。奥诺雷被马踩断了双腿,奄奄一息。这时他失去了与任何女人相爱的可能。他似乎希望弗朗索瓦丝快点结婚,他想:"希望别人给她幸福,我希望别人给她爱情。"好像他十分宽容大度,其实他这种想法隐含着想看到弗朗索瓦丝是一个无情无义的女人,因为她一看到情人残废,便改变了对他的态度,这暴露了她内心并不是真的爱他。奥诺雷心中其实有嫉妒,他同时又想道:"我不希望别人刺激她的感官,别人给她的欢乐超过我给她的欢乐……我嫉妒别人的欢乐,嫉妒她的欢乐。"这是他的真实想法,希望弗朗索瓦丝与别人结婚是嫉妒引起的一种愿望。当弗朗索瓦丝对他说,他会活下来的时候,他感到她说的是心里话。不过他想:"我死了就不会嫉妒了;但是在死之前呢?……既然我只嫉妒欢乐,我所嫉妒的不是她的心,不是她的幸福,我希望她幸福,通过最能使她幸福的人得到幸福;当我的身体消失了,当灵魂战胜了身体,当我逐渐摆脱了物质的东西,就像有一晚我病得很重那样,我不再狂热地渴望肉体,我更加热爱心灵,我就不再嫉妒了。"同时他又想到自己虽然断了双腿,却想追踪她,看看她是否在他梦想的地方。他深深感到:"这一大团以世界所有的力量压在他身上的东西,他明白这是他的爱情。"他自问:"这是我的爱情压在我身上吗?如果不是我的爱情,这又是什么呢?……我快死的时候,还是不能摆脱我的爱情,而是死于我的肉体欲望,我的肉体渴望,我的嫉妒……天主,让我认识真正的爱情吧。"普鲁斯特对奥诺雷的嫉妒心理,或者说爱情的描绘已不同于一般的爱情描写,他集中笔墨去写人物的心理,而不是一对情侣相爱的经过。他力图探索嫉妒这种心理在情人身上如何表现,特别在一个失去恋爱能力的人的身上如何表现。这种描写已接近《追忆逝水年华》中对斯万的爱情描写的意识流手法。

《巴尔达萨尔·西尔旺德,即德·西尔瓦尼子爵之死》也是描写一个上流社会人物之死,但内容迥异。小说先描写子爵的侄子,一个13岁的小男孩阿莱克西去探望他,知道子爵只有三年的寿命了,虽然子爵只有36岁。小说第二节才转到对子爵的叙述上来。一个有夫之妇陪伴着他,他们虽然拥抱、接吻,但他不想把她引向堕落。第三节重新写阿莱克西去看望叔叔,子爵这时已经不出城堡,行动不便,却爱着锡拉库萨小公主皮娅。全身麻痹性痴呆症逐渐征服他。他热爱的嫂子来看望他时从马上摔下来,被另一匹奔马踩了过去,受了重伤。子爵非常悲伤,他觉得自己的生命远没有嫂子的生命重要。子爵的病情迅速恶化,他要求皮娅不去参加舞会,她感到非常为难。子爵发起高烧,不断说胡话。他让人将床挪到窗前,让他能看到海港的景象和牧场、森林。不久,他的心脏停止了跳动。

　　这篇小说写于1894年10月,留下了试作的明显痕迹。小说的叙述对象时而落在子爵的侄子阿莱克西身上,时而落在子爵身上。这不是视角的转换,而是作者对叙述方式的把握缺乏技巧而造成的。除了这两个人物以外,小说中出现的女子时而是一个无名无姓的年轻女郎,时而是"最亲密的精神女友"奥利维亚娜公爵夫人,时而是他的未婚妻(?)锡拉库萨小公主皮娅,时而是他敬重的嫂子。子爵与这些女人的关系只是一笔带过,面目不清。短短一万五千字,出现了如许的女性,她们必然像走马灯一样掠过。她们在小说中,甚至在子爵的生活中所起的作用并不显著。至于子爵,看来是一个正直的贵族,他不愿引诱别人的妻子,尽管已经发展到同她热烈接吻的地步;他对奥利维亚娜公爵夫人的"爱是纯洁的,不指望任何肉体的快乐",两人只是从这个角度去描写贵妇生活的作品并不多见,这是《欢乐与时日》中一篇较成功的作品。

　　《德·布雷弗夫人忧郁的度假》探索的是贵族寡妇的爱情心态。这篇小说写于1893年7月。女主人公弗朗索瓦丝·德·布雷弗的丈夫已去世四年,她在王妃的晚会上见到了雅克·德·拉莱昂德,他在衣帽间约她上他家去,她不敢前往。直到6月底,她才再次见到他。这时她很想认识他,可是他却离开了。她常常在夜里醒来,设想见到他的方法。她的女友热纳薇艾芙给德·拉莱昂德先生写信,请他来演奏大提琴。可是德·拉莱昂德出门了,他一月份之前不会回来。她的房间里有一帧大幅照片,其中一个散步的人有点像德·拉莱昂德先生。她的脑子里始终出现德·拉莱昂德先生的形象,对她来说,这是一个可望而不可即的人物。

　　普鲁斯特十分细腻地刻画了德·布雷弗夫人的爱情心理。与一般的爱情小说不同,这篇小说可以说描写的是一位贵妇虚幻的爱情。德·拉莱昂德先生长得并不漂亮,甚至可以说长得丑,他只不过在王妃家的衣帽间有意用手肘撞了德·布雷弗夫人一下,并且大胆地邀请她到他家里去,这一邀请相当露骨,但却挑起了这个寡妇的激情。她越是见不到他,便越是挑起她的热望。她忍不住托女友给德·拉莱昂德先生的朋友写信约会,随后又亲自写信去约会,但就是见不到他。她的脑子里构思出见到他和认识他的种种情境,深信只要见到他便能实现这些情境,"这种欲望植根于她身上,通过千百条根须,深入到她幸福或忧郁的最下意识的时刻之中,让新的汁液在这些根须里流动,而她不知道汁液是从哪里来的。"她的生活中失去了一切乐趣,无论在听音乐、阅读或散步时,她的心都被忧郁、嫉妒占据了,这些情感一刻也不离开她。她关在自己的房间里,让人把钢琴移过来,弹奏钢琴,闭着眼睛想更好地看到他:"这是她唯一沉醉的快乐,带着失望的目的,这成了她不可缺少的鸦片。"她排斥不了这痛苦,这痛苦像不能忍受的毒药,难以摆脱。她设想他的脸容有不可抗拒的魅力,能给她注射吗啡一样的效果。随后她又诅咒自己的想象力。她听到自己的心情在夜晚呻吟:"她咒骂这不可表达的事物的神秘感,我们的精神就深陷在它的美的光辉中,仿佛落日沉入大海一样,以深化她的爱情,使之不朽、扩大、无边无际,却更加折磨人。"普鲁斯特对这位贵妇的爱情的刻画所用的比喻新奇而贴切,很有独到之处。

小说最后一节插入了"我",这种叙述方式似乎并不协调。普鲁斯特的本意是在加强对女主人公的心理分析,但效果并不明显。这表现了普鲁斯特对第一人称叙述方式的浓厚兴趣。另外,小说第四节几乎不分段落,长达四千字左右。这种写法在普鲁斯特后来的小说中更经常地出现。

《城里的一次晚宴》描写上流社会银行家举行晚宴的场面。作者一一介绍参加晚宴的宾客。其中,一个年轻人是女主人弗勒梅夫人看中的,她不时向他投以热烈的目光。这位银行家太太做慈善事业,向上流社会的女士介绍大作家。勒努瓦太太把话题引向德·布伊弗尔亲王所取得的胜利,她和这一家有亲戚关系。年轻的 D 公爵夫人美丽的眼睛总是带着忧郁的目光。奥诺雷在晚宴后离开了,沿着香榭丽舍大街往前走时,思绪在游荡。他想到自己认识的人,想到生活及其神秘性,想到自己的欢乐和悔恨,想到自己可以写作。这篇小说似乎没有写完,至少前后两节有点脱节。普鲁斯特从上流社会的一次晚宴转到主人公的思考,从内容上说联系并不紧密。值得注意的是他最后想到自己可以写作,这与《追忆逝水年华》的主人公相似。

《布瓦尔和佩居谢的贪图名利和音乐迷》属于第三种类型。法国作家从 19 世纪以来流行模仿前人的笔法编写故事,以显示自己的多种叙述才能。普鲁斯特也喜欢这样做,目的在于锻炼自己的写作能力。他写的仿作不少,但收入《欢乐与时日》的只有这一篇。从题目看,就可以知道这是模仿福楼拜(Flaubert, 1821—1880)的一篇小说。普鲁斯特根据《布瓦尔和佩居谢》(Bouvart et

Pécuchet)中两个主人公的性格特点和所作所为,设想他们如何贪图名利和迷恋音乐,这是福楼拜的小说中所没有写到的。这两个继承了大笔遗产的乡下有产者,无所事事,兴趣广泛,但浅尝辄止,从一种爱好转到另一种爱好,每次都毫无所获,不了了之。这回,他们觉得现代文学具有头等重要性,于是投入到写作中,向杂志投稿。他们先写评论,追求文笔的自然和轻灵。他们觉得印象派领袖勒贡特·德利尔(Leconte de Lisle, 1818—1894)过于冷漠,象征派先驱魏尔伦过于敏感。他们想找到折中的作家,但是找不到。他们认为洛蒂(Loti, 1850—1923)总是写同一题材,亨利·德·雷尼埃(Henri de Régnier, 1854—1936)玩世不恭,马拉美(Mallarmé, 1842—1898)不再有才能,梅特林克(Maeterlinck, 1862—1949)令人害怕,勒梅特尔(Lemaître, 1853—1914)前后不一,法朗士思考差,布尔热(Paul Bourget, 1852—1935)的形式蹩脚。他们感到缺乏完美的作家。布瓦尔想表达得明晰、优雅、热烈、高贵、有逻辑性、幽默。佩居谢则认为幽默不重要。布瓦尔认为当今作家过分追求创新,而佩居谢觉得风俗败坏。他们讨论到风俗、财界、宗教、艺术和戏剧界、犹太人等问题。至此,他们的兴趣转向了音乐,谈论瓦格纳、威尔第、古诺德、埃里克·萨蒂、贝多芬、巴赫等作曲家,有褒有贬。这篇小说也不像有结尾。

总起来看,这几篇小说多数是写外省的贵族或资产者。普鲁斯特自从涉足巴黎上流社会以后,对上层人物加深了认识。他青少年时期到外省度假时,已经接触到这类人物。普鲁斯特所注意的有两方面。一是他们一生的终结。有的短篇写人物从小或成年至生命结束,如薇奥朗特、忏悔的少女,有的写人物生命的最后阶段,如德·西尔瓦尼子爵、奥诺雷。人物的一生或生命的最后阶段只执着于一件事,被这件事所纠缠。普鲁斯特并不注意时代和环境的描写,也没有触及重大事件,这些小说谈不上多大的思想和社会意义。忏悔的少女只因自己做了对不起母亲的事(和别人拥抱),被母亲看到,母亲受刺激而死,她便感到自己无法再生活下去而自尽。她的死谈不上任何意义。德·西尔瓦尼子爵的死也是平平淡淡地了结。薇奥朗特是一个大贵妇的死,她寿终正寝。这不是轰轰烈烈的死。这一点与19世纪以来的小说截然不同。无论是梅里美、斯丹达尔、巴尔扎克、福楼拜,还是左拉、都德、莫泊桑、法朗士,甚至巴尔贝·多尔维利(Barbey d'Aurevilly, 1808—1889)、维利埃·德·利尔-亚当(Villier de L'Isle-Adam, 1838—1889)等写作短篇小说的作家,都注意小说的社会和思想意义的挖掘,并将此置于短篇小说创作头等重要的位置。从这个意义上说,普鲁斯特走的是一条新路,迈向了20世纪的小说。普鲁斯特的短篇小说当时没有受到评论界的注意,与他的小说内容的平淡和缺乏突出的社会意义不无关系。而从今天的角度看来,这倒是《欢乐与时日》具有创新意义之处,值得我们重视。普鲁斯特在这个时期所写的文章中,曾经谈到他的艺术观。他说:"艺术深深扎根于社会生活中,以致在人们赋予非常普遍的感情现实的特殊虚构中,一个时代或一个阶级的风俗、趣味往往占有重要位置。"[①] 普鲁斯特

---

① 亨利·勒梅特尔:《法国文学史》第4卷第86页,博尔达斯—拉封出版社,1972年。

仍然强调描写社会生活,但他所理解的社会生活与时代、阶级的风俗和趣味紧密相连。普鲁斯特显然还没有与传统割断联系,不过他更看重的是精神上的东西,他所说的风俗与趣味与此有关。普鲁斯特在一篇文章中又说:"使我们幸福或不幸的能力自动退缩,以便在我们的心灵中生长,我们在心灵中把痛苦变成美。"[①]因此,普鲁斯特注意人物的感情生活,除了爱情以外,他把附庸风雅、嫉妒、爱好、迷恋某种东西,当作描写对象,并带上了嘲讽的口吻。例如德·布雷弗夫人爱上了一个平庸乏味的男子。按照以往的观点,这些微不足道的情感不值得当作一篇小说的主要描写对象。它们可能出现在人物一段时期的生活中,只作为人物描写的一部分。例如,莫泊桑的《皮埃尔和让》完全是描写人物的心理活动的一部小说,但他同时描写人物对遗产的争夺。普鲁斯特显然受到当时流行的哲学思潮的影响,对人的情感活动的兴趣超过了对人物的社会政治活动和利益的关注。

毫无疑问,上述七篇小说都不同程度地探索了心理描写。其中,《一个少女的忏悔》和《德·布雷弗夫人忧郁的度假》接近意识流小说。因为整篇小说几乎为人物的思想活动所组成。《薇奥朗特,或名迷恋社交生活》和《嫉妒的结束》的心理描写也有特点,普鲁斯特意在挖掘人物的一种精神心态,也即迷恋社交生活和嫉妒心,这不是一般的心理描写,应该说已属于意识流小说的范畴,同《追忆逝水年华》一脉相通。上述四篇小说的心理探索实际上已包

[①] 亨利·勒梅特尔:《法国文学史》第4卷第86页,博尔达斯—拉封出版社,1972年。

含很大的创新成分,与当时流行的心理小说既有相同之处,又有不少差异。如布尔热的代表作《弟子》(Le Disciple)描写主人公的自我内心分析,力图复活自己以往的情感,并设想出别人的情感,主宰人物行动的是某种观念。他的心理分析是剖析某种观念。而更早一些的心理小说家如斯丹达尔(Stendhal,1783—1842)则擅长解剖人物随时随地的心理活动,人物对环境和情势的即时反应。又如雨果,善于分析人物的思想斗争和变态心理。斯丹达尔和雨果都注重通过心理分析去表现人物的性格。普鲁斯特与他们既有相同之处,即分析人物的思想活动,回顾自己的生活历程,但更多的是不同:普鲁斯特将心理描写贯穿于小说的始终,或者以回忆作为心理描写的唯一手段,或者描写人物空中楼阁式的爱情,这是更为纯粹的心理活动。这种叙事方式同以往的回忆写法有很大不同。以往小说中的回忆往事,是回顾人物的经历,重点放在经历的叙述上。而在普鲁斯特笔下,回忆不仅是叙述经历,还是挖掘人物内心情感的有效手段。此其一。普鲁斯特所乐于分析的某种特殊情感,如嫉妒、情意、迷恋(包括迷恋社交生活、贪图名利、音乐迷)、临终前的思想活动等,普鲁斯特的描写已初步具有意识不断流动的态势,其中有潜意识,有直接心理独白和间接心理独白。如《一个少女的忏悔》写道:"这回忆的清澈的泉水怎么能够竟然再一次喷射而出,流淌在我今日不洁的心灵中而不受污染呢?"她一发而不可遏止的感情宣泄是意识的流动。《薇奥朗特,或名迷恋社交生活》描写女主人公初恋产生时的潜意识:"太阳沉入海里,她坐在一年前他带她来坐过的那条长凳上,竭力回想奥诺雷的模样:嘴唇向前努着,绿眼睛半闭半张,目光像光线一样扫视,落在她身上使她感到有点儿像一道热烘烘的、强烈的光。在温馨的夜晚,浩瀚而神秘的夜晚,她深信没有人会看到她,这激起了她的情欲,这时她听见奥诺雷的嗓音在耳畔向她诉说不该说的事。"初恋是作为潜意识的活动来描写的。又如人死前的感觉:"在他竭力想她的时候,他精神之眼却什么也没有看到:想象和虚荣之眼已经闭上了";"死神临近,耳朵失聪,什么也听不见了,可是,他的心还听着钟鸣。他又看到了母亲回家时拥抱他,晚上送他去睡觉,用双手暖着他的小脚,一直守在他身旁等他入睡的情景……"这是描写人死前的心理活动,细致独特,属于意识的流动和潜意识。此其二。普鲁斯特基本上不再注重情节的铺展,他的小说以主导人物一个时期或一生的主要情感的叙述为线索和主干,以致有的小说并不交代人物的追求是否达到了目的,他们的意向最后导致何方,如《城里的一次晚宴》描写主人公参加过一次晚宴后,在大街上走着、想着。小说前后两节并无多少有机的联系。读者无法领会作者的写作意图。《德·布雷弗夫人忧郁的度假》描写女主人公爱上一个男子,却无法与他接触,至此小说戛然而止,似乎没有写完,作者不交代她是否达到了目的。换言之,普鲁斯特并不像传统小说那样注意故事的完整性。此其三。普鲁斯特描写的人物思绪与人物的性格是相通的,迷恋某种东西构成了人物的思想特征。这种心理与性格相通的描写也可以说是对性格描写的一种反拨,与传统小说以塑造性格为重要特征来塑造人物的手法背道而驰。即使是嫉妒,普鲁斯特描写的嫉妒也与巴尔扎克在《贝姨》中描写的嫉妒不同,普鲁斯特仅仅描写主人公的嫉妒心理,他并没有什么行动,不像贝姨从嫉妒出发,做出各种各样损害对方的事。普鲁斯特力图解剖嫉妒心在人物头脑中的表现,仅此而已。此其四。

可以看出,《欢乐与时日》已经包含了《追忆逝水年华》的某些因素。例如,薇奥朗特就像盖尔芒特夫人,年老色衰以后,失去了上流社会的王国。《一个少女的忏悔》中,奥诺雷的嫉妒预示了斯万的嫉妒;他从马上摔下来死掉,就像阿尔贝蒂娜一样;女主人公期待母亲跟她道晚安并亲吻她,孩子"心中越发感到强烈的需要,于是就想出一些新的借口,什么我的枕头枕得太热,得把它翻过来啦,我的脚太冷,只有捧在她手里才能焐热啦",从中可以看到《追忆逝水年华》中叙述者对母亲的依恋。《欢乐与时日》不是一本写回忆的作品,却写了不少回忆,包括它提到了女性同性恋。凡此种种,都表明《欢乐与时日》在普鲁斯特的创作中的过渡作用和地位。

三、诗　歌

普鲁斯特留下的诗作不多,《欢乐与时日》中的八首诗也许是他最重要的诗作,题名为《画家与音乐家肖像》(Portraits de peintres et de musiciens)。这八首诗共分两组,第一组写画家,第二组写作曲家。画家是阿尔贝特·居伊普(Albert Cuype, 1620—1691)、波吕斯·波特(Paulus Potter, 1625—1654)、安东尼·华托(Antoine Watteau, 1684—1721)和安东尼·范德克(Antoine Van Dyck, 1599—1641)。居伊普是荷兰画家,擅长风景画,如海景、农村景象,带有理想化的诗意色彩,注意金色和有雾的景致,作品有

《乌贝根古堡》《年轻骑士去溜达》;他还画过肖像。波特也是荷兰画家,是当时最著名的动物画家。他仔细观察家畜和家禽,放在风景画中去表现。他能画出潮湿的空气、阳光照射在水面上的效果。作品有《风雨中的家畜》《倒映的母牛》。华托是法国画家,题材多样,先后画过街道、宗教场面、演员和戏剧场面、风景、军旅生活、神话题材,获得"佳节画家"称号,擅长表现光线变化和人物情感。作品有《狩猎城堡》《新兵》《休息》《战争的娱乐》《冷漠的人》《傻瓜》等。范德克是佛兰德尔画家,到过英国和意大利,吸取众家之长,擅长肖像画,他的一系列意大利贵族肖像衣饰华丽,背景是厚重的帘子、宫殿列柱廊和风景,注意刻画性格、感情;平民和艺术家的肖像画注意表情和手势。作品有《本蒂沃格利奥红衣主教》《名人肖像》《布鲁塞尔的法官》《查理一世骑马肖像》《查理一世的三个孩子》等。作曲家中,肖邦(Chopin,1810—1849)是著名的波兰作曲家,尤以钢琴曲著称于世,其中有华尔兹、玛祖卡、小夜曲、练习曲等,体现了浪漫主义的素质和诗意,表达了人类最深刻最微妙的激情。格吕克(Gluck,1714—1787)是德国作曲家,到过捷克、奥地利、意大利,后来成为奥地利宫廷乐师,自由改编法国喜歌剧,并创作意大利歌剧。作品有《意外邂逅》《阿尔赛斯特》《伊菲革尼亚在奥利德》等107部歌剧和喜歌剧,十部交响乐,七部奏鸣曲以及圣乐。他寻找"心灵的语言",要"表达伟大的感情,创造有力和动人的音乐"。舒曼(Schumann,1810—1856)也是德国作曲家,有遗传的精神疾病,曾在莱比锡、赫德堡大学读法律,喜爱文学,后学钢琴和音乐,曾在欧洲各地巡回演出。作品有钢琴曲、奏鸣曲、交响乐以及法国号、单簧管、双簧管曲子，两百多首根据歌德、海涅、席勒、沙米索等诗人的诗歌创作的歌曲。他的音乐和谐动听，体现了浪漫主义的情调。莫扎特（Mozart，1756—1791）是奥地利作曲家，音乐神童，6至10岁即在欧洲作巡回演出，又两次到意大利学习。后在宫廷任第一提琴手并作曲。作品有《费加罗的婚礼》《唐璜》《魔笛》等交响乐、歌剧、奏鸣曲、室内乐约700首，汇合了德国、意大利、法国的音乐，表现了人类的各种感情。

普鲁斯特酷爱绘画和音乐，一生都爱看画展和听音乐会。他选择了这四位画家和四位作曲家，表明了他的爱好所在。普鲁斯特的诗歌主要受到波德莱尔（Baudelaire，1821—1867）的影响，其次是魏尔伦（Verlaine，1844—1896）的影响。波德莱尔有一首《灯塔》，描写了八位画家，每一位占据四行诗。他用的是象征手法，以各种意象去表现这些画家的题材和特点。如写鲁本斯是"遗忘之河，懒散的花园，新鲜肉的枕头"，达·芬奇是"深邃而又幽暗的镜子，那里带着极神秘的甜蜜笑容"，所用的意象十分贴切。普鲁斯特也沿用这种象征手法。如"居伊普，消融在明亮空气中的落日，灰野鸭掠过，像搅浑水一样搅浑空气"；"波特，阴暗的平原阴郁的湿气，无限伸延，没有欢乐，没有色彩……他的母马顺从，不安，沉思默想，忧虑地抬起思索的头颅"；"范德克，你胜利了，平静姿态的王子……骑士休息在松树下，靠近水波，像水波一样平静……优雅而庄重的王子"。这些意象与画家笔下的题材和各人的特点相关，他们都是风景画家，有的擅长在风景中放上人物；有的是肖像画家，如范德克，他为英国国王和他的王子作画。这些画家的绘画题材都在普鲁斯特的诗中得到描绘,成为他的诗歌中的意象。普鲁斯特抓住了这些画家的特点:虽然他们都是风景画家,但是并不雷同。居伊普的风格是富有诗意,喜欢有雾的景色,普鲁斯特就以搅浑水的意象来描绘他的画面。波特喜爱画潮湿的空气,善画动物,风格沉郁,普鲁斯特便突出这个特点。范德克后来擅长肖像画,配上人物的姿态和背景,普鲁斯特在诗中指出:"姿态和举止这种高雅的语言,是妇女和国王世代相传的骄傲!"这个断语是妥帖的。关于华托的那首诗则受到魏尔伦的《月光》等诗歌影响。普鲁斯特注意到华托对色彩的运用有独到之处,这位画家常常表现假面舞会,描绘人物的华丽服装,明暗对比突出背景,假面下隐藏着感情。普鲁斯特以同样的象征手法去描绘作曲家:"肖邦,叹息、眼泪和呜咽的大海,一群蝴蝶飞过,毫不停留,对忧郁嬉戏,或在水波上飞舞……你总是让你的任性令人昏眩或淡淡的遗忘,在每种痛苦中流转";格吕克是"爱情、友谊的神庙,勇气的神庙","阿德梅特,伊菲革尼亚,你们心中的叫喊,还使我们恐惧";"舒曼,心灵和花朵的知心人啊,痛苦的神圣河流在你欢乐的堤岸边流过";莫扎特呢,"在烦恼弥漫的德国花园里,意大利女人还是黑夜女王。她的气息使空气温馨,充满灵性,而她的魔笛一缕缕吹出爱情"。音乐比绘画更加虚无缥缈,感受因人而异。普鲁斯特于是从他们的作品入手,用意象去表现他们作品的意境。在这方面,他几乎没有先例可循。总的说来,他的感受是相当准确的,大致能表现出这四位作曲家的题材和特点。

此外,从形式上看,普鲁斯特写的都是短诗,最短的只有八行,长的也只有26行,其余分别是两首12行,一首15行,一首18行,一首20行,一首23行。这正是自波德莱尔以来倡导的诗歌要写得精简,反对浪漫派滔滔不绝的感情流泻的艺术主张。但普鲁斯特不写十四行诗,诗歌或者不分段,或者不规则排列。普鲁斯特有意摆脱传统形式的束缚,不过他写的不是自由诗,他的诗歌是押韵的。

四、散文与散文诗

《欢乐与时日》中有两组散文:《意大利喜剧片断》(Fragments de comédie italienne)和《作为时间色彩的悔恨和梦想》(Les Regrets, rêveries couleur du temps)。这是两组不同类型的散文。第一篇共14节,是人物肖像与场景的组合。第一节《法布里斯的情妇》描写法布里斯埋怨他的情妇因聪明而损害了美:"每当我观赏《蒙娜丽莎》时,倘若我同时要倾听一个另有见地的评论家的解说,我还会迷恋这幅画吗?"他离开这个情妇,寻找另一个漂亮而没有头脑的情妇。但她的缺乏才智,妨碍他欣赏她的魅力。随后她看书,变得跟第一个情妇一样聪明,不过少一点笨拙可笑。他请她保持沉默:即使她不说话,她的美仍然反映出她的愚蠢。最后,他认识了一个女人,机智而灵活,像宠物一样听话,可是她并不爱他。第二节《米尔托伯爵夫人的女友们》描写米尔托的女友中,帕尔泰尼斯公爵夫人比她漂亮,拉拉热同她一样高雅,克莱昂蒂丝甘于地位低微,但她不能忍受巴结她的多丽丝。她们之间的友谊都出于各自的目的:"米尔托就像一只小狗挨近一只大看门狗;她数过看门狗有多少根骨头,想试探一下公爵夫人们,如果可能,将其中一个夺取过来。"第三节《埃尔德蒙娜、阿德尔吉丝、艾尔科尔》叙述艾尔科尔不慎告诉交际花埃尔德蒙娜一个轻佻的场面,公爵夫人阿德尔吉丝知道这个场面,便埋怨艾尔科尔不喜欢她,交际花也怪艾尔科尔既不爱她,也不尊敬她。第四节《朝三暮四》描写法布里斯的爱情心理:他想证明自己对贝阿特丽丝的爱情可以结束,但还能保持来往,结果有两年不再去看她。他想着另一个情妇,不想去看见阿特丽丝。第五节无题,议论有恶习的人能给生活以刺激。第六节《失去的蜡》分为两部分,第一部分描绘西达利兹的妩媚,第二部分描写依波莉塔面孔的缺陷,"我"觉得她的脸形和神态像一只鸟,她的孩子也像她一样,鹰钩鼻,薄嘴唇,目光锐利。第七节《附庸风雅者》分四部分,第一部分描写有个女人并不讳言喜欢舞会、购物,甚至赌博。但她不愿从属于公爵,她不认为自己低于任何人。第二部分认为有头脑的女人要回避有损于情夫的名字,但想到一个公爵夫人的联姻能使她快乐得颤抖。第三部分描写艾丽昂特也附庸风雅,不惜一切收买法官,腐蚀他们。第四部分议论一个附庸风雅的女子的心灵就像托尔斯泰所说的,是一座幽暗的森林。有光荣历史的家族后代吸引着她,她会为此而牺牲自由、娱乐和思考的时间、责任、友谊,甚至爱情。第八节《奥朗特》描写这个人物一身是债,对妻子不忠实,宴会中不脱手套,表示不吃东西等等,其实他很富有,用不着举债,相当温柔,不会引起妻子烦恼,赴宴之前已经吃饱。他有艺术家的心灵,却加上平民的一切偏见。第九节《反坦率》叙述奥古斯丁很坦率,你在沙龙中就得小心提防,别忘了他是你的真正朋友。俗话说"爱得深,责得严"。他的听众认识不到,坦率有时只是坏脾气产生的恶毒语言。第 10 节无题,议论文学界是一个典雅的地方,在那里,每个人的见解由其他人的见解组成。从某些人那里转到别的人那里,你会发现有的人的愚蠢、恶意和可怜状况,你欣赏某些人的明智,会对自己尊敬另一些人感到脸红。从这个人到另一个人家里,你等于拜访了两个敌对的营垒。第 11 节《剧情》描写奥诺雷在房间里照镜子,他的领带问他为什么闷闷不乐,他的蘸水笔说他一个星期内老是写情书,心情郁闷。房间里的花卉说他对花香无动于衷,恋爱了。书籍告诉他,它们可以给他讲故事,让他消除烦恼。奥诺雷承认自己恋爱了,但只被爱上一个月,所以心酸落泪。仙女对他说,要在一个月内对意中人冷淡,保持耐心才能获得爱情。奥诺雷表示愿意照办。钟声乱敲,花香四溢,蘸水笔和书籍不动不响,好像要他听仙女的话。意中人进来了,奥诺雷扑过去吻她,叫道:"我爱你!"结语:就像对着意中人热情的火焰吹气一样,你认为这个方法不合适,她便躲开;你的目光冷漠,便会重新看到她。第 12 节《扇子》描写扇子对沙龙中贵妇人的作用,它会留下人物的身影,令人回忆。第 13 节《奥利维昂》叙述奥利维昂不满意自己的情妇、度假和自己,却不想改变。他还不是一个男子汉,而是一个文人。第 14 节《世俗喜剧的人物》分析了各类喜剧人物的性格和特点。贝尔加姆的圈子使人产生这些思索。

这 14 节散文大半是人物素描,普鲁斯特首先借鉴了 17 世纪散文作家拉布吕耶尔(La Bruyère, 1645—1696)的《品性论》(Les

Caractères)描绘人物肖像的方法,也即以讽刺的口吻逐一描绘在沙龙中出现的人物,或者突出他们相貌可笑的地方,或者指出他们倨傲的态度,或者揭露他们丑恶的品行,或者剖析他们的低级趣味和不切实际的爱情心理,或者指责他们附庸风雅的精神面貌,或者以对比手法显示他们的丑态。这种罗列写法既显得简洁,又能突出人物的肖像特点,收到很好的效果。这些肖像表明普鲁斯特十分注意观察上流社会人物,从他们的外貌去洞悉他们的内心世界,这对他后来写作小说有很大帮助。值得注意的是,普鲁斯特还采用了其他手法去描写人物。有时,他以第一人称来叙述,如第四节的第一部分和第12节;有时,他通过致附庸风雅者的口吻,与对方直接对话,如第七节的第四部分;有时,他以第二人称的叙述口吻来写,如第八节和第13节;有时,他在叙述中插入第二人称的段落,如第九节;有时,他以一出小型戏剧的形式来表现,人的领带、蘸水笔、书籍、钟、仙女逐一说起话来,最后是收场白,如第11节;有时,这是一篇简评,如第14节。这些别出心裁的写法已经超出模仿拉布吕耶尔的手法,更接近波德莱尔的散文诗集《巴黎的忧郁》(Le Spleen de Paris),并有所发展。普鲁斯特有意试验各种各样的写法,锤炼自己的写作能力。

《作为时间色彩的悔恨和梦想》完全是一首首散文诗,一共有30节,三万余字,是《欢乐与时日》中篇幅最长的一篇。第一节《杜依勒里宫》描绘这个旧王宫辟成的花园早上的景象,反映出"春天的热烈"。但天空阴暗下来,快要下雨,这时又另是一幅愁惨的景色。第二节《凡尔赛宫》描绘秋末的一片肃杀景象,凡尔赛成了"树叶广阔的水面和大理石富丽的坟墓"。第三节《漫步》描写穿着华丽、漫步在乡村的家禽饲养棚中的动物，原来这是一只孔雀，它是真正的极乐鸟。第四节《听音乐之家》描写在一个春夜、秋夜或冬夜里，工作结束，一家人聚在一起，孩子、年轻的母亲和父亲各有所思，反映了心灵的一致。音乐的神秘对老人来说，是生和死的景象，对孩子来说，是大海和大地的诺言，对情人来说，是神秘的无限和爱情的半明半暗。第五节无题，作者认为今日的妇女想摆脱所有偏见，却通过偏见来理解原则。她们的怀疑论和艺术爱好像过时的首饰一样令人不舒服。第六节无题，作者认为野心比荣誉更令人迷醉；愿望能激发人，而占有欲使一切枯萎。第七节无题，描写一个连长打开他放信的匣子，里面有书信、明信片、枯萎的花，还有能令人想起当时情景的东西、照片。有的女人已经过世了，另外一些有十多年未见面。敏感、温情蕴藏其中，像一幅壁画，叙述他的生平。他回忆起接吻。所有的痛苦过去了，像所有人一样，他最后要死去。第八节《遗物》叙述我买下了不理我的意中人出售的一切：扑克牌、绒毛猴、小说、母狗，回想起一幕幕情景，"她最真实的美也许存在于我的欲望中"。第九节《月光奏鸣曲》的第一部分描写夜晚来临，月光把他唤醒，可以看到大海上的浪涛和白帆。树下响起轻微的声音，迅速增大，这是风吹树叶的沙沙声。两边是橡树的林荫道，像一条亮闪闪的河流。树林沉睡。只听到父亲在责备我，我的敌人在罗织阴谋。现实笼罩在这非现实的月光中。我不明白是何种神秘的相似将我的痛苦与大自然中的肃穆、神秘连接在一起。我的忧愁在月亮中看到它不朽的姐妹，我的心中升起忧郁。第二部分描写我听到脚步声,阿森塔向我走来。我们待在树下的黑暗中。我们面前有样东西发光,我们撞在树干上。我们在月光中行走。我哭了,我看到她也哭了。我们明白月亮在哭泣,它的忧郁与我们的忧郁结合在一起。月光柔美的声音直达我们心底。第10节《往昔爱情中的泪泉》认为小说家及其人物的爱情描写虽然感动读者,却不幸是人为的。我们往日的巨大爱情与目前的无动于衷形成对比,我们的情人和爱情只在美学上令我们愉悦,爱情引起的冲动和痛苦已经消失,作家描写出来,只成为一种心理现实。第11节《友谊》描写友谊像温暖的床一样,令人回忆,其中有痛苦、有欢乐。第12节《烦恼短暂的有效》认为尤其应该感谢那些引起我们烦恼的朋友。在幸福生活中,人的命运显示不出来,而痛苦的美感能使我们的心灵听到责任和真实情况的话语。真正艺术家的忧郁型作品,说出有过痛苦的人的声音。第13节《坏音乐颂》认为要厌恶坏音乐,但不要蔑视它。正如没有风格的房子和淹没在趣味恶劣的题铭和装饰之下的坟墓,其形式并不重要一样。第14节《湖边邂逅》描写我坐车赴宴时在湖边遇到一个女人,她在远处示意让她上车,但我没有把她带走。因为她虽然有点姿色,却是个最令人讨厌的女人。我俩在宴会上见面时,我不承认刚才见到她。但我不能忘记那双打招呼的小巧的手,"那是安宁、爱情和言归于好的脆弱的象征"。第15节无题,描写血红的天空向行人提出警示:那边发生了火灾。有的火热的目光时常显露了让人思索的激情。但有时有些冷漠而快乐的人看来一副阴沉的目光,十分忧郁,好像他们的心灵和眼睛之间隔了一层滤色镜似的。第16

节《外乡人》描写多米尼克坐在熄灭的炉火边等待宾客。每晚他都邀请几个大老爷来吃晚饭。他出身高贵,又很有钱。突然他听到有个声音在叫他,声调像在谴责他犯了罪。他抬起眼睛,看到一个陌生人。这个人责怪多米尼克没有邀请他,认为应该同他重修旧好。如果邀请他,就要辞退其他人。多米尼克表示不能这样做,向客人们打开门,并问外乡人他是何许人,但不敢回过头来。隐身的外乡人对他说,多米尼克再也看不到他了,他是多米尼克的灵魂;而别人会抛弃他。有个客人对他说:"永远不要单独一个人等着,孤独会产生忧愁。"第17节《梦》描写"我"进入梦的世界,看到多萝西·B夫人,同她亲切地接触:"爱情就像这梦一般,带着同一种变颜改容的神秘力量掠过我心头。"第18节《回忆的风俗画》叙述我们的某些回忆像荷兰的风俗画一样,人物往往并不重要。"我在团队里充满了这类场面……我怀着极大的温馨回忆起来。"这种画面真实而充满魅力。第19节《乡野的海风》描写香槟的一个小地方酷似海边景色:"在这道路的高处,阳光热辣辣的,风儿吹拂,阳光灿烂,道路升向光秃秃的天空,这不是我们要看到的白晃晃的阳光和白色的浪花起伏的大海吗?""房屋在风中像一只船那样咿呀叫,可以听到看不见的船帆鼓胀起来。"第20节《珍珠》写道:"正是你的存在给了我的生命这种精细的、忧郁的和热烈的色彩,就像给予在你的身体上掠过黑夜的珍珠那样。我就像珍珠一样生活,忧郁地按照你的热力来变化,如果你不把我保留在你身上,我就会像珍珠一样死去。"第21节《遗忘的边界》引用19世纪历史家和散文家米什莱(Michelet, 1797—1874)的话说,死神把它打击的人变美,夸大他们的美德；死神告诉我们，在每个人身上，善多于恶。我们哭泣死者，仍然热爱他们，长时间感受到他们不可抗拒的魅力。我们的心对所爱的人时常是盲目的。当爱情的大潮永远退去时，我们会捡到一些古怪而可爱的贝壳。第 22 节《真正的存在》描写在昂加丁的一个偏僻村落里，落日使水光潋滟，使心灵愉悦。只见蝴蝶一只只飞起在湖上，到达彼岸的花丛，然后返回。这些蝴蝶就在我们的心灵上飞来飞去，抚慰我们的心灵。我们曾经在昂加丁相爱过，"你陪我散步，在我的桌上吃饭，睡在我的床上，在我的心灵里做梦……你在我身上有着'真正的存在'"。我们去旅行，爬到山顶，目眩神迷。身边冰雪闪光，脚下的田野有道道急流。我们来到一白一黑像白珍珠和黑珍珠两个湖边。你的目光使我回想起一些古怪而温馨的地方。第 23 节《内心的日落》写道："像大自然一样，悟性也有它的景色。"我们在天空中看不到我们思想的神秘反映。第 24 节《宛如月光下》描写夜幕降临，月光照亮了房间。爱情泯灭，我感到恐惧。"我所有逝去了的幸福和业已愈合的悲伤宛如这月光一般，近在咫尺而又遥远模糊，它们凝视着我，沉默不语，它们的缄默激起了我的柔情，而它们的远离和微茫的淡影又使我沉醉于忧愁和诗意中。"第 25 节《爱情的光照下对希望的评点》描写我失去了爱情，意中人离开了我，"我不知道我怎么有勇气对您说出这些，我刚无情地抛却的是我一生的幸福。"希望不再存在。但我看到那边燃起大火，我想，回忆正在协助我们。第 26 节《树下》描写在山毛榉树丛下，"我们的思想不像在海边、平原、大山上那样，具有扩展到世界的快乐，而是只有与世界分离的幸福。"第 27 节

《栗树》描写栗树丛下是神秘的洞穴,我羡慕在幽深的绿色阁楼里栖息的红喉鸟和松鼠。第 28 节《大海》描写海像音乐一样使我们迷醉,它不像语言,留下事物的痕迹,却模仿我们心灵的运动:"我们的心灵与浪潮一块升起,与浪潮一块落下……将它的命运与事物的命运混合在一起。"第 29 节《马里纳》描写我宁愿在树木丛生的道路上漫步,这里的一切和香气预示着大海,我能隐约听到海涛声。在晴天,大海映出蓝天,白帆像蝴蝶停在不动的海面上。而浪涛汹涌时,大海像闪光的白雪。第 30 节《港湾的船帆》描写在狭长的港湾,行人观看停泊在那里的船只。船帆被风鼓起,艚斜桅向水面倾侧,船壳好像保持航迹的神秘的优雅。

这 30 节散文诗大致可以分为三类,一类是对大自然的咏叹或触景抒情,另一类是对友谊和爱情的咏叹,第三类是哲理沉思。有的互有穿插。纯粹描写景色的散文诗韵味少些,如《杜伊勒里宫》《凡尔赛宫》等。有的场景出现的意象较为奇特,如《漫步》写的是家禽饲养场中的孔雀,作者把孔雀看作极乐鸟,但它像希腊神话中的安德洛玛克一样,安德洛玛克被俘后如同奴隶一样织羊毛,但却保持着华丽的王室标记和珍宝饰物(指孔雀美丽的羽毛)。这笼中鸟是没有自由的,虽然长着一身美丽的羽毛,但不能得到美好的生活。普鲁斯特喜欢流连在树荫下,体会恬静、幽深的意境。他把红喉鸟和松鼠在那里做窝、栖息的栗树看成美好的处所,羡慕它们在神秘、嫩绿的巢穴里自由自在地生活的意趣。他也喜欢淡淡的月光和月光下的景色,欣赏朦胧的如梦幻般的景致。他描写月亮无声地"在天空和大海中展示这白蒙蒙的温馨的节日"。在这种情景中,他想象到失恋的凄苦:"我无法停止凝望这内心的月光。"时而他在月光中醒来,"我的梦在我周围扩展"。他有时也喜爱从山顶上俯瞰山下,感到空间寥廓的舒畅,或者歌唱波涛汹涌的大海,气象万千的雄伟景象。时而他在香槟的平野中感受到海边的景象和海风吹拂的愉悦。对大自然的描绘多半是抒情性的,带上了忧郁的情调。这类散文诗反映了普鲁斯特的典雅情趣。他对大自然的爱好在于寄托自己忧郁的心绪。他在社会生活中接触到的是上流社会的病态人物,只有在大自然中他才能感受到自由自在与平淡恬静。他从小就喜爱大自然,只是由于身体患病才不得不远离大自然。然而,他越是难以时常接触自然界,便越发想到在大自然中调整自己的心态,获得精神上的平衡。他要么喜欢宽广宏阔的景致,要么乐意待在月光下和树荫下。这与他倾向于宏大、幽深、柔美的意趣相吻合。这三种美感似乎是矛盾的,其实却能共处于一体。

第二类散文诗是对友谊和爱情的咏叹。普鲁斯特把友谊比作芬芳扑鼻的床铺,它能安慰忧郁而冰冷的心灵,以热烈的温情去拥抱忧思。作者认为朋友造成的烦恼有时倒能使人得益,因为痛苦能使人反思,正如忧郁能反映人的内心。爱情是散文诗的重要主题。普鲁斯特描写了对往昔爱情的怀念。第七节中的连长在翻阅旧日的情书、照片和实物时感慨万千,似乎还领会到那时接吻的快意和幸福,感受到往日的情意。但这一切已一去不复返了。第八节中的人物买下了过去意中人的遗物,这是对旧日爱情的怀念。他又想起与情侣在月光下的漫步。泯灭的爱情使人惆怅,它近在咫尺,又十分模糊。普鲁斯特对爱情的描写角度颇为独特,他不写现时的爱情,而是写往日的爱情,或者说写失意的爱情。普鲁斯特的独特还在于他认为文学作品中的爱情描写叙述的是过去的事实,是一种心理现实,而不是一种真正的现实,有人为的成分。"心理现实"一词用法新颖,普鲁斯特有时也用"情感现实"来表述,这与柏格森所说的"意识的直接材料"是一致的。普鲁斯特已经开始注重爱情中人的心理活动,而不是爱情中人的行为表现,这和他在《欢乐与时日》中的七篇小说的爱情描写是一致的。在普鲁斯特看来,心理也是一种现实,这与外在的现实有所不同,它是人们心灵活动的结果。他要挖掘爱情中细微的心理表现,并将回忆与爱情描写结合起来。这种描写方法也就是《追忆逝水年华》所使用的基本叙事手法。当然,《欢乐与时日》中的散文写得还不娴熟,缺乏普鲁斯特的巨著中细腻曲折、回肠荡气的描写和叙事本领。

第三类散文诗是哲理沉思。这组散文诗的总标题是《作为时间色彩的悔恨与梦想》,这个总标题本身就带有哲理含义,普鲁斯特将悔恨与梦想看作时间的转换物,悔恨与梦想本是心理概念,而时间是人类衡量宇宙运行的尺度;时间本身是没有色彩的。这里,普鲁斯特将心理概念、时间和色彩联系起来,这是运用通感的一种手法。他把悔恨与梦想放到时间的长河中去考察,使之具有新的哲理含义。应该指出,哲理含义在另两组散文中也有表现。如对人生的领悟:将家禽饲养场里的孔雀与被俘的安德洛玛克相比,一是极乐鸟,一是英雄之妻。两者身份相似,命运相同。无论动物界还是人间,都有发人深思的现象。第四节探讨音乐对老人、孩子、青年男女所蕴含的神秘意义,认为音乐表达了心灵的真正一致,在人的心中唤起不同的回响。作者也从中感悟到音乐中有着"生与死、海洋与天空的广阔和最普遍的美"。有对社会舆论的批评,如第五节分析了法国妇女的偏见,她们将一个女人做了好事,看成违背了自己的道德本能。这种偏见导致她们的怀疑和爱好不合时宜。有对欲望的分析,如第六节将野心与追求荣誉做了对比,占有欲败坏一切,而愿望能使人振奋;梦想自己的生活更美好,胜过去感受它。创造出不朽的恋爱的诗人,往往只认识平凡的客店女仆;而寻欢作乐者绝不会设想出他们所过的生活。这种现象令人深思。有对爱情的哲理思索,如第七节在叙述了连长翻阅过旧日与情人的照片后,感到往事若即若离,像手中的蝴蝶一旦松开,便再也抓不住。他心中的镜子已经褪色了,青春的气息再也不会掠过他的心头。爱情、青春已一去不复返。第17节把爱情比作梦幻,而且人们往往确实是在梦中感到爱情的幸福:"我猛然醒来,认出了自己的卧房,就像邻近地区暴风雨中紧跟在闪电之后的一声雷鸣,与其说是令人昏眩的幸福回忆接踵而至,不如说它已和确实得让人震惊的虚幻和荒谬化为一体。"有对人性的剖析,如第12节探索引起过我们烦恼的恶女人、残酷的朋友其实对我们也有好处,正如使人忧郁的剧本远胜于欢快的剧本,后者欺骗我们的饥饿,而不能平息饥饿;只有当利益给人戴上假面具,欲望改变了人的面孔时,人们的命运和幸福生活才显露出真面目。第23节指出悟性像自然一样有景致,旭日和月光也不能像忧郁情怀那样催人泪下,心潮澎湃。我们在乌云掠过时,是看不到我们思想的神秘反应的。

有对心灵的解剖,如第 16 节将灵魂写成一个陌生人、外乡人:"我在你身上,但我永远离你很远。"第 21 节剖析我们对故去的人的怀念,尽管这个人有缺点,曾被我们咒骂过。我们的心是盲目的,但这种盲目是要结束不和谐。仿佛发现了顶峰之后,原谅的山冈便显现出真正的价值。第 28 节把心潮的起伏比作大海的波涛。上述各篇包含了相当广泛的哲理,但普鲁斯特不像蒙田(Montaigne,1533—1592)那样,是在怀疑论的哲学思想指导下去写作《随笔集》的,他也不像帕斯卡尔(Pascal,1623—1662)那样,阐述对世界和人生的深奥哲理思想。他还没有形成固定的哲学思想,只是对生活有某些感悟,有感而发,信笔写在散文诗中而已。同时他也不像象征派先驱波德莱尔、兰波(Rimbaud,1854—1891)那样,描述世界的丑恶现象,对散文诗进行语言写作试验。从这个角度来看,普鲁斯特的散文诗还只是一种习作。

一针见血的批评
——普鲁斯特对圣伯夫的有力批驳

法国19世纪上半叶首屈一指的批评家圣伯夫(1804—1869)是第一位实证主义文学评论家,随后出现的泰纳(1828—1893)以及19世纪末20世纪初的法盖(1847—1916)、布吕纳介(1849—1906)、朗松(1857—1934)等,也都属于实证主义批评家。他们之间有一脉相承之处。20世纪初,实证主义批评仍然占据着重要地位,圣伯夫声誉日隆。在圣伯夫一百周年诞辰之际,对他的赞誉更是达到新的高度。普鲁斯特对这位"享有盛誉的大批评家"很不以为然。他对圣伯夫的批评方法和文艺观点早就有自己独立的见解,约从1905年起,他便酝酿写作一组文章,批驳圣伯夫的观点。1908至1909年,他的这组文章已经写成。这些文章写在白纸和笔记本上;在写作过程中,普鲁斯特的想法产生了变化,他曾经试图将自己的见解写成小说形式,因此,他将自己的观点放在小说人物身上。后来,普鲁斯特的写作意图又有了变化,于是他中止了自己的写作,开始创作《追忆逝水年华》,并将这组文章改写到这部巨著中。普鲁斯特留下了75页手稿和许多笔记本,经过后人(主要是贝尔纳·德·法洛瓦、皮埃尔·克拉拉克和安德烈·费雷)的整理，编成一本《驳圣伯夫》，于1954年和1971年两度出版。普鲁斯特的真知灼见得以问世，他对圣伯夫的批评方法和见解的反驳打中了圣伯夫的弱点，受到了批评界的重视。从普鲁斯特的批驳中也可以看出他的文学观点。这组文章无疑是普鲁斯特重要的文学批评和美学著述。他在1909年4月致《法兰西的默居尔》的主编的信中表示："这本书以关于圣伯夫和美学的长篇谈话结束。"①他在书中实践了自己的"艺术原则"②。

《驳圣伯夫》中的文字并非都是评论圣伯夫的，关系到圣伯夫的文章有：《圣伯夫的方法》《热拉尔·德·奈瓦尔》《圣伯夫与波德莱尔》《圣伯夫与巴尔扎克》《德·盖尔芒特先生的巴尔扎克》等五篇。它们组成了《驳圣伯夫》的核心，充分表达了普鲁斯特的文学观点，有力地批驳了圣伯夫的实证主义批评方法和厚古薄今的基本立场。这组文章表明普鲁斯特文艺观点的基本确立，并逐步过渡到从事自己的小说创作。

《圣伯夫的方法》一文指出了这位批评家的批评方法的谬误所在，是提纲挈领的一篇文章。普鲁斯特指出："我觉得，我有必要谈论一下圣伯夫，随之远远地越过他，谈论一些也许很重要的问题；我要指出，在我看来，他作为作家和批评家，在哪些地方大错特错，也许我要谈谈批评家应该是怎样的，艺术是什么，以及我经常思考

---

① 见 Jean-Pierre de Beaumarchais et Daniel Gouty：Dictionnaire des-Grandes euvres de la littérature française, Contre Sainte-Beuve, 301, Larousse, 1997。
② 见 Jean-Pierre de Beaumarchais et Daniel Gouty：Dictionnaire des-Grandes euvres de la littérature française, Contre Sainte-Beuve, 301, Larousse, 1997。

的一些问题。"①普鲁斯特试图以圣伯夫为例,分析他的批评方法错在哪里,并进而提出自己的文学主张。大体说来,普鲁斯特从两个方面来批评圣伯夫的方法。

首先,他认为圣伯夫运用的方法正好外在于作家的创作,不是从作家的作品入手去评论作家,而是大谈特谈作家的生活、交往、轶事等次要方面。普鲁斯特先援引圣伯夫的两个赞颂者的言论。一是保尔·布尔热的话:"他引用轶事多多益善,为的是让观点层出不穷……他让美学规则的某种'理想'凌驾于精细入微的材料搜集之上,他依仗这理想下结论,并迫使我们下结论。"二是泰纳的话:"他将博物史的方法搬用到精神史中……为了了解人,必须轮番观察:首先是种族和血统,往往可以通过研究父母和兄弟姐妹加以辨明;其次是最初的教育、家庭环境、家庭影响和决定幼年、青少年成长的一切;然后是人在获得发展的环境中与之相处的第一群杰出人物,他所属的文学阶层。接着而来的是研究这样形成的人,探索能揭示他的真正本质的标志,从好抬杠和好相与中得出他的主导激情和特殊精神气质,总之,从他的一切行为后果中去追索;文学态度或公众偏见绝不会放过在我们眼前和真面目之间设置的假象,而我们却要撇开这些假象,分析人的本身。"上面两段引文十分准确地阐明了圣伯夫的批评方法,具有代表性,普鲁斯特把这种方法总结为:"写出精神的博物史,从人的传记、家庭史和一切

---

① 见 Marvcel Proust: Contre Sainte-Beuve, idées, Gallimard, 1954 年版,后文所引普鲁斯特的论述,均出自此书,不再一一注明。

个人特点去领会作品,得出作家天才的性质,这正是大家承认他(按,指圣伯夫)的独创性所在,他自己也表示承认。"普鲁斯特认为这是一种"文学植物学"。普鲁斯特的断言是有根据的,圣伯夫就曾经提到过植物学家朱西厄(1688—1765)和动物学家居维埃(1769—1832),认为文学批评可以从他们的方法中找到"一些关系、一些联系"。这就是为什么圣伯夫的作家评论写得包罗万象,甚至包括作家的摄生法、日常生活方式、恶习、弱点等。他认为批评家需要掌握尽可能多的有关作家的生活琐事、兴趣爱好、恶癖陋习等等。他的批评方法接近于写作家传记,虽然这也能勾画出作家的面貌和某些特点,但是并不能深入到作家的创作底蕴中,也不能深入分析作品的内容与形式,无法剖析作家的创作特点,指不出作家取得了何种艺术成就。圣伯夫还认为,理解一位诗人、一位作家,必须毫不厌多地征询认识诗人、作家并有交往的那些人,他们可能告诉我们,他怎样对待女人等等,就是说正好是对诗人真正的自我毫不相干的一切方面。这样写出来的作家评论必然与作品很少关联。因此,圣伯夫的作家评论尽管卷帙浩繁,今日却大多失去了价值,只能提供作家的某些有关材料,在个别地方或许还闪耀出论述精辟的光芒,其余都淹没在各种材料的汪洋大海中,这样的批评著作不可能是"深刻的作品"。普鲁斯特毫不客气地宣称,圣伯夫"不可思议的、规模宏大的、热情奔放的全部批评作品缺乏意义"。毫不奇怪,圣伯夫虽然是一个批评大家,他却从来没有提出过理论体系,或者说今天看成能成为理论体系的构架和观点。因为他的理论化为上述他所运用的方法,而这是谈不上什么体系的。

普鲁斯特进一步分析了圣伯夫为何会运用这种批评方法。他指出:"圣伯夫似乎根本不了解灵感和文学创作的特殊性,也不了解其他人的工作与作家工作根本不同之所在。"对于作家的工作,普鲁斯特有自己独特的看法。他说:"一本书是另一个'自我'的产物,而不是我们表现在我们的习惯、社会、我们的恶习中的'自我'的产物。这个'自我',如果我们想了解它,就要力图在我们的内心再创造出来,正是在我们的内心,我们才能达到它。"又说:"作家的自我只能在他的作品中体现。"他认为作家从事个体劳动,他要处在孤独状态中思索和写作,他写作时处于一个"封闭的世界"中。作家与别人的交往和其他活动不是最重要的,不能给人提供对他的作品做深入的分析;而那些"骗人的外表","给人最外在和最模糊的东西"却是"最深入和积聚在内心的东西"。普鲁斯特认为:"事实上,展示给读者的是个人独自为自身写下的,完全是属于自身的作品。"作家的生活和社交活动自然也能透露出他的创作的某些方面,但这些事实并不能完全解释作家所写的作品达到何种高度,取得何种成就。作家如何将生活化为作品,化为怎样的作品,则是他的生活和社交活动等等不能完全解释清楚的。而圣伯夫则认为如果没有布瓦洛和路易十四,拉辛就只能写出《贝蕾尼斯》等次要作品,拉封丹写不出《寓言诗》,莫里哀也只能写出《司卡班的诡计》;天才作家写不出"最坚实的光辉遗产"。这样的论断与历史事实显然不符,《诗的艺术》于 1674 年发表,而莫里哀的《伪君子》《吝啬鬼》,拉辛的《安德洛马克》,拉封丹的《寓言诗》第一卷此时早已问世。圣伯夫的观点根本站不住脚。普鲁斯特认为作家与一般人不同，写作是一种精神劳动，作家要经过自己的大脑将现实生活来一番概括、融合、改造的工作，提升为不完全与他的生活相同的情节或故事；作家还有如何处理题材的方法，这牵涉到他的风格。凡此种种，都要批评家对作品内容和体现在作品中的艺术进行具体分析。普鲁斯特有点挖苦地说："要是认为有一天早上，在我们的邮件里，在我们朋友的藏书里发现的一封未发表的书信中，或者在我们从某个作者的熟人的口中，搜集到创作的真相，那就过于轻信了。"但这种方法正是圣伯夫的基本研究方法。圣伯夫以斯丹达尔为例，认为对于这样一位"相当复杂的人物做出明晰的判断"，避免言过其实，他宁愿求助于熟悉斯丹达尔美好的岁月、他的出身的人所说的话，求助于梅里美、昂培（1800—1864，法国作家、历史学家）、雅克蒙（1801—1832，法国植物学家、旅行家，与斯丹达尔频繁通信）所说的话，因为这些人见过和领略过最初状态的斯丹达尔。圣伯夫的论据令人不可思议，评论一个作家怎么能根据这个作家的某些朋友的话作为基本依据呢？这两者之间几乎是关系甚微的，甚至会风马牛不相及。而且作家的早年与他进入写作的时期已经发生了重大变化，所以不应以早年状态作为衡量这位作家的唯一依据，否则至少会以偏概全。普鲁斯特持之有据地问道："为什么斯丹达尔的朋友才能最好地判断他呢？产生作品的'自我'由于这些朋友而被另一个人感到不满，这另一个人很可能低于许多人的外在自我。""这另一个人"包括圣伯夫，他评价斯丹达尔比许多人还不如。圣伯夫是认识斯丹达尔的，他就搜集了梅里美、昂培的话，用来贬低斯丹达尔，做出了极其错误的评价。

圣伯夫的实证主义方法是将文学批评简单化和庸俗化,他离开了文学的文体——作品,因而他往往以自己的好恶来判定一个当代作家。这里牵涉到一个文学批评的标准问题。是以与作家有关的一切情况来评论一个作家呢,还是主要根据作品本身来衡量一个作家?回答是:与作家有关的一切情况只能作为理解作品的参考材料,并非这类材料都是必不可少的。作家表现在作品里的思想不一定都能从他的经历和活动中找到解释和答案。作品中描写的广阔的社会生活作家并非都亲自经历过,他可以从各种途径获得必要的知识,这是在他的通信和言论中未必都找得到的;不同的作家可以信奉同一种思想,可是表现在作品中却存在反映现实的不同深度,这需要批评家进行深入细致的分析,才能说明作品表达了多少思想意义;艺术上也是这样,不同的作家可以站在同一流派的旗帜下,但他们所达到的艺术成就却是不一样的,而且他们作品的艺术特色也不尽相同,往往还会迥然不同。普鲁斯特在这里提出了作家创作的一个重要特点:作家从事创作是一种精神劳动,他在书斋中写作时处于孤独状态,因为他要安心思索、构思;创作需要灵感,所谓灵感,简单说来就是作家的脑子达到兴奋状态,他的精神活动爆发出最佳的创造力,不断闪现出睿智或天才的火花,饱绽出华美的词句、出色的构思或深刻的思想。作家这种创作特点和灵感的触发与圣伯夫所主张和运用的批评方法不是相距很远吗?不可否认这两者之间有一点联系,但文学批评完全撇开作品本身,毫无疑问是绝对错误的。普鲁斯特确实抓住了圣伯夫的批评方法的弊端,切中要害。可以说,他的观点胜过了当时奉行实证主义的许多批评家。话说回来,对圣伯夫极口称赞的实证主义批评家也并不都采用圣伯夫的这种批评方法,例如泰纳就十分重视对作品的分析,他对巴尔扎克、斯丹达尔做出了与圣伯夫完全不同的评价,可谓慧眼识英雄。他扭转了文坛对这两位大作家的偏见。应该说,他的文学批评方法比圣伯夫高明得多。

其次,普鲁斯特认为圣伯夫否定了"几乎所有的真正具有独创性的当代大作家",这是由于他的文学批评标准是极端错误的。《圣伯夫的方法》一文已经提到圣伯夫对某些当代作家的判断错误。例如对斯丹达尔,圣伯夫是这样说的:"我刚刚重读,或者说检验了斯丹达尔的几部小说;坦率地说,它们是令人厌恶的。"《红与黑》的第一卷虽然"还有点意思",小说算是"有情节"的,但不知为什么斯丹达尔要采用《红与黑》这样一个需要猜测含义的书名。圣伯夫还说,小说人物"不是活生生的人,而是制作精巧的木偶"。另外,他绝不会"分享巴尔扎克对《巴马修道院》的热情"。巴尔扎克曾经对这部小说写过长篇评论,十分赞赏,圣伯夫指的就是这篇文章。圣伯夫认为斯丹达尔的短篇写得还可以,至多是一个"正直的人"。圣伯夫对斯丹达尔的评价相当低,只把他看成一个连三流甚至连四流都不如的作家,因为他比不上今日已被人遗忘的沙尔·德·贝尔纳、维奈·莫莱、德·维尔德兰夫人、拉蒙、塞纳克·德·梅朗、维克·达齐尔等等末流作家(今日的文学词典已经查不到这些作家的名字)。圣伯夫对斯丹达尔的评价之低真是令人吃惊!

普鲁斯特随后对圣伯夫的批评标准和文艺观点进行了更深入的思索,他发现圣伯夫对19世纪另外三位大作家,即奈瓦尔、波德莱尔和巴尔扎克的评价同样存在极端错误的判断。奈瓦尔(1808—1855)是20世纪现代派的先驱,他对梦的挖掘启迪了后来人,而圣伯夫无法理解奈瓦尔的独创性所在。《热拉尔·德·奈瓦尔》一文既展示了圣伯夫的错误看法,又分析了奈瓦尔的巨大贡献。圣伯夫对奈瓦尔的总体印象是:"热拉尔·德·奈瓦尔,像是往来于巴黎、慕尼黑之间的旅行推销员。"这一古怪的论断令人难以理解,大概圣伯夫看到奈瓦尔曾经到国外旅行的经历,认为他并没有写出什么有分量的小说和诗歌。其实情况完全不是这样。普鲁斯特以奈瓦尔的代表作之一、短篇小说《西尔薇》为例,认为奈瓦尔是一位不同凡响的作家。普鲁斯特指出:"现在人们一致宣称《西尔薇》是一部杰作。"《西尔薇》以梦幻式的回忆手法来表现,他给法国的瓦卢瓦地区以"梦一般的气氛"。小说第二章写的是梦境:"我回到床上,却无法休息。我沉浸在半睡眠状态中,我的整个青年时代又掠过我的记忆之中。理智还在抵制梦的古怪组合,这种状态往往在几分钟内让人看到一长段生活时期最令人触目的景象。"这是奈瓦尔对人进入梦境的描写。普鲁斯特深刻地断言,奈瓦尔在小说中"竭力艰辛地给自身确定、抓住和阐明人类心灵紊乱的细微变化、深刻的规律和几乎把握不住的印象"。奈瓦尔写的是回忆过去的梦,回忆他过去爱过的女人。这种将梦与回忆结合起来的写法,给普鲁斯特做出了榜样。奈瓦尔是一个诗人,他的小说也充满了诗意。梦、梦幻的气氛充溢着抒情的色彩。小说对色调的描写同样值得人们注意。普鲁斯特认为:"在落日时分,白丁香让它的白色歌唱,人们感到自身充溢着美……《西尔薇》的色彩是一种紫红色,一种紫红或淡紫色天鹅绒的红玫瑰色彩。"奈瓦尔对色彩的敏感也给普鲁斯特带来启示,虽然奈瓦尔还没有达到通感的感悟,但他对色彩的描绘无疑加强了小说的诗意。毫无疑问,《西尔薇》这篇诗化的小说从艺术上说来,是一种新创造。它已被列入法国的优秀短篇小说。对于这样富于独创性的作品,圣伯夫居然一无所感,不能不说是重大的失误,这与他的批评家声名很不相称,至少表明他对新技巧无动于衷。

《圣伯夫与波德莱尔》是一篇更为重要的文章。波德莱尔在生前受到社会的攻讦,他的诗集《恶之花》曾被法院起诉,判处罚款。波德莱尔的地位今天已经确定了,他是现代派的鼻祖。法国诗歌越出国界,在世界上产生重大影响,应从波德莱尔开始。所以普鲁斯特认为波德莱尔是"19世纪最伟大的诗人",普鲁斯特敢于把波德莱尔置于雨果之上,不仅反映了他的爱好所在,而且表现了他独到的批评家眼光。普鲁斯特与波德莱尔有一脉相承之处,他的偏爱是可以理解的。在这篇文章中,普鲁斯特抓住了一点,就是波德莱尔是圣伯夫的朋友,两人之间有通信关系。波德莱尔比圣伯夫的辈分小,对于这位大批评家怀有十分崇敬的心情。他一直期望圣伯夫能为《恶之花》写一篇评论文章,加以推荐,而且波德莱尔还写过赞扬圣伯夫的文章。但是他的期望落空了。且不说圣伯夫不愿为波德莱尔的官司提供说明,不愿让波德莱尔进入学士院,根本没有提携年轻人的长者风度。圣伯夫在提到波德莱尔时总是带上很大的保留,甚至玩弄文字游戏,模棱两可地说《恶之花》"是一座诗人建筑在文学堪察加尽头的小亭子,我称之为'波德莱尔游乐场'"。这句断语与其说是赞语,不如说是贬语。所谓文学堪察加指的是文学园地最边远地区,不属于文学的主流,是不起眼的小玩意儿——小亭子。所谓游乐场,是指诗人在那里玩游戏,这连试验也谈不上;这是个人的一种消遣之作,不登大雅之堂。普鲁斯特为了证明自己的论点,具体分析了波德莱尔的多首诗歌,然后指出:"看来,波德莱尔是通过语言前所未有的非凡力量(无论人们怎么说,比雨果的语言强有力百倍),将感情永恒化……他给各种痛苦、各种温柔一种前所未有的形式,这是适合他的精神世界特有的形式,在别人那里根本找不到,是只有他一个人居住,与我们所知全不相同的星球的形式。"普鲁斯特显然明了波德莱尔的诗歌创作具有里程碑式的意义,深刻认识到《恶之花》中的诗篇不同凡响,波德莱尔在表达感情方面达到一个新高度。他深知波德莱尔在形式(其实指的是艺术手法)上的独特性、无与伦比性。普鲁斯特接着指出波德莱尔运用了"有热量、有色彩的形式",他所写的一切混合成"幽暗而深邃的统一体",香味、颜色和声音"在交相呼应",即指波德莱尔运用了通感。圣伯夫显然没有发现波德莱尔的创新性,不理解他的描写开辟了描写城市和精神现象的新领域,不理解他的象征和通感手法,因而只把波德莱尔看成一个蹩脚诗人。

《驳圣伯夫》中有两篇文章论及巴尔扎克,即《圣伯夫与巴尔扎克》和《德·盖尔芒特先生的巴尔扎克》。普鲁斯特对巴尔扎克的作品非常熟悉,从青少年时期起他就不断地阅读巴尔扎克的作品。当时,他对巴尔扎克的一些写作方法虽然是赞赏的,但批评多于赞扬。普鲁斯特认为巴尔扎克的语言粗俗,不讲究风格等等,直至后来写作《追忆似水年华》，普鲁斯特的态度才产生了很大变化。然而，在写作这两篇文章时，他对圣伯夫评论巴尔扎克的观点仍有许多意见。普鲁斯特指出："圣伯夫不了解的同时代人之一是巴尔扎克。"圣伯夫写过几篇评论巴尔扎克的文章，以批评为主，只有在巴尔扎克逝世以后所写的文章中说了一些好话，但依然不够公允。普鲁斯特认为，巴尔扎克笔下的上流社会女性具有"深刻的社会真实性"，他研究过诉讼代理人和外省生活。普鲁斯特尤其赞赏巴尔扎克采用了人物再现的手法，而这两方面都是圣伯夫看不到的。圣伯夫指责巴尔扎克拔高了特鲁贝尔神父，把这个神父写成黎塞留式的人物；又认为把伏脱冷、毕安训、德普兰等人物写得过于高大，但"环境缺乏伟大性"。普鲁斯特反驳说："实际上，这正是他的小说家的目标：写作一个匿名的故事，研究某些历史人物的性格，就像他们在历史因素之外所表现的那样，其实正是历史因素使他们变得伟大。巴尔扎克的观点就是这样，这并不令人反感。"至于人物再现手法，圣伯夫指责说："这样的意图最终使他导向最错误的、最与兴趣背道而驰的观念，我的意思是说，让同一个人物像人们已经熟知的哑角一样不断地在几部小说中反复出现。这样就极大地有损于读者对新出现人物的好奇心，有损于对产生小说魅力的意外因素的吸引力。读者经常面对着一些老面孔。"普鲁斯特则认为再现人物手法是巴尔扎克的天才的表现，而这一点"圣伯夫并不理解"。普鲁斯特还指出圣伯夫"指责巴尔扎克的意图广阔、描绘的丰富繁复，称之为可怕的杂乱无章"。圣伯夫武断地要拿掉《三十岁的女人》《弃妇》《新兵》《石榴园》《单身汉的家事》《路易·朗贝尔》，甚至巴尔扎克的杰作《欧也妮·葛朗台》,对巴尔扎克的《笑林》故事、"经济小说、哲理小说、磁性感应小说、神智学小说"嗤之以鼻。圣伯夫对巴尔扎克的《人间喜剧》包容了极其广泛的内容很不以为然。普鲁斯特再次反驳说:"但是,这正是巴尔扎克的作品的伟大所在。"巴尔扎克在《人间喜剧》中反映了 19 世纪上半叶法国社会的历史变迁,这是以往的作家没有做到的,具有划时代的意义。《人间喜剧》描绘的图景的真实性和广阔性深深吸引了普鲁斯特,而作为一代批评家代表的圣伯夫对此却视而不见,岂不是咄咄怪事?

圣伯夫无视当代重要作家并不限于对奈瓦尔、波德莱尔和巴尔扎克的贬低。譬如,他认为"福楼拜介乎巴里埃尔(此人在文学词典中也查不到)和小仲马之间","福楼拜、斯丹达尔等等,蹩脚作家"。由于只是片言只语,普鲁斯特只引用出来,未加详尽地批驳。

法国批评家贝尔纳·德·法洛瓦正确地指出:"如果普鲁斯特满怀热情地探索巴尔扎克、奈瓦尔、波德莱尔的作品,实际上与其说是为了找到反驳圣伯夫的论据,还不如说是为了替自己找到鼓舞,仿佛是对他自己的作品做预示的工作。"[①]普鲁斯特对这三位作家特别感兴趣,因为他从他们的作品中发现了对精神的挖掘,这正是他即将要进行的工作。法洛瓦又指出:"要是奈瓦尔教会普鲁斯特想象的作用,那么巴尔扎克却教会他真实的重要性。"[②]奈瓦尔对普鲁斯特的启示在于以梦幻的手法去描写乡村,《追忆逝水年

---

① 见 Prèface de Fallois, Contra Sainte-Beuve, idées, Gallimard, 1954 年版,第 43 页。
② 见 Prèface de Fallois, Contra Sainte-Beuve, idées, Gallimard, 1954 年版,第 43 页。

华》中的贡布雷村就像《西尔薇》中的瓦洛瓦;奈瓦尔笔下的梦有强烈色彩;他从记忆中得出"感觉的个人素质"。普鲁斯特在《西尔薇》中还发现了欢乐与痛苦的交织,白天欢乐,晚上悲伤。《追忆逝水年华》的《在斯万家那边》和《在盖尔芒特家那家》也描写这两种情感。普鲁斯特对梦的描写、对爱情的分析,也部分受益于奈瓦尔的作品《西尔薇》和《奥蕾丽亚》。普鲁斯特认为奈瓦尔力图"阐明人类心灵说不清的细微差别、深刻的法则、几乎抓不住的印象"。至于巴尔扎克,他的人物重现手法给以普鲁斯特重大启示。人物反复出现,除了使小说家描写社会前后统一以外,还让人感受到时间的绵延、人的衰老变化,时间使人成长变化。普鲁斯特随后发展为在对时间的追忆中去表现社会。尽管此时普鲁斯特对巴尔扎克还有很多保留,但他对圣伯夫无视巴尔扎克的成功大感不满。至于波德莱尔,普鲁斯特赞赏这位诗人嘲弄自己痛苦时明晰的冷漠,并运用最普通的事物去象征他的精神世界的各个侧面。圣伯夫却对这三位极有成就的作家大加挞伐,不能不激起普鲁斯特的愤慨,于是他情不自禁地提笔加以批驳。

奈瓦尔、波德莱尔、巴尔扎克,再加上斯丹达尔、福楼拜(普鲁斯特后来写过一篇《论福楼拜的风格》),构成了普鲁斯特对19世纪大作家的鸟瞰式评论。可以说,这也是普鲁斯特对19世纪法国文学的一次巡礼和概括性的总结。普鲁斯特看到了19世纪法国文学的突出贡献所在。第一,他敏感地发现了19世纪几个最重要的作家的创新成就:巴尔扎克描写社会广阔而真实,波德莱尔以象征和通感手法表现精神世界,奈瓦尔以特殊手法表现梦幻,斯丹达尔擅长心理描写,福楼拜对语言和风格精心锤炼;也即从内容到形式,普鲁斯特对 19 世纪文学加以总结,而这些正是 19 世纪文学取得重大突破的几个方面。第二,普鲁斯特更注重 19 世纪法国作家如何描写精神世界,认为这是 20 世纪文学的发展方向。有人指出普鲁斯特喜爱的是描写非理性的作家,包括巴尔扎克,因为巴尔扎克也描写非理性现象,例如磁性感应、神怪故事、浪漫想象。19 世纪作家虽然对现实世界的描绘达到了空前的真实高度,然而他们已经开始对人的内心进行挖掘。这是几乎同时并进的。不仅浪漫派作家,而且现实主义作家也可以分为以描写现实为主的外倾性作家和以描写内心世界为重要特点的内倾性作家。相较而言,前者得到更充分的发展,而后者要到 20 世纪才获得更大发展。普鲁斯特在《驳圣伯夫》中抓住了这一文学发展的现象,他的文学批评和美学观点的特点也表现在这里。第三,与此相关,《驳圣伯夫》写于 20 世纪初,这正符合 20 世纪文学发展的趋势。这本书的重要价值由此可见。20 世纪的法国文学批评有两个方面,一是学院派文学批评,受到实证主义的影响;二是受到柏格森影响的文学批评,注重精神分析。普鲁斯特属于后一派别。今日看来,普鲁斯特是这一派别的重要批评家之一。无论就他的批评观点的明确与正确而言,还是就他的批评对象的重要性来说,都体现了他的批评举足轻重的地位。正因如此,《驳圣伯夫》已成为 20 世纪法国的重要文学批评论著。

《外国文学评论》2003 年第 2 期

朗松的文学史研究方法简析

朗松(1857—1934)是19世纪末、20世纪初杰出的文学史专家。他的名著《法国文学史》发表于1894年,奠定了他的文学史家地位。同年他代替了著名批评家布吕纳介在巴黎高等师范学校的教师位置,表明他的声誉得到确认。1927年他以高师校长的职务退休,当时他的学术地位达到顶峰,他的名声早已越出了国界。从学术上看,朗松革新了文学史的研究方法,他不仅以自己的研究成果震动了文坛,而且提出了一套编写文学史的研究方法,这套方法至今仍有参考价值,特别在文学史教材的编写上有广泛影响。朗松对编写文学史的论述主要反映在《文学与人·前言》(1895)、在巴黎大学讲座的首次讲话、《文学史方法的科学精神》等文章中。其中,在巴黎大学讲座的首次讲话是朗松1904年1月在接替拉鲁梅的法国雄辩术讲座时第一堂课的内容,《文学史方法的科学精神》是朗松1909年在布鲁塞尔大学的演讲,曾发表在《布鲁塞尔大学杂志》上。这两篇文字的长篇摘要均于1925年刊载在美国的法国教授协会主办的《法国研究》第一期上。这期的编者在按语中指出,在巴黎大学的"讲话"是对"从圣伯夫到朗松的文学研究史必要而活生生的文献";而《文学史方法的科学精神》是"朗松关于这个问题最简洁和最生动的表述"[1](P2—3)。这一评语准确地表达了20世纪30年代朗松在美国的影响以及70年代末的重印者的赞许态度。毫无疑问,在长达半个世纪中,朗松的文学史研究方法在欧美仍然具有影响力。

一

朗松在形成自己的文学史研究方法之前,对前人的研究方法作了批判性的分析,然后才做出自己的选择。他尊重的批评家主要有三位:圣伯夫、泰纳和布吕纳介,对这三位批评家的看法主要体现在《人和书·前言》一文中。

首先是评论圣伯夫。朗松这样论述圣伯夫的地位和批评方法:"维勒曼①把文学看作社会的表现,建立了在重大的社会潮流和伟大的文学作品之间有点不确定和松懈的关系;在他仍然模糊的研究之后,圣伯夫给以批评坚实的基础,将批评建立在传记研究的基础之上:在活生生的个体身上,他找到真正的和必要的中介;通过这个中介,各种社会影响触及、激发和改变诗歌或雄辩类作品。"[1](PⅦ)他又指出:"圣伯夫竟至于将传记几乎看作批评的一切。"圣伯夫的方法不是通过作家生平去解释作品,而是通过作品去确立作家生平。朗松认为这样做会取消作品的文学价值。如在圣伯夫的《波尔—罗瓦亚尔》一书中,大作家的作品只是作为一项调查的文件,圣伯夫用来阐明作家的精神状态;让森主义从属于帕

---

① 维勒曼(1790—1870),法国政治家、文学教授,著有《法国文学教程》(1828—1829),是较早的文学史批评家。

斯卡尔,帕斯卡尔又从属于《给外省人的书信》和《思想录》。圣伯夫的全部历史的和心理的研究,是为了获得对这两个作家更完备的解释。同样,在《星期一谈话》中,圣伯夫尽量避免正面接触作品,迂回曲折地描绘作家的肖像,"将选择属于家庭生活和作家艺术创作的次要作品拿来研究作为主要方法。"[1](PXI)朗松认为圣伯夫的传记研究方法并不可取,因此,"不应该把他的方法推而广之,尤其不应该将这种方法推崇为获得文学知识完全而充分的方法。"[1](PIX)

至于泰纳,朗松认为他比较有分寸。一方面,泰纳"将他的研究推进到个人之外,通过种族、环境、时代,确定个人,说实在的这就消灭了个人,个人只不过是三个总原因的合力偶然地形成的一组现象。"[1](PXI)另一方面,在《艺术哲学》中,泰纳指出,只从伦勃朗和米盖朗琪罗的真实生平去分析这两位画家的油画是荒谬的,但他不是固守于这一观点,他同时又从莎士比亚和拉辛的生平去解释这两位剧作家的剧本。泰纳将批评对象、艺术作品置于前列,认为作品与作家生平有关,但又是独立存在的东西。

朗松认为布吕纳介也重视研究对象,不过他对泰纳的方法有所改变。首先,布吕纳介不同意泰纳以时代这个因素去混淆其他原因;泰纳没有注意到已存在的作品、已有的潮流对作家的影响以及文学种类的发展。其次,布吕纳介认为一切艺术作品都受到以往条件的影响,同时还存在难以解释的后继影响,有的东西是教育、环境的压力都消灭不了或改变不了的。作家个人具有难以解释的作用,作家的个性标志着文学作品的特点,批评家应通过文学、历史、社会、传记、心理等原因去解释，找出作家的独创性。第三，布吕纳介认为有必要从各个角度评论作品，有的文学类型几百年也出现不了一部杰作，而有些杰作却集中在几年之中出现，要了解在一部作品之前和之后出现的作品，找出这部作品存在的魅力。批评家要指出作品的艺术价值，做出美学判断。第四，文学类型没有高低之分。在17世纪，悲剧并非是比史诗和小说更高级的文学种类，而是高乃依和拉辛比另一作家斯居戴利小姐更高明。但布吕纳介从进化论的观点去分析文学类型，在政治上较保守，属于反德雷福斯派，反对自然主义、现实主义、象征派，崇尚古典主义，文学趣味落后于时代的发展。

朗松吸取了这三位著名批评家的可取之处，又批评了他们存在的缺憾，在此基础上加以综合和提高，从而形成了自己创新的文学史研究方法。

二

除了上文提及的三位批评家，朗松还注意到同时代的批评家的成就，并加以总结，他对当时有名的批评家拉鲁梅的态度就是一例。朗松在巴黎大学讲座上的讲话对拉鲁梅的研究方法做出了很有见地的评价，而且通过这一评价阐明了自己的文学史研究方法。

朗松首先提出了怎样研究古典作家的问题。这似乎是一个不需深究的问题了，但并非每个研究者都能对此遵循正确的方法，因为当时的研究者不是采取传记式的批评，就是仅仅做印象式的评论，这是很不够的。朗松肯定了拉鲁梅研究18世纪作家马里沃时认真地搜集材料的方法,他指出:"拉鲁梅不满足于愉快的方法,这就是阅读一部作品,而且发挥阅读的印象。他采取更艰苦和更缓慢的方法,这就是搜集各种各样有用的文献,以阐明著作,并确定其性质,限制和控制受到阅读趣味约束的主观反应。文学材料包括先行者、当代人和后来者的作品、回忆录、书信、讽刺作品,18世纪的报纸;还包括非文学的文献,即户籍证件、法兰西喜剧院的档案,从意大利喜剧院到新歌剧院的档案,法兰西学士院当时不公开的记录本,在这种广泛而细致的材料搜集中,什么也没有被忽视。"[1](P6)朗松赞许的研究方法是充分搜集材料,搜集材料的范围几乎无所不包,既包括文学材料,也包括非文学材料,不仅研究作品本身,还要研究与这部作品和作家有关的作品和作家。可以说,这是对一个文学史专家的严格要求,一般人是难以做到的。朗松提出的要求明显超过了圣伯夫专注于作家的生平材料的研究方法,或者说,他是将圣伯夫的研究方法加以发展,以求更全面地研究一个作家。

显然,朗松上述的论述有过于笼统之嫌,于是他紧接着指出在搜集材料的过程中如何对待浩如烟海的文献。"拉鲁梅更喜欢缓慢地归纳各种材料,平静地接纳他认为真实的前人的判断,而不是投以未加证实的一瞥,或者展示光耀夺目的想象。他有规律地研究各种见解,自由地抛弃他有理由抛弃的东西。"[1](P14)朗松注意到,拉鲁梅大量引用活着的批评家、名不见经传的新闻记者的话,他还喜欢引用无名的年轻人的著作,以求信息更为广泛和准确。这就是说,拉鲁梅在阅读材料时是有所取舍的,只要其中包含着真知灼见,他都乐意接受,并引用出来。同时,朗松还指出,研究者必须"在一大堆材料中做出选择,这是巴黎或外省的研究成果长期积累起来的,还要选择确定的和重要的材料,抛弃无意义的和不确实的材料"[1](P14),再从这些材料中得出自己的结论。郎松从拉鲁梅的研究方法中归纳出,一个批评家必须熟悉前代和当代批评家的见解,吸取有益的营养。他不应囿于著名批评家的看法,也不应该忽视无名之辈的见解,而是根据自己的判断,择优而取,这就保证了他能够做出较准确、较精辟的分析。

朗松将拉鲁梅的研究方法称之为"历史方法",即全面搜集历史材料并尊重事实的方法;研究者的任务在于"提供一切事实,一切材料,一切讨论情况,一切对全面而准确地了解对象有用的解决办法"[1](P9);采用"一种客观的和严格的方法,尊重文本和事实,有耐心而细致地调查的习惯,不信任华丽的思想和成体系的思想"[1](P12)。朗松承认,正是拉鲁梅向他指出了这种研究方法,使他能够用于研究18世纪的戏剧。这种历史方法就是根据材料说话。材料要求研究者具有广阔的视野,凡是缺乏材料的地方,研究者就只能停止考察。研究者还必须研究作家和作品"在一个文学种类、一个圈子、一场运动中的地位",研究"社会环境"和"文学环境",即将作家作品的历史作用了解清楚。历史方法也要求"审慎和节制",例如,拉鲁梅是喜欢拉辛和莫里哀的,但他即使喜爱,却服从真理。例如,关于玛德莱娜·贝雅尔是不是莫里哀的情妇,关于阿尔芒德是不是玛德莱娜的女儿,拉鲁梅都没有下断语,因为玛德莱娜·贝雅尔有不止一个情人,阿尔芒德的户籍册上的文字写得不清楚。如此等等,拉鲁梅都抱着谨慎从事的态度,"拉鲁梅拒绝对莫里哀做出最浪漫的和最不好的推测"[1](P16)。并非拉鲁梅想掩盖或否认丑恶的事实,喜欢看好他所论的作家。"拉鲁梅的节制来自准确的方法,这种方法十分注意在文本中包含的大量可靠信息。"[1](P17)他对人性既不看好也不看坏,既不抱幻想又深思熟虑。拉鲁梅尊重事实的研究方法是值得赞同的。

历史方法是朗松遵循的研究文学史的基本方法,这是他综合圣伯夫的传记批评方法和泰纳、布吕纳介的实证主义研究方法,再加以发展而形成的批评观念。其要点在于,一是重视历史材料,这包括作家的历史背景、生平和创作经历。因为他看到文学与生活的关系,他指出:"文学与生活的相互关系可以在每一时刻和每个国家以特殊事实加以解决,这些事实不能通过一个共同规律来确定,而是来自多种规律作用的结果。必须逐个抓住这些规律,因此,在一系列特殊问题中分解出总的问题。"[2](P143)同时他提出要描绘"文学生活在民族中、文化史和默默无闻的读者群的活动史中,以及名作家的生平中显示的图景"[1](P35),并力图确定文学作品产生的条件,包括作品产生的历史材料和其他相关作品的情况,包括历史上的批评家的各种观点。由此,朗松主张做大量的积累材料的工作,并出版了《现代法国文学书目指南》(1909—1914)(五卷本)等著作。不过,他郑重指出:"博学不是目的,而是一个方法。卡片是工具,用来扩展知识,获得避免记忆不准确的保证。"[2](P143)朗松的文学史研究方法的第二个要点是须持客观慎重的批评态度,不要人云亦云,也不要凭空想象,不要夸大和缩小,要根据作品和事实说话,追求达到真理。抛弃似是而非的印象,"将个人情感在我们的认识中的部分缩小到必不可少的、合理的最小限度,给予研究对象全部价值"[1](P35)。与此同时,朗松注意对文学作品渊源的研究,例如,他通过对伏尔泰的《哲学通信》的研究去发现"震动伏尔泰的悟性和想象力的事实、文本和话语"[3](P770)。很明显,朗松的"历史批评方法"力求把握住作家和作品在文学史上的真正地位,这就不能从一个方面去分析,而是要从多方面去探索。毫无疑问,他的文学史研究主张体现了历史意识。从历史意义、历史状况、文学地位的高度去审察作家作品,这便改变了以往孤立地、狭隘地研究作家和作品的方法,从而将文学史的批评方法推进了一大步。正如朗松所说,这是一种"有建设性的批评体系"。朗松的文学史研究方法显然与当时兴起的历史年鉴学派和社会学研究存在联系,从中得到有益的养料。

朗松对自己提出的历史方法与一般的历史研究做了对比。他在布鲁塞尔大学所作的演讲中说:"我们的研究是历史的。我们的方法因而将是历史研究的方法;我们的结果只会是历史这种'预测小科学'的信念。但我们有一点不同于历史学家的条件。他们研究过去的、消逝的事实,它们以存在下来的标志重新构成事实。我们呢,当我们竭力重新找到18世纪的感情生活,或者文艺复兴的思想方式时,我们追寻的是一个已不存在的过去的形象。但这过去,我们在如今呈现的现实即文学作品中又抓住了它:在这一点上,我们只与艺术史家相似。无疑有许多死去的作品;可是杰作摆在我们面前,不像档案材料那样,不是处于僵死冰冷的化石状态,与今日的生活无关;而是像鲁本斯或伦勃朗的油画,总是积极的,活生生的,还能够对我们时代的心灵产生印象,如同它们在当时那样,并能确定它们产生的深刻变化。对文明人类来说,它们能够持久产生精神或者情感上的激动。"[3](P28—29)朗松的区分划清了文学史的历史方法(包括文学研究)与历史研究的不同所在,对两者的性质也是一个很好的说明。

不过,仅从上述方面去研究作家作品,并未完成批评家的任务,因为作品的优秀与文学性是密切相关的。所谓文学性即作品的艺术性,朗松自然不会忽略这一点,他将美学倾向与社会倾向并列,说明了他对作家和作品的艺术成就是十分重视的。他在布鲁塞尔大学的讲话中指出:"文学杰作之所以得以流传,就在于个人美好的形式,作家的创新在这种形式中确立。如果你愿意,我们说的是风格。这就承认,任何外在尺度,甚至任何逻辑,都不能抓住美,什么也不能代替美感的反应。"[3](P29)朗松在这里提到形式、风格和美感,并没有展开论述,但他思想中考虑的是艺术形式问题。他的《法国文学史》特别注重艺术性的分析,为他的主张树立了典范。诚然,印象主义的评论方法在朗松的文艺观中仍有影响,他认为这是接触美的一种有效途径。

三

朗松提出文学史的历史批评方法以后,力图将自己的思想建立在更坚实的基础之上。他在布鲁塞尔大学的演讲中做出了这种尝试。他开门见山地说:"我仅仅非常谨慎和有保留地并大胆地将科学方法的概念运用于文学史。"[3](P22)以往实用主义批评也根据19世纪科学取得巨大进展而提出将文学批评建立在科学的基础之上,可是,泰纳等批评家并未解释或者区分过文学批评与科学研究之间有何差异,左拉甚至将生物学的一套观点和方法直接搬到自己的文学论文中。由此产生的偏颇是不言自明的。朗松显然意识到这一点,他准确地提出了在文学批评中运用科学方法的概念,这就与一般的实证主义批评家划清了界线。当然,他看到了自己是第一次提出这个概念,所以表示自己"仅仅非常谨慎和有保留地",而且是"大胆地"这样提出主张的。朗松指出,科学这个词已经有点用滥了,泰纳和布吕纳介等批评家提供了"错误和科学企图的失败教训","大人物的坠落向我们表明了存在悬崖:谁还敢自诩在泰纳和布吕纳介滑落的地方稳步前进呢?"[3](P22)

朗松首先区别了自然科学运用的研究方法与他倡导的文学史批评方法。他指出,实验室的科学其操作方法是实在性的,而文学史中运用的方法是隐喻性的或者是理想的,"分析诗歌天才与分析除了分析这个词以外,两者毫无共同之处……对科学家来说作为一种观察方法的东西,在文学家手里不再是观察方式。"[3](P23)朗松意在说明,科学研究与文学研究存在不同,前者是实验性的,后者是用文字记录的,前者用实验方法,后者用考察方法。朗松进一步引用了心理分析家弗烈德里克·罗的话来阐明文学批评和科学研究的异同:"必须借自科学的并不是这样那样的方法;而是它的精神……确实,在我们看来,没有科学,没有普遍的方法,而只有一种普遍的科学态度。共同的精神状态在不同的研究中能够将同样是科学的精神引导到恰好相反的方法中。人们长期以来将某一种科学运用的、根据它引导到的准确结果的方法与科学精神本身混淆起来。研究外界的科学因此变成科学的唯一典范……但物理学和精神科学的统一只是一个公设。可是它并没有得到证明,因为这种统一是假设的或者近似的,人们不能将同样的科学精神运用于两种不同方法的科学中……"[3](P25—26)据此,朗松正确地区分了科学研究与文学批评的不同性质。朗松指出:"我们不能做实验。我们只能观察。我们观察既不能衡量也没有重量的事实,而且是永远不会重复的事实。每一事实都是这一种中唯一的,不是由于偶然产生的,而是由本质产生的:这就构成了文学文本与档案材料的不同。即使在历史领域,人们也可以依附于一般,对个体的不同做出概括。我们呢,即使寻找一般,也要记住个体的不同……我们想抓住唯一的现象,找出个体的特点。"[3](P27)朗松认为科学研究的是一般事实,或者是事实的本质,而文学描写的是特殊(个体),虽然也接触到一般,但这一般要体现出特殊。朗松抓住了科学与文学两者的基本特点,从而对之做出了真正的区别。在《文学与科学》一文中,朗松进一步分清了文学与科学的区别,朗松指出:"我们要首先避免真理①这个词的模棱两可,分清科学真理和艺术真实。只有前者是真正的真理;后者是隐喻式的真理,从前这是以一个非常出色的词来表明的,即逼真、相似或真实意象。"[3](P333)他还在这篇文章中强调:"文学不以只表现真正的科学思想为使命:它

---

① 在法语中,"真理"与"真实"是同一个词。

应该避免表现错误的科学思想。"[3](P349) 他认为："科学并非恰好是文学的材料,但它给文学提供材料,这材料是所有科学不去利用或者达不到的东西。"[3](P356) 这一区分深中肯綮。朗松以自然主义为例,认为自然主义是庸俗地将文学与科学混淆为一体,"自然主义同时是科学和文学最极端和最低级的形式"[3](P323),"科学方法运用于文学,压缩到使用一小套方法,其确定的效果是贬低文学,将它最好的作用抽取出来。"[3](P329) 朗松对自然主义机械地将(假)科学运用于文学的指责是正确的。

然而,文学批评与科学在某些方面也有共同之处,朗松指出："对待现实采取的精神态度,这是我们能够从学者那里获取的东西;我们要将无私的好奇心、严格的正直、勤奋的耐心、服从事实、不轻易相信、既相信自己也相信别人、不断需要批评、控制和证实等移植过来。"[3](P26) 他还说："我们从对科学方法的思考中,首先得出审慎态度,需要有证据,需要知识,不要轻易满足于想象,不要轻信。"[3](P27) 文学批评需要科学精神,即科学家严肃对待自然学科的态度。朗松提倡文学批评要有科学精神,与当时流行的印象派批评有很大不同:印象派批评注重感觉和个人感受,不需要依据各种事实来下结论;朗松的观点与正统的实证主义批评也有不同:正统的实证主义批评其实没有遵循科学精神,虽然它也注重事实,可是它对科学精神的理解是相当笼统而且有偏颇的,不像朗松那样对科学精神提出了具体的严格的要求。

朗松又从哲理的高度对"文学史的科学方法"做出了解说："要分清'知'和'感',分清能知道的东西和应该感到的东西,凡是能知道的东西就不去感觉,知道要去感觉就不去相信:我确信,文学史的科学方法就归结于此。"[3](P30) 这句话的含义是对印象派批评和实证主义批评的一种纠正,朗松既不完全同意印象派批评的唯感觉去判断,又不完全同意实证主义只靠某些事实、排斥感受的做法。他宁愿采取一种灵活的批评方法,即注重科学家的科学精神,但事实固然重要,文学同时又是宣泄感情的,批评家也应表达自己和他人的感受,这样才能充分阐明文学作品的意义和艺术成就。

朗松明确意识到文学史批评包括文学批评要受到一定的约束。他虽然主张要给文学史批评以自由,但这是有一定限度的自由。"批评和文学史不能忍受限制自由,更不能忍受过度自由。这种过度自由是将科学屈从于个人的任性;我们只有在规则、正确方法的神圣规则中才找到真正的、充分的自由。我们过于相信只要有思想就够了,而不够相信文学像其他学科一样,需要得到证实的思想、真正的思想。我们过于相信有权以我们的同情和反感,以我们的偏爱和信条,以我们的愿望和梦想便获得了文学的真相。我们过于设想事实与我们的结论相一致,过于将自然和生活之美、人类天才的力量局限在我们的成见中……"[3](P33) 朗松指出了一般的文学史批评家和文学批评家易犯的弊病,认为批评家要约束自己的自由,接受一定规则的限制,这一见解也包括在科学方法之内。

朗松有一段话比较言简意赅地阐明了他的科学方法的含义:"我们的任务就在于处处区分主观因素和客观认识,区分美学印象和有偏见的激情、信仰,在于取消一切只会产生错误和武断的见解,在于保留、检查、估计一切能够有助于正确再现一个作家天才或者一个时代的灵魂的东西。"[3](P24)为了达到这个目标,文学批评或文学史家应该研究手稿,搜集各种版本,讨论真实性和作家的贡献,了解生平、书目和传记,研究渊源,勾画出影响,写出传播史,穷究档案材料和统计,进行语言、艺术魅力和风格的系统研究。这些研究方法是"非常缓慢和非常细致的",对急于下结论的人来说有限制作用。朗松指出,科学的研究方法是普遍适用的,因为科学不分党派,科学不分国别,科学是全人类的。正如科学趋向于将人类的知识结为一体,科学也有助于保持和建立各民族的精神统一。

四

朗松的文学史研究方法最成功的运用,无疑是他的《法国文学史》。在《法国文学史·序言》中,他总结了自己的研究心得,同时也进一步阐明了自己的文学史研究方法。

朗松在这篇序言中批驳了勒南①认为研究文学不需要阅读文学作品的说法。勒南说:"文学史的研究在于大部分代替直接阅读人类精神的作品。"[4](PⅥ)朗松认为这句话否定了文学批评,将文学史研究变成历史的一个分支。他指出:"人们不会明白,艺术史能免去观看油画和塑像。文学和艺术一样,人们不能取消作品,作品是个性的保存者和显示者。如果阅读原文并非是持续阐明文学史及其最终目的,那么文学史就只能获得贫乏的和无价值的知识。"[4](PⅥ-Ⅶ)他重申文学史研究要注重博学,要有准确的知识,以

---

① 勒南(1823—1892),法国批评家、宗教史家、散文家,著有《耶稣传》。

指导正确的判断。其次,要运用科学方法,将我们的思想、印象连贯起来,系统地反映出文学的进程、发展和变化。同时不应忽略两点:文学史的对象一是描绘个性,一是以个人的直觉为基础。作家因人而异,得出的研究结果也应不同。不过,朗松认为,文学知识的对象和方法从严格意义上来说不像科学那样,文学不是认知的对象,"它是练习、趣味、娱乐",正如笛卡尔所说,阅读好书就像同往昔最有教养的人谈话,在谈话中,他们只会把他们最好的想法告诉我们。朗松认为文学是与"我们的智力游戏相关的精神娱乐","文学是内在文化的工具"[4](PⅧ)。他还认为,文学是哲学的普及化,因为决定进步和社会变化的伟大哲学潮流是通过文学来传达的,保持在人们的心灵里。

《法国文学史》把上述观点付诸实践。书中对中世纪和19世纪的论述较多,因为自19世纪以来,对中世纪的重新评价和重视带来了许多成果,有必要加以总结。19世纪即将过去,其辉煌的文学成就自然值得详加分析。朗松并不想写文明史、思想史、语言史,但书中提及有关情况,表明他具有广博知识。以书中对中世纪的论述为例。朗松首先研究了中世纪文学多样化的原因,他指出:"有三种主要的影响造成了法国精神在文学作品中的共同本质多样化:即社会阶级、外省的起源、历史时刻。"[4](P9)朗松分析了教会即僧侣的作用,认为中世纪文学只打上了教会的间接作用,而贵族在文学中则得到充分的表现,贵族和市民一起组成了"法国文学的大合唱"。朗松分析了法国各省的特点及其产生的文学,指出:"封建社会原始的和暴烈的热情与战争和基督教的史诗相适应,封建社会变得缓和的细腻与传奇诗歌或抒情诗歌相适应。"[4](P9—16)中世纪虽然总体说来是贫乏的,但它是"伟大的,尤其是丰富的"。朗松在分析英雄史诗时,较精辟地看到了这是描写封建社会的一个个插曲,英雄史诗的系别是描写古代的家族史。朗松对中世纪文学的分析与评价,总结了19世纪初以来学术界所取得的丰硕成果,并以他提倡的科学的历史方法进行研究,至今看来,他的观点基本上还是准确的。书中也提到其他批评家的见解和重要书目。作家生平放在注释中,较为简略,这也许是有意与圣伯夫的方法相区别。他表明,以往对法国文学的发展论述简单化了,一般只重视一流作家。这部文学史则对二三流作家也有一定分量的分析。朗松尤其在书中较详尽地分析作家的艺术特点,既有对代表作的评价,又有总体的概括性的分析,常有精辟的见解,《法国文学史》至今还有一定的参考价值,或许主要表现于此。可以说,重视对艺术性的分析,是朗松的文学史批评方法的具体体现和精华所在,值得后人借鉴。至于这部文学史存在的缺点,则不在本文讨论的范围之内。

参考文献:

[1] Gustave Lanson, Méthodes l'histoire littéraire & Hommes et Livres [M]. Genève: Slatkine Reprints, 1979.
[2] 法约尔·罗歇.批评[M].巴黎:阿尔芒·柯兰出版社,1978.
[3] 霍利埃·德尼.论法国文学[M].巴黎:博尔达斯出版社,1993.
[4] Lanson. Histoire de la literature francaise [M]. Paris: Hachète, 1909.

超现实主义的发展过程和理论主张

超现实主义是20世纪法国最重要的诗歌流派,这个流派涌现了一批大诗人,他们有的是这个流派的主将,有的曾经起过重要作用,但随后另辟蹊径。超现实主义的影响一直延续到20世纪下半叶。它早已超出国界,成为国际性的思潮,尤其在拉丁美洲产生极其深远的影响。例如魔幻现实主义就奉超现实主义为圭臬,从中吸取了各种表现手法。

超现实主义的产生有其深刻的社会根源。第一次世界大战标志着法国精神生活的一次深刻的破裂,"美好的时代"结束了。在这之前,社会上一片升平气象,大街上车水马龙,骏马昂首阔步,车上坐着身穿长裙的妇女和衣着笔挺的绅士。经济繁荣,人们在交往中彬彬有礼。这种表面的繁华掩盖了深刻的社会矛盾和危机。大战的灾难突然而至,一场大屠杀打破了人们的幻想,导致了精神危机的爆发。

超现实主义运动就是在这样的背景下产生的。

一、产生和发展过程

首先要提到达达主义的产生。1916年2月,在瑞士的苏黎世,以罗马尼亚人特里斯唐·查拉(Tristan Tzara,1896—1963)为核心,成立一个团体,起名达达,这是随便翻开词典找到的一个字。查拉后来这样说明:"这是要提供一个证明,表示诗歌在各个方面,甚至在反诗歌方面都是一股活跃的力量,文字只不过是诗歌的一种偶然的工具,绝不是必不可少的工具,而且由于缺乏合适的名称,我们就将这种自发产生的表现形式称之为达达主义。"①这些年轻人经常在伏尔泰小酒店聚会。他们发表了大量传单和宣言,组织挑衅性的演出。乔治·于涅在1932—1934年的《艺术笔记》的一节《绘画中的达达精神》中这样描述:"在舞台上敲打钥匙和盒子,算是奏乐,直到听众提出抗议,都要发狂了。塞尔纳不是朗诵诗歌,而是将一束花放在一个制衣人体模型的脚下。在一顶甜面包形状的巨大帽子下,有个声音念出阿尔普的诗歌。于埃尔森贝克声音越来越高地吼着他的诗,而查拉接着同样节奏,也越来越高地敲打一只大箱子。于埃尔森贝克和查拉一面跳舞,一面发出小熊的喊叫声,或者头上顶着一根管子,装在一只口袋里扭来扭去,这样练习名为'卡卡杜黑人舞'。查拉创造了化学诗和静力诗……"达达主义彻底否定当代世界、传统价值、理性和有规则的语言,表现出一种虚无主义的倾向。1918年的达达主义宣言这样写道:"自由:达达,达达,达达,痉挛的色彩的嚎叫,各种对立、矛盾、滑稽和非逻辑事物的交错:即生活。"这个定义颇能说明达达主义的宗旨。

---

① 参见《1950年5月的法国无线电台访问》。

首先,它要追求自由。达达主义产生于第一次世界大战之后,这次大战给人们带来的不仅是物质上的巨大破坏,还有精神上的创伤。它引起了知识分子对资本主义文明的幻灭感,一部分作家对资本主义的传统文化产生了强烈的排斥心理。查拉就表达了这种心理状态,他说:"让每个人都高呼:需要完成毁灭的、否定的巨大工作,打扫、清洗。"又说:"达达将双目紧闭,将怀疑置于行动之先和一切之上。达达怀疑一切。"在怀疑一切的思想指导下,达达主义发展到否定一切。阿拉贡在一次聚会中这样宣称:"不再有画家,不再有文学家,不再有音乐家,不再有雕塑家,不再有宗教,不再有共和派,不再有保王派,不再有帝国主义者,不再有无政府主义者,不再有社会主义者,不再有布尔什维克,不再有政治家,不再有无产者,不再有民主派,不再有资产者,不再有贵族,不再有军队,不再有警察,不再有祖国,最后,这一切蠢事够了,什么也不再有,什么也不再有,一无所存,一无 所存,一无所存,一无所存。"结尾的六个否定充分表达了达达主义横扫一切的极端态度。

达达主义的定义的第二句指出了它的基本写作手法,即将各种矛盾对立事物,甚至不合逻辑的东西组合在一起,并追求奇异和光怪陆离的特色。为达此目的,达达主义者采用了如下的创作方式:

拿一份报纸

拿起剪刀

在这份报纸中选择一篇文章,长短恰如你打算给你

的诗歌的篇幅

　　剪下文章

　　然后细心剪下这篇文章的每一个字并放进一只口袋里

　　轻轻摇晃

　　然后依次从口袋里取出剪下的每一个字

　　认真抄写下来

　　这就是你所要写的诗。

达达主义者认为这样毫无意识作用的混乱字句的组合，便是生活的形式，便是生活，便能写成诗歌。总的说来，达达主义并没有留下什么有价值的文学作品，可是，它的探索却对后来的文学创作产生了深远影响：对语言的结构、对意识的连贯提出了疑问，从而启发了超现实主义者。从今以后，生活方式、精神生活的表现形式，成为诗歌创作的基本问题。精神问题越来越引起诗人和艺术家的注意。阿波利奈尔在《图像诗》中已经提到："无比深邃的意识啊／明天人们要探索你／谁知道从这深渊中／会挖出什么样的活人／连同一个个完整的天地。"正是他首先在《蒂蕾齐亚的乳房》的序言中使用了"超现实主义"这个词。

　　超现实主义的理论家和创立者是安德烈·布勒东（André Breton，1896—1966）。他在1916至1921年间经历了三次遭遇，对他的思想产生了重大影响。第一次是同诗人雅克·瓦歇（Jacques Vaché）相遇。布勒东当时是南特的医生。瓦歇是个反传统主义者，正在探索自己混乱的内心，擅长黑色幽默，布勒东把他看成超现实主义的典型人物。第二次是同阿波利奈尔的接触。《蒂蕾齐亚的乳房》中的演员身穿英国军官服装，"他走进大厅时握着手枪，而且说是要向观众开枪。"在布勒东看来，这是绝好的超现实主义行为："超现实主义最普通的行为就在于握着手枪，下楼来到街上，随便四处向人群开枪。"阿波利奈尔启迪了他把自己在心理学上的发展同探索新诗的过程结合起来。第三次是发现了弗洛伊德，他在1921年同弗洛伊德见了面。弗洛依德正在进行精神病治疗和潜意识的研究，对他是个巨大的启示。

布勒东原来是马拉美的信徒，后来成为达达主义者。但他不满于达达主义排斥一切的宗旨。1919年，布勒东、阿拉贡和菲利普·苏波(Philipe Soupault, 1897—1988)创办《文学》杂志。1920年，布勒东和苏波合写的《磁场》出版，这是第一部纯粹超现实主义的作品。1921年，布勒东和他的追随者同查拉决裂。在5月13日组织的一次审判作家巴雷斯的会上，查拉作为证人这样说："庭长先生，您会同意我的看法：我们大家只不过是一群混蛋，因此只有小小的不同：更大一点的混蛋还是更小一点的混蛋，是毫无意义的。"布勒东作为庭长这样回答他："证人坚持认为是个十足的笨蛋，还是试图让人囚禁起来呢？"他们扮演的似乎是一场滑稽戏。布勒东和达达主义最终决裂是在1922年。

1924年，《文学》变成《超现实主义革命》(1924年12月至1925年4月由佩雷和纳维尔主持，此后由布勒东主持，直到1929年12月)，同时成立了"超现实主义研究局"。同年布勒东发表了

《超现实主义宣言》。至此,这个诗歌流派有了自己的领袖、理论和进行实验和创作的刊物。超现实主义的全盛期是在 30 年代。1930 至 1933 年,布勒东主持了《为革命服务的超现实主义》;1933 至 1937 年又创办了《人身牛头怪物》。除了布勒东、阿拉贡和艾吕雅以外,聚集在超现实主义旗帜下的有如下一些诗人:

菲利普·苏波。他于 1917 年战地医院的病床上接触到诗歌:"我不知道为什么有个句子在我的脑子里转悠。它发出昆虫的声音。它坚持响下去……这样持续了两天。我拿起一支铅笔,把它写下来。于是有样我并不认识的东西爆发出来。"(《一个白人的故事》)他赞赏兰波和洛特雷阿蒙。不久,他遇到了勒维尔迪和阿波利奈尔,后者让他结识了布勒东、查拉和其他诗人。他成为超现实主义的创始人之一。但从 1923 年起,他与超现实主义保持一定距离,寻找自己的道路。《诗歌全集》(1937)搜集了 1917 年以来出版的诗集合在一起。

邦雅曼·佩雷(Benjamin Péret,1899—1959)。1920 年参加达达主义运动,也是超现实主义创始人之一,一生态度不变。1926 年加入共产党,随后转到托洛茨基派,1931 年因参加革命活动被逐出巴西,1936 年会合西班牙的无政府主义者,1940 年因反军国主义而被捕,直到法军溃败时才得以释放,大战期间在墨西哥。他的诗集有《不朽的病》(1924)、《睡觉,在石头中睡觉》(1927)、《崇高的我》(1936)、《墨西哥的空气》(1952)等。他的诗歌语言绝对自由,从语言和意象的自由组合中产生诗意的奇特,用词大胆,表意滑稽。

罗贝尔·德斯诺斯（Robert Desnos，1900—1945）。生于巴黎，父亲是巴黎菜市场内的合法中间商。1922年经佩雷介绍，认识布勒东。他以表现梦境和实验自动写作法而惊世骇俗。1930年与布勒东分道扬镳。他对新闻、电台工作感兴趣，创造了第一首广播诗《方托马斯之歌》，还写作电影剧本。他的诗将奇特和自然相结合，将自然和超现实相结合，民间语言和民间趣味伴随着超现实主义的意象和渊博的传统知识。他在1942年给《幸运集》写的序言中说："如今我想，能使灵感、语言和想象相配合的艺术（或者不如说魔术），给作家提供了高级的活动领域。"1940年他参加抵抗运动，1944年2月被捕，1945年6月8日死于泰雷辛纳集中营。《明天》一诗表达了他对未来的希望："即使我活到十万岁，仍有力量／等待你，啊，希望预感到的明天。"

此外还有夏勒·维尔特拉克（Charles Viltrac，1882—1971），他著有《失望者之歌》(1920)；雷蒙·格诺（Raymond Queneau，1903—1976)；雅克·普列维尔（Jacques Prévert)；米歇尔·莱里斯（Michel Leiris, 1901—?)等。

超现实主义对其他艺术产生了深刻影响。超现实主义画家有马克斯·埃尔恩斯特、弗朗西斯·皮卡比亚、米罗、唐吉、路易·布纽埃尔、达利、马松、希里柯等人。30年代在巴黎、德国、美国、比利时、布拉格、伦敦等地举办了超现实主义画展。

超现实主义对音乐和电影也产生了影响。埃里克·萨迪(1866—1925)同让·柯克托、毕加索合作，在俄国芭蕾舞的演出中进行了探索。马塞尔·莱尔比埃的电影同画家费尔南·莱热合作。1924年,勒内·克莱尔的《幕间休息》是同埃里克·萨迪合作的。

20年代中期,超现实主义已传到国外,1926年在塞尔维亚组织了超现实主义团体,随后是1927年在比利时,1933年在秘鲁,1934年在捷克都出现了超现实主义团体。1940年,布勒东侨居美国,在纽约建立了一个超现实主义团体。

从20年代后期开始,超现实主义经历了大分化。1926年,苏波和阿尔托被开除出去,1929年,被开除的有德斯诺斯、勒里斯、巴隆、马松、普列维尔、格诺、维尔特拉克,1932年轮到阿拉贡,最后是艾吕雅。有的是因为艺术观点产生了变化,有的则是因政治态度转变而引起艺术观的转变。但是,布勒东始终坚持超现实主义。第二次世界大战以后,又创办了一些超现实主义刊物:《中性气》《超现实主义者本身》《引水渠》《突破口》《过长的手臂》,接二连三地出现,它们采取的立场都是反殖民主义的。脱离了超现实主义的诗人,有的虽然转向了现实主义,但是,他们仍然保留着超现实主义的创作手法,有的在晚年不同程度地复归于超现实主义的写作。然而时至今日,超现实主义作为一个流派已经消亡,虽然超现实主义的精神还具有活力,"人们看到它在1968年的5月事件中以各种各样的形式和方兴未艾的激情表现出来。"[①]

二、理 论 主 张

超现实主义者拒绝一切成规。在诗人中,瓦莱里和克洛岱尔

[①] 阿斯特尔、柯尔梅兹:《法国诗歌》第404页。

比他们年长30岁,在他们看来,这两位诗人的作品建立在一连串的偏见和错误之上。他们对克洛岱尔的因循守旧特别反感,认为"不能既是法国大使又是诗人"。至于瓦莱里,他由于对古希腊文化具有丰富知识,品位高雅而被他们摒弃。1924年,法朗士逝世,他们发表了《一具僵尸》,对传统文化发起攻击。但是,超现实主义与达达主义还有所不同,超现实主义并没有完全否定一切传统,他们还有推崇的作家。他们特别赞赏兰波和洛特雷阿蒙,甚至奈瓦尔的经验。他们通过奈瓦尔,重新发现德国浪漫派。他们还上溯到18世纪,发现了英国的浪漫派诗人威廉·布莱克,苏波翻译和介绍了他的作品。在当代诗人中,他们推崇阿波利奈尔和桑德拉尔,后者是《黑人诗选》的编纂者。还要提到的一个诗人是圣保尔-卢(Saint-Pol-Roux,1861—1940)。这个诗人生于马赛,1893年倡导"理想现实主义"。他认为诗歌"是表现在人性中的天主,是还未表现的世界的全部混沌,只有诗人—中介人才能使这混沌变得清晰"。他给予原始魔术和潜意识以显示精神的功能。1933年,他的《向基督祈求》揭露了纳粹的迫害罪行。1940年6月,德国士兵打伤了老人,强奸了他的女儿,毁了他的手稿。他的作品有《迎圣体的临时祭坛》(1893)、《玫瑰和路上的荆棘》(1885—1890)、《从鸽子经过孔雀到乌鸦》(1885—1904)等。这个诗人的作品的真正意义直到超现实主义出现,才得到发掘。他作为一个极端的象征派,要将梦的意象完全解放出来,这种梦的意象有时是语言的巧合,有时是有意的语言安排,已经向自动写作法靠拢。例如这一首:"真正的水波,/第一道水波,/天真的水波,/百合和天鹅的水波,/阴影之汗的水波,／草地的肩带的水波,／走过的无辜的水波……"诗人一连写了 40 种水波,最后写道:"这水溪,我早就知道,是我的'幼年回忆'。／噢,湍急和潺湲的、活泼的、天真的、平滑的水波。"水波的 40 种意象已具有超现实主义的手法,不同的意象组合像随意地自动地流出,既凌乱又经过一定的安排。艾吕雅认为他"是这样一个人,他不惮加入他狂乱涌现的思绪,不惮完全沉浸在他的梦幻的完美世界中"。布勒东认为他是伟大的诗人。

超现实主义的理论家是布勒东,他发表过三篇《超现实主义宣言》(1924、1930、1945),此外还写过不少阐述超现实主义的文章。超现实主义的理论主张是由他提出的。布勒东在第一篇《超现实主义宣言》中写道:

> 超现实主义:名词。纯粹心理的自动化,通过它,或者在口头上,或者以文字,或者以别的其他方式,人们打算表达思维的真正功能。不在理智的一切控制下,排除一切美学和伦理的考虑,实录思想。
>
> 哲学百科全书。超现实主义建立在如下的基础之上:相信至今某些被忽视的思维联想形式的高度真实,相信梦幻万能和无利害关系的思想活动。它倾向于摧毁其他一切心理技巧,并取而代之,解决生活中的主要问题。

这个定义包括了超现实主义的基本原则。它首先强调表现潜意识。布勒东认为潜意识是一种纯粹的心理活动,是自动产生的;它反映了人的灵魂和世界的内在秘密。表达了潜意识,才能达到人对自我的完全意识,才能解释现实世界的动因。他说:"潜意识生活的探索提供了有价值地评价人类行动的动机唯一可靠的基础。"可以看出,布勒东强调的是人的某种生理现象,无可怀疑,潜意识这种生理现象是存在的,它的出现往往属于偶然,找不到任何确切的解释。既然它是一种生理现象,也就往往不包含深刻的社会内容,所以布勒东明确指出要排除美学和道德的思考,表达无利害关系的思想活动。这一反传统文学的主张对后来的现代派文学起了重要影响。与潜意识相联系的是梦幻,梦也可以说是一种潜意识活动,它的特点是扑朔迷离,既有现实中曾经发生过的东西,也有反映人的愿望的内容,更多的是稀奇古怪、无可解释的现象。超现实主义认为,没有什么领域比梦境更丰富,梦把人秘而不宣的东西完全剥露出来,既显示了过去和现在,也预示着未来,即所谓"梦幻万能"。无论潜意识还是梦幻,都属于非理性活动,这本是奥地利的精神病医生、心理学家弗洛伊德在20世纪初[1]提出来的,与精神病有关的生理现象。布勒东吸收过来运用到文学创作中,突出"精神的本能",认为这才是"高度真实",亦即超现实。由此出发,超现实主义者热衷于对原始人的神话、疯子的幻觉、神经官能症患者的幻象、催眠状态、双重人格和歇斯底里的分析。再进一步,为了忠实于潜意识,超现实主义认为语言应该是自发产生的,由此它提出

---

[1] 《释梦》(1899)、《关于性的理论的三篇论文》(1905)等。

了实行"自动写作法",后来发展为催眠法,它把这称为"实录思想"。艾吕雅这样为"自动写作法"辩解:"有人认为自动写作法使诗歌变得无法卒读。不:它丰富了诗歌意识观察领域,从而提高和扩展了这个领域。如果诗歌意识是完整的,那么自动写作法从内心世界抽取出来的成分和外界成分就会处于平衡。它们一旦平分秋色,就互相糅合和混同,形成诗歌的统一。"自动写作法不完全是无意识的字句的混乱组合,其实超现实主义诗人在自动写作法中仍然进行了一定的语言组合和安排,只不过它打破了习惯的语言思维方式罢了。超现实主义注重艺术对人的精神和心理活动——人的内心世界的挖掘,这是它的可取之处。它对想象技巧的革新,对语言的多层次功能的运用,以及对这些技巧和功能的结合,深刻影响了 20 世纪的诗歌创作,而且扩展到其他艺术领域,对艺术的表现功能是有所拓展的。

其次,超现实主义倡导意象的大量使用和堆积,这是超现实主义使用的主要诗歌表现手法之一,这不是发现了两种事物之间的关系而产生的合理意象,而是完全自由的、"撞击产生的意象",它近似于一种心理的综合缩影。布勒东在《超现实主义简明词典》中说:"最强有力的超现实主义意象是表现出最高抽象程度的意象,是花了最长时间表达成实际语言的意象,它或者显示了极大量的表面矛盾,或者表现它的一个词语从中古怪地抽取出来,或者它表明是可以感觉的,似乎稍为松开一点(它突然截止了圆规画出的角),或者它从自身抽取出可笑的确切理由,或者它属于幻觉,或者它自然而然地给抽象戴上具体的假面具,反之亦然,或者它导致对某些基本的物理特性的否定,或者它带来了笑。"事实上,对超现实主义来说,在意象中,重要的是,它们在事物之间带来的关系;同时,它们可能是一些"母意象",它们能触动读者,在读者身上唤起潜意识深处的重要印象。在布勒东看来,意象越是使远离的事物产生关系,这种意象便越是具有诗意。他说:诗歌要"违反抽象的规律,以便使精神理解位于不同方面的两种思想对象的相互依赖,而思维的逻辑作用无法在这不同方面之间架设任何桥梁,并且先验地反对架设任何种类的桥梁"。① 因此,这些意象是跳跃式地连接起来的,它们之间似乎并没有必然的联系。意象的混乱排列表明思维的混乱和不受约束。超现实主义者只求表达呈现在他们解放的意识中的各种句子,而不顾是否合适,是否荒唐。超现实主义者力图表现意象和文字并列出现而获得的启示功能,这种罗列给人偶然组合的表面印象,其实体现了一种必然性。阿拉贡说:"在超现实主义那里,一切都是严格的。不可避免的严格。意义由不得你而形成。"运用大量意象这种手法在象征派先驱兰波、洛特雷阿蒙等诗人的作品中已经出现了,只不过超现实主义更为强调和加以充分发展罢了。

第三,超现实主义的艺术上要产生使人惊奇的效果,这种主张导致超现实主义诗歌的幽默意趣。超现实主义者把这种使人惊奇的手法称之为"事实的偶然性",这种偶然性是"预感、奇特的相遇、使人吃惊的偶合的全部,它们不时地反映在人类生活中"。像"美

---

① 《上升符号》,《尼龙》第一期,1948年。

味的尸体"这样的语言游戏能表明对这种偶然性的追求:"折纸的游戏在于使数人创作出一个句子或者一幅画,而不致使任何人意识到在合作,或者事前有过合作。这个例子变得具有经典性,它使这个游戏得以命名,从这个材料中获得第一个句子:要喝—新—酒的—美味—尸体。"①超现实主义者在日常生活中搜集所有有利于表现事物偶然性的东西,如在跳蚤市场漫步,在巴黎和地铁里长时间闲逛。他们从中得到不少发现和出现奇遇,正如布勒东那样,有一天,他在地铁里看到一个少妇娜佳,他见到她几次,她使他发现了事物偶然性的多种表现;如果没有她,他可能不知道这些表现。布勒东在小说《娜佳》中叙述了他长时间在巴黎漫步,奇特的巧合和交谈,在这些交谈中,他大半时间在倾听。布勒东关于巧合的解释相当玄奥,他在1945年发表的《两次大战间超现实主义的状况》中指出:"事实上,一切使人相信,存在某种精神之点,在那里,生与死、真实和想象、过去和未来、可沟通的和不可沟通的、高和低,不再矛盾地出现。在超现实主义的活动中,只能找到确定此点的希望,力图找寻另一个动机那是徒劳的。"他认为秘术的传统提供了"广阔的兴趣,那就是让人所拥有的比较和无限领域的系统保持活跃状态,这个系统使人了解能够联结表面相距十万八千里的事物之间的联系,并使人部分发现普遍象征的原理"。② 超现实主义追求奇特事物的结果,是产生一种黑色幽默。幽默意趣是超现实主义作品的重要艺术特色。它是从事物的不规则排列和意想

---

① 参见《超现实主义简明词典》。
② 参见《秘术17》。

不到的组合中产生的,因为它不符合普通的生活现象和司空见惯的语言规则,于是产生一种滑稽突梯、隐含讽刺的意味,它体现了诗人对生活现实的无可奈何和玩世不恭的态度,含有一种挑战精神。

总起来说,超现实主义的理论主张是对传统文学的一种反叛。它力图发掘人的内心活动,将肉体与精神、真实与想象这两对矛盾结合在一起。它从潜意识发展到探索人的"黑夜之面",即人在梦中的所思所想,以及疯狂等不正常的精神现象。为达此目的,它力图找到一种表现人的内心活动的语言。这不是日常的、符合逻辑的、传统的规范语言,而是一种不规则的、非理性的、非逻辑的文字组合。

超现实主义是反对以现实生活的面目出现的,它否定资本主义的文明和价值,否定戕害个人、束缚个人的社会。布勒东说过:"我们尤其致力于全面、激烈地拒绝现时代我们被迫生活的条件。……这种拒绝指向……一系列知识的、精神的和社会的职责,长久以来我们看到这些职责从各个方面极其沉重地压在人的身上。"[①]超现实主义的定义中已提到要"解决生活中的主要问题"。超现实主义者不断提到要"革命","为革命服务",自我标榜是"精神的反叛者",对现存的一切都感到绝望。这种态度为他们多数诗人日后的演变提供了基础。

超现实主义在方法论上存在偏颇之处。例如,布勒东认为唯

---

① 参见《什么是超现实主义》,1934年。

有对潜意识的探索才能对促使人类行动的原因作出有效分析。这就过分绝对了。人类行动的原因主要是在理性思维的主宰下进行的,潜意识只不过是人的思维的一个方面,而且绝不是人类行动的主要基础,这是不言而喻的。再如,超现实主义认为理性违反抽象法则,而抽象法则能使人领会不同领域之间思维对象的相互依赖。这样贬斥理性并不符合科学,也是毫无根据的。

试论普吕多姆的诗歌创作

一个作家的地位会随着时间的推移而变化不定,苏利·普吕多姆的升沉就是一个明证。瑞典科学院为什么将第一届诺贝尔文学奖授予他呢?

第一个原因是,斯德哥尔摩的评审委员会决定将这一选择给予一位法国作家。不错,19世纪末北欧和俄国的文学欣欣向荣,在国际上产生了巨大影响,易卜生、斯特林堡、契诃夫、托尔斯泰等大作家都具有崇高的国际声誉。然而,自波德莱尔以来,巴那斯派,继而是象征派诗歌风靡一时,在诗歌创作上起到振聋发聩的作用,革新了诗歌的内容和形式,其影响是世界性的。因此,诺贝尔文学奖评审委员会将自己的选择投向一位法国巴那斯派的诗人是毫不足怪的,而且理由相当充分。

第二个原因是,诺贝尔文学奖评审委员会根据诺贝尔的遗嘱,将追求理想作为评选的一条重要准则。这个委员会的成员排斥现实主义文学,因此,易卜生、比昂逊、甚至斯特林堡都无法加以考虑,左拉、法朗士也因此而落选。当时英国提不出候选人,德国和波兰提出的作家甚至不入流,无法参与竞争。

第三个原因是,苏利·普吕多姆在当时具有很高的声誉。在同辈诗人亨利·德·雷尼埃、勒内·吉尔、莫雷亚斯、埃雷利亚之中,他的排名并不落后。朗松具有权威的《法国文学史》(1894)把他列在巴那斯派的领袖勒贡特·德利尔之后,而且在其他巴那斯派诗人中,只重点评价他的诗歌的特点和成就。朗松给他相当高的赞誉,认为他思想明晰,表达的哲理符合时代潮流,手法灵活,诗意朦胧而不晦涩,精确而不抽象,尤其是一些小诗,没有什么比它们"更完美、更新颖的了","这些精美的诗歌陈述了难以形容的、细腻的、微小的印象,显示出难以形容的精神力量"。朗松的评价代表了当时学术界的一致意见,可见苏利·普吕多姆的地位是相当高的。20世纪初,这种情况丝毫未变。1909年出版、作为教科书的一部《法国文学史》贬低波德莱尔,而推崇苏利·普吕多姆。这本书这样评价波德莱尔:"如同左拉一样,但他不能提出同样的借口,他将奇异、复杂、丑恶、令人讨厌的事物当作诗歌的对象,他的诗一出版,便有一种轰动的成功,今天,《恶之花》只能引起厌恶,尤其人们在其中很难找到真诚的音调,而每时每刻却显示出装腔作势。"这部文学史将苏利·普吕多姆说成"无可辩驳地是第一代现代法国诗人,既由于哲理的高超,也由于表达的典雅、往往富有诗意的准确"。这一贬一褒两种评价,今天看来不免滑稽可笑,离事实相距太远,表明了这位作者的无知和缺乏判断力,但却反映了一代人的兴趣爱好、思想方式、艺术标准和鉴赏力,反映了这两个诗人在当时的实际地位。这部教科书并非表达了作者的个人观点,在序言中,作者指出:"这部简史不奢求新颖的独到看法;它只包含批评大师们上百次说过并且说得恰到好处的观点。"这就表明,苏利·普吕多姆在20世纪初仍然享有极高的声誉。

第四个原因是,苏利·普吕多姆得到许多法国作家和批评家的支持。当时有个名叫勒内·瓦莱里-拉多的作家,写了一本《巴斯德传》,得到不少人的拥护,但加斯通·帕里斯、勒梅特尔、法盖、布尔热、柯佩、埃雷迪亚等著名批评家和作家联名推荐苏利·普吕多姆。这个行动给诺贝尔奖评审委员会以重大影响。苏利·普吕多姆成为第一届诺贝尔文学奖得主就顺理成章了。

一、生平简介

苏利·普吕多姆(Sully Prudhomme)1839年3月16日生于巴黎,原名为勒内-弗朗索瓦-阿尔芒·普吕多姆。其母克洛蒂德·卜雅非常虔诚,深居简出。其父是个十分富裕的商人,周围的人称他为"苏利"。诗人在给友人的一封信中写道:"我的父亲在童年时从周围的人那里得到这个名字,我不知什么缘故;他的近亲中有个人脱口而出,他觉得这个名字很漂亮。不管怎样,我的母亲像全家人和朋友们一样,也这样称呼我的父亲。他逝世时,她把这个名字给了我,以便总能叫这个名字。我的假名因此具有这种从摇篮起便给予我的特殊性质,可以说久而久之也就转成我的名字。"(加斯通《思想家和诗人》,1896)普吕多姆这个名字由于亨利·莫尼埃在1830年创造的同名人物,而具有"狭隘的自我满足的小市民"的含义,如今加上"苏利",便减轻了贬义,这是诗人愿意用这个名字的原因之一。

诗人三岁时(一说两岁),他的父亲死于脊髓炎。他母亲的痛

苦影响到诗人的心灵,他童年似乎没有别的孩子那么欢快、幸福:

> 在阴森的学校只看到
> 总在哭泣的小东西;
> 其他孩子正在蹦跳;
> 他们待在院子尽里。

诗人在寄宿学校读书,失去家庭温暖在他幼小的心灵留下难以磨灭的创伤。他在波拿巴特中学——后来叫贡多塞中学读书,尽管有仇视学校的思想,却对老师十分尊敬,学业成绩优良。从三年级起,虽然他被文学所吸引,却仍然选择了理科。他的数学成绩突出。1857年他获得理科业士,随后进了综合工艺学校的科学系。在准备考试时,他一度受到母亲的影响,想成为多明我会修士。由于眼炎,他中断了学习。他的这段学业加强了他对方法、次序的感受力以及对事物精确的看法。1858年,他获得文学业士,然后蛰居里昂母亲家中,这短暂的居留期间,他产生了一种神秘主义的观点,日后在他的诗作中找到回响。回到巴黎之后,他受到神学、哲学和科学的吸引,又接受理性主义,不过心中充满矛盾,于是想到找工作。他以工程师的资格进了克勒佐的施奈德企业中,当了个小职员。这时他开始写诗。他在工厂待了一年半,又回到巴黎,进了法律学校。为了生存,他在一个公证人事务所当见习生。他获得一笔遗产,使他能全力投入到文学创作中:"使他用不着同可恶的障碍作斗争,他既没有了解这些障碍的不幸,也没有战胜它们的荣幸。"二十年后,他成为法兰西学院院士时,即1882年3月23日的会议上,马克西姆·杜刚两次看到诗人早年既要写作,又过着清贫生活的困难:"保护诗人的天主使您摆脱生活的烦扰,让您能前程似锦。我赞赏您摆脱了许多危险:科学、工业、公证事务;其中有令人发抖的东西。"诗人过起安定的生活,有时间从容地进行诗歌创作。

在感情方面,人们仅仅知道苏利·普吕多姆从小爱上了一个比他小两岁的表妹,可是他认为婚姻会有碍于他实现梦想,于是他把自己无法得到幸福的痛苦散发到他的诗歌中。他曾对友人诉说过自己这种内心痛苦:"这激情使我明白柏拉图式精神恋爱的可能性,我可以说,我是一个活生生的证明;因为它孕育在最完美的纯洁无邪中,但它是这样具有排他性,这样强烈,今天我一想起它,就觉得我此后所感受过的任何感情都没有这种全部占有心灵的特性。"也许是为了忠于自己的初恋,他始终保持独身。

在朋友的推荐下,苏利·普吕多姆把他的第一部诗集《短节诗和诗》交给出版商出版(1865)。这部诗集随后加上《磨练集》,在出版商勒梅尔那里出版;勒梅尔专门出版年轻诗人的作品,此后他成为苏利·普吕多姆唯一的出版商。《短节诗和诗》充满庄重而细腻的激情,一下子征服了读者和批评界。圣伯夫撰文赞扬说:"这样,我们同一个有才能、有思想的诗人打交道,他对科学、哲学、工业、激情、敏感性、色彩、旋律、自由、现代文明都不说'不'字。"他取得的成功使他有可能参与巴那斯派的活动,成为其中的一名骁将。苏利·普吕多姆一直利用空闲时间翻译拉丁语诗人卢克莱修的

《物性论》，于 1869 年出版了第一卷。同年他还发表了《孤独集》，这是他的内心悲剧的诗意化，其中有爱情的失意、哲学沉思、宗教信仰危机的痛苦后果。普法战争期间，他进了机动保安队，这时除了他的姐姐，他失去了所有的亲人。他参加了保卫首都的活动，寒冷、疲倦、缺吃少穿使他受到下肢瘫痪的打击，影响到他余生。在战争中的体验和思索，成为他的一部作品的内容：《战争印象》。哲理诗在《命运集》(1872)中得到发展。1874 年他发表十四行诗《法兰西》，表达他的爱国情怀。随后他又回到抒发个人的内心《徒劳的温存》(1875)。长诗《正义》(1878)分析人心中的善与恶，善指对人的信任，它不肯定、不证实，也不否定正义的存在；人在大自然中找不到正义，正义只存在于人心之中。这首长诗反映了他的人道精神，深得当时知识界的好评。他曾经雄心勃勃，想写一首能与卢克莱修相比肩的诗篇，然而卢克莱修作品的形式和风格与他的思想是相抵触的。典雅风格和华丽辞藻反映在他的另外两部诗集中：《花卉的反叛》(1884)和《棱镜集》(1886)。他的诗作还有长诗《幸福》(1888)、《荣耀与祖国》(1900)、《沉船集》(1908)。

苏利·普吕多姆也写作散文作品，阐明他的思想，如《论美术的表现》(1883)。《诗意的遗嘱》(1901)在 1904 年再版时增加了三篇社会学研究。《因果问题》(1902)是同沙尔·里舍合作完成的；《帕斯卡尔心目中真正的宗教》(1905)、《自由意志心理学》(1906)则是纯粹的哲学著作。此外，他的遗著有《私人日记》《书信集》和《思想录》(1922)。

苏利·普吕多姆于 1881 年 12 月 8 日当选为法兰西学院院

士,1901年12月10日获得诺贝尔文学奖。颁奖词称苏利·普吕多姆为"诗人兼思想家",认为他在发表《短节诗和诗》时"一下子就显示出是个完美的诗人","如果别的诗人的想象力主要转向外部,反映我们周围的生活和世界,那么苏利·普吕多姆则具有更为转向内心的特质,这一特质既敏感又细腻。他的诗歌很少关注外界形象和外部处境",他的创作主题是"他的精神的爱、怀疑、内心骚乱",他的诗"形式完美,具有雕塑美,不能忍受无用的词","他的诗没有丰富色彩,但是具有动听的音乐性"。苏利·普吕多姆"是我们时代最杰出的诗人之一,他的诗是具有不朽价值的珍珠"。瑞典科学院并不赞赏他的哲理长诗,而是赞赏"他的抒情短诗创作,它们充满情感和沉思"。一句话,"特别感谢他的诗作,他的诗作显示了崇高的理想主义、艺术的完美、心灵和精神的优异品质罕见的结合。"苏利·普吕多姆因身体原因无法参加颁奖仪式,他表示:"我感到既高兴又骄傲,想到我认为高于我的作家争夺的这一如此崇高声誉的荣耀要惠及我的祖国,我欣喜异常,这一荣耀给予我的作品的报偿完全归功于我的祖国。"他将这笔接近21万法郎(超过他的诗歌稿费总收入的四倍)的奖金用来建立诗歌奖,奖给年轻诗人:"我想到我年轻的同行们,他们没有办法出版他们的处女作。我有意给他们保留一笔款子,使他们出版最初的诗作。"这个奖由文学家协会来颁发。他的身体越来越衰弱,经常失眠,只得离开巴黎,蛰居到"狼谷"中。他于1907年9月7日死在书桌上。

苏利·普吕多姆的哲学思想集中反映在《物性论》第一卷的序

言中(1869)。他表明要探索"两种根本体系"——唯物论与唯灵论,但毫无结果;他要了解人类认识的过程,认为在人类的思想发展史上,获得每一进步,对于事物的观点便得到更深入的分析,使原有意义改变了;他认识到人类对世界的探索得到的见解会多么不同:"在探索真理中,令人泄气的最严峻的原因,显而易见是人类见解惊人的各式各样;如此多和如此惊人的矛盾似乎证实了对理智一致和真实性的一切怀疑";他尤其想穷究人类精神的奥秘:"问题是要知道,在显示我的同时,意识是否导致了解一个与已经显露给外部经验的存在截然不同的存在,通过不同的变化显示给我们。"苏利·普吕多姆提出了不少问题,可是却找不到正确的答案。他在《内心生活》(1865)中写道:

真理,你从深渊向我们说话吧!
请对受害者的呼吁做出回答,
　　他们执着地哀求你。
爱猜疑的真理,脱下你的面纱;
告诉我们最老星星的年龄、在哪,
　　它看到意念的奋起!

给我们在远处显示最初意念,
显示把它投入荒凉、黑暗和无限
　　那最初的原动力吧,
显示唯一原因:爱情、必要、任性,

> 显示盲目的全能或创造理性,
> 　　我们看不到却要说出它。
>
> 一切似崩溃;告诉我们谁能长存;
> 形式是表面,表面像圈套很诱人,
> 　　内容一触就烟消云散,
> 我们若找心灵,虽感体内存在,
> 我们亲切的目光却徒劳期待,
> 　　我们身上和别处都是黑暗!

这三节诗形象地阐明了苏利·普吕多姆的哲学思想:"真理"在这里代表了诗人对宇宙的总观念和奥秘,它是掌握人类的意识和情感的钥匙,但是,人类却无法获得它,而只看到茫茫的一片混沌的黑暗。这说明,苏利·普吕多姆的哲学探求毫无结果,几乎可以说导致不可知论和悲观主义。他说过:"不管西方世界的人的发现多么重大,火炬还只照亮一片表面,处于它的光决定的局限中。我知道存在是不可洞悉的……我丝毫不了解我所感知的事物的起源。"晚年他转向了让森派(帕斯卡尔)的思想,从中寻求出路。

在苏利·普吕多姆的短诗中,哲理的表达往往是含蓄的,这并不妨碍他对人的内心意识的发掘,相反,有时还有助于内容变得深沉浑厚,这同他细腻的绘写相得益彰,因而使他的不少短诗获得成功。对内心感情的独到刻画和细致分析是苏利·普吕多姆的抒情诗的主要特色,他主张表达"心灵的隐晦而细小的情感"。诗人继承了拉马丁、缪塞,尤其是波德莱尔的传统,更确切地说,他继承了拉马丁、缪塞发自内心咏叹的特点,而继承了波德莱尔用象征手法描写内心情感的手法,再融合了巴那斯派某些冷漠的客观的叙述方法,使他在巴那斯派诗人中独树一帜。他的抒情短诗风格冷峻峭拔,善于捕捉微小的感触,显示出诗人感受的细腻;在形式上则韵律和谐,诗行整齐而诗节颇多变化,既讲求格律又避免单调划一,反映了诗人的匠心。

按理说,在诗歌中追求科学性本是巴那斯派的主张之一。苏利·普吕多姆早年学的是理科,在这方面具有扎实的知识,同其他诗人比较起来,他无疑拥有优越的条件。但是,诗与哲理或者与科学的结合是有条件的,诗歌毕竟不是哲学或科学,过分的议论或大谈特谈哲学与科学必然会走到反面。他提出要致力于"将科学的杰出成就和现代思辨的高度综合进入诗歌领域"。随着他对哲学探讨的兴趣加强,甚至发展到写长诗,大段地发议论。由于他在哲学上并无真知灼见,其结果是使他的长诗晦涩难懂,难以卒读,完全破坏了他原有的风格。随着时间的推移,他的大部分作品逐渐失去了读者。

苏利·普吕多姆主张写真实:"在文学上,如果人们善于写真实,那就足以创新。优质的创新不是别的,就是在心灵的口授下手中笔的完全真诚。因为真实只有一个,所以唯有心灵是新颖的。文学上的创新简而言之可以这样下定义:通过人心的各式各样使之变得生动活泼的不变的真实。"苏利·普吕多姆主张的是,要写出内心的真实感情,由于内心感情因人而异,丰富多彩,因此按照这个原则写出的诗也就显得与众不同,具有独创性。

其次,苏利·普吕多姆主张具有以情动人的风格:"忧郁和欢乐的细微差别无以名之,但这些细腻的和深刻的感情,却是绣花底布,思想就绣在上面;这些感情像光与影一样形成效果。因此,不应写得像说话一样,因为文学不具备手势和声调的方法去表达感情——手段显得很不够;书面语言由于被剥夺了这种对心灵的模拟,就需要人为的生动去加以补充。这种来自手中笔的激情的秘密被称为风格,因此不冲动而又灵巧的人能写出催人泪下的小说。"

二、诗 歌 特 色

苏利·普吕多姆的诗歌从内容来看,可以分为两大类,一类是抒情短诗,往往抒写爱情的失意、内心感触、孤独惆怅,另一类是哲理长诗,阐发哲理见解、对科学新成就的赞美、对社会现象或人生奥秘的哲学思考。诚然,这两类诗歌互有渗透,但就基本特征来看,还是可以区分开来的。

苏利·普吕多姆描绘爱情有独到之处。他最著名的诗篇之一是《破裂的花瓶》:

> 扇子一下微微敲裂
> 马鞭草枯萎的花瓶;
> 这只不过轻轻一击:
> 并没发出什么声音。

可是这轻微的裂痕
每天蚕食水晶容器，
隐蔽而切实地延伸，
慢慢绕圈裂开瓶壁。

清凉的水滴滴外渗，
花儿的汁液全枯竭，
发觉此情还没有人；
别碰花瓶，花瓶已裂。

情人的手往往这样，
碰伤心灵，留下痕迹；
随后心儿自裂衰亡，
爱情之花凋谢而死；

表面看它原封不动；
感到伤痕深深扩大，
心儿低声饮泣哀痛；
它已破裂，别去碰它。

这首诗细腻而形象地写出失恋的微妙感受。诗人运用了贴切的象征手法，他将怀有爱情的心灵比作一只质地精细而脆弱的花瓶，它经不起轻轻地碰击；碰击产生的裂痕会逐渐自行扩大，最终使花瓶完全破裂而成为废物,使得瓶中的花卉也枯竭而死。心灵也是这样娇贵,一旦受到情人的打击便会留下痕迹,最后开裂,心灵之中的爱情之花也会凋谢而死。在诗人看来,爱情是高尚的、纯洁的感情,情人之间应当像爱护眼珠一样来对待它,彼此不能有伤害对方之处,否则会带来严重后果。爱情的美好、神圣由此得到了衬托。这首诗的成功之处在于运用了"借物比兴"的手法,它先给读者提供一幅日常生活的画面:这发生在一个幽雅的客厅里;诗人并没有描写客人们的谈天,他们也许就在一只花瓶的旁边,其中一个女士正在摇着扇子,她不经意的一击敲在花瓶上面,连声音也没有发出。这是寻常而又寻常的事,可是,花瓶却被敲裂了。客厅中这普通的交际场面过去之后,诗人再转到花瓶本身的描绘,写花瓶不为人们注意的细微变化,这变化却有根本性的意义,因为它使花瓶在慢慢经历彻底毁坏的过程。这个过程的隐蔽性是诗人所强调的,它同花瓶一样,具有象征意义。爱情的象征物在这首诗中是优美的,由于这象征,难以言传的爱情及其变化具有可以感触到的外形,并被刻画得准确而细致。最后,诗人通过这象征手法,委婉地表达了珍重爱情的呼吁,爱情由此得到崇高的赞颂。这是一首八音节诗,隔行押韵,整齐的形式更增加了典雅的情趣。

从《破裂的花瓶》中,可以看到苏利·普吕多姆力求捕捉情侣心中细微的感受,这种描写也反映在《爱情最美好的时刻》中。诗人指出,爱情最美好的时刻不是在说"我爱你"时,而是存在于暂时的沉默里,存在于心灵短暂的闪光中,存在于假装严厉和暗暗的原谅宽容之中,在手臂的颤动中,在翻开看书却目无所见中,在紧闭着嘴、羞着答答之中,在互相敬重中。这是纯粹的爱情,是诗人憧憬的理想境界。在《水边》中,他描写一对情侣观看河水流淌,云彩飘荡、炊烟袅袅,芬芳缭绕,果子甜蜜,鸟语欢悦,"对世间的争吵烦嚣毫不挂虑",充耳不闻,万物虽然悄然逝去,但他俩的爱情却永驻长存。这种世外桃源般的爱情生活反映了诗人对世上的金钱婚姻的厌弃和对爱情悲剧的同情,他的诗中所描写的正是他所追求的幸福。他的爱情诗篇贯穿着理想的探求。

作为巴那斯派诗人,苏利·普吕多姆写了不少歌唱大自然景物和动物的诗篇,其中著名的一首是《天鹅》。这是一幅美丽的油画:在得天独厚的水光潋滟、暗林掩映中,曲线优美的天鹅时而游弋,时而振翼飞上蓝天,当夜晚降临时,它沉睡在泛出满天繁星的湖面上,宛如钻石闪烁之间的一只银瓶。大自然的宁静、幽雅、华美得到了尽情的赞颂。诗人笔下的天鹅是自由自在的,没有任何烦扰侵袭它。它又是美的象征。天鹅是历代诗人喜欢描绘的对象。波德莱尔在此之前也写过一首《天鹅》,这是流亡者、生活中的受戕害者、怀念理想故国的人的象征。马拉美稍后也写过一首十四行诗《天鹅》,他笔下的天鹅有多种象征含义,其中一种是象征诗人枯涩的写作时期,被冻在湖面上的天鹅无法飞上自由的蓝天。波德莱尔和马拉美的天鹅形象各有其美,然而它们是不幸者的代表,受到命运的捉弄,无法摆脱束缚。苏利·普吕多姆笔下的天鹅则是幸福的,无忧无虑的,是大自然的骄子。它的美与大自然的美相协调、相统一。苏利·普吕多姆追求的是宁静、安详、自由、纯粹、优美的理想境界,这种境界与周围的社会现实形成了鲜明的对比。但诗人的观点没有明白地道出,而是隐藏在他的描绘后面。诗人是不动声色的,以客观的笔法去表达,这种手法与波德莱尔和马拉美有相通之处。这首诗在艺术上也是相当杰出的:原诗采用12音节的亚历山大体,两行一韵,整首诗不分节,在格律之中保持一点自由,以求变化。

苏利·普吕多姆不仅仅热爱静谧、清新,仿佛给人以凉爽之感的大自然,他也歌颂给万物以生命的太阳。在《太阳》一诗中,他描写夏日炎炎的景象,大地渴望甘露,唯有蜜蜂振翼奋飞,仿佛传来幽幽的竖琴声;一只鸢鹰张开宽翼在空中停住,洗个火浴;一大群小昆虫飞来飞去;太阳的烈焰映红了石子的尖刃;野兽龟缩在密林下面,而人躺在阴影下,凝望着,不去思索,"心灵消融在万物里"。这幅夏日图,与勒贡特·德利尔的名作《正午》有点相似。《正午》写的是烈日暴晒下成熟的麦田景象,暑气逼人,诗人虽然以冷漠的手法去表现,但这幅画面仍然给人强烈感受,读者似乎就沐浴在烈日中。《太阳》给予读者的也是同样的感受:欣欣向荣的大自然具有严酷的、无情的威力,然而万物正是在这种环境中以各自的方式生存。《祈春》一诗则赞美春天:春天所触到的都会开花,老树根也恢复活力;春使人的嘴漾出微笑,心里感到充实;春把烂泥地变成牧场,连坟墓的外表都变样了,让逝世的萌生出复苏的神圣希冀。这首诗透露的是欢快、乐观的情绪,结尾的描写略带哲理意味,将全诗的描绘提高了一步:春给万物以光芒、苏醒和复活。

将哲理与抒情相结合本是苏利·普吕多姆着意追求的特色,

《眼睛》最能体现这一点：

可爱、漂亮、蓝或黑的
无数眼睛凝视破晓；
它们睡在坟墓深底，
太阳正在节节升高。

黑夜比白天更柔情，
迷惑了无数的眼睛；
满天繁星闪烁不停，
眼睛却充满了阴影。

噢！愿它们失去视力，
不，不，这是非分之想！
它们已经转向某地，
朝着不可见的方向；

好似在倾落的星辰，
离开我们，仍留天穹，
眼睛也有入睡时分，
但决不在消逝冥府中。

在坟墓的另外一侧，

> 向无边的黎明大张,
> 可爱、漂亮、蓝或黑的
> 眼睛,合上仍在凝望。

这首诗首先表现出诗人敏锐的观察力:他将星星的闪烁与眼睛的张合相类比,因为两者之间存在某种相似之处:它们都闪射光芒。然而夜空中的星星又酷似冥冥之中的眼睛,后者在坟墓中一眨一眨。后面一点尤其反映了诗人观察的细致和深入,反映了他独特的感受力。整首诗在实写与虚写之间,创造了一种扑朔迷离的意境。开首第一行似在实写眼睛,因为"蓝或黑的"一般只能指人的眼睛,但第二行"无数""凝视破晓",又在写星星。第三行是实与虚的结合,诗人认为这是眼睛睡在坟墓之底,但这只不过是对星星的一种拟人化描写。第二节的开头两行虽在写眼睛,实乃写星星,诗人找出一个原因,认为黑夜柔美,胜过白日,迷惑了无数眼睛,使它们在黑夜中闪烁,表达得优美、富有诗意。第三行写星星,而第四行把浮云遮蔽形容为眼睛入睡,这是虚与实合写。最后一节将重点移至眼睛,认为这些可爱漂亮的眼睛在坟墓那边虽然合上,仍在凝望,因为星星不会消失光芒,它们在地球的另一边还在闪烁。这种实与虚的交织与结合,使这首诗具有一种神秘的诗意。诗人寓于其中的哲理也是只可意会不可言传的。评论家认为,诗人的心不能容忍虚无,他相信灵魂不朽,相信存在来世。不过读者也可以从另外的角度去领会诗人的寓意:宇宙中的一切都是生命体,你只要给予它们灵性,就能得出新的意义。

在《夜的印象》中,同样可以看到苏利·普吕多姆的感受力和富有哲理的思索。这首诗叙述"我"独自旅行,在一个小旅馆过夜。我躺在大木床上,听到喃喃声和窸窣声,好似指甲在摩挲丝绸,又像远处的谷仓隐约传来轻微快速的连枷声,又可以说樵夫在挥斧;随后传来辚辚车声,像一条冒着热气、疲乏的龙在驾辕;突然,一下尖厉的惨叫远逝在无垠的夜中,如同绝望的灵魂凄厉呼喊,逃向虚空;平原上有一列火车飞速而过,使窗户砰然震响,屋内陈设也在震颤;然后寂静笼罩一切,我的心受到震动,这样沉思:这发狂的奔驰,这刺耳的叹息,是世纪掠过的形象。诗人将种种夜的声响归结为一个印象;诗人的听觉是敏感的,想象力是丰富的,他的抽象概括十分准确。他的哲理思索和结论虽是简短的,却建立在许多事实和细节之上,因而很有说服力,而又避免生拉硬扯和长篇大论的说教。

苏利·普吕多姆的诗往往染上一种隐约的愁闷。诗人的心灵过于细腻和正直,因此会受到丑恶现实的伤害。他在爱情上的失意,以及亲人的故世,更增加了他的孤独感。在《银河》中,诗人抒写道:

> 有一夜我对繁星说:
> "你们看来不像幸福;
> 星光在黑茫茫天幕
> 显出的情怀很痛苦;

我似乎在天穹看见
室女座手执白尸布,
她们擎着无数蜡烛,
懒洋洋地相随后面。

你们莫非总在祈祷?
你们是受伤的星体?
这并不是光芒普照,
而是光在流泪饮泣。

繁星,你们就是生物,
以及天神们的祖先,
你们有双盈盈泪眼……"
繁星说:"我们很孤独……

我们相距都很遥远,
却被看作近邻姐妹;
温柔和细腻的光辉
在故土却无物相伴;

火焰发出柔光阵阵,
消失在长空的混沌。"
我说:"我很了解你们!

因为你们酷似灵魂：

灵魂似你们般闪耀，
远看像近处的姐妹。
而这长存的孤独者
默默在黑夜里燃烧。"

在诗人看来，宇宙中的星星彼此相隔遥远，它们在无垠的天宇中显得十分孤独，换句话说，星星是孤独者的象征。诗人采用与星星对话的方式，将星星拟人化，使得行文生动有致，避免平铺直叙。结尾点出星星是永世长存的孤独者，道出主题。诗歌巧妙地运用了天文学知识，为孤独的主题找到"科学"根据。孤独是诗人真切的心声，他的一部诗集就以此为名，说明他在一段时期内的精神状态处于苦闷、寂寞之中。孤独本是浪漫派诗人歌咏的一个题材，而在苏利·普吕多姆笔下，则带上了科学的色彩，即将抒情与哲理相融合。苏利·普吕多姆说过："诗歌是满溢的心灵的叹息。"他在大自然中看到了这种忧愁、孤独：夜包含着忧愁，露水犹如泪水，等等（《忧愁》）。更进一步，他认为自己天然地具有这种思想状态："天生兼作诗人和哲学家是非常不幸的；他最温柔的遐思转变成痛苦的沉思；他注视着一切事物的两面，这样哭泣他所赞赏的事物的虚无。"因为诗人往往歌颂美好的事物和感情，而哲学家则往往用严峻的目光去观察世界，他们所看到的东西和得出的结论经常相反，从感到矛盾发展到产生痛苦，再从痛苦到产生孤独、厌世。

综观苏利·普吕多姆的短诗创作,可以看到他确实写了一些成功的作品。他的诗歌特色在于观察敏锐、细腻,情与理紧密结合。应该说,在这方面他有别于善写哲理诗的维尼。维尼的哲理诗较为深沉,常常沉思人生的意义,宣扬孤高傲世,而苏利·普吕多姆喜欢恬淡、幽深的境界,他的着眼点较小,思索的仅仅是爱情、友谊、生活情趣,诗中隐含淡淡的哲理。其优点是:这些小诗不同于风花雪月、艳情风雅之作,情调较为高尚,因而他被看作巴那斯派的佼佼者。

苏利·普吕多姆的长诗虽然数量不少,但有价值的却寥寥无几。今天人们往往只提及《绝顶》一诗,其余的长诗几乎都被遗忘了。《绝顶》发表于1876年。1875年4月,三位气球驾驶员西维尔、克罗齐-斯皮内利和蒂桑迪埃驾驶"绝顶号"气球从巴黎起飞,进行科学观察。气球升至8 600米高,几小时后在安德尔河附近着陆,但是只有蒂桑迪埃一人幸存。对苏利·普吕多姆来说,这次科学试验及其取得的成就是人们忠于科学的象征,"绝顶号"气球的飞上天空代表着"上升的人类"的史诗。他认为无论学者还是诗人,都只能以自己的作品及其榜样,表明自身的不朽:

> 死在世代的眼光仰望的地方,
> 那里,思索、梦想的头颅在瞻仰!
> 光阴得到调节,刻上对他的怀念!
> 在天空建立他的荣耀,在向大地
> 播下的种子中传播最纯分子,

也许这是死亡,但是并非全完:

不!他的生命给大家留下事业、榜样,
将更深广的生命复活他们身上,
在一切时间、地方和空间延伸,
他停止生存的空中,时间打鸣,
他化作了束缚人的细小幽灵,
但这是为了以神的方式生存!

哲人的永恒在于他达到的规律;
诗人所感受到的永恒的乐趣,
就是恋人心中那永存的晚上!
因为不朽,即受爱戴者的灵魂,
就是真善美的本质,天主本身,
一无所留的人才会真正死亡。

这首诗之所以为后人所记得,是由于诗人对科学探险者、为科学而献身的人的歌颂,并充满了激情。气球升上高空在当时是轰动的新闻,它标志着人类征服天空的开端,反映了科学技术新发展的一个侧面。这次试验部分失败,但却是成功阶梯上的一个环节。诗人看到了这一点,认为这是为后人造福的行动;死去的气球驾驶员为人们树立了榜样,他们是不朽的开拓者,达到了真善美的标准,升到了人类行为的绝顶。

然而,《绝顶》虽然也叙述了气球的升空过程,但这并不是一首叙事诗,可以想见,这首长诗的大半篇幅都在发议论,不管这些议论如何精辟,也是很难强烈吸引读者的,这也正是苏利·普吕多姆的长诗的通病和致命弱点。

论纪德的小说

一、小 说 内 容

纪德因为"内容广博和艺术意味深长的作品——这些作品以对真理的大无畏的热爱和敏锐的洞察力,表现了人类的问题和处境",而获得诺贝尔文学奖。这个评价的落脚点是"表现了人类的问题和处境",似有溢美之嫌,但多少也表明了纪德对人的现状十分关注,他的作品确实表达了20世纪上半叶的某些重大问题,因而引起了强烈的社会反响。就小说创作而言,纪德至少触及三个重要问题,一是家庭和社会对青年思想发展的束缚,二是宗教对人的精神束缚,三是社会上盛行的伪善风气。

纪德的早期小说和20世纪初的小说都与第一个问题有关。他的第一部重要小说《地粮》的主题就是鼓吹冲破家庭的束缚。《地粮》的作者,自称师承梅纳尔克,要向想象中的弟子纳塔纳埃尔展示一种与大自然和谐一致的"真正生活"。梅纳尔克是借用古罗马诗人维吉尔的牧歌中一位牧羊人的名字,在纪德的作品中成了"自由地发现自我"这种精神的化身。纪德在小说中宣扬的第一个思想是"自我解放",摆脱道德和宗教的禁忌,回到生活、大自然、物质和感觉的世界中。主人公要"通过一切空间","寻找一切欲望"。

他这种想法好像饥渴一样,然而这又是非常自然的:"鹰沉醉于它的飞翔。黄莺沉醉于夏夜。平原因炎热而颤抖。一切激动都会使你变成一种迷醉。"纪德在1927年的序言中写道:"我写这部小说时正值文学狂热地感受到造作和封闭,我觉得当务之急是重新使文学接触大地,将赤裸的脚简简单单地踏在土地上。"这就是要摆脱传统的羁绊,返回到本源中:生活、世界、本来的人性。纪德一面召唤弟子勇敢地挣脱一切羁绊,离开家庭去追求无拘无束的自由生活,在冒险中激发生活的热情,发现生命的价值;一面热烈地赞美森林、大地、鲜花、野果、阳光雨露,向弟子显示人能够在自由自在的生活中获得的种种心理上的满足和感官上的愉快:"纳塔纳埃尔,我教给你激情……宁要悲壮的生活,纳塔纳埃尔,不要生活的安宁……纳塔纳埃尔,你须在心中焚毁一切书籍……我的愿望延伸到哪儿,那儿就有我的足迹……纳塔纳埃尔,我不再相信罪孽……纳塔纳埃尔,把你的幸福跟天主视为一体。"在小说中,家庭成为强制的象征,虚伪狭隘的化身,阻挠个人自由发展的障碍,主人公喊道:"家庭,我憎恨你们!封闭的家园;重新关上的房门;对幸福强烈的占有。——有时,在黑夜,我不被人看见,俯向一扇玻璃,长久地注视一个家的习俗。父亲坐在灯旁;母亲在缝纫;老祖宗的位置空着;一个孩子在父亲旁边学习;——我的心多么渴望把他带往大路啊。"家庭的形象是封闭的、压抑人的、束缚思想的,因此必须冲破它的罗网。与此相对应,纪德在《地粮》中力图恢复人与大自然的本来联系,自由地发展和完善自身的人格与个性,认为这是人的天赋权利;他指出认识一切和体验一切是人的神圣责任;

传统的宗教和道德观念被一种崇尚自然的本能和崇尚人自身的新伦理学所代替。总之,纪德在《地粮》中宣扬了"不受约束"的思想,这种不受约束性主张什么也不必拒绝,准备迎接新的感受、新的思想和新的价值。纪德这种价值观宣告了西方文明价值的危机,被认为"最直率地提出了我们时代的问题"。[①]

20世纪初,《地粮》在青年中的影响是这样广泛,以至马丁·杜伽尔的《蒂博一家》的主人公雅克·蒂博被《地粮》迷上了,他说:"这是一本阅读时感到灼手的书。"他身体力行,逃离家庭,跑到马赛。雅克的看法在当时的青年中是有代表性的。一次大战前后,青年们刚刚走上社会,便接触到严酷的现实。童年和少年时代的理想与社会现实的巨大差异和尖锐矛盾,使他们对传统的道德观念的价值产生怀疑。他们不满现实,但对前途又感到迷茫。《地粮》所宣扬的摆脱家庭束缚、冲破传统伦理道德规范,崇尚人的自然本能,把自由视为通向天主的真正道路,主张在冒险中激发生活热情,发现生活美好的思想,使它成为一本关于生活真谛的"启示录",正好迎合青年的精神需要,在他们心中引起强烈的共鸣。青年们在纪德的小说中寻找自己,发现自己。纪德由此博得他们的喜爱,被他们称为导师。

《未被缚住的普罗米修斯》通过古代神话故事,从另一个角度表现这种反对束缚的思想。普罗米修斯千百年来一直被锁在高加索的山峰上,后来却发现其实只要自己愿意,便可以挣脱铁链而获

---

① 见《法国文学》下卷第258页,拉鲁斯出版社,1968年。

得自由。于是他带着看守他的鹰来到巴黎漫游。他不断地用自己的肝脏喂养那只鹰,使它变得美丽强壮,而自己却日渐消瘦虚弱。在新月大厅,他作了一次演讲,为他的鹰辩护说:任何人都有一只"鹰",即自觉或不自觉地给自己确定的生活目的或生存理由——"邪恶或者德行,责任或者爱情"所吞食;为了使自己的"鹰"变得美丽强健,人们应该牺牲自己。后来普罗米修斯目睹一个受其影响的人被"鹰"吞噬至死的过程,改变了原先的想法,杀死并吃掉了自己的鹰,只留下鹰的羽毛做笔,写下这段故事。在这里,以人的血肉为生的"鹰",象征一切可以从内部束缚人的东西,人若不杀死它,就不能获得自由,而最终只能成为它的牺牲品。有的批评家认为《未被缚住的普罗米修斯》可以看作《地粮》的注解。

随后,纪德的不受约束的思想在《背德者》中得到充分的阐发。小说展现的前提是,主人公米歇尔遵从母命,和一个自己不爱的女子结婚。尽管妻子在他生病时无微不至地照顾过他,但他觉得自己还是有行动的自由。他要"自由地发现自我",他要解放自己的活力和本能,充分享受欲望的冲动,他要拒绝一切肉体或精神的禁忌。他要获得充分自由的愿望,将他心中升起的一点对妻子的爱淹没了,他甚至希望她死掉,因为这样一来他便得到解脱了。这种"解放"发展到要体验同性恋。应该说,在这样做的过程中,这种自私自利的幸福观与残存的道德意识之间是有冲突的,而且这种冲突在不断进行中。纪德在小说中并没有作出明确的解答,但是,小说的描写是倾向于人可以任凭本能的驱使自由行动的,尽管小说的名字将米歇尔称为背德者,而且在小说结尾作者写道:"我自由了,是的,可这又有什么用呢?这种无所事事的自由使我痛苦。"这句话只写出主人公的惶惑心情,他带着一种多少有点忏悔的心情叙述往事。然而作者并没有对这个背德者给以谴责,相反,他谴责的是家庭、社会和宗教的约束给人性带来的损害。主人公的所作所为是对一切束缚和禁忌的冲破。有的论者认为纪德描写了人性的沉沦,即是说他对此持反对态度。也许小说客观上描写了这种社会现象,可是,纪德丝毫不认为这是一种人性的沉沦,这也是显而易见的。纪德对不可约束性的鼓吹至此似乎已经走到了极端地步。

纪德在这部小说中也提出了道德问题。纪德反对传统的道德观念,认为传统道德是束缚人的、虚伪的。纪德在抨击传统道德时运用的观点多少接受了尼采的理论。尼采认为人必须进入天真的状态中,这样他的意志才是自由的。尼采强调的是人的精神的任意性,以此去破坏人们赋予道德的神圣权威。然而,当尼采力图将极端的意志赋予人时,却把道德标准导向虚幻之中。尼采只是破坏了对传统道德的信仰,而没有树立起对理想的信念。纪德从尼采的观点出发,认为每个人的道德行为都是为了自己的利益,每个人都要经历自我估价的危机,在这一危机中,他要摧毁旧的价值观念;每个人都要采取一种新的生活态度,它将构成新的价值尺度。在这个过程中,他先要制造混乱,让每种感情,每种思想以及每个行动接受新价值观的考验。无论尼采还是纪德,他们的观点都包含了走向极端利己主义和极端个人主义的危险,因此不少论者都从这个角度去批评纪德。

《背德者》这部小说相当充分地表达了纪德关于个人幸福的看法。米歇尔把人分为强者和弱者两类,他说:"强者有强者的快乐,弱者有弱者的快乐,强者的快乐会伤害弱者。她冒着烈火,爬上楼房,救出两个孩子,又悄然走掉。"这个插曲在于表明他做好事也是没有什么动机的。这种前后矛盾的描写很难令人信服。可以说,纪德宣扬的不受约束的行为缺乏现实基础,很难断言这是对传统道德的挑战。道德有阶级性,但是,不可否认,道德也有继承性,有的社会公德能为不同阶级和不同制度的社会所遵守,这是无庸置疑的。在阶级社会中,不受约束的行为也只是一种空想而已。纪德后来显然也感到没有动机的行为难以成立,他在1929年的一封信里转圜说:"我一点也不相信有一种没有动机的行为。我认为没有动机的行为是无法想象的。什么事情总有一个动机;但我设想中的'没有动机的行为'是一种动机并不明显,具有无私心的特征的行为,一种不是为了得到某种利益或报酬,而是受一个秘密的原因所驱使的行为,在这种行为中暴露出个人所具有的最独特的品质。"[①]但是,这种修正并不能改变小说的描写所宣扬的思想。

纪德的小说的第二个重要内容是对宗教给人的束缚的大胆批判。在纪德的前期小说中,宗教问题往往同家庭问题结合在一起,构成双重的束缚,对人的个性造成摧残。例如《地粮》就是这样表现的。但从《窄门》开始,批判的锋芒有所深化。小说以《圣经》的一条训诫作为女主人翁对待爱情的指导思想。这条训诫是:"你们

[①] 转自陈占元:《纪德和他的小说》,《貌视道德的人》第9页,湖南人民出版社,1986年。

要努力进窄门。"因为宽敞的门和路通向堕落。什么是窄门？女主人公阿莉萨对待爱情的态度作出了自己的诠释：一方面，她不屑于自己母亲的无行私奔，觉得要约束自己的言行，另一方面，她发觉妹妹也在暗中热恋着自己的情人热罗姆，一心想为了妹妹的幸福而牺牲自己。于是她从《圣经》的这条训诫中吸取力量，错误地把情欲视为对上帝的亵渎。她要献身给上帝，在祈祷中去获得精神上的满足。她的乖戾行为令热罗姆无法解释，直至她抑郁死去之后才在她的日记中发现了她内心悲苦的秘密。她不无怨恨地写道："上帝啊，你给我们指引的道路是一条狭窄得不允许两人并肩而行的道路。"小说写出了宗教教义对人们精神的戕害。比起米歇尔过度放纵自己，阿莉萨的牺牲是更加可怕的，因为这种牺牲是对她的智慧、文化、美貌和她赖以生存的一切理由的摧残。她的悲剧是对宗教信条的一份控诉书。她愈是纯洁、真诚、热爱生活、谦让、情感热烈，就愈是激发读者对这朵鲜花的凋谢感到悲哀。

纪德曾经指出《窄门》是"对某种信仰狂热倾向的批评"。基督教教义中向来存在苦修和禁欲的主张，从而形成不同的教派。新教原本就是对天主教僧侣腐化堕落感到不满而提出改革主张的，新教的教规较为严厉，这些改革和主张在历史上曾经起过进步作用。但是无可否认，基督教对人们精神的束缚与它对人们精神的安慰和麻醉强度是一样的。宗教狂热是人类给自身制造的最缺乏理性的行动之一，它往往将人的意志压缩到最低限度，造成盲目顺从与绝对压抑个性。在文学史上，表现教会对男女青年爱情的干预的作品不胜枚举。而《窄门》的表现角度却不一样。小说中，教会并没有对女主人公的思想施加什么压力，作者只描写牧师的布道对女主人公的思想所产生的影响，然而这种影响足以扼杀她的爱情。至于男主人公，他也一样。在宗教的影响下，他压抑着自己的正常感情。他不敢正眼去看阿莉萨；该和她接近的时候，他却认为"配得上她的最好的行动就是马上离开她"；该向她提出求婚的时候，他一再拖延；该亲她拥抱她的时候，他克制着自己的热情。他力求在道德上自我完善，作为与阿莉萨结合的条件，最后终于失去了获得幸福的机会。文艺复兴以来，对宗教禁欲主义已经造成了巨大的冲击，但是，却始终未能摧毁它的根基；宗教对人们精神的束缚一如既往，《窄门》只不过是又一次冲击而已。

《梵蒂冈的地窖》也有不少抨击教会的内容。小说前半部对昂蒂姆夫妇的刻画是对天主教的绝妙讽刺。昂蒂姆起初并不信教，一头扎在科学实验之中。他的爱好是不停地解剖动物，自以为总能发现什么，其实一事无成。他的夫人讥刺他说："它们（指动物）是一种荒唐可笑的好奇心的牺牲品。"就其结果来看，她确实一语中的。如果他坚持自己一贯的观点，认为妻子的虔诚一无所用，那么他还算是一个憨厚得有点迂腐的人物。然而，他却因在梦中见到圣母而完全改变了思想，成为一个信徒。通过这个假无神论者的刻画，纪德嘲笑了宗教的神圣。昂蒂姆本来是个共济会员，他信奉天主教以后也就失去了共济会的支持，他在埃及的财产便拿不到手。教会先是答应要赔偿他的损失，可是始终没有兑现。昂蒂姆实际上破产了，他受到了教会的愚弄。教会的言而无信暴露无遗。

小说的另一个情节是,描写以普罗托斯为首的诈骗集团,用教皇被劫的谎言,到教徒中募集钱财,以组织"解救教皇十字军"。居依·德·圣普里伯爵夫人受了骗,导致弗勒里舒瓦不辞劳顿,坐火车到意大利去,半路上被害。普罗托斯作为诈骗犯,最终被逮捕归案,这完全是罪有应得。然而,普罗托斯之流靠诈骗为生,教会在某种程度上也不是在诈骗吗?只不过形式不同罢了,而前者有罪,为社会所不容,但后者却无人过问,甚至容不得指责。纪德对此显然愤愤不平,他将两者并列在一起,让读者自去评论。

《田园交响乐》从另一个角度对教会进行了抨击。小说的男主人公是一个新教牧师,他收养了一个双目失明、遭人遗弃的女孩瑞特丽德。几年后,女孩出落成一个美丽的姑娘。当他妻子对此有所觉察而婉转地提醒他时,他不以为然,反而认为妻子心胸狭隘,不通情理。他得知大儿子雅克爱上瑞特丽德并表示要娶她为妻后,一时恼羞成怒,同时心里明白如果姑娘看见雅克,一定会喜欢这个漂亮的年轻人。在嫉妒心的驱使下,他千方百计加以阻挠,一面却找出各种理由来使自己相信这样做完全是为了姑娘好。当他最后意识到自己对瑞特丽德怀有的感情实际上是爱情,并且这种爱情为社会所不容时,他非但没有约束自己,反而用《圣经》所倡导的爱德来为自己辩护:"倘若爱情是有限制的,那么这种限制不是来自你,我的上帝,而是来自人类。虽然我的爱情在世人眼里是罪恶的,噢!告诉我,在你的眼里它是圣洁的。"牧师在这样不断地自欺欺人的同时,滥用了瑞特丽德的信任和残疾,终于不可避免地酿成一场悲剧:瑞特丽德治愈眼睛复明后,发觉自己跟牧师的恋爱关系造成了他妻子的痛苦，自己所爱的人实际上是雅克而不是牧师，而此时雅克因对父亲不满已经皈依天主教并担任神职，不能结婚，绝望之下她投河自尽。纪德虽然认为这篇小说是"对自我苦难的批评"，其实它的含义要深刻得多。

不错，表面看来，小说写的是牧师自欺欺人的一个故事。他对自己的所作所为，都用冠冕堂皇的话作挡箭牌，以显示自己行为的高尚，但骨子里他却隐藏着不可告人的目的。开始时他可能是无意识的，不甚明了自己的行动，但其后他意识到自己爱上了瑞特丽德，却仍然不改初衷，我行我素，这就无法抵赖他的险恶用心了。更为可恶的是，他得知儿子也爱上了瑞特丽德以后，竟然拆散这对情人，但他依然用堂而皇之的理由去反对儿子去爱这个姑娘。牧师伪善的面目不是昭然若揭吗？再有，作为信徒的精神导师，他却心有二爱，这更是与他的神职完全抵触的。教会中人士偷鸡摸狗的事不可谓不多，《十日谈》中已有过淋漓尽致的披露。而纪德的描写却有所不同，他仍然从道德角度着手，以刻画牧师的丑恶灵魂为己任。无一字抨击之语，但锋芒却同样犀利，甚至更为辛辣有力。

纪德对教会和宗教的揭露与抨击激起了教会的恐惧，纪德遭到一系列文章的攻击，尤其有一个叫亨利·马西斯的，可以看作教会的代言人，他发表了连篇累牍的文章。他集中攻讦的是，纪德描绘了丑恶的人心，专门描写"卑劣的、野蛮的、狂热的、不干净的领域"，"他认为错误比真实更为丰富，因为真实是一种，而错误是无数种：他对恶的偏爱由此而来。"马西斯指责纪德"反叛神学"，诋毁宗教,而且他谴责纪德"损害了人的一致性","重新责难我们赖以存在的人的概念"。他紧紧抓住纪德集中描写人心丑恶这一点加以评论,应该说没有抓错,而且他的分析也十分准确,只是立场不同,得出的结论也不同。他嗤之以鼻的描写,却正是值得肯定的地方,也正是纪德对前人的超越之处和创新之处。所以纪德嘲弄地说:"我高兴地说,我没有比马西斯更好的门徒了。"因为马西斯从相反方面深得纪德创作的此中三昧。

纪德对家庭和宗教给予人的精神束缚所作的批判,同他自身的感受密切相关。压迫愈甚,反抗愈烈。纪德的家庭(主要是他母亲)对他的严格管教以及新教对他精神的束缚,使他在 20 岁之前深受其苦。家庭教育强调的是服从,是约束;从言行到服饰,一切都必须严格遵守一定的道德规范,以符合家庭的社会地位;感官愉悦被视为与宗教信仰相对立的"魔鬼"。纪德常常由于自己对感官的愉快要求跟家庭教育发生冲突,陷入痛苦的精神矛盾之中。纪德把自己的切身感受融化到小说中去,所以写得尤为真切和强烈。

纪德小说创作的第三个重要内容是对社会虚假现象的犀利抨击。早年的《沼泽地》已经写到文人圈子的虚伪习气。《梵蒂冈的地窖》对教会的伪善极尽嘲讽之能事。《田园交响乐》对牧师的虚伪也有入木三分的暴露。纪德对社会虚假现象的揭露,主要表现在《伪币制造者》中。这部小说内容复杂,枝节丛生,与他的其他小说迥然不同。但是还可以分出几条线索,第一条是"教育小说"。主人公贝尔纳是个快要毕业的中学生。一次偶然的机会,他发觉自己原来是个私生子,于是离家出走。他从事过两项职业,先后爱过两个女人,经历了一场精神危机。他在耳闻目睹和亲身经历的一连串事件中逐渐认识自己,最后返回家中。第二条线索是"爱情小说"。作家爱德华爱上侄儿奥利维埃,却录用了奥利维埃的朋友贝尔纳做秘书,而奥利维埃则替他并不喜欢的投机作家帕萨旺效劳。经过一系列的事变,奥利维埃离开帕萨旺回到爱德华身边。相形之下,萝拉的爱情十分不幸。她对爱德华的爱情遭到拒绝后,嫁给她不爱的男人杜维埃,婚后与奥利维埃的哥哥文桑私通。被文桑遗弃后,跟贝尔纳保持过一段时间的柏拉图式的爱情关系,最终还是违心地回到丈夫身边。此外,还有文桑与亚格里菲斯夫人、贝尔纳和萝拉的妹妹的爱情纠葛。第三条线索是"黑小说"。以斯托洛维鲁为首的一伙伪币制造者,利用弗台尔补习学校的一些学生使用假币。奥利维埃的弟弟也在其中。警方发觉后,预审法官为避免牵连体面人家子弟,请爱德华奉劝乔治赶快洗手不干。这帮学生不得不放弃贩卖伪币后,精力无处发泄,转而借成立"壮士同盟"之机变本加厉地折磨同校寄宿生小波利,终于导致小波利自杀。还有一条线索是爱德华的文学创作。他试图写作一部"纯小说",取名《伪币制造者》。虽然小说始终没有写成,但他的写作日记和计划却几乎形成一篇关于小说创作方法的论文。此外,《伪币制造者》还有不少插曲,如弗台尔-阿扎伊斯家族的兴衰,阿曼-弗台尔的故事等等。

  首先,"伪币制造者"的所指范围,扩展到以专横、偏执、刻板、虚伪为特征的新教家庭。这种家庭把阻挠个人自由发展的观念强加于每个成员,使他们不得不常常变作虚伪,正如幼苗的生长受到压制后会造成扭曲一样。弗台尔-阿扎伊斯补习学校的创办人阿扎伊斯及其女婿弗台尔牧师就是新教家庭的化身。他们因为一贯装成有信仰、有德行，久而久之便自以为真的有信仰、有德行；为了避免现实的对照，维持自己的信念，他们在生活中塞满事务，使自己无暇反躬自问；他们终生的目的和职责便是向周围的人灌输信仰和德行。于是，人人在他们面前都被迫演出虚伪的一出出喜剧。萝拉跟人私通怀孕，却让别人认为这是上帝给她和丈夫的恩赐；乔治参与贩卖伪币，却让人们相信他参加了一个光荣的组织；阿曼为了替妹妹拉皮条，教唆她堕落。仿佛有一张巨网包裹着学校、家庭；宗教信仰和伦理道德实际上已经"贬值"，而变成一钱不值的"伪币"。纪德敏锐的眼光分辨出社会到处存在人间喜剧，在家庭、社会、宗教和文学界都是这样。比如，法官莫利尼埃表面上是一个完美的丈夫，其实多年来他同奥林匹亚的一个舞女保持关系。最令人厌恶的是，他把自己"垮台的责任"归之于自己妻子的过分正直。他感叹说："当我们年轻的时候，我们都期望有贞洁的妻子，而不知道她们的德行要我们付出多大的代价。"奥利维埃在贝尔纳通过业士学位那天，对他说出一句意味深长的话："人身上最深沉的东西就是皮肤。"这句话是奥利维埃从帕萨旺那里听来的，用意在于抨击人们以虚伪的外表掩盖肮脏的内心。小说还指责虔诚使人丧失"感觉、趣味、需要、对现实的爱"。牧师弗台尔的儿子这样揶揄地介绍他的父亲："他相信上帝，这更加方便了。每遇到困难，他便让米歇尔自己解决。他所要求的是，不要看清楚。"这句话点出了牧师的虚伪本质。

在小说的中心人物爱德华的心目中,文学已变成一家"伪币"制造厂,而以帕萨旺为代表的趋附时尚、剽窃他人思想的投机作家则是最大的"伪币制造者",因为他们传递"既定的情感,而读者出于对一切印成白纸黑字的东西的信赖,自以为体验到这些情感"。换言之,文学通过语词传达给读者一些虚幻的意象,而读者却用这些意象来理解现实并代替现实,于是,文学家使语词变成了"伪币"。文学家都一心想成功和荣耀。他们在"先锋"的旗号下,制造一些引人注目的杂志,或者乔装打扮,开一些毫无意义的玩笑。帕萨旺就是这样一个"使舆论屈服,而不是使之清醒"的文学制造商。小说中的一个人物说,生活"只不过是一场喜剧",小说家是新的造物主,他代替上帝或撒旦,牵着木偶的线。这句话是对社会这个大舞台上演出的一幕幕喜剧的形象说法。

根据纪德的日记,他写作《伪币制造者》的第一个意图就是要阐明,为什么在青年眼里,前辈人显得如此僵化、逆来顺受,好像他们在自己的青春年华从未被愿望和热情困扰过;为什么新一代人在批评了老一代人的态度和行为之后,仍会重蹈他们的覆辙。为此,纪德塑造了以贝尔纳为代表的一批青年知识分子。贝尔纳是一个"私生子"、一个"浪子",他本能地反对家庭和社会,以自然和真诚的本性去反对普遍的虚伪。作为"伪币"的解毒剂,他表达了作家的精神理想:"我愿意在整个一生,一有碰撞便发出纯粹的、诚实的、真实的响声。几乎我所认识的人都发出虚假的声音。本来怎样,就如实地值多少;不要千方百计显得超过原来所值。"小说中的青年其主要特点是:憎恶虚伪,要求绝对真实,具有反抗精神,崇尚个人主义。这些青年常常用词语跟现实作比较,看它们是否已经"贬值",看它们所携带的"价值"在生活中是否还在流通。然而,在资产阶级社会这样"一个人人欺蒙的世界"里,他们无论在何处,甚至在自己身上也找不到词语所表达的纯真感情、崇高德行、健全理性。因为这些社会价值已经名存实亡,变作"伪币"了。他们永远达不到真实,他们的反抗无济于事,无不以失败告终:贝尔纳、萝拉和乔治只能返回各自家中,文桑神经错乱了,格里菲斯夫人命归黄泉,阿曼堕落,爱德华没有写成小说……于是"伪币"最后成了现代西方社会价值观念的同义语,"伪币制造者"成了每个利用这些价值观念的自欺欺人者。

纪德通过这个主题,抨击了理性在一个自诩为思维健全的社会里是如何解体崩溃的。《伪币制造者》也因此成为对西方社会价值观念的反思。当然,他的目的也仅仅在于把个人从社会强加于人的荒诞模式中解放出来,既不可能对这个社会的根基发出抗议,也不可能看到出路。

三、艺术特色

纪德在艺术上是一个承上启下的作家,一方面他保留了传统小说的不少写法,另一方面他又汲取 20 世纪出现的新手法,同时自己也创造了一些小说技巧。他在小说艺术上的特色和创新是令人瞩目的。他的成功经验表现在如下四个方面。

首先,纪德接受了象征派的影响,他的小说具有散文诗化的特点,同时大量运用了象征手法。纪德刚踏上文学道路时,聆听过象征派领袖马拉美的教导,他的早期小说(包括后期的一些小说,如《新地粮》)采用一种新的叙述方式,这就是将散文诗的形式引入小说中。最有代表性的是《地粮》。这部小说用诗的语言写成,或者说,小说可以分成一篇篇散文诗,或者小说由一篇篇散文诗组成,其中甚至穿插了一些诗篇。有些小节还有小标题,表明叙述的地方,仿佛散文诗的标题。这就改变了情节小说的写法:他的小说没有曲折的情节,而是由主人公的感想、回忆所组成。呈现在读者面前的是一幅幅画景。诺曼底农家和农村的景象,后来又是北非的风光。散文诗是在19世纪出现的一种文学形式,在波德莱尔、兰波、拉福格、马拉美的手里获得充分发展。散文诗兼有诗和散文的特点,即既有诗的精炼和音乐节奏,又有散文的故事内容。但散文诗的篇幅较短,一般几百字,长的两千来字。在纪德之前,还没有人尝试过用散文诗的形式去写小说。纪德的试验开始也没有获得成功,因为《地粮》的印数十几年中只有500册,直到纪德后来成名,这部小说才引起人们的重视。然而,它的影响与日俱增,纪德由于这部小说而成为一位语言大师和小说革新者。小说语言的诗化在纪德手里达到一个新的高度。诗人写小说,他的小说语言未必是诗的语言,19世纪的诗人—小说家已经作出了证明。即以雨果的小说来说,他的语言甚至显得有些啰唆(当然并不排除有的章节写得富有诗意)。他的小说风格主要是雄奇瑰丽。而纪德的《地粮》的风格则不同,这是一部抒情性浓郁的小说,文笔娟秀。可以说,在法国文学史上,这是迄今为止独一无二的抒情小说。这种抒情小说的独立存在,表明无情节小说在文学园地中也应有一席之地。

纪德受象征派的影响,甚至表现在以"写作"为题这一点上。马拉美的诗歌常常以写作为题,叙写诗人自己如何写不出诗来,如《海风》《蓝天》《天鹅》《一个农牧神的午后》等等都是这样。《伪币制造者》也以爱德华写作小说而未果作为一个重要情节,这一点自然而然令人想起马拉美偏爱的题材。

象征手法在纪德的小说中运用得相当普遍。"地粮"象征的是精神养料,小说阐明大自然的召唤是极其强烈的,它吸引人们摆脱家庭的封闭氛围与束缚。因此,"地粮"也象征着大自然的魅力,它是人们须臾不可缺少的。这种深刻的象征含义是《地粮》的思想核心。"沼泽地"喻指文艺界的污浊和丑恶,人们一踏进去就会陷入其中,甚至有灭顶之灾。普罗米修斯的那头鹰象征着束缚人们的精神枷锁,愈迁就它便愈变得日益虚弱,只有摆脱它才能获得自由。"窄门"象征着不合理的清规戒律,它限制人们的行动,扼杀人们的正常情感,它的存在既是不人道的,又是荒唐的。《田园交响乐》本是贝多芬的一首名作,它给人以优美的感受,能陶冶人们的情趣,它比喻一切甜言蜜语,表面美好、实际上包藏着叵测居心的东西。"伪币"象征一切虚假伪善的言行,它能一时蒙骗人,但是它的真面目迟早要暴露出来。扩而言之,"伪币"象征社会的虚伪事物和现象,这几乎是现代社会的本质特点之一。纪德认为:"每种现象都是某种真实的象征","每一种完美的形式都在表现观念……作家用形式表现观念时,他是在用确定的东西再现难以理解的东西,赋予前者一种象征符号的价值"(《纳喀西斯解说》)。纪德的美学观与象征派诗人的美学观相似,他们都把文学作品看作某一深层现实的象征,任何一个艺术家如果不借助象征,就不可能表达这种丰富的然而却难以表述的现实。

象征手法的运用,使纪德的小说具有深刻的哲理意义,这同18世纪的哲理小说不同。纪德改造了中世纪的"傻子剧"。"傻子剧"是中世纪"愚人节"时上演的一种戏剧,它以滑稽而诙谐的形式模仿宗教仪式,以喻黑白混淆、是非颠倒的世界。纪德借鉴了"傻子剧"的人物、形式和象征含义的手法,加以改造。他的人物在某种程度上带有"傻子"的特点。《田园交响乐》中的牧师,《窄门》中的男女主人公,《梵蒂冈的地窖》中的拉夫卡迪奥、弗勒里舒瓦、昂蒂姆,《伪币制造者》中的众多人物,在纪德看来,都是"傻子"式的人物。他们或者不理解这个社会的生存法则,行动傻里傻气,盲目无主;或者自认为是这个社会的智者,自以为是,自欺欺人,干出一些荒唐可恶的事来,甚至酿成悲剧;或者糊里糊涂过日子,随风摆动,很容易就改变自己的思想;或者身处污浊的社会,必然干出各种各样的"傻事"或"蠢事"来。形形色色,不一而足。"傻子"式的人物就是象征性的人物,他们都具有一定的象征意义,并融化在小说的象征意义中。概括起来,纪德的小说的哲理意义贯穿于人物和情节中,较之伏尔泰的哲理小说的哲理意义同作品结合得更为紧密。伏尔泰笔下的"老实人""天真汉"本身并无多深的含义,只是作为作者的传声筒而出现的;而纪德笔下的人物是有血有肉的,有一定的典型意义,它们不是理念的化身,它们的哲理意义是多层次的,耐人寻味。

纪德小说的第二个艺术特色是精湛的心理分析。在这方面，他从陀思妥耶夫斯基那里受益甚多，他说："陀思妥耶夫斯基……是唯一在心理学上给过我教益的人。"他从这位俄国作家那里学到心理学的奥秘，这就是"矛盾情感共处一体"，换言之，就是人的心理的复杂性。纪德认为，人的内心深处都潜藏着一些相互矛盾的感情，人对它们不能认识，不能预料，不能控制。为之驱使而做出的行为往往是非理性的，为传统的逻辑学和心理学所不可解释，具有神秘性。他甚至认为人格具有多种可能性；"卑劣、野蛮、狂热、不干净的领域"给艺术家提供了"难以形容的源泉"，而"崇高的领域则是贫乏的"。在这种主张的指导下，他在《背德者》中描写了米歇尔怎样从循规蹈矩发展成为一个蔑视道德规范的人的心理过程。《田园交响乐》的心理描写也是十分出色的，纪德写出了牧师心中罪恶的爱情的产生由不知到觉察出，再到自我辩解的微妙过程。牧师知道自己的儿子爱上盲女以后，把儿子斥责了一顿，希望儿子不要"扰乱瑞特丽德的心灵"，又说："滥用她的天真和残疾是可耻的。"最后下结论说："你的情感是有罪的。"牧师的话说得振振有词，其实隐藏着自己的卑劣目的。这还不算，他找到盲女，说是雅克要出外旅行一次，问她是否悲伤。盲女反问牧师："您认为爱是恶么？"牧师回答她："爱里面是从来没有恶的。"这句似是而非的话是对牧师的行为的一种反讽。然而牧师心里总感到不踏实，他企图从《福音书》中寻找行动的根据。他问自己："把《福音书》主要当作追求幸福生活的途径，是否就意味着对基督的背叛，是否就意味着对《福音书》的贬低和亵渎？"在月色溶溶的夜晚，他询问上帝：

"我的爱情在人们眼里是有罪的,但,请您说,我的爱情在您的眼里是神圣的。"这句话放在他儿子的口中会是强有力的,而对一个牧师来说则是伪善的。一个伪君子的真面目至此完全衬托出来了。

在纪德的小说中,描写拉夫卡迪奥的"无动机心理"十分著名,这是纪德描写复杂心理的典型。在从罗马开往那不勒斯的火车上,拉夫卡迪奥刚好同弗勒里舒瓦坐在同一个隔间里。拉夫卡迪奥一直观察着对方。在一道斜坡处,拉夫卡迪奥看到弗勒里舒瓦的身影在车窗外沿着道路不停地跳动,随着地形变化而改变形状。突然,他想摁一下打开车门的装置,把弗勒里舒瓦推下车去。他认为这桩没有动机的犯罪行为,会使警察局束手无策。"我的好奇心不仅是要知道事件如何发生,而且要知道我自己敢不敢干。……不能退缩,就像下象棋没有权利悔子一样。呸!如果一切危险都预见到,那行动还有什么乐趣!"他决定不慌不忙地数到12,"还看不到田野里有任何灯火,这只貘就得救了。"但是,待他数到10的时候,田野里出现了灯火。他打开了车门,把弗勒里舒瓦推下火车去。纪德力图写出一个"可以拥抱全人类,或者把全人类扼死"的双重性格的人。他可以冲进烈火中去救火,又可以无端地害人,在这样做的时候,既没有高尚的念头,也没有阴暗的心理,这样一个能干出极端行为的人的心理刻画得相当细腻。

纪德对心理的探索多半是分析恶。他反对西方关于人的传统观念,即认为人的内心是不变的,出类拔萃的,能自我调节。他以多元化代替这种统一性。他认为路德、陀思妥耶夫斯基都是狂热的,苏格拉底心中有他的魔鬼,圣保罗有神秘的"肉中刺",帕斯卡尔感到深渊存在,尼采和卢梭也有疯狂。总之,天才人物都不是正常人,他们"摆脱了约定俗成的法则"。纪德对人性恶的探索沿袭了波德莱尔开创的道路,继续发展。

纪德的小说创作的第三个艺术特色是客观态度。自福楼拜以来,作家在小说中保持客观态度的主张日益得到重视,这一主张是符合现实主义的基本原则的。综观纪德的小说创作,可以发现他从来不在作品中现身说法,大发议论。相反,他尽量采取不偏不倚的态度,保持客观的叙述。即使他的小说有不少个人的亲身体验和自传成分,但在他的笔下,体现他的思想和经历的人物却是以完全客观的笔法写出来的。《背德者》被认为是以他与妻子的经历写成的一部小说,男主人公米歇尔则是他的写照。当然,小说不能等同于作者的经历。可是,不可否认,《背德者》是纪德对自己以往的思想的一次剖析。纪德对主人公的所作所为是否定还是肯定呢?从小说的描写来看,是难以得出结论的。纪德只是客观地写出米歇尔的行动和心理变化,虽有同情的成分在内,但很难说完全加以肯定。同样,《梵蒂冈的地窖》中作者对拉夫卡迪奥这个人物无褒贬可言,因为他既能干出不可思议的坏事,也可以做出惊心动魄的英勇行为。至于其他人物,如昂蒂姆及其妻子、朱里斯·德·巴拉利乌伯爵、弗勒里舒瓦等,虽然作者满含讥刺地描写他们的宗教虔诚,但是,似乎也没有完全否定他们。弗勒里舒瓦尚有天真和老实的一面,昂蒂姆受到罗马天主教会的愚弄是值得同情的,朱里斯虽然摆脱不了爱慕虚荣的文人习气,千方百计要跻身于学士院,但他对同父异母兄弟也无太大的恶感,并不因拉夫卡迪奥分去了他的一部分遗产而加以防范和敌视。《窄门》的写法一样高明。男女主人公对待爱情的态度作者未置一词,小说以客观的态度叙述他们的迟疑不决和反常行为。结尾阿莉萨的日记透露了她的心扉,可是,她的语言仍然是闪闪烁烁的,只表明她是出于对上帝的信仰才弃绝人间的欢乐,她只不过感到孤独而已。她对自己的所作所为并没有更多的怨恨。男女主人公的悲剧以平实的笔法写出,更显控诉的力度。《田园交响乐》是以牧师本人的日记写成的。牧师对自己平生的这段经历的回忆似乎是痛定思痛,但他是实录,将本人的行动和思想如实地记录下来,因此,这是十分客观的。纪德对这个反面人物并没有一句谴责的话。当然,日记这种体裁已大体决定了这种中立的态度。至于《伪币制造者》,也是这样,每个重要人物正反两面都写到。

纪德在《纳喀西斯解说》中阐述了自己的文学观点,包括他对待小说描写的客观态度。他认为艺术家表现现实犹如古希腊神话中纳喀西斯的故事:他在水中看到了自己的倒影,迷恋上它而跳水自杀。艺术家"悄悄地深入到事物的内部,一旦发生幻觉,就会变成观念,自身存在所蕴含的那种内在和谐——把它抓住"。也就是说,要理解现实,然后化为作家自己的观念,客观地表达出来。这不是作家自己在作品中现身说法,而是要通过人物表达作家的观念,虽然这人物就像是作家在水中的倒影。然而,也必须分清这一点:纪德小说中的人物并不等于作家自己,作家的思想只隐含在人物身上。由于作家持客观态度,他的褒贬不流露出来,所以,他笔下的人物大多思想忽明忽暗,需要读者去仔细分辨。

纪德的小说艺术的第四个特点是对小说观念和写法的革新。纪德的小说一般篇幅不长,除了《伪币制造者》,都只能说是中篇小说。纪德说过,按照马拉美的观点,长篇小说是与文学观念相悖的,正如《沼泽地》中所指出的:"我的美学原则反对孕育出一部长篇小说",因为它总是不能写得精练。所以纪德写小说一直只限于写中篇小说。为了写这部他唯一的长篇《伪币制造者》,他必须改变技巧。法国评论家认为,这部长篇的创新之处,首先在于它写了一个小说家,他正在创作一部长篇,名字也叫作《伪币制造者》。这就等于"小说中的小说",如同纹章学中的概念:有的纹章在图案中央再镌刻一个较小的同样图案,内中再镌刻一个更小的同样图案,如此无穷地下去。纪德认为这就是"纯小说",如同马拉美主张的"纯诗"一样。他要"排除一切不专门属于小说的成分。通过综合得不到什么好东西"。但他认为法国小说家中最杰出的巴尔扎克"把最多的异质和小说所特别不能接受的因素掺杂在小说中,混合并融合在一起"。① 因而纯小说实际上是写不出来的,爱德华的写作结果就是一个例子。他只会一味地评论自己的小说(也是一般的小说)如何如何写,最后却落空了。《伪币制造者》也是这样;它"其实超过了一部真正的小说,是许多可能写成的小说的草图"。② 这部小说包含了五六部小说的成分,如萝拉、贝尔纳、阿尔芒、文桑、拉佩鲁斯的故事都可以独立成篇。纪德说过:"长篇小说就像我承认或设想的那样,包含着多种多样的角度,适用于小说搬

---

① 见《伪币制造者日记》第62—64页,伽里玛出版社,1927年。
② 见《大革命以来的小说》第171页,阿尔芒·柯兰出版社,1967年。

上舞台的各种各样人物。"①与此相应，作者描写的角度也是多变化的，正如纪德自己所说的："我力图决不让事件由作者直接叙述出来，而由事件对之产生影响的演员自己从不同角度并分好几次陈述出来。"

在《伪币制造者》里，背景是抽象的，它的描写几乎只限于交代事件发生地的名称，如非洲、英国、巴黎六区、卢森堡公园等；时间是抽象的，它不在遵循理性文学中过去、现在、未来的三段式单线发展，而是从不同角度对事物作同时性再现，常常留下大段大段的时间空白，使人产生零散和不连贯的印象。作者把小说分成43章，也是为了加强这种印象。每一章提出一个问题，成为一个新的开始，围绕一个人物和一个观点，局限在特定的时间和环境内，形成一个独立的单位。于是，小说中的生活不再是富有秩序的，因果层次有意编排起来的，而成了一幕幕不连贯的生活场景。

同背景和时间一样，《伪币制造者》中的人物形象也是抽象的。纪德始终坚持刻画主要人物的精神状态："从作品的第一行起，我就寻找人物精神状态的直接表达形式——可以直接暴露他内心状态的一句话，而不是设法描绘这种状态。"②纪德还主张"不要让重要人物太靠近前景——或者至少不要过早地使他们靠近前景；相反，要使他们退后，让读者期待他们，不要描绘他们，而是强迫读者适当地去想象他们。相反，准确地描绘并有力地突出无关紧要的

---

① 见纪德：《小说集》第1080页，伽里玛出版社。
② 见《伪币制造者日记》第890页。

配角;为使重要人物保持一定距离而让配角靠近前景"。① 读者可以根据外貌描写的明晰程度来给纪德的人物分类。那些外形描写细致鲜明的人物往往是无足轻重的角色,如雅利、杜尔美。其他人物则没有什么细节描写可以反映他们的相貌特征,比如读者只能知道奥利维埃和爱德华身材相仿,莎拉跟萝拉唇与额相似。

纪德反对传统小说家如巴尔扎克那样,与户籍簿比高低;他也反对描绘过去,如大战前的精神状态,他对现在和未来更感兴趣。在他笔下,对环境和人物那种巴尔扎克式的细腻逼真的描写不见了,传统小说中时间的连贯性也没有了,代之以抽象的背景、模糊的人物和不连贯的生活断片。但是这种艺术处理同样可以造成特殊的审美心理效果,在读者心中激起一种追求完整、统一、和谐的愿望,力图把它们补充和恢复到应有的完整状态。

这样写是否会使小说变得缺乏厚度呢?纪德运用"透视"手法解决了这个问题。小说有三个层次的"反映":首先是某些事变在亲身经历了这些事变的人物身上的反映,其次是这些事变在爱德华日记里的反映,最后是小说叙述者对这一切不无嘲讽的议论。纪德不让小说叙述者直接铺陈事件,而让受事件影响的人物从不同角度同时再现事件,并使它们在人物的讲述中略微变形。因此,大多数人物或者通过谈话,或者通过信件,轮番充当讲述人。譬如,读者对文桑两次艳遇的了解,是通过奥利维埃对贝尔纳的讲述、格里菲斯夫人对帕萨旺的讲述、贝纳尔写给奥利维埃的信、格

---

① 见《伪币制造者日记》第62页。

里菲斯夫人写给帕萨旺的信和亚历山大写给阿曼的信获得的。这种间接表现法有三重功能：一是它在描写被谈论的对象的同时，又描写了讲话的人；二是它使真实性变成相对性，因为人物的叙述往往带有主观色彩，他们所反映的事件便不可能绝对真实；三是读者需要通过自己的努力和判断去恢复事实真相，促使读者更多地参与小说的再创作。

爱德华的日记也是一种迂回表现法。一方面，它可以像其他重要人物的对话和信件一样反映事件；另一方面，也是最重要的方面，它能够使爱德华的文学理论自然而然地成为小说的重要主题。既然爱德华正准备写作一本取名为《伪币制造者》的小说，他的日记便理所当然地要反映这本小说的构思和创作过程。起初，爱德华在日记里记录耳闻目睹的各种事变和人物，而在笔记本里记录自己的文学观点和创作设想。后来，他把两方面的内容统统纳入日记里，在叙述事件之后常常添上几笔，注明自己在小说中将如何使用这些材料。纪德重新使用这种在《沼泽地》里用过的"小说中的小说"的创作手法，目的在于表现现实生活与小说家描写现实的努力这两者之间的冲突，即爱德华所说的"现实所提供的事实与理想的现实之间的一种斗争"。爱德华的日记（约占全书三分之一）便记载了这种斗争，记载了小说家捕捉现实、描写现实的努力。然而，尽管爱德华跟纪德有许多明显的相似之处，纪德始终反对某些批评家把爱德华视为他的自画像。爱德华的一些文学观点，如认为小说的主要部分是小说对自身的思考，比纪德走得更远，陷于极端，以至于小说的写作过程比小说本身更使他感兴趣，因此他永远写不成他的小说。

纪德在1924年的日记中写道:"令我感兴趣的并非我自己,而是某些思想的冲突,我的心灵即是冲突的场所,我在冲突中扮演的不是演员,而是观众和证人。"[1]纪德对思想比对人物更感兴趣。但是,正如小说中所说的,"思想须借人才能存在",而且,"让人物代言,显然比我以自己的名义来表达思想要方便得多",[2]小说人物在某种程度上成了作者的代言人,并代替作者去实现他在现实生活中没有实现的各种可能性。所以,小说人物几乎都是善于辞令的知识分子,如作家、律师、教师、法官、牧师、精神分析家等等。纪德巧妙地借众人之口把他所感兴趣的各种思想观念汇集书中,而不管它们是否相互矛盾。于是小说成了一幅五颜六色、鲜明生动,但看起来并不那么协调的拼贴画。

纪德在运用上述反传统的写作手法的同时,在《伪币制造者》里滑稽地模仿传统小说惯用的一些技巧,目的在于对之讽刺和批评。这部不算很长的小说包罗了大部分传统小说的情节俗套:赌场失意、自杀情杀、碧海沉船、决斗讹诈、情妇被抛弃、少年见义勇为、丈夫戴绿帽子、私生子弃家出走、老人见独生女先己而去悲痛欲绝……其次,人物形象构成鲜明的对称关系:两个小说家、两个祖父、两个英国女孩、两个前往非洲的长子;在同龄人中,贝尔纳、阿曼、奥利维埃代表自我教育和反抗的三种形式;在女性里,蕾雪是淑德的典范,莎拉是争取自由的叛逆。在巴尔扎克和福楼拜的

---

[1] 见《日记》第1卷第787页,伽里玛出版社,1939年。
[2] 见《伪币制造者日记》第75页。

小说里，人物名字经常是某种性格的象征，但在《伪币制造者》里，作者故意颠倒或夸张地使用这类严肃小说的手法。譬如帕萨旺（Passavant）的名字在法语中跟"非学者"（pas savant）谐音；濒临破产的牧师名叫普洛斯佩（Prosper），拉丁语意为"兴隆昌盛"。此外，作者还借用通俗笑剧的某些手法，例如贝尔纳给养父写诀别信时，一粒汗珠从鼻尖滚落在信纸上，留下"泪珠"的痕迹；萝拉绝望之际跌坐在一把椅子上，而跛腿椅子应声散架。小说笔调从严肃突然变为诙谐幽默，令人同情的场面一下子变得滑稽可笑，具有讽刺意味。

《伪币制造者》问世之时，正值法国小说创作面临新的转折点。1924 年，布勒东发表《超现实主义宣言》，挑起一场关于小说的论战。翌年的文学报刊上，诸如《打倒小说》《保卫小说》《小说的罪过》《为小说辩护》《小说濒临危险》之类的标题屡见不鲜；人们对传统小说的题材和写作方法纷纷提出质疑和批评。纪德此时推出《伪币制造者》，对于小说体裁的演变无疑起了推波助澜的作用。这部小说对小说技巧的革新，使它得以跻身于"反小说"之列[1]，可是，虽然批评界普遍将此书看作新小说的先驱，但新小说派作家如布托尔、萨罗特、罗伯-格里耶和索莱尔却异口同声地否认曾受其影响。其实《伪币制造者》跟新小说派的作品存在明显的共同点：拒绝传统小说描写外部现实的方法；用"生活混乱而丰富"取代传统小说结构的逻辑性；对语词的价值提出质疑；把小说对自身的反思和否定作为小说的重要手段；真实性相对化；要求读者参与小说

---

[1] 见萨特：《无名氏的肖像画·序》。

的再创作。所不同的是,新小说在这些方面比纪德走得更远罢了。

综观纪德的小说创作,从《安德烈·瓦尔特的笔记本》到《伪币制造者》,无论是在题材、人物方面,还是在方法、结构方面,大体上经历了一个由单一到多样,由简单到复杂的演变过程。但可以说,贯穿纪德小说创作的主线,是一种对西方社会价值和伦理观念不妥协的精神,是一种对西方现代文明的痛苦的反思。正因如此,他的小说能够在经历了第一次世界大战的悲剧以后,对西方文化传统价值丧失信心,对个人、社会和人类的前途感到迷惘的法国青年产生巨大影响。按照马尔罗的说法,纪德是1920年至1935年间法国知识分子"最重要的同代人"。

虽然纪德在他唯一的长篇小说中对传统小说技巧进行了大胆的革新,但他的艺术风格总的来说还是倾向于古典主义的。他不喜欢浪漫主义艳丽夸张、色彩斑斓的文笔,而推崇古典主义严谨朴实、简洁明晰、用词精当的表达方法。他注重对主要人物心理和感情的描写,而忽略他们的外形特征;注重通过细腻的心理刻画来展露人物内心深处的情愫,从而提出他所关心的各种问题,如宗教、道德、家庭、自由等等,使作品具有相当深刻的哲理性。此外,纪德的小说不乏机智的讽刺,尤其在他的"蠢事小说"中表现得最充分。至于《地粮》和《新地粮》,则显示出他作为散文大师的才华。

早在1891年,年仅22岁的纪德便在日记中写下了他终生追求的理想:"敢于成为自己。"[①]对于纪德,这三个法文字意味着敢

[①] 见《日记》,1891年6月10日。

于承认并表现自己的独特个性,敢于正视自己的精神矛盾,敢于蔑视一切传统价值和舆论的责难。社会现实与这个理想两者之间的冲突,便构成他丰富而充满矛盾的一生。他临终前留下的一句话对此作了意味深长的概括:"永远是理性和非理性之间的斗争。"

工人运动的第一部悲壮史诗
——《萌芽》

爱弥儿·左拉是19世纪后期法国最重要的作家,而且也是这一时期世界上影响最大的作家之一:自然主义一时风靡了全球,竞相效颦、趋之若鹜的作家一直延续到20世纪上半叶。至今,左拉仍然是拥有最多读者的法国作家之一。

《萌芽》是左拉当之无愧的代表作。长期以来,读者已经给他的作品作出公允的评价:在读者最多的二十五部法国小说中,左拉的小说占了四部,而《萌芽》在这四部小说中名列首位①。这种情况毫不奇怪,因为《萌芽》在文学上第一次生动地描写了资本主义社会的主要矛盾——劳资双方你死我活的斗争;在艺术上,《萌芽》充分表现了左拉的风格和特色,属于左拉最出色的作品。

《萌芽》的产生似乎由于偶然。1884年2月19日,法国北部的采煤区昂赞发生大罢工,报纸迅速作了报道。左拉闻讯赶往现场,于2月23日到达罢工地点,进行了一系列调查和访问,至3月

---

① 见奥古斯特·德扎莱:《阅读左拉作品》第44页,这个统计作于1969年。

3日返回巴黎。4月2日他开始动笔创作《萌芽》,1885年1月23日写毕。1884年11月,小说在《吉尔·布拉斯》报上连载,至1885年2月载完。3月出单行本。

实际上,左拉写出自己的高峰作品有着多方面的原因。

《萌芽》属于《卢贡—马卡尔家族》的第十三部作品。《卢贡—马卡尔家族》是"第二帝国一个家族的自然史和社会史"[①]。帝国的统治年代从1851年11月12日拿破仑第三发动政变开始,至1870年色当战役法军全部覆没、拿破仑第三被俘为止。这正是左拉的青少年时期。1868至1869年,左拉看过勒图尔诺的《激情生理学》和吕卡医生的《自然遗传论》[②],又从泰纳的实证主义评论中得到启发,他决心仿效巴尔扎克,而又不同于巴尔扎克。在《巴尔扎克和我的不同》一文中,他说明自己想写一套更注重"科学"方面而不是社会方面的小说。这就是后来的《卢贡—马卡尔家族》。一方面,他要"研究一个家族中血缘和环境的问题",另一方面,要"研究第二帝国……描绘一整个社会时期"。[③] 但在他列出的十部小说中,还没有《萌芽》。从1871年发表《卢贡的命运》至1884年2月发表《生的欢乐》,左拉写出了几部轰动一时的作品:1877年的《小酒店》使左拉成为全国瞩目的作家,报刊对这部小说展开了激烈的评论;1880年的《娜娜》出版的第一天就售出五万多册;同年左拉把他的文艺论文搜集成册,出版了《实验小说》。一句话,至

[①] 这是《卢贡—马卡尔家族》的副标题。
[②] 据左拉的信徒阿莱克西斯回忆,左拉当时并未读过克洛德·贝纳尔的《实验医学研究导论》,左拉直至1878年才读到这部著作。
[③] 见《卢贡—马卡尔家族》的写作计划。

1884年，左拉已经写出了《卢贡—马卡尔家族》这套自《人间喜剧》以来最大型的多卷体长篇小说集中的几部重要作品，艺术上已进入成熟阶段。而且，他的艺术思想和自然主义的纲领都已明确提出。

左拉在创作《卢贡—马卡尔家族》的过程中，曾提到过要"描绘我们时代的一个工人家庭"。写完《小酒店》之后，他有了写第二部关于工人的小说的计划，他想到的是"巴黎的劳动者"，这是"作为起义的革命工具的工人，巴黎公社的工人"。左拉并没有写出这个长篇，只在1883年发表了一篇两万多字的小说《雅克·达木尔》，描写一个巴黎公社社员的悲惨命运：公社失败后他被判流放美洲，但在流放期间逃走，当局误认为他已淹死，妻子因而改嫁，他回法国后和妻子不能团圆，过着隐居的生活。小说表达了左拉对巴黎公社社员的深切同情。1883年7月，左拉有了写作工人罢工的打算，在秋天开始搜集材料。左拉阅读了大量有关工人的著作。例如路易-罗朗·西莫南的《地下生活》(1867)，这部作品叙述女工生活、矿工的迷信、运煤事故等；多尔穆瓦的《瓦朗西埃纳的煤矿盆地》，这本书介绍地层、矿脉和工资情况；基约的《社会地狱》(1881)，这是政治经济学方面的著述；还有博安-布瓦索的《煤矿工人的疾病、事故和畸形》。他还翻阅了《法国矿工的陈情书》(1883)和《法院通报》。左拉关于矿工生活的材料本有四卷，每卷有五百页之多。他曾访问矿工，下到矿井，亲身体验工人的艰苦工作环境。不仅如此，他还进一步阅读了拉弗莱的《现代社会主义》(1881)，勒罗瓦-博利厄的《十九世纪工人问题》，力图了解社会主义的理论和工人运动情况。1884年3月他去听取法国社会主义者的领袖盖德和龙格(马克思的女婿)在工人党会议上的讲话。关于国际工人联合会,左拉曾在笔记中记下了这个组织"建立于1864年9月28日,在圣马丁大厅,在马克思组织的会议之后……由卡尔·马克思起草宣言和纲领",并记录了纲领中的话:"劳动者的解放,应是劳动者自己的事业……"左拉的评语是:"这是新的《社会契约论》!可是天啊,还没有一本历史教科书谈到这个!"[1] 尽管左拉并不真正了解社会主义的理论,他在给友人的信中却非常自信地说:"我有着写一部社会主义小说的一切必要资料。"[2]由此看来,1884年昂赞煤矿工人大罢工只不过是一个触发左拉创作《萌芽》的客观因素,因为他在各个方面都已作了充分准备,写作条件早已成熟。

《萌芽》在世界文学史上,是第一部正面描写产业工人罢工的小说。它成功地再现了罢工的过程,从而展现了当代资本主义社会的重大社会现象,提出了令人震聋发聩的社会问题。

在19世纪下半叶的法国,随着资本主义的发展,罢工越来越变得频繁。法国资本主义在七月王朝时期(1830—1848)和第二帝国时期有长足的发展,工业革命是在第二帝国时期完成的。马克思指出:法国"资产阶级社会免除了各种政治牵挂,得到了甚至它

---

[1] 见阿尔芒·拉努:《你好,左拉先生》第305页。
[2] 1884年3月16日的信。

自己也梦想不到的高度发展。工商业扩展到极大的规模"①。第二帝国时期的工业产值比七月王朝时期增加了约两倍。其中,石炭和褐煤的开采量增加了两倍多,这是由于采矿业实现了许多改进,矿井挖得更深了。但结果是煤炭价格下跌,生产出现过剩。资本主义得到发展的同时,工人却日益贫困化。第二帝国时期,工人的工资增加了8%—10%,而食品和房租却上涨了50%左右。因而罢工彼伏此起。在拉里卡马里、奥班和勒克雷佐等矿区都曾爆发过罢工。仅昂赞一地,1866年、1872年、1877年、1880年相继举行过罢工。正是工人生活的贫困化和罢工的浪潮引起了左拉的注意。左拉较深入地接触到工人的生活状况后,对工人的认识有了很大的变化。在《小酒店》中,他在很大程度上把工人生活的贫困归咎于酗酒等等生理上的原因,而且并没有看到工人和老板之间的尖锐矛盾。后来他初步接触到社会主义的理论和工人运动,思想上有了一个飞跃,他给自己的小说定下的基调便远远高出于他以往的作品。

《萌芽》的主题不仅是崭新的,而且左拉意识到它的重要性。他在小说草稿本中提纲挈领地写道:"我的小说描写工资劳动者的起义,这是对社会的冲击,使它为之震动;一句话,描写资本和劳动的斗争。小说的重要性就在这里:我希望它预告未来,它提出的问题将是20世纪最重要的问题。"列宁指出:"无产阶级特有的斗争手段即罢工,是发动群众的主要方法,是有决定意义的事件波浪

---

① 马克思:《法兰西内战》,《马克思恩格斯选集》第2卷第374页。

式地增长中的最突出的现象。"又说:"任何一次罢工不是资本主义社会的小危机又是什么呢? 普鲁士内务大臣冯·普特卡默先生说过一句有名的话:'在每一次罢工中都潜伏着革命的九头怪蛇。'他说得难道不对吗?"①罢工集中地反映了资本主义社会的两大阶级——资产阶级和无产阶级在经济和社会领域上的斗争,有时还体现了尖锐的政治斗争,它往往是经济危机所促成的,又加深了这个社会所固有的矛盾和危机,因而成为令人瞩目的社会现象。

《萌芽》确实把资本和劳动的斗争气势磅礴地描写出来了。

小说首先写出了罢工的根本原因。《萌芽》描绘了矿工极其触目惊心的工作条件,小说不啻是煤矿工人的一份控诉书。资本家只顾追求利润,不顾工人死活,矿巷里的设备年久失修,极不完备,遇到松软的地层,会有塌陷危险。有时瓦斯骤然增多,会将矿工熏死。有的煤层较薄,矿工必须趴在那里挖掘,他们"活像夹在两页书中的一只虫子,受到被活活压扁的威胁"。矿工一身漆黑,只有眼睛和牙齿闪出亮光。他们像畜生一样,身上一丝不挂,浑身给煤和汗水弄得污秽不堪,四肢累得要散架,"简直是一幅地狱的景象。"这样艰苦的劳动一天只得到三个法郎,连普通的手工业工人的收入还不如。因此井下多的是女工和童工,他们推着沉重的斗车,累得汗如雨下。即使因工伤残废,也得用大锤子打碎煤块,继续干活。老矿工马赫一家九口有四个人劳动,却仍然入不敷出。老祖父在煤矿生活了五十年,就有四十五年在矿井里度过,而养老

---

① 列宁:《关于1905年革命的报告》,《列宁全集》第23卷第245页,252页。

金不到十个苏。等待着矿工的是贫血、矽肺、关节瘫痪。他们的住屋拥挤不堪,一天劳累下来,需要洗澡也只能当着客人的面去洗。一边是矿工非人的生活,另一边是公司经理格雷古瓦家豪华的住宅,他一个人所得抵得上五十个矿工家庭的血汗收入,连最不值钱的陈设也够工人们吃一个月,"千万饥寒交迫的人们拿血肉供养了一尊肥胖的神。"经理的女儿赛西儿容光焕发,而马赫的七个孩子不是病弱就是残废。赛西儿即使日上三竿,依然慵倦不起,而卡特琳半夜就得上工。工人们高喊要面包,资产者却在欢宴。矿工们饥肠辘辘和赛西儿订婚的晚宴适成对照。无产者和资产者之间的生活鸿沟隐伏着深刻的矛盾和危机,他们的冲突总有一天要爆发。《萌芽》并非第一部描写工人悲惨生活的小说,发表在《萌芽》之前的有:埃克托·马洛的《无家可归》(1878),莫里斯·塔尔梅的《瓦斯爆炸》(1880),伊夫·基约的《社会地狱》(1882),它们对矿工生活都有不同程度的描写,但并没有写到贫富的强烈对比,更没有指出资产阶级的财富是建立在榨取无产阶级的血汗劳动基础之上的事实。《萌芽》则不同,左拉认识到这是工人罢工的症结所在,他不是单纯地描写工人的地狱般生活,而是透过事实看到本质的社会现象,这就大大胜过别的作家。

矿工生活只不过是小说中的背景描写,小说的中心情节是罢工。这场轰轰烈烈的罢工,是有了阶级觉悟的工人的集体行动。罢工有较正确的思想指导,是在国际工人联合会领导和支持下进行的;在罢工中,工人们同无政府主义者和工贼作了一系列的斗争。虽然这次罢工仍带有工人运动初期捣毁机器等泄愤的性质,但它不仅仅提出了经济要求,还接触到政治权利:要求废止镇压和束缚工人行动的里卡多法案。《萌芽》对这场罢工的描绘是符合现实的。当时,马克思主义在法国的传播还处于初期阶段,第一国际法国支部成立于1864年9月,但工人运动受到蒲鲁东主义的影响,无政府主义思潮十分流行。主人公艾蒂安的思想中混杂着空想社会主义甚至达尔文主义是毫不奇怪的。但他是国际工人联合会的代表,工人们正是在艾蒂安的启发下觉悟起来。以前,矿工们像牲口一样生活在矿井里,像采煤的机器一样在地下转动,对外界事物不闻不问,因此有权有势的富人们才能为所欲为。艾蒂安向他们指出了资本是剥削的结果,劳动者有权利和义务收回这笔掠去的财富。他说资产者每逢经济危机就不惜饿死工人,以保证他们自己的利润,"难道这不伤天害理吗?"他还向工人们描述了未来世界按劳付酬的图景。于是工人们闭塞的小天地打开了,"一束强光照亮了这些穷苦人的黑暗生活。"在初步觉悟的工人身上,一代代累积的愤怒和仇恨爆发了。两千五百个矿工像大海的波涛,席卷而来,锁闭了所有的矿井。罢工浪潮蔓延开去,上万个工人参加了行动。他们大公无私,团结一致,英勇斗争。矿工的生活本来就很艰难,罢工后断绝了经济来源,大家却毫无怨言,甘愿变卖家中的一切实物。尤其是矿工们面对军队的刺刀,毫无畏葸,有的献出了自己的生命。这是一曲无产阶级同资产阶级英勇搏斗的赞歌。左拉写出了工人罢工的巨大力量,显示了产业工人的组织性和坚定性。小说描写的不是19世纪上半叶从事个体劳动或作坊里的工人,而是自1848年以来意识到自身力量的工人群众,是从手工业过渡到大工业的无产阶级。他们在反对取得统治地位的资产阶级、反对寡头政治、反对剥削压迫中站到了历史的前台。这是无产阶级作为整体力量第一次出现在文学作品中。这就是《萌芽》的重要意义所在。

《萌芽》并没有用低沉的调子去表现罢工斗争以失败告终,它充满对未来的憧憬和乐观的情调,应该说,这是一部悲壮的史诗。左拉在创作这部小说时,曾经反复推敲过作品的基调。他想到法国大革命时期共和三年芽月十二日,饥饿的民众拥入国民公会,高呼要"面包和九三年的宪法"。"我一直在寻找一个名字,表达新人的成长和劳动者为了摆脱至今仍在挣扎的艰苦劳动环境,甚至是不自觉地作出的努力。有一天,我偶然说出了'萌芽'这个字。起先我不想要这个名字,觉得它太神秘,太有象征性,但它包含了我所要寻找的东西:革命的四月,老朽的社会在春天里焕然一新……倘使它对某些读者有点隐晦,对我来说却像一注阳光,照亮了整个作品。"① "萌芽"这个孕育希望和前途的象征在情节中时隐时现,贯穿始终。在小说第三部分,随着春天到来,这个象征出现了,主人公望着麦浪,"当人们在地下为受苦受累而悲叹的时候,一片生机正在地面上萌芽和迸发。"在深夜聊天时,他又想起来,"如今矿工们彻底觉悟了,他们像埋在地下的一颗良种,开始萌芽了。"在罢工中,小说写道"在矿井深处,一支大军正在成长,这代新人就像是正在萌芽的种子,不久将在温暖的阳光下破土而出,茁壮成

---

① 1889年10月8日致冯·桑登·科尔夫的信。

长"。直到最后,主人公怀着希望离开矿区,踏上新的征途,小说以这样一句话结束:"人们一天一天壮大,黑色的复仇大军正在田野里慢慢地生长,要使未来的世纪获得丰收。这支队伍的萌芽就要冲破大地活跃于世界之上了。"左拉的作品往往以悲剧结局,情调较低沉;《萌芽》虽以悲剧结尾,但情调却是轻快乐观的。左拉以洋溢着激情的兴奋笔调写道:矿工们已经检阅了自己的队伍和力量,以他们的正义呼声唤醒了全法国的工人;资产阶级已经听到脚下的震动一下接着一下,直到把这个摇摇欲坠的腐朽社会彻底摧毁。这种带有预示性的乐观情调赋予这场罢工斗争高昂的战斗气息,使小说具有史诗的悲壮气势,画面雄浑而又富有抒情意味。这是左拉对工人阶级本身孕育的力量、对未来社会的远景抱有充分信心的表现,也是对社会现实进行了深刻的洞察分析,对普通的日常生活进行了概括提炼,看到了事物本质的结果。毫无疑问,这已经摆脱了在现实之上爬行的自然主义描写方法,不能不说是左拉遵循现实主义的一个重大胜利。

在这场绘影绘声的罢工斗争中出现的工人形象是塑造得较为成功的。

在法国文学史上,艾蒂安是第一个有阶级觉悟的工人形象。他本是个正直善良的机械工人,来到蒙苏煤矿后,做了一个采煤工。他是工人运动的组织者,作为国际工人联合会的会员,在蒙苏矿区大力发展新会员,组成了一个支部。他刻苦钻研社会主义的理论著作,虽然他对马克思的学说了解不深,受到蒲鲁东的理论的迷惑,但他毕竟与无政府主义者迥然不同。他主张在经济问题上据理同公司进行斗争,不主张采用破坏机器以致危及工人生命的行动。他同无政府主义者苏瓦林和非暴力主义者展开了面对面斗争。通过罢工,他进行了一次革命的洗礼,在政治上更加成熟起来。他认识到工人是最伟大的,"唯有他们才是最高尚的阶级和能够使人类自强不息的力量",确信"新的社会将从新的血液中诞生"。这是一个在基层涌现出来的工人领袖的形象。他的成长过程写得十分自然。左拉曾计划让他在一部描写巴黎公社的小说中再度出现。

《萌芽》花了不少笔墨描写老矿工马赫一家,这是一个典型的煤矿工人家庭。马赫的老祖宗发现了煤矿和参加了煤矿的初建工程,他一家世世代代在煤矿干活已有一百年的历史。他们为矿主卖命,曾经有六口人在矿井里丧了命。马赫的父亲为煤矿卖了一辈子的苦力,如今病魔缠身,等于废人,连吐出来的痰都是黑的。马赫是个受人尊敬的正直矿工,他在艾蒂安的启发下参加了国际工人联合会,罢工中带领工人去请愿,直对军警面无惧色,终于饮弹而亡。马赫的妻子是个有血有肉、形象丰满的人物。左拉在草稿中认为应"让全部光亮集中在母亲身上"。她原是推煤车的女工。如今为了维持九口之家,日夜操劳。罢工时家里一无所有,她仍然鼓动矿工坚持下去。她对艾蒂安说:"我们挨了两个月的饿,把家当都卖光了,孩子们也病了,难道就这样白白地算了?还要叫我们过那不合理的日子吗?"她鼓励丈夫去斗争,解救被关进监狱的伙伴。丈夫死后,她不得不顶替丈夫的工作,下到矿井,干十小时的累活。通过眼前发生的事,她逐渐明白,复仇的一天总会到来,吞噬他们血肉的偶像将会倒塌。这个善良的妇女在生活的逼迫下终于爆发出愤怒的呼喊,她体现了矿工们逐步觉悟的形象。这是个真实的劳动妇女,平凡而又伟大。她具有工人勤劳、朴实、坚韧,勇于牺牲的优秀品质。

在艺术上,《萌芽》也代表了左拉的风格。左拉的创作受到自然主义的影响,但不少作品基本上还是遵循现实主义的创作方法。《萌芽》从主要方面来看,是一部现实主义的小说。毋庸置疑,巴尔扎克给予了左拉良好的影响。巴尔扎克细密地观察事物、善于鸟瞰全局、注重事件的社会意义、关心矛盾冲突的发展和人物形象的塑造等等,左拉都有所师承。在《萌芽》中,煤矿工人的生活、矿井的构造和非人的劳动条件,还有资产者的奢华,都得到真实的再现——用的是现实主义的笔触。这是《萌芽》的主体部分,完全值得肯定。左拉的描绘具有粗犷、扎实、浑厚、巨细无遗的特色,这些地方同巴尔扎克的现实主义风格较为接近。但是,左拉的小说还是明显地有别于巴尔扎克小说的风格。

巴尔扎克的小说往往开首是对环境的长篇描述,然后才引入正文,人物出场。左拉的写法则不一样,他的小说总是一开始主人公就登场露面,马上进入情节,以求一下子吸引住读者的兴趣。《萌芽》的开篇是一个有名的画面:在原野上有一个人踽踽独行,这就是失了业的艾蒂安,他来到了煤矿区。随着主人公的足迹,作家把读者带到一个他们不熟悉的新天地里。这种开场避免了拖沓的描写,笔墨简练而生动。

在结构上,左拉比巴尔扎克更注重有机的联系和安排的得当。《萌芽》的结构尤为严密。小说共分七部分。开头四个部分是引子、开场、发展、深入,一步步描写矿工反抗情绪的产生、扩大和高涨,第五部分是全书的高潮——罢工,后两部分描写罢工的失败经过和尾声,全书形成一个整体。情节的进展井然有序,节奏沉稳有力,气势雄健遒劲,具有古代史诗的特点。与左拉同时代的大批评家儒勒·勒梅特尔说得很对:"《萌芽》的风格由于强有力的缓缓进展、广阔的潮流、细节的累积和作者手法的直率而具有古代史诗的风格。"左拉也认为《萌芽》是"一幅巨头的壁画"①。这种从容、稳当的节奏同均衡、比例得当的结构密不可分,既是左拉小说的优点,也是其特点。

在写景状物方面,左拉一向不以辞藻华丽而取胜,他的文字甚至同巴尔扎克相比也显得呆板一些。最明显的手法是,他喜欢重复运用有特征意义的形容词去描写环境。《萌芽》最常用的形容词是"黑的"。煤矿地区的特点就是一片黑色。矿区外面是黑色的煤炭和煤灰,矿井里面是黑洞洞的,矿工浑身是黑乎乎的,他们吐出的痰是黑的,死时流出的血也是黑的。小说共四十章,只有十章是在阳光下进行。这个天地仿佛是"一种物质构成的黑夜"。只有在下雪时,村庄才变成白色,但"像包裹在尸布里一样"。如果说白色是死寂、虚无的标志的话,黑色就是忧郁、恐惧、压迫的象征。这黑

---

① 1885年3月22日致亨利·塞阿尔的信。

沉沉的天地就是矿工们生活着的现实世界。这富有象征意义的环境描写具有版画一般的严峻苍凉的力量,增添了小说悲壮的色彩。

然而,《萌芽》仍然受到自然主义的明显影响。在描写男女矿工的私生活时,左拉往往运用自然主义的笔法。现实主义要求一个作家有选择地提取生活现象,描写具有本质意义的社会生活,而自然主义则主张实录生活现象,甚至实录污秽的不堪入目的场景。这种描写往往既不反映人物的思想特征,又不能表现多少社会内容,甚至起到相反的作用。在某种程度上这也反映了作家对描写对象的错误看法。《萌芽》中的自然主义描写就是如此。在左拉看来,矿工的无知、粗鲁和不文明使他们作出一些纵欲行动或下流动作。左拉这种看法使他笔下的工人形象减色不少。

另外,左拉对资产阶级也是存有幻想的。他不认为资产阶级摧残人性,他在草稿中一再写下资产者"甚至有善良感情",要在小说中"写出老板们追求利润也有人性"。左拉认为并不需要使用暴力,"合法斗争将来有一天也许更为有力"。他幻想通过工人平静地参加工会,把政权夺取过来,就会变成主人。所以他以责备的态度描写罢工中出现的混乱行动:赛西儿被扼死,暗杀掉哨兵,等等。而埃纳博不怨恨矿工,原谅了他们;德纳林也认为工人们不明底细,才贸然行动。左拉多次表白过:"我所愿意的,就是对这个世界的幸运者即当主人的人高呼:你们小心……看看这些劳动和受苦的悲惨的人们吧。或许还来得及避免最后的灾难。但要赶快变得正义一些,否则就会毁灭。"又说:"我唯有一个愿望:引起怜悯和正义的呼声,让法国最终不会被一小撮政客葬送"。"是的,发出怜悯的呼吁,正义的呼吁,我没有更多的愿望。"左拉这种改良主义思想削弱了小说的批判力量。左拉毕竟是个资产阶级作家,他还不可能完全否定自己所属的阶级以及资产阶级社会,他的揭露和批判必然是有限度的。

尽管如此,《萌芽》仍不失为一部正确表现工人运动的小说。它出版后受到了普遍的赞赏。莫泊桑指出:"毫无疑问,没有一部书包含了那么多的生活和运动。"巴比塞在自己的专著《左拉》中也认为《萌芽》等小说"就像流星一样降落在描写现代工人的苍白或矫揉造作的小说中间"。还有的作家正确地指出,今天的社会条件虽然改变了,但《萌芽》依然具有现实意义,因为劳资的对抗并未完结。一句话,《萌芽》的价值就在于它形象地记录了早期工人运动的一曲战歌,表明工业无产阶级已登上了历史舞台。《萌芽》是在高尔基的《母亲》问世之前写得最成功的反映工人运动的长篇小说,它在世界文学史上的重要地位是无可争议的。

1981 年 9 月

论《漂亮朋友》

居伊·德·莫泊桑(1850—1893)是世界上数一数二的短篇小说大师,他与契诃夫齐名,是名副其实的短篇之王。他在十年时间左右,创作了大约三百篇短篇小说,其中杰作不下数十篇。在他手里,短篇小说的思想内容和艺术技巧都达到了一个崭新的高度。由于莫泊桑在短篇小说的创作上成就过于璀璨夺目,人们往往忽略了他的长篇小说。其实,莫泊桑的长篇也是别开生面,颇有建树的,他在法国的长篇小说发展史上具有不可忽视的地位。据20世纪初的一项统计,莫泊桑的短篇小说集总共出版了十六万九千册,而他的长篇小说却出版了十八万册①,可见莫泊桑的长篇小说对读者的吸引力并不下于他的短篇小说。

莫泊桑写过六部长篇,大致可以分两类,一类是风俗小说,以《漂亮朋友》为代表;另一类是心理小说,《皮埃尔和让》可说是典范之作(当然也包含风俗描写)。这两部长篇在法国的小说史上都占有一席之地。就《漂亮朋友》而言,"近半个世纪以来,这部小说的

---

① 安德烈·维亚尔:《居伊·德·莫泊桑与小说艺术》第11页,巴黎尼泽书局,1971年。

成功无论在法国还是在世界上,都没有中止过"①。1887年,即小说出版后两年,已经达到五十一版。小说的大获成功使莫泊桑买了一艘游艇,取名"漂亮朋友号"。

莫泊桑继承了福楼拜、巴尔扎克、司汤达等现实主义大师的写实传统。如果说,《一生》与《包法利夫人》有许多相似之处,表明了莫泊桑确实是福楼拜的私淑弟子的话,那么,《漂亮朋友》的内容则近似巴尔扎克和司汤达的作品。莫泊桑对巴尔扎克深为赞赏,认为巴尔扎克"具有天才的直觉,他创造了极其逼真的整个人类,以致人人都相信这是存在的和真实的……巴尔扎克的人物虽然在他之前并不存在,却似乎从他的作品中走了出来,进入生活,他对人物、激情和事件具有多么全面的想象啊②。"他把巴尔扎克称为"法国文学之父"③。同时,他把司汤达看成是"描绘风俗的先驱者"④。莫泊桑继承了福楼拜、巴尔扎克和司汤达揭露现实的优秀传统。《漂亮朋友》是一部揭露性很强的小说。

揭露内容之一是针对当时新闻界的黑幕。报纸从它诞生之日起,就是阶级和党派斗争的工具和喉舌。巴尔扎克在半个世纪以前写出的《幻灭》,已经揭露过报纸内部的倾轧以及报纸在制造公众舆论方面的巨大作用。《漂亮朋友》对报界黑幕的揭露有不少发

---

① 雅克·洛朗:《〈漂亮朋友〉序》第13页,法国联合书局版,1983年。
② 见莫泊桑:《十九世纪小说的发展》,《专栏文章集》第3卷第381和380页,出版社总联盟,1980年。
③ 见莫泊桑:《十九世纪小说的发展》,《专栏文章集》第3卷第381和380页,出版社总联盟,1980年。
④ 见莫泊桑:《十九世纪小说的发展》,《专栏文章集》第3卷第381和380页,出版社总联盟,1980年。

展。首先，莫泊桑写出了报纸是操纵在财阀和政客手中的工具："《法兰西生活报》的真正编辑和后台老板是半打左右的、和经理经营或支持的各种投机事业有关的众议员。在众议院里人们把他们叫做'瓦尔特帮'。"瓦尔特是小说中的一个重要人物，他深谙经营之道，同时又插手政治。他既是金融家、"一个实力雄厚的南方犹太富商"，同时又是众议院议员，在议院形成一股强大的势力。他懂得报纸的作用，创办了《法兰西生活报》。用他的话来说，他的报纸是"半官方性质的"。他巧妙地让这份报纸容纳各种思想，让包括天主教的、自由主义的、共和派的、奥尔良派的思想都同时并存，并非他没有任何政治主张，他只是以此来掩盖自己的真正目的。"他创办这份报纸的目的，只是为了支持他的投机事业和他的各种企业。"他终于使《法兰西生活报》身价大增，巴黎和外省的所有报纸都从它那里寻找消息，引用它的文章，"由惧怕它发展到对它刮目相看。它已经不再是一伙政治投机者的暧昧的工具，而正式成为内阁的喉舌了"。莫泊桑细致地描写了报纸怎样成为瓦尔特帮操纵政局的重要工具。为了让他们当中的一个重要人物拉罗舍-马蒂厄上台，瓦尔特帮利用报纸制造舆论，实现了倒阁阴谋，拉罗舍-马蒂厄终于当上了外交部长。这个人物是当时典型的政客，他"既无政治信仰，也无多大本领，没有胆略，也没有真才实学……伪装拥护共和，其实是个本质可疑的自由主义分子。这些人如同兽粪堆上生长出来的毒蕈，在民众普选中成百上千地冒出来"。他的政治手腕的特点是不择手段，因而在那些失意的众议员中，"俨然是个强者"。实际上，他只是瓦尔特帮在政治上出头露面的代表而已,一旦他的生活丑闻暴露以后,瓦尔特帮可以毫不容情地把他一脚踢开。总之,由财阀操纵报纸在政治和投机事业上大显身手,这就是《漂亮朋友》所揭示的,第三共和国的报界黑幕。拉法格对莫泊桑"敢于揭开帷幕的一角,暴露巴黎资产阶级报界的贪污和无耻"[①],表示了由衷的赞赏。

《漂亮朋友》的尖锐揭露立即引起了强烈反应,有人攻击莫泊桑在影射某份报纸。莫泊桑作出了针锋相对地回答,指出"报界是一种领域广大的共和国,它伸展到四面八方,在那里可以找到一切,也可以利用它无所不为,在报界既可以成为一个非常正直的人,也可以成为一个骗子"。他认为《法兰西生活报》由一帮政治投机者和掠夺钱财的人所把持,"不幸的是现实生活中就有几份这样的报纸"[②]。莫泊桑对报界的揭露确实是一针见血的,《法兰西生活报》无疑是一个缩影,真实地反映了当时报界的种种黑幕。

小说的揭露内容之二是针对当时法国政府的殖民地政策。从1880年到1885年,法国公众对殖民地的注意力增长了,因为在1881、1882和1883年,法国政府在非洲和亚洲地区采取了一系列军事行动,尤其是于勒·费里对突尼斯的干预最引人注目。费里借口克卢米尔部族在阿尔及利亚的东部边境骚扰,而突尼斯摄政却给他们提供了栖身处所,于是蓄意挑衅,采取军事行动。紧接着在1881年4月1日,他向众议院提出阿尔及利亚边境的局势问题,要求"惩罚不顺从的居民",终于迫使突尼斯的贝伊签订了巴尔

---

① 见拉法格:《左拉的〈金钱〉》,《文论集》第146页,人民文学出版社,1979年。
② 莫泊桑:《给〈漂亮朋友〉的批评者》,《专栏文章集》第3卷第165—166页。

多条约,将突尼斯置于法国的保护之下。在这些政治和军事行动的背后,是尖锐的经济问题在起作用。突尼斯的经济情况一直不佳,无法清偿对法国的债务。1883 年至 1884 年间,两国政府进行了一系列斡旋活动。1884 年 5 月 27 日,贝伊以法令形式批准了利息为四厘的一亿四千二百五十五万法郎的新借贷。在这期间,巴黎交易所的行情出现极大波动。例如五百法郎一股的联合债券从 1881 年 4 月的三百六十法郎涨至 1884 年 4 月的五百零六点五法郎。由此引发的财政投机活动异常活跃,这些投机活动与政客、政府成员、参议员或众议员密切相关。比如于勒·费里的兄弟沙尔·费里在法国的埃及银行中拥有股份,而这家银行在突尼斯开设了分号,参与了创立突尼斯的土地信贷,大发横财。又如参议员古安,在西格弗里德银行的支持下制造火车头,参加建设突尼斯的博纳-盖尔玛铁路[①]。

莫泊桑对当时的政局十分关注,他在《高卢人报》和《吉尔·布拉斯报》上发表了不少文章,揭露远征突尼斯的计划、殖民者在阿尔及利亚的敲诈勒索、政治家的贪婪等等。例如他在《共和国的国王们》一文中指出:"必须在积聚于他们(犹太金融家)手中的千百万财富里,寻找国际报界某些表现的奥秘;国际报界时而鼓吹同英国,时而鼓吹同德国打仗……拥有千百万法郎的人染指各种报纸,诱使某个拙劣作家写文章……这篇文章在爱国的表面词句下,迷惑舆论,鼓起人们的想象力,使人们头脑发热,然后促使这一民族

---

① 见《〈漂亮朋友〉序》第 11 页,波凯报社版,1990 年。

去反对另一民族。"①莫泊桑指出当局打着爱国的旗号从事殖民扩张政策,这是十分深刻的见解。他在1885年4月7日的一篇文章中这样说:"如果我是当局,就像所有那些对如何拯救法国抱有种种想法的人一样,我知道该怎么做。我会把所有的殖民地:塞内加尔、加蓬、突尼斯、圭亚那、瓜特罗普、交趾支那、刚果、东京湾和其他地方,装进一只手提箱中,而且我会找到俾斯麦先生。我将对他说:先生,您在寻找殖民地,这里有一批存货,有一大堆,有一整套。有各种各样,形形色色的。居民有阿拉伯人、黑人、印第安人、中国人、安南人等等。我要求以每一块殖民地换一公里阿尔萨斯和一公里洛林的土地。如果德国首相同意,我就做了一笔好买卖。"②莫泊桑用讽刺的笔法抨击了当局的对外政策,既指出了法德两国对殖民地的争夺,又痛切地点出法国政府腐败无能,以致在普法战争中割让国土的惨痛现实。

诚然,莫泊桑并没有简单地把现实问题搬进小说中。他以摩洛哥来代替突尼斯,但是读者却非常清楚写的是何处的局势。莫泊桑的高明之处还在于把法国政府对突尼斯内政的干涉,以致将突尼斯变为保护国的行动当作背景来写,而突出这一军事行动跟公债行情涨落所造成的结果。小说描写瓦尔特在报上散布政府不会采取军事行动的烟幕,大量收购公债,一夜之间赚了三四千万法郎。另外他还在铜矿、铁矿和土地交易中捞到了大约一千万。"几天之内,他

---

① 见维亚尔:《居伊·德·莫泊桑与小说艺术》第321页。
② 见《政治哲学》,转引自《居伊·德·莫泊桑与小说艺术》第323页。

就成了世界主宰之一,万能的金融寡头之一,比国王的力量还要大。"这一描写揭示了资产者利用政治局势大发横财的现象,这在法国文学史上似乎还是第一次。司汤达认识到"银行家处于国家的中心。资产阶级取代了贵族在圣日耳曼区的位置,银行家就是资产阶级的贵族"。他在《吕西安·娄万》中曾经写到银行家与政治的关系,不过,他还没有像《漂亮朋友》那样生动而具体地描写金融家利用政治局势激增财产的事例。巴尔扎克也曾在小说中写道:"在我看来,大路上的谋财害命,比起某些金融手段,不过是仁慈的行动。"他在《戈布塞克》《纽沁根银行》等小说中写过金融家对政局的操纵,但也只是一笔带过。因此,《漂亮朋友》在这方面的描绘,无疑是对19世纪上半叶现实主义作家反映重大社会现象的一大发展。

历来的批评家都认为莫泊桑的作品(主要指短篇小说),在思想内容上还缺乏深刻性。他的其余五部长篇似乎也有这个缺陷。可是《漂亮朋友》就其涉及的政治内容之广,就其揭露政治和金融之间关系的内幕之深,就其对报纸作为党派斗争工具(以及记者如何炮制新闻、利用报道作广告、能自由进出剧院和游乐场所等)抨击之激烈而言,明显地突破了莫泊桑不触及重大政治问题和重要社会现象的一贯写法。在思想内容上,《漂亮朋友》完全可以跟司汤达、巴尔扎克和福楼拜的作品相媲美。评论家认为"《漂亮朋友》产生在标志着第三共和国历史特点的投机活动第一个重要时期最辉煌的时刻,堪称是这一时期重大事件所孕育的杰作"[①]。这句话

[①] 见《居伊·德·莫泊桑与小说艺术》第316页。

指出《漂亮朋友》反映了具有时代特点的投机活动,因而是部杰作,这个评价是恰如其分的。正因这部小说具有巨大的认识价值,所以恩格斯表示要向莫泊桑"脱帽致敬"[①]。

小说的揭露内容之三在于塑造了一个现代冒险家的典型。这个冒险家不是在东方的殖民地进行投机活动的人物,而是不择手段爬上去,在短时期内飞黄腾达,获得巨额财产和令人注目的社会地位的无耻之徒,用莫泊桑的话来说,这是"一个冒险家的生平,他就像我们每天在巴黎擦肩而过,在现今的各种职业中遇到的那种人"[②]。莫泊桑写出了这类人物是如何产生的:这是在当时的历史条件下,人物的特殊经历和他的性格相结合的产物。杜洛瓦在北非的殖民军里待过,练就了残酷杀人的硬心肠。有一次去抢劫,他和同伴断送了三个乌莱德·阿拉纳部族人的性命,抢到了二十只母鸡、两头绵羊和一些金子。他在巴黎回想起这段经历时还"露出一丝残忍而得意的微笑"。他觉得自己心里存有在殖民地肆意妄为的士官的"全部本能"。另一方面杜洛瓦是"一个机灵鬼,一个滑头,一个随机应变的人"。残忍而邪恶的经验与他狡黠的个性相结合,在巴黎这个冒险家的乐园里便滋生出这一个毒菌。

杜洛瓦的成功,在于他抓住了两个机会。第一个机会是报馆。莫泊桑认为,这个家伙"进入新闻界,可以轻而易举地利用特殊手段,他要用来爬上去","他利用报纸,就像小偷利用一架梯子那

---

① 见《1887年2月2日致劳拉·拉法格的信》,《马克思恩格斯全集》第36卷第588页,人民出版社,1974年。
② 见《给〈漂亮朋友〉的批评者》,《专栏文章集》第3卷第165页。

样"①。如果说,他以自身经历为内容的《非洲从军回忆录》碰巧适应了当时的政治需要,那么,待他熟悉了报社业务,便直接参与倒阁阴谋,舞文弄墨,大打出手,成为"瓦尔特帮"中重要的笔杆子,受到了老板的赏识与提拔,当上了"社会新闻栏"的主编。然而,他在报馆的青云直上还直接得益于女人的关系,利用女人发迹是杜洛瓦的第二个,也是他用以爬上去的最具有特色的手段。他的本钱是有一副漂亮的外表,在女人眼中,他是个"漂亮朋友"。他敏感地发现原政治主编、病入膏肓的福雷斯蒂埃的妻子玛德莱娜与政界人物交往频繁,文笔老练,抓住她便可在报馆站稳脚跟。于是他大胆地向她表示,他愿意在她丈夫死后接替福雷斯蒂埃的位置。他果然如愿以偿,当上了政治主编,成为新闻界的知名人物。其间瓦尔特的妻子成了他的情妇,他在瓦尔特身边有了一个人替他说好话。接着,由于倒阁成功,他获得十字勋章,他的姓氏变成了有贵族标记的杜·洛瓦。但当他得知瓦尔特和拉罗舍-马蒂厄发了大财,自己只分得一点残羹以后,顿时勃然大怒,一个计划在他心里酝酿成熟了,他毅然地抛弃了瓦尔特的妻子。随后他侦查到自己妻子的诡秘行动,导演了一场捉奸的闹剧,一下子把拉罗舍-马蒂厄打倒了,又与妻子离了婚。最后,他一步步接近瓦尔特的小女儿苏珊,把她拐跑,威逼瓦尔特夫妇同意他娶苏珊。老奸巨猾的瓦尔特虽然气恼,却仍然保持清醒头脑。他认识到杜洛瓦并非等闲之辈,此人将来一定能当上议员和部长;他感到宁可息事宁人,顺从

---

① 见《给〈漂亮朋友〉的批评者》,《专栏文章集》第3卷第165—166页。

杜洛瓦的意愿。因此不顾妻子的坚决反对,应允了杜洛瓦提出的要求。在杜洛瓦盛大的婚礼上,教士用近乎谄媚的词句向他祝福:"您是一个最幸福的人,您是一个最富有、最受尊敬的人,您,先生,您的才华出众,您用您的笔,教育、启发、引导着世人,您负有崇高的使命,您要为世人作出光辉的榜样。"教士的话代表社会、官方对这个流氓恶棍式的冒险家的成功表示赞许,但从中也透露出作者无情的辛辣的讽刺与抨击!

莫泊桑在描写男女私情上虽然非常露骨,但他的批判倾向却占据主导地位。例如,他在描写杜洛瓦勾引瓦尔特夫人的时候,安排了这样一个情节,他让杜洛瓦和瓦尔特夫人在教堂里幽会,然后发了一通议论:"教堂又是她会见情人的隐蔽所,这就是人们通常把教堂当作一把万能伞的道理……遇有机会还要让天主给他们拉皮条。如果有人对他们提出到旅馆里去开房间,他们会认为这种事下流无耻,而在祭坛下面谈情说爱,他们则又觉得是一件再平常不过的事。"莫泊桑是反教会的,他不信教:"如果我相信您所信仰的上帝,我对他会有无限的厌恶!""如果有一个上帝创造了这个世界,我可不喜欢成为这个上帝:世界的苦难会撕碎我的心。请想象出一个创造世界的魔鬼,人们有权向他指着他的创造,大声说道:你怎么竟然中止虚无的神圣休息的状态,使这么多的不幸和苦恼出现呢?"[①]这两段话与上文所引的小说中的一段话,都表明了作者对宗教和教会大不敬的态度。而莫泊桑着意用这个场面来

---

① 见《居伊·德·莫泊桑与小说艺术》第244页。

描写主人公追逐女性,不能不说是他对笔下人物行为的否定。

杜洛瓦的形象不禁令人想起巴尔扎克在《幻灭》中描写的青年野心家吕西安。吕西安是个失败者,因为他缺乏的正是杜洛瓦的无耻和不择手段。同样被美色所迷醉,吕西安却不能自拔,以致被敌人利用,终于身败名裂,而杜洛瓦则能驾驭其上,一旦他的情欲得到满足,即使将情妇抛弃也在所不惜;女人只是他寻欢作乐和向上爬的工具。吕西安对女人的追求公之于众,而杜洛瓦则在暗地里进行,既大胆又无耻,他对瓦尔特夫人的追求从跪求、表白、软硬兼施到突然征服的过程就体现了这一点。他同时和几个女人保持通奸关系,更写出了他灵魂的卑污。当他得知妻子接受了一大笔遗产以后,起先闷闷不乐,然后他厚颜无耻地要分享一半。他对金钱的胃口越来越大,这一点又是吕西安无可比拟的。杜洛瓦看到社会上充斥弱肉强食的现象,上流社会的人物道貌岸然,骨子里却是男盗女娼,外交部长拉罗舍-马蒂厄就是一个代表。杜洛瓦于是也奉行这种强盗与伪君子的哲学,他认为:"世界是属于强者的。必须成为强者。必须凌驾一切。"这是他的座右铭。在小说结尾,"他正在成为一个主宰世界的人",他和瓦尔特等金融大亨结成了更为紧密的关系,爬到了社会的上层。杜洛瓦无疑是资产阶级政客的典型,他的寡廉鲜耻达到了无以复加的地步。莫泊桑把法国文学中常见的"戴绿帽子"的描写与资产阶级人物的发迹结合起来,以刻画资产阶级政客的丑恶灵魂。在资产阶级的上层,这种人物比比皆是。《漂亮朋友》的描绘确实是现实的真实写照。

莫泊桑在《论小说》一文中指出,一个优秀的艺术家要写出"感情和情欲是怎样发展的,在各个社会阶层里人是怎样相爱、怎样结仇、怎样斗争的;资产阶级利益、金钱利益、家庭利益、政治利益,是怎样相互交战的。"他在《漂亮朋友》中就是这样描写的。他通过一个冒险家发迹的经历,深刻揭示了第三共和国的政治经济的复杂现象,《漂亮朋友》不愧为19世纪末法国社会的一幅历史画卷,完全可以列入19世纪末法国优秀小说之林。

《漂亮朋友》序
译文出版社,1993年

论《一生》和《两兄弟》

居伊·德·莫泊桑(1850—1893)是世界文坛上有名的"短篇小说之王"。他创作了大约三百篇短篇小说,其中像《羊脂球》《两个朋友》《米隆老爹》等世界名篇不下数十篇。其实,莫泊桑的长篇在法国文学史上也具有不可磨灭的地位。他一共写过六部长篇小说,即《一生》《漂亮朋友》《温泉》《两兄弟》《如死一般强》《我们的心》;其中以《一生》《漂亮朋友》和《两兄弟》最为出色。

本书介绍的是其中的两部:《一生》和《两兄弟》。

一

《一生》是莫泊桑的第一部长篇,发表于1883年。这是一部描绘诺曼底农村的风俗小说。众所周知,莫泊桑是福楼拜的弟子,《一生》就颇有点像《包法利夫人》,因为《一生》也写的是一个女人的一生,而且是悲苦的一生。扩而言之,《一生》与《情感教育》《一颗纯朴的心》也有不少类似之处。例如,《一颗纯朴的心》描写一个女仆的一生,女主人公全福是一个平凡而纯朴的女仆,在这一点上这篇小说与《一生》更相像。话说回来,如果《一生》只是模仿福楼拜的小说,那么它的价值就不大了。恰恰相反,《一生》仅仅在上述方面与福楼拜的小说相似,其实这是一部有创新意义的小说。它以别开生面的描写,成为 19 世纪末叶出类拔萃的长篇,也是莫泊桑最优秀、最有生命力的小说之一。

《一生》描写的是一个贵族女子追求幸福而不可得的一生。她与包法利夫人不同,包法利夫人虽然也追求更美好的生活,憧憬幸福的爱情,但却一步步走向堕落,挥霍掉家产,最后因走投无路而自尽。《一生》的女主人公让娜则完全不一样。不错,她也爱幻想,早先她在修道院白天百无聊赖,夜晚难以入眠时,就曾经渴望过上幸福的生活。她走出修道院以后,便急切地想尝一尝人生的欢乐和幸福,盼望有甜蜜的奇遇。但现实却一次又一次使她的希望幻灭;面对残酷的现实,她并没有堕落,而是一次又一次与命运抗争。最后,纵然她的家产被儿子败光了,可是天无绝人之路,她得到以前的使女罗萨莉的帮助,让她的儿子最后回到身边,她也还能维持简朴的生活。更重要的是,让娜的本性与包法利夫人不同,她是一个善良纯朴、洁身自好的女子。她生活在风俗败坏的诺曼底农村:在莫泊桑笔下,这里不仅贵族阶层,而且农民中也两性关系紊乱。女孩子往往未婚先孕,有钱人家的使女与男主人有染的情况司空见惯。不说别人,就是让娜的双亲也不例外。她的父亲早年风流过,有外遇也不是一次两次。在他得知女婿德·拉马尔子爵与使女通奸,让使女有了私生子的丑事之后,一时之间勃然大怒。可是,当地神父只消几句话就说得他哑口无言,变愤怒为平静。神父说:"您难道没有碰过这样的小使女吗？我对您说吧,大家都是这样的,而您的夫人既没有因此少得到幸福,也没有因此少得到爱情,对不对?"这番话打中了他的要害。他与女婿不过是半斤与八两,彼此彼此。神父言下之意是不要对子爵苛求了。让娜的母亲同样有情人,她甚至将情人写给她的情书保留至死,不时还拿出来欣赏和怀念一番!她去世之后,让娜在翻看母亲视若至宝的书信时惊得目瞪口呆。她感到非常痛苦,心头对亲人的一点信任都失去了。面对周围的人的无行,让娜依然一以贯之,保持纯洁,出淤泥而不染。对于这样一个被命运所抛弃的女子,莫泊桑把同情的笔墨都倾注在她身上,并通过罗萨莉之口,把她悲苦的身世归结为尚未了解对方,就轻率地结婚,导致一生的不幸。莫泊桑很有可能根据切身经验去塑造这个形象:他的母亲因丈夫浪荡,很早两人就分居,然后离婚。无疑,莫泊桑的母亲的经历启迪了他塑造出让娜的形象。

让娜的纯洁形象是独特的,在莫泊桑的作品中几乎独一无二。然而,《一生》的描写如果只停留在这一点上,还不足以全部显示这部小说的成功。值得注意的是,莫泊桑力图通过女主人公的一生,表达自己对人生的理解。法国评论家认为,莫泊桑是在写人生的虚无:"《一生》是叙述不能忍受的生活,也许应该说是'难以生活'。仿佛通过小说试图向我们叙述的生活中,我们只能得到否定的东西……人生的空虚。"[1]这样说并非指在让娜的生活中什么也没有发生,远非如此:她的生活充满了可怕的不幸,她从来不得安宁。一开始她拥有一切:受过教育、富有、美丽,又是父母的掌上明珠。

---

[1] 《一生》法文版,亨利·密特朗评析,第 301—302 页,法国联合书局版,巴黎,1983 年。

她本应得到幸福,看来前程似锦。从修道院出来不到四个月之后,她同德·拉马尔子爵结婚,以为要实现自己的梦想了。子爵通过婚姻获得了偌大的财产,按理说应该保证妻子一生的幸福。但事实不是这样。到科西嘉岛的蜜月旅行,让娜感到第一次,也是最后一次的幸福。回到白杨山庄的老家以后,她的厄运也就开始了。她的丈夫一再欺骗她。她怀孕后发现了丈夫与使女的不正当关系。1821年5月7日,她发现了丈夫朱利安与德·富尔维勒夫人的奸情。当年夏天,母亲的去世给她沉重的打击。1822年春天,朱利安与情妇偷情被德·富尔维勒伯爵发现,愤怒之极的伯爵将关在牧人小屋中的一对男女推下山谷。最后轮到让娜的儿子保罗的堕落:1841年,他和一个妓女跑到伦敦。同年,让娜的父亲因料理外孙的债务,受到极大的打击而死去。三年后,她的姨妈莉松离世。让娜的儿子商业投机失败,这个败家子负债累累。为了还债,让娜不得不卖掉祖传的产业白杨山庄,蛰居于普通的农家。综观她的一生,她似乎白白地度过了。这一生虽然动荡不安,却是无情地陷于日常生活的单调和平庸之中。婚后第二天,她原以为新的一天开始了,其实她搞错了:"这一天过得和平常一模一样,好像没有任何变化,只是家里多了一个男人。"莫泊桑以这样的现实主义的描写来否定现实:事件发生的结果是销蚀一切,每种情势都只表明失落的预兆,事实的相继到来导致空无的结局。因此,她的一生是一系列虚空的总和。莫泊桑对平庸现实的批判令人想起福楼拜的描写,但莫泊桑选取的角度与福楼拜有所不同。福楼拜通过丑恶的社会现象、人物的庸碌无能和精神的麻木去揭露现实的平庸，而莫泊桑则是通过女主人公的悲苦命运和虚度年华去抨击现实的平庸。

在表现人生虚空的哲理时，莫泊桑经常使用"空洞"这个词。从"空洞"在不同场合的运用，可以看到莫泊桑的良苦用心。他在小说中多次用这个词来描写风景："突然一束斜阳通过一个看不见的空洞投射到牧场上。"让娜只有以回忆过去的美好日子来聊以自慰时，这个意象又出现了："小树林的浓阴中的那个充满阳光的空洞在眼前一闪而过。"在表现她的双亲的大方造成入不敷出时，作者也是用"空洞"这个词："他们家里有个永远填不满的无底洞，这就是乐善好施。"在婚礼那天，让娜"觉得全身空空洞洞"，她的婚礼本身也就变成了一个空洞："为什么这么快就跌入婚姻的空洞呢"；"她跌入婚姻中，跌入这无底洞"。空洞也是她的生活所消磨的时间："十二月份，这个像阴暗的黑洞似的，一年当中最难熬的月份过得很慢。"空洞有时也表明记忆的失败："她艰难地思考着，寻找着离她而去的东西，仿佛她的记忆中有过空洞，有过大片的空白，事件一点也没有留下印痕。"她生孩子是让体内排出东西："突然，她觉得好像整个肚子一下子空了。"她所珍视的儿子离开了她以后，她感到精神无所寄托，在空中写着儿子的名字，同时轻声念着："布莱，我的小布莱。"她好像在对儿子说话。她凝想着独生子的名字，有时好几个小时在空中用手指写着他的名字。她面对炉火一笔一画地写着，想象看到这些字母出现，然后发觉自己搞错了，于是又重新用疲倦得发抖的手写出儿子名字的第一个字母，竭力将整个名字写出来，如此反复不断。由于她的生活极为空虚，所以更加盼望见不到的东西、失去的东西和逸去的东西。空洞的意象构成了让娜的生活象征。虚空的意念的出现和形成,就是女主人公的精神由充实变为空无的过程,也就是她的精神解体的过程。19世纪的小说大多描写人物的成长过程,而《一生》却是一部描写人物精神解体的小说。

小说中有一个次要人物往往被读者所忽略,但这个人物对于表现作家的思想却是至关重要的,这就是让娜的姨妈莉松。这个人物在莫泊桑最初构思小说时已经出现了。1881年5月7日莫泊桑在《高卢人报》上发表了短篇《在一个春夜》,主人公就是莉松姨妈。这个形象早就出现在莫泊桑的脑子里。不过,在《一生》的初稿中,起先并没有这个人物。1881年莫泊桑大加修改初稿时,莉松姨妈就有可能出现了。由此可见,莉松姨妈是一个具有特殊性的人物。她是《一生》否定现存生活的浓缩形象。她无声无息,无足轻重,可有可无,别人根本不注意她:"这是一个矮小的女人,寡言少语,处处避着人,只是在吃饭的时候才露一下面,随后又上楼把自己关在房间里。""这是一样东西,就像一个影子或一件日常用品,一件活的家具,大家习惯天天见到,可是从来没有注意过它";"她根本不占地方;她这样的人连亲人也感到陌生,仿佛不值得研究,他们的死既不会在家中造成空洞,也不会造成空缺"。她属于乔伊斯在《尤利西斯》中所说的"不存在的存在",这种人没有存在的理由,可说是人物的零度。她的存在毫无意义,她只作为否定的意义才存在,是虚空的存在。她完全独自生活,她的死显然不被人注意,无意义的东西消失了自然会如此。她原来叫莉丝,仿佛嫌这个名字太漂亮了,听上去不舒服,而且她再没有结婚的可能,大家便把她的名字改成莉松。也就是在她的名字后面加上了无人称的 on,她的名字变成了一种无人称。莉松姨妈于是成为人的身份解体的最完全的表现。莉松可以说象征着推至极点的让娜的形象,因为在小说中,让娜这个形象的意义与其说在于她后来变成什么样,还不如说她变成了几乎什么也不是。从这个角度看,书名的平凡就具有了意义,而小说卷首的题词"平凡的真实"则更加强了这个书名。莫泊桑一反 19 世纪作家爱用人名作书名的倾向,在某种程度上,《一生》的书名是将女主人公的名字隐去,以书名来代替她。莫泊桑甚至不像福楼拜那样,用了不定冠词,还用形容词,如《一颗纯朴的心》,"一颗"是不定冠词,"纯朴的"是形容词。《一生》只有"一"这个不定冠词。评论家诺埃米·索尔由此引申出:人名排除出书名,"产生了一系列的丧失:失去亲人,失去故居……《一生》叙述从有到无,从空到充满的过程。"① 《一生》是一部描写失去一切的小说。

从这个意义上来说,《一生》是一部描写女人异化的小说,是一部描写"女性状况"的小说。妇女不能主宰自己的命运,她们的财产、社会地位和希望的丧失,不能归咎于她们本身,有某种更为强大的力量使妇女无法摆脱厄运。让娜结婚时,她的父亲教导她说:"不论从人类的法律,或是从自然的法则来说,这都是丈夫应有的绝对权利……你完全是属于你丈夫的。"这是让娜所没有想到的,

---

① 引自《一生》第 309 页,法国联合书局版。

因为她原以为结婚是她获得幸福的第一步,不料一结婚,她却成了男人的附属品,失去了主宰自我的权利。她的期望不幸落空了,子爵根本不爱她。她发觉,她和丈夫永远不能从灵魂深处达到相互了解;他们可以并肩同行,有时拥抱在一起,但并非真正的合而为一,彼此精神上是孤独的。夫妻生活的不协调使她感到前途茫茫,生活中会出现数不尽的烦恼。她感到奇怪,为什么自己的家和可爱的故乡,以及当初使她心弦为之激动的一切,今天她却觉得十分凄凉。于是她沉浸在忧伤、消沉、无止境的绝望中。她知道自己要做母亲以后,毫无兴致地等待着孩子的降生,内心沉重地怀着要遇到不可知的灾难的预感。由于她在爱情中受了骗,她的希望幻灭了,她的母爱就特别强烈。但事与愿违,她的母爱反而助长了儿子的败家,她最后不得不变卖财产,沦为平民。她的社会地位已经改变,从社会角度看,她已经异化了。虽然小说结尾作者留了一条光明尾巴:她的儿子不日要回来,她有了一个外孙女,其实她心中的希望是真正到了零的地步了。她在精神上也实现了异化。

《一生》还相当深入地描写了19世纪上半叶诺曼底农村的社会状况。一是通过贵族的破落和演变去反映,一是描写农民和渔民的贫苦生活。德·拉马尔子爵在小说开始时已是个破落贵族,他追求让娜的根本目的是看中她的财产。在莫泊桑笔下,这是第一个以色相去勾引妇女,摆脱自身困境的人物形象,这类形象在《漂亮朋友》中达到登峰造极的地步。德·拉马尔子爵是个寻花问柳的老手,他到白杨山庄来本是要追求让娜的,但第一天就把使女搞到手。小说描写他就像演员一样,一旦娶到让娜,满足了肉欲要求，便把她抛在一边，恢复本来面目。他对下人的吝啬与他对金钱的贪婪是并行不悖的。他自己在花钱方面则大肆挥霍，喝酒越来越多。让娜的父母决定赠给罗萨莉一处价值两万法郎的地产，以弥补他所做的丑事。他知道后像割了他一块肉一样心痛，认为给罗萨莉一千五百法郎足矣，表现出十分冷酷、自私和卑劣。莫泊桑给他安排了与情妇摔死山崖下的结局，是对这类贵族人物的否定。让娜家即代沃男爵家本来是相当富足的贵族，拥有几十万法郎的家产，但在短短几年中就败落得几乎一无所有。代沃男爵家的败落是这一时期诺曼底的一部分贵族走向没落的真实写照。小说还写到省里最知名的贵族库特利埃侯爵和富尔维勒伯爵，前者装腔作势，言谈居高临下，以显示自己高贵的身份，大摆臭架子。后者整天打猎，优哉游哉，一旦发现妻子与人私通，报复手段极为残酷。他的外表也十分粗野，表里倒是一致。贵族是外省的大地主，他们的生活与农民有天渊之别。小说写到，渔民为饥饿所迫，每夜要出海捕鱼，冒着生命危险，可是他们仍然非常贫困，从来吃不上肉。不过，总的说来，社会状况是作为主人公的生活背景来描写的。莫泊桑对现实生活的评价处于矛盾状态，他在小说结尾通过罗萨莉之口说："人生从来没有想象的那么好，但也没有想象的那么坏。"就让娜最后所存的微弱希望来看，这句话似乎勉强说得过去，但就让娜的经历来说，就很难符合这句带哲理性的话了。

在艺术上，《一生》表现了莫泊桑相当纯熟的写作技巧。《一生》虽然是一部风俗小说，但女主人公的塑造主要还是通过心理描写来完成的。莫泊桑通过她的目光去观察周围的一切和生活，描写她的所思所想。莫泊桑遵循福楼拜主张的客观和冷漠态度,在小说中不发表一句评论的话,不从故事中挖掘出任何教训。像莫泊桑的短篇小说一样,《一生》的文字简洁、准确、明晰。除了这些莫泊桑的作品中具有的特点以外,《一生》在人物描写、情节的安排和结构上是别出心裁、独具匠心的,值得作更详细的分析。

在人物描写方面,莫泊桑运用了几种与众不同的方法。第一种是双重描写法。对于同一个人物,莫泊桑往往描写不同时期的相同情景或相似情景,由于时间相隔很长,情势就根本不同,表明人物受到了"情感教育"。这个方法并非莫泊桑首创。巴尔扎克在《幻灭》中描写吕西安时,就两次写他来到香榭丽舍,但他的地位有了变化;福楼拜在《情感教育》中也两次让莫罗来到同一条大街上,但他的情感已然不同。莫泊桑在借鉴这种方法时有自己的创造和较大的发展。在《一生》中,让娜有两次从外地回到白杨山庄,一次在离开修道院之后,一次在蜜月旅行回来之后;两次坐车经过去诺曼底的道路,一次从卢昂回到庄园,冒着滂沱大雨,一次是婚后秋天最初的失意期间;两次沿着悬崖到伊波村去散步,一次是刚出修道院,一次是在双亲离开前夕,两次都由父亲陪伴。这三次双重的描写都发生在婚前与婚后。还有两次到一个小树林,一次在结婚那天,一次在几个月以后;两次拜访附近的贵族,一次在婚后不久,一次在多年之后。最后,还有两夜:一次在让娜从修道院回到白杨山庄,她面对大海眺望,另一次在母亲逝世守灵时。这六次双重描写有助于使整体结合紧密,它们促使人物勾起生动的、有切身体验的回忆。第二种手法是为次要人物起到连接作用。莉松姨妈总是出现在有危机的时候：让娜得知丈夫与使女的关系后精神出现紊乱；让娜生孩子和孩子行洗礼；让娜的母亲去世；子爵惨死。她的出现像一个乐句、一个小调，能保证整部交响乐完整，启发人理解作品的深刻含义。另一个人物是罗萨莉，她在小说开始时出现，随后消失，直到莉松姨妈去世，她又重新出现，直至小说结束，并说出半点题的话。她和莉松姨妈起到串联小说情节的作用。此外，在小说开头和结尾，让娜从修道院带回来的日历两次出现，标志女主人公从走上生活直至老年到来，过着孤独的生活；梧桐树下的长凳最后腐烂了；让娜的母亲生前常走的小路，在她死后不久就长满了野草，埋没了路径；给布莱量身高的护墙板，在让娜最后拜访故居时又出现在她的眼前。以上这些细节的描写手法起到前后呼应和勾连小说情节的作用。

《一生》还以几组故事的连接，构成小说的主体，衔接自如，脉络清楚，十分紧凑。这就是"朱利安-罗萨莉的故事""朱利安-福尔维勒夫人的故事"和"让娜-布莱的故事"。这三个故事是前后衔接的。前面两个故事似乎没有女主人公在内，其实与她密切相关。让娜对朱利安和罗萨莉的关系反应十分强烈，而对朱利安和富尔维勒夫人的关系则不愿过问，这与她的感情变换和当时的处境有关。通过这两个故事，次要人物与女主人公的命运结合在一起；次要人物的生活事件成了女主人公精神生活中的一个事件，彼此不可分割。及至朱利安死去，便只剩下让娜和她的儿子，开始了第三组人物的故事。其间还穿插了让娜的父亲和莉松姨妈之死，紧接着作者让罗萨莉再度出场。《一生》之所以令读者有一气呵成之感,这与小说的情节安排有条不紊,衔接自然密不可分。

综上所述,无论是双重描写法,还是故事组接法,都"保证了他的作品的连续性、整体性和进展"①。这是《一生》在艺术上取得成功的重要原因。

二

《两兄弟》(又译《皮埃尔和让》)发表于1888年,是莫泊桑的第四部长篇小说,它在莫泊桑的长篇创作中占据着一个特殊位置。这是一部风俗小说,如同《漂亮朋友》和《一生》那样;同时这又是一部心理小说,反映了莫泊桑后期创作中的一个重要倾向,因此理应引起人们的重视。

莫泊桑只花了两个月就写成了这部小说,几乎可以看作是"急就章"。莫泊桑是根据一件实事构思出这部小说的,据了解内情的艾尔米娜1887年6月22日的日记,有如下的记载:"莫泊桑给我朗读了他的新小说《两兄弟》的开头几页。情节开展看来很不错:一件真事给了他写这部书的念头。他的一个朋友刚得到八百万法郎遗产。这份遗产是家里的一位常客留给他的。看来年轻人的父亲是个老头,而母亲却年轻漂亮。居伊寻思这样一笔财产的赠予该怎样来解释……"②如此看来,莫泊桑是经过充分思索去酝酿这部小说,考虑成熟后才开始动笔的,所以创作速度很快。

---

① 安德烈·维亚尔:《居伊·德·莫泊桑和小说艺术》第510页,尼泽书局,巴黎,1971年。
② 见阿尔芒·拉努:《漂亮朋友莫泊桑》第279页,巴黎格拉赛出版社,1979年。

从篇幅来说,这部小说不如看作是个中篇。它的情节并不复杂,作家着墨较多的人物也屈指可数。然而,这并不妨碍作家匠心独运,开掘较深。梅塘集团成员之一的亨利·塞亚尔就说:"对于这部小说,人们可以毫不夸张地冠以'杰作'这个词。"[①]左拉也说,这是"奇迹、罕见的珍宝,无法超过的真实与崇高的作品"[②]。这种看法并非出于个人友好关系的逢迎之词,持有这种看法的人不是个别的。即使在20世纪,有的评论家也认为:"根据许多人的评价,这是居伊·德·莫泊桑最好的长篇小说。作者在这部作品中,尽管囿于有意写得更狭小的范围,却成功地做到了能与他最强有力的短篇那种紧凑效果相媲美。"[③]他们的评价或许有过誉之处,但《两兄弟》确实有它独到的优点,至少可以说,具有莫泊桑创作上的一些基本特点:叙述明快、笔调优美、表达准确、文字流畅、生动简洁等等。本文试就如下两个方面来加以论述。

《两兄弟》写的是莫泊桑所擅长的题材之一:一笔遗产的赠予给一个平静的家庭带来的风波。莫泊桑不同于巴尔扎克,他并不关注人们对遗产的争夺,由此写出各种人的金钱贪欲和精神特征。莫泊桑关注的是,面对既成事实,家庭各个成员的反应,从而勾画出一幅社会风俗图。

在莫泊桑的长篇小说中,这是唯一描写小资产阶级家庭的作品。罗朗是个退休的首饰商,他的商店本钱不大,从退休后的生活

---

① 见阿尔芒·拉努:《漂亮朋友莫泊桑》第279页,巴黎格拉赛出版社,1979年。
② 见阿尔芒·拉努:《漂亮朋友莫泊桑》第280页,巴黎格拉赛出版社,1979年。
③ 见《作品辞典》第5卷第295页,巴黎罗贝尔·拉封出版社,1980年。

可以看到他的狡黠和颇有心计在这里充分暴露出来，至此，他的复杂性格也塑造完成了。至于皮埃尔，表面看来，他争强好胜，实际上，他身上有着父亲罗朗的性格影子——懦弱的一面。他一旦把心里郁结的话倾吐出来，又生怕伤害了母亲，终于走上了妥协的道路。在这场小小的斗争中，莫泊桑写出了金钱在小资产阶级家庭中的重要性。没有金钱，两兄弟在大学里所学到的本事就不能充分发挥，无法施展才能。为了金钱，两兄弟的关系急剧恶化。让为什么不肯放弃自己的继承权利？因为他认识到，没有钱他将失去自己漂亮的律师事务所和罗塞米莉太太的爱情。小说中关于让和她的爱情的描写富有讽刺意味：他向罗塞米莉太太表示要娶她时，出现了一个干巴巴的对白场面。其时，他们俩在美丽如画的海边捕捉长臂海虾，大自然美景迷人，正是谈情说爱的好地方。不料罗塞米莉太太心中早已盘算过利害得失，没有丝毫忸怩腼腆，一口表示同意。而让在开口之前也考虑过他俩"财产基本相等"，娶她是合算的。在他们之间，金钱的铜臭味代替了含情脉脉的情感交流，爱情的诗意荡然无存。

小说结尾以远洋邮船上的景象来衬托主题，是画龙点睛之笔。这条华丽的邮船上，餐厅专供百万富翁享受美味佳肴。"它的豪华堪与世界各大饭店、各大剧院和任何公共场所相匹敌，那是一种可以使大财主们赏心悦目的庸俗的纸醉金迷的豪华"，而在底舱，"那些像矿里的坑道一样的又黑又低的地道似的夹弄里，有好几百个男人、女人和孩子躺在那一层层的木板上，或是一堆一堆地在地上乱钻乱动"。他们准备到海外谋生，希望在那儿也许不至于饿死。

这条邮船好比社会的一幅缩影,贫富悬殊如此明显地并列在一起!皮埃尔为了谋生,也乘上了这条航船,与他们风雨同舟。他此举也是毅然决然下定决心的,他这一走意味着依赖他的穷苦药剂师、波兰老头马洛斯科的末路,买卖难以为继,但皮埃尔已顾不得这许多了。生活就是这样残酷无情!至此,这幅社会风俗画给添上了最后的一笔。

然而,《两兄弟》最引人注目的还是心理描写。19世纪下半叶,心理小说开始流行,例如布尔热(Bourget,1852—1935)就善写心理小说,而龚古尔兄弟对精神病理学一些特例的研究和描绘也理应属于心理小说的一个分支。莫泊桑在80年代下半期开始对心理分析产生兴趣。他在小说的序言《论小说》中就十分重视心理描写,指出"心理学应该隐藏在书里,就像它实际上隐藏在生活的各项事件中一样"。他将心理描写看作小说的基本技巧之一,甚至认为应"把心理活动作为作品的骨骼"。基于这种认识,他在《两兄弟》中大量运用了心理描写。这一特色使《两兄弟》在艺术上明显地不同于他以前的三部长篇小说。这部小说的心理描写相当成功,显示了莫泊桑在这方面的杰出才能,也表明他不满足于已取得的艺术成就,在创作上能不断创新和勇于汲取其他表现手法。《两兄弟》在下列五个方面对心理描写进行了深入探索。

其一,心理描写成为作品情节进展的有机因素。莫泊桑在小说中着力于对皮埃尔嫉妒心的绘写。最初皮埃尔的嫉妒仅仅是由于弟弟体格上比他强而引起的。让得到大笔遗产后,他的嫉妒陡然大增,由此导致怀疑母亲。从童年起,他那么熟悉而亲切的这张母亲的脸庞、微笑、声音,突然之间他觉得陌生,和以前完全不一样了,他感到自己"不再有母亲了,因为他不可能再爱她,不可能怀着儿子们心里必须有的温柔、虔诚和绝对的崇敬心情去尊敬她了;他不再有弟弟了,因为这个弟弟是一个陌生人的儿子;他只剩下了一个父亲,这个他无论如何也爱不起来的胖子"。随着他的嫉妒心的膨胀,这种情感从他"全身的皮肤里钻出来",小说情节也一步步深入发展:家庭秘密暴露了出来。换句话说,组成小说主体的事件只是他的心理推测和分析变为事实的经过,一旦他不再竭力去掩饰嫉妒心,他不再进行心理推测和分析,他的嫉妒平息下来,小说也就接近结尾了。而当皮埃尔的心理分析告一段落时,小说又将重点转到了让这方面。这时候,让的内心思考便成为小说发展的关键,决定着小说的结局。总之,在《两兄弟》中,心理描写是小说情节进展的重要因素,这样,心理描写并不是孤立的艺术手段,只用来揭示人物的精神世界,而具有更为重要的作用。

其二,心理描写是塑造主要人物性格的重要手段。皮埃尔是个心胸狭窄,表面上气壮如牛,其实色厉内荏,外强中干的人物。莫泊桑在剖析他的内心时,着重写他的愤慨、不平、仇视通奸等情绪,与他的行动相对照,便显出他是个阴沉、易怒、懒散、狭隘、懦弱的人物。至于让,则是一个稳健而有主见的人,他对待自己的婚姻,对待遗产无不是经过反复掂量,才下决心的,其中贯彻了两个字:求实;这是资产阶级重利务实的思想,已成为他行动和思考的准则。因此,虽然他也"想用他朴实而自信的情趣去征服那些有才识的人士",事实上他却颇为狡黠,各个方面考虑得滴水不漏,待人处事十分圆滑。这些,都通过心理描写暴露得淋漓尽致。与刻画皮埃尔不同,作者对他的心理描写篇幅不多,但写得十分简洁有力,足以塑造出他的老练圆通的性格特征。

其三,莫泊桑的创新之处还在于,作家本人并不现身说法,作心理分析的是人物本身。人物是自我剖析的唯一见证人,他自我观察的结果,由读者去评判,就如同他是在展示意识中活动最强烈的思绪,这些是主宰人物行动的内在原因,它们让读者明了人物的内心世界。人物的思索与行动之间的矛盾和出入,读者一目了然。例如,作者通过皮埃尔的观察和内心活动去写罗朗太太的举止:"她肯定早就在偷偷地观察那种相似之处了(按:指马雷夏尔的肖像与让相似)……于是她在某个晚上把那张可怕的小肖像取走,藏起来了,因为她不敢销毁它。"莫泊桑没有直接写罗朗太太藏肖像,也没有去"分析"皮埃尔的思想活动,而是让人物去观察,进而去思考,去判断。莫泊桑不仅遵循他的老师福楼拜教导的不在作品中露面,而且在进行心理描写时也做到了以人物本身为出发点。这样,读者也就进入到小说的境界中,同人物一起去观察,去思索,去猜测,去判断。读者看到上述那段引文,也会将信将疑,罗朗太太是否这样做要随着情节进展才能由自己最后下结论。这确能启发读者的思路,具有耐人寻味的积极效果。

其四,莫泊桑有时反过来用外部动作和富有含义的言辞去表达人物的内心活动,这是一种别致的心理描写手法。莫泊桑在《论小说》中写道,小说家应"寻求具有这种精神状态的人在某种特定情况下必然会做出的行动和姿态"。他在《两兄弟》中就力求达到这种要求。例如,皮埃尔在公证人宣布让要接受大笔遗产以后,忍不住这样问他的父亲:"那么您过去和这位马雷夏尔是相当熟悉的啰?"这句话暗藏他的嫉妒,令人意会。及至一家人从公证人那里回来,为了庆贺让接受了遗产而设宴时,皮埃尔再一次问:"这个马雷夏尔,你们是怎么认识他的呢?"这句问话的潜台词又进了一步,这时他已怀疑到母亲与马雷夏尔有不正当关系,因此这是一句旁敲侧击的话,用意与前一次问话已大不相同,不怀好意。又如,他听到马洛斯科责备他的话以后,晚上入睡前喝了两杯水,这个举动为的是镇定自己。此时无声胜有声,作者不去写他的心理,而他也确实没有更多的意念,但读者却对他的举动一目了然,从中悟出他这时的心境。

其五,莫泊桑的兴趣扩展到对思绪困扰现象、朦胧状态和潜意识的研究。在皮埃尔身上,可以看到冲动、狂热、不安、躁动、变态、下意识的思考和动作,幻觉出现前后的心理状态,时而痛苦("陷在痛苦的想象里不能自拔"),时而竭力克制它,时而要离开家到海堤上、啤酒店去发泄自己的苦闷,时而待在家里作着可怜的思想斗争,时而处于清醒的状态,时而朦朦胧胧,无法摆脱固执的念头缠扰。这里试举一例:他意识到自己的母亲与马雷夏尔的暧昧关系后,脑子像一锅煮开的粥,乱糟糟的,不祥的意念纠缠着他。他于是离开了使他憋气的家,来到防波堤。莫泊桑写道:

> 虽然他的嘴没有说出来,可是他的脑子里一直在重复默念着这个名字,就像在呼喊他,召唤他,并引来他的

亡灵一样："马雷夏尔……马雷夏尔。"在他漆黑的闭合起来的眼皮里面，他突然看到了那个人，就像他过去看到他时一样。那是一个六十岁的男人，留着白色的山羊胡髭，眉毛很浓，也是白的。他个子不高不矮，面貌和蔼可亲，灰色的眼睛很温和，态度谦虚，从外表上看是一个朴实、慈祥的老实人。他把皮埃尔和让叫作"我亲爱的孩子"，从来也没有显得对他们哪一个有偏爱，总是请他们两人一起上他家去吃晚饭。

这时候，皮埃尔像一只追踪模糊的足迹的狗一样固执地开始搜索这个已经消失在地下的人的话语、姿态、音调和眼色。他慢慢地完全回忆起马雷夏尔在特龙谢大街的套房里接待他的弟弟和他吃饭时的情况。

这里，皮埃尔随着执着的念头——这个念头是下意识的思绪表现——出现了幻觉，幻觉越来越清晰，随之又转化为回忆，种种往事呈现在脑际。这个过程写得非常细致而脉络分明。读者不难发现，皮埃尔是个非常敏感的人，他的内心活动异常丰富，有时甚至到了神经质的地步。有的评论家认为，这是莫泊桑本人在意识清醒时对他自己的精神病态现象所作的探索、观察和记录。① 众所周知，莫泊桑的精神病态现象从 1884 年已开始出现，逐渐发展，病状表现为：出现幻觉，感到自己身边有神秘的敌意的东西存在，

---

① 见安德烈·维亚尔：《居伊·德·莫泊桑与小说艺术》第 405—406 页。

死的念头常纠缠着他。病状终于在1889年变得严重：目光呆滞、语无伦次、性格易怒、认为他的影子夜间来找他、爱折磨人、把失眠归之于房东和医生。1891年末他最终发疯。由此看来，莫泊桑对精神的种种超常活动深有体验，他在小说中加以描写是很自然的。

综观莫泊桑在《两兄弟》中的心理描写，可以看到他的探索已经相当深入，较之前人取得了长足的进步。这是莫泊桑对小说创作的一个重要贡献。

三

或许莫泊桑觉得这部小说篇幅不大，所以在正文之前加了一篇长序，冠以《论小说》的题名。这篇文章与小说本身并无必然的联系，但对于了解莫泊桑的创作思想，进而言之，对于了解现实主义文学，确是一篇重要的文献。

首先，我们可以看到，莫泊桑关于小说创作的观点所受影响主要来自福楼拜，而不是左拉。他援引的几乎都是福楼拜的教导和见解，也就是说，他主张的并非自然主义的理论，而是真正的现实主义观点："现实主义者，如果他是一个艺术家，那么他孜孜以求的，将不会是给我们看一张平淡无奇的生活照片，而是要给我们看一幅比现实更加充实、更加动人、更加能使人信服的图像。"他认为生活原是非常粗糙的，充满了偶然事件，没有次序，不合逻辑，五花八门，这就需要艺术家做提炼工作，提取一些对主题有用的细节，而把其余一切扔在一边，即是说要做典型化工作，情节要有典型意义，人物个性也要典型化。

作家如何对待自己的题材和写作呢？莫泊桑按照福楼拜的观点，主张"一定得用一种非常巧妙、非常隐蔽，可是形式又非常简单的方法来写他的作品，使人不可能觉察并指出他的用意，发现他的企图"。这是指作家要隐没在情节和人物背后，而不要现身说法；他的创作意图不能直白道出，而是消融在情节之中。这是符合现实主义创作原则的。

为了能把"生活惟妙惟肖地"再现出来，小说家必须掌握高超的技巧，这也正像福楼拜所教导的，由于世界上没有两样完全相同的东西，就要把任何事物的不同和特征一下子抓住，并用最简洁的语言表达出来，要找到叙事状物最确切的形容词和动词，而绝不能满足于差不多的低要求。不仅如此，作家要认识到在任何东西里面，总还有尚未被人挖掘出来的东西，包含着不为人知的东西，因此要把它找出来。这个观点反对创作上的模仿和雷同，为的是鼓励作家另辟蹊径。这是一条宝贵的创作原则。

所以，《论小说》一文已成为19世纪现实主义文学遗产中一篇极有价值的文献。

《一生·两兄弟》译本序
译文出版社，2002年2月

《恶之花》的主旋律
——波德莱尔的《忧郁之四》

沙尔·波德莱尔在世界诗歌史上是一位举足轻重的人物:他扩大了诗歌的内容,大量描写了丑和城市景象,把象征手法和通感引入了诗歌,从而开了一系列现代派诗歌的先河,可以说他是现代派文学的鼻祖。雨果、拉马丁、维尼等浪漫派诗人确也写出了不少杰作,在欧洲产生了影响,然而,英国和德国同样有一些闻名世界的大诗人,如雪莱、拜伦、歌德、海涅等。在这种文化背景下,雨果等法国浪漫派诗人的影响就减色不少。波德莱尔的情况则不同。在欧洲,波德莱尔现象是独一无二的。再说,波德莱尔虽然与浪漫派有千丝万缕的联系,但他对浪漫派的某些手法起了反拨的作用:他以精炼的诗歌形式去反对浪漫派长而散漫的段落和结构。波德莱尔在诗歌上的革新令人耳目一新,给诗坛的震动异常巨大。法国诗人中,他在世界上的影响是空前的。

一石激起千层浪。波德莱尔用以震动世界文坛的,并非大量丰富的诗作,而只是一部《恶之花》(1857—1861)。这部诗集共收入157首诗,可见《恶之花》的精粹和每首诗的分量。

《恶之花》不是一部诗歌散集,诗歌之间毫无关联。恰恰相反,

《恶之花》编排的次序有一定目的,按照一定系统来安排(除了增补的 25 首诗)。波德莱尔说过:"我对这部作品可期待的唯一颂扬,是希望人们承认这不是一本纯粹的合集,它有头有尾。"(《1861 年给维尼的信》)诗集共分六个部分,以第一部分《忧郁和理想》为最长,这是诗集的核心部分:它叙述人在忧郁的压抑与对理想的追求中徘徊,最后忧郁取得胜利。第二部分《巴黎风光》展示了巴黎各种不堪入目的场景,诗人在其中找不到摆脱自己痛苦的地方,于是沉醉在酒之中(《酒》),但仍然徒劳。第四部分《恶之花》写诗人深入到罪恶之中去体验生活,可是摆脱不了精神压抑。在第五部分《叛逆》中,诗人对天主发出反抗的呼喊,但天主毫不理睬。诗人只有一条路:死亡(《死亡》)。贯穿于诗集中的,是描写巨大的精神压抑,高潮落在第一部分收尾的五首诗上:《破钟》(原名为《忧郁》)和《忧郁一至四》,写的就是"忧郁"这个主题。因此可以说,忧郁是《恶之花》要表达的最强音。在直接抒写忧郁的五首诗中,尤以《忧郁之四》写得最成功,全诗如下:

> 低垂沉重的天幕像锅盖,压在
> 忍受长久烦闷、呻吟的精神上;
> 它容纳地平线的整个儿圆盖,
> 向我们倾泻比夜更悲的黑光;

> 大地变成了一座潮湿的牢狱,
> 希望在那里像一只蝙蝠飞翔;

用胆怯的翅膀向着墙壁拍击,
又把头向腐烂的天花板乱撞;

雨水拖着那长而又长的水珠,
宛如一座大监狱的护条那样;
有一大群无声的卑污的蜘蛛,
在我们的脑壳深处张开蛛网;

这时大钟突然疯狂暴跳起来,
向天空投以一阵可怕的吼叫,
如同无家可归的游荡的鬼怪,
开始顽固而执拗地呻吟哀号。

——长列柩车没有鼓乐作为前导,
从我的心灵缓慢地经过;希望
战败而哭泣,残忍专制的烦恼
把黑旗插在我低垂的脑壳上。

全诗只有两个句子,前四节为第一句,而前三节为表示时间或条件的副句,一共六个。第一节写天空景象,"低垂沉重的天幕"产生令人压抑和窒息的感觉;第二节写大地,希望在这个牢狱中乱碰乱撞,寻找出路;第三节写环境,这时正在下着淫雨,人的脑壳深处像被蛛网封住一样。这几个副句写的是外部情景,它们产生了浓重的精神压抑感。副句的拖长也能产生一种沉重感；原诗采用了大量鼻音和二合元音的字，同样能产生这种沉重感。此外，锅盖、牢狱、蝙蝠、腐烂的天花板、铁窗护条等字眼效果令人不快，像幽暗的压抑人的黄昏一样令人烦闷。这时，受压抑的精神像大钟一样暴跳起来；是实写大钟，同样也在写精神。这个主句写痛苦的感觉：疯狂、暴跳、发出吼叫、像鬼怪游荡、呻吟哀号。最后一节用破折号分开，写最后精神爆发危机：如同丧葬一般，这是没有鼓乐相伴的长列柩车，沉默使人更加难受，诗人的心灵失去了希望，有如心中笼罩着死亡。诗人耷拉着脑袋，默默忍受着痛苦，烦恼得胜，竖起了黑旗。

忧郁这个词本是英文，18世纪传入法国，但在波德莱尔之前用得很少。在《恶之花》中，波德莱尔还用了不少"忧郁"的同义词或近义词，反复描绘这种精神心理状态。诗人用的词有：无聊、烦恼、痛苦、晦气、悔恨，等等。就以专写忧郁的那几首诗来说，《破钟》这样写道：

> 而我，灵魂已破裂，在无聊之时，
> 它想用歌声充斥夜间的寒气，
> 可是它的声音常常变得很轻，
>
> 仿佛被遗弃的伤兵，喘息不停，
> 躺在大堆尸体之下，血泊之旁，
> 拼命挣扎，却动弹不得而死亡。

诗人把自己的精神状态——忧郁形容为破钟那样,嘶哑的声音活像要咽气的伤兵。《忧郁之一》则把这种心境比作阴雨连绵的冬季:

> 雨月①,整个城市使它感到气恼,
> 它从瓮中把大量阴暗的寒冷
> 洒向附近墓地的苍白的亡魂,
> 把一片死气罩住了多雾的市郊。

阴暗的寒冷、亡魂、墓地、死气、雾,这些就是诗人心境的形象写照,给人以阴森恐怖的巨大压抑感。《忧郁之二》写道,我像活了一千年那样疲倦和厌倦,脑子像大坟场、万人冢,"还有什么比跛行的岁月更长"。《忧郁之三》写道:

> 我像一个多雨之国的王者,
> 豪富而衰弱,年轻却已经衰竭,

他百无聊赖,对万物厌弃,像个活尸一样,血管里流着忘川的绿水,而不是血液。这几首诗分别从物件、季节和人的角度去写忧郁,形成了一曲曲痛苦不堪的"呻吟哀号"。《忧郁之四》则把外界景物与诗人内心的绘写更加紧密地结合起来。有的评论家认为这首诗像

---

① 雨月为1793年制定的法兰西共和历的第五月,相当于公历1月20、22日至2月19、21日。这时期巴黎多雨。

交响乐一样,有序曲、发展部、高潮、奏出最强音,然后经过慢板结束。在波德莱尔笔下,忧郁不单纯是诗人精神心态的写照,这还是生活中各种困恼不安的表现。这不再是拉马丁慵倦的忧愁,不是缪塞的"巨大痛苦",这是对现存秩序、生活现实的一种反照。诗人深受自身的精神孤独、物质生活的困厄、职业的失望和身染疾病之苦,所有这些合在一起造成了他的忧郁之深。这种忧郁是对现实生活、对"人类状况"不满而产生的病态情感,正如有的评论家所说,是诗歌中出现的一种世纪病。对此,有必要作一较为详尽的补充说明。

忧郁确是诗人身世经历的产物。他的一生是一系列悲剧的组合。波德莱尔6岁丧父,母亲为生活所迫,改嫁给一个名叫奥皮克的军官。波德莱尔反对母亲再嫁,与继父关系一直不好。奥皮克是个极为严厉和狭隘的人,使这个敏感的孩子陷入深深的忧郁之中。无论在里昂的皇家中学住读还是在巴黎的路易大帝中学就读,波德莱尔都忍受着忧愁和孤独之苦。他上大学以后,在巴黎过着放纵的生活,以示反抗家庭的管束。为此,他的父母硬要他到印度去旅行(1841),摆脱这种不正常的生活。但波德莱尔只到达留尼汪岛,由于思乡而半途返回。回到巴黎后,他获得了父亲的遗产,过着花花公子的生活,很快就把遗产挥霍得所剩无几。1844年,他在继父和母亲的干预下,受到法律的约束,每月只有可怜巴巴的一点生活费(200法郎),迫使他自食其力,另谋生路。他拿起了笔杆,写作文学、艺术评论和诗歌。以文为生是十分艰苦的,自此以后,波德莱尔一直生活拮据。忧虑、债务、从青年时代起就染上的疾病的复发,这些都摧残着他的肉体和精神。《恶之花》就打上了这浪荡的、悲苦的、艰难的生活的悲剧烙印。波德莱尔从不隐瞒,这部诗集写的就是他的生活、他的梦想、他的反感、他的欢乐和他的痛苦。他在1866年给昂塞尔的信中说:"在这部残酷的作品里,我放进了我整个的心,我所有的温情,我的全部宗教(经过乔装打扮),我的所有仇恨。"

如果波德莱尔在《恶之花》中仅仅着眼于自己的经历感受,那么意义是有限的。他写的不仅是自己,这正是当时的社会状况。在波德莱尔笔下,巴黎城充满了污秽不堪的景象,充斥着妓女、乞丐、盲人、盗贼、赌棍、垂死的病人、浪荡子、捡垃圾的、凶手、同性恋者,他们组成了巴黎的居民。面对这样的现实,有才华的人只能像落在甲板上的信天翁:

> 诗人恰好跟这云天之王相同,
> 它出没于风暴中,嘲笑弓箭手,
> 一旦流落在地上,在嘲弄声中,
> 它巨人的翅膀却妨碍它行走。
>
> (《信天翁》)

波德莱尔用形象化的诗句表明,有才能的诗人处于这浊世上是无能为力的,因为日常生活的卑污平庸窒息了诗人的才具,他无法获得日常生活的权利。诗人并不是没有追求理想,他也想"远远地飞离这种致病的瘴气",认为抛弃这迷雾般的压抑人的烦恼和巨大的忧伤,"真是幸福无穷"(《高翔》)。可是,在现实生活中,理想事物、希望只是短暂存在的,而忧郁却是长期的,与时间同在的。所以,波德莱尔认为时间是人的大敌,它吞噬生命,咬啮人心。正如《忧郁之四》中所写的,面对生活,希望像只蝙蝠在大地的牢狱中乱飞乱撞,而且胆怯地扇动着翅膀,最后战败而哭泣。

《忧郁之四》不单在内容上是《恶之花》带关键性的一首诗,而且在艺术上颇有特色。这些特色代表着波德莱尔的艺术成就。波德莱尔主张运用"艺术包含的一切手段",这句话强调的并非指已有的、为大家所熟悉的艺术手段,恰恰相反,他的意思是要发掘出不为人知的,或不为人们所熟悉的技巧。

象征手法就是波德莱尔所力求创造的、丰富艺术表现力的主要手段之一。波德莱尔怎样表达和描绘忧郁这种精神心理状态呢?这是一种难以捉摸的、十分抽象的、只可意会难以言传的心态。波德莱尔首先运用了大量的意象:他把天空写成锅盖扣在地平线上,这就立即造成一种压抑感:既然是锅盖,那就不会发出白光,而只能是黑光。这里写的是自然,又写的是脑壳(圆锅形)和精神;所谓黑光者,同忧郁的精神感受密切相连,黑同阴郁的、悲伤的、沉闷的概念是相连的。第二和第三个意象,诗人把大地形容为一个牢狱,而把人的希望写成一只蝙蝠,关在这牢狱中,无法飞出去,只能困顿在里面。第四个意象,写雨水如同铁窗护条,与前面的牢狱意象相呼应。第五个意象,一群无声的卑污的蜘蛛在我们的脑壳深处结网,蜘蛛为何物?没有确指,既然这里是监狱,蜘蛛结网就是常事;网能产生封闭的感觉,加强忧郁之感。第六个意象,大钟吼叫起来,像游荡的鬼怪在呻吟哀号。大钟为何物?也无确指,可看作形容精神的紧张。第七个意象,一长列柩车没有鼓乐作为前导,从诗人心灵上缓慢经过。丧仪车队是哀伤的象征,且是没有鼓乐相伴的柩车,更显悲哀,写出了诗人心头悲戚感,沉重而更深切。第八和第九个意象,希望因战败而哭泣,而烦恼得意地插上胜利的黑旗,不是插在地上,是插在诗人低垂的脑壳上,多么残忍专制!这幅图像又多么凄惨!这一连串意象从各个角度来刻画忧郁,使难以捉摸的情感获得了具象的形态,以实写虚,以有形写无形,但又不是实实在在的有形,这能使读者再发挥想象,加以思索,去理解作者的良苦用心。这些意象所起的作用不是一般的简单的比喻或图解,它们的含意是丰富的、复杂的、深邃的,具有哲理性,这就是象征手法。正如梁宗岱先生在《象征主义》一文中所论述的:"借有形寓无形,借有限表无限,借刹那抓住永恒……正如一个蓓蕾蓄着炫熳芳菲的春信,一张落叶预奏那弥天漫地的秋声一样。所以它所赋形的,蕴藏的,不是兴味索然的抽象观念,而是丰富、复杂、深邃、真实的灵境。"《忧郁之四》可以对此论断作出印证。

这首诗的象征手法还有几个特点值得人们注意。

一是将抽象概念拟人化或寓意化。希望本是抽象概念,但在诗中时而化为蝙蝠,时而干脆就是"人",因战败而哭泣。烦恼也是抽象概念,在诗中则化为"人"残忍而专制。心境是一种难以捉摸的抽象情绪,在诗中变为大钟;思绪也是抽象而混沌的,在诗中变为蜘蛛。波德莱尔认为拟人化或寓意化"这种非常风趣的样式,笨拙的画家给我们堆积得令人蔑视,其实却真正是诗歌最原始的和最自然的形式之一"。在波德莱尔笔下,时间、爱情、美、死亡、偶然、羞耻、愤怒、仇恨、错误、罪恶、呜咽、复仇、寒热、光明、黑夜、骄傲、永恒、友爱、不朽、不洁、能力、人道、乐趣、德行、悔恨、工作、忠诚、愚笨、放浪、痛苦、岁月、怀念、虚无……都拟人化了,"对我来说一切都拟人化"(《天鹅》)。有时这些抽象名词罗列在一起,有时整首诗都由拟人化的意象组成,《忧郁之四》便是其中之一。《恶之花》中抽象名词随处可见,由于拟人化或寓意化而改变了抽象名词本身的功能,使之变得具体、丰富,赋予了新的含义,这种手法使《恶之花》具有崭新的独特的色彩。以《忧郁之四》来说,由于多处把抽象概念拟人化和寓意化而显得隽永、深邃、别具一格,奇特而不荒唐,新颖而能令人接受。有人认为,波德莱尔把抽象概念拟人化和寓意化,所得的意象具有"冷光",给人阴冷、幽冥的感觉,《忧郁之四》确实使人具有这种印象。

大部分诗人都是从大自然去寻找意象的,波德莱尔则相反,他很少从大自然中去寻找意象,而是常常颠倒这种比喻次序。例如,"低垂沉重的天幕像锅盖",不是锅盖像天空,而是天空像锅盖;"大地变成了一座潮湿的牢狱",雨水"宛如一座大监狱的护条那样",都是意象颠倒运用的例证。这种手法的美学效果令人惊奇,显得别致,以奇取胜。它能产生一种压抑感,因为在这种比喻中,由大变小,而且这是锅盖倒扣;牢狱则代表着不自由,读者很容易获得一种局促、憋闷、不舒服的感觉。

波德莱尔是写丑的大师。他不像以往的诗人和作家,他们虽然也写到丑,但这是为了点缀,充其量也是作为对照的另一方。波德莱尔则不同,他几乎是专写丑。当然,他写丑是为了"发掘恶中之美",是为了"表现恶中精神的骚动",他还说:"忧愁可以说是美有名的伴侣,以致我不能设想(我的头脑会是一面受魔法蛊惑的镜子吗?)美的典型中会没有不幸",他"很难不下这样的结论:雄壮的美最完美的典型是撒旦,——按照密尔顿的方式"。在《笑的本质》一文中,他又说:"这种古怪的事确实值得注意:将美这种难以捕捉的因素引入在于表现人的灵与肉固有的丑的作品中。"波德莱尔善于描绘病态的社会现象和自然现象,如巴黎下层社会藏污纳垢的处所,又善于描绘人们精神的忧郁苦闷、颓唐消沉和不正常的生活,这是丑的事物。同时,波德莱尔擅长用丑的意象来表现丑的事物。在《忧郁之四》中出现的意象全部是丑的:锅盖、黑光、潮湿的牢狱、胆怯的蝙蝠、腐烂的天花板、铁窗护条、卑污的蜘蛛、蛛网、游荡的鬼怪、长列柩车、黑旗,这些令人恶心的、丑陋的、具有不祥意味的意象纷至沓来,充塞全诗,它们显示了"精神的骚动",陷于"不幸"中的心态。这种以丑的意象来表现精神、心境的艺术手法,较之直接描绘丑的事物、丑的形象又前进了一步,以往的诗人和作家的描写只属于后者。波德莱尔大约是第一位有意识地大量以丑的意象来描绘人的精神和心态的作家。诚然,《恶之花》中也有许多诗篇直接描写丑的事物,如乞丐、盲人、腐尸等等,虽然有的也属于文学中首次得到描绘的题材,但毕竟在艺术表现上这是前人已经捷足先登的领域,因此,我认为《忧郁之四》的写丑更具有美学价值,因为它推进了对人的内心的发掘和研究,运用了新的表现手法。需要进一步指出的是:波德莱尔不是为了写丑而写丑,他有明确的暴露现实的目的,他说过:"为人所知的恶比不为人所知的恶显得不那么可怕,而且接近于得到疗救。"据此,波德莱尔并不排除文学的认识价值和功利目的。

《忧郁之四》也运用了"通感"手法。关于通感,将在研究波德莱尔的爱情诗时加以较详细的论述,这里只谈这首诗是如何运用通感的。上文说过,波德莱尔是以具体的意象来抒写内心的,也就是说,以外界景致来表达内心感受,用可以言传的东西来表现难以言传、而只可感觉的东西,这是通感的一种形式。这首诗的前两节半用"像""变成了""宛如"来表示某种比喻,但随后取消了这些比喻性字眼,直接用暗喻来描写,蜘蛛、大钟、柩车……相继出现,因为感受已经通连,无须乎再用明喻,这时已从幻觉逐渐变为真实的场景。用词的大胆跳跃和省略比喻性字眼,是诗人有意识地运用通感手法的结果。

波德莱尔的创新是划时代的。那么,是否一切现代派手法都从波德莱尔开始呢?法国20世纪诗人让·卡苏回答得好:"一切,不!而是某些方面";"波德莱尔在一定数量方面是有代表性的,这些方面是法国人的精神领域所缺乏的,在我们看来,这些方面今后应该保持下去,而且要以战斗的,不断更新的活力去加以肯定和保卫"。魏尔伦则说得更为深刻:"沙尔·波德莱尔深刻的独创性,依我看来,就在于强有力地和基本上体现了现代人……正如过度文明造成的精细讲究那样:这种现代人具有锐利的和敏捷的感觉,被烟草熏透的脑袋,被烧酒燃烧的血液,总之,像伊波利特·泰纳所说的,暴躁易怒加神经质的极致。"我们从《忧郁之四》中不是可以看到这种现代人的各类特点吗?

《名作欣赏》,1990 年

人的异化
——兰波的《醉船》

甲：听说你对法国象征派诗歌颇有研究。前不久我看到兰波的一首诗《醉船》，据说兰波是个神童，很早就会写诗，你能给我介绍一下他的情况吗？

乙：对法国象征派诗歌我谈不上有什么研究，只不过比较爱好罢了。兰波（1854—1891）是我喜爱的诗人之一，他确是个不同凡响的诗人，青少年时期就显露出写诗才能。他在中学念拉丁语时，热衷于维吉尔的诗，不久，拉丁诗歌的韵律学对他已不存在什么秘密。1868年，他14岁时，曾给接受第一次圣餐的皇太子写过一封用拉丁语写成的诗简，皇太子的家庭教师通过学校领导向他致谢。1869年，他的三首拉丁诗在《中学教育通报》上发表，使教师们惊讶不已，其中一首还得了科学院的一等奖。他的法文诗也大约写于同期，其中《孤儿们的新年礼物》发表在1870年1月2日的《大众杂志》上。但兰波脾气固执，性格执拗，大多数教师对他并无好感，认为他的聪明要"转坏"。他阅读的诗作和著作很广泛，包括卢克莱修、米歇莱、拉伯雷、维庸、波德莱尔、邦维尔、雨果、圣西门、蒲鲁东、梯也尔、路易·布朗的作品。1870年，他的修辞课老师乔治·伊藏巴尔引导他去阅读现当代文学作品。其间,兰波写出了《感觉》《奥菲莉娅》等名篇,这些诗歌受到浪漫派和巴那斯派的影响,当时他的雄心壮志是让巴那斯派认可。例如《奥菲莉娅》,以莎士比亚的悲剧《哈姆雷特》中的人物为题,写她淹死后平躺在水面上,像"巨大百合花",她的痴情越过一千多年,"在晚风中低吟她的情歌",像"一首神秘的歌从金色繁星上飘落",她是为了追求爱情和自由才发了疯,"诗人说,迎着夜晚灿烂的星光,你来寻找鲜花,一一摘下",幻觉使她失足落水。这首诗从题材到形式,都可以看到浪漫派和巴那斯派对中古事物的爱好倾向。诗歌写得富有抒情意味。《感觉》和《奥菲莉娅》都写于 1870 年 5 月中旬,这时兰波还不到 16 岁!可是诗选中一般都收入这两首诗。《醉船》则写于次年下半年,与另一首名诗《元音字母》创作时间差不多,兰波当时可能还不到 17 岁呢!所以,要说他是神童是一点也不过分的。

甲:刚才你提到兰波早年曾受过浪漫派和巴那斯派的影响,据我看到的一些评论,《元音字母》《醉船》都属于象征派诗歌。时隔一年,怎么兰波转变得这么快?诗歌的风格竟会有天渊之别,你能讲一讲其中的奥妙吗?

乙:要说清这个问题,先得从兰波一以贯之的叛逆性格说起。兰波的父亲在儿子出生后便到克里木打仗,他与桀骜不驯的妻子合不来,于 1860 年关系彻底破裂。兰波的母亲带着孩子住到商业小城沙尔维尔。母亲的不肯通融经常引起母子冲突,促使少年的兰波叛逆性格的形成,故而他热衷于社会主义著作的阅读(如圣西门、蒲鲁东、路易·布朗的作品),他在诗作中呼吁圣鞠斯特出现,责备拿破仑,认为他延迟了社会主义的到来。1870年8月29日,兰波卖掉自己值钱的书,买了一张到莫翁的火车票,却一直坐到巴黎。巴黎在戒严,兰波因车票欠13法郎而被拘留,直至他的老师伊藏巴尔汇款并来信,他才得以返回。可是10天后,他又逃离了家,步行来到比利时,他希望在那里做新闻工作。他来到布鲁塞尔,但计划落了空。伊藏巴尔的朋友在那里迎接他,让他坐车回到杜埃,伊藏巴尔正等着他。他母亲让他返回沙尔维尔。在这次旅行中,他写下了《山谷沉睡者》等十来首诗。两次逃走不成,只能等待时机。于是他在藏书丰富的市图书馆大量阅读社会主义者的著作、18世纪作家的作品和著述。这些作品更孕育了他的反抗情绪。1871年2月25日,兰波卖掉了自己的表,坐火车来到巴黎。巴黎正值围城期间,而且十分寒冷,他只能在大街小巷游荡,十分孤独。半个月后,他步行回到沙尔维尔;穿过普鲁士人的封锁线时,被农民当作义勇队员来接待;回家后,他写了一份《共产主义政体草案》,曾向朋友朗读过,但未保存下来。5月13日,他给伊藏巴尔写了一封信,陈述他的诗歌观点;5月15日,他又给友人德默尼去信,进一步发挥自己的诗歌主张。这两封信以《通灵人书信》的标题而闻名诗史。兰波的转变终于完成。从1870年9月至1871年5月,兰波创作的诗歌都带上了反叛的痕迹:他宣称蔑视皇帝(《凯撒的颠狂》);为战争的受害者鸣不平,鞭挞战争的罪恶(《山谷沉睡者》);他描写五个可怜的孩子围在面包房的气窗上取暖,冻饿而死的悲惨景象,谴责贫困和社会不义(《惊呆的孩子》);他痛斥那些永远不劳而获的寄生虫,指斥宗教(《教堂的穷人》《第一次领圣餐》)。巴黎公社期间,他同情地指出:"疯狂的愤怒把我推向巴黎的战斗,那么多的劳动者死在那里。"公社失败后,他描绘这个大城市遭受的灾难。总之,在当时的社会中,他看到的是令人愤慨的景象,他感到的是与这个社会的格格不入,这种心态在《醉船》中得到总爆发。

甲:我看过《醉船》这首诗。它讲的好像是一只船顺流而下,来到大海,途中见到各种各样、千奇百怪的景象,却看不到任何愤怒的表示,而且写的几乎都是人间见不到的东西。但是,你却说兰波反叛的心态在《醉船》中得到爆发,这怎么联系起来?

乙:刚才我已经提到,兰波写作《醉船》时感到与社会格格不入,这促使他去寻找一个新世界,而不是只限于批判他所生活的社会的贫困景象,并从形式上冲破《恶之花》的樊篱,追索"尚不可知"的东西。他把自己的这种愿望和大胆梦想放到长诗《醉船》之中。一个最重要的表现就是兰波将自己化作一条"醉船",让它经历最异想天开的航程。这样将人化作醉船,其实是异化的一种艺术表现。20世纪的卡夫卡(1883—1924)在《变形记》(1915)中描绘"我"变成一只大甲虫,这是对人的异化的小说描绘。算起来,兰波在文学作品中反映人的异化,要比卡夫卡早了四十多年。兰波在给好友德默西的信中宣称:"我是另一个。"这是他要在诗中表现异化的宣言。这句话的原文,动词"是"用的是第三人称,而不是第一人称。这样写即表示"我"是第三者——另一个,这另一个可以是人,也可以是物。从《醉船》来看,应看作是物,即人被物化了。《变形记》描写的是"我"如何在环境的压抑下心态逐渐变化,终于变成甲虫的过程;《醉船》则不同,诗歌开篇第一句"正当我从无情之河顺流而下",已经完成了这个异化过程:我早成了一条醉船。诗人直接把醉船写成有思维的人物,用醉船说话的口吻自我表白。这样一省略,一般读者会忽略了人的异化这一实质。其实,醉船乃是诗人心态的物化。这里,兰波已超越了波德莱尔。波德莱尔善用实物来写心态,但往往只是用一两句诗来表现一种心态。兰波则不同,他用长达100行的整首诗来写一种实物——一种心态。这种质的不同表明兰波已接触到人的异化现象。

兰波在生活中得不到自由,便幻想在诗歌中得到自由。诗篇开首就描写醉船如何摆脱一切羁绊,顺流而下,"无情之河"让他随意漂泊天涯。醉船要摆脱的是庸俗丑恶的现实,航向自由的天地。但是醉船所见的景象不时出现恐怖场面:风暴将海水灌进船体,把舵和四爪锚冲得七零八落;被神秘的恐怖玷黑的夕阳;醉船摇荡着满船纷争;他又被飓风掷到飞鸟不到的太空里;七月用棍棒把青天打落在炽热的漏斗之中;醉船感到50法里处的振动,留恋有古老护墙的欧洲;醉船所向往的欧洲之水,"只是黑而冷一水坑";醉船浸透了波浪的颓丧萎靡,最后无法航行。看来,在醉船漫游的这个新世界中,一切都是变幻无常,脆弱易衰的。随着时间推移,令人炫目的幻景转瞬即逝,摆脱缆绳的安全自由也慢慢消失。醉船感到一切都令人愁闷、悲哀、昏沉,他愿龙骨折断,葬身大海。看来,必须返回旧地,忍受屈辱,否则就彻底毁灭。醉船的经历表明追求自由碰了壁,他在新世界中找不到理想的归宿。这个新世界,实际上仍然是现实的某种变形,它就像一场噩梦一样,从四面八方向醉船——诗人的心态——袭来,不断增强它的压抑感、不安感、恐怖感和毁灭感。但是,诗人对未来还抱着幻想和希望,在诗篇末尾,醉船憧憬道:

> 我见过恒星群岛!有的岛上
> 说谵语的天穹向航行者开启:
> 你是否在这无底黑夜安睡和流亡,
> 百万金鸟,啊,未来的活力?

百万金鸟何所指?有人认为指征服力与创造力,有人认为是指电。不管实指还是虚指,都代表了有巨大能量的美好事物和理想,这是诗人对未来社会的向往。

甲:你的分析使我对《醉船》的内容有了新的理解。我看惯了用传统手法写成的诗歌,对《醉船》的艺术手法不太习惯。你是否能讲一讲这首诗在艺术上的特点?

乙:这首诗在艺术上的特点是大量运用通感手法。兰波在给伊藏巴尔的信中说:"现在,我尽可能陷于荒唐生活之中。为什么?我要成为诗人,我致力于使自己成为通灵者……这就要通过所有感官的紊乱,达到不为人知的领域。"在给德默尼的信中,他说得更加清楚,指出了目标和运用的方法:"问题要使心灵变得可怕……我说的是要成为通灵者。诗人要通过所有感官长期、广泛而有理性的紊乱,成为通灵者。一切爱情、痛苦和疯狂的形态,他自我探寻,他在自身汲取一切毒素,只保留其精髓……他达到不为人知的领域,待他最终疯狂地失去视觉理解力时,他便看到这些精髓!"他还说:"想成为诗人的人,首要的课题是完全认识自我;他探索自己的心灵,观察它,体验它,研究它。"兰波想从荒唐生活之中寻找灵感的方法是不足取的,但这几段话的中心意思却有值得人们注意的地方。他强调的是挖掘心灵,尤其是指出要成为通灵者。这里包含着他的创作主张。所谓通灵者,实质上是指掌握通感能力的人。下面这段话是对通灵者的极好阐明:"因此,诗人确实是盗火者……如果他从那边带回来的东西具有某种形式,他就给予这形式;如果这是不成形的,他就给予这不成形……这种语言将是属于心灵对心灵的,概括一切,香味、声音、色彩,属于能攀住思想的、有拉拽力的观念。"这一段话把通感手段说得非常明白,兰波显然受到波德莱尔的影响。他在同时期写成的《元音字母》就将视觉与听觉、嗅觉连通起来,并将元音字母赋予色彩和各种形象的象征:A是黑色,E是白色,I是红色,U是绿色,O是蓝色;A又是闪光苍蝇毛茸茸的黑紧身衣,幽暗的海湾,E又是蒸汽和帐篷的纯真,冰川的冰棱,白衣国王,小白花,I又是咯出的血,愤怒或忏悔中的笑声,U又是周期,海的振幅,牧场的平安,O又是喇叭的尖音,像希腊文最后一个字母奥美加眼睛中的紫色光线。兰波这个通灵者诗人,从元音字母中看到别人看不到的东西,从中窥见色、香、声俱全的形态。他把这些形态偷运出来,像普罗米修斯为人类盗火那样,传达给别人,以自己的心灵去拨动别人的心灵,以自己的思想去感应别人的思想。同样,在《醉船》中,通感手法运用得相当普遍,至少可以举出如下例子:

1. 海浪俗称海难者永恒的摇动工,
   我十夜没留恋信号灯的傻眼睛!
2. 爱情愁苦的橙红色霉斑在发酵,
   比酒神更强烈,比竖琴声更广,
3. ……一具凝想的尸体
   像苍白而欢快的吃水线,时而漂来;
4. 会唱歌的磷黄色与蓝色的苏醒!
5. 彩虹像海平面下的马笼头,
   把海蓝色的群马套得很紧!
6. 黎明,它像一大群鸽子那样升空,
7. 一只像五月蝴蝶般脆弱的小船。
8. 也不能在趸船可怕的眼睛下划行。

第一例中将海浪称作摇动工,把信号灯称作傻眼睛,是一种拟人化,将无生命的东西与生命体沟通;第二例将爱情这一概念转化为霉斑,又说成比酒神更强烈,比竖琴声声域更广,也就是把概念与色、味、声相结合;第三例将尸体与吃水线混同,将视感与触感合一;第四例写磷会唱歌,且会苏醒又是黄色与蓝色的苏醒,将视感与听觉交叉结合;第五例至第八例都是写视觉的变化,把无生命的物体变为有生命。这些都是不同形式的通感手法。上文已提到,醉船象征诗人的心态,这本身就是一种通感。兰波说过:"这样说是错误的:我思。应该说,人们思我。请原谅这文字游戏。"法国批评家让·皮埃尔·里沙认为这是"一种新的'我思则我在'的奇谈……它构成了兰波一切冒险追求的钥匙"。另一批评家乔治·布莱进一步分析:"兰波这第一个'我思则我在',归根结底导致将思索的我看作这样的人:他的存在由于一种超人的运用创作思维而暂时中止,而诗人无法想象这个人如何,但兰波还有第二个截然相反的'我思则我在'。这就是他能成为这样一个人:他非但不把自己看成'被思想'或被创作出来,而是相反,把自己看作在自我想象,同时也在自我创作。"这两位法国批评家的分析强调了兰波这段话是理解他创作思想的钥匙:表面上看,是诗人在思索,但与此同时却产生了变化,创作的主体已转化为他人,这时是他人在思索——思索着"我"的心态。这种转化是通感手法的一种运用。

甲:你举的例子似乎大半都还可以想象和理解,但是,这首诗里有不少意象令人丈二和尚摸不着头脑,例如:"像古代惨剧的演员一样的潮水""歇斯底里的牛圈""向我升起有黄色吸盘的暗影之花"等等,含义难以想象和不可理解。我想请教一下你的看法。

乙:《醉船》中确实有大量奇特的意象。有的虽然奇特,还是可以理解的,例如:海洋落满了星影,"一片乳白"、患哮喘的大洋、鲜花具有人皮豹之眼、半岛挣脱缆绳、沼泽发酵、海中怪兽在灯芯草中腐烂、风平浪静中竟有大水倾落、远景像瀑布般注入深渊、银白太阳、珠色浪、淹死者倒退下去睡眠、马头鱼尾怪兽,等等。有的只要略加思索,还可理解。可以说,这些意象属于理性思维的范畴。而另一方面,《醉船》中也存在着像你所举的非理性意象,我还可以加上几个例子:白雪中的绿色夜晚、臭虫吞噬巨蛇、太阳苔薛、蓝天鼻涕、放电的污点、说谵语的天穹等。须知,诗人是在做梦,梦境可以是有理性的,也可以是无理性的。况且,兰波说过,他要创造一种"有朝一日触及一切感官的诗歌语言",他要"记下不可表达的东西","用词句的幻觉解释我的有魔法的诡辩"。《醉船》中这种痴人说梦式的意象,即非理性的意象在某种程度上表现了周围现实的荒诞性、恐怖性,所以20世纪的超现实主义和其他现代派把《醉船》等诗奉为圭臬。从这点来说,兰波不仅是象征派的先行者,还是20世纪现代派文学的先驱。据兰波的朋友埃内斯特·德拉阿伊记叙,兰波于1871年9月底在沙尔维尔曾向他朗读过《醉船》,然后忧郁地说:"是的,没有人写过类似的东西,我很清楚这一点……然而,这个文学界、艺术界啊!沙龙啊!典雅啊!……"兰波很明白他的"诗歌炼金术"超过了前人的试验,包括他所称颂的"诗王"波德莱尔,因而他担心得不到人们的理解。他的担心不是多余的。不过,超现实主义理论家安德烈·布勒东却充分理解兰波,认为他的作品"革新了诗歌,堪称我们道路上的瞭望岗"。

甲:谢谢你的指教,我得益匪浅。

乙:别客气。我的看法不一定对,聊供参考。

《名作欣赏》1990年第5期

《茶花女》简析

古往今来,描绘妓女悲欢离合的爱情故事不胜枚举,唯独《茶花女》获得了世界声誉,在亿万读者中流传。这部小说自1848年发表后,即获得巨大成功,小仲马于1852年改编成剧本上演,再次引起轰动,人人交口称赞。意大利著名作曲家威尔第于1853年把它改编成歌剧,歌剧《茶花女》风靡一时,流行欧美,乃至世界各国,成为世界著名歌剧之一。《茶花女》的影响由此进一步扩大。从小说到剧本再到歌剧,三者都有不朽的艺术价值,这恐怕是世界上独一无二的文艺现象。

饶有兴味的是,《茶花女》在我国是第一部被翻译过来的外国小说。近代著名的翻译家林纾于1898年译出这本小说,以《茶花女遗事》为名发表,开创了近代的翻译文学史。林纾选取了《茶花女》作为第一部译作发表,绝不是偶然的。这至少是因为,在19世纪末,《茶花女》在欧美各国已获得盛誉,使千千万万读者和观众一掬同情之泪。这一传奇色彩极浓的作品不仅以情动人,而且篇幅不大,完全适合不懂外文的林纾介绍到中国来。况且,描写妓女的小说和戏曲在中国古已有之,但似乎没有一部写得如此声情并茂,人物内心的感情抒发得如此充沛奔放,对读者的感染力如此催人泪下,因此,《茶花女》的翻译也必然会获得令人耳目一新的魅力和效果。近一个世纪以来,这本小说在我国受到的热烈欢迎,充分证明了这一点。

小仲马的身世和经历同《茶花女》的产生有直接关系。小仲马是个私生子。他的父亲是《基督山恩仇记》《三个火枪手》的作者大仲马。19世纪20年代初,大仲马尚未成名,他在德·奥尔良公爵那里担任秘书,同时写作剧本。他住在意大利广场的一间陋屋里,他的邻居是个漂亮的洗衣女工,名叫卡特琳娜·拉贝。她已经30岁,但大仲马只有21岁,两人来往密切。1824年7月27日,小仲马诞生,但是孩子出生登记册上"没有父亲姓名"。大仲马给儿子起了名,不过直到1831年才承认小仲马。小仲马的童年过得并不幸福,据他后来回忆,大仲马在房里写作,小仲马由于长牙不舒服,大叫大嚷;大仲马提起孩子,扔在房间的另一头。他的母亲把孩子保护起来,才使小仲马少受许多打骂,后来小仲马在他的作品中这样写道:"母爱就是女人的爱国心。"这句话表达了他对母亲的感激之情。大仲马承认儿子之后,由法院判决,把儿子送到寄宿学校。他的同学们辱骂他为私生子、洗衣女工的儿子、有受人供养的母亲、没有父亲的孩子,黑人面孔(按:他的曾祖母是黑人,他本人皮肤黝黑,头发卷曲,有黑人特征),一文不名,等等。不过,由于大仲马的原因,他从小就踏入了戏剧界和文人聚集的咖啡馆,认识了钢琴家李斯特、诗人兼戏剧家缪塞、巴尔扎克等名人。耳濡目染,培养了小仲马的文学兴趣,这对他后来选择的道路不无影响。

大仲马一向过着浪荡生活,小仲马对父亲颇有微词。可是,大仲马幽默地说:"他真心实意地嘲笑我,但他也真心实意地爱我……我们不时地发生争吵:那一天,我买了一头小牛,我把他养肥了。"大仲马的言传身教对小仲马还是起了潜移默化的作用。从1842年起,他脱离父亲,过起独立的生活。他寻找情妇,追逐姑娘。一天,他看到一个神秘的女郎,她一身穿白,头戴意大利草帽,地点是在离沃德维尔剧场不远的交易所广场上。她的名字叫玛丽·迪普莱西,真名为阿尔丰西娜·普莱西。她对富人和社会名流的自由不羁的态度,她散发的光彩和神秘气息,给小仲马留下了深刻印象。1844年的一个晚上,小仲马又在杂耍剧院遇到她,她由一个老富翁德·斯塔凯贝格陪伴着。很快小仲马就成为她的情人,他为她负上了债。在小仲马成年那一天,他的债务高达五万法郎,在当时,这是一笔巨款,尤其他没有任何接受遗产的机会。1845年夏天,小仲马和玛丽·迪普莱西发生争吵,断绝了来往。玛丽找上了李斯特。小仲马为了忘却旧情,埋头创作,由大仲马出资发表了诗集《青春之罪》,在这之前他还写了一本小说《四个女人和一只鹦鹉的故事》。1846年2月,玛丽·迪普莱西到伦敦,秘密嫁给德·佩雷戈伯爵,但她的身体已经非常虚弱,不得不到巴登去疗养。而大仲马父子则到西班牙的加地斯去旅行。玛丽于1847年2月3日病逝于巴黎,时年23岁。德·斯塔凯贝格伯爵和德·佩雷戈伯爵给她扶灵,送到蒙马特尔公墓,她的棺柩上撒满了茶花。2月10日,小仲马在南方的马赛得知了噩耗。他回来以后躲在圣日耳曼的白马客栈里,花了一个月的工夫,一气写成了《茶花女》。无疑,玛丽·迪普莱西就是小说女主人公的生活原型。

由于这部小说获得意料不到的成功,在此后的三年中,小仲马又接二连三地写出十来部小说,其中有:《塞尔旺医生》(1849)、《塞查丽娜》(1849)、《棕红头发的特里斯唐》(1850)、《缪斯泰尔摄政》(1850)、《百合女神》(1851)等,都没有得到期待的反响。在他父亲的熟人的建议下,他转向了戏剧。他首先将《茶花女》改编成剧本,但是当时的内政部长认为此剧太不道德,禁止上演。经过一番斡旋,1852年2月10日,《茶花女》获准上演。大仲马此时流亡在布鲁塞尔,小仲马给他发去报喜的电报:"巨大成功,以致我以为看到了你的一部作品的首演。"大仲马欣喜地复电说:"我最好的作品就是你,我的孩子。"后来,有人问起大仲马是否参与了《茶花女》的写作,他仍然诙谐地回答说:"当然啰,我创造了作者。"《茶花女》被认为是开创了"风俗剧"。小仲马随后写出了《半上流社会》(1855)、《金钱问题》(1857)、《私生子》(1858)、《挥霍的父亲》(1859)。小仲马十分关注社会问题,以道德家的面目出现。他的剧作虽然对社会的罪恶和黑暗批判得不够深刻,但多少触及一些社会弊病,因此他成为当时最重要的剧作家之一。

然而,小仲马的地位还是与《茶花女》紧密相连。亨利·巴塔伊认为:"茶花女将是我们的世纪之女,就像玛侬是18世纪之女一样[1]。"左拉指出:"小仲马先生给我们再现的不是日常生活的一

---

[1] 转自《茶花女》第347页,巴黎袖珍丛书版,1991年。

角,而是富有哲理意味的狂欢节……只有《茶花女》是永存的①。"龚古尔在日记中写道:"小仲马拥有出色的才华:他擅长向读者谈论缝纫工厂的女工头、妓女、有劣迹阶层的男女:他是他们的诗人,他用的是他们理解的语言,把他们心中的老生常谈理想化②。"连列夫·托尔斯泰也十分欣赏小仲马:"小仲马先生不属于任何派别,不信仰任何宗教;他对过去和现在的迷信都不太偏好,正因如此,他进行观察、思索,他不仅看到现在,而且看到未来③。"上述作家从不同角度指出了小仲马的人生态度、作品内容和艺术倾向,这些方面特别鲜明地体现在《茶花女》中。

小仲马并没有对资本主义社会的丑恶现象作出深刻的揭露,《茶花女》也不以批判深刻而见长。法国评论家雅克·沃特兰从两方面分析了《茶花女》的成功奥秘,他指出:一、"这部小说如此突出的反响,必须同时从一个女子肖像的真实和一个男子爱情的逼真中,寻找深刻的根由;"二、"这位小说家通过行文的简洁和不事雕凿,获得叙述的逼真④。"他的见解是十分剀切的,不过还不够全面。

毫无疑问,《茶花女》是部爱情小说。应该说,它从生活中来,又经过了作者的提炼,比生活来得更高,或者说被作者诗意化了。在作者笔下,男女主人公都有真挚的爱情。一个甘于牺牲自己向

---

① 左拉:《接受小仲马先生入学士院的演说词》,《文学材料集》第466—467页,巴黎沙邦蒂埃图书馆出版,1926年。
② 《茶花女》第349页,巴黎袖珍丛书版,1991年。
③ 《作家词典》第2卷第70页,罗贝-拉封出版社,1952年版。
④ 转自《茶花女》第341页,巴黎袖珍丛书版,1991年。

往的豪华生活,处处替情人着想,不肯多花情人一分钱,宁愿卖掉自己的马车、首饰、披巾,也不愿情人去借债;甚至面对着是要自己的幸福呢,还是替情人的前途着想,替情人妹妹的婚事考虑,这时,她毅然决然地牺牲自己,成全情人。作者通过人物感叹道:"她像最高尚的女人一样冰清玉洁。别人有多么贪婪,她就有多么无私。"又说:"真正的爱情总是使人变得美好,不管激起这种爱情的女人是什么样的人。"作者高度赞美了玛格丽特的爱情。另一个则一见钟情,听不进任何人的劝阻,哪怕倾家荡产也在所不惜,又暗中将母亲给他的遗产赠送给情人,此外,他强烈的嫉妒心也是他的爱情的深切表现,直至情人死后埋入地下,他仍然设法将她挖掘出来,见上最后一面。他的爱情到了无以复加的地步。值得注意的是,玛格丽特尤其看中阿尔芒的真诚和同情心。她对他说:"因为你看到我咯血时握住了我的手,因为你哭泣了,因为世间只有你真正同情我,"而且,"您爱我是为了我,不是为了您自己,而别人爱我从来只是为了他们自己。"这样写,一个妓女信任和迷恋一个男子就毫不牵强附会了,他们的爱情不仅有了可靠的基础,而且真实可信。

比较而言,玛格丽特是更为丰满的形象。一方面,小仲马并不忌讳她身上的妓女习性:爱过豪华、放荡的生活,经常狂饮滥喝,羡慕漂亮衣衫、马车和钻石,因而愿意往火坑里跳。另一方面,小仲马深入到这类人物的内心,认为玛格丽特自暴自弃是"一种忘却现实的需要",她过寻欢作乐的生活是不打算治好她的肺病,以便快些舍弃人生。但她对社会也有反抗,例如她喜欢戏弄初次见面的人,因为"她们不得不忍受每天跟她们见面的人的侮辱,这无疑是对那些侮辱的一种报复"。她还愤愤不平地说:"我们不再属于自己,我们不再是人,而是物。他们讲自尊心的时候,我们排在前面,要他们尊敬的时候,我们却降到末座。"这是对妓女悲惨命运的血泪控诉。尽管她为了维持浩大的开销,需要同三四个大贵族来往,但是她仍然有所选择,例如对待德·N伯爵就是坚决推拒的,表现得非常粗暴和不留情面。因此,阿尔芒认为在这个女人身上有着某些单纯的东西,她"虽然过着放纵的生活,但仍然保持纯真","这个妓女很容易又会成为最多情、最纯洁的处女。"归根结底,巴黎生活燃烧不起她的热情,反而使她厌倦,因此,她一直想寻找真正的爱情归宿。总之,玛格丽特的复杂心理写得极其合乎情理。对于这种受侮辱受损害的人,作者要求人们给予无限宽容,自然也能够得到读者的共鸣。小仲马匠心独运之处还在于他描写女主人公死后,社会舆论对这类妓女的态度。他通过公墓的园丁揭露那些正人君子的丑恶嘴脸。"他们在亲人的墓碑上写得悲痛万分,却从来不流眼泪"。他们不愿看到亲人旁边埋着一个妓女!更可恨的是那些买卖人,他们本来在玛格丽特的卖笑生涯中搞过投机,在她身上大赚了一笔。在她临终时,他们拿了贴着印花的借据来纠缠不休,要她还债。她死后他们马上来催收账款和利息,急于拍卖她的物品。玛格丽特生前红得发紫,身后却非常寂寞:"这些女人讲究的生活越是引起街谈巷议,她们的过世便越是无声无息。"这些笔墨非但不是多余的赘写,反而是最切实的风俗描绘,是这部爱情小说不可多得的神来之笔。

阿尔芒·迪瓦尔的形象也写得相当真实、生动。首先，在人物的名字上，小仲马颇费了一番心思：仲马（Dumas）和迪瓦尔（Duval），亚历山大（Alexandre）和阿尔芒（Armand）的第一个字母都是相同的。作者似乎要表明男主人公和自己的经历既有相同之处，又有某些区别。迪瓦尔的爱冲动、豪爽、毫无保留、甚至提出令人难以忍受的要求、嫉妒、庸俗举动、动辄易怒及其带来的严重后果、不假思索的行为，这一切都在于加强效果，却把一个涉世未深的热血青年写得活灵活现。还有阿尔芒爱流泪，这也同当时的风气十分吻合。这种男性的软弱还表现在他受不了玛格丽特去世的打击，悲痛得病倒。这与玛格丽特死前的大胆自我剖白恰成对照，显得未免可笑，但却是真实的。

在次要人物中，阿尔芒·迪瓦尔的父亲和普吕珰丝值得一提。迪瓦尔先生体现了当时的资产阶级道德观念。他认为儿子走入了歧途，作为父亲，有责任去挽救他。而且他儿子的行为已经直接影响到他女儿的出嫁，问题变得特别严重，刻不容缓地需要妥善解决。他显然不是庸碌无能之辈，这从他谋得了 C 城总税务长的职务就可以看出。他比儿子老练得多，在严词开导儿子未获成功之后，他改变了策略。他采用调虎离山计，把儿子支开，单独跟玛格丽特交谈，晓之以利害："你们两人套上了一条锁链，你们怎样也砸不碎……我儿子的前程被断送了。一个女孩子的前途掌握在你手里，可她丝毫没有伤害过您。"这番话句句"在理"，使玛格丽特无法坚持己见。应该指出，小仲马并没有把他当作反面人物来描写，小说反复写到"他为人正直，闻名遐迩……是天底下最值得尊敬的人"。因为任何一个资产阶级家庭做长辈的,都会像迪瓦尔先生一样行动。但是,小仲马遵循现实主义的原则,将迪瓦尔先生的务实写到近乎冷酷的程度,跟他儿子阿尔芒的热情、冲动、不计利害关系形成强烈的对照。此外,迪瓦尔先生认为妓女是没有心肝、没有理智的人,是一种榨钱机器,这种看法与阿尔芒的见解大相径庭。小仲马的褒贬在不言之中,要由读者自己去判断。

至于普吕珰丝,这个昔日的妓女,如今是时装店老板娘,她也是女主人公的陪衬人物。小仲马对她的贬斥则是显而易见的。她由于人老珠黄,已不能出卖色相,便攀附正在发红的妓女,从中谋利。她对玛格丽特的友谊到了奴颜婢膝的地步,但她每做一件事都要收取酬金。她表面上在开导阿尔芒不要独占玛格丽特,说得头头是道,实际上她是担心玛格丽特从此失去公爵和德·N伯爵的接济,也就断送了她自己的财路。待到玛格丽特奄奄一息的时候,她便毫不留情地离开了玛格丽特。小仲马还写她不放过机会去调情。凡此种种,都写出了她与玛格丽特有云泥之别,不是同一类人物。

从结构上来说,《茶花女》写得环环紧扣,衔接自然。作者采用倒叙的形式,用第一人称去写这个爱情故事。男女主人公的相遇、爱情的产生写得一波三折。突变的到来安排合理。悲剧来临之前的交恶再起波澜。故事写得并不单调,但是正如小说中所写的,细节朴实无华,发展过程单纯自然,这是《茶花女》最明显的艺术特点。小说几乎没有枝蔓,写得十分紧凑,这更加强了它的朴实的优点。

此外，在人物外形的描绘上，小仲马也相当老到。他是这样介绍玛格丽特的：

> 在一张艳若桃李的鹅蛋脸上，嵌着两只黑眼睛，黛眉弯弯，活像画就一般；这双眼睛罩上了浓密的睫毛，当睫毛低垂的时候，仿佛在艳红的脸颊上投下了阴影；鼻子细巧、挺秀、充满灵气，由于对肉欲生活的强烈渴望，鼻翼有点向外张开；嘴巴匀称，柔唇优雅地微启时，便露出一口乳白色的皓齿；皮肤上有一层绒毛而显出颜色，犹如未经人的手触摸过的桃子上的绒衣一样。

小仲马的观察细致，描写准确。一个耽于肉欲和享乐生活的妓女的面孔跃然纸上。这段描写表现出一个烟花女子的打扮和气质，是颇有力度的。

在其他艺术手段的运用上，则可以看出小仲马受到18世纪启蒙作家孟德斯鸠和伏尔泰的影响。例如他在介绍上层社会的各类人物时，运用了罗列式的讽刺笔调，一句话勾勒出一个人的丑态。此外，小说结尾玛格丽特的日记，是一种变化了的书信体小说的写法，同18世纪的文学传统有着密切的联系。《茶花女》的主要篇幅由对话组成，这无疑深受大仲马的影响。小仲马的对话同样写得流畅自然，十分生动传神。然而，他并不满足于大仲马的拿手好戏，他已经十分注意人物的心理刻画。阿尔芒等待幽会时的焦急心情和种种思虑，玛格丽特内心情感的倾诉，都是对人物心理的探索。而普吕珰丝和迪瓦尔先生的长篇开导和说理,又有着巴尔扎克笔下人物的精彩议论的影子。小仲马显然在吸取众家之长,熔于一炉。他对各种艺术手段的运用无疑是成功的。

小说《茶花女》出版的那一年,巴尔扎克已经搁笔了,法国小说出现了一段冷落时期。《茶花女》的出现在某种程度上填补了这一真空。可惜的是,小仲马未能再进一步写出更深刻的作品。60至80年代,他有一些作品问世,如小说《克勒蒙梭事件》(1866)、戏剧《婚礼拜访》(1871)、《阿尔封斯先生》(1874)、《弗朗西荣》(1887)等。1875年,小仲马进入法兰西学士院。后期他的思想产生了变化,曾致力于修改《茶花女》。在1872年的版本中,他把一些字句改得平和一点,去掉锋芒,这纯属画蛇添足,后人并不理会他这种思想倒退。小仲马于1895年11月27日在马于利-勒一罗瓦去世。

《茶花女》序
译林出版社,1994年6月

浪漫派诗歌的第一声号角
——拉马丁的诗歌创作

1820年,阿尔封斯·德·拉马丁(Alphonse de Lamartine, 1790—1869)的《沉思集》问世,标志着法国浪漫派诗歌的开端。不仅当时人们这样认为,过了一个半世纪,当代人仍然没有必要改变这个判断。这个外省人,在巴黎不为人知,与所有的文学团体没有来往,这本诗集也只有短短的24首诗,它究竟给文坛带来了什么新东西呢?

一

自从夏多布里昂和斯塔尔夫人在理论上提出了浪漫派的主张以来,法国文坛并没有出现真正像样的浪漫派作品。1819年,革新文学创作的呼声已为大多数文学团体和外省的科学院所接受。著名的图鲁兹百花诗赛科学院提出了这样一个竞赛题目:"所谓'浪漫主义'的文学特征是什么,它能给古典文学带来什么源泉?"浪漫主义这个名词的内容还相当模糊,人们感到有必要判明和了解这个外来的概念,它可能是别种东西,不是古典主义这种文学形式的扩大。同年,这个科学院在接纳年轻诗人苏梅时,他在接受仪式上的讲话中指出了年轻作家的任务：他们应该从激情中汲取才能，以了解激情和反映各种情绪，从而启迪和迸发情感的诗歌，去代替理智所主宰的冷冰冰的诗歌。

但是，这些希望出现新变化的人，也担心这种新文学的某些方面。他们不愿意看到它像沙尔·诺蒂埃试图引进的拜伦式的"吸血鬼迷信"，或者像大街上流行的民间情节剧。他们期望循序渐进，一步步得到已经建立的文学团体和固守传统的科学院的认可。因此，像文社一样的团体组织起来了。1820年，雨果和他的两个哥哥以及几个朋友创办了《文学保守者》杂志，在他的朋友戴尚的沙龙里聚集了第一个文社的成员，雨果则是文社最积极的鼓动者。成员中有维尼、亨利·德·拉图什、苏梅、于勒·德·勒塞吉埃等。不过，他们的政治观点和文学观点都很不一致。雨果基本上持骑墙态度。杰作等待了多年而迟迟不出现，使得理论上的争论变得空泛无用。

文坛终于迎来了《沉思集》，这部诗集获得了巨大的成功。因为它正好适应了读者的要求，以至于《沉思集》的诗歌形式很快得到确认，人们以为未来的诗歌可能与拉马丁的作品相类似。拉马丁的诗形式较为朴素，没有任何矫揉造作，而且直接表达心灵的忧思，这种诗歌带上淡淡的宗教精神，情感激荡而纯粹；另外，大自然得到充分的描绘，并同内心激动的细微变化相结合，这些特点正适应了时代的气氛和读者的口味。

一个时期以来，评论家普遍认为，拉马丁的抒情诗并没有带来多少革新，因此，从诗歌内容来看，他仍然属于新古典主义的范围。

但是,《沉思集》主要抒发的是爱情,这一题材在七星诗社之后被冷落了两百多年。17世纪古典主义文学热衷于悲剧、喜剧和寓言诗创作,太阳王路易十四喜爱崇高、悲壮、宏阔的文学形式,篇幅较短小的爱情诗似乎不登大雅之堂,同当时严谨、庄重的宫廷气派和华瞻瑰丽的时代潮流不相合拍;而18世纪是理性思维的时代,文学家往往同时是哲学家,从事爱情诗创作的人寥若晨星。只有随着浪漫主义的兴起,注重宣泄感情的主张占据文坛,爱情诗才焕发出光彩。《沉思集》正是得了时代风气之先。

《沉思集》中的爱情诗同以往的爱情诗相比,还是有很大发展的。这种发展主要来自拉马丁对自我感情的抒发更为大胆、更为丰沛、更为热烈。朗松的评价是有代表性的,他说:《沉思集》"无论语言、诗句还是题材,都没有什么新颖的东西。新颖的是这种感情的极端自发性和真诚"。[1] 另一部文学史写道:"如果说拉马丁使诗歌有了生气,或者不如说改变了诗歌,那么正是因为他在自己的作品中注入了自己的生活……给文学作品注入了广阔的创造气息。"[2]拉马丁的爱情诗的创新之处就在于:他能直抒胸臆,把心灵中的所思所想坦露出来。龙沙的爱情诗往往是自我表白,还没有做到心灵的抒发。而拉马丁的爱情诗正如他自己所说的,是"心灵的叹息",是爱情破灭后痛苦的心发出的哀诉,因而是"心灵的诗篇",是"被自己的呜咽摇荡的心的表白"。按拉马丁看来,"诗歌尤其是内心的、个人的、沉思的和沉重的……这是人本身……是真诚

---

[1] 《法国文学史》第936页,阿舍特出版社,1906年。
[2] 勒梅特尔等:《法国文学》第3卷第59页,博尔达斯-拉封出版社,1972年。

的完整的人",他的诗要表现"感情最隐秘和最难以捕捉的细微之处"。《沉思集》就是这种诗歌主张的体现。

拉马丁的爱情诗来自他和朱丽·沙尔的爱情经历。1818年秋,拉马丁在南方的"埃克斯温泉"治疗神经紊乱症,遇到一个生肺病的少妇朱丽·沙尔,她又叫艾尔薇。她是一个著名物理学家的妻子,这位物理学家比她大近40岁。在布尔谢湖边,拉马丁和朱丽产生了爱情。朱丽有不少关系,使拉马丁能接触政界。他们打算来年夏天在埃克斯重逢。可是拉马丁只能独自去赴会了,因为朱丽重病沉疴,离不开巴黎,不幸在12月辞世。拉马丁独自来到布尔谢湖边,意识到他的恋人即将离世,触景生情,萌生出要把这短暂的爱情记录下来,以资永久纪念的想法,于是写出了《湖》及其他诗篇。《沉思集》《新沉思集》(1823)大半写的是他怀念朱丽的爱情诗。

《湖》是拉马丁最优秀的一首诗,也是他的爱情诗的代表作。诗人将爱情比作航船,同湖的背景相吻合,用形象的比喻表白自己要挽留住爱情的航船的心声,感情强烈而富有诗意。随后,他把湖光山色拟人化,诗人的内心与景致沟通,达到情景交融。他进一步将个人感情与幻觉相交织,创造出一种神奇的气氛。诗中插入了恋人的深情呼喊:"时间啊,暂停飞逝!美妙的时刻,/暂停奔流不息!/让我们回味转瞬即过的欢乐,/在那美好日子!……"她的咏唱把一个理想恋人的形象呈现出来。《湖》虽然是首爱情诗,却包含着哲理沉思。面对不可捉摸的命运,诗人感到极大的困惑和不安,他不禁同无生命的山崖洞穴作比较,提出了诘问:"永恒、虚无、往昔——黑洞洞的深渊!/你们吞没光阴,派作什么用场?/说呀:

你们夺走我们迷醉缱绻,/何时能够归还!……"拉马丁认为,诗歌"是悟性最崇高的观念和心灵最神秘表现的深刻、真实和真诚的回声"。把爱情诗和哲理思考结合起来,便在思想意境上拓展了爱情诗的视野。评论家认为:"拉马丁找到了非常深沉的人性和非常动人的真诚的语调,以致使《湖》成为人面对命运感到不安、追求幸福的冲动和渴望永恒的短暂爱情的不朽诗篇。"[1]《湖》这首诗包含了拉马丁爱情诗的各种优点。

拉马丁的抒情诗的第二个内容是描绘大自然。七星诗社开拓了描写大自然的新路,而拉马丁的描绘则另有特点。七星诗社诗人歌颂大自然的美丽,以此表达人生的乐趣。拉马丁则不同,大自然与诗人是情感相通的,是有灵性的。《湖》这首诗就与大自然的描写紧密结合在一起,大自然的山石草木成了诗人活生生的见证人,整首诗是诗人向"湖"作倾心诉说。诗人在诗的结尾喊出:"愿飒飒响的风,叹息着的芦花,/愿你芬芳空气的一阵阵清香,/愿能听、能见、能吸的一切讲话:/他俩热恋一场!"拉马丁在《沉思集》的序中说:"我是第一个这样做的人:把巴那斯山上的诗歌请下来,并且不是用老生常谈的七弦琴,而是把心灵和大自然的无数颤动所感奋和激动的人心纤维本身,献给人们称之为缪斯的女神。"拉马丁的《湖》写的正是他见景生情后的咏叹。通过与大自然景色的结合来挖掘人的心灵,是浪漫派诗歌的特征之一,《湖》提供了一个范例。《秋》描画枯叶飘落的瑟瑟秋景,"在自然行将衰亡的秋日",

---

[1] 拉加德和米沙尔:《19世纪》第88页,博尔达斯出版社,1969年。

诗人愿将苦酒一饮而尽,他也感到自己行将就木,"灵魂正消失空中,像忧郁动听的乐声徐徐飘荡。"《山谷》是一首描写自然景色的佳作。诗中写道:"这是那幽暗山谷的狭窄小径:/从两边山腰垂下茂密的树木,/在我的额角投下交织的阴影,/给我的全身覆盖宁静与静穆。/两条溪水掩蔽在成拱绿树下,/蜿蜒曲折勾画出山谷的形状。"诗人回忆这幅自然美景,并不是作为一个对线条、景物、色彩十分敏感的艺术家,而是作为一个被忧思折磨的人,他在竭力恢复内心平静,诗人的内心和景色在作着交流。《黄昏》这样描写:"黄昏恢复寂静无声。/坐在无人的岩石上,/我在天空中紧跟/冉冉上升的月亮。/金星正在天际升起;/在我脚旁,爱情之星/以神秘的闪光熠熠/染白地毯般的草坪。"在这幅美丽的夜景中,诗人心里想的是"把宁静与爱情带回/我耗尽的心灵之中,/正如夜雾的珠泪,/在旭日初升时消融"。他从黄昏中寻求心境的平静。拉马丁描写大自然的诗歌中,有的则像田园牧歌,如《新沉思集》的《序曲》:"孩子,我爱像他们在原野步步跟随/直到黄昏迷了路的羔羊一只只;/又像他们混在雪白的羊毛中返回/洗衣的流水里。"《宗教和谐诗集》(1830)中有一首长诗《密利或家乡》,充满了怀念故乡一草一木的深厚感情:"为什么要说出这个名字——家乡?/我的心在异乡的荣华中震惊;/它从远方回响在我震动的心房,像个朋友熟悉的脚步和声音。"在长篇叙事诗《若瑟兰》(1836)中,有一节写到劳动的景象:"一种劳作结束,另一种马上开始。/到处大地都向播种张开手臂;/在灯芯草的篮子里满把抓起,/女人抛撒种子,像粉末的云霓。"这些诗篇颇有16世纪诗人怀念家乡的名篇的韵味,所不同的是,大自然是诗人在感情遇到挫折,或者不满于现实时所找到的一种寄托,它是诗人心境的一种写照。

无论抒写爱情,还是描绘大自然,拉马丁的诗都笼罩着忧郁的情调。《湖》表达诗人爱情失落的苦楚、百般折磨人的愁闷、孤身独处的失落意识。《山谷》写道:"我的心厌弃一切,希求也淡漠",他认为自己的生命像泉水一样流淌,"无声无息,不留名字,一去不返。"在《秋》中,诗人向残败的秋景致意,他爱迈着迷惘的脚步,踏上冷僻小径,他感到人生混杂着玉液琼浆与胆汁。在《孤独》一诗中,诗人抒写自己爱"在夕阳下,忧郁地独坐消闲",遥望晚景,"面对这幅美景,/我淡漠的心灵既感不到魅力,/也感不到冲动,我凝望大地,/仿佛游荡的幽灵,活人的太阳再也不能使人热烘烘。"诗人放眼四望,"哪儿幸福都不在等待我",他呼吁"像树叶一样把我带走吧,狂飙"!《黄昏》描画了无限美妙的晚景,诗人感到内中隐藏着宇宙的神圣秘密,阴魂似乎出没其间,眼看黑夜来临,把一切都吞没。在这些诗篇中,希望与哀伤相混杂,欢乐与痛苦相混同,幸福与悲哀相连接,怀念与诀别相并存,总之,忧郁情调贯穿其中。这种忧郁情调的产生有个人原因和社会原因。个人方面,拉马丁出身于外省贵族。他的父亲是一个大家庭的小儿子,因此只分到密利的一幢房子。他小时生活在外省。1803年至1807年在贝莱的耶稣会士举办的中学里读书。拉马丁早年(1814年第一次复辟时期)入过伍,时间很短,毫无作为;政治上的变动使他产生忧虑。后来他得了病,心绪不佳。他很想发财和成名;他想行动独立,但不能实现,他仍然是个默默无闻的人和经济拮据的小贵族,因此而产生愁闷、自暴自弃和其他感伤情绪。从社会范围来说,忧伤情绪正是浪漫派文人的共同倾向。浪漫派先驱夏多布里昂在《基督教真谛》中早就描绘过中世纪哥特式教堂的壮丽和神秘,废墟令人忧郁的魅力。收在此书中的中篇《阿达拉》叙述了一个缠绵悱恻的爱情悲剧,另一个短篇《勒内》则塑造了一个世纪病的典型,小说主人公怀有不可治愈的忧郁症,他的内心如同被风追逐的片片枯叶,无限悲凉。勒内是第一个世纪病的典型。随后,塞南古(1770—1846)的《奥贝曼》(1804)的同名主人公,贡斯当(1767—1830)的《阿道尔夫》的同名主人公,缪塞的《一个世纪儿的忏悔》(1836)的主人公沃达夫都是勒内的精神兄弟。如何分析这种忧郁情调呢?浪漫派先驱斯塔尔夫人指出:"忧郁的诗歌是最能与哲理相一致的诗歌。忧郁较之其他心灵状态更深入地进入人的性格的命运。"这位批评家强调了忧郁这种感情的几个优点:最能与哲理相一致,更深地进入人的性格和命运。换句话说,忧郁如能与哲理相结合,就不至于过分虚空;忧郁要反映诗人的性格和命运。斯塔尔夫人注重的是忧郁蕴含的内容,它既要有个人特点,又要反映有普遍意义的哲理。斯塔尔夫人的论述深得忧郁在诗篇中的奥妙。拉马丁熟读过夏多布里昂和斯塔尔夫人的作品,无疑受到他们的影响,他在《诗歌的命运》中这样评论斯塔尔夫人:"一个精力过旺的人,爱活动,有热情,很大胆……仿佛有一种磁性的本能,她把一切在自身感到一种抗拒……奴性和平庸的情感正在孕育之中的东西吸引过来。"可见他对斯塔尔夫人十分推崇,熟读她的著作。总之,在拉马丁诗作中的忧郁,是打上了他个人气质的忧郁,也是具有特殊魅力的忧郁,正如他在1849年《沉思集》再版序中所说的:"我不再模仿别人,我为自身表达。这不再是一种艺术,这是因自身的呜咽而摇晃不定的心的松弛……这些诗句是呻吟或心灵的呐喊。我赋予这种呻吟或呐喊以韵律。"这就是赋予忧郁的情调以诗的形式。

二

1830年革命给了拉马丁很大震动,他的政治观点起了变化,转向了资产阶级自由派。他的诗歌视野也早就出现了变化,"拉马丁的灵感从早先的狭窄的抒情,逐渐地扩展,力图囊括和浓缩对世界的经验。"[1]早在《苏格拉底之死》(1823)和《哈罗尔德朝圣的绝唱》(1825)中,他已经把诗歌导向了哲理。诗歌题材的扩大主要表现在他的两部叙事长诗里:《若瑟兰》(1836)和《天使谪凡》(1838)。叙事长诗或者说诗体小说是英国大诗人拜伦的创造,在文学史上具有重要意义。在法国诗史上,这种体裁的作品大约只有拉马丁尝试过,就这点来说,这两部叙事长诗是有一定价值的。

相对而言,《若瑟兰》更为成功一些。这部叙事长诗以法国大革命时期为背景。主人公若瑟兰把父亲留下的遗产给了他的姐妹,决心去当教士。他在神学院时正好是雅各宾党专政的恐怖时期。他逃到阿尔卑斯山的岩洞里躲藏起来,并收留了一个受了致命伤的逃亡者。一天,他发现这个逃亡者留下的孩子是个女儿身,她名叫洛朗丝。他的友谊变成了圣洁的爱情。随后他们分手,有

---

[1] 布吕奈尔等:《法国文学史》第2卷第421页,博尔达斯出版社,1981年。

一次,他重新见到洛朗丝,她已经堕落了。后来,有人叫他去为一个垂危的女子赦罪,她就是洛朗丝。他在照料传染病人中死去。若瑟兰这个人物据说是根据杜蒙神父的经历写成的,但神学院、教士的故乡、岩洞、瓦尔内日村子等充满了诗人的个人回忆;自然景色的描绘也是真实的;洛朗丝身上可以看到诗人早年认识的意大利姑娘朱丽亚和朱丽·沙尔的影子。全诗的抒情色彩十分浓郁。《若瑟兰》富于传奇色彩,故事曲折,诗句流畅,因此很能吸引读者。从内容来看,有两点是值得注意的。其一是拉马丁对法国大革命中雅各宾党专政的不满,这跟他后来撰写的《吉伦特党史》(1847)对吉伦特党人的赞扬是一致的,他主张实行较为平稳的措施。其二是他对社会问题的关注,在第九章中,他赞美了田野上的劳动景象,并指出要脚踏实地来解决社会问题。

《天使谪凡》带有神话色彩,因而具有史诗性质。故事讲的是,天使塞达尔对该隐的后代达伊达产生了爱情,他因而被贬至人间,经历人间的种种磨难。他在沙漠失去了女伴,在火刑堆上差点被烧死,经过九次变形才恢复原形。叙事诗有一些出色的篇章:塞达尔和达伊达在空中飞行、大洪水之前的地球景象、对黎巴嫩雪松的赞美、男女主人公穿越原始森林的逃遁。但是这部史诗的基本线索过于平淡,与现实也没有什么联系,因此遭到读者的冷淡对待。

总的说来,拉马丁的叙事诗创作成就不大,关键在于他并没有拜伦那种广阔的视野,也不像拜伦那样犀利地抨击不合理的社会现象。他基本上仍然是个抒情诗人,不是一个出色的史诗诗人或讽刺诗人。叙事诗和史诗只有到了雨果手上,才有了新的变化和创造,确立了新的形式。

三

拉马丁的诗歌在艺术上有两点值得一提,这就是他的诗歌的音乐性和象征性。第一点他的同时代人已经注意到了,而第二点是后人的发现。

拉马丁的诗歌以流畅明丽和音节和谐闻名于世。虽然他声称他的诗歌往往"一气呵成",其实大半经过长期孕育和仔细修改。他的诗显得浑然天成,流丽柔美,明晰易懂,绝无晦涩之处,也无佶屈聱牙的词句。画面形象清晰,诗节衔接紧凑而自然。例如,《湖》的音乐美也是有代表性的。这首诗每一节的前三行用的是亚历山大体,即 12 音节,第四句为半行亚历山大体,即六个音节。但朱丽的话改为第一、三行是亚历山大体,第三、四行是九个音节。整首诗的形式一改以往的写法(即全部用亚历山大体),而且多变化,显得形式较为丰富而不呆板。至于音韵,则像歌一样回环往复。为了表达痛苦,节奏是摇摆、单纯的。诗人有意采用小舌音(颤音)的反复押韵,其中有 our、oir、re、cre、ore、eur、ure、ir、ire,一共有 10 次之多,全诗共 16 节,可见运用之频繁;小舌音发出柔和的颤声,起到如怨如诉的效果,极为和谐动听。拉马丁在给诗歌下定义时这样说:"这些半句亚历山大体立足于声音之上,然后使声音更快地迸发出来,诗歌结尾押同韵,就像回声响起,韵的整齐对称事实上与隐藏在我们本性之中追求精神对称的难以形容的本能相协调,而且很可能是一种宇宙中神圣次序和内在固有的节奏的反拨。"可见他对诗句的长短、韵律的安排是非常重视的,认为诗歌的声音效果与人的精神世界以及宇宙的结构是吻合的。因此,在他的诗中,水波的运动、黄昏的平静、太阳的起落都用节奏表现出来。在他的笔下,声音的和谐是富有启示性的。"明晰的"元音表现光和欢乐;微弱的元音表现暗影和衰竭。而"柔和的"辅音令人想起呼唤的柔情、和风的轻柔或者看不见的运动的缓慢。诗歌的动听流转与意象的明晰相一致。最后,拉马丁喜欢使用重复出现的词句或意象。如在《孤独》的开头,"夜的女后驾驭雾气腾腾的战车①"这一句诗的意象显示诗人的忧愁,而在末尾,"清晨的轻车"则把诗人的热情和希望具体化。与这个世界上不能带给人任何欢乐的太阳相对照的是,能给他所梦想的东西的"真正的太阳",诗人由此强调他的心灵状态的发展。有时,这种重复相隔很短,突现出主要景物,赞美一种感情,如《湖》的最后一节就是这样的。总之,拉马丁创造出一种能表现最亲切和最难以捕捉的情感变化的诗句。

拉马丁描绘的景致同原来的景物并不相同,他笔下的景物不仅仅是背景,他的具体描绘也不仅仅是一种装饰,它们都是被选择出来给读者以启示的。例如他对水的描绘:河流代表流逝的时间和消逝的生活;不动的湖代表永恒;大海代表时间的无限或变化多端的命运;易碎的小舟代表个人生存;岸是冒险的终点、休憩或死亡,拍打岸边的水波表现温存或接吻。拉马丁常常运用光的意象:

---

① 这里是指月亮——作者注。

星星代表神圣的存在,天主的手指引导着它们,它们激发人们祈祷和沉思,就像大自然这个神庙的明灯一样。月亮代表忧愁、回忆,有时它的柔和显得多情,激发人去追求爱情。太阳给人生命,是神圣光辉的反映;天主是真正的太阳。白日是天主的目光,而光辉代表信念的真理、纯真和圣洁的爱。拉马丁的意象由于它们重新创造的感受和象征的价值而显得十分吸引人。它们让读者发现诗人主要关心的东西:天主、爱情、人类的命运。它们使诗人的视野具有个人特点。这两个方面是不可分割的,在诗人对无限的追求和他的视线的明亮之中,有着相通之处。

长期以来,拉马丁的诗歌被评论家越来越看得不那么重要,认为他的诗只有《湖》《孤独》《山谷》《秋》等几首诗还可以一读①。兰波就曾经认为他采用的是旧形式。有的评论家则认为他仍然是个"18世纪的诗人"(维勒曼语)。但今人发现,情况并不完全是这样。当代著名评论家乔治·普莱认为:"拉马丁的无可奈何跟马拉美的乍看写作艰难并非有天渊之别。他们的痛苦是一样的。"②拉马丁所表达的人类不安超出了他个人的范畴,他渴求真理和幸福,被恶的问题所困扰。他在帕斯卡尔之后,在加缪之前,把流亡看作内在于人的生存条件。从形式上来看,拉马丁似乎并没有什么革新,但是由于他把音乐性和象征带进了诗歌中,"这个用传统语言写作的诗人于是摆脱了新古典主义,表面看来,他的一切得之于此。……在他最优秀的诗歌中,大自然、欣赏它的人和通过诗人在

---

① 参见蒂博岱:《1789年至今日的法国文学史》,1936年。
② 参见《法兰西新评论》1961年8月号。

自己身上激发的情感,感觉并想象出一幅景象的读者之间,获得了完美的融合。"[1]比较文学专家梵第根也认为,拉马丁在语言、文体、情感、句法等方面都没有什么革新,"但是,他的诗根据和谐表达的法则,把这些因素融合起来,谁也做不到这样,而且他的诗善于纯真地把艺术消失在激动后面。"[2]这些评价表明拉马丁的诗歌创作在今天仍有现实和借鉴意义。

---

[1] 马里尤斯·弗朗索瓦·吉亚尔:《拉马丁〈诗集〉导言》,1963年。
[2] 《法国浪漫主义》第34页,法国大学出版社,1968年。

论《包法利夫人》

居斯塔夫·福楼拜(1821—1880)是 19 世纪中期法国重要作家,他起着承前启后的作用,对自然主义和 20 世纪作家产生过重大影响。

一

1821 年 12 月 12 日,福楼拜生于鲁昂一个医生的家庭里,父亲是当地市立医院的外科主任大夫,母亲的家庭也是从医的。他从父亲那里获得了细密的分析方法和注重科学的准确性,从母亲那里获得了高大的体格、执著和独立精神。中学时期他阅读浪漫派作品,受到歌德、拜伦和雨果的影响。1836 年夏天他认识爱莉莎·施莱辛格,两人的友情持续了六年,她在他的作品《情感教育》里留下了身影。1841 年,福楼拜按照家庭的愿望到巴黎攻读法律,但在 1844 年 1 至 2 月,他两次犯病,不得不中途辍学,自此他定居在鲁昂郊区的克罗瓦塞府中。据他的好友马克西姆·杜冈说,他得的是癫病,但后人认为这是神经性疾病,当时来势凶猛,一直到 1849 年经常发作,以致他终生不得结婚。

福楼拜从 1832 年起就开始写作,至 1842 年写成的小说《十一月》,都打上了浪漫派的烙印。1846年他认识了女诗人路易丝·科莱,两人来往密切,她曾力图说服福楼拜夫人让儿子和她结婚。1847年春,福楼拜和杜冈步行游历了图兰纳、布列塔尼和诺曼底,从卢瓦尔河一直走到塞纳河口。1849年10月,他遵医嘱到近东去旅行,游历过埃及、小亚细亚、土耳其、希腊,再从意大利返回法国。这次旅行给他后来的创作提供了背景和素材。

在这之前,1849年9月,福楼拜召集友人来听他朗读自己的作品《圣安东的诱惑》。布耶和杜冈宣称:"我们认为必须把它扔到火里,不再提起。"福楼拜感到震惊,继而吓呆了,"你本想奏乐,但是你只发出噪音。"他们建议福楼拜要像巴尔扎克写作《贝姨》和《邦斯舅舅》那样,以平民生活为题材。1851年9月,福楼拜回到法国后,开始创作《包法利夫人》,踏上了成功的道路。

1856年4月,《包法利夫人》问世,引起了轩然大波。法院控告他有伤风化、侮辱宗教和公众道德。福楼拜十分泄气,于是转向古代题材的写作,他表示要"复活迦太基"。《萨朗波》(1862)是一部新型的史诗小说,福楼拜通过一场特殊的战争去再现古代迦太基社会矛盾达到白热化的一段历史,小说描写了迦太基的贫富悬殊,展示了残忍的战争场面,写出人与人之间的险恶关系;他认为这种关系古今一样。这部小说以其雄奇壮观、五光十色的绚丽画面,以及富有传奇色彩的女主人公的悲剧命运,吸引了读者,获得了成功。第三部小说《情感教育》(1869)重新以当代生活为题材,它围绕1848年革命中各种人物的表现,提供了一部形象的编年史,揭露了七月王朝的丑恶现实。自然主义者把这部小说奉为典范。随后,福楼拜修改旧稿《圣安东的诱惑》(1874),它再现了公元4世纪埃及的各种教派,对主人公的种种诱惑代表了人类的各种幻想。福楼拜在晚年曾同乔治·桑发生文学论争,乔治·桑指责他写作过于冷漠。福楼拜在短篇小说集《三故事》(1877)中力图改变自己的态度,其中《纯朴的心》塑造了一个平凡而朴实的女仆形象。遗著《布瓦尔和佩居榭》通过两个主人公寻求各种人类知识,从农业到先验哲学都一无所获,最后回到原来的抄写职业的故事,抨击了资产阶级的文明和理想。

福楼拜继承了巴尔扎克描写当代生活的现实主义传统,《包法利夫人》《情感教育》《布瓦尔和佩居榭》分别以小镇、巴黎和农村为背景,但写的都是作家生活的时代,即主要发生在七月王朝时期和第二帝国时期外省和巴黎的生活。福楼拜甚至以重大的政治事件为中心去展开情节,1848年革命在他的几部小说中都成为影响人物思想的决定性事件。乔治·桑说过:"一个想了解政变之前那个时代的历史家,不能忽视《情感教育》。"诚然,福楼拜也描写古代生活,表明他受到浪漫派的影响。不过,他笔下的古代题材明显影射当时的社会现实,《萨朗波》中贫富的鲜明对比就是对第二帝国外强中干的抨击。无论描写当代生活还是描写古代的小说,福楼拜都力图表达他对世界的看法,他把自己的小说分为"哲理"小说和"纯粹而简单的"小说。贯穿于他的小说中的哲理,其实是对人类前途的一种悲观看法。虽然他不像巴尔扎克那样,是个思想深刻的社会学家;也不像司汤达那样,是个政治上非常敏感的观察家;同时也不像雨果那样,力图成为一个社会的改革家,但是他的小说和书信仍然透露了他对社会问题有一套独特的观点。他认为,人对自由、正义、幸福、爱情、宗教、科学的渴望,都是无法满足的,人类的欲望都要归于失败。他说:"寻找最好的宗教或最好的政府是愚蠢的疯狂的行动。"他对宗教信条感到厌烦,认为现今存在的政府没有一个是完善的。他从自由派的立场出发,认为当时的党派都"同样狭隘、虚伪、幼稚,谋求昙花一现"。在他看来,资产阶级社会虽然有了长足的发展,但是,社会生活的特点是新时代的人物或者平庸无能,或者充斥卑劣龌龊的欲望。包法利、莫罗、布瓦尔和佩居榭是前者突出的代表,罗多尔夫、奥梅、勒莱、戴楼芮耶、赛耐喀、哈农、史本迪于斯则是后者的生动写照。有进取心的英雄人物从福楼拜的小说中消失了,这种变化是现实主义发展到中期引人注目的特点之一。

在艺术上,福楼拜提出和实践了一套新主张。一是追求真实性。为此,他特别重视对材料的搜集。在他以前的作家,尽管也注意搜集材料,但不像他那样把这看作是一种科学的方法。他认为:"美学就是真实……现实并不屈从于理想,而是适合于理想。"他又说:"只有在真实的情况下才是理想的,只有进行概括才能真实。"因此,他认为材料是作家写作压倒一切的条件。为了达到逼真,他查阅数以千计的各种专业书籍;他甚至出国旅行,实地考察。福楼拜使小说创作向极端准确的方向发展,可以说是材料派的第一位大师。二是追求客观态度。他指出:"伟大的艺术是科学的和客观的。"又说:"精神科学必须……像物理学一样,从客观开始进行。"他认为作家要像天主一样隐身不见,不在作品中露面,"一个小说家没有权力对任何事物发表自己的见解"。这并不是说,作家的态度绝对不能投注到人物身上,相反,作家在写作时要设身处地想象人物的活动。福楼拜在写作爱玛自杀时就产生过吃毒药的感觉,于是禁不住呕吐起来。这种作家在作品中不要让自己的思想直接表露出来的文学观点,符合现实主义的创作原则。三是追求艺术美。他认为:"艺术的目的,首先是美。"因此他对形式美极为重视。然而,他能正确认识形式与内容的关系。他指出:"形式和思想就像身体和灵魂;在我看来,这是一个整体,是不可分割的……思想越是美好,词句就越是铿锵,思想的准确会造成语言的准确。"他强调形式与内容的统一:"没有美好的形式就没有美好的思想,反之亦然","思想要找到最适合于它的形式,这就是创造出杰作的奥秘"。福楼拜把自己比喻成一个珍珠采集者,他一再潜入海底,寻找贝壳和珍珠。他就是这样一丝不苟、不厌其烦地锤炼句子,采集语言的珍珠。他不惜把写好的东西整页删去,以致每部长篇都要花费他四五年时间。他甘心忍受这种酷刑和创造"文体的痛苦",因而有的评论家把福楼拜说成"文字的基督"。屠格涅夫说:"在任何语言的任何作家身上,都没有这样精益求精。"福楼拜如此刻意求工,是对艺术美的一种献身,不求取得什么荣誉。他在《包法利夫人》问世之前说过:"出名不是我主要考虑的事。我有更高的目标:让自己愉悦,这是更困难的……成功在我看来是一种结果,而不是目的……我呀,我寻找的不是港口,而是大海。如果我遇难了,你用不着给我举丧!"福楼拜的探索并没有落空,他在语言、句子、叙述角度上所下的功夫是卓有成效的,给后世作家开辟了广阔的道路。

二

居斯塔夫·福楼拜是世界小说史上独树一帜的大作家。如果说,巴尔扎克卷帙浩繁的《人间喜剧》犹如矗立在地平线上的喜马拉雅山,雄伟壮观,那么,福楼拜屈指可数的作品,尤其是他的代表作《包法利夫人》,就像群峰环绕下的湖泊一样,湖光山色,将天然美与人工美熔于一炉。

福楼拜上承巴尔扎克,下接左拉、莫泊桑。与他同时代的小说家,没有一个能与他比肩的。《包法利夫人》一问世,批评家圣伯夫就马上慧眼识英雄,敏锐地指出:"在许多地方,在不同的形式之下,我似乎发现新的文学标志:科学、观察精神、老练、力量、有点冷酷,这似乎是未来几代人的领袖们所追求的特征。"[①]圣伯夫确实抓住了福楼拜的创作特点,认为这是他对前辈作家的发展,因此,福楼拜是未来文学流派的先驱。

左拉说得更明确:"《包法利夫人》问世后,产生了文学上的整整一场革命。现代小说的格式在巴尔扎克的巨型小说中是分散存在的,似乎刚刚经过压缩,明确地在这部四百页的小说中提了出来。新艺术的法典写成了。《包法利夫人》具有一种明晰和完美。这种完美使这部小说成为典范小说和小说的最终典范。"[②]左拉的

[①] 见发表于1857年3月4日《世界导报》上的文章,转引自《包法利夫人》。拉罗斯古典丛书第174页,拉罗斯书局,1987年。

[②] 左拉:《自然主义小说家·福楼拜》第413页,法斯盖尔出版社,巴黎。

评价虽然有溢美之嫌,然而他的判断大体还是正确的。左拉认为巴尔扎克在《人间喜剧》中所散见的现实主义手法,都在《包法利夫人》这部小说里得到集中的体现;但是福楼拜具有巴尔扎克所缺乏的明晰和完美,而这是新的艺术法典。从某种意义上来说,福楼拜开创了新的流派。

福楼拜在小说发展史上的地位,也得到欧美批评家的承认。亨利·詹姆斯认为《包法利夫人》具有"完美的、无与伦比的形式"。英国批评家珀西·卢博克认为《包法利夫人》是部"杰出的小说,文学批评无法驾驭它;只要我们一谈论艺术原则,我们就得准备跟福楼拜作斗争"。① 卢卡契认为福楼拜是"描写现代生活非人道化最重要的先驱者之一"。②

福楼拜还被 20 世纪的现代派小说家奉为鼻祖。例如,新小说派女作家娜塔莉·萨罗特以《先驱者福楼拜》为题,提出福楼拜是一位现代小说家,《包法利夫人》开创了新的心理学。③

福楼拜和巴尔扎克、司汤达同为现实主义作家,但是他与这两位作家存在着明显的差异。研究这些差异,能更清楚地显示福楼拜的创作特点和思想艺术成就。

首先,从题材的选择、取舍和加工来看,福楼拜属于更加严格意义上的现实主义。因为他更尊重事实的本来面目,不从戏剧性着眼去安排故事,从真实事件中所撷取的思想意义也迥然不同。

---

① 珀西·卢博克:《虚构的技巧》第 60 页,海盗出版社,纽约,1957 年。
② 卢卡契:《历史小说》,转引自德布雷-热奈特编《福楼拜》第 32 页,马塞尔·迪迪埃书局,巴黎,1970 年。
③ 参阅《见证》杂志,1965 年 2 月号。

众所周知,《包法利夫人》的故事主要来自一则真实的事件。1851年,福楼拜的朋友路易·布耶和马克西姆·杜冈向他提出建议:"必须放弃散漫的题材和本身极其模棱两可的题材,你无法包揽全局、也无法加以集中的题材。一旦你要不可抑制地倾向于抒情,你就必须选择这样一种题材,抒情在其中会显得非常可笑……你要选取一个平凡的主题,选取这样一个插曲:资产阶级生活就充满这种插曲。要选取像巴尔扎克的《贝姨》或《邦斯舅舅》这样的题材。"① 福楼拜的这两个朋友于是说出了欧仁·德拉马尔和他的第二个妻子的故事。这个德拉马尔原来是福楼拜的父亲的学生,他是个没有获得医学博士学位的医生。他的第一个妻子比他年纪大得多,她去世后,德拉马尔娶了一个年轻姑娘阿丽丝-德尔菲娜·库蒂里埃,她并不漂亮,却患有"女性求偶狂"。他们住在鲁昂附近的里镇。少妇不久就落入村里一个堂璜式人物的魔掌中,然后又投入一个事务所书记的怀里,这个书记后来当了公证人。少妇供养情人,负债累累。她死于1848年,留下一个女儿;死时她大约27岁。德拉马尔死于次年。在里镇,他们一家跟药剂师儒昂纳来往密切。显而易见,德拉马尔和阿丽丝-德尔菲娜的故事构成了《包法利夫人》的蓝本。司汤达的《红与黑》是根据法院《通报》的一则报道写成的,但是司汤达糅进了尖锐的政治内容,完全改变了情杀案和桃色新闻的色彩。巴尔扎克也常常从周围现实发生的事件中选取创作素材。不过,他更多的是注意阶级关系的变化,阶级力

---

① 马克西姆·杜冈:《文学回忆录》第1卷第433页,阿舍特出版社,巴黎,1882年。

量的消长和经济利益的冲突,而且往往将原来故事写得更加集中和使之具有戏剧性。福楼拜则不同,他更注重事件发生的可能性,他认为生活中没有那么多的巧合、那么多的戏剧性。评论家莫里斯·巴尔德什曾经指出,小说开卷描写包法利的第一次婚姻似乎是多余的,至少可以简化一下。"但这个开场白是德拉马尔的故事本来就有的,福楼拜着力叙述的正是这个故事。出于尊重真实,他保留了这个讨厌的、用处不大的开端,而巴尔扎克必然会去掉它。"① 巴尔德什的结论是:福楼拜在选择事件时是一丝不苟的,甚至过分认真,他不会以剧情突变来改变原有材料,他"虽然牺牲了'戏剧性',却很少脱离逼真,但必须承认,巴尔扎克有时忽略了逼真"。② 巴尔德什贬低巴尔扎克的论点尚可商榷,然而他指出福楼拜更加注意小说的逼真性却言之有理。

福楼拜并非反对加工生活素材,他只不过反对任何方式的美化现实。他认为现实本身是平凡、庸俗、丑恶的,作家就应该如实反映出来。他在德拉马尔夫妇的故事中所看到的,正是平凡、庸俗、丑恶的现实对人物精神的扼杀。

其次,福楼拜创造了跟巴尔扎克和司汤达笔下人物不同的典型。巴尔扎克善于创造精力旺盛的个人野心家和富于激情的各类人物形象。司汤达也热衷于描绘意志力坚定的顽强的典型。福楼拜则不同,他笔下的女主人公爱玛不是强者,而是弱者。

爱玛在法国文学的人物画廊中是一个闪光的形象。福楼拜的

---

① 《巴尔扎克和福楼拜》第 12 页,《巴尔扎克年鉴》,1976 年。
② 《巴尔扎克和福楼拜》第 14 页,《巴尔扎克年鉴》,1976 年。

匠心独运之处，首先在于揭示了爱玛一生悲剧的根源，细致地描写了她成长的过程和精神上受到的毒害。在这方面，他的观察似乎比巴尔扎克和司汤达更为细密。她出生在一个富裕的农庄主的家庭里，她的父亲想让她接受上等教育，把她送到修道院去，由此造成了她的悲剧的起因。因为她生活在闭塞的农村和小镇上，如果接受的是一般教育，做一个安于现状的贤妻良母，倒是这一阶层的女子的正常命运。可是，如今她接触到的这种教育却产生了不良影响。宗教布道和宗教音乐刺激了她想入非非的心灵，夏多布里昂和拉马丁的浪漫主义文学作品，使她沉湎于虚无缥缈的爱情遐想之中。这种教育的后果是使爱玛向往上流社会的糜烂生活，而她却以为这才是幸福的所在。她从侯爵的舞会中看到了巴黎社交生活的缩影：寻欢作乐的上流人士、荒淫无度的老贵族、传情递信的贵妇，都令她羡慕不已。这个舞会在她的脑海里打下了不可磨灭的烙印。不幸的是，爱玛在生活中并没有找到美满的婚姻。她的丈夫是一个庸碌无能的医生，爱玛对他没有爱情。在小说中，作者刻意描写了平庸、卑劣、污浊的现实与她的浪漫幻想的矛盾。托泰是个毫无生气的村庄，不可能给她提供欢歌燕舞的场面。到了稍大一点的荣维，情况有所不同了。情场老手罗多尔夫来往于大城市和荣维之间，是个见过世面的人物。他看穿了爱玛渴望的是什么，便乘虚而入。失足的爱玛从此不可遏止地走向堕落和毁灭的道路。在这个过程中，爱幻想的习惯也变本加厉地发展起来。她把爱情想象为"一只披满粉红色羽毛、在富有诗情画意的瑰丽天空中翱翔的大鸟，藏在她心里"，认为爱情"应该突然而降，伴随着巨大的轰鸣和闪电——就如同猛然扑向人间的暴风雨,让人世间感到震惊;犹如狂风扫落叶,把意志夺走,把整个心灵带往深渊"。这种不切实际、想入非非的品性被称为"包法利主义"。它与爱玛这个形象结成一体,成为文学上的一个专有名词。"包法利主义"是平庸卑污的现实和渴望理想爱情、超越实际可能的幻想相冲突的产物。作为一种精神现象,它是七月王朝和第二帝国时期享乐生活盛行的恶浊风气孕育而成的。福楼拜对此持谴责态度。小说写到爱玛在同莱昂的通奸中感到腻味,一面仍然把他当作理想伴侣,给他写情书,情愫十分低下,就是明显的一例。不过,作者对爱玛的悲剧命运仍然抱有深切的同情。她死后被世人指责,但那些无耻之徒——勒莱、罗多尔夫、莱昂、奥梅,却左右逢源,步步高升,位高誉满。这个结局饱含了作者对现存社会愤怒的斥责。福楼拜说过:"就在此刻,同时在这个村庄中,我的可怜的包法利夫人在那里忍受苦难,伤心饮泣。"显然,福楼拜基本上把爱玛看作受侮辱受损害的女性。

平庸恶浊的社会风气也产生平庸的人物,包法利就是代表。七月革命以后,金融资产阶级夺取了政权,从经济上来说,法国取得了空前的发展。正如"农业促进会"这一章所描绘的:"无论是商业还是艺术,到处都是欣欣向荣,到处是新开辟的交通干线,它们就如同国家肌体上新增加的动脉,许多新的联系也应运而生;我们的大制造业中心又恢复了它们的活力……"资产阶级高奏凯歌的时代到来,却预示了拿破仑时代叱咤风云的英雄人物一去不复返,连野心勃勃的人物也销声匿迹,取而代之的是庸碌无能之辈。

包法利思想平庸，生活浑浑噩噩，举止毫无风度，医术平常，但在奥梅的鼓动下，居然想名满天下，可见虚荣心相当强烈。他根本不懂复杂的手术，却要给金狮饭店的跛脚伙计开刀，到头来束手无策，只得另请高明，把受害者的脚锯掉。他不是药剂师的对手，生意逐渐被奥梅抢走。爱玛死后，他偶然发现了妻子和罗多尔夫的奸情，不仅不想报复，反而表示不生对方的气，把过错归于命运。这种逆来顺受的窝囊人物，是平庸的社会风气产生的新典型，也是福楼拜敏锐的发现，这不能不说是对当时社会的深刻揭露。

平庸恶浊的社会风气还产生了一系列卑劣的角色，他们本是资产阶级的"精华人物"。其中，刻画得最出色的是奥梅。他是一个没有开业执照的药剂师，所以包法利刚来到荣维时，他拍马奉承，想拉好关系，免得对自己不利。平时他口若悬河，三句不离科学，卖弄学到的一点知识。他不懂医术，却想医好瞎子，扬名天下，但医不好瞎子时，瞎子就成了他不共戴天的仇敌：他利用报纸，制造舆论，终于把瞎子关进收容所。他善于钻营，跻身于各种科学研究机构和委员会之中。他经常向报纸投稿，混淆视听，或者借以向当局和权贵献媚。他以民主自由相标榜，一个孩子取名拿破仑，代表光荣，另一个取名富兰克林，代表自由，他想以此表明自己具有开明的政治信念。最后，他卖身求荣，参加竞选，排挤同行；但当局宽容他，舆论保护他，他获得了十字勋章。奥梅是自由资产阶级的代表。勒莱作为商人兼高利贷者，把销售商品和放高利贷结合起来，先不收款，到时候大大提高商品价钱，迫使买方接受，要买方用不动产来抵押，最后倾家荡产；他还借债给小店主，最终加以吞并，或者依仗自己强大的财力同别人竞争,挤垮对方。他终于主宰了荣维的经济命脉。地主罗多尔夫收入丰裕,是个寻欢作乐的老手,精明而讲求实际。他时而在巴黎、鲁昂享乐,时而回到乡间寻花问柳。他对爱玛只是逢场作戏,一旦要他作出牺牲,他便断然拒绝,诀别信的语气是假惺惺的,还洒上几滴水表示流过眼泪。莱昂有些不同,他未见世面时行动畏缩,到了鲁昂以后,见多识广,才变得大胆无耻起来。及至影响到他的前程,他便要顾全自己,摆脱爱玛。教士布尔尼西昂身为教徒的精神导师,却十分迟钝。爱玛几次想向他吐露自己的心事,他都没有觉察,爱玛只得欲言又止。在为爱玛的灵堂守夜时,他同奥梅因观点不合,有过交锋,但不久却同奥梅碰杯饮酒,像老朋友一样和解。国民自卫军队长比内生活空虚,百无聊赖,整天关在屋子里开动机床,不停切削,消磨时光。这些都是外省闭塞的环境产生的人物。《包法利夫人》的副标题是《外省风俗》,福楼拜通过这幅人物画廊,淋漓尽致地暴露了外省卑污的现实。

为了揭露现实,小说展现了两幅对照鲜明的画面。在官方大事张扬的农业促进会上,出现了一个老农妇勒鲁。她劳动了整整五十四年,几乎相当于法国资本主义的发展年限,她衣衫褴褛,脸上满是皱纹,尤其一双手,长着一层厚皮,积上了谷仓的灰尘、碱水和油脂,而且全是裂缝,指节发僵,这双手像"千辛万苦的卑微的凭证一样"。这个老农妇形体的枯槁,形象地反映了精力的衰竭:她被农场主榨干了。她的存在本身是对这幅经济繁荣景象活生生的控诉!法国农村资本主义的发展,正是建立在对老农妇勒鲁这样的劳动者残酷剥削之上的。她几十年的辛劳,只换得一枚值二十五法郎的银质奖章,这真是莫大的讽刺!她最后把这枚奖章交给本堂神甫去做弥撒。她精神的麻木、愚昧跃然纸上。当局之所以炫耀农业促进会,在于显示政绩和拿破仑第三的统治才干。省行政委员会颂扬最高当局:"让人们如同重视战争那样,重视和平、工业、商业、农业和艺术。"其实这句话是对现实的一种讽刺。所谓"如同重视战争那样,重视和平",是在影射第二帝国政府多次发动战争,扩大殖民地。当时社会危机重重,隐伏着尖锐的社会矛盾。小说里描写当局提出"政治风暴与大自然的骚乱相比,确实更为可怕",含蓄地反映了当时的政治气氛。总之,小说写出了金玉其外、败絮其中的社会现实。

在艺术上,《包法利夫人》一向被看作是一部典范作品。乔治·桑精辟地指出:"居斯塔夫·福楼拜是一个伟大的探索者。"[1] 福楼拜确实对小说艺术进行了孜孜不倦的探索,取得了重大的成就。

在典型的塑造上,福楼拜更注重精神气质的描绘,而不是性格特点的刻画。爱玛的耽于幻想,包法利的浑浑噩噩,奥梅的讲求实利,都是从人物的精神状态和特点去表现的。这种精神气质的形成同环境存在密切关系,换言之,这是环境的产物。因此,福楼拜刻画的仍然是典型环境中的典型人物,只不过这种人物与巴尔扎克的人物有所不同罢了。在描写环境方面,福楼拜不像巴尔扎克

---

[1] 《文学艺术问题》第415页,卡尔曼—莱维出版社,巴黎,1878年。

那样往往独立成章,大段描写,而是将环境描写融汇到情节的叙述中,与人物塑造有机地结合起来。荣维的面貌是随着人物的活动而逐渐变得清晰的,它分成若干次来描绘。农业促进会一章是环境与人物塑造紧密结合的成功范例。福楼拜将大会的进行与罗多尔夫引诱爱玛的场面交替描写,把爱玛的堕落放在社会繁荣的背景上,构思何等巧妙!为了塑造爱玛,福楼拜还让她从托泰迁到荣维,这两个地方是同样的封闭、庸俗,说明法国的小城镇都是一样的令人窒息。人物在不同的地方活动,经历了不同的历史时期,但整个社会环境没有多大变化,这种环境自然而然对人物的精神和命运产生决定性影响。福楼拜的写法较之巴尔扎克无疑更为高明。

在遣词造句上,福楼拜不愧为大师。《包法利夫人》文字的精美在法国小说中可以说首屈一指。名句不胜枚举。福楼拜用"像马路的人行道,庸俗乏味"来形容包法利谈话的平庸;写他的第一个妻子瘦削得"骨头一把,套上袍子,就像剑入了鞘一样";爱玛渴望爱情,"就像一条放在厨房案板上的鲤鱼渴望水";镇子"就像一个放牛人躺在河边睡午觉"。上述各句,比喻贴切,声音铿锵,都是不易之句。此外,奥梅的夸张用语,罗多尔夫的甜言蜜语,女掌柜的生动词汇,都符合人物身份,极见功力。福楼拜还十分重视段落的安排和前后文的搭配关系,例如这一段:

> 进入前厅,爱玛就觉得石灰墙透出一股冷气,如同一块湿布,向她的肩膀扑来。墙是新粉刷的,木楼梯板嘎吱

嘎吱直响。二楼的卧室里，一道浅白色的光线从没挂窗帘的窗子上射进来。她朦朦胧胧看见外边的树顶，再远些，是那片半笼罩在雾中的牧场，月光下，可以看见河流流经的地方冒着水气……

这是描写爱玛迁到荣维的新居进门时的感受。一进前厅，她便有冷的感觉，这种感觉是刚刷石灰的新墙给她的，湿布这个比喻简洁准确，给人以真实的印象。木板楼梯点出了乡居的典型细节。在法文中，还有时态的讲究：未完成过去时指示墙的状态，而简单过去时表达短暂的感觉。进入二楼房间后，她看到的是窗户没有窗帘，因为还没有布置家具；白光表示黄昏。随后是看景，由近及远，先是普通的景致：树顶、草原，然后，薄雾和月光令人沉思，为下文铺好伏笔。爱玛回过头来细察房间，诗意的描绘同物体的罗列恰成对照：这是一个还没有人住的房间。这幅新景勾起爱玛的回忆，几个短句概括了爱玛生活的三个阶段。她但愿这是个新阶段，希望事物不会重复出现，未来的生活会更好一些。从这两段描写中，可以看到福楼拜用词极其讲究，描写层次分明，情景交融。虽是散文，却有诗歌一字千金的分量，而这样的段落在《包法利夫人》中比比皆是。

　　后人发现，福楼拜在叙述角度上也力求变化。第一部第九章有一段写包法利夫妇用餐。这对夫妇用餐的场面表现得较为特殊，读者只面对爱玛一个人，仅仅通过她的眼睛才看到这个场面。读者看到爱玛的心灵，并进而看到餐桌上所发生的情况。这一段叙述不同于一般的第三人称的写法。"炉子直冒烟……石板地潮湿。"这不是爱玛在说话,而是作者在白描,但这也是爱玛的感觉,虽然她不一定能这样简洁地表达出来。"她觉得生活中的辛酸统统盛在她的盘子里。"这无疑是她所感受到的,尽管她不会用这样的词汇来表达。可是,包法利对妻子的想法一无所感,这表明他们之间毫无共同语言,十分隔膜,甚至他们没有争论,思想上无法交流。这段文字从白描转到人物在感受,再回到白描,叙述角度几经变换。这样描写非常客观,作者隐没不见,只是描写角度不断变换而已。评论家将这种角度变换称之为电影手法。农业促进会一章中,全景镜头与摇扫镜头的交替使用,特写镜头与中心场面的轮流变换,都是典型的电影手法。福楼拜无论对二人相处的小场面还是对热闹的大场面的处理,都较之前人大大发展了一步。

最后,在小说结构上,《包法利夫人》也有新的创造。全书分成基本对称的两部分,按女主人公的经历来安排,她的发展至农业促进会形成高潮,然后走下坡路,直到结尾。这种十分均衡的配置使得全书的结构非常稳固,有别于其他小说。

乔治·桑指出:"居斯塔夫·福楼拜是个伟大的探索者。"朗松也指出,《包法利夫人》"是一部观察细致而紧凑,形式辉煌而简洁的作品"[1]。福楼拜研究专家蒂博岱认为:"就小说而言,《包法利夫人》的技巧,几乎就像《安德洛玛克》在悲剧中的地位那样,是部典范作品。"[2]沙尔·杜博斯指出:"《包法利夫人》不仅是小说中的

---

[1] 《法国文学史》第1056—1057页,阿舍特出版社,巴黎,1906年。
[2] 《福楼拜》第93页,加里玛出版社,巴黎,1935年。

经典作品,也许这是从严格、紧凑和狭隘意义上来说成为艺术品的唯一小说。"[1]当代评论家巴尔德什认为:"必须重读《包法利夫人》:它达到人为的完美境地,人们不会倦于欣赏它。"[2]这些作家和批评家从不同角度对《包法利夫人》的艺术性作了高度评价。

《包法利夫人》无疑会作为艺术珍品存留后世。

《包法利夫人》译本序

漓江出版社,1996年6月

---

[1] 《近似集》第181页,法亚尔出版社,巴黎,1965年。
[2] 《福楼拜的作品》第204页,七色出版社,巴黎,1974年。

史诗小说
——《萨朗波》

《萨朗波》是一代文豪福楼拜的重要作品。福楼拜的创作大体可分为两类小说,一类以描绘现实生活为题材,《包法利夫人》是其代表,另一类以描绘古代生活或传说为题材,《萨朗波》则是其代表。作为承上启下的作家,福楼拜的小说,有的完全贯穿现实主义的传统,有的则着眼于创造与发展,成为后世小说的一种过渡形式而载入史册,《萨朗波》就属于后一种作品。卢卡契认为,历史小说是19世纪初产生的一种文学样式,《萨朗波》堪称历史小说发展新阶段的一部重要代表作[①]。因此,《萨朗波》的重要性是毋庸置疑的。

《萨朗波》确实是一种新型的历史小说,当代的法国批评家都称之为"史诗小说"。这个称谓有别于具有史诗性内容的作品,即指卷帙浩繁、场面和人物众多,记录了某一时代社会生活的长篇小说。《萨朗波》被称为史诗小说,指的是它的内容与形式与希腊史诗《伊利亚特》十分相似,是名副其实的史诗小说。

---

① 卢卡契:《历史小说》第250页,巴黎帕纹出版社,1965年。

从内容来看，《萨朗波》的史诗特征十分明显，它描绘的是战争。只不过《伊利亚特》描绘的是一场虚构的战争，而《萨朗波》描写的则是公元前3世纪确曾发生过的一场战争。

正如荷马选取了特洛亚城下的战事去表现希腊的英雄人物那样，福楼拜选取了一场特殊的战争去再现古代迦太基社会矛盾达到白热化的一段历史。

根据传说，迦太基城建于公元前814至813年，据维吉尔的叙述，是由狄东建立的，取名为"新城"。它位于突尼斯海湾的半岛之上，与突尼斯相距16公里。至公元前332年，迦太基取得独立，实行扩张政策。随着商业的兴盛，它在西地中海取得统治地位，占据了撒丁岛和一部分西西里岛，并在西班牙海岸和巴利河里群岛落脚。从公元前5世纪起，迦太基就由两个执政官掌权，300个贵族组成的元老院和104人组成的大法院是两大统治机构。公元前3世纪，两执政官由迦太基两大家族哈农和巴尔卡的成员担任，哈农家族在战争中代表主和派，巴尔卡家族代表主战派。在实行霸权政策的过程中，迦太基遇到罗马的抵制，为了争夺自由运输西西里的小麦，两霸终于在梅西纳海峡发生冲突，由此演成第一次布匿战争（公元前264—前241）。公元前241年，罗马的200艘战船歼灭了迦太基舰队。迦太基不得不跟罗马议和，放弃西西里岛，并支付巨额赔款。在这种情况下，迦太基共和国无力发给雇佣军军饷。于是雇佣军占据了迦太基，吉斯孔将军曾进行调停，可是这样做不合雇佣军首领马托和史本迪于斯之意。他们把吉斯孔抓起来，并发动利比亚农民一同起义。哈农在于蒂克曾小胜史本迪于斯,但不能阻止雇佣军前进。民众要求召回汉米加尔·巴尔卡。经过多次较量,汉米加尔将雇佣军诱入斧头隘,歼灭了史本迪于斯的军队。随后汉米加尔和哈农的军队又将马托的部队逼至绝境。最后,马托被俘,在酷刑中死去。——这就是史籍的记载。

雇佣军起义发生在迦太基的霸权受到重大打击,国内社会矛盾空前激烈,处于内外交困的严峻时刻。福楼拜选取这一历史时刻来表现迦太基各种社会势力的斗争,委实独具慧眼。

小说入木三分地反映了迦太基处于盛极而衰的社会状况。在外政方面,它不断扩张,"那个强大的迦太基,海上的霸王,像太阳一样辉煌,像神灵一样令人生畏。"但它刚受到罗马的强有力打击,扩展势头受到阻遏。由于它对周围部落大肆搜刮,使得那些部落民不聊生。它一味横征暴敛,谁稍有延误或口出怨言,则惩以铁镣、斧钺、十字架等酷刑。老百姓必须种植共和国所需的庄稼,提供共和国所要的物资;任何人都无权拥有武器;如果有些村庄敢于反抗,就把村民卖为奴隶。这种掠夺、压榨政策的结果,使迦太基失去了周围部落的支持。在内政方面,贫富悬殊日益加剧。富人锦衣美食,享有特权。两个执政官哈农和汉米加尔的生活更是穷奢极欲,他们的住宅美轮美奂,家中奴仆成群。汉米加尔的家里藏满麦子,密室中,金币、银币、铜币"沿着四面的墙壁一直堆到搁天花板的横梁";一堆堆辅币像一座座小山,还有无数古币;庞大的金盾和硕大无朋的银瓶相互辉映;各种宝石"像飞溅的牛奶、像蓝色的冰碴、像灿烂的银粉,发出成片的、辐射状的或星星点点的光芒"；小地下室也藏满珍珠、琥珀及无价之宝；各种建筑材料、造船器材、食品、布匹存放在仓库里，他还有各种工场。他的财富是"取之不竭、无穷无尽"的。他搜刮了多少民脂民膏啊！富人愈富，则穷人愈穷。在迦太基，随处可见衣衫褴褛的贫民。债户们几乎一丝不挂，被迫为债主耕地；农民被捐税弄得倾家荡产；作为贱民的仆役、水手，被热病折磨得面黄肌瘦，长着一身虱子，他们喜欢蛮族人，成为迦太基潜在的反对力量。为汉米加尔干活的奴隶，身上磨出带脓的痂盖，脚下铁索锒铛，套着嘴套，无法偷吃面粉；有各种刑具对付他们，鞭梢带着青铜尖爪。贫富的极端悬殊必然引起动荡不安，一旦条件成熟，便会爆发严重的社会危机。加之战争已使迦太基民穷财尽，无力支付雇佣军的饷银于是便成为一场新的战争的导火线。小说展现了古代迦太基异常真实的生活画面，写出了历史的本质现象。

对于战争双方，福楼拜的描绘也是恰如其分的。雇佣军由外来民族组成，他们的人数虽然超过迦太基的军队，但成分复杂，彼此语言不通，是一群乌合之众。迦太基的居民感到雇佣军像一群蝗虫一样，本能地要抗拒他们，因而在战争中众志成城，全力支持抗击雇佣军。从某种意义上说，这场战争是第一次布匿战争的继续。迦太基唯有取胜，才有一线生机。

《萨朗波》对古代战争场面的描绘是相当精彩的：有全景式的鸟瞰图，也有局部战斗的特写；写到战略战术的具体运用，也写到各种兵器的交锋，特别写到象群这一特殊兵种的参战。这些描写生动多姿地再现了古代北非的战争场面。福楼拜指出："我力图将现代小说的方法用于古代,确定一个幻景。"①所谓现代小说的方法,就是以一个个历史画面来再现古代。体现在《萨朗波》中,首先就是一个个战争场面。福楼拜善于以雄浑而崇高的笔法与细密而精确的绘写相结合,前者体现了古代史诗的风格,后者体现了现代小说的方法,两者有机的结合便形成了史诗小说的特征。例如,福楼拜在一场激战中插入这个细节描写:"伤兵在血泊里转过身来咬住敌人的脚跟。人群那么稠密,尘土那么浓厚,喧声震耳欲聋,什么都分辨不清,连懦夫乞降的喊叫也没人听见。"这仿佛是一个生动的电影特写镜头,十分传神地再现了当时战场上混战的情景。小说末尾对斧头隘的描写尤为出色:雇佣军被困在峡谷中,像笼中兽一样。他们最后大半饿死。这个场面令人想起英雄史诗《罗兰之歌》,罗兰是在荆棘谷奋战而死的。但《萨朗波》避免了英雄史诗那种千篇一律的战斗描写,斧头隘也不同于荆棘谷,雇佣军的败北也没有受到歌颂。福楼拜只是借鉴了史诗的某些形式和对场面气氛的点染手法。

《萨朗波》的史诗特点不仅表现在对战争场面的描写上,根据法国当代批评家巴尔德什的见解,小说对迦太基周围的海湾、海滩、海峡、平原、河流、沼泽的描写是朦胧而不是确指的,就像史诗中虚构的地点那样;小说还具有史诗的神奇和雄辩性等等②,这里不一一详述。

福楼拜对史诗描绘手法最引人注目的发展,就是对残酷的战

---

① 《福楼拜全集》第 2 卷第 444 页,巴黎"有教养者俱乐部"出版社,1971 年。
② 巴尔德什:《福楼拜的作品》第 250—264 页,法国七彩出版社,1974 年。

争手段的渲染。在希腊史诗中,对手被杀死了,还要拖着他的尸体在战场上走一圈。往往刀光剑影,杀得血肉横飞。然而这类描写比起《萨朗波》,只是小巫见大巫。迦太基人用石头去砸死俘虏,像砸死疯狗一样,对两千名俘虏,则用箭慢条斯理地射杀,故意延长他们的痛苦,大象乱踩尸首,雇佣兵的胸膛像踏碎的箱子一样爆裂开来;他们的额头垂下暗绿色的皮肉碎片,甚至压出了骨髓,或者被象牙挑出一个大洞。为了报复,雇佣军的女人们则用指甲抓破俘虏的皮肉,用插在发髻上的长针刺瞎他们的眼睛,雇佣军也从头到脚细细折磨囚徒,齐脚踝砍掉他们的双脚,在额头上揭下一圈头皮戴在自己头上,甚至在囚徒的伤口上撒灰、浇醋、塞进陶器的碎渣。小说结尾处死马托的场面更是惨绝人寰:人们一把把拔下他的头发,一点点抠掉他的肉,有人用绑着海绵的棍子沾上秽物往他脸上拍打,用烧红的铁条按在他的伤口上。他昏倒在地,但每次总被一种新的酷刑逼迫着重新站起来。有人把沸油滴到他身上,还有人把碎玻璃撒在他脚下。最后,一刀剖开了他的胸脯,挖出心来。祭司把他的心高举起,献给太阳。

  古代迦太基人在战争中手段残酷是有史籍记载的,并不完全是福楼拜的杜撰。福楼拜不厌其烦地加以描写,只是表现了他对古代人的一种看法。他在当代现实生活中看到的是平庸和卑劣,丑恶的现实使他转向了古代,他说:"我正致力于古代最不为人所知的时代的一件考古工作,这个工作是另一部小说的准备……小说情节发生在公元前3世纪,因为我感到需要走出现代世界,我的笔泡在里面太久了,再说,现代世界即使我厌倦于再创作,也令我看了生厌。"①但在古代社会中,他看到的是残忍的虐杀手段:"在这个亚历山大的后继者们的血腥世界中,在这个兵戎相见的时代,雇佣军的战争使一切希腊人和蛮族人都恐惧。"②福楼拜继而深入研究古代人,他要从中发现一幅人类社会从古到今的图款。他毫不隐讳地承认:"我大量地剖开人的肚子,我使人流血,我不断写出残忍的场面。"③他这样写感到非常难受:"人们根本不会知道,要复活迦太基该多么令人悲哀!"④

不少批评家指出,福楼拜对古代战争的残忍手段的描写,是出于对人类社会的悲观看法,他认为这是人性中丑恶一面的表现,正如平庸是另外一面一样。这种观点说明福楼拜对人性的看法流于偏颇,虽然在暴露社会的丑恶方面尚有积极意义。

其实,福楼拜描写残忍的战争手段,同暴露古代社会的贫富悬殊一样,目的还是为了抨击第二帝国的社会现实。19世纪60年代的法国,工商业获得了长足的发展,但是贫富的两极分化日益严重,社会矛盾异常激烈,正是金玉其外,败絮其中,隐伏着人民起义的火种。这种局面跟公元前3世纪中叶的迦太基何其相似!因此,福楼拜愤愤地说:"让我们残忍一些,让我们将生活之水泼在这甜水世纪之上。让我们把资产者淹没在一万一千度的掺热糖水的烈酒里,让资产者痛苦得吼叫!"⑤然而福楼拜这一主旨表现得比

---

① 转自古典拉罗斯丛书本《萨朗波》第10、11、14页,1972年。
② 转自古典拉罗斯丛书本《萨朗波》第10、11、14页,1972年。
③ 转自德布雷-日奈特编:《福楼拜》第99页,巴黎马塞尔-迪迪埃书店,1970年。
④ 转自杜梅斯尼尔:《居斯塔夫·福楼拜,人与作品》第401页,巴黎德克莱·德·布鲁维公司出版,1947年。
⑤ 转自舒费尔:《福楼拜》第52—53页,巴黎,大学出版社,1958年。

较隐晦,并不为人们所充分了解。从圣伯夫开始,不少批评家都认为福楼拜这样热衷于残忍场面的描绘是一种萨德的想象力或萨德主义(按:指虐待狂)的表现。实际上,福楼拜只是力求说明,在古代社会中,人与人之间居然这样缺乏人性和同情心,可见人与人之间的关系是多么险恶。其实,战争的残酷历来如此,现代战争包括从拿破仑时期以来的战争都是这样。再说,正如战争是内政的继续一样,战争的残酷也是社会生活的残酷现象的继续。阶级剥削所产生的贫困现象与战争造成的景象同样惨不忍睹。所以,福楼拜认为:"我甚至相信,在《萨朗波》中比起在《包法利夫人》中对待人类并不那么残酷。"[1]这是说得很中肯的!

在人物刻画方面,《萨朗波》也跟史诗十分相似。史诗往往擅长群众场面的绘写,而不注重人物性格的刻画。《萨朗波》也是一样,群众场面的描画成为福楼拜最着力的部分。除了战争场面,小说开卷雇佣军的欢宴、迦太基人群起追赶窃取了纱帔的马托、祭献童男童女给莫罗赫神、祈求下雨,卷末迦太基人沿途虐待马托至死等等浩大的场面,都十分壮观和绚丽多彩,显示了福楼拜的大手笔。但这部小说的人物描写却不同于《包法利夫人》,几个主要人物都算不上个性突出的典型。女主人公萨朗波正如作者所说,跟包法利夫人有别,是个单纯的、思想固定的人物。她像个圣女,也是一个象征:她是迦太基的守护神,是迦太基亡魂的化身。她如同月神一样洁白无瑕,光彩照人,美丽无比。她被圣洁的灵光罩

---

[1] 《福楼拜全集》第2卷第449页,巴黎"有教养者俱乐部"出版社,1971年。

住,同周围恶浊的环境格格不入。她一旦委身于马托,思想中就无法摆脱开他,看到他忍受酷刑而受到极大的刺激,以致倒地而死。在福楼拜笔下,这是一个神秘的东方女人。但她说不上是一个活生生的、有血有肉的典型。在《萨朗波》中,引人注目的是汉米加尔和史本迪于斯,他们还具有一点现代典型人物的复杂性和丰富性。汉米加尔一方面极其贪婪:他家中储藏了无数金银财宝,他甚至要把迦太基的麦子全部据为己有,而且他残暴至极,硬要战败的蛮族人相互格斗致死;为了不让自己的儿子被祭献,他不惜以奴隶的孩子去代替,表现出心狠手辣。另一方面,他又是一个精明干练的政治家和军事家;他早就设想靠女儿萨朗波缔结一门在政治上于他有利的婚姻;为了对抗蛮族人,他在必要时能动员全迦太基的力量,不惜用强暴的手段使全体迦太基人服从他的调遣;但在全城陷于饥馑时,他又能开仓赈济,把麦子分给老百姓,或者施舍衣服、鞋子和酒,以笼络百姓,稳定人心;在外交上,他懂得四处寻求支持;在军事上他也足智多谋,屡次击退蛮族人的进攻,最后诱使蛮族人进入斧头隘,重创蛮族人,为最后胜利打下基础。他是强大的迦太基的象征。史本迪于斯有着复杂的经历:他是希腊雄辩术大师和一个妓女的儿子,早年靠贩卖神女发财,后因沉船而破产;在同罗马人打仗中当了俘虏,先在采石场做苦工,后在浴室伺候人,最后从战舰跳进海里,被俘获后带到迦太基。他虽是蛮族人首领马托的奴隶,但由于他诡计多端,实际上成为马托的军师。他协助马托潜入迦太基城内,窃得纱帔。他献计破坏引水渡槽,使迦太基人一时陷入恐慌之中。他在军事上其实没有多大能耐,终于被困在斧头隘,导致全军覆没。在斧头隘中,他让人放风说他已死去,免得矛盾集中在他身上;在干渴时他发现了一种植物充满汁液,却宣布这种植物有毒,把别人骗开去,独自享用。这是一个卑鄙奸猾之徒。他是古代战乱生活产生的一种能随机应变、处处逢源的人物。至于另一个执政官哈农,则是一个贪婪好色之徒,他象征着迦太基的丑恶的一面。他在军事上极为无能,因患麻风病肉体丑陋不堪,一举一动显得滑稽可笑。马托有勇无谋,他为了爱情而不顾一切。但他能忍受酷刑而毫无愧色,表现了大无畏的气概。游牧民族的国王纳哈伐斯是马托的衬托,他狡猾善变,不可捉摸,在强大的邻邦面前应付自如。小说中这几个主要人物尽管不是性格非常突出的典型,却轮廓分明,特点各异,相互映衬,分成好几对人物,如马托与纳哈伐斯,哈农与汉米加尔,史本迪于斯与吉斯孔,各方面都互为对照。再加上他们都有一定的象征性,这些特征与史诗中的人物十分相似。

不过,福楼拜描绘人物的手法带上了现代小说的特点,最主要的是运用不断照射、逐渐显露的方法。以萨朗波为例。她先是在雇佣军的注视下出现的,他们看到她的长发、珍珠钻石,被她艳如石榴红的嘴巴、赤裸的手臂、联结双脚的金链所吸引。她在周围散发出神秘的气息。继而她唱起了歌,迷住了马托和纳哈伐斯。但在马托的心目中,她始终是个梦幻。当马托潜入她的内室时,他注意到她的白色长袍和大眼睛,她的神圣外表由马托的眼睛反映出来。随后,汉米加尔发现女儿成了马托的情人。萨朗波在马托的营帐将这种预感变为事实。最后,她走出宫殿,显露在全体迦太基人面前。她的倒地而死泄露了她心中的秘密。萨朗波的形象是通过小说中人物的所见所感而逐步绘写出来的。这种逐层显现的手法不仅是对史诗塑造人物的发展,同时也是对现代小说描绘人物的一种新创造。作者不是从一个角度一次完成人物描写的,而是从多角度,像油画一样逐层描绘,或像电影一样多镜头拍摄而成。

即使福楼拜在描绘人物方面有新的发展,但不可否认,《萨朗波》的人物不能跟《包法利夫人》中的形象同日而语。《包法利夫人》塑造的是一个个生动丰满的典型,而《萨朗波》中的人物只能称之为有象征性的形象。但就群众性场面在小说中占据极为重要的地位以及象征性的人物形象而言,《萨朗波》是朝19世纪末和20世纪的小说迈进了一步。左拉的《萌芽》及其他小说难道不是《萨朗波》的继续吗?左拉也擅长群众场面的描写而不注重人物典型的塑造,《萌芽》就是一部史诗小说。左拉将福楼拜尊为"自然主义小说之父",确实从福楼拜那里学习到写小说的方法。他曾赞扬《萨朗波》"结构紧密,具有无限的艺术性和惊人的准确性……使整个古代……活动起来"[①]。至于20世纪的小说,大多同《萨朗波》有着或多或少的联系,无论《约翰·克利斯朵夫》《蒂博一家》,还是存在主义、新小说派的小说,都可以找到《萨朗波》或强或弱的影响。这些小说分别在群众场面、战争场面的描写,注重人物精神气质的刻画,甚至忽略人物的存在等方面,与《萨朗波》是一脉相承的。

福楼拜创作这部史诗小说,仍然遵循写作《包法利夫人》所采

---

① 左拉:《自然主义小说家》第434页,巴黎法斯凯尔出版社。

取的创作态度,这就是真实性、客观性和对艺术美的执着追求。正是这些原则使他成为新的一代文学巨匠和语言大师。

在再现古代社会时,福楼拜首先追求的是真实性。他认为,"美学就是真实……现实并不屈从于理想,而是适合于理想。"①他又说:"只有在真实的情况下才是理想的,只有进行概括才能真实";②"成为理想的方法就是使之真实,只有通过选择与和谐地……加以夸张才能达到真实。"③可见,真实是福楼拜所追求的创作原则,并且他提出只有进行选材、概括和适当的夸张才能达到真实,小说家不能美化现实。

为此,福楼拜十分注意对现实和材料的研究,尤其对待古代社会,更应研究材料。关于迦太基,史籍记载不多,除了米歇莱的《罗马史》第4章以外,就只有希腊历史学家波鲁比奥斯(约公元前202年至前120年)的《史记》以及《圣经》中的部分材料。关于这场战争的情况后人只知道基本框架,其他都需要福楼拜发挥想象力加以补充。写完《包法利夫人》之后,他在巴黎神庙街42号租了一个套间,在那里过了四五个月,每天工作八至十个小时,"有时我一星期足不出户",全部时间用来看各种材料。他在1857年9月开始动手写作,但开头部分反复修改了十来次,仍感不满意。他觉

---

① 《通信集》第4卷第107页、第5卷第56页、第2卷(补)第118页,柯纳尔书店,1933年,1954年。
② 《通信集》第4卷第107页、第5卷第56页、第2卷(补)第118页,柯纳尔书店,1933年,1954年。
③ 《通信集》第4卷第107页、第5卷第56页、第2卷(补)第118页,柯纳尔书店,1933年,1954年。

得自己"进入了一座迷宫,啊! 迦太基,要是我把握住你就好了"![1] 他无法以浪漫派作家的虚构来对待历史,他反对夏多布里昂以理想的观点去写历史题材的作品。由于他不能直接观察当时社会,便想到故事发生地点去游历一番。从 1858 年 4 月 16 日至 6 月 6 日,他游览了君士坦丁、突尼斯,并在迦太基废墟待了四天。6 月 20 日,他在信中说:"我要告诉你,迦太基这部小说[2]要完全重写,或者说得更确切一点,需要另起炉灶。我拆毁一切。以前所写的是荒唐的! 不可能的! 虚假的! 我认为我会达到准确的调子。我开始明白我的人物,对此感到兴趣。"[3]实地游历收获很大,但对他来说不是一劳永逸,从此可以免去对材料的搜集和考证。作为材料派的第一位大师,他对于史实和古代风俗、战争诸种情况总是力求掌握尽可能多的材料。例如,他读过 4 世纪拜占庭历史家普罗柯普的《秘史》,其中记叙了努米第亚人的战争。他有一本 400 页的笔记,写满了东方学家菲利克斯·拉加尔对金字塔形柏树的崇拜及各种宗教的情况。他搜集《考古杂志》有关腓尼基人的神祇埃斯姆恩的材料。他研究布匿诗人西留斯·伊塔利库斯的 17 首歌。他参考哈农的《航海记》。他阅读古代学者阿皮安、迪奥多文、柯内留斯·奈波斯、普利纳、普鲁塔克、利维乌斯、圣奥古斯丁、色诺芬的著作。他从柯里普斯的《约哈尼德》了解当时北非的家具、服装、首饰和游牧部落的风俗。他看过 53 部军事著作。关于饥渴

---

[1] 《通信集》第 2 卷第 634 页。
[2] 福楼拜曾设想这部小说的题名为《迦太基》《雇佣军》,最后才定名《萨朗波》。
[3] 《通信集》第 2 卷第 634 页。

问题,他阅读了萨维尼医生的著述;关于麻风病,他参考了《医学辞典》;关于雇佣军的覆灭,他参阅了科雷亚尔的《三桅战舰的沉没》,等等。1857 年 8 月他在给友人费陀的信中说:"为了写出一部建立在真实之上的作品,必须埋在他的题材之中,材料没到他的耳朵之上",①"每次阅读之后,上千种其他的阅读接踵而至。"②正如朗松所说:"他力图通过扎实的和深广的博览群书,确定他的视野,通过凡是能有助于形成迦太基生活的准确认识的东西,去引导和限制他的想象力:这就是游览当地、观看布匿艺术的一切残存物,研究古今文献,审阅一切相似或相近的文明形式。"③因此,当圣伯夫批评他杜撰词汇,怀疑福楼拜是否如实描绘迦太基的风俗时,福楼拜立即复以长信,逐一加以反驳,列举他所依据的著作,证明关于风俗、家具、首饰、酷刑、肢解敌人躯体、祭献孩子等等描写,无不都是有根有据的。至于他把迦太基军队写成拥有 11 396 人,那是为了产生准确的效果。

福楼拜所追求的真实性,几乎达到科学的严整性。为了达到这一点,福楼拜往往研究生理学、医学。在《萨朗波》中,这种科学的严整性更多的是表现在福楼拜对社会风俗和客观世界的准确把握上面。就以《包法利夫人》与《萨朗波》所描绘的画面色彩来说,虽然《包法利夫人》的调子是灰色的,《萨朗波》则是"鲜红色的"④——这符合

---

① 《通信集》第 2 卷第 600 页、第 2 卷第 323 页、第 2 卷第 385 页。
② 转自杜梅斯尼尔:《居斯塔夫·福楼拜,人与作品》第 236 页,巴黎德克莱·德·布鲁维公司出版,1947 年。
③ 朗松:《法国文学史》第 1058 页,巴黎阿舍特出版社,1906 年。
④ 参见龚古尔兄弟:《日记》第 1 卷第 367 页。

五光十色的古代迦太基的生活和战争场面,但是,鲜红色只是表面的,古代社会生活的实质仍是灰色的。由于福楼拜描绘了"完整的画面,描绘了外表与底里"①,以科学的严整性去对待,从而反映出生活的本质真实。

诚然,坚持真实性并非要丝毫不差地照录现实;现实主义并非要求完全屈从于史实或史籍材料。福楼拜说过:"我憎恨照相,与我喜爱创新成正比例:我感到照相不真实。"②为了写作的需要,他认为可以改变某些史实。例如引水渡槽本是罗马的发明,福楼拜则移植至北非,利用这种建筑物让马托潜入城中。又如对哈农的描写与史实也是相悖的,这个人物纯属福楼拜的创造,用以塑造出另一种类型的统治者。至于萨朗波则更是福楼拜虚构的人物。福楼拜的原则是,如果色彩不一致,细节不协调,风俗背离宗教规范,事实背离感情,性格不连贯,服装不符合习俗,建筑与气候不适应,总之,没有和谐,那就会虚假,否则,"一切都站住了。"福楼拜主张的真实性应该说具有很大的灵活性。一方面,小说对武器、物品、衣服、服饰、古怪的风俗(神庙中豢养狮子,这也是妓女开业的场所,家中饲养蟒蛇,沙漠中的十字架钉着狮子,祭献孩子)、奇特的建筑等等,描写得巨细无遗,使人领略到古代北非的特殊风貌,创造出真实的氛围。另一方面,某些重要人物和某些建筑又是杜撰的,他并不拘泥于史实。这样写的目的是为了使小说显得更生动,不但不违背生活的真实,反而达到更高水平的真实,正如福楼拜所

---

① 《通信集》第 2 卷第 600 页、第 2 卷第 323 页、第 2 卷第 385 页。
② 《通信集》第 2 卷第 600 页、第 2 卷第 323 页、第 2 卷第 385 页。

说,现实有时"只应是块跳板,为了升得更高",①才借助于它。

其次,福楼拜力图以客观的态度去对待所描绘的对象。他指出:"伟大的艺术是科学的和客观的。"②又说:"客观是力量的标志。"③"我对于将心里的想法落在纸上的做法感到一种不可抑制的厌恶;我甚至感到,一个小说家没有权利对任何事物发表自己的见解。上帝难道口述过他的见解吗?"④"精神科学必须……像物理学一样,从客观开始进行。"⑤

这种客观态度明显地表现在《萨朗波》中。在福楼拜笔下,迦太基军队和雇佣军一样残酷和虐杀俘虏,萨朗波的单纯、马托的钟情、汉米加尔的老练、哈农的贪婪、史本迪于斯的狡黠,都是以冷漠客观的笔触描绘出来的,读者很难看出作者的态度。跟以往的作家不同,福楼拜从来不在小说中发表议论,夹叙夹议的笔法与他无缘。恩格斯指出:"作者的见解愈隐蔽,对艺术作品来说就愈好。"⑥因此,从艺术创作的标准来看,福楼拜将自己的观点隐蔽起来无疑是正确的。

这并不是说,作者的态度绝对不能融化到人物身上。福楼拜认为,要"通过精神的努力,将自己设想到人物身上,而不是将人物拉向自己一边";⑦"必须让外界现实进入我们心中,直至使我们呼

---

① 《通信集》第8卷第374页,柯纳尔书店,1933年,1954年。
② 转自卡斯泰等:《法国文学史·19世纪》第228页,阿舍特出版社,1966年。
③ 转自米歇尔·雷蒙:《大革命以来的小说》第84、85页,巴黎阿芒·柯兰出版社,1967年。
④ 《通信集》第2卷第617页。
⑤ 转自米歇尔·雷蒙:《大革命以来的小说》第84、85页,巴黎阿芒·柯兰出版社,1967年。
⑥ 《马克思恩格斯选集》第4卷第462页,人民出版社,1972年。
⑦ 《通信集》第3卷第38页、第3卷第49页、第2卷第527页。

喊出来,以便再现这现实。"①他写作《萨朗波》时,常常设身处地想象人物的活动:"我在肩上扛着整整两支军队,一支有三万人,另一支有一万一千人";②"我在书房的静寂中沉浸于大声叫喊和哑剧里,以致我终于酷似杜巴尔塔斯(按:杜巴尔塔斯是16世纪法国诗人),为了描绘一匹马,他在地下爬、奔跑、嘶鸣、趵蹄。这该是多美啊!"③这就像他写作爱玛吞下砒霜以后那样,他也呕吐起来。这是小说家借助想象力进行创作的有效方法,特别是以古代为题材的作品,更需要作家设身处地,展开想象的翅膀。

福楼拜是艺术美的孜孜不倦的追求者。虽然他有为艺术而艺术的倾向,但他关于作品的形式和内容有一些正确的见解,诸如:"形式和思想就像身体和灵魂;在我看来,这是一个整体,是不可分割的,我不知道没有这一个,另一个会变成什么。思想越是美好,词句就越是铿锵,思想的准确会造成语言的准确";"没有美好的形式就没有美好的思想,反之亦然。美从艺术世界的形式中渗出……"④"思想要找到最适合于它的形式,这就是创造出杰作的奥秘。"⑤他强调的是形式与内容的统一。他的学生莫泊桑指出:"对他来说,作品的内容必然决定唯一正确的表达方式、大小限度、节奏和形式的各个方面。"⑥因此,他在句子结构、词汇节奏、音响

---

① 转自卡斯泰等:《法国文学史·19世纪》第228页,阿舍特出版社,1966年。
② 《通信集》第3卷第38页、第3卷第49页、第2卷第527页。
③ 《通信集》第3卷第38页、第3卷第49页、第2卷第527页。
④ 《通信集》第3卷第38页、第3卷第49页、第2卷第527页。
⑤ 《通信集》第2卷(补)97页,柯纳尔书店,1933年,1954年。
⑥ 莫泊桑:《福楼拜给乔治·桑的信序言》,《专栏文章》第3卷第11187页,10—18丛书,联合出版社,1980年。

效果、表达准确上苦心经营。他说:"我是一个默默无闻的采集珍珠者,潜入海底后,上来时两手空空,脸色发紫。有种不可抗拒的吸引力把我拖向思想的深渊,这种内心深渊对强者来说永远不会枯竭。我一生都用来观看艺术的大洋,别人在那里航行或搏斗,而我往往乐于去海底寻找没有人要的绿色或黄色的贝壳;我要为自己保留下来,装饰我的木板屋。"[1]福楼拜在写作《萨朗波》时,就是这样一丝不苟地、不厌其烦地锤炼句子,采集语言的珍珠。他常常因找不到合适的表达方式而苦恼,"我越是在艺术中获得经验,这艺术对我来说就越变成一种酷刑……我相信,很少人像我那样为文学而忍受那么大的苦痛。"[2]《萨朗波》有不少章节重写了十次之多,而《包法利夫人》中的"农业展览会"一章只改写了七次。所以法国批评家蒂博岱认为,这部小说的"观念并不复杂,而写作却非常复杂"[3]。《萨朗波》中不乏精美的句子,诸如写人的疲倦时用"四肢仿佛在游泳时融化到了水里"来形容,写纳哈伐斯觊觎萨朗波用"蹲伏在竹丛中的豹子"来比喻。小说第一句:"在迦太基城厢的梅加拉,汉米加尔府的花园里",原文音调铿锵,安排妥帖;"拉丁民族因没有在骨灰瓮里搜集骨灰而懊恼,游牧民族留恋沙土的温热,他们的身体在沙中变成木乃伊,而凯尔特人留恋小岛环抱的海湾深处多雨天空下那三块天然的石头",这个排比句也写得比例均匀而变化多姿。至于日神庙和月神庙的奇特景象,月夜下宁谧幽

---

[1] 《通信集》第1卷第36页,柯纳尔书店,1933年,1954年。
[2] 转自古典拉罗斯丛书本《萨朗波》第14页,1972年。
[3] 蒂博岱:《福楼拜》第178页。

美的原野,萨朗波卧房的华丽芬芳……都仿佛一幅幅瑰丽的油画,又像一篇篇散文诗,历来脍炙人口。亨利·詹姆斯将《萨朗波》的风格比作"水晶盒",确实道出了这部小说玲珑剔透、色彩鲜艳的特征。

1861年5月,小说已基本完稿,福楼拜向别人朗读小说,以期进一步完善。直至1862年4月24日,小说才算最后定稿,前后花费近五年的写作时间。小说出版后得到当时名作家的一致赞赏。波德莱尔在信中说:"福楼拜所写的作品,唯有他才能写出来。"[①]乔治·桑认为"《萨朗波》是惊人的,极为有力的作品。这是一个巨大的世界,它在不朽的人物周围成群结队地活动和怒吼"。[②] 莫泊桑认为"这部巨大的作品,在造型艺术上是他写出的小说中最美的,给人以瑰奇的梦的印象"。[③] 莫泊桑还认为这是部散文歌剧,《萨朗波》后来确实多次被改编成歌剧上演。此外,雨果、勒贡特·德·利尔也给予好评。

总之,《萨朗波》以雄奇壮观、五彩缤纷的画面,以匀称完整的结构和华美精确的句子为其特色,成为别具一格的史诗小说,开辟了历史小说的新领域,因而在法国小说史上占有令人瞩目的地位。至今,它依然保持着艺术精品的不朽价值。

《天津师大学报》,1992年第2期

[①] 《通信集》第2卷第611—612页。
[②] 乔治·桑:《文学与艺术问题》第417页,卡尔曼-莱维出版社,1878年。
[③] 莫泊桑:《福楼拜给乔治·桑的信序言》,《专栏文章》第3卷第87页,10—18丛书,联合出版社,1980年。

通俗小说的典范
——《基督山恩仇记》

古往今来,世界上的通俗小说多如恒河沙数,但优秀作品寥寥无几,其中大仲马(1802—1870)的《基督山恩仇记》可说是数一数二的佳作。这不仅是就其拥有的读者数量之多,就其历久不衰的时间之长而言,而且是就其艺术上的精湛和技巧的完美才下此论断的。毋庸置疑,《基督山恩仇记》是通俗小说的典范作品之一。

以通俗小说而跻身于重要作家之列,在文学史上占有一席之地的作家为数不多,大仲马就是其中之一,由此可见,他在小说创作中的成就绝不可低估。但大仲马在小说史中的地位,只是到了20世纪才日见上升的。19世纪的评论家对大仲马的小说创作是颇有微词的。朗松的《法国文学史》就无视大仲马的小说创作。然而,大仲马的小说毕竟经受了时间考验,文学史家们不得不重新估价大仲马的小说家地位。20世纪60年代以后出版的几部有权威性的法国文学史,都不同程度地给予大仲马的小说创作以一定篇幅和肯定的评价,认为"大仲马的长篇故事始终受到喜欢历史的神奇性的读者所赞赏",[①]"作为司

[①] P·布吕奈尔等:《法国文学史》第2卷第476—477页,博尔达斯出版社,巴黎,1972年。

各特的热情赞赏者,他把传奇性的历史变为生动的别致的现实,为广大读者所接受①。"在这两句评语中,文学史家们指出了读者广泛接受和赞扬的事实,归因于大仲马把历史变为生动的现实的艺术才能。而法国评论家亨利·勒梅特尔则更进一步,认为在巴尔扎克从事《人间喜剧》这一构成社会学总和的小说创作时,在乔治·桑从事空想社会主义的小说创作时,在雨果构思《悲惨世界》时,大仲马也在写作"一种整体小说"②。所谓整体小说,是指广泛描写一整段历史时期的小说。大仲马的历史小说从16世纪宗教战争写到19世纪的七月王朝时期③,包揽的历史画面是广阔的,就这一点而言,称之为整体小说也未尝不可。诚然,并不是说大仲马的小说在思想意义上可以跟巴尔扎克和雨果等一流大作家的小说相媲美。然而从大仲马的历史小说的某些方面来看,它们应该占有不低的地位,这并不是过高的评价。

《基督山恩仇记》是大仲马的代表作之一,属于当时的"报刊连载小说"。19世纪初期,报纸如雨后春笋般发展起来,随之报刊连载小说也应运而生,这是报纸吸引读者订户的重要手段。一部吸引人的报刊连载小说有时能使报纸的订数激增,数以十万计。写报刊连载小说的作家有大仲马、欧仁·苏(1804—1857)、苏利埃(1800—1847)、费瓦尔(1817—1887)等一大批,他们获得了极大的

---

① 卡斯泰等:《法国文学史》第665页,阿金特出版社,巴黎,1981年。
② 勒梅特尔:《法国文学史》第3卷第241页,博尔达斯—拉封出版社,比利时版,1972年。
③ 如写宗教战争时期的小说:《马戈王后》《蒙梭罗夫人》《四十五人》;写路易十三时期的小说:《三个火枪手》《二十年后》《布拉日洛纳子爵》;写路易十五至大革命时期的小说:《约瑟夫·巴尔萨莫》《王后的项链》《昂日·皮图》《沙尔尼伯爵夫人》。

成功,直接影响了巴尔扎克、雨果、乔治·桑等作家,这些大作家汲取了大仲马等人的艺术手法,以丰富自己的创作。更重要的是,报刊连载小说"在这一革命中起了重大作用:它在整个浪漫主义时代深深地改变了文学与读者之间的关系,也极大地促使19世纪成为小说的黄金时代[①]"。报刊连载小说为19世纪法国小说的空前繁荣并达到发展顶峰作出了贡献,它具有不可磨灭的历史功绩。从这个大背景来考察《基督山恩仇记》,才能给这部小说以恰如其分的地位。

把《基督山恩仇记》看作通俗小说的典范作品是确当的,因为这部小说具备了优秀的通俗小说的一些基本特点,这些特点对于一般的小说创作无疑也有借鉴作用。

《基督山恩仇记》的第一个艺术特点是:情节曲折、安排合理。

大凡成功的通俗小说,无不是情节曲折,波澜起伏的。《基督山恩仇记》在这一点上堪称典范。小说一开卷就紧紧吸引住读者。主人公唐泰斯远航归来,准备结婚;他年轻有为,做了代理船长,前程似锦。可是,他的才干受到船上会计唐格拉尔的嫉恨,在唐格拉尔的策划下,他的情敌费尔南向当局告了密,诬陷他是拿破仑党人。于是飞来一场横祸;在他举行订婚仪式时,他被当局逮捕。恰巧他的案件牵连到检察官维勒福的父亲,维勒福为了保护其父,将唐泰斯毫不留情地打入死牢。这一富于戏剧性的开场正是"一石

[①] 勒梅特尔:《法国文学史》第3卷第239页。

激起千重浪",为下文跌宕起伏的情节打下了合理的基础。紧接着唐泰斯在黑牢里的经历更是写得有声有色,这是全书最精彩的部分之一。唐泰斯在狱中一度满怀希望,以为维勒福会公正地释放他,随后希望破灭,他起了轻生的念头。他在牢里巧遇法里亚神甫,通过地道互相往来,这段奇遇极富传奇意味。法里亚不幸中风死去,唐泰斯计上心来,钻进包裹法里亚尸体的麻袋,终于逃出虎口。看到这里,谁都会屏住呼吸,为作者的巧妙构思拍案叫绝。这只是小说的序幕。小说正文是写唐泰斯的报恩和复仇经过。唐泰斯根据法里亚的指点,发现了宝库,成了亿万富翁,改名为基督山伯爵。他得知摩雷尔船主曾为营救他出狱真心实意地出过力,并资助过他父亲,是他的恩人。在船主处于破产境地、准备开枪自尽时,他及时地伸出了援救之手,给船主还清债务,并送给船主一条崭新的帆船。小说着重写基督山伯爵的复仇经过,大仲马匠心独运之处,在于把三次复仇写得互不相同,各异其趣,但又与三个仇人的职业和罪恶性质互有关联。莫尔赛夫夺人之妻,出卖恩人,结局是妻子离他而去;他身败名裂,儿子为他感到羞耻,不愿为他而决斗,他只得以自杀告终。维勒福落井下石,害人利己,又企图活埋私生子,结局是自己的犯罪面目被揭露,妻子和儿子双双服毒死去,面对穷途末路他发了疯。唐格拉尔是陷害唐泰斯的主谋,又逼得唐泰斯的父亲贫病饿死,他靠投机发家;基督山以其人之道还治其人之身,让他受骗,终至破产,并让他忍受饥饿之苦,他被迫把拐骗的钱如数退出。这样不同的结果使复仇情节不致呆板,而是富有变化。读者料想不到会是如此结局,读完之后,掩卷再思,又会觉得这样的结局再好不过,不能不击节叹赏作者的巧于安排。

大仲马并不满足于基本情节的离奇曲折,因为小说篇幅很长,只有这样单纯的情节仍会显得单调。于是他在其中穿插了不少惊险紧张的场面,例如:卡德鲁斯在风雨之夜谋财害命,杀死首饰商,夺取了五万法郎;在罗马近郊神出鬼没的绿林好汉,利用狂欢节进行绑架活动;维勒福的私生子安德烈亚从苦役监踏入上流社会,最后事情败露,再次被捕入狱;卡德鲁斯夜入基督山伯爵府邸偷盗,竟被安德烈亚刺杀;维勒福夫人为了夺取遗产,下毒害人,但基督山伯爵暗中保护瓦朗蒂娜,先让她假死,然后转移……这些次要情节险象环生,具有奇峰突起、迂回曲折、大起大落的艺术效果,而又不游离于主要情节之外。这种大故事套小故事的写法运用得恰到好处:每一个小插曲都写得很紧凑、很精彩,但又没有喧宾夺主,相反,是为主要情节服务的,或者说,是主要情节中的一环。因为它们都与主人公有关,大多数还是他直接操纵的,所以小说情节繁复而不散漫,读来只觉得描写精彩纷呈,而无冗长拖沓之感。

从小说的产生经过,也可以看出大仲马这种善于编织故事的杰出才能。大仲马在一次到地中海作狩猎航行时,在厄尔巴岛附近发现了基督山这个小岛,他被岛名所吸引,产生了要以此作为他下一部小说的书名。机会来了:1843年,出版商要他写一部《巴黎游览印象》。大仲马从一则真实的社会新闻得到启发。这则新闻的材料来自巴黎警察局档案(1830—1838),由珀金写成《被揭露的警方:钻石与复仇》。大仲马从中发现了F·皮科的故事。皮科被错判为英国奸细,关押了七年,于1814年出狱。一个名叫法里亚的神甫遗赠给他一笔财产,他依靠这笔财产来复仇,杀死了三个仇人,最后,那个给他提供内情的揭露者又把他暗杀了,揭露者临死前作了忏悔[①]。皮科是唐泰斯的原型。这个真实的故事与《基督山恩仇记》只能说大致相似;经过了大仲马的艺术加工后(据研究,小说由马盖和菲奥朗蒂写出初稿,再由大仲马加工和定稿),小说才成为真正的艺术品。大仲马对原来这个真实故事的改动,有几处是值得注意的。其一是时代的改动,原来发生在1807年至1814年之间,即在第一帝国时期。小说改为1815年之后,也就是说在复辟王朝时期(关在黑牢里)和七月王朝时期,把揭露的矛头对准了复辟王朝的黑暗窳败,而不是去抨击拿破仑政权。其二,小说主人公在狱中待了十四年而不是七年,用以加强主人公遭遇的悲惨,为他的复仇的合理性增加分量。其三,小说主人公不是期满释放,而是逃出来的,潜逃过程显示了作家的丰富想象力。其四,基督山伯爵的财产不是由法里亚神甫遗赠的,而是在神甫指点下发现的,而且数目大得不可比拟,这样写能增加小说的传奇性。其五,基督山是根据法里亚神甫的分析了解到自己的仇人是谁,并经过自己的核实,他的复仇经过完全是作家杜撰出来的,最后,他根本没有亲手杀死仇人,否则难以脱身;其他次要情节也是作家虚构的。上述几个方面的改动能给人以启迪,显示了大仲马如何成功地将生活中的原型和故事进行艺术加工,《基督山恩仇记》是一个出色的范例。

---

① 见 J. P. 德·博马舍等:《文学辞典》第 1 卷第 688 页,博尔达斯出版社,巴黎,1984 年。

可是,在进行艺术虚构时决不能违反生活真实,否则就会流于荒唐无稽,导致艺术上的失败。大仲马是非常注意情节安排的合理可信的。以唐泰斯在黑牢中的经历为例:这座紫衫堡监狱阴森可怕,作者的描述异常具体细致,读者仿佛身临其境,看到主人公如何在他的牢房里生活。为了描写这一环境,大仲马曾经去游历过这个地方。他说过:"有一件事我是不会贸然去做的,这就是我没有见过的地方,我不会写到我的小说和戏剧里……为了写作《基督山恩仇记》,我又到卡塔卢尼亚和紫杉堡去过。"从这句话可以看出大仲马的严谨的写作态度。黑牢的环境写得如此真实,是同作者的实地观察分不开的。

环境的真实是艺术真实的第一步。艺术需要虚构,但虚构也要符合真实。后者似乎需要更多的艺术匠心。这里面,细节的真实具有举足轻重的意义。一个细节的疏忽往往导致整个情节的失实。《基督山恩仇记》在描写挖地道这个细节上就处理得非常妥帖。试想,挖地道所出的土是相当可观的,这些土倒在一个废置不用的小房间里,等填满了,就搞碎土块,一点点从窗口抛洒出去,随风送到远处,洒落在海里,不留下任何痕迹。这两处交代是颇有说服力的,足以打消读者心里的疑问。另外一个细节也写得很有分寸:唐泰斯要经过长途游泳才能逃离监狱,然而,他在牢里待了十四年,一个没有活动的人不可能有足够的体力游完这段距离。作者当然考虑到这一点,他留下了几处伏笔,写唐泰斯平时如何锻炼体力,其中挖地道也是一种方式,加之他是一个熟练的水手,深谙水性。这样,当写到他在海里游泳逃脱时,就顺情合理,使读者感到真实可信。再一个例子：唐泰斯成为基督山伯爵以后，他需要具有教养，否则就不能出入于交际场所。作者也事先交代了他向法里亚学习各种知识的细节，并把他复仇的时机推迟到若干年之后，这时基督山已完全摆脱了下层人物的谈吐举止，并掌握了各种复仇本领，如他是个击剑和射击能手。这样就避免了不合理的描写。大仲马对细节的处理大半是相当巧妙的，毫不令人感到勉强。

高尔基说过："虚构就是从既定的现实的总体中抽出它的基本意义而且用形象体现出来。"①这就是说，虚构是从现实中来，符合现实的基本特点，而且要生动形象。《基督山恩仇记》中的艺术虚构正是体现了这些要求，做到了离奇曲折而又安排合理。

《基督山恩仇记》的第二个艺术特点是：光怪陆离，熔于一炉。

这部小说触及的社会生活面极其广阔，上至路易十八的宫廷、上流社会的灯红酒绿，下至监狱的阴森可怕和犯人的阴暗心理、绿林强盗的绑架和仗义疏财，也有市民清贫的生活，这些全都得到了精细的描绘。

小说对各个社会阶层的描写具有绚丽的色彩，不是浮光掠影式的扫描，而是有一定深度的写照。在描写宫廷时，作者用揶揄的笔触去对待路易十八。这个经历了二十多年流亡生活，如今登上宝座的国王，处在风雨飘摇的地位中。虽然他竭力保持国王的威

---

① 高尔基：《苏联的文学》，《文学论文选》第337页，人民文学出版社，1960年。

严,但一遇突发事件便惊慌失措。平时他手捧古典著作,以显示博学和有哲学头脑,其实他相当麻木不仁,不知脚下的火山即将爆发,十分昏聩。作者寥寥几笔就写出了路易十八本人的特点和他的宫廷风尚。小说对上流社会的描绘是丰富多彩的。大型舞会和豪华婚礼场面令人炫目,尤其婚礼仪式上的签名透露了时代的风习;宴会上"水陆罗八珍",其奢华和耗费异常惊人;价格高昂的骏马在贵族生活中占有举足轻重的地位,往往用来炫耀主人的富有,而游山玩水、观看歌剧演出又是公子哥儿不可或缺的消遣活动;金碧辉煌的客厅和名画的陈设是显露财富的一种手段,实际上他们缺乏慧眼,艺术鉴赏力庸俗不堪;为了争夺财产,连检察官的夫人也不惜屡次下毒,以谋财害命;最具特色的是关于金融投机的描写,这方面的刻画似乎在同时代的作家中也不多见。唐格拉尔的金融投机活动以及唐格拉尔夫人和德布雷的合伙金融投机,揭示了银行家跟政府当局暗中勾结的内幕。他们窃取了重要的政治情报,及时购买或抛出公债券和国库券,从而赚取了数十万法郎乃至百万法郎的巨款。他们之间是彼此利用的关系,必要时可以妻子为钓饵,丈夫容忍妻子的偷情行为;合作的一方到了无利可图时,也就毫不留情地与情妇一刀两断,各奔东西。小说对上流社会的描绘是淋漓尽致的。

小说在描绘下层社会方面,同样有独到之处。小说对牢狱生活的描写精细入微,将一般读者一无所知的犯人生活展示出来;从对犯人的切口恰如其分的运用,可见作者对这些社会渣滓的生活也是了解的。小说关于苦役犯摇身一变,企图通过婚姻改变社会地位的描写,也不是毫无根据的。巴尔扎克笔下的伏脱冷当上了公安机关的处长,确实是一种社会现象,拿破仑第三就依靠一批地痞流氓和社会渣滓爬了上去。值得注意的是,大仲马把绿林大盗跟一般盗贼严格区分开来。罗马近郊绿林好汉的首领瓦姆帕是牧童出身,善恶分明,往往只打劫为富不仁的豪绅。他平时喜爱阅读恺撒的《回忆录》和普卢塔克的《希腊罗马名人传》,表明他有高尚的志趣和较高的文化修养。同是下层人物,他和他的手下跟安德烈亚、卡德鲁斯等苦役监逃犯迥然不同。此外,小说对一般老百姓和公务员也有入木三分的描绘。诸如失去了儿子之后宁愿饿死的唐泰斯的老父亲,快报站中热衷于园艺的发报老头,知足常乐的马克西米利安夫妇,收养安德烈亚的科西嘉人贝尔图乔及其善良的嫂子,等等,都是有代表性的小人物。《基督山恩仇记》虽然说不上对社会百态有全面的写照,却也是关于复辟王朝,尤其是七月王朝时期的一幅社会风俗画卷。

还应指出,《基督山恩仇记》富有地方色彩和异国情调。作为浪漫派作家,大仲马异常热衷于描写法国和外国的风土人情。地中海沿岸的走私船和走私贩子东躲西藏的生活,他们以大海和小岛作为活动据点,与沿岸各地有密如丝网的联系,他们甚至与绿林好汉也有联系,他们豪爽的性格是与飘泊不定的生活分不开的。科西嘉岛民强悍的复仇意识与善良品质的奇异融合,也构成了地方色彩中具有魅力的方面之一:贝尔图乔为哥哥复仇,一路追杀维勒福,而他的嫂子像爱亲儿子一样抚养安德烈亚,百依百顺,就是一例。另外,保持西班牙风俗的卡塔卢尼亚人以渔业为生的宁静日子,展示了这个少数民族与法兰西人民不同的生活风貌。至于异国情调,在这部小说中更是突出。罗马狂欢节车水马龙、万头攒动的疯狂场面;假面具和奇装异服的大展览更是五彩缤纷,令人目不暇接。狂欢节开始前的处决犯人则不可思议,富有神秘色彩。罗马竞技场上的优美夜景和绿林好汉古怪的接头方式也令人神往和不可捉摸。再如希腊战争中这一段富有浪漫色彩的插曲:阿里-泰贝林的被出卖和惨遭杀害,他的妻子和幼女被叛徒费尔南卖给了奴隶贩子。这段插曲把当时吸引欧洲人注意的希腊战争写进小说之中。此外,基督山伯爵的仆人阿里曾因触犯苏丹禁令被割去舌头的残酷刑罚,把北非的风俗也勾勒了一笔。

五光十色的社会生活和斑斓夺目的地方色彩、异国情调有机地结合在一起,表现出大仲马能将广阔的视野与浪漫主义的艺术趣味熔于一炉的杰出技巧,这种特点是与小说的传奇性紧密相连的。将上层社会生活与下层社会生活结合起来描写,目的之一是为了制造传奇性,在欧仁·苏的小说《巴黎的秘密》(1842至1843)中已经有过尝试,获得了巨大成功。但在《巴黎的秘密》中,对社会底层的描写很难说是暴露社会的黑暗面,小说中对流氓、匪徒、妓女、苦役监犯人的描写带上了浓厚的猎奇意味,作者明显地站在维护社会秩序的上流人士的立场上,居高临下、鄙夷不屑地对待处于社会底层的人。大仲马则不同,他对绿林好汉、走私者有好感,因此,他对下层人物的描写比较符合生活真实。更不用说他插入了对政治仇恨和金钱作用的描写,在思想上略高一筹。更重要的是,大仲马这种全景式的描写以丰富多彩的色调作为点缀,能满足不同阶层的读者的兴趣,这是《基督山恩仇记》能赢得广大读者的一个重要原因。

《基督山恩仇记》的第三个艺术特点是:结构完整,一气呵成。

多卷本的长篇小说有各种各样的写法。有的头绪繁多,像一棵大树一样,枝繁叶茂,又如一座花园一样,曲径通幽,四通八达。在那些力图反映一个历史时期的社会生活的长篇小说中,往往采用这种手法,如《红楼梦》和《战争与和平》就是这样。但这种手法如果处理不当,就会显得枝蔓太多,七零八碎,而导致结构上的失败。还有一种是先写主要人物,随着他的经历逐渐引出其他人物,其他人物的活动与主要人物的活动密切相关,构成了一个整体。这种写法颇为常见,其优点是脉络清楚,重点突出,叙述自然。如《约翰·克利斯朵夫》、挪威女作家温塞特的《克丽丝丁》就属于这一类。近代有的多卷本长篇小说,则采用倒叙式的回忆手法,如普鲁斯特的《追忆逝水年华》长达三百多万字,由主人公醒来后躺在床上回忆的往事所组成。《基督山恩仇记》的结构类似第二种,但又不尽相同。它一开卷就引出几个主要人物,他们之间的矛盾斗争构成了小说的全部内容:前面四分之一的篇幅写主人公被陷害的经过,后面四分之三写主人公如何复仇。

这种结构非常清楚明晰。前面部分只能算是个楔子。正是这个楔子引出了后来的复仇情节,前者为后者的基础,因而两者是紧紧衔接在一起的。至于复仇情节,虽然分成三条线索,但彼此交叉进行,并且交叉而不乱,叙述有条不紊:每条线索保持一定的独立性,最后才汇合到一起,写来环环相扣,步步深入。

　　问题在于,作者在组织基本情节的时候,是怎样处理大量的插入情节的?因为处理不好的话,基本情节就会被插入情节所淹没。尤其《基督山恩仇记》是一部报刊连载小说,这类小说往往会为了吸引读者而插入一些游离于主题和基本情节之外的枝节,从而破坏了作品的完整性。难能可贵的是,《基督山恩仇记》避免了这种弊病。在大仲马笔下,大量的次要情节都同主要情节有密不可分的联系,或者说,次要情节被有机地组织到主要情节的基干之中。例如,从三十一章到三十八章,小说突然变换了环境,转到意大利的罗马,描写利用狂欢节进行活动的绿林好汉。乍看似乎小说离开了基本情节,再看下去,小说引出了基督山伯爵的仇人莫尔赛夫的儿子阿尔贝。阿尔贝被绑架的事件成为基督山伯爵返回巴黎,进入上流社会的一条导引线。仅此一点,这段情节还不能说是十分必要的。直到故事末尾,唐格拉尔席卷巨款潜逃到意大利,落到了这伙绿林好汉之手,他们用一餐饭付十万法郎的办法迫使唐格拉尔吐出全部赃款。至此,前面那段插曲便成为不可缺少的情节,与基本情节有机地结合起来了。再举一个插入情节的例子:唐泰斯出狱并寻得大宗财宝以后,曾去寻访卡德鲁斯以证实唐格拉尔和莫尔赛夫怎样写密信的经过。卡德鲁斯这时是小酒店老板,他的再出现起到了沟通上下情节的作用,并通过他的口,介绍了一些人物的经历,简化了交代过程。从卡德鲁斯那里又引出一个人物——安德烈亚。基督山把他从苦役监弄出来,作为他复仇的工具。安德烈亚成了意大利的贵族子弟,出入巴黎上流社会。处于拮据状态的唐格拉尔想招他为女婿,以摆脱困境。他败露身份后,在法庭上揭露了维勒福正人君子的丑恶面目。卡德鲁斯和安德烈亚的故事写得很吸引人,同时与唐格拉尔、维勒福等主要人物的经历紧密交织在一起,成为主要情节发展的纽带。由于次要情节安排得当,所以这部小说能保持酣畅始终、首尾连贯。

文学作品的结构在艺术上是一个不可忽视的问题。一个短篇、一个中篇,常常要讲究结构的严谨。长篇小说同样需要在结构上下功夫。小说的结构就像人的形体一样,是决定作品在艺术上优劣的重要因素。但不是所有写作多卷本长篇小说的作家都能给作品结构以足够的重视,因而有的作品写得枝蔓芜杂、冗长啰唆。尽管长篇小说可以更充分地、更广阔地去描绘社会生活,但这并不等于可以漫无止境地去描绘社会现实,它仍然必须服从集中概括的艺术原则。作品结构关系到作家对现实生活作出怎样的集中概括,并用何种形式表现出来。《基督山恩仇记》由于做到了结构的严密、紧凑、清晰,而产生了一气呵成的艺术效果。

《基督山恩仇记》的第四个艺术特点是:善写对话,戏剧性强。

大仲马十分擅长写人物对话,全书十分之八的篇幅都由对话组成,其余部分的叙述多半是每章开头的介绍或过渡性的交代。对话写得流畅、自然、生动自不必说,仔细琢磨,还有如下几个值得注意的地方。

其一,小说人物的思想和性格往往是通过对话加以表现的。维勒福审问唐泰斯的场面是一个很好的例证。当时,维勒福志得意满,他攀上了一门高亲,前程似锦。他的未婚妻得知他要审理一个紧急案件时,嘱咐他要仁慈宽宏,他也正准备满足未婚妻的愿望。他初见唐泰斯,先询问唐泰斯是什么政见。唐泰斯回答,他从来没有什么政见,只是代替老船长到厄尔巴岛去过一次,给巴黎的一个人托带一封信,维勒福便问他这是封什么信。当维勒福看到信是写给他父亲的时候,他大吃一惊,脸色转成苍白。唐泰斯问他是不是认识收信的人,他这样回答:"一个王上的忠仆是不认识叛徒的。"叛徒指他的父亲努瓦蒂埃,因为努瓦蒂埃信奉共和,是拿破仑党人;他为了忠于王室,把他的父亲斥为叛徒。这句答话将维勒福的丑恶嘴脸暴露得相当清楚。维勒福虽然脸色发白,额角出汗,但他并没有慌张。他问过唐泰斯,知道唐泰斯并不了解信的内容,而且谁也不知道这封信以后,马上作出了决定。他佯称唐泰斯有严重嫌疑,不能马上恢复自由,然而他自称对唐泰斯是友好的,要设法缩短拘留他的时间。维勒福把这封信投到壁炉里烧掉,说是给唐泰斯消灭主要的罪证,并吩咐唐泰斯关于这封信不要泄露一个字。唐泰斯真以为他是个好心人,发誓答应了。这一场面全是用对话写出的,维勒福的奸猾阴险、随机应变跃然纸上。唐泰斯被警官带出去以后,维勒福因力竭神疲,支持不住,倒在椅子里。突然,他脑子里闪过一个念头,嘴角浮上了微笑:他要把唐泰斯打入死牢,然后星夜赶到巴黎,向路易十八告密——拿破仑即将返回大陆。他自言自语,要从这封本来会使他完蛋的信,得到飞黄腾达的机会。这个人物恶毒卑劣的心灵和盘托出了。维勒福的思想和性格在这场短短的对话里已经基本上塑造出来。

再举一段两个反面人物的对话,看看作者是怎样塑造他们的思想和性格的。唐格拉尔在酒店里挑起费尔南的嫉妒心,费尔南问他有没有办法把唐泰斯抓起来,唐格拉尔回答:

"好好寻找,"唐格拉尔说,"就能找到。不过,"他继续说,"我见鬼才插手呢,这跟我有什么相干?"

"我不知道这是否与您相干,"费尔南抓住他的手臂说,"但我所知的是,您对唐泰斯有某种私怨;怀恨在心的人不会搞错别人的情感。"

"我对唐泰斯有某种私怨?绝没有,我发誓。我看到您遭逢不幸,您的不幸令我关心,如此而已;只要您以为我是在谋私利,那么再会,我亲爱的朋友,您自己尽力摆脱困境吧。"唐格拉尔也佯装站起来要走。

"不,"费尔南拉住他说,"别走!说到底,您恨不恨唐泰斯与我关系不大。我恨他,我大声承认。您找到办法,我来干,只要不死人,因为梅尔塞苔丝说过,如要有人杀死唐泰斯,她就会自杀。"

这段对话把唐格拉尔的刁猾诡诈描写得栩栩如生。他利用费尔南企图抢夺唐泰斯的未婚妻的心理,诱使费尔南上钩,达到借他人之手置唐泰斯于死地的目的。同唐格拉尔的狡诈相映衬的,是费尔南的凶悍强蛮,他害人之心的急切情态历历如在眼前。这两个人物的心理面貌、性格特征都在对话中展现出来了。

其二,《基督山恩仇记》几乎不用叙述的方法,而是用人物对话的手法来展开情节、甚至交代往事的。比如,维勒福企图在夜深人静的时刻埋掉他同唐格拉尔夫人的私生子,这是维勒福的隐私,也是导致他身败名裂的一桩罪行。这一情节是由贝尔图乔叙述出来的。贝尔图乔虽然很不愿意,还是按照基督山伯爵的吩咐,买下了一座无人居住的郊区住宅。他陪基督山伯爵来到花园的一棵大树下。基督山伯爵指出这儿曾经发生过一件罪案。原来,当年贝尔图乔为了复仇,曾企图在这里刺杀维勒福。他亲眼看到了维勒福活埋私生子的情景。贝尔图乔把事情本末都讲给基督山伯爵听了。看到这里,读者明白了基督山伯爵种种安排的用意,这一情节又为后面的描写埋下了伏笔。作者省去了另辟章节补叙维勒福过去的这段经历,小说情节的发展也不致突然中断;插入的这一段既起着解释的作用,又起着推动情节发展的作用。大仲马十分喜爱这种相当经济的手法,努瓦蒂埃与政敌的决斗、海蒂公主的身世、基督山宝藏的发现等等,都是这样口述出来的。

大仲马有时还采用了颇为别致的对话写法:努瓦蒂埃后来全身瘫痪,不能说话,只能以眼睛来表达思想。他闭上右眼表示要他的孙女瓦朗蒂娜过来,闭上左眼要他的仆人过来,眼睛眨几下表示拒绝和不同意,眼睛眨一下表示许可。他想表达思想时就举目望天。为了表达更复杂的思想,可以拿一本字典来帮助。当他看到所要表达的词的字母时,就用眼睛示意,使人明白他要做什么。他眼睛的动作与别人的理解配合成一场巧妙的无言的"对答"。这种对话既增加了情节的趣味,也丰富了行文的变化。

与这种对话体相配合的,是大仲马采用了短段落的写法,有时一句话就是一段,小说中几乎找不到超过一个印刷页的段落。短段落能起到易于阅读、行文流畅的效果。因此,如果翻译时认为叙述的段落过多,显得零碎,而把数段合并成一个大段,那么就会有损于原文如滔滔流水的气势和阅读效果,违背了作者的原意。这种短段落的写法已为金庸、古龙、梁羽生等当代通俗小说家所承袭,可见这是一种行之有效的叙述手段。

从上述可以看到,《基督山恩仇记》中的对话写得富有戏剧性。读者如果稍加注意就会发现,无论两个人、三个人,还是许多人的对话,都写得像戏剧场面那样,其中充满了矛盾冲突,起伏变化。大仲马最初是作为浪漫派剧作家而登上文坛的,他在二三十年代创作了一系列剧作,其中的《亨利三世及其宫廷》(1829)获得很大成功,预示了以雨果为首的新一代浪漫派的胜利。他的小说引起轰动后,他还陆续改编成戏剧上演。毫无疑问,他将戏剧创作的经验也搬到小说中来,因而有的评论家说,大仲马在写作小说时仍然是一个戏剧家。这个评语颇有道理。大仲马确实是把小说写成无数个连接起来的戏剧场面,所以对话在他的小说中占据了大部分篇幅,而且充满了戏剧性。这是大仲马的小说的一个相当重要的特点。他的小说的魅力在很大程度上也得之于此。这就是在平易顺畅的对话中展现激烈动荡的感情、尖锐曲折的冲突。对话近乎日常生活的口语,便通俗晓畅;而激烈动荡的感情和尖锐曲折的冲突是对现实生活的提炼和概括,使内容变得复杂而生动。这两方面的成功结合也是堪称范例的。

《基督山恩仇记》的第五个艺术特点是:形象鲜明、个性突出。诚然,在人物形象的塑造方面,《基督山恩仇记》虽然不能说非常出色,但在同类小说中还是属于佼佼者之列。

首先,作者能从时代的变迁去刻画人物思想的变化和性格的形成。唐泰斯一开始是一个正直单纯的水手,对生活的复杂性十分无知。他获得财富以后,阅历渐深,便变得老谋深算。虽然他疾恶如仇,保持着早年正直的品质,但他已失去单纯的一面,变得铁面无情,手段凶狠。作为大富豪,他的变化是很合乎逻辑的。唐格拉尔和莫尔赛夫在小说开头一个是阴鸷之徒,一个是无赖小人。后来,唐格拉尔靠钻营有方,当上了银行家,他的不择手段、唯利是图的本质得到充分的表露;而莫尔赛夫的背信弃义,卑鄙无耻又有进一步的发展。他们的变化从一个侧面反映了七月王朝的"精华"人物的发家过程,具有一定的典型意义。

在《基督山恩仇记》中,不但主要人物,而且次要人物也写得相当生动。爱钱贪财的卡德鲁斯夫妇、作恶成性的安德烈亚、淫荡无行的唐格拉尔夫人、毒辣阴险的维勒福夫人、坚定高尚的努瓦蒂埃、热情善良的摩雷尔、正直纯真的马克西米利安、热烈诚挚的瓦朗蒂娜、软弱和善的梅尔塞苔丝、耿直单纯的阿尔贝、博学多识的法里亚,都给读者留下鲜明的印象。还有那个我行我素、厌恶男人、个性强硬的欧仁妮,她把父亲叫到客厅中谈判那一个场面,真是把一个高傲、任性的少女写得呼之欲出。但她毕竟不如唐格拉尔那么老辣,在唐格拉尔把即将宣告破产的底牌亮出来以后,她只能委曲求全。一部长篇小说,连次要人物也写得活灵活现,这是它在艺术上成功的鲜明标志。

大仲马塑造人物的功力还表现在他对同类人物的思想和性格

作出细致的区分。三个主要的反面人物莫尔赛夫、唐格拉尔和维勒福,分别代表七月王朝时期政界、金融界和司法界的头面人物,在身份上明显不同。同样丑恶的灵魂,也各有不同的特点,而且这不同之处写得比较细腻。唐格拉尔和维勒福同是狡猾阴险,但唐格拉尔稍微显露一些,维勒福则老奸巨猾。在陷害唐泰斯这一点上,唐格拉尔虽然假手于人,但毕竟还是亲手动笔,在场的人还有第三者,容易落下把柄。维勒福则烧掉罪证,摆脱干系,而且让唐泰斯存有幻想,陷害了别人还让被害人感激自己。另外,他明明知道自己的妻子下毒,却佯装不知,直至可能危及自身,才露出凶相,要妻子自尽,把她甩掉。他的毒如蛇蝎写得何等出色!莫尔赛夫比起他们来则较为赤裸裸,具有流氓习气。他的发迹与这种习气不无联系。再拿维勒福夫人和唐格拉尔夫人来说,两人都很贪财。维勒福夫人心狠手毒,不惜连续下毒,而唐格拉尔夫人卑琐猥亵,以出卖色相来谋取钱财。又如摩雷尔船主和努瓦蒂埃,两人有相近的政治信仰,而且都心地正直,但两人性格颇不相同。摩雷尔热诚,而努瓦蒂埃刚烈。这种细微的不同使读者不致把同类人物混同起来。故而评论家认为大仲马塑造了"令人难忘的人物"[①],这是深中肯綮的评语。

注重人物性格的刻画是在法国19世纪初期兴起的,以巴尔扎克、司汤达为代表的批判现实主义作家,在现实主义文学传统的基础上加以发展的艺术主张,由恩格斯总结为"典型环境中的典型人

---

① 《作家辞典》第2卷第69页,罗贝尔—拉丰出版社,巴黎,1952年。

物"的现实主义原则。这一主张推动法国文学发展到新的阶段。批判现实主义的潮流不能不影响到浪漫派剧作家大仲马。他在人物塑造上也注意从社会环境的角度去刻画人物性格特点。大仲马这种写法,给"斗篷加长剑""黑小说"等极尽诡谲怪诞、离奇恐怖内容的流行小说注入了新的生命。过去的流行小说只注意情节的奇诡,甚至到了荒诞的地步,而不着意去描绘人物性格,因此,长期以来不登大雅之堂。大仲马则开始注意刻画人物性格,这无异于对流行小说进行了革新,使之在艺术上大大提高了一步,终于使流行小说登堂入室,进入文学领域,这是大仲马在法国小说史上的一大贡献。

《基督山恩仇记》在艺术上并非尽善尽美。例如,善写对话固然是一大优点,但描述自有它的功能,完全用对话来代替描述总不免要对环境和人物的勾画都有所影响。较之同时代的大作家,大仲马笔下的人物描写还嫌不足,谈不上塑造了杰出的典型。在心理描写方面,大仲马运用得还不够纯熟。然而瑕不掩瑜,这些缺点无损于《基督山恩仇记》成为世界上通俗小说中的扛鼎之作。

《基督山恩仇记》译序
译林出版社,1992 年

传奇与历史壁画的巧妙结合
——简析大仲马的《二十年后》

　　《三个火枪手》于1844年出版后获得巨大成功,大仲马自然而然便想到写作一部续集。怎样写作这部续集倒是颇费思索的:沿着《三个火枪手》的故事发生的年代写下去似乎不是上策,因为续写这四位火枪手为王后效劳的事迹,只会是画蛇添足,令读者感到重复,必须另辟蹊径,找到新的内容,并变换手法,才不致遭到失败。再者,《三个火枪手》多少取材于库尔蒂兹·德·盖拉尔的《达尔大尼央回忆录》,大仲马不愿再走老路,他要构思出全新的情节、不同的故事框架和更加深刻的内涵。将传奇与历史事件相结合,便是大仲马力图将《二十年后》写成一部杰作的思考结果和匠心所在。无疑,他取得了成功。

　　顾名思义,《二十年后》的故事情节发生在《三个火枪手》之后二十年,即1648年。当时,路易十三和首相、红衣主教黎塞留都已去世;路易十四只有十岁,因尚未成年,还没有当政,权力掌握在母后安娜·德·奥地利和首相、红衣主教马扎兰手中,而他们的所作所为不得人心。本来,封建王权在前任首相黎塞留手里已经获得巩固,他在1628年摧毁了新教徒的据点——拉罗歇尔,朝君主专制迈进了一大步。但路易十三和他相继去世后,封建王权处于不稳定状态中:投石党事件的爆发基于政治、社会和经济等多种原因,是当时政权不稳定的明显反映。它的导火线是议会反对政府的财政措施。大贵族伺机要恢复昔日权力,在助理主教贡迪和布卢塞尔的影响下,一些有权势的人物纠合在一起,发表了包括27个条款的声明,企图限制王权。政府逮捕了布卢塞尔等人,贵族利用老百姓对现实和财政措施的不满,鼓动民众起来闹事,他们筑起街垒,甚至深入到王宫,来到路易十四的床前。母后和红衣主教不得已带着国王,躲避到圣日耳曼,以避开暴乱的锋芒。是时,贡迪控制了巴黎达一个星期之久。1649年他准备向政府让步,签订和约。由于他并未获得红衣主教的职务,又与孔蒂亲王、隆格维尔公爵夫人、博福尔公爵等会合。但最后他被监禁起来,贡迪后来同马扎兰做了一笔秘密交易,当上了雷兹红衣主教。他在自己的《回忆录》中详细记述了投石党事件的前前后后,以其叙述的真实和对历史人物刻画的生动和准确而成为17世纪有代表性的散文作品之一。

大仲马在写作《二十年后》的过程中,自然多处得益于雷兹红衣主教的《回忆录》。投石党事件组成了《二十年后》的历史背景和基本框架。作者对当时的法国做出了恰如其分的分析,小说开卷就指出:"如今,法国变得衰弱了,国王的权力不受尊重了,贵族又强大起来,纷纷闹事,进攻的敌人已经越过边界(按,指三十年战争)。"阿多斯是作者的代言人,他指出:"目前在法国,人人穷苦不堪,但又鼠目寸光。我们有一位年方十岁的国王,他还不知道今后如何打算。我们有一位沉迷于迟来情欲的母后,她丧失了理智。我们有一位统治法国的首相,他统治国家就像管理一个大农场,也就是说,他关心的只是如何使用意大利式的阴谋诡计深耕田地,让它能长出黄金来。我们那些亲王反对首相,完全从个人私心出发,他们除了从马扎兰手上得到一些金条和零零碎碎的权力以外,什么也捞不到。"这是对 17 世纪中叶的法国,尤其是上层社会和投石党事件前后社会状况的一个概括:国家权力掌握在两个滥施淫威的人物手中,大贵族的行为无非是争权夺利和谋取钱财;法国需要一个能控制局面的国王来治理朝政,才能推进历史的进程。

从内容来看,历史事件在小说中的确占据很大比重:投石党事件的一些重要场合以及大致过程,都在小说中得到描绘或交代,如布卢塞尔的被捕,群众筑起街垒、冲进王宫、同母后的直接交锋,母后、国王和首相马扎兰逃往圣日耳曼,最后被迫在协定上签字等等,构成了小说的主干脉络。小说再现了 17 世纪中期法国政治风云在人们生活中掀起的巨大波澜。在这样的背景上,小说准确地刻画了一些历史人物,如马扎兰、安娜·德·奥地利、贡迪、博福尔等。红衣主教马扎兰虽是一个意大利人,却凭借他与母后的亲密关系,大权独揽。他是一个贪婪钱财而又吝啬的人物,十分诡诈,"用苛捐杂税使百姓喘不过气来"。他在自己的私宅有一个大金库,显然是他搜刮和非法获取的民脂民膏。小说多次以黎塞留和他做比较,认为黎塞留是个"才智非凡的人",虽然他"使国王变得渺小,却使王权变得强大了"。而马扎兰的作为正好相反,他有黎塞留的权力欲,却无黎塞留治理国家的才干和控制局面的铁血手腕。安娜·德·奥地利在二十年前爱上英国首相白金汉公爵,因路易十三是个庸碌无能之辈,似乎还可以理解;如今她又迷恋上年近五旬的马扎兰,便显出她的性格轻佻。她颐指气使,喜欢发号施令,心高气傲,爱听奉承。从她对暴动的民众以及对达尔大尼央的态度来看,她又是一个色厉内荏的女人:一旦遇到了强烈的反抗,威胁到自身安全时,她便乖乖地做出让步。她还是一个忘恩负义的王后:二十年前,四个火枪手为她出生入死,取回国王送给她的钻石坠子,让她能安然地出现在舞会上,保住了名誉,而她在事后却根本没有想到酬劳这些为她效劳的火枪手,直至达尔大尼央亲口对她提出要求,她还是一再置之不理。她的品格令人不齿。至于贡迪和博福尔,一个是善于在上层人士和国家首脑之间周旋,能把握发动暴动的时间,频频向母后和首相施加压力,时刻觊觎红衣主教的野心家;另一个是不甘心被排挤于权力核心之外,一心要恢复权势的大贵族,他们两人是对投石党领头人物的写照。投石党事变中这些人物的表演,简直是一场闹剧:他们之间的斗争充分暴露了他们的肮脏内心和丑恶灵魂。

  大仲马并不满足于描绘17世纪中期的法国政局,他还把目光投向了英国。当时的英国正处于贵族和资产阶级搏斗的重要时刻:克伦威尔夺取了政权,将国王查理一世斩首(1649),然后建立了共和国。大仲马为描写这一惊心动魄的历史事件,便构想出法国有人企图干预英国政局的情节。英国王后昂利埃特是亨利四世的女儿,1625年嫁给查理一世;国王被推翻后,她逃到法国避难。由于这种关系,法国有不少人对英国发生的事件当然是十分关注的,而且同情是在查理一世方面。小说中,克伦威尔写信给马扎兰,要求法国政府不要干预英国政局。否则,英国就要和西班牙结盟,共同对付法国。而昂利埃特王后也去求见马扎兰,请求他能收留英国国王。马扎兰收到克伦威尔的信在先,自然不肯答应这样做。大仲马将达尔大尼央和波尔朵斯写成受马扎兰的派遣,前往英国去见克伦威尔,而英国王后则靠了某种关系,找到阿多斯和阿拉宓斯,请他们到英国去协助查理一世。于是,在小说中,克伦威尔与查理一世的军队进行决战,国王被俘,最后被斩首的过程得到了再现。

《二十年后》的独特之处在于,大仲马不是让上述人物作为主角出场的。主角仍然是达尔大尼央和他的三个好伙伴,换句话说,这四个人物起着穿针引线的作用。投石党事件要通过他们的活动,来展现这些政治舞台上的主要人物。小说开卷就描写当局强行颁布与执行征收新税的措施,遭到大贵族和百姓的反对,双方剑拔弩张,局势一触即发。红衣主教马扎兰想到起用火枪队副队长达尔大尼央,并知道他有三个朋友。马扎兰让达尔大尼央去找分别了二十年的朋友,为自己服务。不料,有两个火枪手已同意为英国王后效劳。暴动爆发后,达尔大尼央到王宫去接受任务,在那里遇到了贡迪代表投石党人向母后和马扎兰提出要求。正是达尔大尼央护送母后、国王和首相到圣日耳曼去避风头。达尔大尼央在王宫里看到暴动的人聚集在宫门外,甚至冲了进来。最后是他发现了马扎兰藏宝的秘密,迫使他就范,让他同意暴动者提出的协定;同样,也是他去见母后,开始,他试图以情理去感动她,对她说:

"您清楚地知道,我的天主啊,我们曾经无数次为陛下出生入死。陛下的仆人二十年来过着默默无闻的生活,从来没有在一声叹息里泄露出那些庄严神圣的秘密,今天难道您就对他们毫无怜悯之心吗?"可是母后仍然犹豫不决。达尔大尼央于是晓以利害,指出她若要拒绝,红衣主教就岌岌可危了,这才使她同意提升他为火枪队队长和其他要求。一场暴动终于暂告结束。显然,这是以传奇手法去表现历史事件。大仲马的原则是,在不违背历史事实的前提下,加进了虚构的内容,以达到生动地描绘历史事件的目的。同样,在描写达尔大尼央等四人去援救查理一世时,使用的也是这种笔法。一次是他们想救出被俘的英国国王,眼看就要成功,不料克伦威尔下令立即将查理一世连夜押送回伦敦,使他们的计划落空了。一次是他们企图援救囚禁中的查理一世,就要挖穿地道,通到牢狱的房间,这时斩首的判决书下达了,国王没有能够越狱。小说在不违背历史事实——国王被斩首——的前提下,成功地插入了传奇故事。这些传奇故事非但没有歪曲历史事实,反而能生动地再现历史事实:传奇和历史壁画巧妙地结合起来。《二十年后》是大仲马的历史小说中较为符合历史本来面目的一部作品。

大仲马编织故事的才能在《二十年后》又有新的发展。他不想运用与《三个火枪手》同样的套路,而是有意加以改变。这里可举出荦荦大端。在《三个火枪手》中,四个火枪手虽然不期而遇,却同心协力,为王后卖命,克服重重阻拦,取回了钻石坠子。而在《二十年后》,四个火枪手分成了两派,一派为马扎兰效劳,另一派替英国王后效劳。达尔大尼央说:"我感到遗憾的是看到我们之间彼此对抗,而我们本来一直是十分团结的;我感到遗憾的是我们各自处在两个敌对阵营的时候相遇了。"四个火枪手同去英国,任务却不相同。此其一。在《三个火枪手》中,达尔大尼央到达英国后完成了任务。而在《二十年后》,火枪手们未能救出查理一世,阿多斯只能给英国王后带回她的丈夫的遗物:结婚戒指。他说:"为了拯救国王能够做的事,我们在英国的土地上都做过了。"达尔大尼央和波尔朵斯回国后,马扎兰以"不服从命令"的罪名,将他们逮捕了。因为他也参与了营救查理一世的行动,违反了红衣主教的指令。火枪手们回国后脸上并没有光彩,还受到了惩罚。此其二。在《三个火枪手》中,只有达尔大尼央到达英国,单枪匹马与敌人周旋。而在《二十年后》,四个火枪手都到了英国,尽管他们为不同的主子效劳,但还是能够同心协力,为营救查理一世而努力。此其三。在《三个火枪手》中,四个火枪手忠心耿耿地为王后效劳,却得不到王后的赏赐,相反,黎塞留看中了达尔大尼央的才干,最后让他当了火枪队副队长。而在《二十年后》,达尔大尼央并没有忠心耿耿地为王室效劳,回国后受到监禁,他设法逃出了监禁之地,反将马扎兰控制在自己手中,迫使他同意和投石党人签订协议。他又迫使母后让自己升官。此其四。在《三个火枪手》中,黎塞留派出女间谍米莱狄,让她挫败火枪手的行动,她企图给几个火枪手下毒,最后让人杀死了白金汉公爵;她终于被火枪手处决。而在《二十年后》,米拉莱的儿子长大成人,以摩尔东特的名字出现。他做了克伦威尔的秘书,克伦威尔派他到法国给马扎兰送信;他以蒙面人出现,当了刽子手,给查理一世行刑。他一心要为母亲复仇,追杀四个火枪手,布置好要将他们炸死在海上,谁知被火枪手们发现了炸药,他们坐上小帆船离开,反将大船炸掉。在最后一刻,摩尔东特跳下海去,追上小帆船,最后被阿多斯用匕首刺中心脏死去。他和母亲都是被火枪手杀死,但死法不同。此其五。这些不同避免了情节相似,又能各异其趣,给读者以回味的余地。

另外,《二十年后》的主要人物的性格与《三个火枪手》相比,也有所不同。达尔大尼央是"勇敢、机智和忠诚的典范",他仍然是四个火枪手的核心。唯一与《三个火枪手》不同的是,他十分看重地位,因为他做了二十年的火枪队副队长,还是看不到升官的前景;他始终没有多少钱。因此,虽然他明知马扎兰的为人,可是他是在别人的屋檐下,也只能听命于别人的调遣,要履行军人的职责,达到升迁的目的。他最后亲自去见母后,由于掌握了主动权,终于如愿以偿。阿多斯有独到的政治见解,他比早先更为成熟,对政局的分析十分透彻,他说过:"国王只有依靠贵族才能强大,可是贵族也是由于国王才有权势。让我们支持君主政体吧,这也是支持我们本身。"他的话道出了君主专制与贵族是互相依存的紧密关系,两者虽有矛盾,却是彼此不可分离的。波尔朵斯尽管生活很舒适,拥有多处牧场、森林,收入丰厚,但是他在自己的城堡里待腻了,他对自己的婚姻并不满意,感到十分孤单,盼望再建立功勋,获得男爵称号,所以乐意重新出山。阿拉宓斯虽是教士,却做了隆格维尔夫人的情人,已属于投石党人一边。不过,他口头上表示并不想再卷入政治中,因为他的生活十分自在如意,对大人物的忘恩负义还记忆犹新。他认为马扎兰"品德恶劣""结党营私",是个"坏得无法形容的家伙",老百姓都不支持他。他不愿意跟达尔大尼央再次合作。然而命运使他和达尔大尼央又走到了一起。这几个人物纵然比不上《三个火枪手》中的刻画来得生动多姿,却也富有特色。

《二十年后》因为将传奇与历史壁画巧妙地结合,因此它不失为一部优秀的历史小说,同时又是一部精彩的通俗小说。

乔治·桑和《康素爱萝》

乔治·桑是法国最杰出的女小说家,也是世界上最著名的女小说家之一。在这个多产的女作家的作品中,《康素爱萝》占据着特殊地位,越来越多的评论家都认为这是乔治·桑的代表作,也是19世纪最出色的小说之一。

《康素爱萝》发表于1842年至1843年,在《独立杂志》上连载,始终吸引着读者。最初乔治·桑只打算写一个十万字左右的中篇小说,仅仅写到康素爱萝离开负心的情人安卓莱托,辞别了威尼斯为止。小说得到读者的热烈欢迎,但许多人认为这部小说没有写完,纷纷询问作者,康素爱萝的命运如何。在读者的催促下,乔治·桑把目光投向欧洲大陆,写出了约七十万字的长篇小说《康素爱萝》,若将续集《罗道斯塔特伯爵夫人》计算在内,有一百多万字。这部小说在国外,尤其在德国引起很大反响。丹麦著名批评家勃兰兑斯认为,在乔治·桑的作品中,"《康素爱萝》是最长也是最有名的一部小说"。① 然而在法国,曾有一段时期这部小说未受到足够的重视,直到20世纪初,法国著名评论家阿兰开始极力推崇《康

---

① 勃兰兑斯:《十九世纪文学主潮》第5卷第153页。

素爱萝》。阿兰在1913年曾指出"这部强有力的作品人们阅读得太少了"。[①] 1928年他再次提到希望《康素爱萝》"最后获得荣誉",他认为这部作品是乔治·桑用毕生精力创造出来的,阅读这部作品就像倾听肖邦的《序曲》一样。[②] 阿兰看到,《康素爱萝》是一部"教育小说",同歌德的《威廉·麦斯特》属于同一类型,但比《威廉·麦斯特》写得更有魅力,他认为乔治·桑"由于写出了《康素爱萝》而成为不朽"。阿兰卓有见识的评论引起了人们的注意。近半个世纪以来,欧美各国已把《康素爱萝》看作乔治·桑的代表作,在法国更是如此。例如,阿当主编的《法国文学》认为这是"乔治·桑唯一的杰作"。[③] 阿布拉罕和德斯奈主编的《法国文学史》则认为"《康素爱萝》是乔治·桑内容最丰富的作品"。[④] 这两部有权威性的著作的评价是较为符合实际的。恩格斯曾经指出,19世纪上半叶,欧洲出现了一批描写穷人的生活和命运、欢乐和痛苦的作家。乔治·桑就属于这个新流派,他们无疑是时代的旗帜。[⑤] 乔治·桑的社会小说显然比田园小说更多地反映了下层人民的生活和命运、欢乐和痛苦,并且为人民争取权利,要求社会正义,充满革命民主主义的激情。在她的社会小说中,《康素爱萝》不仅篇幅最大,涉及面最广,而且写得最为成功。

[①] 阿兰:《漫谈集》,第157页和第801页。
[②] 阿兰:《漫谈集》,第157页和第801页。
[③] 阿当:《法国文学》,拉罗斯版,第2卷第102页。
[④] 阿布拉罕、德斯奈:《法国文学史》,社会出版社版,第4卷第250页。
[⑤] 见恩格斯:《大陆上的运动》。

一

乔治·桑在《康素爱萝》中灌注了自己的生平、经验和思想,她自己就认为其中有"足以写三四部好小说的素材","有不止一个矿藏可以开采"。① 因此,要了解这部丰富的小说,必须知道乔治·桑的身世和创作道路。

乔治·桑生于1804年,原名阿芒丁娜-奥罗尔-吕西尔·杜班。父亲是第一帝国时期的军官。乔治·桑从小由祖母抚养。她的祖母虽然倾向保王党,但很喜爱阅读卢梭的《爱弥儿》。祖母爱阅读的习惯给幼小的孙女带来了影响,乔治·桑后来说:"对于我,一本书总是一个朋友,一个劝告,一个雄辩而平静的安慰者。"②她通过阅读激发起热烈的想象,祖母感到管束不住这个得不到父母慈爱的小姑娘,于是在1817年把她送到巴黎的一个修道院。幸福的无忧无虑的童年时代结束了。

乔治·桑在修道院中的生活是孤寂的,但宗教教义并不能改变这个情感丰富的少女。1820年2月她离开修道院回到老家诺昂时,是何等欣喜啊:"植物的芬芳、青春、生命、茫无所知的未来的独立生活,在我面前展开了,使我感到忐忑不安和深深的忧郁。"③乔治·桑如饥似渴地读书,她喜欢阅读洛克、孔第亚克、孟德斯鸠、巴孔、亚里士多德、莱布尼兹、帕斯卡尔、蒙田等人的著作,同时她

---

① 乔治·桑:《〈康索爱萝〉出版说明》,1854年。
② 乔治·桑:《一个旅行者的书信》。
③ 乔治·桑:《我的生平》第3卷第257页。

对但丁、莎士比亚、彼特拉克、弥尔顿、维吉尔、拜伦等诗人的作品也爱不释手。这些书籍给她贫乏的心灵带来丰富的营养和无限的喜悦。她尤其爱读卢梭的《忏悔录》:"让-雅克的语言和他的推理形式就像庄严的、闪射着光芒的音乐那样抓住了我……在政治上,我成了这个大师的狂热信徒,我长期毫无保留地保持这种状态。"[①]毫无疑问,卢梭对乔治·桑的影响是巨大的,她不仅在政治信念上受卢梭的民主思想的影响,而且她的创作风格也直接师承卢梭的感伤主义。

1822年乔治·桑同杜德望男爵结婚。这个乡绅酗酒,搞女人,挥霍钱财。1830年底乔治·桑发现了丈夫给情妇的一份遗嘱,对他的荒唐行为忍无可忍,于是在1831年1月初愤然离家,来到巴黎。

她在巴黎住在阁楼里,生活艰苦。她认识了巴尔扎克和于勒·桑多。她和桑多合作写了一部小说《罗丝和布朗丝》(1831)。她从桑多那里学到了一些写作技巧,很快就超过了这个平庸的作家。1832年,她独自用乔治·桑的笔名发表了小说《安蒂亚娜》,这部小说揭开了"妇女问题"小说的创作序幕。

《安蒂亚娜》显然带有作者自身经历的某些痕迹。乔治·桑来到巴黎,一开始就寻求过独立不羁的生活,追求妇女解放。她穿上男装,抽起烟斗,以示与众不同。由于她把自己的切身感受写到小说中,因而小说显得热烈奔放。乔治·桑曾经指出,女主人公代表

[①] 乔治·桑:《我的生平》第3卷第351页。

"弱者"和受社会法律"压抑的情感",她敢于面对"文明的一切障碍"。① 安蒂亚娜的经历写得令人同情,小说获得了成功,乔治·桑一举成名。

30年代,乔治·桑还写了好几部妇女问题小说。其中,《莱莉亚》(1833)带有哲理性,描写一个上层阶级妇女追求个人幸福的经历。《莫普拉》(1836)的问世标志着作家对现实的观察和分析深入了一步。乔治·桑以成熟得多的手法描写了一个曲折的爱情故事。男女主人公莫普拉和爱德梅同属于一个封建家族,他们战胜了闭塞迂腐的封建观念,结成一对互敬互爱的夫妻。小说不仅提出妇女幸福的问题,而且把目光转向更广泛的现实生活,揭露了外省贵族和教会互相勾结、横行乡里的情形。

乔治·桑在这个阶段的创作带有盲目追求的倾向。她从自身经历出发,认为爱情和婚姻是妇女解放的关键问题。她反对妇女在家庭中处于从属地位,主张妇女有权选择自己的配偶,宣扬浪漫的爱情。但是,在乔治·桑的思想中,"人从对人的暴虐统治中解放出来,妇女从对妇女的暴虐统治中解放出来,男人对女子施以爱情的卫护,政治起咨询作用而不是实行统治,起说服作用而不是实施强权",②达到这一理想就意味着光辉灿烂日子的到来。这是一种朦胧的不切实际的憧憬。因此,妇女问题小说的女主人公的争取独立往往只归结为"美满的"婚姻。这些小说只不过是乔治·桑

---

① 乔治·桑:《〈安蒂亚娜〉序》。
② 乔治·桑:《书信集》第1卷第341页。

在摸索前进中的产物。

　　1834年乔治·桑同缪塞认识,到意大利游历。同时期又结识音乐家李斯特。1837年她与肖邦相会,互相倾慕。她的爱情生活同她的小说一样充满浪漫色彩。可是她的思想并无寄托。巴尔扎克在1838年初拜访乔治·桑时看到她常常待在一个孤寂的大房间的角落里,"她在诺昂已有一年,非常忧郁,写作勤奋……她过着隐居生活,既谴责婚姻,又谴责爱情,因为无论对哪一种情况她都只有失望"。① 正是在这种情况下她接触到空想社会主义。她和皮埃尔·勒鲁等认识,自此勒鲁成了她的精神导师。勒鲁的空想社会主义反对人剥削人,认为世界上分成两大阶级,才造成贫困现象,但他看不见革命暴力是改造社会的方式,只希望无产者参加政府,和平地结束资本主义的统治。他还认为天主教已过时,但人仍应有宗教信念。通过他,乔治·桑认识到存在着比解放妇女更为严重、更为迫切的问题。她开始注意到工人、女工、童工的悲惨生活,憧憬建立一个没有奴役的社会。她说过:"共产主义是我个人信仰的学说;但我在风暴来临的时期从没有宣扬过它,我只说过它的确立是遥远的事,目前还不应该考虑如何实施。"②因为乔治·桑信仰的是勒鲁以人道主义为基础的空想社会主义,并不是真正的共产主义理想。但她的眼界无疑是扩展了,所以她说:"是勒鲁挽救了我。"她要把老师的哲学表现在小说里。自此,乔治·桑的小说产生了深刻变化。从40年代开始,她发表了一系列"社会问

---

① 转引自莫里斯·托斯卡:《乔治·桑最深的爱》,第170页。
② 乔治·桑:《书信集》第3卷第176页。

题"小说。

《木工小史》(1840)是社会问题小说的发端。这部小说描绘了一个细木工皮埃尔的形象,展现了复辟时期的工人生活和斗争状况。

同时期,乔治·桑成了工人出身的诗人的热烈赞助者。她为泥瓦匠蓬西、纺织工人马居、锁匠吉朗、鞋匠拉普安特的诗集写序或撰文介绍,鼓励他们"在内心成为人民之子",描写工人的生活。乔治·桑对推动无产阶级文学的发展是有贡献的。

1841年,乔治·桑发表了《奥拉斯》。《安吉堡的磨工》(1845)是另一部有名的社会问题小说,描写金钱和婚姻的关系。小说中的贵族妇女玛赛尔在火灾中失去了财产,终于与相爱的工人消除了结婚的障碍。而磨工路易得到玛赛尔的保护,又获得一笔意外之财,终于同自己心爱的姑娘结了婚。作家通过小说中的人物,谴责了金钱支配一切的罪恶作用,但作家又依靠金钱来解决矛盾。这样的结局反映了乔治·桑无力解决社会的贫富问题。

在乔治·桑的社会小说里,工人、农民和贫民成为小说的主人公,打破了历来的文学传统,这在文学上具有十分重要的意义。她描写的现实生活超出了上流社会的框架,转向工人和农民的生活,反映工人和农民在政治上的要求,有的小说还描写建立了空想社会主义的"公社"。在这些小说中,乔治·桑表现了深切同情劳动人民的民主主义立场。另外,共和党人的英勇起义也得到较充分的描绘,封建主义及其残余受到猛烈抨击。尤其是乔治·桑看到金钱在人与人之间的支配作用,在她笔下,财产是罪恶,正面人物总是力图摆脱财产的束缚,他们大抵一方是贵族上层人物,另一方是工人或贫民,最后双方平等地结合,而资产者则以反面角色出现。乔治·桑认为只有在农村才能实现这种不同阶级结合的理想,但1848年革命打破了乔治·桑的幻想。

革命刚开始时,乔治·桑满怀热情,写了好几封致各阶层人民的信,希望人民团结起来,"找到社会真理",建立新的生活。她创建《人民事业周刊》,鼓吹实现平等、博爱和阶级合作。她起草过好几期《共和国通报》,认为共产主义是要"消除极度富有和极端贫困的不平等,让位于真正平等的开始"。她还参加了五月的游行。她的行动遭到资产阶级的攻击。六月工人起义及工人被屠杀镇压这一血腥的阶级斗争现实给她泼了一头冷水,她的幻想彻底破灭了,于是回到自己的庄园隐居起来。1846年她曾写过一个中篇《魔沼》,此后便完全沉醉在这类田园小说的创作中。

《魔沼》是田园小说中写得最成功的一部。这个故事像一泓池水那样朴素和不假雕饰。热尔曼是个勤劳正直的青年农民,他根本看不上有钱而卖弄风骚的寡妇,却爱上能干温柔但贫穷的农村姑娘玛丽。热尔曼的爱情是通过在魔沼中同玛丽的接触以后油然而生的,他的爱情真挚而热烈。小说歌颂了这对青年男女的自由结合。恬静而充满神秘色彩的农村风光以及古老的农村结婚风俗都增加了小说的魅力。

《弃儿弗朗沙》(1850)继续着《魔沼》的抒情风格。小说描写一个磨房的年轻女主人玛德兰同一个弃儿出身的磨工弗朗沙由相互怜爱发展到爱情的故事。《小法岱特》(1850)描绘了一个聪明伶俐的农村小姑娘,她爱上了同村一对双胞胎中的弟弟朗德里。法岱特的祖母死后,给她留下一大笔钱,把朗德里的父亲说服了。可是朗德里的哥哥西尔维奈暗中也爱着法岱特,阻碍着弟弟的婚事。法岱特在给他治病时点穿了他的幻想。西尔维奈参了军,法岱特同朗德里成了亲。法岱特是能干可爱的农村姑娘的写照。此外,1852年发表的《笛师》反映了农村音乐家的帮工会活动和派别中的矛盾。

乔治·桑的田园小说具有较高的艺术性。它们没有复杂的情节,故事简单而不失之于单调,轻巧而富有韵味。田园小说之所以达到这样的效果,首先在于乔治·桑把农村理想化了:大自然的风光旖旎多彩,充满生机勃勃的醉人气息,这是作者家乡贝里的景色,字里行间流露了作者热爱这块土地的真挚感情。小说里的正面人物纯朴可爱,像秋天田野里的白杨树,他们是土生土长的具有高尚品质的农民,他们的命运自然而然博得读者的同情。再加上小说具有梦幻般的情调,令人感受到早春或初秋森林中雾气缭绕的意境。法国评论家泰纳曾经较准确地概括过乔治·桑田园小说的特点,他说:"这是一个理想世界,为了保持这个世界的幻想,作家抹去、减弱或往往只勾画出一个轮廓,而不是描绘人物的个性形象。作家不强调细节,只顺便地简单点一点,避免深入描写;她主张情感的冲动,循着情感流露或者循着描绘的情景的诗意轨迹前进,不在杂乱的破坏和谐的情节上停留,这种描绘的简约方式是一切理想主义艺术的本质所在。用巴尔扎克的话来说,这不能给户籍册带来新的人物……但它们属于一个更为缥缈、更为灿烂的世界,这是愿望和梦幻的世界。"这个世界显然具有艺术魅力,乔治·桑的田园小说虽不及她的社会小说那样具有较深刻广泛的思想内容,但具有鲜明的艺术特色,所以长久以来深受人们的喜爱。

乔治·桑在晚年主要撰写回忆录《我的生平》,也写过几部小说,如《金林的爵爷》(1858)、《祖母的故事》(1873—1876)。

二

如果说,乔治·桑的社会小说是以空想社会主义的观点去观察和反映现实的话,那么,《康素爱萝》就最充分地体现了她的这种思想。

《康素爱萝》并不是一部简单的传记体小说。康素爱萝虽然实有其人(乔治·桑为了写这部小说,翻阅了大量文献),小说中康素爱萝的经历也有一定的史实根据,但乔治·桑并不是为了专门写出这个女歌唱家的生平,小说的意义远远超过了传记的范围。也有不少评论家指出,康素爱萝的原型是与乔治·桑同时代的女歌星波莉娜·维亚尔多。诚然,乔治·桑把这部小说题献给她,小说女主人公反映了这个女歌星的不少特点,但康素爱萝的形象也远远超过了现实生活中的某一个女歌唱家。

《康素爱萝》中的男女主人公是具有革命民主主义思想的先进人物。康素爱萝出身于社会底层,母亲是波希米亚的卖唱女人,带着她走遍了欧洲各地,最后从西班牙来到意大利的威尼斯,住在一个破旧的房间里。起初,康素爱萝并不是美貌出众的少女,但心灵纯洁优美。小说开卷,这个穷得没有正式资格读音乐学校的小姑娘,同那一群闹闹嚷嚷、好争强斗胜、沾染了不良习气的唱诗班少女就已经形成一个鲜明的对照,博得了读者的好感。后来,她的未婚夫安卓莱托急于登台演出,一举成名,而她却深谙一上舞台就等于踏入名利场,从此便要忍受钩心斗角、不得安宁的倾轧,她流着眼泪作初次演唱的准备。两相对比,又是多么令人触目,更显出康素爱萝光彩照人。她所预料的事情终于发生了,安卓莱托背叛了她,竟然同剧院的头牌歌女高丽拉鬼混。康素爱萝愤然离开了威尼斯,"康素爱萝的出走不是逃跑,而是选择,也是往前更进一步"。① 康素爱萝经历过这次惨痛的遭遇,接受了深刻的教训,她来到波希米亚的巨人宫堡时思想变得成熟多了。这个崇山峻岭环抱的地方,连亲人们都捉摸不透宫堡的继承人阿尔贝伯爵的"胡言乱语",但康素爱萝一下子就了解了他的思想。在他"失踪"的时候,她不顾生命危险,通过泄水道,找到了阿尔贝,并打消了他的精神幻觉。康素爱萝为此累得病倒,阿尔贝日夜照料她。他们相爱了。他们的相爱首先是感情上的相通,从思想上来说,阿尔贝对康素爱萝起了启迪作用。

阿尔贝虽然是个贵族,但他从小同情穷人的命运,常常倾囊相助,他说:"成千上万不幸的人都头顶严寒冰冷的青天","生活极端贫困",自己这样施舍是理所当然的,因此对自私自利的人不胜厌恶。他反对虐待农民,认为人间的法律穷凶极恶,君主在肆意屠杀

---

① 赛利埃:《〈康素爱萝〉序》,加尼埃版。

人民。他憎恨教皇,谴责主教的奢侈和神职人员的野心。在他眼里,生活中充满偏见和陈规陋习,"充满欺骗和不公平"。他周游过欧洲以后,这种看法越加坚定。阿尔贝对历史上宗教改革的看法在小说中占有重要篇幅。他从侥幸保留下来的古籍、文件中获悉十四五世纪时以胡斯和杰式卡为首的宗教改革家的起义。这场宗教改革不仅反对顽固保守的罗马教会的暴虐统治,而且反抗异族压迫,它具有爱国的性质,是进步的、革命的历史潮流。阿尔贝看到,"宗教上的自由就是政治上的自由"。他赞赏这场运动的领袖坚韧不拔的品德,认为他们建立了丰功伟绩。阿尔贝的先辈是杰式卡的后裔,可是后来向哈布斯堡王朝的统治者低头屈服,甚至改名换姓。阿尔贝了解到这些史实以后,受到很大震动。因此,他一提起这段往事,讲起话来就很像精神错乱。实际上,阿尔贝是个叛逆形象,他是哈布斯堡王朝的逆民,贵族世家的逆子,他是封建主义不共戴天的敌人。正是在这一点上,康素爱萝与他志同道合。阿尔贝让她开阔了眼界,了解到农民在历史上可歌可泣的斗争,坚定了她不与污浊的社会同流合污的决心。

康素爱萝终于从一个有正义感的女子发展到一个有理想的艺术家的形象。以前,她出于正直的本能,对朱斯蒂尼亚尼伯爵用金钱、宠爱和舒适生活引诱她的行动嗤之以鼻。来到维也纳,当统治者以同样的条件引诱她时,她已能从这种现象看到统治者的卑劣。她不想跻身于上层阶级,因此最初不愿同伯爵结婚,成为伯爵夫人;她不愿接受伯爵巨大的遗产,宁愿分发给穷人,把平等思想贯彻到底。她不仅歌喉完美,而且品质高尚。

总之,康素爱萝的每一个遭遇都是一场新的诱惑,她冲破这个诱惑就是摆脱一种束缚,精神上获得了新的进展,虽然每一次都更加艰巨。乔治·桑要描绘的是人物精神的解放:无论是强烈的情感要求、社会上逆来顺受的主张、豪华的宫廷生活、舞台和艺术家的生涯,这些可能禁锢她的东西都束缚不住她。她要挣脱传统观念、封建制度的枷锁,她的思想是空想社会主义的艺术再现。

在小说结尾,康素爱萝的道路似乎还没有走完。在《康素爱萝》的续集《罗道斯塔特伯爵夫人》中,乔治·桑描写康素爱萝终于参加了一个秘密的小团体。这个秘密组织号召砸碎一切现存的社会禁锢,解放人民。这是康素爱萝必然会达到的归宿,是她的思想合乎逻辑的发展结果。

《康素爱萝》是一部通过主人公在欧洲几个地区的经历来反映现实的小说,它描绘的社会生活画面是广阔的。

首先,小说通过艺术舞台的一隅,尖锐抨击了18世纪欧洲宫廷生活的糜烂风气。当时,剧院完全掌握在最高统治者手中,无论是威尼斯,还是维也纳,艺术是统治者茶余饭后消遣娱乐的工具,既是他们(或她们)卖弄风雅、表示对艺术家施以恩典的一种方式,又是他们发泄情欲、寻求刺激的有利场所。朱斯蒂尼亚尼伯爵就是这样的人物。他挖空心思去搜罗漂亮的女演员,以保持他控制的歌剧院兴旺的局面,显示他的统治取得了繁荣成就。漂亮的女歌星往往成了他的情妇。她们还没有完成学业就登上舞台,由于演唱低级庸俗的音乐而走上邪路,在舞台上不会维持长久的魅力,艺术生命很快就会凋谢,继之而来的是被朱斯蒂尼亚尼抛弃。在豪华的宫廷生活的背面,是龌龊卑污的生活场景。

其次,小说展示了哈布斯堡王朝统治下的农村景象。康素爱萝离开巨人宫堡前往维也纳的途中,目睹中欧农村的贫困生活。修道院拥有广大的田产,要收取很重的捐税。这里连年战祸,民不聊生。为普鲁士国王拉夫的职业打手居然流窜到这里。不愿当兵的农民冒着生命危险,千方百计逃跑出来(他们在普鲁士的军队里也随时有送命的可能)。那帮职业打手会追踪而来,抓住逃兵以后把他打得皮开肉绽,五花大绑,藏匿在马车特制的暗厢之中。由于一家之主被抓走,本来以农为生的小康之家失去了主要劳动力,于是陷入绝境。在广大的农村,"男人被锁在土地上,是犁刀和牲口的仆人;女人被锁在主人身边,也就是男人身边,禁锢在家里,永远是奴仆,注定不停地干活,忍受做母亲的苦难。一方面,土地的占有者压榨盘剥劳动者,直到剥夺他们用以获得艰苦劳动果实的必需品;另一方面,在地主和佃农之间交互作用的吝啬和恐惧,使得前者专制跋扈,精明地治理自己的家和自己的生活。"乔治·桑这一概括的叙述写出了欧洲农民的悲惨处境。

小说对哈布斯堡王朝的暴虐统治也有所揭露。在维也纳,别动队横行无忌。别动队头子特朗克是个淫棍,他一直在追逐康素爱萝,遭到康素爱萝的坚拒。幸亏阿尔贝暗中保护,在特朗克要对康素爱萝施以无礼时挺身而出,把特朗克打倒在地。别动队的行动闹得人心惶惶,女皇为平息民愤,不得不拿他开刀,把他关了起来。女皇是个专横的统治者,但康素爱萝不肯巴结她,因而始终得不到重用。

小说交叉描绘上层社会和下层社会,情节大起大落,对比强烈。在描绘威尼斯时,朱斯蒂尼亚尼的宫殿同康素爱萝寒伧的住地形成鲜明的对比;受兵燹战乱蹂躏、满目疮痍的农村同豪华的维也纳上流社会相比,更是令人触目惊心。《康素爱萝》是一幅绘写18世纪欧洲风俗的画卷。在反映18世纪法国大革命以前欧洲社会的小说中,《康素爱萝》可以毫无愧色地属于最优秀的作品之列。

《康素爱萝》是一部描写女歌唱家的小说,关于音乐,小说作了许多精彩的叙述。可以说,《康素爱萝》也是一部杰出的"音乐小说",堪与《约翰·克利斯朵夫》等小说媲美。

小说成功地塑造了好几个音乐家的形象。严肃正派、并不得志的波尔波拉是一个出色的音乐教师。他热衷于正统的音乐,反对哗众取宠的靡靡之音;他主张唱歌应以平易自然为主,以华丽的装饰音为辅;他要求学生按部就班地学完所有的课程,不赞同中途辍学,过早地登台演出;他耿直不阿,不愿向邪门歪道低头屈服;他像慈父一样培养、关怀康素爱萝。这个音乐老教师慈祥宽厚。海顿是个有名的作曲家,在小说中他还是个青少年。他富有朝气,天真纯朴,甚至有点幼稚,不能辨别真假好歹,但他已露出爱财重名的端倪,预示着将来要向贵族大老爷折腰侍奉,表现出奴性的弱点。这个形象衬托出康素爱萝的纯洁无疵。安卓莱托从小流浪街头,养成不良习气,时候一到,他就本性毕露;而且他爱沽名钓誉,不愿刻苦努力。他是个不堪造就的二流歌唱家。高丽拉轻浮爱俏,喜出风头,一味迎合庸俗趣味,企图以色相来掩盖自己声音的弱点。这是受社会风气败坏了的歌女的写照。此外,阿尔贝也是一个出色的小提琴手,而茨当柯则是民间音乐家,他能即兴演唱各种民间曲调。

毫无疑问,塑造得最成功的音乐家形象是康素爱萝。小说开头就生动地写出她与众不同的才华:在教堂的第一次演唱,她的歌喉压倒群芳。在乔治·桑笔下,康素爱萝不单是个高明的歌唱家,而且热爱音乐,懂得音乐的美妙和神奇的作用。小说中有这样一段话:"任何别的艺术都不能这样崇高地在人的内心唤起人的感情;任何别的艺术都不能给心灵的眼睛描绘出大自然的壮丽、沉思的欢欣、人民的性格、激情的骚动和痛苦的抑郁。悔恨、希望、恐惧、凝思、惶恐、热烈、依赖、怀疑、荣耀、平静,这一切再加上别的情感,音乐都能按我们的能力所及得心应手地给予我们,又加以收回。它甚至创造出事物的外貌,而不会陷于幼稚的音响效果之中,也不会陷于对真实声音的狭隘模仿之中,它通过使外界事物变得崇高和神圣的薄雾般的纱幕,让我们看到这些事物,并使我们的想象转移到事物之中。"这是对音乐的功能精妙的概括,也是对音乐的礼赞。乔治·桑认为通过音乐能汲取"生活的本质"。音乐能使人在极度的激动中升华,达到崇高的境界,或者摆脱人间的烦扰,抒发心中的块垒。康素爱萝在地下岩洞倾听阿尔贝的提琴演奏时,就作如是感受。阿尔贝在精神迷乱中的演奏是排遣胸臆忧思的不自觉的举动,康素爱萝听了觉得这是出神入化的音乐,使她顿悟人生的奥秘。音乐是康素爱萝了解世界的媒介和工具。

乔治·桑对音乐有深入的了解。她同音乐界人士交往密切,尤其是她跟肖邦同居以后,对音乐有了进一步的了解。她曾经帮助肖邦创作出他的一些重要作品。乔治·桑对音乐的精湛修养是她能写出《康素爱萝》的基础。她对18世纪意大利的各个音乐流派都相当熟识,意大利是音乐之乡,产生了众多的第一流歌唱家。《康素爱萝》在这方面能帮助我们领略18世纪意大利音乐流派的风采和特色。1979年11月至1980年1月,法国广播电台结合《康素爱萝》中有关音乐的故事情节,配上波尔波拉、哈斯的歌剧,加卢皮、海顿的乐曲以及民歌等,进行连播,深受听众的欢迎。

《康素爱萝》是一部现实主义和浪漫主义相结合的作品。小说的人物塑造具有这个特点。康素爱萝这个形象基本上通过实描塑造而成。小说里的许多人物也多半采用这种手法。例如,阿尔贝伯爵的父亲是一个精雕细刻的人物,他看似糊涂,实则很有主见,到时候凛然不可侵犯。他了解儿子的心思,同意儿子与康素爱萝结合,这表明他还是一个相当开明的贵族。他的弟弟弗雷德里克男爵则是一个糊涂虫,终日沉迷在打猎之中,可是他心眼不坏,只不过像孩子一般没有头脑罢了。汪赛丝拉娃思想较为古板保守,心胸狭窄,却受人驱使,常常做出愚蠢可笑的事来。宫堡里的老教士专靠搬弄是非、暗中操纵女主人的手段来保持自己的地位,好在宫堡长期待下去。作者运用现实主义的笔触把这个内地贵族之家的各种人物刻画得生动真实,惟妙惟肖。另一方面,乔治·桑塑造人物又与巴尔扎克等现实主义作家不同,她是"按我所希望的那样、按我认为应该的那样去描绘人物"[1]的。康素爱萝就是这样一个按理想塑造的形象。她的品德和才能尽善尽美,而且胆略过人,虽然她体质羸弱,却在崎岖坎坷的地下穴道彳亍而行。这些描写使她具有浪漫色彩。阿尔贝伯爵的形象就更具浪漫特点。他似疯非疯,在疯话中隐藏着真知灼见;他的言论显示出他是一个有高度智慧的人物;他膂力过人。这些描写使他成为一个传奇式的人物。

小说对生活场景的描绘是写实的,但人物的遭遇则很离奇。尽管乔治·桑曾经争辩说,她描绘的世界全部是真实的,"我可以说,我的小说里最不可能发生的事,恰好是现实世界中发生过的",[2]但仍不能排除小说中运用了似真似假等浪漫手法。乔治·桑设想的给池子灌水和放水的方法就纯属虚构,从科学上来说很不严密,虽然从理论上说这是可以实现的,但在当时似乎缺乏实施的手段。至于对康素爱萝没有走上正确的方向,误入泄水道,千钧一发之际侥幸脱险的描写,则纯粹是浪漫主义的。小说在描写威尼斯、巨人宫堡、乡村、维也纳的场景时,笔锋犀利,翔实地反映了时代的风貌,具有现实主义的格调,而其中插入的威尼斯的水乡风光、波希米亚的葱郁森林、多瑙河的秀丽景致,则又五光十色,斑斓夺目,极富于地方色彩和异国情调。《康素爱萝》同乔治·桑的许

---

[1] 乔治·桑:《〈木工小史〉序》。
[2] 乔治·桑:《〈康素爱萝〉出版说明》,1854年。

多小说一样,具有神秘主义的倾向,这种神秘主义是同离奇的情节相结合的;神秘色彩也增加了小说的浪漫成分。

  乔治·桑的浪漫主义同雨果的浪漫主义并不相同。雨果的小说具有豪放的风格,有如暴风雨一般,气势浩瀚,而且奇谲诡秘,常常异峰突起。他善用对比反衬,以截然不同的感情、性格来状物写人,收到异常鲜明的效果。而乔治·桑的小说具有更多的抒情意味。她的小说也常常出现紧张和令人激动的场面,但宛如一场骤雨,紧张过后能给人以清凉舒适之感,这种感觉就来自小说的抒情场面。可以《康素爱萝》中对地道的描绘和《悲惨世界》中让·阿让穿越下水道的描写为例。在雨果笔下,巴黎下水道阴森可怖,是藏污纳垢之地。让·阿让背着受伤的马利于斯从这里逃走,他冒着危险,摸索前进,不料在塞纳河的出口处又遇上他的死对头之一德纳第。一波未平,一波又起。读者始终处于紧张的心理状态中。而《康素爱萝》的描写却不同。康素爱萝所冒的危险开始似乎更大,山洞熔岩处处隐伏着使人葬身的险境,但这里的景色自有瑰奇之处,洞穴里的人工斧迹令人赞叹。女主人公一步步走向安全,越过茨当柯的阻拦之后,她沿着潺潺的水流走去,这儿的景致又别是一番天地:从地表缝隙里透进来的空气拂动着丛生的水草,透过缝隙能看到满天繁星。这幅奇景令人心旷神怡。最后,康素爱萝来到阿尔贝居住的地方。正是在这儿,两人的心沟通了。雨后复斜阳,风景分外好。紧张的情节同抒情的笔触交融一体。乔治·桑的浪漫主义就具有这种热烈奔放而又委婉清丽的特点,恰是这种风格使乔治·桑成为独树一帜的作家。

综上所述,《康素爱萝》在思想内容和艺术上都充分反映了乔治·桑所取得的杰出成就,堪称她的代表作品和古典文学中的名著,值得我们加倍珍视和认真研究。

《康素爱萝》序
译林出版社,1998 年 9 月

《瓦朗蒂娜》简论

乔治·桑从尝试写作,到蜚声文坛,可以说异乎寻常的迅速。1832年初,她用六个星期写出了第一部小说《印第安娜》。她将手稿拿给自己的情人和初期文学创作的指导者于勒·桑多去看,建议他跟她共同署名发表。但桑多阅后感到异常吃惊和难堪。他的女合作者文风大变,今非昔比,水平远远高出于他。他拒绝了这慷慨的好意。

《印第安娜》的作者署名乔治·桑。桑是女作家和桑多两人名字混合以后产生的笔名;至于乔治,同通常人们采用的乔治略有不同,末尾少了一个"S"。在女作家的思想中,乔治既是个男性名字,又是她的故乡"贝里人的同义词"。这个笔名具有双重的意义:女作家表现了她对故乡的热爱之情,同时又流露了她作为新女性要在这个男性占统治地位的社会中争一席之地的强烈愿望。乔治·桑的愿望在某种程度上似乎是达到了。

《印第安娜》获得了相当大的成功。她的文学老师昂利·德·拉都什写信给她:"啊,我的孩子,我对你非常满意。"有的批评家认为她比大名鼎鼎的女小说家和评论家斯达尔夫人更高一筹。巴尔扎克也撰文表示赞赏:"此书的成功是确定无疑的。"比较起来,乔治·桑从事文学创作不到一年半工夫,便跻身于文坛前列。而巴尔扎克在成名之前写了十部小说,磨砺了十年之久;司汤达此时仍然默默无闻。无疑,乔治·桑的步入文坛要顺利得多。

其实,一个作家的成名有各种因素促成。单就乔治·桑来说,至少可以找到下列三个原因。

首先,是由于作家的创作意识觉醒和成熟得较早,艺术技巧成长过程较快。乔治·桑在《我的一生》回忆道,她来到巴黎以后不久,"不由自主感到自己是个艺术家,虽然还从来没想到过我会成为艺术家。"乔治·桑有一天走进了绘画博物馆,被历代大师的名画吸引住了。第二天、第三天,她又去看画,从博物馆一开门便进去,直至博物馆关门。她如醉如痴,站在提香、鲁本斯等大画家的名作前,像钉住了一样。她从中领悟到为什么意大利文艺复兴时期的绘画会受到人们赞赏,而佛兰芒画派之所以吸引她,是因为这些绘画表达了现实中的诗意,她进而悟出了什么是美。她感到自己来到了一个新世界中。离开博物馆后,大师们创作的形象在她眼前再现,她在这些杰作中感受到什么是生活;在现实中,人和事物往往笼罩上一层纱幕,艺术作品就是要找到出色的形式,去表现裹在纱幕中的人和事物的本质。她的头脑里涌现出一大堆人物的名字,心情兴奋至极,在街上游荡,忘了吃饭。[①] 乔治·桑无疑是个感情极为丰富、极为敏感的作家,同艺术大师的杰作接触,触发了她头脑中的艺术神经系统;同时,这些杰作给了她正确的指导,

---

① 见《我的一生》卷四。

指引她如何去描绘人生,启迪她艺术的奥秘是什么。无可讳言,乔治·桑在同于勒·桑多的合作中,初步学会了一些创作手法。即使桑多连二流作家也算不上,创作手法多半是当时流行的通俗作品的写法,追求古怪离奇的情节,但乔治·桑从中还是学到一点布局谋篇的诀窍。自然,她并不满足于去编造一些毫不接触重大生活题材的故事。这种思想状态一旦同艺术博物馆中大师们的杰作给予她的启发相结合,便诱发了她的想象激情,使她走上正确的创作道路。

其次,乔治·桑是个孜孜不倦的小说家,她能整夜接连不断地工作,只在修削鹅毛笔、给炉火添柴和装满烟斗(她像男子一样抽烟)时才停歇一下。缪塞曾经这样描述过乔治·桑忘我的写作热情,他对乔治·桑说:"我不能像你那样,脑子里有一根钢丝小弹簧,只消按一下摁钮,意志便会运转起来。"[①]她能一口气写作八小时,有时十二小时。诗人和小说家泰奥菲尔·戈蒂耶到诺昂访问时,看到乔治·桑在半夜写完了一本书,睡觉之前又开始写作另一本书!1845年,她用了四夜写出了《魔沼》。乔治·桑为什么要这样拼命工作,以致养成了习惯?就在她走上文学创作道路的时候,她过的是独立生活,需要挣钱来抚养两个孩子:"离开他们,我会难受,问题不是要抱怨不迭,我必须工作。我从此决定从事文学生涯。我用笔比用主妇的针,对我的孩子们更为有用。"[②]她的生活条件相当艰苦:躲在马拉盖沿河大街附近的一间阁楼里,房间热

---

① 转引自盖特·皮罗特:《乔治·桑》。
② 转引自盖特·皮罗特:《乔治·桑》。

得要命。白天她到一个木匠间写作,很少出来,也没有人打扰她,只有蜘蛛和老鼠与她作伴。晚上,她下楼去呼吸新鲜空气,坐在石阶上沉思。① 这一切为的是争取到她的自由和尊严。在19世纪,需要工作的妇女是受人蔑视的,而乔治·桑却敢于同这种传统观念相抗衡。她说:"我愿意成为艺术家,为的是能自我安慰:我不能无所事事,一无用处,像压在劳动者肩上的主人那样令人无法忍受。从兴趣来讲,我宁愿自食其力。"② 在明确、坚定的思想支持下,她才能奋笔疾书,勤于写作,笔耕不辍。这股动力保证了她旺盛的创作精力和不断进取的顽强探索,也是她迅速在文坛站稳脚跟和成为多产作家的原因之一。

最后,乔治·桑步入文坛时选取的主题具有特殊的意义。乔治·桑敢于蔑视传统的夫权主义,冲破了封建婚姻观念的樊篱,竭力追求妇女与男子的平等,甚至不惜标新立异,例如穿上男子服装,手握拐杖,在大街上目无旁人地行走。她从自身经历出发,将妇女的婚姻问题作为自己前期小说的压倒主题,她要"反对男人在婚姻中的暴虐,反对风俗在约定俗成原则的名义下的虚伪,通过妇女的自由和平等,要求爱情享有作为唯一主宰的特权,要求人格的独立,人格高于其他价值标准,人类法则要在这种价值标准面前弯腰屈膝,正如其他价值标准要在爱情面前弯腰屈膝那样"。③ 乔治·桑要追求妇女的解放,这无疑是大胆的、具有不同寻常意义的

---

① 见《我的一生》卷四。
② 转引自于盖特·皮罗特:《乔治·桑》。
③ 见罗什布拉夫:《乔治·桑作品选》第130页。

举动。因为"在任何社会中,妇女解放的程度是衡量普遍解放的天然尺度"。① 所以,提出妇女解放问题是对封建意识的有力冲击。七月王朝初期,封建意识在风俗中和人们的头脑中还牢固地存在着。妇女是男子的附属品,在家庭生活和社会生活中,妇女实际上毫无地位和自由。乔治·桑是启蒙思想家卢梭的崇拜者,她从资产阶级民主主义思想出发,向往妇女得到民主自由的生活地位。另外,毋庸置疑,她受到傅立叶、圣西门的空想社会主义关于妇女问题的论述的影响。在这样的思想基础上,她才敢于挺身而出,向传统观念发起挑战。因此,乔治·桑早期关于妇女问题的小说反响很大,在社会上起到振聋发聩的作用,也就不是偶然的结果。

《苔尔芬》

历史上也曾有过描写妇女问题的小说,但反映的内容不同。卢梭的《新爱洛绮丝》抨击了不合理的婚姻制度,描写了受到封建意识束缚的妇女的内心痛苦。19世纪初,斯达尔夫人写过两部小说:《苔尔芬》和《柯丽娜》,都是描述单身女人追求个人幸福的故事,提出的问题和接触的症结都不够尖锐,既受到卢梭的影响又达不到卢梭的高度,基本上没触及妇女解放的问题。诚然,司汤达的《红与黑》也抨击了不合理的封建婚姻,但小说不是专门描绘这一主题的,而且由于别的原因,这部小说当时没有得到世人的理解。乔治·桑则不同,她的妇女问题小说是以妇女解放为前提的,她站

---

① 恩格斯:《反杜林论》,《马克思恩格斯选集》第3卷第300页。

在 19 世纪的高度要求妇女在社会上享有平等地位。因此,乔治·桑的妇女问题小说在文学史上,主题是崭新的。

无论如何,一颗新星已在法国文坛上闪耀出光彩。1832 年秋,乔治·桑的第二部小说《瓦朗蒂娜》问世了。浪漫主义的前驱夏多布里昂不禁赞叹说:"你将是法国的拜伦爵士。"这句话虽然言过其实,不够中肯,却也反映了人们对这个有着不同凡响的才能、驾驭独特题材的女作家是刮目相看的。

问题就在于,《瓦朗蒂娜》确实不比《印第安娜》逊色。

从主题来看,《瓦朗蒂娜》也是从婚姻问题入手,去探求妇女的解放和争取社会地位平等。小说仍然采用多角恋爱的方式:男主人公贝内蒂克特是这些爱情纠葛的关键人物,他爱上贵族小姐瓦朗蒂娜,而她是朗萨克伯爵的未婚妻;贝内蒂克特与瓦朗蒂娜的姐姐路易丝有过恋情,路易丝开初拒绝,后来却爱上了他;贝内蒂克特被他的表妹阿泰娜伊丝热恋着,而后者有不止一个追求者。这种多角恋爱的情节也许是通俗小说给乔治·桑留下的不良影响,在某种程度上削弱了小说的主题的集中表现,例如路易丝与贝内蒂克特的瓜葛是画蛇添足,显得多余。不过,乔治·桑通过这多角恋爱的情节,力图反映的思想还是脉络清楚的:小说中的几对婚姻都导致悲剧。瓦朗蒂娜在母亲的逼迫下与自己不爱的朗萨克结了婚,新婚之夜就是她的不幸的开始,因为朗萨克本是个浪荡公子,一身是债,他企图通过婚姻,获得妻子的房地产,用来还债。因此,他对瓦朗蒂娜只有虚情假意,丝毫没有爱情。婚后两人从未同房,始终分居。瓦朗蒂娜虽然同贝内蒂克特相爱,但他是个农民,又没有财产,无法跟一个贵族小姐结合。瓦朗蒂娜之所以不能冲破传统的枷锁,跟自己相爱的人结婚,是因为她有前车之鉴:她的异母同父的姐姐路易丝,就因为偷偷同一个花花公子相爱而遭到家庭的驱逐,在外流亡了十多年。姐姐的遭遇和严母的约束使她不敢越雷池一步,只能听任命运的宰割。乔治·桑力求写出这种不合理的、违反人情的现象是造成人间痛苦的罪恶渊薮。一方面作家通过主人公之口,道出"纯洁的爱就是这个宇宙的纽带和原则……我们创造出来是为了彼此相属的,我们之间缔结的非物质联系,胜过一切人间联系",歌颂了爱情的神圣;另一方面,乔治·桑又通过男主人公,指出财富和地位是他们结合的障碍,愤怒指责"婚姻社会、机构、可憎恨的东西!对此我只有刻骨的仇恨"!瓦朗蒂娜也提出了控诉:"我想把婚姻变成双方都视作神圣的一种约束。但他们嘲笑我的单纯;这一个对我谈论金钱(按指朗萨克),那一个对我谈论自尊心(按指伯爵夫人),第三个对我谈论礼仪(按指侯爵夫人)……他们怂恿我失足,鼓动我只知宣扬表面的德行。如果您不是一个农民的儿子,而是公爵和贵族院议员,我可怜的贝内蒂克特,他们就会吹捧我取得胜利!"男女主人公对不合理的婚姻制度的谴责,是一种叛逆思想。他们指出了这种婚姻制度扼杀了人们的天然感情,而且是以通奸来作为补充的。封建的卫道者只注重金钱、表面上的德行、礼仪,不许同下层阶级结合,只许向上攀亲,这种婚姻准则的虚伪实质暴露无遗。小说中,乔治·桑进一步用事实来证明不以自由恋爱为基础的婚姻所产生的恶果:瓦朗蒂娜被丈夫发现她同贝内蒂克特的柏拉图式的爱情关系,不得不被丈夫任意宰割,失去了偌大的蓝博宫堡和附属的地产,然后又被丈夫无情地抛弃;贝内蒂克特在幸福即将来临之际被情敌杀死;阿泰娜伊丝一气之下与自己不爱的人结了婚,享受不到家庭的欢乐,直至丈夫跌入河中淹死。乔治·桑在小说前言中说:"我指出了不幸结合的危险和痛苦……不知不觉在宣扬圣西门主义。"这句话是恰如其分的。乔治·桑抨击了不合理的婚姻,也指出了造成婚姻悲剧的部分原因。有人指责乔治·桑的思想"反婚姻",这是毫无根据的。这种指责没有看到乔治·桑的用意在于披露封建婚姻给妇女带来的不幸和痛苦,她主张排除金钱和物质考虑的自由结合,仅仅是反封建婚姻。然而,乔治·桑在当时也没有意识到,她正在宣扬空想社会主义。但正是在这一点上,《瓦朗蒂娜》具有不可忽视的进步意义。总之《瓦朗蒂娜》在反映妇女成为封建婚姻制度的牺牲品方面,完全可以同《印第安娜》媲美。

话说回来,如果《瓦朗蒂娜》只是重复《印第安娜》的主题,那么,它就不会得到后人的重视。事实上,《瓦朗蒂娜》还反映了其他问题,在某种意义上,这是一部承上启下的小说,从中可以看到乔治·桑第二和第三阶段创作的端倪。

众所周知,乔治·桑第二阶段的倾向是创作社会问题小说。《瓦朗蒂娜》已牵涉到这方面的内容。

小说描绘了农民与贵族尖锐对立的情绪。一方面,是贵族对农民的鄙视,以蓝博伯爵夫人为代表。她"厌恶下等人","深深蔑视下等人",认为必须对下等人保持距离。她觉得女儿在舞会上当众被一个农民抱吻,是受到了侮辱。她看到女儿同贝内蒂克特接触便火冒三丈,认为有失体统。她的婆母由于出身和经历不同,对农民的态度则不一样,虽然骨子里她也是憎恨农民的。侯爵夫人经历过大革命,深谙"礼贤下士一些,为的是在未来的革命中拯救你的头颅"的道理,因而她乐于对农民笑脸相迎,装出和蔼可亲的模样。她的行动反映了旧贵族对农民的恐惧和戒备心理。农民对伯爵夫人和侯爵夫人的为人可是看得一清二楚,知道前者鄙视他们,但有时也想炫耀一下自己的阔绰,招待他们一顿,而后者虽然平易近人,却不会给他们美餐一次。农民是仇恨贵族的,认为贵族"只有过出生时的艰难,我们则不同,我们是历尽艰险才挣到家产的"。农民和贵族平日很少接触,宫堡和田庄彼此分隔,但对立情绪却隐伏着,农民随时都准备同贵族摊牌,尤其是富裕农民,更是跃跃欲试。莱里家借女儿结婚之机,大摆宴席,要跟伯爵小姐的婚礼相颉颃,压倒贵族的气焰。在小说结尾,蓝博家败落了,阿泰娜伊丝由于继承了一大笔遗产,成了蓝博宫堡的业主,但她不以此为满足,"她心痒难熬,很想以蓝博伯爵夫人的头衔,在贵族沙龙中得到仆人的禀报。"她终于如愿以偿,在丈夫死后,与取得蓝博伯爵头衔的路易丝的儿子成婚。资产阶级化的农民成为新贵,这是复辟时期农村阶级关系产生变化的一个侧面,反映了农村中阶级力量的消长情况。这是外省一个角落的社会变迁史。就整个社会而言,"巨资集中在几个人手里……没有廉耻,到处是贫困,充满弊端",社会腐朽到根部,这是对复辟王朝准确的概括。由此可以看到乔治·桑对社会问题的关注,表明她的视野正在扩大。

乔治·桑第三阶段的创作题材是田园小说,同样,《瓦朗蒂娜》

已经令人看到这类小说的萌芽。小说开卷便是对法国中部地区贝里农村绮丽风光的描画和对当地风俗人情的细腻绘写,这些描写给小说带来一股前所未有的清新气息。农民淳朴简单的生活,殷实农户的宽大房舍,尤其是热烈、别致、盛大的乡村舞会,把读者带到一个农家乐的新天地。在这样富有诗情画意的环境中,乔治·桑安置了不同阶级的男女的爱情故事,使小说具有田园牧歌的意味。小说描写男女主人公在河边垂钓,彼此之间萌生出不由自主的爱情的场景,就是这类田园牧歌式的故事最有代表性的篇章。这时贝内蒂克特在欣赏心上人水中的倒影,神不守舍,而瓦朗蒂娜也在偷窥着这个受过教育的农民,"一个在田野上和大自然中的男子汉,他健美的胸膛可能因为强烈的爱情而乱跳,他忘怀在瞻仰上帝所创造的最美的事物中。难以描述的气息飘荡在他周围火热的空气中;难以形容的、说不清的、不由自主的神秘激动,一下子使年轻的伯爵夫人朴实纯洁的心卜卜乱跳起来。"这样的田园牧歌与沙龙中的谈情说爱相比,自有它的异趣。在乔治·桑笔下,这类描写摆脱了庸俗意味,无论男女主人公在乡村舞会上的初遇,夏夜在山谷的相逢和坦率交谈,还是在宫堡小楼的消闲聚会,纵然都是良辰美景、佳人相会的一幅幅图画,却也透出俊逸秀美、洒脱自然的气息。这种田园情趣与富有浪漫色彩的爱情描写的融合,已预示了乔治·桑后来的创作基调。

从艺术上看,《瓦朗蒂娜》塑造了几个性格鲜明的形象,"这是乔治·桑在创作上逐渐走向成熟的标志。瓦朗蒂娜是个具有民主主义思想的女性形象,这是乔治·桑创造的女性画廊中有独特光彩的人物之一。瓦朗蒂娜不会假作谦虚,诚实坦率而又气质高贵,"善于让人敬畏,又从不伤人自尊心",但她没有贵族偏见,相反,她厌恶贵族的伪善和烦嚣的城市生活,渴望成为一个农家女:"我多么热爱这纯朴的生活和每天平静的活计!我会像莱里大妈一样,样样亲自动手;我会养一群当地最好看的牲口;我会有羽毛漂亮的母鸡和山羊,带到灌木丛中去吃草!"她十分关切农民的苦痛和欢乐,农民见过她为他们的不幸哭泣,因此农民和她之间没有什么隔阂。她不断地同自己心里的传统观念——不能与农民结合——作斗争,直到最后,命运和社会环境把她降到同农民一样的地位,她不得不寄居在农民家里,才打消了她最后的顾虑。不管怎样,她摒弃阶级偏见,与农民接近的思想和行动,已经是对封建门第观念的大胆挑战。正是这样,乔治·桑才将她看作一个理想的女性形象。她性格温柔却并不懦弱,在平静的外表下隐藏着果敢的、毫不退缩的意志,正是柔中有刚。贝内蒂克特则性情暴烈,易于激动,富有反抗精神。他蔑视金钱,憎恨贵族的自命不凡,看不惯暴发户的倨傲,对暴发户的吝啬与挥霍加以无情的讽刺。他宁愿放弃一门女方嫁妆十分可观的婚姻,不顾一切地追求瓦朗蒂娜;达不到目的时诅天咒地,指责上帝不去扶持弱者,企图开枪自杀,了结一生。这一行动同他的厌世思想是合拍的。早年在巴黎求学时,他虽然兴趣广泛,轮番爱上艺术和科学,可是,由于他并不想利用知识去谋取私利,正当他要取得成果时,他却止步不前,半途而废。这种与世无争的举动其实是愤世嫉俗的表现。所以,他拒绝了阿泰娜伊丝以后,回到自己狭小的屋子,清茶淡饭;他追求瓦朗蒂娜也不是看中她的财产地位,而是在爱情的驱使下不由自主的行动。

蓝博伯爵夫人是一个相当生动、真实的形象。她本是资产阶级出身,帝国时期嫁给贵族,实现了朝思暮想想得到贵族的荣耀和头衔的心愿。随着拿破仑帝国的覆灭,她的好日子也就一去不复返了。她庸俗、狭隘、爱慕虚荣,发现丈夫前妻之女越来越漂亮以后,便千方百计要把继女赶走。继女的情人竟是她的情人,这一点使她更加怨恨继女。甚至她要嫉妒自己女儿的美貌,想方设法把女儿留在家里,自己一个人去参加社交活动,免得自己相形见绌。"她空虚高傲的心从未尝过家庭的温暖。"她本想利用贵族身份炫耀自己的财富,后来又匍匐在王权面前,但这一切都幻灭以后,"热衷于阴谋诡计就成了唯一的精神食粮,她在其中倾注了逆境在她身上积聚的怨气。"她一手包办了女儿的婚姻,葬送了女儿的一生;她倚仗掌握钱财,控制婆母的行动;她热衷于争讼,以发泄自己的精力和显示自己的活动才干。这个专横跋扈、委琐促狭的贵妇,是19世纪初叶法国社会产生的精神畸形儿。侯爵夫人是另一种贵妇的写照。她性格软弱、轻率、喜爱奢华而又自私,她本来最喜爱大孙女路易丝,可是慑于儿媳的淫威,"完全抛弃了路易丝,免得自己陷入贫困"。这是一个在经济上败落,不得不依附他人,而且经历过法国大革命,懂得怎样保存自己、委曲求全的旧贵族形象。不过,死前她还是要报复一下,揭露蓝博夫人的平民出身,表明这是伯爵夫人最大的缺陷。她这样说:"对于一个出身低微的女人来说,总而言之,她待我还是不错的。"这种隐含讥讽、似褒实贬的口吻,只有贵族阶层的人物才说得出来。

此外，阿泰娜伊丝也写得相当生动传神。她出身农民，却不欣赏农民的纯朴品质；不愿做活计，生怕动手干活会重新下跌到摆脱了的地位。她"爱虚荣、野心勃勃、爱嫉妒、狭隘"。当她在床上醒来时，看到身旁的丈夫是个粗鲁、缺乏优雅潇洒举止的农民，她便泪水盈眶。她"一直喜欢贵族；高级的语言，即使超出她的智力和能力，她也觉得具有最强的吸引力"，正是这样，她才爱慕贝内蒂克特。她最后终于成为伯爵夫人。她的心理和性格，体现了暴发户农民想跻身贵族和上层阶级的社会现象。

塑造人物的成功与否，是衡量一个作家的艺术功力的重要标准，由此看来，乔治·桑之所以脱颖而出，几乎是一鸣惊人，就不是奇怪的了。她对现实生活的观察和感受相当敏感、深刻，而且能够形象地再现出来。乔治·桑尽管是个浪漫派作家，但塑造人物时她并不仅仅使用浪漫手法，而且也善于采用现实主义手法。男女主人公瓦朗蒂娜和贝内蒂克特具有更多的浪漫色彩，而伯爵夫人、侯爵夫人和阿泰娜伊丝则具有更多的现实气息。乔治·桑塑造人物时是交替使用浪漫主义和现实主义手法的，显示了轻灵而又稳健的创作特色，这是她一贯的风格。

此外，《瓦朗蒂娜》的结构一气呵成，十分紧凑；乔治·桑温婉柔和，富于抒情色彩的笔调也给人留下深刻的印象。凡此种种，都是《瓦朗蒂娜》至今仍然拥有众多读者的原因。

《瓦朗蒂娜》译者序
译文出版社，1991年2月

《莫普拉》简论

《莫普拉》是乔治·桑处于创作转折时期的一部重要作品:她正从第一阶段的妇女问题小说转向第二阶段的社会问题小说。《莫普拉》于1835年3月动笔,但不久乔治·桑便停止了写作。她原定这是一篇"乡村小说",且是个中篇,故事的背景放在农村,与《瓦朗蒂娜》相似。这篇小说是否仍然以妇女婚姻问题作为主旨呢?这正是症结所在。乔治·桑对此进行了反复的思索,可以断言,至少在写作过程中,她的思想产生了变化。乔治·桑在这期间开始接触到皮埃尔·勒鲁、巴贝斯、阿拉戈、拉莫奈①等人的著作,她认识到妇女的解放并不能仅仅归结于婚姻,她的目光投向了更为广泛的社会问题。乔治·桑曾多次指出:"《莫普拉》的主题就一个中篇来说是过于丰富了",这部小说"由不得我而变得复杂"。乔治·桑要把小说的内容大大扩充,冲破妇女问题小说的框架。在这种情况下,她终止了《莫普拉》的写作,一直等到1837年1月她考虑成熟以后,才重新捡起这部小说。因此,《莫普拉》是乔治·桑

---

① 皮埃尔·勒鲁(1791—1871),圣西门的信徒,1848年曾任市长;巴贝斯(1809—1870),革命家,被拿破仑第三流放;阿拉戈(1786—1853),学者和政治家,1848年二月革命后任临时政府成员;拉莫奈(1782—1854),思想家,主张政教分离,宣扬人道主义。

转向社会问题小说之前的试笔,从下列五个方面便可以看到这种变化。

之一,《莫普拉》的主题已经与妇女婚姻问题无关。在《印第安娜》《瓦朗蒂娜》《莱莉亚》等妇女问题小说中,中心问题是女主人公的婚姻悲剧,换句话说,这些小说的女主人公为了冲破封建婚姻或不合理的婚姻结合而对社会提出了强烈的抗议。在乔治·桑看来,妇女的解放取决于婚姻的自由和美满。在这些小说中,女主人公往往竭力追求理想的婚姻,可是到头来都未能如愿以偿。但在《莫普拉》中,小说内容完全改变了,女主人公虽然受到口头上把终身许诺给别人的约束,事实上却掌握着自己的命运。正是由她来挑选自己中意的终身伴侣,由她来考验情人的忠诚——这段考验时间长达七年,甚至在婚后,她仍然掌握着丈夫的行动,让他参加志愿军抗击敌人入侵共和国,胜利后又立即召他回到自己身边。女主人公爱德梅是完全独立的,不受丈夫主宰。妇女的婚姻问题已经不复存在了。

之二,《莫普拉》展示了相当广阔的社会背景,虽然这并不能说是一部历史小说,却触及了法国大革命之前中部地区的农村状况和阶级矛盾,这正是后来的社会问题小说,如《康素爱萝》《安吉堡的磨工》等所描绘的社会背景。按小说的叙述,男主人公生于1757年,故事正式展开是在1774年,当时男女主人公均为17岁。贝尔纳·德·莫普拉七岁成了孤儿,由祖父特里斯唐收养。特里斯唐和他的八个儿子是封建制度下最落后、最野蛮、凶残的代表。他们是一伙强盗、土匪,烧杀奸淫,无恶不作。他们是"封建小暴君这一类人的最后残余"，甚至连封建王国的司法制度都不遵守，因为他们负债累累，无力偿还，只能以这种劫掠手段来苟延残喘。他们的存在是封建制度的腐朽和趋于灭亡的象征；他们固守的城堡是封建的顽固堡垒。这个城堡的覆灭是封建顽固势力败退的写照。

这个家族并不是乔治·桑凭空杜撰的。乔治·桑说过："我在我们黑谷的茅屋中部分搜集到这个故事。"乔治·桑不仅采用了贝里地区的一些传说和事迹，而且以当地的土豪劣绅作为小说人物的原型。小说第六章提到的普勒马丹就是特里斯唐式的人物，两者如此相似，以致1853年，普勒马丹的后代要求乔治·桑取消小说中的那个注解(注解指出普勒马丹"淫邪凶残"，"把贝里地区封建的强盗传统延续到旧王朝的末日")！女小说家还注意到，不但像特里斯唐这样的社会渣滓在千方百计地对抗时代潮流的发展，即令是骑士于贝尔·德·莫普拉这样较开明的绅士，"在他身上，如同在大多数贵族身上，基督教忍辱负重的信条，却在血统高傲感面前碰壁"；"骑士满脑子尽是偏见。他受到他那个时代对乡下贵族来说良好的教育，可是时代比他前进得更快。"这是洞察入微的剖析。作为贵族阶级的一员，骑士摆脱不了本阶级的偏见；时代在飞速前进，尤其在18世纪下半叶，随着封建王国的日益衰弱以及启蒙思想的迅速传播，人们的观念发生了巨大的变化："文明大踏步迈向革命的大动荡……教育的光芒，作为典雅宫廷的遥远反映的高雅趣味，或许还有对民众行将到来的可怕觉醒的预感，这些都渗透到古堡中，直到小贵族半带乡土气的庄园里。即使在中部境况最落后的省份,社会平等的思想也已经战胜了野蛮的习俗。"社会矛盾已发展到一触即发的地步,直至家庭内部、每间小屋,无不孕育着激烈的动荡,唯有一次大革命才能重新组织起新的社会秩序。新观念的传播超过了骑士思想上接受新事物的程度,他不能不落伍于时代发展。小说的描写可说是十分深刻而准确的。

围绕着这个封建家族的命运,作者把目光扫向周围发生的一些重大事件。1776年末骑士一家来到巴黎过冬,这时,美国的独立战争爆发了,富兰克林给法国宫廷内部带来了自由的种子,拉斐特秘密准备远征,伏尔泰在巴黎获得最高荣誉(小说的描写比实际情况提早一年),在巴黎的沙龙里,伏尔泰和富兰克林分别得到最高赞赏和最热烈的好感。这些事件接二连三地被提到,从而烘托出当时的革命形势。另外,爱德梅曾坐在庇护启蒙运动哲学家的马莱塞尔伯身旁,事实上,这位政治家确于1776年被任命为王家国务秘书而回到巴黎。男主人公更是前往美洲参加了美国的独立战争。小说提到了这场战争的一些重大事件:如萨凡纳的争夺战、格林和盖茨的行动、阿诺德的通敌。至于法国大革命,小说虽然一笔带过,但也作了不可缺少的交代。贝尔纳讲述生涯的这八十年,几乎是一部风云变幻的法国历史。乔治·桑并不追求历史事件的准确性,而是以粗线条勾画出18世纪末的法国社会生活。她的视野显然扩大了,使一部爱情小说具有了较丰富、较坚实的内容;她对社会矛盾的剖析也避免了早期小说的偏颇观点,而变得比较符合实际。

之三,《莫普拉》中出现了一个农民哲学家的形象帕希昂斯,这个人物可以说是《康素爱萝》中的茨当柯,他是这类人物形象中的第一个。帕希昂斯信仰"自然哲学",在他身上体现了卢梭以及拉莫奈等人的思想。他反对贵族,认为"人民胜过贵族,因为贵族压榨人民,让人民受苦"！他还认为:"穷人受够了苦,将会起而反对富人,宫堡纷纷倒塌,土地将被分掉……再没有仆人、主人,也没有农奴、领主。"他主张平等自由,他热切盼望"普遍平均化和恢复黄金时代的平等"。他是农村中的哲学家和法律家,实行卢梭返回自然的生活准则,过着苦行僧的生活。贝尔纳案件最后是由于他的侦访,听到了若望和安托万的一场谈话才真相大白的。在作者笔下,他是农村中纯朴、睿智、正直的农民的化身,是在封建时代污浊现实中闪光的一颗珍珠。这样的理想人物是乔治·桑接受了新思想以后的产物,是她的空想社会主义的萌芽的表现。

之四,《莫普拉》加强了对封建制度的讽刺和抨击。小说末尾尖锐地揭露了18世纪末法国的司法制度:司法机构不问青红皂白,只依据个别人的"揭发"就逮捕了无辜的贝尔纳,尤其是法庭上法官不作缜密的调查,在有些重要案情未经核实,存在着极大疑点的情况下,居然判处了贝尔纳死刑！小说没有遗漏提及证人和法官受到了贿赂,所以才敢于作伪证和仓促地作出如此荒唐的判决。等到要复审案件时,法院又任意拖延,手续慢得要命,与以前仓促从事恰成对照。通过这些描写,法官的贪赃枉法、草菅人命相当形象地得到了再现。这场审判是对封建司法制度的一份控诉书,它如同一出风俗喜剧,各种人物在其中都作了充分的表演,袒露了自己的灵魂或嘴脸。

小说对教会的抨击也是毫不留情的。小说第十九章集中了对这个"可怕的敌人"的针砭和暴露。贝尔纳为了同若望直接会面，来到加尔默罗会隐修院。这座隐修院"表面上制度森严，实际上却十分富裕，纵情享乐"，里面的僧侣"过着前所未有的最舒适、最懒散的生活；他们穷奢极欲，摆脱了舆论的监督"。院长出面同贝尔纳交谈，目的是要贝尔纳让步，拱手奉送一大笔财产，否则，院长威胁"要做出疯狂的举动"。这个面目可憎的院长一方面假惺惺地表示："一个虔诚的人能从掌握尘世的财产中获得莫大的安慰吗？"另一方面却又话锋一转，说什么"过眼烟云似的财富代表无谓的取乐越应当受到蔑视，遵守教规的人就越应当坚决要求收回它们，因为这些财富为他确保了做好事的手段"。这番话充分暴露了这个宗教团体奉行"义行善举"，无非是为了享乐和扬名的私利。为了达此目的，他不惜软硬兼施，不择手段。这个团体收留了一些作恶多端的歹徒，例如若望·德·莫普拉。这个瘸腿贵族令人想起莎士比亚笔下的理查三世，他诡计多端，常常虐待童年时的贝尔纳；在特里斯唐的八个儿子中，他最会出鬼点子；他逃脱骑警的追击以后，隐姓埋名，当了隐修士，但仍出没于老家，觊觎着他的叔叔骑士于贝尔的财产。乔治·桑把这样一个恶棍写成隐修士的一员，表明她对这类宗教团体是深恶痛绝的。

　　《莫普拉》对司法制度和教会的抨击，涉及她以往的小说所不曾有过的内容，说明她在关注社会弊端方面前进了一大步。

　　之五，《莫普拉》的主要情节是描写在爱情的感召下，一个从小受到不良习俗熏陶的贵族青年，如何在获得文化知识的基础上，改掉了丑恶、卑劣的行为和思想,成为新人的故事。这个故事发展了卢梭的教育思想,也是乔治·桑民主主义思想的一种表露。女主人公爱德梅在小说中是美和善的象征,她具有强烈的共和主义信念,并以这种信念感染了帕希昂斯,得到后者的敬重;她支持贝尔纳参加美国独立战争,后来又让他去抗击入侵者,但她并不要贝尔纳混入官场,战争结束后及时把他召了回来。她受到贝尔纳善良本性的吸引,深深爱上了他,然而她不能容忍这个小伙子野性未驯的种种恶习,她说:"但我不爱恶,我不能爱恶,如果您在自己身上培养恶,而不是拔除恶,我就不能爱您。"她坚持这条原则,决不肯向贝尔纳的哀求让步,她深知终有一天贝尔纳会改变成另一个人,符合她的理想要求,跟着时代潮流前进。另一方面,她认识到自己的未婚夫德·拉马尔什是个没有慈善心的贵族,他"会让穷人饿死在他的宫堡门口",他们俩之间没有共同语言,不存在爱情结合的基础,她于是毅然决然丢下他,选择了贝尔纳。这个富有眼力和心计的姑娘终于获得了幸福。乔治·桑曾在自己的笔记中写下这样的句子:"你受到诱惑,出于忠诚向情人让步。须知,当你的偶像不符合可作楷模的牺牲时,这种忠诚并不美……灵魂在放错位置的激情中会变得衰竭和毁掉。"爱德梅正是按照这一准则去行动的。

至于贝尔纳,这个青年本质不坏。他始终看不惯他的叔叔们的恶行:"我从童年起就听到邪恶的信条,但我没有接受。我从不认为允许犯下恶行,或者我从不感到这样做是快事。我作恶时是被武力强迫的。"他本性有善良的一面,这是他能改恶从善的基础,而不像他的叔叔们,都是怙恶不悛的恶棍。但这个改变过程相当漫长,绝不是一朝一夕就能功德圆满的："为了从狼变成人，必须斗争四五十年，而为了享受自己的胜利，则必须活过一百岁。"贝尔纳终于经受住了考验，获得了新生。卢梭在《爱弥儿》中写道："心灵只能自动接受法则；人们企图束缚它，是为了解救它；人们让它自由自在，则会束缚它。"爱德梅正是按照这一原则去改变贝尔纳的。支持着贝尔纳行动的是他对爱德梅的爱情，这爱情从爱德梅误入盗贼老巢时就开始了："她是我终生唯一所爱的女子；从来没有别的女子吸引过我的目光，感受过我的搂抱。我生性如此；我爱什么，就永恒地爱，无论是过去、现在，或者将来，都始终不渝。"贝尔纳在爱情专一方面堪称楷模，这是作者力图再现的忠于爱情的理想人物。贝尔纳的一生表明，教育在改变人的习性，进而使某些落伍的人跟上文明发展的过程中，起着巨大的作用。乔治·桑认为，人是能接受新时代的文化知识的，教育能促进人们之间新关系的形成，如果这个人受到爱情的驱使，这一改变就更易实现。

从上述五个方面来看，《莫普拉》明显地超越了妇女问题小说的框架，在内容上成为乔治·桑最丰富的小说之一。从它问世以来，一直受到读者和评论家的重视和赞赏。当然，这同《莫普拉》在艺术上所取得的成功也是分不开的。

《莫普拉》被称为一部"斗篷加长剑"式的小说。所谓"斗篷加长剑"，如同我国的武侠小说那样，注重情节的复杂曲折，波澜起伏。乔治·桑早年受到19世纪初流行的"黑小说"的影响，从《莫普拉》中就可以看到传奇小说的痕迹。尤其是小说开头，在风雨交加的夜晚，一个迷了路的美丽姑娘来到魔窟，外面是骑警队作猛攻,这个少女则在宫堡里为保持自己的清白展开一场斗智。这样的场面颇能看到"斗篷加长剑",即英雄加美人的故事构想。但是,《莫普拉》的传奇色彩仅到此为止。与其说乔治·桑是在模仿"黑小说",还不如说她是采用这类小说的一些有效手段来增添小说的魅力。这样的描写确能一下子吸引住读者。

  《莫普拉》在情节安排上是相当引人入胜的。紧接在爱德梅误入魔窟之后,是贝尔纳对她的一场爱情追逐,最后他俩从地道安全逃出。他俩来到帕希昂斯在森林中的塔楼里。碰巧的是,城堡在夜里被攻破了,两个莫普拉逃到这里,与贝尔纳和爱德梅不期而遇,其中一个叫洛朗的受了致命伤,另外一个叫莱奥纳的为了拒捕,免得受辱,趁宪兵不注意,夺枪自尽。戏剧性的场面一个接着一个:来到骑士家里以后,贝尔纳展开了对爱德梅的爱情攻坚战,而爱德梅的未婚夫拉马尔什是他们之间的障碍。这不是一场司空见惯的三角恋爱描写。爱德梅力图改变贝尔纳的习性,这一点是独特的,摆脱了庸俗趣味和雷同的描绘。贝尔纳并没有轻而易举就接受爱德梅的安排,潜心学习,他的思想转变过程写得细腻而合乎情理;随后,为了能配得上爱德梅,他准备参加美国的独立战争,赢得荣誉。可是,贝尔纳从美国凯旋后,并未能实现与爱德梅结合的梦想。一波未平,一波又起:爱德梅遭到枪击,而且是在贝尔纳和她发生一次口角之后,表面看来这是贝尔纳出于嫉恨而干的蠢事,或者如同他的朋友们想为他开脱的那样,是他的枪走火,误伤了爱德梅。审判贝尔纳达到小说发展的高潮,这个高潮写得精彩纷呈,跌宕起伏。作者先介绍了贝尔纳所面对的严峻形势,他处于极端不利的地位,因为几乎没有任何于他有利的证据,公审场面写得有声有色,特别是爱德梅的贴身女仆勒布朗的出场和作证出人意料,她把印象和表面现象当作事实并串联起来的证词几乎无懈可击,她提供的一封贝尔纳写给爱德梅的信更是置贝尔纳于不利的境地。正当法庭宣判贝尔纳死刑之际,又突起波澜。神秘的、出没无常的帕希昂斯忽然出现,要求推迟死刑执行期限,因为他有重要的证词。于是贝尔纳的案子出现了转机。经过他的战友阿瑟的斡旋奔走,爱德梅复原后的出庭作证,帕希昂斯的揭发,案情才水落石出,小说自然而然和令人信服地走向结局。这场审案写得扣人心弦。综观全书,整部小说写得一气呵成。尤其难能可贵的是,小说是由年届八旬的贝尔纳口述出来的,读来却没有生硬和脱节之感,相反,小说酣畅自如地写出了人物的所思所想。这一切显示了乔治·桑娴熟的写作技巧。

乔治·桑还善于运用通过某些地点的反复出现来贯穿情节始终的小说手法。例如帕希昂斯寄居的加佐塔楼(这个塔楼确实存在于作者的家乡)曾出现过三次:第一次是贝尔纳13岁时在那里用弹弓打死了帕希昂斯心爱的一只猫头鹰,激起了帕希昂斯的愤怒,他惩罚了这个恶作剧的孩子;第二次是在贝尔纳17岁时,他同爱德梅逃到这里歇脚;第三次是贝尔纳在二十四五岁时,爱德梅在这里受到枪击。这三次构成了男主人公一生的三个重要阶段,加佐塔楼仿佛是个见证人,目睹了贝尔纳的一生经历。这是将小说情节有机地糅合在一起的有效方法。

最后还要提到小说中优美的风景描绘。无论是雷雨之夜贝尔纳居住的那个城堡的阴森、地道和机关的巧妙、宫堡废墟的荒凉恐怖,还是骑士于贝尔的宫堡里夜晚月下一对情人的交锋,面对初秋多雾之夜的田野人物内心的感受,都写得富于抒情和浪漫的色彩,这是对法国中部地区农村风景的一曲颂歌。

总之,《莫普拉》在内容上很难归入哪一类小说,而在艺术上又完全具备乔治·桑流畅自然、温婉亲切、情感炽热、优美抒情的风格,无疑属于她写得最优秀的作品之列。乔治·桑在写作时已意识到这点,她在1837年3月30日写完《莫普拉》的第二部分时,曾写信给出版商说:"我相信能确保这部小作品的成功。"乔治·桑并没有言过其实,她兑现了自己的诺言。

《莫普拉》译本序
译文出版社,1991年4月

梅里美的传奇小说

梅里美是一个具有独特风格的作家,他的中短篇小说一向被认为是世界文苑中的一朵奇葩。然而,他并不是以多取胜的。他不像世界上著名的中短篇小说家如契诃夫、莫泊桑等,他们创作的中短篇数以百计。梅里美仅仅以二十来个中短篇,便驰名于法国文坛乃至世界文坛上,而且占据了一个十分突出的地位。

梅里美在法国中短篇小说的发展史上具有举足轻重的作用。在他之前,法国中短篇小说还未发展到成熟阶段。15世纪到19世纪初,是法国中短篇小说的发展初期,这一漫长的阶段涌现了玛格丽特·德纳瓦尔(1492—1594)、德·拉法耶特夫人(1634—1693)、伏尔泰(1694—1778)、狄德罗(1713—1784)、马蒙泰尔(1723—1779)、萨德侯爵(1760—1814)等中短篇故事的好手。他们创作的还不能说是真正意义上的中短篇小说,以"故事"名之也许更为恰当。因为,无论从人物形象的塑造还是从结构、叙述等方面来说,这些作品还没有臻于成熟。法国的中短篇小说或许要从夏多布里昂的《勒内》和《阿达拉》(1802)开始,它们塑造了所谓"世纪病"的典型,对19世纪的法国文学以至欧洲文学,都产生了重大影响。可是,法国中短篇小说的转折期直至二十多年以后才算到来。当时出现了一大批中短篇小说作家,如巴尔扎克、司汤达等,梅里美则是其中的代表,他堪称法国中短篇小说的第一位大师。法国20世纪的著名评论家蒂博岱说,短篇小说这种文学样式"在梅里美之前并不存在"。这句话虽然说得有些过分,但把它理解为梅里美是法国第一位真正的短篇小说家,则有精到之处。可以说,从梅里美开始,法国的中短篇小说进入了成熟阶段。

梅里美的中短篇小说的艺术特点和魅力究竟何在?

首先,梅里美的中短篇小说少而精,尤其是短篇小说,写得极为凝练。他的小说美学遵循的是逻辑严密和语言简练,且能激动读者;他认为中短篇小说家的主要优点在于简洁、突出、情节发展迅速。他说过:"我憎恶无用的细节,另外,我认为不必向读者说出他能想象出的一切。"同时,梅里美善于总结别的作家的经验,例如他这样评价普希金:"我尤其欣赏他的简洁和他善于选择最引人注目的特点,同时又摈弃许多会损害思想的细节这种艺术。"他赞赏普希金写得简洁,同样自己也奉行简洁。为达此目的,他的小说有的只延续几个小时(如《马特奥·法尔戈纳》),有的几天,情节单一:《马特奥·法尔戈纳》写的是父亲杀死不讲信义的儿子的故事;《伊尔的维纳斯铜像》写的是铜像杀死新郎的故事;《塔芒戈》写的是黑奴在贩卖奴隶的船上的起义。这三篇小说情节都非常集中。但在构思和写作之前,梅里美却做了大量的准备工作,譬如,《马特奥·法尔戈纳》吸取的素材相当广泛,据考证,梅里美很有可能看过戈丹神父撰写的《科西嘉岛纪游》,其中一则传说《科西嘉人的高尚灵魂》讲的是一个牧羊人为了五个路易,出卖了一个逃兵,他的父亲知道后,认为是给家乡和家族丢尽了脸面,便亲自开枪打死了儿子。另外,1827年7月的《季刊》还发表了一篇考察报告,叙述一个牧羊人为了四个路易而出卖了两个逃兵,他的亲属们认为他玷污了民族和家庭的名誉,把他枪决了。从这两则纪事中可以看到梅里美写作《马特奥·法尔戈纳》的基本素材。梅里美紧紧抓住了这两则故事的骨架:被追捕的人的恳求和藏匿,告密者被盘问并且受到物质引诱,最后他招认了自己的告密行为,受到了惩处。但梅里美做了文学加工:除了开头对科西嘉岛的杂木丛林有几百字的描述以外,通篇几乎没有枝蔓的叙述,小说的中心部分以生动的对话构成,再现了当时的情景,这是对素材的艺术再现。结尾戛然而止。马特奥冷冷地回答匆匆赶来的妻子说,他在"伸张正义",吩咐妻子把女婿叫来,大家住在一起。梅里美不作一字评点,让读者自去领会内中的余味。这种写法何等经济!梅里美的短篇往往不长,《攻占炮台》也就三千字左右,却从一个侧面写出了拿破仑进攻莫斯科那场战役的情景,表现了短篇小说以小见大的特点。梅里美的简练还表现在这一点上:他只在有决定意义的时刻或写到重要场面才展开叙述,其他情节一笔带过,节省笔墨。他往往用有承上启下作用的字句来分阶段,点明这些重要场面的到来。例如《塔芒戈》,在高潮到来时,梅里美这样写道:"长时间的等待过去了,复仇和自由的伟大日子终于来临。"接着是黑人起义的壮烈场面。有时梅里美用删节号分阶段,略去多余的话:《塔芒戈》的末尾叙述到船上只剩下塔芒戈和爱歇两人后,是一行删节号;爱歇死后又是一行删节号:略去累赘的交代,叙述显得极为简练。不过在简练中保持层次分明。尤其是《马特奥·法尔戈纳》,发展脉络非常清楚:第一阶段写巡逻队追逐强盗,故事发生在马特奥"离家几个钟头之后";第二阶段写孩子出卖强盗,从"过了几分钟……"开始;第三阶段写马特奥回家:"兵士忙忙碌碌……";第四阶段写马特奥杀子,从"约莫过了十分钟……"到结尾。环环相扣,交代清楚,衔接利索,迅速推向高潮。梅里美的小说虽然简洁,却仍然写得激动人心。他善于表现事件的悲剧性因素:马特奥杀子不动声色,愈加显示了这个结尾的悲壮意味;嘉尔曼之死的场面并没有大段的铺陈文字,梅里美强调的是人物抱有的命运观念,这反而加强了悲剧色彩。总之,简练、层次分明、紧凑、高潮突出、扣人心弦,这些优点就是梅里美的短篇在形式上达到的高度。短篇小说顾名思义就是写得短,因而简洁明晰是短篇小说本身所要求的要素之一,梅里美在这方面刻意求工是抓住了根本。

其次,梅里美在中短篇小说中塑造了性格鲜明的典型形象,这也是法国中短篇小说上了一个新台阶,达到成熟的标志之一。马特奥的性格疾恶如仇,刚烈正直。梅里美的刻画令人想到"原始人"或"自然人",也就是说,他的行为接近于人在原始状态下的行为,并没有因文明的影响而变化,或者不受文明社会的影响,保留着纯正的民风。马特奥的铁石心肠在于他忠于科西嘉的道德观念,他的心里没有其他杂质。在梅里美看来,这种具有原始人的感情是史诗般的英雄的感情。塔芒戈的性格则是不屈不挠、有勇有谋、粗中有细。作为非洲黑人部落的酋长,他孔武有力、刚愎自用,但这只是他性格的一面,而且是并不重要的一面。小说着重刻画的是他成了囚徒之后的性格显现。这时的塔芒戈则是有勇有谋,他以自己的威望成为起义的发起者、组织者和领袖,他精心策划了这场起义,表现了这个粗犷的武士也有心细的另一面。燃烧在他心中的则是不愿沦为奴隶的意志,他要反抗。梅里美把这个人物的愚昧无知和善于行动的特点恰如其分地描写出来,处理得十分细腻,显示了他观察事物的深入和把握描写火候的纯熟。就连《伊尔的维纳斯铜像》中的铜像也具有性格,她凶狠无情,嫉妒心强。梅里美画龙点睛地描写她的神态:一脸"蔑视、嘲讽、残忍"的表情,尤其是那双白银镶嵌的眼睛,流露出"恶毒讥诮的表情"。这尊铜像把挖掘她的工人的腿压断,给予向她投掷石子的人以惩罚,也表明她是凶恶的。这种性格特点与她的嫉妒心一脉相通,构成了这尊铜像活生生的风采。梅里美的两个中篇《高龙巴》和《嘉尔曼》之所以成为世界中篇小说的杰作,主要也是由于这两篇小说塑造了性格突出的典型。高龙巴坚定沉着,复仇心强烈到不可抑制的地步,她精于心计,一切都在她的调度之内。梅里美把她写成科西嘉灵魂的象征:她具有行动感和农民意识,执着于自己的利益,忠于家族荣誉。相比之下,她的哥哥由于受到文明的熏陶,对荣誉具有不同的观念,也就不像她这样忠于科西嘉的风俗。奥尔索的存在是对他的妹妹高龙巴的衬托,更显出这个女性形象的泼辣和大刀阔斧的性格。嘉尔曼的性格虽然也有泼辣的一面,但更多的是酷爱无拘无束、独来独往。她的能干表现在与人交际方面,她充当了强盗和走私贩子的内线和刺探情报的角色。令人印象深刻的是,她动起怒来会在别人脸上用刀划一个十字,野性十足。一句话,她身上集中了波希米亚这个流浪民族的习性:不受任何法律的约束,爱好自由,性格豪放粗犷。在爱情上也是这样:嘉尔曼不愿意受到情人的监视和束缚,她要保持一定的来往自由,宁为这种自由而献出自己的生命。嘉尔曼还有波希米亚人的迷信观念,她喜欢用占卜来预测自己的行动结果和自身的命运,并对某些现象怀有宿命的观念:见到一只兔子从马脚之间穿过,她就认为自己会被杀死,又从咖啡渣中看出自己和情人要同归于尽。她明知情人要杀死她,仍然跟着他走,因为她认为这是她的丈夫,只能服从他的安排。她是一个接近于原始民族的、具有纯粹民风的山野之民,与文明社会的典雅女子迥然有别,这个形象的魅力就在这里。可以看出,在梅里美笔下的人物,往往都是富有激情的,性格强悍、善于决断。梅里美无疑受到司汤达的影响,司汤达也善于塑造具有异常毅力、敢作敢为的人物。梅里美的审美观点显然跟他一样。不过,梅里美不是从文明社会中去寻找这类人物的。在他笔下,这些人物大都是"化外之民",他们或者是科西嘉岛上的山民,或者是非洲大陆的黑人,或者是波希米亚人,都远离文明社会,或者与文明社会格格不入。梅里美认为生活在这种环境中的人具有高于文明社会受到腐蚀的人的品性,他们的性格焕发出令人向往的熠熠光彩,因而把注意力投向他们。

第三,梅里美的中短篇小说善于将浪漫主义与现实主义熔于一炉。梅里美生活在浪漫主义盛行的时代,他的创作自然受到浪漫主义的影响。他追求异国情调和地方色彩,他的小说不少都在异国或科西嘉岛,甚至在地狱展开情节;他热衷于描绘外省和异国的风情,这些都是浪漫主义文学的特色。此外,他对奇特事物、特殊的性格、强烈到不可抑制的激情十分爱好,往往敷以浓墨重彩,而同时又憎恶普通的生活,竭力同日常生活的单调决裂。尤其是他爱好神秘因素。他在评价屠格涅夫时说过:"谁也不如这位最伟大的俄国小说家那样,善于让心灵掠过朦胧的陌生事物引起的战栗,并在奇异故事的半明半暗中让人看到不安的、不稳定的、咄咄逼人的事物组成的整个世界。"这段话适用于他自己。梅里美对神秘事物有特殊的偏爱,神秘气氛成为他的多篇小说所追求的目标。尽管浪漫主义是梅里美的中短篇小说的特色之一,然而,现实主义的手法应该说是他的中短篇小说创作的主导方面。梅里美力求描绘"一个时代能够显示风俗与性格的细小事实",因此,他着意搜集准确的材料和写出真实的细节。他孜孜不倦地读书和调查,常常到博物馆和图书馆去搜集材料,了解风俗民情。作为历史文物总监和历史纪念碑的视察员,他游遍各地,凡所经之处,无不了解风尚习惯。在西班牙游历时,他了解瓦伦西亚的迷信风俗,同香烟女工和斗牛士交谈,十分乐意跟大路上的强盗并肩而行。另外,梅里美对现实的批判态度和怀疑精神,使他具有一种客观态度,这种态度表现为一种对笔下人物不断的讥讽。总之,这种对耳闻目睹的现象、对确切的事实、对准确的人情风尚的爱好和客观精神,使他成为名副其实的现实主义作家。梅里美将浪漫主义与现实主义巧妙地结合在一起的典型例子,莫过于《伊尔的维纳斯铜像》了。这篇小说是梅里美在第一次考察旅行的三十个月之后发表的。1834年7月,他前往法国西部考察历史文物,这次旅行最重要的收获,是他亲历了小说的故事情节所发生的那个环境。梅里美自己说过，他之所以有写这部小说的念头，是读了一篇中世纪的传奇故事，有的情节则参考了一些典籍和古希腊作家的作品。他是根据实地考察和以广泛的材料为依据来创作这篇小说的。梅里美十分注意自然风物和风土人情的描写。卡尼古山脉的倩影、塞拉博纳的圣徒像、当地的歌曲《熊熊燃烧的群山》、科利乌尔陈酒、炸玉米糕、乡镇的婚礼，这一切都绘声绘色、色彩斑斓，烘托出比利牛斯山脉一带的特殊风光和风俗。令人更感兴趣的是，梅里美在这篇小说中描绘的神秘和恐怖的气氛，他写得非常惊心动魄。梅里美在评论果戈理的艺术手法时说过："他知道写好一个怪异故事的诀窍：一开头就要把那些怪诞的、但却是可能存在的人物外部形象牢牢地确定下来，要把他们的相貌特征写得真实、分毫不差，从怪异到神奇，这一过程的转换是在不知不觉中完成的，当读者还没有觉察到现实世界已经远远地离开他们身后的时候，他们已置身于扑朔迷离的神怪世界中了。"梅里美在《伊尔的维纳斯铜像》中正是运用了这种艺术技巧。他描绘铜像就好似在刻画真实的人物，注重写出铜像的外部特征，并叙述一些怪异的现象：石子反弹，戒指套进铜像的手指以后脱不下来，制造恐怖感。当铜像扼死新郎的事实披露出来时，故事已进入尾声，令读者不可思议。20世纪的法国作家拉尔博说得好："他在这部作品中成功地把一桩最不可思议的神奇事物赋予了最大的真实性。"梅里美也深为欣赏自己把浪漫主义与现实主义融合起来的手法，认为"这是一篇杰作"。

第四，梅里美拥有一种独特的叙述方式。他喜欢采用第一人称的写法,或者"我"是一个带领读者进入故事主体的工具。第一人称能使小说具有可信性,并且以一种明显的客观性向读者展现故事内容,增加情节的说服力。第一人称的叙述方法在19世纪受到作家们的喜爱,巴尔扎克的短篇小说就很喜欢以第一人称来叙述故事,莫泊桑的短篇有一半是用第一人称来写的。可见,第一人称的写法是标志着短篇小说发展到成熟阶段的一个重要艺术特点:19世纪的作家认识到第一人称能增强故事的真实性和叙述的客观性,所以不厌其烦地使用这种方式。梅里美在采用第一人称的叙述方式时,往往保留了自己的真实身份:他往往以考古学家的事实身份进行考察,对当地的风土人情怀有极大的兴趣,《伊尔的维纳斯铜像》和《嘉尔曼》就是突出的例子。这种真实身份使读者带着信赖去读小说。很明显,考古学家的作用只不过是作为叙述情节的工具。然而,就因为叙述者是考古学家,所以他对风土人情的关注就是十分自然的事,他的身份给地方色彩的描绘提供了方便,真是一举两得。梅里美还不时跟读者进行间接的对话,评判小说人物的行动。他以这种方法与人物和情节保持一定的距离,他是小说情节的目击者或介绍者,叙述的是一个充满戏剧性的浪漫故事,文字轻灵自如,典雅而不流于纤弱,具有古典式的明快,不时闪耀出现实主义的洞察力。此外,梅里美善于安排作品的艺术意境,他不会让读者轻而易举就看透自己的意图和作品的艺术真谛,而是不断以一些富有启示性的描写挑起读者的兴趣,随着情节的进展,作品逐层深入地揭示出作者的真意。掩卷再思,读者会回味作品层出不穷的意蕴,内中的艺术美往往只可意会,难以言传,或者朦朦胧胧,含义因人而异,这正是梅里美的叙述艺术的高明之处。

第五,梅里美已开始注意心理描写。在大多数情况下,这种心理描写是简短的,不会长篇累牍,然而梅里美三言两语就抓住了人物的心理活动。例如,《马特奥·法尔戈纳》写到士兵用一块挂表去引诱孩子时,梅里美只用一段话去描写孩子的心理变化:

"弗杜纳托斜睨着眼睛瞧着那只表,就像一只猫看着人家给它送来的一只整鸡似的。它似乎觉得别人在耍弄自己,不敢伸出爪子把它抓过来,它生怕自己抵御不住这样的诱惑,只好时不时地把眼光移到别处,可是它又不断地舔舐着嘴唇,仿佛要对它的主人说:'你的玩笑开得太残酷了呀!'"

这段话把孩子受到诱惑,开始动心,却又不敢接受诱惑的心理写得活灵活现。梅里美用的是比喻手法,将孩子的心理用人们常见的猫欲扑食的情景传达出来。这段描写提供了孩子即将改变态度的心理基础,相当自然地写出了孩子的心理变换过程。《古花瓶》被看作是一篇心理小说,这个短篇刻画了一个虽然自我约束,却被人嫉妒中伤的人物。梅里美在开篇介绍主人公时,用的是心理分析方法,描写他尽管有一颗温柔和爱人的心,却遭到同伴们的嘲笑,因此,他只能把自己的心灵情感隐藏起来,这一来,在社交界,他获得了冷漠无情和漫不经心的恶名,使他无比痛苦,而他越是不愿意把心底秘密告诉别人,就越是痛苦得厉害。短短一段话,梅里美就把主人公压抑着的、受伤害的敏感心灵和盘托出。梅里美通过这个人物,剖析了人物的内心痛苦和曲折感受,进而把上层社会无情、自私,甚至险恶的人际关系描绘了出来。《攻占炮台》篇幅虽短,但梅里美与其说在描写具体事件,还不如说在描写人物的心灵活动,揭示出残酷的战争对主人公产生的影响。法国评论家法盖在评论这篇小说时指出:"梅里美运用他的全部想象力来揭示出人物的心理状态,把那些明显地展示内心感情层次的事件一一组合在一起。"总而言之,梅里美的心理描写往往通过人物面对具体事件来展现他的内心世界,有时则对人物的思想状态进行层次分明的剖析,这种手法丰富了他的艺术表现技巧。

综上所述,梅里美成为法国乃至欧洲杰出的中短篇小说家,绝不是偶然的。他继承了法国文学的优秀传统,又得到了发展中的艺术表现手法的启迪,并且吸取了外国作家的成功经验,从而把中短篇小说提高到一个崭新的高度,可以说在这一领域独擅胜场。不过,从严格的意义上来说,梅里美的中短篇小说也还未达到尽善尽美的境界。纪德说过一句颇费思索的话,他认为梅里美的作品有一种"多余的完美"。梅里美的中短篇小说是不是还有一点斧凿痕迹呢?他对现实的反映不够直接、不够敏锐、不够深刻,应该说是他的中短篇小说存在的瑕疵。但这些缺点只不过是白璧微瑕,无损于梅里美所获得的杰出成就。

《梅里美传奇小说》选本序

上海文艺出版社,1995年9月

雨果小说简论

维克多·雨果是法国浪漫派的领袖,他在小说、诗歌、戏剧、散文和文艺理论上都有重大建树。毋庸置疑,他是法国文学中最负盛名的作家之一,并毫无愧色地跻身于世界大作家之列。下面就雨果的生平和小说创作作一介绍。

一、生平和创作道路

雨果于1802年2月26日诞生在贝尚松。父亲是个共和党人,在拿破仑部下从一个普通士兵擢升为指挥官、将军。母亲信奉保王党。雨果幼年和少年时,父亲征战疆场,无暇顾及他。他跟随着母亲,在政治上受到母亲的影响,成为保王党的忠实信徒。他几乎以喜悦的心情迎接拿破仑的下台。雨果从12岁开始写诗。1817年法兰西科学院为了纪念圣路易节,以"研究生活带来的幸福"为题,举行诗歌比赛。雨果得了第一鼓励奖。1819年,他又获得图卢兹的百花诗赛奖。名重一时的浪漫派先驱夏多布里昂将雨果誉为"神童"。雨果也表示:"要么成为夏多布里昂,要么一事无成。"这是雨果为自己立下的第一个雄心壮志:要成为文坛泰斗。1818年到1819年,他连续三次得奖,获得国王路易十八的五百法郎奖金。1819年,他同两个兄弟创办《文学保守者》,至1821年为止。1825年,他以《加冕大典》献给查理十世,得到两千法郎的奖赏。

雨果是个早熟的诗人。1822年,他发表了第一部诗集《颂歌集》。随后他与青梅竹马的阿黛尔·富歇结婚。1824年他出版了《新颂歌集》,两部诗集随之合成《颂歌与民谣集》。雨果借取了中世纪行吟诗人喜欢的题材和形式,有的诗篇表现了高超的技巧。1826年,他与维尼、缪塞等浪漫派诗人组成第二文社。1827年,雨果转向政治上的自由主义,他的思想产生了重要变化。《铜柱颂》缅怀拿破仑时代对封建君主国家的武功就是表征。

1827年10月,雨果发表《〈克伦威尔〉序言》,这是浪漫主义文学的宣言书,雨果从此成为浪漫派的领袖。这篇洋洋洒洒的雄文,在文学批评史上,具有划时代的意义。雨果提出:"浪漫主义不过是文学上的自由主义而已。"他批评古典主义戏剧的造作和束缚,反对三一律,提倡现代正剧,与古典主义相抗衡。为了反对假古典主义,雨果提出了一条新的美学原则:对照。他认为:"丑就存在于美的旁边,畸形靠近优美,滑稽怪诞在崇高的背面,恶与善并存,黑暗与光明相伴。"这条对照原则,一直指导着雨果的文学创作。

1829年,雨果发表《东方集》,其中有歌颂希腊独立战争的诗篇,景色描绘十分出色。同年,他发表了剧本《玛丽蓉·德洛尔姆》,由于描写的是波旁王朝统治下发生的事,遭到了禁演。1830年2月25日,《欧那尼》正式上演。演出期间,浪漫派和假古典主义展开了激烈的斗争。首演时,浪漫派占了上风。斗争从第二场演出又重新开始,直至第四十三场,最后浪漫派的胜利终于确立。雨果名声大振,圣伯夫用两句诗形容他这时的威望:"我们在您面前就像芦苇折腰。您走过的风能将我们掀倒!"雨果成为文坛上升起的一颗灿烂的新星。

早在 20 年代,雨果写过两部小说《冰岛魔鬼》和《布格-雅加尔》,受到英国哥特式小说和司各特的影响,具有浪漫主义的特点。1829 年他发表中篇《死囚末日记》。1831 年,雨果发表了《巴黎圣母院》,这是一曲反封建的悲歌。小说女主人公爱斯美腊达和钟楼怪人卡席莫多代表受欺凌受迫害的下层人民。结局攻打巴黎圣母院的浩大场面,显示了人民的威力,这也是七月革命的一种回响。雨果将对照艺术运用到出神入化的地步。这部小说不愧为浪漫派文学的典范作品之一。

30 年代至 40 年代,雨果主要从事诗歌和戏剧创作。他发表了四部诗集:《秋叶集》(1831)抒写家庭和个人生活,情调忧郁;《晨暮曲》(1835)既抒发忧愁,又憧憬希望的到来;《心声集》(1837)回忆家庭生活,描绘大自然美景;《光与影集》(1840)记录了他与朱丽叶的爱情,扩大了大自然的题材。这一时期,雨果主要从事抒情诗的创作。他以才思敏捷、题材丰富、激情奔放、韵律多变而称雄诗坛。雨果创作了六部戏剧。《国王取乐》(1832)写的是法国文艺复兴时期国王弗朗索瓦一世的轶事。《吕克莱斯·波基亚》(1833)描写一个女下毒犯的故事。《玛丽·都铎》(1833)描写 16 世纪英国女王的爱情纠葛。《安日洛》(1835)描绘 16 世纪意大利贵族的复杂感情关系。这些剧本情节离奇,下层人物的作用十分突出。

这个倾向在《吕依·布拉斯》(1838)中得到进一步的表现。此剧是雨果戏剧创作的一个总结。主人公最后反抗和杀死了他的主人，他是聪明的下层人民的体现者。这部诗剧具有古典式的纯粹和简洁，形象鲜明，风格高雅。雨果的戏剧创作以《城堡卫戍官》的失败而告终。

雨果是法国戏剧史上的重要作家，他与古典主义戏剧家高乃依、拉辛和莫里哀齐名。他的主要功绩在于使浪漫主义戏剧确立了地位。他的戏剧不同于古典主义，其特点是描写下层人物，颂扬他们的聪明、能干、有理想和反抗精神，体现了深厚的人道主义思想。例如他笔下的绿林好汉欧那尼、小丑特里布莱、仆人吕依·布拉斯都是被社会排斥、被放逐、受侮辱、地位低下的人物，雨果的同情在他们一边。同时，雨果暴露贵族的贪婪、狠毒、好色、狡黠、背信弃义、好吃懒做。雨果的剧作喜欢悲喜混合，人物塑造运用对照手法。总的说来，他的戏剧是向现代剧的过渡。

从 40 年代开始，雨果力图在政治上有所所为。1841 年，雨果经过多次努力之后，进入法兰西学士院。1845 年，雨果当上贵族院议员。他为受压迫的波兰大声疾呼，为人民的贫困鸣不平，反对死刑。他属于自由派，但不是共和派；是人道主义者，但不是社会主义者。1851 年 12 月，路易—拿破仑发动政变，雨果企图组织抵制活动。希望幻灭后，他不得不逃到布鲁塞尔。1852 年 8 月，他和家人避居在英国的小岛——泽西岛上；1855 年又迁移至盖纳西岛。但他念念不忘祖国，从他的房间可以瞭望法国海岸。

在布鲁塞尔逗留时，雨果已经开始写作《一件罪行的始末》，并写成论战性小册子《小拿破仑》(1852)。雨果对路易—拿破仑的倒行逆施无比愤恨,与之誓不两立,由此又写出《惩罚集》(1853)。讽刺是《惩罚集》的尖锐武器。法国诗人勒贡特·德·利尔指出:"仇恨暴政,热爱自由,渴望斗争,争取胜利,勇于献身,一切都在诗集中凝聚、汇合。"雨果以拿破仑第一与拿破仑第三作对比,向政变时的死难者致哀,预言第二帝国的垮台,表示要战斗到底。1859年,雨果轻蔑地拒绝了拿破仑第三作出的大赦,他看不到这个政权崩溃,是不会踏上法兰西国土的。雨果过了十九年的流亡生活,直至1870年9月,第二帝国覆灭,第三共和国成立后的第二天,他才返回祖国。

在流亡期间,雨果还写出了《静观集》(1856)。这是雨果对自己的生涯的总结和回顾,它汇总了各种抒情题材,并加以发展和完善,成为抒情诗创作的高峰。诗人咏叹童年、爱情,抒发失女的悲痛,写出哲理的沉思,感情真挚,诗句铿锵。

雨果不仅是个政治诗人和抒情诗人,而且是个史诗诗人。他从1840年起,就开始写作关于"人的诗歌",这是一部"神秘的伟大史诗"。《历代传奇》(1859、1877、1883)这部人类的诗史,不同于一般历史教科书上所记载的史实,因为雨果既从《圣经》、神话和历史中撷取素材,又发挥诗人的想象。其中贯穿了雨果对人类不断进步的信心,体现了他对历史发展的乐观态度。这是一部诗歌杰作,堪称19世纪最有表现力、最丰富的诗集之一。

雨果晚年还发表了《林园集》(1865)、《凶年集》(1872)、《祖父乐》(1877)、《精神四风集》(1881),还有不少重要遗诗,如《天主》

《撒旦》等。其中,《凶年集》反映了雨果的爱国主义激情和深厚的人道主义精神。这部诗集具有丰富的史料价值：普法战争期间巴黎的被围、饥馑、巴黎公社的诞生、街垒战、公社失败、当局的镇压,都有忠实的记录。

雨果作为一个大诗人,在诗歌艺术上有重大的发展。首先,他开拓了诗歌的领域,无论抒情、讽刺、写景、咏史,还是哲理沉思,他都得心应手,在这方面,没有哪个法国诗人能与他媲美。在抒情诗中,他擅长抒写爱情和个人生活,写出劳动和劳动者的尊严,对大自然的魅力和神秘有深切的感受,对自由和受压迫、求解放的民族充满了同情和支持。讽刺诗善用冷嘲热讽,题材广泛,形式多样,有的短小精悍,有的气势恢宏。他创造了小型史诗,使史诗这种古老形式焕发出新的生命。其次,雨果的想象力丰富。他的视觉非常敏锐,并能将各种意象刻印在自己的脑子里。想象力常常把诗人带出了真实的世界。他的诗歌豪放阔大,雄奇瑰丽,全景观照,气贯长虹。第三,雨果将对照也用于诗歌创作中,崇高与滑稽丑怪配对,黑暗与光明配对,罪行与无辜配对,冬天的阴冷与夏天的明媚对照。结句出人意料,形成强烈反差。第四,雨果在修辞上善用同位语隐喻,如"太阳—思想"、"狗—撒旦"。这种构词法是将抽象事物与具体意象结合在一起,产生新的含义,对哲理诗、政治讽刺诗、史诗尤其有效。这种手法与后来波德莱尔提出的通感,兰波提出的"语言炼金术"一脉相通。第五,雨果的诗歌语言丰富多彩,韵律运用自如,音节有多种变化。在浪漫派诗人中,雨果也许是最注重艺术的一个。

流亡期间是雨果创作最丰盛的时期。他还出版了论著《威廉·莎士比亚》(1864),特别是发表了《悲惨世界》(1862),达到了他的小说创作的顶峰。《悲惨世界》是人同社会搏斗的一部史诗,而《海上劳工》(1866)则是人同自然搏斗的另一部史诗。《笑面人》(1869)以17和18世纪之交的英国为背景,对贵族特权作了犀利的批判。

雨果的小说创作以《九三年》(1874)煞尾。小说以法国大革命斗争最激烈的年代为背景,对这场革命作出了人道主义的哲理沉思。

雨果是一个精力旺盛、才思过人的作家。他一生著作等身,在小说、诗歌、戏剧、散文(如《莱茵河游记》《见闻录》)等方面都成果累累,就多才多艺来说,在法国作家中,他是无与伦比的。他直到八十高龄仍然笔耕不辍。

雨果是一个著名的社会活动家。他传奇般的经历,他坚定的斗志,他维护正义的努力,更使他的形象显得高大。在法国人眼中,他是反抗专制暴政的不屈斗士,和平、民主、博爱的鼓吹者和捍卫者。值得注意的是,1861年,他在一封信中义正词严地谴责了西方列强掠夺圆明园的罪行,对中国人民表达了深厚的感情。1881年2月26日,在雨果巴黎寓所的窗外,有六十万仰慕者走过,祝贺他八十寿辰。1885年5月22日,雨果因患肺充血,不治逝世。在昏迷状态中,他吟出一个佳句:"人生便是白昼与黑夜的斗争。"这句话概括了他作为斗士的一生。6月1日,法国政府为他举行国葬,两百万人参加了隆重的葬礼,他的灵柩被运送到先贤祠。雨果享受的哀荣,在法国作家中是独一无二的。

二、小 说 创 作

雨果的小说在后世影响巨大,即使在法国,当今大部分读者阅读的是他的小说。雨果无疑是法国乃至世界最杰出的浪漫主义小说家。他的小说的思想内容和艺术特点都自成一格。雨果的小说并不多,重要小说只有五部:《巴黎圣母院》《悲惨世界》《海上劳工》《笑面人》和《九三年》。雨果仅以这几部小说奠定了他的小说家地位。如果说他的诗歌写得滥了一点,那么,他的小说倒是写得相对精粹,每部小说无论题材和艺术上都别出机杼。

雨果的小说在内容上的第一个特点是,他能以独特的角度去理解历史,反映他的共和思想。

《巴黎圣母院》写的是15世纪末的法国,但雨果不是写真实的历史事件。小说以一个吉卜赛女郎的经历为中心,展示下层人物的生活。在巴黎的贫困地区,有一个乞丐王国,乞丐们为了他们其中一个的安全,可以奋不顾身地攻打神圣的巴黎圣母院,引发一场暴动,惊动了路易十一国王。这个故事名不见经传,完全是雨果的虚构。一方面,雨果注意描写当时的历史风貌,正如他所指出的:"这是15世纪巴黎的一幅图画,是关于巴黎的15世纪的一幅图画。"在小说中,中世纪的民间节日,上演神秘剧,选丑人之王的古风得到细致的描绘,特殊的流浪人社会、在街头和广场耸立的绞刑架、阴森恐怖的巴士底狱、巫术和炼金术的流行、宗教享有的特权、国王的隐蔽和行踪不定的生活都一一得到再现。雨果在《论司各特》一文中说过,他要创造一种新型的小说,在这种小说中,"想象的情节展开为真实而多变的画面,如同实际生活中事件的发展一样"。他还赞扬这位英国浪漫派小说家"把历史所具有的伟大灿烂、小说所具有的趣味和编年史所具有的那种严格的精确结合了起来"。雨果在《巴黎圣母院》中正是要追求,而且创造出这种类型的历史小说。雨果没有单纯地描绘风俗,他的独特之处在于构想出一场乞丐的暴动。这场暴动是对国王权威的冒犯,是对教会圣地的侵犯。路易十一不由得勃然大怒,"由狐狸变成了狼",狂呼"把平民斩尽杀绝,把女巫绞死"。有两个弗兰德尔的使者提醒他,象征封建主义的巴士底狱将"在喧哗声中倒坍",国王会"很快听到敲响了平民时代的钟声"。这是对封建主义行将崩溃的预言。小说中的事件发生在1482年,路易十一是在1483年逝世的。雨果将故事放在路易十一统治的末年,意味深长。路易十一的去世意味着中世纪的结束,继位的弗朗索瓦一世是法国文艺复兴时代的第一位国王。也就是说,1482年正是中世纪即将过去,新时代的曙光开始透露出来的交替时刻,如同1830年七月革命前夕社会动荡、封建制度摇摇欲坠的景况。雨果赋予了这部小说以鲜明的现实意义,他是以历史的折光来反映现实的。

《悲惨世界》倒是描绘了真实的历史事件:滑铁卢战役和1832年6月5日的人民起义。在雨果看来,拿破仑在滑铁卢战役中遭到惨败,既有偶然性,又有必然性。拿破仑虽气数已尽,但封建制要卷土重来。正因如此,拿破仑远比胜利者威灵顿伟大得多。历史的车轮是倒转不了的,法国社会尽管要经历一段曲折发展,但仍要朝共和的方向前进。雨果对这场战役的理解无疑有独到之处。另外,雨果把1832年6月5日的起义看作实现共和制的一个起点。起义领袖昂若拉在街垒覆灭前的一席讲话就体现了雨果的看法。昂若拉指出,这场起义是为了未来而付出的可怕代价,死在街垒上,也就是死在未来的曙光中。雨果对共和国的期待显然是针对第二帝国而言的,他以此去批判拿破仑第三的倒行逆施。

《笑面人》以17世纪末和18世纪初的英国为背景。雨果指出,这段历史"为法国的18世纪作了准备","倘若有人问作者,为什么他要写《笑面人》,作者会回答,作为哲学家,他旨在显示灵魂和良心;作为历史学家,他旨在显示鲜为人知的君主专制的事实以及提供民主政治"。雨果要对这一时期的英国君主立宪制进行批判。雨果采取虚构的方法:"我的方式是通过虚构的人物,描绘真实的事物。"笑面人格温普兰(克朗查理)、绰号叫"熊"的卖艺人和盲姑娘"神女"是纯粹虚构的人物;女公爵约瑟安娜的怪僻性格也是作者想象的产物。通过虚构人物去反映历史,是雨果的基本方法。雨果站在共和主义的高度来批判君主立宪。小说抨击了贵族阶级享有极不合理的特权:他们的产业大得惊人,一个公爵骑马走了一百二十公里,还没有走出自己的产业;一个爵爷有几万家臣和佃农,有自己的法官、牧师,犯了叛国罪也不能对他加以刑讯,他差不多等于国王和上帝;即使他不识字,依照法律也算是识字的。笑面人愤怒地说:"你们享有权威、财富、不落的太阳、无限的权力、无比的享受。"小说指斥国王查理二世"是个无赖",詹姆士二世"是个坏蛋",他怂恿贩卖儿童,把小孩变成畸形人。笑面人愤怒地说:

"国王不过是寄生虫,你们却饲养寄生的君主。本来是蚯蚓,你们把它饲养成蟒蛇;本来是条虫,你们把它饲养成长龙。"安娜女王因为妹妹比自己长得漂亮,而且妹妹的未婚夫也很漂亮,就嫉妒万分。她发现了笑面人是克朗查理的继承人后,便幸灾乐祸地下令让妹妹和这个丑八怪结婚。笑面人感叹说:"在这个世界上,有婚姻而没有爱情;有家庭而没有兄弟友爱;有财富而没有良心;有美貌而没有廉耻;有法律而没有公道;有秩序而没有均衡;有权势而没有智慧。"这痛切的语言,是笑面人对一生所见所闻的总结,也是整个社会的缩影。雨果通过他,预言这个罪恶的制度终将崩溃,代之以共和制。

《九三年》则反映了大革命斗争最激烈的年代的风貌。雨果以法国大革命为题材,是因为他对这场人类历史上的重大革命产生新的想法;他基本上赞成这场革命,同时又对革命期间出现的一些现象进行了思考。1793 年正是大革命处于生死存亡的一年。在巴黎,雅各宾派取代了吉伦特党,登上了历史舞台,面对得到国外反法联盟支持的保王党发动的叛乱,以及蠢蠢欲动的各种敌人,雅各宾党实行革命的专政和恐怖政策,毫不留情地镇压敢于反抗的敌对分子;雅各宾党派出共和军前往旺岱等地,平定叛乱,终于使共和国转危为安,巩固了大革命的成果。雨果指出:"九三年是欧洲对法兰西的战争,又是法兰西对巴黎的战争。这就是九三年这个恐怖的时刻所以伟大的原因,它比 19 世纪的任何时刻更伟大。"他又说:"九三年是一个紧张的年头。风暴在这时期达到了最猛烈最壮观的程度。"选取这一年的事件来描写,能充分反映人类历史上最彻底的一次反封建的资产阶级革命。小说在读者面前真实地展示了革命与反革命斗争的残酷性。保王党叛军平均每天枪杀三十个蓝军士兵,纵火焚烧城市,把所有的居民都活活烧死在家里。他们的领袖提出"杀掉,烧掉,决不饶恕"。保王主义在一些落后地区,如布列塔尼,拥有广泛的基础,农民盲目地跟着领主走。他们愚昧无知;农妇米雪尔·佛莱萨既不知道自己是法国人,又分不清革命和反革命,她的丈夫为贵族卖命,断送了性命;乞丐退尔马克明知政府悬赏六万法郎,捉拿叛军首领朗德纳克,却把他隐藏起来,帮助他逃走。农民的落后是贵族发动叛乱的基础,小说真实地反映了这种社会状况。面对贵族这种残忍的烧杀,共和军以牙还牙,绝不宽大敌人。在雅各宾派内部,三巨头——罗伯斯比尔、丹东、马拉虽意见分歧,但都一致同意采取强有力的手段。他们选中主张"恐怖必须用恐怖来还击"的西穆尔登去当共和军的政治委员,颁布用极刑来对付放走敌人的严厉法令。因为要保存革命成果,不得不用暴力来对付暴力。问题的严重性和艰巨性还在于:"赶走外敌只要十五天就够了,推翻帝制却要一千八百年。"一千八百年的封建制度在人们头脑中造成的影响,使得革命经历了曲折反复,要同反革命进行多次较量,才能最后确立资本主义社会制度。战争、流血、以恐怖对恐怖,这是反革命迫使革命采取的必要的自卫手段。

这几部小说的描写,都表明雨果鲜明的政治态度,体现了他高昂的为共和制而战斗的激情,这是他的小说值得肯定的进步倾向。

其次,雨果的小说一贯以人道主义去观照历史,批判丑恶事物,赞美崇高品德。在19世纪作家中,雨果这种取向较有代表性。

《巴黎圣母院》主要通过爱斯美腊达和敲钟人卡席莫多来表现主题。爱斯美腊达是一个善良、纯朴的少女。诗人格兰瓜尔误入乞丐巢穴,就要送上绞架。她出于同情,愿与他结为夫妇;根据这里的"法律",他才免于一死。卡席莫多曾经遵循克洛德的指使,企图劫走她。但他在广场上遭受鞭刑,口渴难熬时,她又出于恻隐之心,走上前去给他喝水。她被孚比斯的漂亮外表迷惑,对他一往情深,而对她所厌恶的克洛德则坚拒不从。为此种下祸根,受到接二连三的迫害。她因孚比斯被克洛德刺伤而忍受不了"穿铁靴"的酷刑,以致屈打成招。克洛德对她的追逐和迫害,是教会上层人物为了满足兽欲而不惜施展阴谋的表现;法庭只靠酷刑来审问,千古奇冤层出不穷,反映了封建统治的阴森可怖、腐败黑暗,封建官吏的贪赃枉法。雨果对生活在社会底层的善良人民寄予无限的同情。卡席莫多外貌奇丑无比,是个弃儿,平日遭人笑骂,乐趣只在于抱住圣母院的大钟不停地撞击,似乎根本没有常人的感情。其实,唯有他的内心燃烧着对爱斯美腊达纯真的爱情之火。他无法用语言表达对她的爱慕,只能以行动表现出来:他从绞刑架上将爱斯美腊达救下,藏在圣母院之内;对这个圣地,别人奈何不得。卡席莫多想以此来保护自己崇拜的偶像。他设法让她住得舒适一些,自从发现副主教对她有不轨的行为以后,他索性睡在她的门口保护她。乞丐们攻打圣母院,用意是保护她,不让她绞死在广场上。卡席莫多不愿她离开自己,一个人奋战在圣母院的塔楼上。他的行动远远胜过中世纪的骑士为了自己的美人在原野上冲杀的勇气。

他的奋激,他的忘我,他的不顾一切,完全表露了他的爱情。最后,他瞥见副主教站在那里观看爱斯美腊达上绞刑,露出一丝魔鬼的微笑,这微笑反映了黑袍下的恶毒心肠。副主教的卑劣和残忍激起了他正义的愤恨,他毅然地将副主教从高处推了下去。雨果以人道主义思想去描写这个畸形人,发掘出他内心情感中美好的思想,认为下层社会中这样受凌辱的人物的内心,要比上层人物的心灵高尚得多。

《悲惨世界》也是一曲人道主义的颂歌。小说描绘了社会底层受苦受难、受凌辱受欺侮的穷人,展现了一幅悲惨世界的图景。几个主人公都是挣扎在死亡线上的人物,他们代表了千千万万的穷苦人。让·瓦尔让因饥饿而偷面包,被捉住坐牢,判了五年徒刑,由于几次越狱,竟坐了十九年的监牢。刑罚之严到了令人震惊的地步。他想改恶从善,但社会却不让他有一席之地,他被法律紧紧追踪,被打入另册。芳汀的命运比他更为悲惨,她因不慎失足而被工厂拒之门外,卖掉一头秀发、两颗门牙,仍然筹不满女儿的赡养费,终于沦为娼妓。曾几何时,一个活泼泼的少女变得形容枯槁,病入膏肓,不久便离开了人世。她的女儿柯赛特自从流落在泰纳迪埃家,便成了一个小奴隶,受尽了一切折磨。雨果对笔下这三个人物倾注了同情,从人道主义思想出发,哀其不幸。雨果还从另一个角度宣扬人道主义的力量:让·瓦尔让受到米里埃尔主教仁爱之心的感化,重新做人,他广做善事,获悉别人要替他受刑,便挺身而出;看到平时与他作对的割风老爹压在马车下,便不顾一切相救;对于穷追不放他的沙威不但不趁机报复,反而放走。他的仁爱终于结出硕果：沙威被他的行为感化了，也放走了他，自己则投河自尽。通过沙威的死，雨果力图表现人道主义的威力：它能战胜最坚定的信念。

《笑面人》则通过对残疾人的描写，表现人道主义思想。笑面人的丑陋是社会强加给他的，人贩子改变他的脸容，既是秉承国王的旨意，又是供人取乐。对此雨果作了鞭辟入里的分析："降低人的地位，很自然就会引导到改变人的外形，为了使外形和地位相符，就必须改变被降低地位的人的容貌。"为了改变人的地位，竟采取这种非人道的手段，充分暴露了统治者的狠毒。作者通过笑面人的口说，他的笑容表达了人类的痛苦，是肉刑的结果。这象征着人类的权利、正义、理性、智慧，都受到了摧残。国王在他心里安放了愤怒和痛苦，却给了他一个欢愉的面具。这是令人毛骨悚然的恶毒行径。"女神"是个盲女。她看不见笑面人的丑，只感到笑面人的美。笑面人告诉她，自己长得很丑。她回答："长得丑，这是什么？这就是做坏事。格温普兰只做好事，他长得挺美。"这富有哲理的回答，道出了符合道德标准的美丑观，也表现了人道主义精神。"女神"以为笑面人一去不回后，失去了活下去的精神支柱，身体迅速垮了下去，离开了人世。笑面人赶来晚了一步，他跳海自尽，追随她而去。他们的爱情悲剧，是肉体残缺、心灵美好的一对情侣被社会戕害的一曲悲歌。

《九三年》的结尾又一次表现了雨果的人道主义思想。雨果叙述了一个奇特的故事。朗德纳克本来已逃出古堡，但看到三个小孩被困在火海中，于是又返身回来，冒着危险，救出三个孩子，自己则落入共和军手里。郭文震惊于朗德纳克舍己救人的人道主义精神，认为应该以人道对待人道，便放走了朗德纳克。西穆尔登不顾广大战士的请求，坚决执行法令，将郭文斩了首；就在郭文人头落地的一刹那，他开枪自尽。雨果认为："慈悲心是人类共同生活的残余，一切人心里都有，连心肠最硬的人也有。"朗德纳克就是这样，"那个母亲的喊声唤醒他内心的过时的慈悲心"，"他已经走入黑暗之中，再退回到光明里来。在造成罪行之后，他又自动破坏了那罪行"。郭文一贯对敌人宽大，甚至认为路易十六是一只被投到狮子堆里的羊，"打掉王冠，但是要保护人头。革命是和谐，不是恐怖……'恕'字在我看来是人类语言中最美的一个字……在打仗的时候，我们必须做我们敌人的敌人，胜利以后，我们就要做他们的兄弟"。郭文果然把朗德纳克当作了兄弟，甚至当作了英雄。雨果把西穆尔登写成革命政府的化身。他认识到革命的敌人是旧社会，"革命对这个敌人是毫不仁慈的"。他是一个冷酷无情的人，没有人看到过他流泪。雨果认为他正直而又可怕，虽然崇高，"但这种崇高是和人隔绝的，是在悬崖峭壁上的崇高，是灰色的，不亲近人的崇高"。他向国民公会保证："假如那委托给我的共和党领袖走错了一步，我也要判处他死刑。"他屡次警告郭文："在我们所处的时代，仁慈可能成为卖国的一种形式。"他和郭文展开辩论，最后无言以对，但他无法克服心中的矛盾。"他有着箭一样的准确性，只对准目标一直飞去。在革命中没有什么比直线更可怕的了。西穆尔登一往直前，这就注定了他的不幸。"通过他的悲剧，雨果批判了只讲暴力，不讲人道，只知道盲目执行，不会灵活处置的革命者。

《九三年》反映了雨果对法国大革命的思考。雨果对雅各宾党的恐怖政治是颇有微词的，雅各宾党三巨头在雨果笔下，狂热多于理智，只知镇压，不懂仁政。他们所执行的恐怖政治在一定条件下起了作用，可是同时也包含着弊病。郭文认为，对旧世界是要开刀的，然而外科医生需要冷静，而不是激烈，"恐怖政治会损害革命的名誉"。无可讳言，雅各宾党矫枉过正，滥杀的情况是存在的，这就是为什么雅各宾党的专政维持不了多久，连罗伯斯比尔也上了断头台的原因。据马迪厄的《法国革命史》考证，1794年当局嫌断头机行刑太慢，辅之以炮轰、集体枪毙、沉船，一次就行刑几百人。因此，雨果提出胜利后应实行宽大政策，具有合理因素。只不过如何执行这个政策，倒不见得像雨果所描写的那样，放走敌人。雨果提出："在绝对正确的革命之上，还有一个绝对正确的人道主义。"似有将革命与人道主义割裂开来之嫌。

总之，人道主义是雨果思想的核心，充分反映在他的小说创作中。虽然19世纪作家都有人道主义思想，但可以说雨果表现得最为强烈、最为鲜明、最为突出。

雨果的小说还有其他一些内容，例如描写人同自然的搏斗。雨果在《海上劳工》的序言中写道："宗教、社会、自然，是人类的三大斗争。这三大斗争同时也是人类的三种需要……有三种宿命压在我们头上，即教义的宿命、法律的宿命和物质的宿命。"这部小说的主题是："我旨在歌颂劳动、意志、忠诚以及一切使人变得伟大的东西。"《海上劳工》是人与大自然搏斗的颂歌，是劳动的颂歌，也是人的颂歌。吉利雅特锻造了各种各样的工具，竖起四台起重机，把沉重的机器吊到帆船上。艰巨的劳动创造了难以想象的奇迹。他战胜了暴风雨和巨大的章鱼，完成了常人无法完成的业绩，是个"普罗米修斯式的约伯"。他的劳动被作者升华为一种足以与任何巨大的自然力相颉颃，并战而胜之的伟大力量，他不屈不挠的意志被礼赞为人类不断进取的精神力量。吉利雅特还舍己为人，助人为乐，帮助自己所爱的人逃走，品德高尚。

在艺术上，雨果的小说独具一格，有不少创造。

首先，雨果的小说充满浪漫的想象。在他笔下，巍然壮观的巴黎圣母院拟人化了。这座象征中世纪文明的大教堂，既是一个人物，又是一个世界："这个可敬的建筑的每一个面，每一块石头，都不仅是我们国家历史的一页，并且也是科学史和艺术史的一页。"这座建筑是神奇的，里面有丰富的艺术品，"每一块石头都生动地表现出艺术家的天才加以修饰了的、用千百种形式表达出来的劳动者的幻想"。雨果怀着无比热爱与赞赏的心情，称呼这是"巨大的石头交响乐"。更进一步，这座石头建筑与卡席莫多联成一体，他对教堂有磁性相吸那样的密切关系，他附着于教堂就像乌龟附着于龟壳一样。一个畸形人，按常理说，连行动也不方便，而卡席莫多却能在圣母院高耸峭拔的塔楼爬上爬下，在凸出于建筑物之外的古图雕像之间跳来跳去，胜过杂技团的小丑。巴黎圣母院这座庄严肃穆的大教堂，在卡席莫多手下仿佛有了生命，散布着神秘的气息，它窥测和吞吐着人群，守护着它的石兽不时发出吼叫；这个庞然大物，是俯视着历代生活的见证人，它并非无动于衷，而是与它的主人卡席莫多共呼吸。在《海上劳工》中，暴风像一头野兽，有一张"吸液嘴",有时又成为"水龙卷"。七种风形成竖琴上的七个音阶。咆哮的风使天空发出共振。风像吹喇叭一样吹云,有军号、号角、角笛、小喇叭、大喇叭伴奏。"风是一群猎犬的主人,取乐地叫这些猎犬在岩石和波浪中狂吠。风聚集着云雾,又使之四散纷飞。风用一百万只手任意搓揉无边柔软的海面。"暴风雨仿佛有了生命,这是恐怖的、壮观的,它具有吞没一切的力量。小说中吉利雅特同章鱼搏斗的一幕也异常精彩。这只巨大的章鱼是海里的吸血鬼。它有八条腕足,每条腕足有五十个吸盘,可以随意伸出缩进,刺入人体达一英寸多深。它没有血,没有骨,没有肉,肛门就是嘴,浑身都是冰冷的。它时常隐没在暗处,出其不意地扑向猎获物。"这是抽气机对你的攻击,无数的脚爪在用真空压迫着你。这既不是被抓着,也不是被咬着,而是一种难以形容的刺痛。把身上的肉撕裂是可怕的,但还没有像被吸血那样可怕。和这吸血器相比,利爪简直算不了什么。野兽的爪可以抓进你皮肉,而吸盘则是把你整个身体投进了野兽的嘴里。"这段描写有无科学根据并不重要,读者尽可以把章鱼当作一种极其凶残的海洋生物,当作海洋——大自然的化身,当作浪漫想象的一种怪物。此外,爱斯美腊达和卡席莫多,死后尸骨一分开即成灰烬;吉利雅特和恶魔般的章鱼搏斗并战而胜之,等等,都是浪漫想象的精彩描绘。

其次,雨果是运用对照手法的大师。《巴黎圣母院》把对照手法运用到极致。小说的四个主要人物分成两对:爱斯美腊达与卡席莫多、克洛德与孚比斯之间互为对照。前一对具有心灵美,但爱斯美腊达的爱情是盲目的,不能分辨美丑,而卡席莫多爱憎分明;

在形体上，他们更是美丑对照，爱斯美腊达美若天仙，而卡席莫多是丑人之王，外加是聋子。后一对人物的心灵丑各有不同，克洛德奸诈狠毒，而孚比斯快活风流，看重钱财。爱斯美腊达和克洛德又是一对矛盾，纯洁与阴毒是他们各自的特征；爱斯美腊达和孚比斯是另一对矛盾，那是纯真与虚假的对比。卡席莫多和克洛德又是一对，一个头脑简单，只知道服从，另一个外表威严，发号施令；一个善良，富有同情心，在紧要关头敢作敢为，另一个恶毒，制造阴谋诡计。卡席莫多和孚比斯则是一丑一美，卡席莫多形体丑心灵美，孚比斯外貌美心灵丑。人物之间的相互对照在艺术上的效果，使得形象特点分明，美的显得更美，丑的显得更丑。人物之间也像有无形的纽带一样联系起来，不可分割，相得益彰。对照方法还应用到人物本身之中。爱斯美腊达天生丽质，爱情热烈，心地单纯，表里一致，是外在美和心灵美的结合。卡席莫多外貌奇丑，而心灵崇高，形成美丑对照，雨果在《吕克莱丝·波基亚》的序言中说："取一个形体上丑怪得最可厌、最可怕、最彻底的人物，把他安置在最突出的地位上，在社会组织的最低下、最底层、最被人轻蔑的一级上，用阴森的对照的光线从各方面照射这个可怜的灵魂，并且在这灵魂中赋予男人所具有的最纯净的一种感情，即父性的感情。结果怎样？这种高尚的感情根据不同的条件而炽热化，使这卑下的造物在你眼前变换了形状；渺小变成了伟大，畸形变成了美好。"这段话也可以用在卡席莫多身上。卡席莫多有一颗善良正义的心，有疾恶如仇的高尚品格。于是，外在渺小变成了伟大，畸形并不妨碍美好。卡席莫多为了开导爱斯美腊达，唱了一首曲子，这首曲子提出了衡量人的美的标准:"别望着脸形,少女啊,要望那心灵。漂亮男子的心往往丑恶,有些心灵里并不存在爱情。少女啊,枞树并不美丽,并不像树木那么好看,但它在寒冷的冬季,能保住树叶。"这首歌所阐明的道理是作者的美丑标准,也是卡席莫多这个形象的写照和意义所在。卡席莫多这个形象的美丑对照不单在美学上具有价值,而且在道德观上也具有启迪人的意义。克洛德外表严峻冷漠,内心凶残歹毒,嘴上标榜禁欲主义,心里欲火炎炎。孚比斯仪表堂堂,像太阳神一样俊美,可是行动轻浮,灵魂空虚,被称为愚蠢的美。人物的自我对照突出了心灵美的价值:内在美与外在美统一固然好,然而最重要的是内在美,即心灵美。心灵美是决定一个人好坏的唯一标准。在美学上,外貌丑心灵美的人物具有显示美与丑的特殊意义,给文学画廊增添了崭新的典型。在雨果之前,还没有一个作家如此生动、充分、深刻地表现了美与丑的统一。这种形式上的丑与内容上的美的结合,为后世文学创作开辟了一条新路。在其他小说中,雨果的对照艺术还有某些发展。

第三,雨果重视心理描写,对人物的内心世界挖掘颇深。《笑面人》的心理描写十分成功。雨果细致入微地刻画了笑面人的纯洁正直,不为美色所动,不受荣华引诱。女公爵约瑟安娜是一个复杂的形象,这种复杂性通过她的心理描绘出来。这是一个出身高贵、生活奢华、百无聊赖、追求刺激的贵妇典型。她美艳异常,可是,她的"上身是漂亮的女性,下身却是一条水蛇"。她内心隐秘的思想十分邪恶。她的未婚夫是大卫·第利·摩埃爵士,两人都希望保持若即若离的关系,不愿立即结婚,以便可以自由自在地寻欢作乐。她厌弃了唾手可得的爱情、风度翩翩的男子。出于寻求刺激，她看上了丑八怪笑面人。只见了一面便向他发出情书："你是怪物，我是美人。你是小丑，我是女公爵。我是最高贵的，你是最微贱的。我要你，我爱你，来吧。"她认为这样的爱情别有风味。她声称："最能吸引我的，是咬地狱的禁果，而不是咬天堂的禁果。"她这种变态心理，使她处于一种矛盾的状态中。一方面，她自卑自贱："我是女人。女人是渴望变成污泥的黏土。我需要轻视自己。能够在下贱的人下面做下贱的人，这是多大的快乐！这是一朵双重耻辱的花，我采一朵特别大的卑贱之花！践踏我吧。这样才能真爱我。"另一方面，她又半清醒地意识到自己的高贵身份："你知道我为什么爱你吗？因为我看不起你。你太下贱，我太高贵，因此我要把你捧上圣坛。"她喜欢把高级和低级混合起来的混乱。这不是爱情，这是疯狂，是寻求刺激，是变态，是宫廷中的贵妇在百无聊赖和淫佚放荡的环境中产生的一种极端心理。所以，一旦她接到女王的谕令，要她成为复得爵位的笑面人的妻子时，她马上来了个一百八十度的大转弯，命令笑面人出去，因为这是她的情夫才有权利待下去的地方。"你不走，我走。啊！你是我的丈夫！最好不过了。我恨你。"这种反复无常，是通过心理活动描写出来的，活生生勾画出一个绝妙的贵妇典型，从而有力地抨击了当时的宫廷风尚。此外，《九三年》的结尾，郭文、西穆尔登展开思想斗争，都是大段的心理描写。《悲惨世界》中，让·瓦尔让、沙威、马里于斯、吉尔诺曼的塑造都贯穿了精彩的心理描写。雨果的心理描写已经达到相当成熟的地步，可以和司汤达的心理描写相媲美。

第四，雨果擅长以史诗的气魄和规模去再现社会和历史。《巴黎圣母院》描绘了乞丐王国、宫廷、古建筑，特别是人民起义，具有史诗特点。小说描绘的场面浩大，人民的起义敲响了中世纪结束的钟声。这是一部描写中世纪社会风情和生活的史诗。《悲惨世界》是一幅历史壁画。历史重大事件如滑铁卢战役、1832 年 6 月 5 日的人民起义和街垒战，得到正面的描写。雨果以雄浑的笔触描绘出事件的全景图。滑铁卢战役的描绘是粗线条的，大刀阔斧的。共和党人的起义则是具体的分镜头描写，表现得生动细致。社会生活下至强盗窝、苦役监、巴黎下水道，五色斑斓，场景恢宏，采用史诗笔法。《海上劳工》是一部人与大自然搏斗的史诗。雨果说过："劳动也可以成为史诗。"小说描写人如何征服自然，克服了难以想象的困难，这是一曲赞美人的伟大力量的颂歌，是人征服自然的史诗。《九三年》是再现大革命的史诗。小说描绘了大革命处于关键时刻的形势，共和军和保王党发动的农民叛军的残酷战斗。雨果从哲理高度去观照这场革命，悲惨的结局使这部小说具有崇高的史诗意味。总之，雨果力图在一部小说中再现一个历史时期的社会生活，这是使他的小说具有史诗色彩的重要原因。

《雨果文集》总序，上海译文出版社，2002 年 4 月

论《悲惨世界》

《悲惨世界》是继《巴黎圣母院》之后,在法国小说乃至世界小说创作史上的又一座丰碑,而且可以说是更加巍然耸立的丰碑。雨果作为世界杰出小说家的声誉从此稳固确立了。说它较之《巴黎圣母院》更为重要,是基于这样的事实:《巴黎圣母院》以中世纪末期为故事背景,通过曲折的手法反映当时的法国社会,而《悲惨世界》则直接描绘了19世纪初期,即复辟王朝时期和七月王朝初期的法国社会,因此更具有现实感;《巴黎圣母院》集中描绘流浪者、乞丐、孤儿等下层人民,而《悲惨世界》则把视角从穷人扩展到社会渣滓和共和派,视野远为扩大,内容更为丰富,意蕴厚实得多。从《巴黎圣母院》到《悲惨世界》,相隔了三十多年,《悲惨世界》写作时间很长,毕竟是雨果呕心沥血之作!

从19世纪20年代开始,雨果便对社会问题产生浓厚兴趣。他为死刑所困扰,参观了一些监狱和苦役场:1827年参观了比塞特尔的监狱,1834年参观了布列斯特的苦役监,1839年参观了土伦的囚船。在这种关注社会问题的思想指导下,雨果写出了一系列互有关联的小说:用自叙体写成的《死囚末日记》(1829)反对死刑,随后,《克洛德·格》(1834)描写一个找不到工作的穷工人,不得已行窃,被判五年监禁;由于典狱长故意将他与狱中伙伴拆开,并无端禁闭了他二十四小时,他一怒之下,杀死了典狱长。故事简洁而动人。这两篇小说反映了雨果对犯罪问题与社会状况之间的关系的思索。早在1828年,雨果就知道一个真实故事:1806年,有个出狱的苦役犯,名叫皮埃尔·莫兰,他受到狄涅的主教米奥利的接待,主教把他交托给自己的兄弟赛克斯丢斯·德·米奥利将军。莫兰品行端正,以赎前愆,最后在滑铁卢英勇牺牲。这个故事就是《悲惨世界》的雏形。

　　30年代,雨果不断积累工人艰辛劳动却食不果腹的资料。1841年1月,他目睹宵小之徒向妓女投掷雪球的场面,写下了记载这一场面的散文。当时有位作家于勒·雅南写过一篇风俗研究《她零售自身》(1832),记述一个女子为穷困所迫,出卖自己的头发和一颗牙齿。这个故事雨果有可能知道。雨果为自己起草了这样一个故事的梗概:"一个圣人的故事——一个男子的故事——一个女子的故事——一个娃娃的故事。"这里已经预示了《悲惨世界》的四个主要人物:米里埃尔主教、让·瓦尔让、芳汀、柯赛特。从1845年11月起至1848年2月12日,在两年多的时间里,雨果断断续续在构思和写作小说《贫困》。1848年的事件打断了他的创作。流亡的前十年,诗歌创作的激情占据了他整个身心,直到《历代传奇》付梓问世之后,他才重新回到这部小说的创作上来。从1860年5月26日至12月30日,他花了七个月,"对出现在我脑海里的整部作品反复思考,融会贯通,使十二年前写的一部分和今后将写出的另一部分完全一致。"从1861年1月1日至1861年5

月,他以惊人的毅力写作《悲惨世界》,直至精疲力竭。于是他到比利时旅行,从 5 月 22 日起,到滑铁卢战场凭吊,随即写作关于这场战役的篇章。6 月 30 日,他写完了全书。9 月,他回到盖纳西岛以后,复看手稿,从 12 月至次年 5 月,补写了第五部。小说在 1862 年上半年陆续出版。《悲惨世界》不仅是雨果篇幅最长的小说,而且是写作时间最长、花费精力最多的作品。它被看作雨果的小说代表作,享有崇高的世界声誉。但是,小说出版时,虽然受到读者的热烈欢迎,却不为评论家所充分了解。拉马丁认为"这部小说是危险的",就是一例。另外有人认为,倘若《悲惨世界》早问世二十年,也许会受到更加热烈的欢迎,同欧仁·苏的《巴黎的秘密》相媲美。历史是最公正的评判人。《悲惨世界》刚出版时,并没有获得《巴黎的秘密》当初人人争睹为快,排队等候刊载这部小说的报纸出售那种轰动一时的情形。雨果并不稀罕这种一时的成功,因为他不愿《悲惨世界》以报纸连载的形式问世,认为这有损于艺术品:"轻快而肤浅的剧作只能取得十二个月的成功,深刻的剧作会获得十二年的成功。"雨果的断言是正确的。《悲惨世界》在 20 世纪受到长盛不衰的欢迎,流传于世界各国,它的读者远远超过了《巴黎的秘密》的读者。

《悲惨世界》具有持久的震撼人心的力量,原因首先在于小说以社会底层受苦受难、为生存而挣扎、受凌辱受欺侮、受迫害受压迫的穷苦人为对象,描绘了一幅悲惨世界的图景。《悲惨世界》的几个主人公都是生活在死亡线上的人物,他们代表了千千万万的穷人。雨果的写作主旨是很明确的,他要为这些穷人鸣不平。他在序言中说:"在文明鼎盛时期,只要还存在社会压迫,只要依仗法律和习俗人为地把人间变成地狱,给人类的神圣命运制造苦难;只要本世纪的三个问题:贫穷使男子沉沦,饥饿使妇女堕落,黑暗使儿童羸弱,还得不到解决;只要在一些地区还可能产生社会压制,换言之,也是从更广泛的意义来说,只要世界上还有愚昧和困苦,那么,这一类作品就不会是无用的。"

这几句话言简意赅,充分表达了雨果对当时社会的基本看法。第一句话最为重要,道出了造成这个悲惨世界的根本原因。也就是说,雨果认为,由于存在社会压迫,所以在文明鼎盛时期造成了地狱般的生活;人生来本该幸福,却不可避免遭受灾祸。小说正是通过这三个人物——让·瓦尔让、芳汀、柯赛特——的遭遇,淋漓尽致地再现了这个人间地狱。

让·瓦尔让本是个善良纯朴的工人,有一年冬天,他失了业,七个外甥嗷嗷待哺,他不得已打破橱窗偷面包,结果被抓住并判了五年苦役。由于一再越狱,他坐了十九年的监狱。他的命运从此便决定了。他走出牢狱时,身上只有一丁点钱;找工作吧,他的黄色身份证会把所有雇主吓退。摆在他面前的只能是继续行窃。他连住宿的地方都找不到。只有米里埃尔主教款待了他,但他反而偷了主教的一套银器。他被抓住扭送到主教家里,不料主教说这套银器是送给他的,而且多送给他一对银烛台。他深受主教的感化,力求做好事。命运给了他机会,让他在制造黑玻璃小工艺品上有所发明而发达起来。他改了名字,办起了企业,为滨海蒙特勒伊城和穷人花了一百多万,创办托儿所,创设工人救济金,开设免费药房,等等,最后当了市长。出门时他往往衣袋装满了钱,回来时却囊空如洗,钱都散发给了穷人。他确已改恶从善,可是,社会不能容忍一个曾经是罪犯的人改变身份,甚至跻入上层。他一再受到官府的追捕。在得知一个叫尚马蒂厄的流浪汉长得像他而蒙受冤屈时,他挺身而出,承认了自己的身份。再次从狱中逃出后,他继续行善,又一次引起警方注意。他只得过着东躲西藏的生活。他认为这个世道实在不平等。他责问社会凭什么使一个穷人永远陷入一种不是缺乏工作,就是刑罚过量的苦海中。让·瓦尔让因偷了一个面包而判了那么重的刑罚,坐了那么长时间的监牢,一点点过错就成为累犯,要判终身监禁,真是秋荼密网啊。社会对于让·瓦尔让这样的穷人的惩罚达到如此残酷的地步,不能不令人发指。可悲的是,当让·瓦尔让向马里于斯透露了自己的身份时,竟遭到了马里于斯的鄙视。这种态度反映了人们的道德观念,而这种观念恰恰是社会对穷人施以不平等的一部分。小说结尾,让·瓦尔让在一对年轻夫妇的怀里溘然长逝,诚然是出自作家的善良愿望,好比一朵苍白的小花,点缀在荒凉的原野上,更显悲怆而已。

如果说让·瓦尔让还有一个圆满的结局,那么,芳汀的命运则是彻底的悲惨。她有美发皓齿,多情而又幼稚无知,爱上了一个逢场作戏的轻薄儿,失身怀孕,生下了女儿柯赛特。有个长舌妇告发了芳汀的隐私。具有讽刺意味的是,尊重社会习俗的马德兰市长(让·瓦尔让)解雇了她,从此开始了她悲惨的经历。这个被解雇的女工,再也没有人肯雇用她。她靠自己的劳动养活不了自己和寄养在泰纳迪埃那里的女儿。十法郎卖掉了一头秀发,四十法郎出售了两颗门牙,最后沦为娼妓,变为社会的奴隶。曾几何时,一个活泼泼的年轻少女,变得形容枯槁,病入膏肓了。社会对她这种人还加以歧视,她受到恶少把雪团塞进衣衫的捉弄,反而要被警察监禁。她看到自己的恩人让·瓦尔让遭到沙威逮捕,惊吓而死。芳汀是这个黑暗社会中劳动妇女的真实写照。同让·瓦尔让相比,就显出妇女比男人的命运更为悲惨,因为妇女是弱者中的弱者,更容易受到摧折。雨果描绘芳汀的笔墨不多,但却非常真实。芳汀与生活中的原型相差不大,这就说明生活在水深火热中的女子何止千万,小说家无需作大量的加工,便能再现一个受损害受侮辱者。在处理这个人物的结局时,雨果同样归咎于社会压迫:造成芳汀堕落和走投无路的不止一两个人,既有花花公子,也有乐善好施的让·瓦尔让;既有心毒手狠的泰纳迪埃夫妇,也有"维护社会治安"的警察,他们构成了残害像芳汀这样穷苦的单身女子的罗网。芳汀从踏上社会的第一天起,就注定了要遭受纷至沓来的灾祸,在人间地狱里受尽煎熬。及至让·瓦尔让醒悟过来,看到自己也参与了这种压迫时,想补救已经来不及了。尊重现实的复杂性,更加显得真实,这就是芳汀这个形象能动人心弦、令人深思的原因所在。

  柯赛特给人留下的深刻印象,主要是儿童时代在泰纳迪埃家受到非人待遇:她随时随地受到辱骂、虐待、殴打;小小年纪便要干杂事,打扫房间、院子和街道,洗杯盘碗盏,甚至搬运重东西。让·瓦尔让去寻找她的时候,正是圣诞节之夜,而柯赛特却要提心吊胆地到树林的泉边去打水。

  柯赛特又瘦又苍白；她将近八岁，看上去只有六岁。她的大眼睛由于哭泣，深陷下去一圈。她的嘴角因为经常恐惧，耷拉下来，在犯人和绝望的病人身上可以观察到这种现象。她的手就像她的母亲所猜测的那样，"给冻疮毁了"。这时，照亮了她的火光使她显得瘦骨嶙峋，明显地十分吓人。由于她始终瑟瑟发抖，习惯了并紧双膝。她穿着破衣烂衫，夏天令人怜悯，冬天令人吃惊。她身上的衣服尽是窟窿；与毛料无缘。可以看到她身上青一块紫一块，表明泰纳迪埃的女人拧过的地方。她的光腿红通通，十分细弱。锁骨凹下去，令人伤心。这个孩子整个人，她的举止，她的姿势，她的声音，她说话的不连贯，她的目光，她的沉默，她细小的动作，都反映和表达一种想法：恐惧。

童年的柯赛特比童话中的灰姑娘还要可怜，她无亲无故，干的粗活不是孩子所能胜任的，更不用说挨打受骂，缺吃少穿。资本主义社会中的童工，不就是像柯赛特那样，要干过量的沉重活计吗？雨果并没有杜撰柯赛特的故事，他举出社会中确实存在这类五岁童工的事例。勾画出童年的柯赛特的可怜形象，《悲惨世界》这幅穷人受难图也就画全了：男人、女人、儿童，三个人物代表了所有的穷苦人，代表了这个悲惨世界。

雨果之所以要描绘这个悲惨世界,目的在于要消灭这种现象。他的小说试图唤起人们思索,起来铲除愚昧和困苦。早在1848年,他在议会就曾大声宣称:"诸位,我不属于那些认为可以消灭世间痛苦的人之列;痛苦是一个神圣的法则,但是,我属于那些认为和断言可以消灭贫困的人之列。"虽然他提不出多少消灭贫困的方案,但他努力探索造成社会压迫的根源。正如他在序言中所说,这是由于法律和习俗造成的。他尤其通过警探沙威来阐发自己的主张。沙威在小说中是法律的化身。他身上有两种感情:"尊敬权力,仇视反叛。"他对有一官半职的人有一种盲目的尊敬和信任,而认为偷盗、谋杀和一切罪行,都是反叛的不同形式。他认为官吏不会搞错,法官从不犯错误,而犯过罪的人不可救药,从此不会做出什么好事来。他不承认有例外。他尽忠职守,铁石心肠,对发现了的目标穷追到底,恰如一条警犬那样,四处搜索,不达目的不甘罢休。不要说让·瓦尔让,就是"他父亲越狱,他会逮捕归案,他母亲违反放逐令,他会告发"。雨果认为他对自己的信条"做得过分,就变得近乎恶劣了"。沙威没有想到,他对让·瓦尔让紧追不舍,是对一个愿意改恶从善的人的迫害,执行的是不合理的法律条文的意志,他成了统治者的鹰犬。他的冷酷、刻板、严峻、对穷人的鄙薄,代表法律直接施以穷人的社会压迫。

作为人道主义者的雨果,力图以仁爱精神去对抗社会的恶。小说开卷,雨果便塑造了一个仁爱的化身——米里埃尔主教。他把自己宽敞的主教府让出来做医院,救治穷人。他将自己的薪俸一万五千利弗尔中的一万四千利弗尔捐助给慈善教育事业,至于车马费和巡视津贴则全部捐出,自己的生活俭朴清苦。由于他的善行义举,人们十分感激他,像迎接阳光一样接待他。他的仁爱居然达到这样的地步:一天,他为了不肯踏死一只蚂蚁,竟扭伤了筋骨。让·瓦尔让忘恩负义地偷走了他的银器,他不但不斥责让·瓦尔让,反而以心爱的银烛台相赠,说道:"让·瓦尔让,我的兄弟,您不再属于恶,而是属于善。我赎买的是您的灵魂;我消除了肮脏的思想和沉沦的意愿,把您的灵魂给了天主。"从此,让·瓦尔让醒悟了。小说描写让·瓦尔让赎罪的一个又一个行动:拯救芳汀,保护和扶养柯赛特,为地方做善事,救济穷人,感化沙威,终于成了另一个宣扬仁爱的"使徒"。在这些行动中,最突出的是感化沙威。在雨果笔下,沙威并不是恶的化身,他还有善的一面,他虽然凶狠却很正直,而且刻苦、克己、节欲、纯朴,有高贵品质。只因他以为自己的信条是绝对正确的,决不能放过罪犯,他才那样死盯住让·瓦尔让。可是让·瓦尔让并不记恨他,相反,当起义者抓住了沙威,将沙威交给让·瓦尔让处死时,让·瓦尔让却放走了他。沙威的信仰至此破灭了,精神防线也随之崩溃,终于投塞纳河自尽。雨果以此描写仁爱精神的胜利。沙威之所以能转变,是因为身上有善的因素,经过点化,终于醒悟过来。而小说中作为恶的代表的泰纳迪埃,从他在滑铁卢战场上盗尸开始,继而虐待柯赛特,把柯赛特当作摇钱树,破产后他流窜到巴黎,以行骗、盗窃为生,与城狐社鼠结成一伙,企图敲诈让·瓦尔让,被马里于斯告发,警方将他逮捕,他潜逃后又企图勒索马里于斯,从头至尾他根本没有一丝一毫的向善之心,让·瓦尔让的高尚行为也丝毫触动不了他,仁爱精神对他起不了任何作用。雨果似乎意识到仁爱精神的局限性。

毫无疑问,雨果认为除了仁爱,还需要实现共和。他怀着巨大的热情,描绘了1832年6月5日的人民起义和共和主义的英雄们。这场起义的起因是,共和派的拉马克将军的出殡队伍受到政府军的阻遏,酿成冲突,共和派筑起街垒,与政府军对峙。这是共和主义与君主立宪的一次冲突。雨果鲜明地站在共和派一边,赞扬起义是"真理的发怒",街垒是"英雄主义的聚会地",他通过人物之口说:"只要人类没有进入大同世界,战争就可能是必要的,至少抓紧时机的未来反对拖延滞后的往昔那种战争是必要的。……唯有用来扼杀权利、进步、理性、文明、真理的时候,战争才变得可耻。"雨果对正义战争的肯定,实际上与仁爱济世的思想是相抵触的。换言之,雨果在一定程度上超越了仁爱济世的观点。雨果赞美斗争,同他自身的行动——反对拿破仑第三——完全合拍,他思想上的升华是实际斗争的结果。他在小说中塑造了一组英雄群像。他笔下的昂若拉是罗伯斯比尔的信徒,"ABC之友社"的核心人物。他认识到未来将消灭饥荒、剥削、随着失业而来的穷困、随着穷困而来的卖淫,目前的斗争"是为了未来必须付出的可怕代价。一次革命是一笔通行税。……兄弟们,在这儿牺牲的人,是死在未来的光辉里,我们要进入一座充满曙光的坟墓"。即通过斗争改变黑暗的社会,争取未来的太平盛世,这是充满民主激情的话语。他坚定沉着,临危不惧。雨果有可能根据法国大革命的领袖之一的圣鞠斯特来塑造他。马伯夫是个八旬老翁,平时侍弄花草,生活清贫,但起义爆发后,便赶到街垒,街垒上的红旗被击落时,他视死如归,攀登到街垒的最高处,把红旗牢牢地竖起,壮烈地牺牲了。加弗罗什是个巴黎的流浪儿(泰纳迪埃把他遗弃了),虽然生活无着,却总是快活乐观,自由自在,爱哼幽默小调。他很狡黠,又很成熟,是贫困和谋生的需要把他造就成这样的。他有金子般的心肠,对比他小的流浪儿慷慨解囊,侠义相助,关怀保护。这个"世上最好的孩子"是法国文学中最生动传神、机灵可爱的儿童形象之一。他参加过1830年7月革命,如今又是一马当先,出入于街垒的枪林弹雨之中,如入无人之境。最后,起义者即将弹尽无援,他跑出街垒去搜集子弹,一面还唱起调侃的小曲嘲弄政府军,不幸饮弹而亡。这一青一老一小,代表了敢于起来斗争的人民,在他们身上,体现了新时代的曙光,寄托了雨果的共和思想。英雄群像的塑造,多少减弱了雨果人道主义的说教。

在起义的参加者中,还应该提到马里于斯。雨果笔下的人物很少表现出思想的曲折变化,而马里于斯是个例外。他原先受到外祖父吉尔诺曼的影响,是个保王派。他父亲蓬梅西是拿破仑手下的战将,在滑铁卢战役中立了战功,受封为男爵。吉尔诺曼敌视他,不让他与马里于斯见面,否则要剥夺马里于斯的继承权。蓬梅西为儿子的前途着想,只得忍气吞声,只能趁儿子上教堂之际,偷偷去看儿子。他死时给儿子留下遗嘱。马里于斯受到震动,暗地里查阅书报,了解到父亲的英勇事迹,终于改变了立场,与外祖父决裂,离家出走,接触到"ABC之友社"的共和派青年。不过,他心底里还残留着旧观念:他对于自己的姓氏上加上一个"德"字表示贵族身份,还是相当看重的;他得知匪首泰纳迪埃是他父亲的"救命恩人"后,不忍开枪报警;泰纳迪埃入狱后,他每星期哪怕借钱,也要送给这个恶棍五法郎。后来他又赠给泰纳迪埃一大笔钱,帮他逃往美洲。他参加街垒战起初是因为失恋,想一死了之,但经过街垒战的洗礼,马里于斯最终成为共和主义者。他的变化反映了整整一代青年的思想转变历程。雨果并不讳言,这个人物有着他自身的影子。雨果青年时代由保王派转向共和派,从母系观点转向父系观点,与马里于斯相似。甚至马里于斯和柯赛特的爱情也有雨果和朱丽叶的爱情投影:柯赛特的教育近似朱丽叶所受的教育,柯赛特和马里于斯的婚礼在1833年2月16日举行,这一夜雨果就是在朱丽叶家度过良宵的。由于马里于斯的形象糅合了作者的个人经历,因此他的思想转变过程写得层次分明,细致含蓄,较有深度。雨果把他放到起义中接受洗礼,表明他对共和理想的追求和向往。

《悲惨世界》在艺术上也取得了重大成就。

从《巴黎圣母院》到《悲惨世界》,雨果的小说艺术有很大变化。《巴黎圣母院》纯粹是浪漫主义的,而在《悲惨世界》中,现实主义占有不小比例,这部小说是现实主义和浪漫主义相结合的作品。用法国的雨果研究专家让-贝特朗·巴雷尔的话来说,《悲惨世界》的现实主义,"是以巴尔扎克的方式使人相信一个浪漫的故事"。雨果在1862年给阿尔贝·拉克罗瓦的信中说:"这部作品,是掺杂戏剧的历史,是从人生的广阔生活的特定角度,去反映如实捕捉住的人类的一面巨大镜子。"这句话强调的是真实地再现人生,十分注重现实主义的写作方法。雨果还说过:"但丁用诗歌造出一个地狱,而我呢,我试图用现实造出一个地狱。"在这种观点的指导下,《悲惨世界》成了一幅历史壁画:基本上从滑铁卢战役揭开序幕,而以复辟时期和七月王朝初期为主要时代背景,战场、贫民窟、修道院、法庭、监狱、贼窟、新兴的工业城市、巴黎大学生聚集的拉丁区、硝烟弥漫的街垒,等等,构成了一幅广阔的19世纪初期法国社会生活的绚丽画面。雨果以史诗的雄浑笔力、鲜明色彩和抒情气氛来再现这幅时代壁画。滑铁卢战役是一篇惊天动地、惨烈壮观的史诗;让·瓦尔让的受苦受难,挣扎奋斗,为在社会上取得立足之地而历尽坎坷,这也是一篇动人心魄、感人肺腑的史诗;1832年6月的人民起义,更是一篇英勇壮丽、响彻云霄的史诗。雨果的史诗笔法本身已包含了现实主义和浪漫主义。滑铁卢的每一个重要细节、事件的发展顺序,雨果都不违背史实,力求准确。雨果认为拿破仑的惨败是符合规律的,他早已无立足之地,败机早已隐伏。这无疑是现实主义的观点。然而,战争那种阴惨不祥的气氛,沉寂了的战场恐怖的夜景,雨果对命运注定的渲染:"一只巨大的右手在滑铁卢投下了阴影。这是决定命运的一天,超人的力量确定了这一天……冥冥中有一种可怕的存在。"这些都带上了浪漫主义色彩。小说中的场景大半是写实的,但有的篇章,如巴黎下水道的奇景纷呈和藏污纳垢,让·瓦尔让身背受伤的马里于斯长途跋涉,遇到下陷的泥坑而免于一死,在出口处又遇上泰纳迪埃和沙威,真是无奇不有。在人物塑造方面,让·瓦尔让基本上是通过现实主义的方法描绘的,但他能扛起陷在泥沙里的马车;冒险在高空救出跌落在半空中的水手,随后又摔下去,落在两艘大船中间,潜水逃脱;

在大批警察包围中,他不仅自己翻过高高的围墙,而且把柯赛特也弄进修道院;他毫无惧色地将烧红的烙铁按在赤裸的手臂上,然后又神不知鬼不觉地从窗口逃走;他几次都能死里逃生,令人扼腕称奇。让·瓦尔让几乎是一个半神半人的人物。雨果宣称,小说写的是他"从恶走向善,从错误走向正确,从假走向真,从黑夜走向白天,从欲望走向良知,从腐朽走向生命,从兽性走向责任,从地狱走向天堂……起始是七头蛇,结尾是天使"。雨果是通过浓厚的浪漫主义手法去描写他的经历的。

《悲惨世界》在艺术上的一个重要特色是精细的心理描写。浪漫派素来对心理描写十分重视。但在《巴黎圣母院》中,心理描写还没有大量采用,这一艺术手法在《悲惨世界》中则放出异彩。雨果在描绘让·瓦尔让、沙威、马里于斯和吉尔诺曼时,充分运用了心理描写。对让·瓦尔让的思想分析,贯穿这个人物的始终。小说开卷,他刚刚出狱,对社会加于他的残害感到愤怒和敌视。随后,他重新做人,面对尚马蒂厄的冤案,他的脑海里掀起了风暴。他完全可以不理这个案件:他好不容易当了市长,为百姓造福,如果承认了自己的身份,就要重新坐牢,变成不齿于人的狗屎,滨海蒙特勒伊城就要毁于一旦。可是这样做违反了良心,要对得起良心,这才是他一生最重要的追求。他窃取了另一个人在阳光下的位置、生活和安宁,置别人于死地,这样他就会虚度一生,白白地苦行赎罪了。他斗争了一夜,总算想清楚一点,于是毅然赶往开庭审判的地方。他曾庆幸找不到马车,当马车的辕木折断时,他又欣喜地感到去不成了;待到听见案子审完了,他又松了一口气;走不走进审判大厅,又斗争了许久,他一度往回走,最后还是返回。这一连串描写,淋漓尽致地写出了他要克服自己的杂念,苦苦挣扎的心理状态。自从他与柯赛特相依为命以后,他生怕失掉了她。一旦发现马里于斯的异常表现以后,马上带上柯赛特离开武人街,搬回普吕梅街。及至从镜子上看到吸墨纸上柯赛特写给马里于斯的字条,真是如雷轰顶,陷入惊慌失措、惶惶不可终日之中。但他对柯赛特的爱仍然起着作用,这使他关心马里于斯的下落和安全。他恨马里于斯要夺走他的心头肉,却又在马里于斯受伤倒下时把他救走,历尽艰难,把马里于斯送到吉尔诺曼家里。这种爱与恨混杂的微妙心理写得活灵活现、真实感人。他不愿因自己的苦役犯身份,有碍于柯赛特的婚姻和幸福,想方设法不在婚约上签字,不参加婚宴。他也不愿意对马里于斯永远隐瞒自己的身份,及时地向马里于斯和盘托出,宁愿受到鄙视,可是却无法克制想看到柯赛特的心愿。至此,一个脱胎换骨、无比正直的人物终于塑造出来了。

雨果对沙威也依仗心理描写来刻画,其难度不下于描绘让·瓦尔让。这样一个死心塌地为官府效力的警探,源于他有一套深信不疑的信条,他要严厉执法,毫无同情之心,凡是犯过罪的人,他认为永远不可救药;在他看来,沦为妓女必然下贱,而公子哥儿的所作所为必定是对的。他脑子里似乎没有思想斗争。但是,奇迹在他身上发生了。让·瓦尔让不仅没有利用机会报复,把他枪决,反而将自己的住址告诉了他,让他去捉拿。面对这样的宽厚、人道,他无地自容,他的信条动摇了,他"偏离正道",居然放走了让·瓦尔让。这时,他展开了激烈的思想斗争:"交出让·瓦尔让,这样做不好;给让·瓦尔让自由,这样做也不好。第一种情况,执法的人堕落得比苦役犯还低贱;第二种情况,苦役犯比法律还高,将脚踩在法律上面。这两种情况都有损于沙威,采取哪种决定都要堕落。"他不能容忍存在"一个神圣的苦役犯,一个不受法律制裁的苦役犯"。他失去了信念之后,感到惶恐不安,认为自己出于怜悯而违犯法纪。他发现自己面前升起一颗"陌生的美德太阳",这个"秩序的监守者、不可腐蚀的警察、保卫社会的看门狗",是"在法律的模子里整块铸成的惩罚塑像",如今发现自己有一颗讲人道的心。他对自己的变化无法解释,他对自己的行为无法调和,于是只有一条出路:跳下塞纳河自尽。雨果对这个人物的最后转变是描写得合情合理的,他的心理状态把握得十分准确。

马里于斯的转变过程和所思所想,同样描写得细致入微。他从保王派转到共和派是在查阅了报纸和战报之后,他"又怕又喜地看到群星璀璨……还有升起一颗太阳"。他发觉至今对拿破仑和其他事态发展都搞错了,认识到拿破仑策划了"旧世界崩溃",是一个"负有天命的人"。他从崇拜拿破仑转到站在共和派一边,他的观点甚至比共和派有过之而无不及。他觉得自己有负于父亲,便念念不忘执行父亲的遗嘱。可是,他找不到泰纳迪埃。他想不到泰纳迪埃是个歹徒,他委决不下:如果他开枪报警,那个白发先生就会得救,而泰纳迪埃却要完蛋;如果他不开枪,白发先生就会牺牲,他无法向柯赛特交代,而泰纳迪埃就会逃之夭夭。要么违背父亲的遗嘱,要么让罪恶得逞!他处于两难境地。这是爱情与报恩遇到了矛盾,他无法解决,其实他是怂恿了罪恶,要执行父亲的遗嘱办事略占上风。后来,他得知割风先生是苦役犯以后,设法要同他划清界线,把他从家里赶走,直到发现让·瓦尔让是自己的救命恩人,他给柯赛特的巨款是他自己的钱以后,才醒悟过来,感到让·瓦尔让行为崇高。而他对泰纳迪埃的勒索虽然气愤,却仍然慷慨地送给他钱,并出了一大笔钱让泰纳迪埃逃到美洲去,而不是报警,对这个坏蛋绳之以法。两相对照,仍能看出他思想深处的偏袒心理。

吉尔诺曼是一个顽固的老古董,坚定不移的保王派。他发现了马里于斯怀念自己的父亲以后,两人剑拔弩张,互不相让。他一怒之下,把马里于斯赶出了家门。可是,他是真心喜欢这个外孙,几年下来,他的防线渐渐守不住了:他要求别人不再向他提起马里于斯的名字,又暗暗抱怨别人对他俯首帖耳;他从不打听马里于斯的情况,可是总在想他;他的自尊心对他说要赶走马里于斯,但他默默地摇着老迈的头,忧郁地回答不。他非常希望马里于斯能回到身边,但他嘴上还是很硬的,而且浪荡的习性不改,见到马里于斯以后,无意中贬低了柯赛特,得罪了马里于斯,马里于斯再次愤然离去。这一次终于把他打垮了,最后他向马里于斯彻底屈服,答应让马里于斯娶柯赛特,甚至在马里于斯面前赞扬雅各宾党,但他实在说不下去,跑出房间,把真心话吐出来。这个老人的特殊心态刻画得惟妙惟肖。

应该指出,对照艺术在《悲惨世界》中也有所体现。作为对照艺术大师,雨果善于作人物的对比。让·瓦尔让与沙威是一对矛盾体,互为对照。一个虽是罪犯,但要改恶从善;另一个虽是警察,但执法过严。一个不断做善事,却屡屡碰壁,另一个不断做错事,也未见得步步高升。一个平安死去,另一个以自杀告终。让·瓦尔让与福来主教是彼此有关的另一对。让·瓦尔让由恶至善,而福来主教是善的化身;后者是善的本源,前者是善的扩散。沙威与泰纳迪埃又是互有关联的另一对。沙威是一条看门狗,不管什么人都乱吠一气,本质上并不能说很坏;而泰纳迪埃是恶的化身,狡猾、阴险、恶毒、工于心计(他的妻子与他构成夫唱妻随的又一对,形体上一胖一瘦,一大一小,精神上虽是同样歹毒,妻子只是他的跟屁虫)。芳汀和柯赛特的身世形成对照,芳汀悲惨,而柯赛特是先苦后甜,她享受到母亲得不到的幸福。马里于斯和吉尔诺曼老人是一对。他们都是犟脾气,一个年轻气盛,决不让步,爱情热烈专一;另一个年老体衰,出于爱后代不得不让步,性格轻薄,爱寻花问柳。雨果已不再仅仅限于美丑对照,像在《巴黎圣母院》中所做的那样,而是以不同类型的性格、经历、精神特点、点与面等等的差异,作为对照物,使对照艺术得到更充分的运用。人物对照艺术有助于人物形象显得更为鲜明,避免雷同;而在叙述上也更为曲折有致,增加兴味。

  从全书的结构来看,描写起义的第四卷是高潮。前三卷的人物都朝着街垒战发展,经过三重的准备,一下子将所有的人物都集中在一起,熔铸于一炉;包括沙威的感化都是在这一事件的过程中发生的。小说至此,已达到最高点,随后便通向结局。结构上取得了均衡的效果。有序幕:米里埃尔主教感化让·瓦尔让;有发展:让·瓦尔让做善事、芳汀的故事、柯赛特的故事、让·瓦尔让与沙威的周旋;循序渐进,一步步达到高潮;最后是大团圆的结局。就像一出戏剧,安排得当,情节虽大起大落,却错落有致,显示了雨果的小说艺术达到了炉火纯青的地步。

2002 年 2 月 1 日于上海寓中

雨果的散文

维克多·雨果(1802—1885)不仅是世界杰出的诗人、小说家、戏剧家和理论家,而且是文采斐然的散文家。光是散文,他就有三百多万字的作品,包括政论、游记、日记、讲演、葬词、回忆录、纪念文章、杂文等等,形形色色,多姿多彩,令人目不暇接。这一本选集虽然篇幅不大,却可以说囊括了雨果散文的精华,从中足以看出雨果不愧是一代散文巨匠。

从内容来看,雨果的散文博大精深,牵涉面极广。众所周知,雨果是个不屈不挠的斗士。他和倒行逆施的拿破仑第三是死对头。1851年拿破仑第三发动政变后,雨果被迫流亡,他先辗转到比利时,最后落脚于英吉利海峡的一个小岛上,过了十九年的流亡生活。在这期间,雨果坚贞不屈,不向拿破仑第三低头,而且把自己逃亡的经历和拿破仑第三发动政变时的所见所闻实录下来,作为投枪匕首,指向拿破仑第三。讽刺散文集《小拿破仑》就是这样问世的。从《主子的卑微和局势的恶劣》《拿破仑第三肖像》可以看到雨果对这个独夫民贼真是切齿痛恨,毫不容情地把他同历史上的暴君相比,把他钉在历史的耻辱柱上。拿破仑第三的可耻下场也正好为雨果的论断作了印证。1870年拿破仑第三在色当战役中大败,成了德军的阶下囚,扮演了民族罪人的角色。雨果回顾拿破仑第三的耻辱史,写下了政论专著《一件罪行的始末》,给拿破仑第三的恶行败迹算了一笔总账。作为正义的代言人和受迫害的一方,雨果的谴责是义正词严的,充分表达了他的民主主义思想和爱国主义的高尚情怀。这两篇散文可以同他的讽刺诗集《惩罚集》对照来读。

雨果的爱国主义在普法战争中表现得最为充分。在这期间他所写的散文,既表达了对友邦德国的深厚感情,同时他也没有一味沉浸在争取和平的呼吁中。他清醒地认识到,对付来犯之敌,只有拿起武器,投入战斗。雨果曾经将朗诵自己的诗集的收入去购买大炮,让人民保卫巴黎,他的行动表现了高昂的爱国精神和战斗激情。

雨果是一个人道主义者,他的作品渗透了人道主义思想,散文也不例外。雨果追求人的自由和尊严,向往人类的不断进步,凡是符合这种思想的都得到他的赞许,凡是与此相抵触的都受到他的谴责或抨击。他高度评价启蒙思想家,如伏尔泰,流露了他对民主、自由、博爱的理想的憧憬。他对在拿破仑第三政变中无辜的受害者——一个小男孩的死,表示无比的愤慨。他同情受到沙俄侵略的波兰人民,给予道义上的最大支持。同时,他对受侮辱与受损害的妓女抱着满腔同情,对作弄妓女的恶少给予谴责;他曾一再反对死刑,认为死囚也有值得同情之处;他同情上了断头台的路易十六,以怜悯的态度描写退位后潜逃的国王路易—菲利普。总之,雨果是受压迫、受迫害的人民最忠实的朋友,是压迫者、倒行逆施者不共戴天的仇敌。

　　雨果不单具有高洁的政治情怀、充沛的爱国激情、疾恶如仇的正义感,他还是一个具有亲子之爱和热烈情爱的父亲和情人。《我的儿子们》充分表现了他对儿子同样具有一颗慈父之心。《爱情结合周年纪念册》记录了雨果和朱丽叶的爱情史。雨果爱上朱丽叶并非移情别恋。自从雨果发现妻子另有私情后,他的精神受到巨大打击,青梅竹马的爱情从此泯灭了。他和朱丽叶的相遇使他重新燃起了爱情之火,这火焰一直燃烧了半个世纪之久。他们频繁地书信往来,凡是雨果所到之处,朱丽叶都紧紧相随。雨果从他们结合的那一天开始,年年在同一个日子写下一段文字,以资纪念。《爱情结合周年纪念册》不意成为他和朱丽叶的爱情史的史实纪录。就像贺年卡一样,雨果几乎年年写下自己的心迹,但他没有把这些贺年卡寄出去,而是珍藏起来。这本纪念册就放在他的枕头底下,伴随他度过一个个夜晚,年复一年,一页页记录组成一本珍贵的纪念册,这是一封封未曾寄出的情书。

　　雨果一生到过许多地方,他对异国山川的感受尤为独特。早年写下的《阿尔卑斯山游记》再现了这座欧洲最巍峨的大山的英姿,同时也表现出一个浪漫派作家的丰富想象力。《莱茵河游记》是雨果最重要的游记作品,这部散文集以书信体的形式写成,共有三十九封信,记录了雨果在 1838 年至 1839 年在莱茵河地区的见闻。他在描绘这条欧洲的大河的壮丽景色时,插入了在这个地区产生的民间故事和神话传说。在雨果看来,莱茵河是一条孕育了欧洲文明的河流,因此,他感到对这条河流特别亲切、特别向往。

雨果的夹叙夹议表现出他具有丰富的历史知识,熟知欧洲的历史变迁和莱茵河流域的文化发展。

雨果的散文除了高度的思想性以外,还具有丰富的文献价值。他的散文记录了19世纪一些重大事件的发生和演变过程。雨果作为一个名作家和政治活动家,居于政治潮流和社会生活的第一线,接触到政界的重要人物和社会名流,他的所见所闻便具有历史资料价值。再者,由于雨果与一些名作家如巴尔扎克、夏多布里昂、乔治·桑、大仲马等人的特殊交往,他对这些作家的生前活动和葬礼的记述,也是弥足珍贵的文献。雨果对一些重要政治人物,如路易十六的处决和拿破仑灵柩的返回的生动记载,对历史作了形象的注释,同样具有不可多得的文献价值。

在艺术上,雨果的散文有着不少令人瞩目的特色,使他成为世界一流的大散文家。

首先,雨果的散文形式自由灵活,丰富多变。每篇的叙述方式互不雷同,有的像新闻记者式的平铺直叙或夹叙夹议,有的采用回忆或倒叙方式,有的以几个阶段的记载组成,有的从几个不同的侧面去写一个题目,有的以日记体来表现,有的以发人深省的结语告终,点出全篇要旨。长的可达几万字,洋洋洒洒,笔锋恣肆;短的只有几百字、百来字,字字珠玑。由此可见雨果写作的功力。法国散文发展到19世纪,已经达到成熟阶段。夏多布里昂的抒情散文字句铿锵,优美华丽,将卢梭开创的描写大自然的散文推进了一步。雨果紧紧步其后尘,而又有较大的发展。抒情散文、哲理散文、政论散文、书信体散文、日记体散文、箴言式散文等等,不一而足,集各家之大成,体现出雨果作为浪漫派领袖的风采和气度,才能和笔力。

其次,雨果具有独特的叙事方式,他常常将细致的观察与独到的思考相结合,使他的散文大起大落、细腻绵密而又雄健有力。例如他对兰斯大教堂建筑的特点描述得纤毫毕现,令人惊叹其观察的细致和目光的敏锐。随后,雨果笔锋一转,描写一个国王塑像的顶冠筑有燕巢,从而发出深沉的感叹。这感叹流露出雨果对世界和生命的热爱。前面的叙述细致周到,文字严密,结尾的描写则异峰突起,粗犷有力。两者对比鲜明,发人深省。可以看出,雨果的观察与常人迥异,往往以奇取胜,发出诱人的光彩,给人以深刻的感受。在描写人物的短篇散文中,雨果也喜欢运用这种对比手法。譬如,对于塔莱朗这个曾经活跃在法国几个朝代的政治家,雨果从他的大宅和房子旁边一条阴沟来衬托,巍峨、富丽、阴森的建筑就像塔莱朗的身体和为人。他死后被人解剖出的大脑让仆人扔到阴沟里,则象征他可悲的下场以及人们对他的评价。

雨果是语言大师。他的语言丰富多彩,色彩斑斓,独具一格。他是个诗人,能使用精练的语言描绘出富有诗意的场景。他是个小说家和戏剧家,常常在行文中插入生动的对话,写成一篇篇有声有色的故事。雨果驾驭语言的能力达到了运用自如、得心应手的地步。丰富性是一方面,独特性是另一方面。尤其是修辞造句,他爱用并列的动词去表达见解。法文的动词特别丰富,时态表达细腻而多变化。他并列使用动词,表达的意思便丰富而简洁,层层递进,步步深入,富有力度。对比的修辞是雨果的语言的另一特色。

例如这三个句子:"底部是人民。在人民之上,是教会代表的宗教。在宗教旁边,是司法代表的正义。"这三个句子分成三行,对照的思维方式十分醒目。雨果往往通过这样令人意想不到的对比词句,引起读者的注意,收到强烈的效果。

毫无疑问,雨果的散文具有深刻的思想性和高度的艺术性,散发出独特的光彩。他侧身于世界散文大师之列而毫无愧色。这部散文选集就是一个有力的明证。

1997年1月2日晚,上海寓中

"这个人是一个世界"
——巴尔扎克的生平和创作历程

巴尔扎克是法国最伟大的作家,在世界文学史上,他与莎士比亚、歌德、托尔斯泰相并列而毫无愧色,这一点,几乎从巴尔扎克逝世之日起,就得到了公认。

雨果在巴尔扎克的墓前曾经发表了一篇著名的葬词,他说:《人间喜剧》的作者"加入了革命作家的行列","在最伟大的人物中间,巴尔扎克是第一等的一个;在最优秀的人物中间,巴尔扎克是最高的一个。"这是对巴尔扎克的创作活动作出全面而公允评价的第一篇文字。雨果显然已经意识到巴尔扎克在法国文学史上最崇高的地位。

19世纪下半叶,虽然出现了新的形势和新的流派,但巴尔扎克的魅力不减当年。泰纳首先对巴尔扎克作了深入的研究,在他有名的《巴尔扎克论》里,他最后得出了这个结论:"巴尔扎克跟莎士比亚和圣西门三人形成了我们所知道的关于人性的最丰富的文献馆。"左拉把巴尔扎克崇奉为"自然主义之父",认为《人间喜剧》是部不朽的巨著,它的成就超过了其他小说家。

20世纪的法国小说家虽然不满足于巴尔扎克的小说技巧,却也并不否认他的地位。意识流小说的大师普鲁斯特的巨型小说《追忆似水华年》无疑受到《人间喜剧》的影响。普鲁斯特通过小说中的人物批驳了圣佩甫过低评价巴尔扎克的言论，对巴尔扎克塑造人物的真实和观察的深刻赞扬备至。当代的新小说派作家也认为巴尔扎克的《人间喜剧》是19世纪小说的顶峰，以致今日的小说必须另辟蹊径，才能有所成就；但是，巴尔扎克的小说艺术对今天的作家仍有参考价值，有些最新的小说手法在《人间喜剧》中可以找到雏形[1]。

从读者方面来看，巴尔扎克的作品仍然具有巨大影响。据70年代的一次调查，在古典作家中，读者最多的是凡尔纳、巴尔扎克和大仲马。考虑到凡尔纳的作品的读者有很大一部分是青少年，可以说，在成年读者中，阅读巴尔扎克的作品的人数当推首位[2]。

历史是最好的见证人和评判人。巴尔扎克的影响之所以历久不衰，正说明《人间喜剧》取得的成就是极其巨大的。

一

奥诺雷·德·巴尔扎克于1799年5月20日生于都尔城。他的父亲当时是二十二师的军需处长，名叫贝尔纳—弗朗索瓦·巴尔扎克。贝尔纳—弗朗索瓦原是农民，姓巴尔萨，后改名巴尔扎克。他靠自学获得知识，离开了农村，做过公证人的见习生。到巴黎后，于43岁上做了路易十六的枢密官书记。大革命时期他担任

---

[1] 见克洛德·莫里亚克：《巴尔扎克开始他真正的行业》。
[2] 见《巴尔扎克词典》序。

过各种职务。他对当时的社会问题颇感兴趣,爱好阅读启蒙作家的作品,曾写过几本小册子。他仰慕虚荣,于1802年在自己姓氏上加上"德"字,以示贵族身份。50岁时他同罗尔·萨朗比埃结婚,他的妻子是花边商和布商出身,结婚时18岁。她既漂亮风流,又很专横,酷爱阅读神秘主义、磁性感应的书籍和浪漫主义文学作品。巴尔扎克生在这样一个中产阶级的家庭里,必然受到父母亲思想上的影响。

巴尔扎克的童年没有享受到家庭的温暖。他出生后不久,就被送到圣西尔村一个警察家里寄养,一直到四岁,然后进了一所寄宿学校。从八岁到十三岁,他在旺多姆的奥拉托利会的教会学校读书,过着极其严格的幽禁生活。母亲难得来看望他一次(一年两回),而他在这几年中也只回过一次家。他对课程不感兴趣,而喜欢阅读科学和哲学的著作,并想学写诗,甚至写了一篇《意志论》。1814年,他的父亲被任命为第一师的军需处长,全家来到巴黎。1816年,巴尔扎克进入法律系,作为实践,他在诉讼代理人吉约奈·德·麦尔维尔的事务所当了一年半的见习生,又在公证人帕塞的事务所工作过。他没去听法律系的课,却去听索尔博纳学院的文学课和哲学课。在这里教授的名人有维勒曼、基佐、库赞、居维埃、若弗罗瓦·圣依莱尔等社会学家、哲学家和生物学家。巴尔扎克的这段经历使他接受了唯物主义的观点,爱好从哲学上去探讨问题;在事务所,他开阔了眼界,看到形形色色的家庭内幕和社会现象,为日后创作提供了丰富的生活素材。

1819年他向家庭宣布了自己要从事文学创作的决心,终于获得两年时间来表现自己有无这方面的才能。他住在莱第吉耶尔路的一个阁楼里,清茶淡饭,埋头于写作,或者跑图书馆。他雄心勃勃,要成为文坛的"国王"。巴尔扎克认为法国革命并未结束,它需要新的人物,而他就要成为其中的一个。他先想写一部小说《戈克西格吕》,又想写长诗《圣路易》《诺曼底的罗贝尔》,悲剧《西拉》,喜剧《两个哲学家》,喜歌剧《海盗》,最后才决定动手写五幕诗体悲剧《克伦威尔》。一年半以后(1820),这部诗剧没有得到家庭的通过,因为情节和诗句都写得很平庸。巴尔扎克并没泄气,他说:"这只证明写悲剧不是我的事。"但是,巴尔扎克需要维持生活,他刚开始写《科尔西诺》和《法尔蒂纳》,就不得不中途辍笔,同一个名叫勒普瓦特万·德·莱格尔维尔的年轻人合作写"黑小说"。1822年两人用"罗纳爵士"的笔名出版了《比拉格的女继承人》和《让—路易》。其中《让—路易》描写了大革命时期的资产阶级、工人、获益者和囤积居奇的商人。主人公库罗丹是个野心勃勃的家伙,他靠在诉讼中巧嘴利舌,唆使人民反对贵族而爬了上去。巴尔扎克曾试写过一部自传体的哲理小说《斯泰尼》。1822年,巴尔扎克还出版了《克洛蒂德·德·吕西尼昂》,并用奥拉斯·德·圣奥班的笔名出版了《阿尔台纳的副主教》和《百岁老人》。这几部小说情节离奇,不够真实,但对农村和帝政时代的社会和人物有所描绘,对宗教也有所抨击。在《百岁老人》的第四卷中,巴尔扎克还发挥了自己的哲学见解。年末,巴尔扎克写作剧本《黑人》,遭到剧院的拒绝。1823年他发表小说《最后一个仙女》,叙述一个年轻人夹在体恤他的女人和残忍无情的女人之间,小说情节令人想起《一千零一夜》的《神灯》。1824年他出版了《安奈特和罪犯》(《海盗阿尔戈夫》)，描写一个少女对一个罪犯的爱情。其时巴尔扎克与别人合办一份《文学小报》。他还发表了小册子《耶稣会史略》《论长子继承权》和《正直人法典》。1825年他出版小说《汪一施洛尔》(《白脸雅纳》)，描写一个专横的母亲与女儿的纠葛。

由于这些小说都没有获得成功，不能改善巴尔扎克的经济状况，于是他想到做生意：他出版书籍、开办印刷厂、铸造铅字，但不到两年光景就无法维持下去。最后，贝尔妮夫人借给他四万五千法郎，他母亲也借给他四万法郎。他的债一生始终没有还清。

从1819年到1829年，这是巴尔扎克在文学创作上进行摸索的阶段。诚然，他青年时期的作品没有多大价值。今天，仅仅因为它们出自巴尔扎克的手笔，才受到人们的注意。巴尔扎克的研究者在这些小说中发现有不少东西与《人间喜剧》一脉相承，从这个角度颇有成效地勾画出巴尔扎克的早期创作道路。巴尔扎克自己也说过："我写过七部小说，作为简单的学习研究，一部是为了学写对话，一部是为了学描绘，一部是为了组合人物，一部是为了组织结构。"总之，这是创作《人间喜剧》之前的练笔和准备阶段。巴尔扎克还没有找到他的正确道路，但他实际上已经开始把目光投向他周围的环境和社会了。

二

从1826年起，巴尔扎克动笔写作《婚姻心理学》，并发表了其中一部分。这部随笔作品是对家庭风俗的研究。同时，他酝酿以法国历史为背景，写一套历史小说，就这样着手准备写作《舒昂党人》，他曾到布列塔尼去实地调查。这部小说描写1799年保王党贵族发动叛乱，终于被镇压下去的经过。小说于1829年出版，它以其现实主义的细致笔触获得了成功。虽然这不是一部很深刻的作品，却由于揭开了《人间喜剧》的序幕而具有重要意义。1843年这部小说再版时，巴尔扎克写道："这无疑是一首壮丽的诗篇……当地环境和战争描绘得十分完美、出色，令我惊讶。"另一方面，巴尔扎克也承认，这部小说有模仿库柏和司各特的痕迹。

随后，巴尔扎克便转向中短篇小说的写作。当时，巴尔扎克对报纸杂志上出现的描写和讽刺社会风俗的随笔和漫画十分注意，给以很高评价。他与《身影》《时式》《小偷》《漫画》等报刊合作，发表了不少关于商人、市民、银行家、高利贷者、部长、议员、官员、伙计、女工等等的随笔和杂感。他的中短篇小说就以描写社会风俗为题材。仅在1830年他就发表了十二个中短篇。其中，《高利贷者》《家族复仇》《苏城舞会》《玩球猫商店》等中篇写得尤为出色。《高利贷者》塑造了一个著名的吝啬鬼形象高布赛克，他的特点是还不懂得商品流通的意义，竟至于让食物放在储藏室里腐烂变质，这是资本主义发展初期的资产者形象。《家族复仇》描写一对恋人反抗封建意识的爱情悲剧。《苏城舞会》描绘一个贵族家庭中，父亲顺应历史潮流的发展，而女儿坚持迂腐保守的思想。《玩球猫商店》表现一个店主的女儿与一个画家不称心的婚姻。短篇小说中，《刽子手》讴歌了西班牙爱国贵族的壮烈事迹，《长寿药水》塑造了一个纨绔子弟的形象，揭露了利己主义。同年，巴尔扎克出版了

《私人生活场景》一卷,收入六篇小说。巴尔扎克在这些中短篇小说中选取了不为人们注意的家庭日常生活作为题材,他在序言中说:"多忧多虑的人绝不会责备作者描绘了风俗这幅图画,今日的家庭把这幅画掩没在暗影中,善于观察的人好不容易才能琢磨出来。"巴尔扎克还说,这部小说集是针对至今源源不断的"愚蠢作品"而发表的。《私人生活场景》确实开辟了一条新的道路,它确定了巴尔扎克今后创作的方向:这就是描绘社会生活和风俗变迁。巴尔扎克对人们的社会关系观察得十分深入,也具备了相当出色的表现能力。在当时的文坛上,这无疑是异军突起,像一颗新星那样大放异彩。

1831年至1832年,巴尔扎克又接连写了十七个中短篇。其中,《夏倍上校》描写拿破仑时期的一个上校的妻子为了财产不认丈夫的故事。《都尔的本堂神甫》通过善良敦厚的比罗图神甫受到奸猾阴险的特鲁图神甫的排挤,反映复辟时期两种宗教势力的斗争。《柯内留斯老板》刻画了15世纪资本主义萌芽时期一个吝啬鬼的形象。短篇《不为人知的杰作》讽刺了一个追求绝对美的艺术家,阐述了巴尔扎克现实主义的创作原则。1831年巴尔扎克还发表了一部具有浓厚浪漫主义风格的长篇《驴皮记》,抨击资本主义社会中人们的贪欲。在发表这部小说时,他在自己的姓氏中加上"德"的贵族称号。

1831年二三月间,巴尔扎克的政治生活出现了重要事件,这就是他正式转向正统主义。巴尔扎克不满于七月王朝的现实,对金融资产阶级独霸天下,排斥其他中小资产阶级感到愤懑,于是他转向七月王朝以大地主资产阶级为核心的保王派,亦即当时政权的主要反对派。1831年3月卡西米尔·普里埃当了内阁首相,要解散众议院。4月,他写了《对两届内阁的调查》,署名"德·巴尔扎克先生,竞选人"。不久之前,他在一篇文章里说:"未来的议会可能会风云变幻,它孕育着一场革命……如果我有意于议会,那是出于想起一点政治作用。"至于起何种作用,他的思想还十分模糊。巴尔扎克同正统派有不少接触,1832年春曾在《革新者报》发表过几篇文章。他曾经想娶正统派的特吕米利的女儿,但特吕米利觉得他的政治观点太自由:他并不留恋查理十世的退位,赞成君主立宪。随着这门亲事告吹,巴尔扎克也未能成为候选人。巴尔扎克始终不是一个地道的正统主义者,但他这种立场势必对日后的创作产生重大影响。紧接着在1833年发表的《乡村医生》就展现了巴尔扎克心目中的一幅反动乌托邦的蓝图。他提出用宗教遏止人欲横流,建立宗法式的家长制,然而另一方面也提出了发展竞争、改善人民生活等主张。

1833年巴尔扎克发表了中篇《费拉居斯》,描写一个帮工会首领的故事,这个别开生面的题材受到读者欢迎,他接着又写出两个续篇《朗热公爵夫人》和《金眼女郎》。

1833年他最大的收获是《欧也妮·葛朗台》的出版。这是巴尔扎克的代表作之一。小说成功地塑造了一个精明狡猾的吝啬鬼典型。葛朗台不同于高布赛克,他深谙投机倒把、行情涨落,善于见风使舵,布下罗网,欺骗他人,从中渔利。巴尔扎克观察到正是在外省这样的环境里产生了新时期的资产者形象:"在那里,惨剧是在静悄悄中进行的;在那里,秘密被巧妙地掩盖起来;在那里,结局只用一句话就表达出来;在那里,对最不起眼的行动能估量和分析出巨大的价值。"他还写道:"每个省都有自己的葛朗台。"说明他笔下的人物只不过是悭吝性格的概括。

巴尔扎克接着又出版了《婚约》和《绝对的探求》,后者描写一个化学家为了研制人造钻石而倾家荡产的故事。此外,中篇《改邪归正的梅莫特》描写人们的贪欲,长篇《幽谷百合》描写一个企图挽救经济败落的贵妇,她拒绝了一个年轻人的求爱。

1834年12月至1835年2月,巴尔扎克在《巴黎杂志》上发表了《高老头》,这部小说是巴尔扎克的创作的一个顶峰。小说通过高老头被两个女儿榨干了钱财之后,惨死在一间陋室里,有力地鞭挞了金钱腐蚀人心的罪恶。巴尔扎克极力渲染高老头的父爱,认为这种感情"如此伟大,无论是阴损、伤害还是不义,什么都不能使它枯涸竭尽"。但作家把高老头的父爱同资产阶级社会人与人之间的冷酷关系作了强烈对比,因此,仍不失其暴露社会黑暗的积极意义。小说还通过青年野心家拉斯蒂涅的成长过程,以及另一类型的政治投机家伏脱冷的活动,淋漓尽致地揭露了复辟时期从上到下的恶浊溷沌。巴尔扎克在一封信中说:"《高老头》是一部很美的作品,但阴郁得可怕。必须不偏不倚,才能表现出巴黎的道德阴沟,而这样会造成一道令人恶心的伤口的效果。"无论是下层社会的缩影——伏盖公寓的不堪入目,乌七八糟,还是上流社会的灯红酒绿,金碧辉煌,都充满了腐臭气息,精神堕落。最后,小说通过鲍赛昂子爵夫人的情场失意,反映了贵族妇女惨败于资产阶级妇女的手下,为贵族退出历史舞台唱出一曲哀痛的挽歌。

1829年到1835年左右,是巴尔扎克创作《人间喜剧》的第一阶段:从踏上正确的创作道路,到创作出思想上艺术上都臻于成熟的作品。这个阶段有如下几个特点。

其时,巴尔扎克正年富力强,创作力旺盛,在短短的六年时间中,他创作了四十多篇(部)作品,约占《人间喜剧》的半数(指篇数)。无论是短篇、中篇和长篇,他都写出了杰出的作品,它们在《人间喜剧》中占据着重要的、甚至是最重要的地位。

巴尔扎克写作《人间喜剧》,基本上是从中短篇小说入手的,1830年至1832年这三年中,巴尔扎克一共发表了约三十部作品(未完成的不计算在内),其中只有一部长篇小说(《驴皮记》),这不是偶然的。巴尔扎克对社会风俗的研究从局部入手,逐步向深广发展,中短篇小说正符合他当时的状况和要求。另外,巴尔扎克显然要彻底摆脱早年创作的滥写习惯,尽量把篇幅压缩得紧凑些。这一阶段写出的八个长篇,篇幅都并不长,有的按今天的标准来看,应列入中篇。从中短篇入手、写得紧凑,这同他一开始就获得成功不无关系。

巴尔扎克一直在锲而不舍地努力,一步步探索怎样描绘他生活的时代。继1830年出版了《私人生活场景》,1831年又出版了《哲理小说和故事》,1832年出版了《巴黎生活场景》,1833年出版了《外省生活场景》,1834年出版了《风俗研究》,然后是《哲理研究》。他早就声明要出《政治生活场景》《军旅生活场景》和《乡村生活场景》。"场景"的名称并不完全是巴尔扎克首创的,1830年也曾有人出版过《海军生活场景》和《历史场景》。但从社会生活的各个方面分门别类去描绘现实,却是只属于巴尔扎克的独创。经过连续几年的结集出版,巴尔扎克自然而然想到要把自己的作品组成一个庞大的有机的整体。据巴尔扎克的妹妹罗尔的记述,他是在1833年写作《乡村医生》时第一次有了这个想法,要把他笔下的人物组成"一个完整的社会"。巴尔扎克"因有这个想法而满面光彩",他说道:"向我致敬吧,因为我正轻而易举地成为一个天才。"1834年达文在巴尔扎克授意下写成的《哲理研究导言》中,指出"从来没有小说家像他这样深入考察细节和琐事,以深刻的观察力把这些东西选择出来,加以表现,以老螺钿工匠的那种耐心和手艺把它们组合起来,使它们构成一个统一、独创、新鲜的整体"。这是第一次透露了巴尔扎克建造一座文学大厦的消息。当时,巴尔扎克想到了要以人物再现的手法把他的作品联结起来,他在《高老头》中第一次作了这种尝试。总之,这个时期是巴尔扎克酝酿《人间喜剧》的萌芽阶段,但这个大厦在他的心目中还只有轮廓,尚未全部成形。

这一时期,巴尔扎克非常热衷于对哲理问题的探讨。根据作家自己的解释,他企图通过"哲理小说"探索社会和人生的奥秘。《驴皮记》的主人公为了寻求掌握自己命运的奥秘而到处去询问自然科学家;《路易·朗贝尔》的主人公则尽毕生之力,去探讨哲学和宗教问题;《绝对的探求》的主人公试图结合物质的本原,以此发现世界的起源。这些探求表现了巴尔扎克唯物主义的观点。他不仅在"哲理小说",而且在其他小说中也经常发表哲学见解。这是作为社会思想家的巴尔扎克的重要特点。但是,巴尔扎克的这些哲学或宗教议论有时过于冗长,削弱了人物的形象性和情节的生动性(如《路易·朗贝尔》),有的则宣扬了神秘主义(《赛拉菲达》)。

三

巴尔扎克虽然接二连三地发表作品,收入不少,但他并未能全部还清债务,因为他过着相当奢侈的生活:时常请客吃饭,购买艺术品等等。他受到法警的纠缠,不得不经常东躲西藏。1837年,他在巴黎郊外买下了一块地,建造了一座房子,命名"雅尔第"。他常常躲到这里来休息、写作。他仍然夜以继日地工作,实在疲惫才到外地休息。1838年3月他曾到科西嘉岛和撒丁岛,看看有无可能开发废置的银矿,想发一笔财还债。

1837年,巴尔扎克发表了中篇小说《老姑娘》,通过一个老贵族和一个资产者的婚姻的争夺,显示两个阶级的兴衰。《古物陈列室》(1836—1839)是它的姐妹篇,讽刺了顽固保守的贵族阶层。1837年至1838年巴尔扎克还发表了《赛查·比罗图盛衰记》,主人公是"商业诚实"的代表,他的破产反映了复辟时期大鱼吞小鱼的经济现实。在《纽沁根银行》(1838)中,巴尔扎克进一步研究了大银行家买空卖空的发家过程。同年出版的《职员》描写复辟时期一个幻想改革行政弊端的办公室主任被迫辞职的经过,揭露了官场的腐败。1840年巴尔扎克发表了中篇《比哀兰德》,通过一个穷姑娘在亲戚家的遭遇,反映了党派之间的激烈斗争。长篇《于絮尔·弥罗埃》(1841)描写一帮亲戚如狼似虎争夺一个医生的遗产。

在《搅水女人》(1841—1842)中，巴尔扎克塑造了一个著名的恶棍兵痞的形象：为了获得金钱，他串通情妇，害死老人，夺得遗产。《一件无头公案》(1841)描写拿破仑政权和叛乱贵族的斗争，结果平民当了替罪羊。此外，在《乡村本堂神甫》(1841)中，巴尔扎克描述了一个以宗教幻想来改造穷乡僻壤的故事。

巴尔扎克的经济状况越来越拮据，他"像一只野兔那样受到法警的围捕"。他想通过上演戏剧，摆脱困境。他写了《夫妇学堂》，这个剧描写一个杂货商同自己收留的女店员相爱，被妻子女儿发觉，最后他被逼得发了疯。巴尔扎克试图把这个女店员写成"女伪君子"。此剧没有获得成功。巴尔扎克在 1839 年又写出五幕剧《伏特冷》，剧情描写伏特冷收留了一个贵族出身的流浪儿，企图通过他后来的婚姻牟利。因上演时演员的扮相模仿国王路易—菲力普，第二天即遭禁演。接着巴尔扎克又写出《生意人》(或名《梅尔卡台》)，这个剧写一个生意人想让女儿嫁给有钱公子，以便还债，不料这个年轻人是个骗子，幸亏生意人的同伙发财归来，两人成了亲家。此剧直到 1851 年才首次上演。剧本创作遭到的失败使巴尔扎克不得不离开"雅尔第"避债。1842 年巴尔扎克上演了《吉诺拉的本领》，描写汽船发明家遭人嫉恨，一气之下弄沉自己发明的汽船，这是"一个天才人物同他的时代的斗争"。演出仍然未获成功。

这一时期巴尔扎克最重要的作品是《幻灭》。他于 1837 年发表了小说的第一部，第二部发表于 1839 年，第三部发表于 1843 年。从篇幅上来看，这是巴尔扎克迄今为止写得最长的一部小说。

它从外省写到巴黎，展现了新闻界和文坛的种种黑幕，塑造了一个失败的年轻野心家形象吕西安。令人注目的是，小说描写了一个由当时的优秀人物组成的小团体，特别是其中的共和主义者英雄克雷斯蒂安。这个形象的塑造成功是巴尔扎克现实主义艺术的胜利。《幻灭》还生动地再现了资本主义自由竞争的惊心动魄的一幕，描绘了狡狯狠毒的大资本家如何吞并善良老实的发明家的印刷厂。这部小说发表时曾遭到报纸的恶毒谩骂，但巴尔扎克嗤之以鼻，在序言中给以有力的还击。

从1836年左右到《幻灭》的完成，巴尔扎克约写了三十部作品。这个阶段是《人间喜剧》的构想基本确立的时期，它是第一阶段的继续，但也有发展。巴尔扎克在1837年曾设想用《社会研究》来命名他的全部作品，可见他当时还没有找到确切的总标题。《人间喜剧》这个名字，有的评论家认为是在1840年他创办《巴黎评论》失败后产生的，也有的评论家认为是他1841年从意大利回来以后由但丁的《神曲》得到了启发。有的评论家指出，"人间喜剧"这个词最早见于17世纪散文家拉罗什富科（1613—1680）的作品中，拉封丹的寓言也曾用过"一百幕不同的喜剧"的诗句，也许这些都曾给巴尔扎克以启示。在出版《人间喜剧》时，巴尔扎克已完成了七十多部作品，占据他最后写出的作品总数的五分之四，占他计划中的全部作品的一半以上，可以说，《人间喜剧》已经成形，他为自己的作品设计出这个总蓝图正是水到渠成。

巴尔扎克为《人间喜剧》写出《前言》，这篇《前言》既阐述了他的文学主张，也是对他的创作的一个总结。他提出小说家的任务是要描写被历史家所遗忘的风俗史,像一个书记那样,提出"恶行和德行的清单",搜集"情欲的主要事实",选择"社会的主要事件",刻画性格,塑造典型。事实上,巴尔扎克正是按照这些主张去做的,而并不是在"宗教和君主政体"这"两种永恒真理的照耀之下写作"的,这后一种思想只对他的部分作品产生过不良影响。

对社会生活描写得更广泛、更深入,是这个阶段的明显特点。这一时期,巴尔扎克的创作,绝大部分是中长篇(二十几部)。巴尔扎克对金钱的揭露不像在《欧也妮·葛朗台》和《高老头》中那样,着重表现家庭中父母与子女之间的金钱关系,在《于絮尔·弥罗埃》和《搅水女人》中,作家描写了亲族之间你死我活的斗争,在《幻灭》中描写了一切都是商品的现象,这就更广泛深入地描写了金钱在这个社会中的主宰作用。巴尔扎克还非常注意经济领域的斗争,在前一时期,他虽然已经指出复辟时期资产阶级在经济上的强大注定了它战胜贵族的必然结果,但并没有正面展开去表现这个现象。而在《老姑娘》和《古物陈列室》中,巴尔扎克描写资产阶级和贵族的斗争时,就生动而具体地绘写出这种强弱之分以及贵族的失败过程。巴尔扎克进而探讨了资产阶级的发家史,在《赛查·比罗图盛衰记》《纽沁根银行》和《幻灭》中,描写了自由竞争的吞并现象,比《欧也妮·葛朗台》中写到的葛朗台欺骗众人、卖掉存酒那一段插曲,内容要深入得多。此外,表现复辟时期资产阶级和贵族之间在政治上的斗争也是巴尔扎克笔下常见的主题。有时是通过沙龙里的明争暗斗来表现(《古物陈列室》),有时是通过婚姻来表现(《老姑娘》),有时是通过家庭纠纷来表现(《比哀兰德》),有时是通过高利贷者有权罢免国家机关职员的事实来表现(《职员》)。从经济和政治领域去反映资产阶级和贵族在复辟时期的尖锐斗争，确实是更深入地表现了这个时期社会发展的主要方面，因而巴尔扎克第二阶段的创作具有更为丰富而广阔的内容。

这个时期的另一特点是哲理性的作品和哲理性的长篇议论大为减少，作家更注意情节的安排和形象的塑造。这是《欧也妮·葛朗台》和《高老头》这两部作品的写作技巧的延续。巴尔扎克从这两部作品的成功中悟出了经验。从客观上说，这时期巴尔扎克从杂志转向报纸，他的多数作品都是首先发表在报纸上的。这就要求他考虑报纸读者的兴趣，尽量减少长篇的哲理议论，而主要靠情节和形象本身的生动去吸引读者。需要说明的是，巴尔扎克并未放弃夹叙夹议的手法，他只是放弃了在《路易·朗贝尔》一类小说中所作的对哲学、宗教问题的探讨。

最后，巴尔扎克大量运用人物再现的手法，把自己的小说互相联结起来，他的作品已基本上形成一个整体。从这个意义上说，《人间喜剧》的主体工程是在这一阶段完成的。

四

巴尔扎克由于长年累月过度工作(经常每天写作十五六个小时)，身体十分疲劳虚弱。他过于肥胖，心脏有病。他喝了"成吨计算的咖啡"，如今咖啡已起不了刺激作用。他需要休息，而每次都休息不够。他的写作速度显然放慢了，但是收获仍然是可观的。

1846年和1847年，巴尔扎克发表了《贝姨》和《邦斯舅舅》，这是后期创作中的两部杰作。《贝姨》的成就倒不在于刻画了一个"嫉妒"形象贝德,而是写出了七月王朝时期资产阶级的荒淫无度、道德堕落。于洛男爵是淫欲的化身,这个早年立过军功的资产阶级英雄人物,如今变成了一头公猪那样可鄙。暴发户克勒维尔则是表面上高唱伦理道德,暗地里男盗女娼的流氓恶棍,这类人物是拿破仑第三上台的政治打手。《邦斯舅舅》描写了两个音乐家的悲惨遭遇。穷苦的邦斯只因嘴馋,受尽了有钱的亲戚的凌辱。他因为收藏了不少精美的艺术品而遭到一伙歹徒的包围暗算,以致丧命。他的收藏终于被有钱的亲戚和那伙坏蛋夺去。他的挚友乐队指挥许模克也是同样的善良颠顸,被逼得竟无存身之地,很快也一命归阴了。

1847年,巴尔扎克完成了《交际花盛衰记》。这部小说可以说是《幻灭》的续集。吕西安在伏脱冷的指使下,想通过女人获得巨额金钱。交际花爱丝苔尔热恋着他,她依计去引诱纽沁根,但后来耻于自己的行为而自杀。纽沁根的钱被仆人所盗,怀疑是吕西安所为,吕西安终于在监狱上吊自尽。伏脱冷被捕后同当局做了交易,成了一名刑警。小说对当时的司法机构作了犀利的抨击。在这部小说中,再现人物是《人间喜剧》中最多的,巴尔扎克似乎对他创造的人物作了一个回顾。

巴尔扎克生前发表的最后一部小说是《近代史内幕》。1848年以后,巴尔扎克实际上已停止了《人间喜剧》的写作。这一年他写出了剧本《后娘》,描写一个将军的续妻知道自己的情人同丈夫前妻的女儿相爱后,设法阻拦破坏,逼死了这对情侣。值得一提的是《巴梅拉·纪罗》(1843)，这个喜剧描写一个女工同反对复辟王朝黑暗统治的拿破仑党人的坚贞爱情。

巴尔扎克有三部未完成的小说：《小资产者》《阿尔西的议员》和《农民》。《小资产者》揭露七月王朝时期资产者的政治经济活动。《阿尔西的议员》描写同一时期资产阶级操纵政治的内幕和选举的弊端。《农民》是巴尔扎克的一部重要小说。它描写复辟时期的农村资产者联合和利用农民，同贵族争夺，终于把贵族挤出了农村，可是，农民又沦于资产者更狡猾更沉重的剥削魔爪之中。这幅图画再现了复辟时期农村的激烈的阶级斗争，反映了资产者怎样在农村取代贵族的过程，展示了当时农村的历史发展面貌。

巴尔扎克前两个阶段的作品只描写到个人之间的争夺，或者党派、集团之间的争斗，而在《农民》中，巴尔扎克描写的是资产阶级联合农民阶级同贵族阶级作斗争，即阶级和阶级之间的生死搏斗。这就在更大的规模上去展现现实生活，从内容上来说，这是一个重大的发展和突破。

这个时期的另一特点是，巴尔扎克更关心当代生活，七月王朝的现实成为他写作的主要对象。巴尔扎克在1845年曾经拟出了《人间喜剧》的设想总目录，可是，他晚年的创作却没有按计划进行，而是去创作原先没有预想过的题目，《贝姨》和《邦斯舅舅》等好几部小说都属于这一类。显然，巴尔扎克的注意力被他周围发生的事件吸引住了，他不能抑制创作的激情，觉得"比任何时候更年轻，更生气勃勃，更有力"。巴尔扎克感到，不描写当前的生活就不能算作充分反映了时代，所以要马上着手完成新的写作计划。在某种程度上,他晚年的创作是对《人间喜剧》原计划的补充。

《人间喜剧》究竟有多少部作品呢?由于巴尔扎克的统计方法和我们今天的统计方法略有出入(例如,巴尔扎克把《幻灭》算作三部作品,《交际花盛衰记》被统计成两部作品,等等),所以他的作品总数至今弄得很乱。按理说,《人间喜剧》的作品不论短篇、中篇或长篇,均应以一部计算。这样,《风俗研究》部分,一共是六十六部,其中《私人生活场景》二十七部,《外省生活场景》十部,《巴黎生活场景》十九部,《政治生活场景》四部,《军旅生活场景》两部,《乡村生活场景》四部;《哲理研究》部分共有二十二部;《分析研究》部分两部。总计九十部。除上文提到的作品外,巴尔扎克还发表过《诙谐故事》三十多篇和其他中短篇小说,另有未完成的故事《女作家》《一个女人的性格》和刚开了头的长篇小说《维萨小姐》《天主教教士》等。此外还有数量不少的杂文和书信,这些都是研究作家思想和创作的重要材料。

早在 1847 年,巴尔扎克已经感到身心交瘁:"我会精疲力竭而死。"但他还有一件心事未曾了结,那就是他要同相识了十多年(从 1833 年起)的韩斯卡夫人结婚。1850 年初,他赶到乌克兰,不料犯了支气管炎,视力混浊,心脏肥大,不得不延迟了一个时期,才于 3 月 14 日举行婚礼。5 月,巴尔扎克夫妇返回法国,一路上,巴尔扎克又犯了病。回到巴黎,他的腿出现肿胀。病情迅速恶化,这个伟大作家于 8 月 18 日晚上 11 点半与世长辞,享年 52 岁。

在他的葬礼上,内政部长自以为抬举巴尔扎克说:"这是个显赫的人物。"雨果回答他:"这是一个天才。"是的,巴尔扎克在世时,并没有完全被世人所了解:法兰西学士院曾经三次讨论过他当院士的问题,他三次都落选了,就是一例。但是,今天人们愈深入钻研他的作品,就愈觉得他的作品有钻研不完的丰富内容,正如雨果所说:"这个人是一个世界。"

1980 年 12 月

论巴尔扎克

巴尔扎克的思想

奥诺雷·德·巴尔扎克(1799—1850)是法国,而且也是西欧前期批判现实主义的代表作家,在整个法国文学史上,他占据着首要地位。他的成就和影响不止于法国,在全世界现实主义文学中间,巴尔扎克是杰出的、光辉的代表。

巴尔扎克的思想十分复杂,而且充满了矛盾。有的人利用巴尔扎克参加了保皇党、宣称自己是在君主政体和宗教的指导下创作的事实,宣扬"世界观越反动,作品越伟大"的谬论。因而,正确地阐述巴尔扎克的思想和世界观,具有十分重要的意义。

总的来说,巴尔扎克的思想尽管十分复杂矛盾,然而却掩盖不住它进步的方面。巴尔扎克对哲学、经济学、政治、宗教、历史、文艺和自然科学无不具有浓厚的兴趣,进行过深入的研究,他的全部著作反映了他对这些方面几乎都有深刻而独到的见解。因此,要了解巴尔扎克的思想,必须多方面地进行分析。

1. 巴尔扎克的哲学思想

巴尔扎克主要是一个唯物论者。马克思主义认为,思维对存在、精神对自然界的关系问题,是全部哲学的最高问题。断定精神对自然界来说是本原的,组成唯心主义阵营,"凡是认为自然界是本原的,则属于唯物主义的各种学派。"①巴尔扎克在创作《人间喜剧》的过程中一直在思考这个哲学的根本问题。《路易·朗贝尔》(1832—1833)的主人公不仅反映了作家的一些个人经历,而且表达了作者的哲学思想。小说主人公路易·朗贝尔深入到宗教的研究中,表面看来,"他是唯灵论者;但是,根据他自己的观察,我敢下相反的结论,因为他认为理智完全是物质的产物"。巴尔扎克又写道:"路易不可抗拒地被导致承认思维的物质性","他认为思想和观念是人的内部机体的运动和行动"。这表明巴尔扎克认识到物质是第一性的,精神是第二性的。巴尔扎克在晚年写下的《社会解答》中,再一次表露了他的唯物论反映论观点:他重申思维是有机体产生的;认为"我存在。我思维。我说话";"人在观看、觉察、思索,然后产生一种叫作观念的存在","观看、觉察、思索、立意、回忆、演绎与归纳、抽象、想象、区分",这种从物质到精神的观点是完全符合唯物论的。

巴尔扎克显然接受了当时自然科学某些基本的、最进步的学说。例如,在长篇小说《绝对的探求》中,他正确地指出:"化学将自然界分为截然的两部分:有机界和无机界。"这部小说幻想通过分解炭的合成炼出人造钻石。巴尔扎克也懂得物质可以改变,但不能消灭的物质不灭定律。巴尔扎克是内分泌学的预见者。特别是

---

① 恩格斯:《路德维希·费尔巴哈和德国古典哲学的终结》,《马克思恩格斯选集》第4卷第220页。

巴尔扎克对物质和运动的理解是完全符合唯物主义的。路易·朗贝尔认为："世间的一切都是通过运动和数量才存在的。"《驴皮记》是巴尔扎克另一部阐述自己的哲学见解的小说。小说主人公为寻求掌握自己命运的奥秘而去询问自然科学家。有个机械学家告诉他："一切都是运动。思维是运动。自然界建立在运动之上。死亡是运动,其结果我们还不甚了然。如果上帝是永恒的,那么请相信,它也永远在运动之中。上帝也许就是运动。"这一观点在巴尔扎克的小说中屡见不鲜。"运动是物质的存在方式。"[①]恩格斯还指出,这一观点以前的一切唯物主义者也是不清楚的。根据恩格斯的论断,可以认为巴尔扎克的唯物论建立在牢固的基础之上。他的唯物论是使他采用现实主义创作方法的思想基础。

巴尔扎克的哲学思想的另一重要方面是对自然界一切事物之间的关系的认识。他认为："自然界是一个密不可分的整体……一切都服从这一法则。每一生物都在自身再生小型的准确的形象,植物液体,人类的血液,星球的运行都是这样","自然界是统一体中存在着多样性","大自然中没有任何孤立的东西,一切相连,一切精神现象相连,一切物质现象相连。"正是从这一观点出发,巴尔扎克注意到经济对社会发展的制约作用以及社会环境对人物思想的重要影响。

尽管这样,巴尔扎克的唯物论仍然属于机械唯物论。他并不是一个彻底的唯物主义者。在对待物质与精神的关系问题上,他

[①] 恩格斯:《反杜林论》,《马克思恩格斯选集》第3卷第98页。

有时表现为二元论者,认为唯物论和唯灵论可以同时并存:"也许唯物论和唯灵论表达了同一事实的两个方面",这就为唯灵论留下了地盘。当时自然科学发展水平还很低,有许多基本问题不能解决,巴尔扎克把这归之为"人类科学的幼稚",认为物质世界是有限的,他笔下的科学家公然声称相信魔鬼或上帝。巴尔扎克并没有真正了解物质运动的现象,因而认为"运动就像上帝一样不可解释;像上帝一样深邃、无边无际、不可了解、不可捉摸"。巴尔扎克只看到各种事物之间的联系,而不了解事物变化的根本原因,也就是说,不懂得内因是事物变化的主要原因,外因通过内因而起作用。因此巴尔扎克的唯物论没有摆脱形而上学的桎梏。

2. 巴尔扎克的经济学思想

巴尔扎克无疑钻研过古典政治经济学家的论著。马克思曾经援引过《乡村本堂神甫》的一个银行家格罗斯泰特的话:"如果工业产品的价格不高出成本一倍,工商业活动就不可能存在",认为这是一句很在行的话[①]。巴尔扎克对经济学作过深入的研究,不仅作过专门的论述,而且在小说中表达得十分详尽。

巴尔扎克是自由贸易的鼓吹者。他通过《乡村医生》的主人公勃纳西说:"一个国家真正的政策应该致力于解脱对外国的一切纳贡,但并不需要丢脸地求助于关税和禁运。"在《关于劳动的信》中也说:"国家与其致力于规约和组织劳动,远不如效法英国,鼓励出

[①] 马克思:《致恩格斯》(1868年12月14日),《马克思恩格斯全集》第32卷第217页。

售,给国民生产寻找和开辟出路。这是保护工人和商业的唯一方法。"巴尔扎克要求加速发展工商业,也就是加速发展资本主义。他大声疾呼:"必须有一个工业的波拿巴,给共和国一个组织者。"他认为金融资产阶级统治下的七月王朝压制了其他资产阶级的利益,工商业得不到充分的发展,"法兰西自1830年以来一直停滞不前"。他的自由贸易的主张反映了中小资产阶级的要求。

对资本主义经济规律的探讨构成了巴尔扎克经济观点的重要部分。巴尔扎克接受了西斯蒙第的这一理论:劳动力的低价格一般可使生产者建立优越的商品市场。巴尔扎克的出发点在于要同英国在工业方面竞争,这就需要工业产品价格低廉,而"成品价格决定于成本费和工资"。他还认为"一个国家之富有,不在于它能把许多钱从一个金库调拨到另一金库中,而在于人们可以用很少的钱买到很多的食品"。巴尔扎克认识到这最终必然要同农业联系起来,因为"一切来自土地的东西……都是工资和原料的综合产品"。但是当时的农业状况对社会发展是一个巨大的障碍。要发展资本主义的工商业,就必须发展资本主义的农业,改变当时农村的落后状况。巴尔扎克认为在四十多年中,由于农业的关系,光利息就损失了六亿法郎,即少了十二亿法郎的农业产品,亦即损失了商品流通可能获得的三十亿法郎。巴尔扎克指出,英国的资本由于能够不停地运转,每年有一百亿的产值,而法国的产值连它的十分之一都不到。总起来看,巴尔扎克的观点反映了工商业资产阶级、包括农村资产阶级的利益。

巴尔扎克自己也意识到要实现他的经济主张是不可能的。他说:"工农业之间必然引起冲突,因为工业在竞争的推动下,希望食品低价格,以便压低劳动力价值。可是农业供应食品不能低于成本费。这是现代政治解决不了的问题。"(《社会解答》)巴尔扎克提出要降低三分之一的捐税,改变捐税的分配制度,也纯属改良主义的幻想。巴尔扎克毕竟还没有认识到资本主义经济制度的根本弊病,也没有认识到"物质生活的生产方式制约着整个社会生活、政治生活和精神生活的过程"[①],因此他的经济主张只能是改良主义的。

巴尔扎克之所以如此重视经济问题,是因为他认识到经济同社会政治之间存在着一定的关系。"没有流通,也就没有商业、没有思想交流,没有任何类型的财富",这段话包含着经济活动与人们思想之间的制约关系。巴尔扎克很早就看到一定的经济地位导致人们的思想愿望:"工匠要把他的儿子送去当法官,商人要把他的儿子培养为公证人;而公证人和法官则希图在议会里扬名"(《论长子继承权》)。巴尔扎克发现经济利益和意识形态的关系:"天主教徒是王权、领主和教会的物质利益的体现者。"(《两个梦》)巴尔扎克认识到复辟时期的贵族阶级失去了以往的经济条件,大多都背上了债,"无钱的阀阅世家在法国大贵族中根本找不到富有的女继承人"(《莫苔丝特·米蓉》),因而只能同大资产阶级联姻。贵族阶级在经济上的没落导致了政治上的灭亡,而资产阶级在经济上的日益得势也不可避免地导向它的上台。巴尔扎克还发现里昂起

---

① 马克思:《〈政治经济学批判〉序言》,《马克思恩格斯选集》第2卷第82页。

义和巴黎起义的起因开初纯粹是经济上的,最后转成了政治性的(《关于工人》)。巴尔扎克看到小农经济的落后造成了农民的闭塞、守旧,农村成为封建势力的最后营垒。巴尔扎克已开始注意到大工业对社会的影响。所有这些使《人间喜剧》具有极其丰富的反映社会现实的内容。

3. 巴尔扎克的政治思想

阶级斗争的观点是巴尔扎克政治思想的重要部分。巴尔扎克曾经听过基佐的课,后来研究过这一法国资产阶级历史学派的著作。更重要的是,巴尔扎克接受过圣西门和傅立叶空想社会主义的影响。巴尔扎克关于阶级斗争的观点就来自这两个方面。同他们一样,巴尔扎克认识到阶级斗争是了解全部法国历史的钥匙。在复辟王朝后期写成的《婚姻心理学》已经注意各阶级的存在,据他分析,在法国,穷人有一千八百万,中等阶级有一千万,富人有两百万,数字比例相当准确。这时期他曾指出:"生活可被看成穷人和富人之间的一场持久的战斗"(《正直人法典》);"他看到世界分成截然不同的两个阶级:大人物和小人物"(《百岁老人》)。巴尔扎克在《论保皇党状况》(1832)一文中通过历史的回顾,指出自高卢人入侵以后,就形成了压迫者和被压迫者阶级;被压迫者要争取解放,引起了利益之间的冲突,而不同的利益产生不同的思想和原则;随着第三等级的日益强大,产生了派别;一七八九年以后,资产阶级从第三等级中分化出来。巴尔扎克的描述表明他是以阶级斗争的观点来研究法国历史的。在理解现代史和当代史时,他划分了贵族和高级僧侣、资产者、农民、下层人民和士兵、无产者等几个阶级(《金眼女郎》《耶稣·基督在佛兰德尔》)。就是这样,巴尔扎克把资产阶级与贵族阶级搏斗的历史写进了《人间喜剧》。他从阶级斗争的观点出发,在复辟时期就预言:"革命尚未结束,从社会骚动的情况来看,我预见到将有风暴"。在七月王朝时期,巴尔扎克又断言:"我不相信再过十年,现存制度还会存在……青年将会像蒸汽机的锅炉一样爆炸"(《兹·马尔卡》)。巴尔扎克深知这个道理:"生活悲惨的人达到一定数目,而富人屈指可数时,革命就不远了。"总之,"把历史看作一系列的阶级斗争,比起把历史单单归结为生存斗争的差异极少的阶段,就更有内容和更深刻得多了。"①《人间喜剧》之所以能深刻地反映社会现实,一个重要原因是由于它的作者在相当程度上掌握了阶级斗争的观点。

公开参加正统派反映了巴尔扎克政治思想的另一重要方面。毫无疑问,巴尔扎克从倾向自由派转到参加保皇党,对他的创作产生了消极影响。"他的伟大的作品是对上流社会必然崩溃的一曲无尽的挽歌;他的全部同情都在注定要灭亡的那个阶级方面。"②《人间喜剧》充斥着巴尔扎克心爱的贵族男女,充分流露了巴尔扎克对贵族上流社会的赞赏和留恋,表达了他对失意的贵妇和"正直"的贵族的极大同情。巴尔扎克还发展到对路易十六寄予同情,描写杀死他的刽子手如何内疚,暗中把国王的遗物交给一个藏匿

---

① 恩格斯:《自然辩证法》,《马克思恩格斯选集》第3卷第573页。
② 恩格斯:《致玛·哈克奈斯》(1888年4月初),《马克思恩格斯选集》第4卷第463页。

起来的教士,后来处决罗伯斯庇尔的也是他,"全法国没有心肝,而钢刀却有!"(《恐怖时代的一个插曲》)巴尔扎克还在《现代史内幕》中描写一群旧贵族如何组织了一个慈善机构,为首的是一个反对大革命的女贵族,她的女儿上了断头台,而她则被判处二十年监禁,但她后来却救助了变得穷困窘迫的那个当年判她刑的法官。

然而,不能因为巴尔扎克参加了保皇党,在作品中流露了对贵族阶级的同情,就把他同贵族等同起来。

其一,马克思曾深刻地指出,当时法国的资产阶级"分裂成为两大集团",即"两大保皇主义集团——联合起来的正统派和奥尔良派"①,前者代表土地资产阶级,后者代表金融资产阶级。奥尔良派在七月王朝掌权,因此,巴尔扎克参加的是一个资产阶级反对派。一方面,大地产阶级"虽然还摆着封建主义的资格,抱着高贵门第的高傲态度,但是在现代社会发展的影响下已经完全资产阶级化了"。另一方面,由于土地资产阶级同贵族有着更多的联系,所以正统派也就带有更多的贵族色彩。法国大革命以后,贵族阶级融合到资产阶级中去的社会现象与日俱增,而资产阶级也乐于带有贵族称号,攀附名贵。巴尔扎克的倾向具有贵族色彩就是这种现象的反映。

其二,巴尔扎克之所以加入正统派,主要原因是由于不满金融资产阶级独占的统治。巴尔扎克在七月革命后不久就观察到:"由七月所产生的伟大准则,没有一条写进立法中去……政府重操复辟时期的旧业。"(《关于巴黎的信》)他在《一年中的两遇》里写到七

---

① 马克思:《1848年至1850年的法兰西阶级斗争》,《马克思恩格斯选集》第1卷第451页。

月革命的参加者如何在法庭和监狱里相遇:"整个时代的历史可以用一个字来表达:叛变!"巴尔扎克的思想代表了中小资产阶级,而在七月王朝,"所有阶层的小资产阶级,以及农民阶级,都完全被排斥于政权之外。"①巴尔扎克正是由此而参加反对派的,他甚至宣称:"如果我不能生活在绝对君主制之下,我宁愿要共和国,也不愿要这些没有行动、没有基础、没有原则的卑劣的不合法政府。"

其三,巴尔扎克始终保持着中小资产阶级的立场,他并不是一个正统的保皇派。他因观点不同,和保皇党有过不少矛盾。巴尔扎克曾直言不讳地指出:"保皇党和自由党都有极大的错误:它们为了稳住党内群众,而屈服于自己的偏见,进行无理的争论。故而最忠实反映保皇党精神的报纸不敢谈论宪章,虽然这份报纸的撰稿者,党内最有头脑的人,孕育了伟大的设想,即在全国范围建立仿效英国托利党的保皇党。"(《论保皇党状况》)巴尔扎克在《乡村医生》中描绘了乌托邦的蓝图:针对金融资产阶级独占的统治,他提出"竞争是实业的生命";针对大资产阶级对中小资产阶级的排挤,他主张提供"崭露头角"的机会;针对金钱的腐蚀力量,他希望"金钱一方面使人安居乐业,一方面带来健康、富足和快乐";针对社会的停滞不前,他主张发展资本主义工商业;针对政府的无能,他主张实行强权政治;针对人民的贫苦,他提倡改善人民生活;针对农村的落后,他提出建立资本主义的农场;他还提倡宗教和主张建立宗法式的家长制。小说遭到了保皇党报纸的指责,因为巴尔扎

---

① 马克思:《1848年至1850年的法兰西阶级斗争》,《马克思恩格斯选集》第1卷第394页。

克的种种主张同保皇党的主张相去甚远。然而巴尔扎克没有放弃自己的观点,在《乡村本堂神甫》中,他更进一步发展了建立资本主义农村的理想。巴尔扎克同保皇党始终保持着貌合神离的关系。

其四,巴尔扎克参加保皇党后,并没有改变他对哲学、经济和关于阶级斗争的基本观点。更有甚者,1837年巴尔扎克曾一度对傅立叶的空想社会主义发生了兴趣;他对共和党人表示高度赞赏;直到40年代后期,他仍然把空想社会主义者看作先锋;巴尔扎克把共产主义者也放到这一行列中(《不自知的演员》),认为共产主义是"民主的既生动又活跃的逻辑发展"(《农民》)。这一切说明巴尔扎克始终保持着中小资产阶级的较为民主的观点。

正因为巴尔扎克的政治观点没有离开中小资产阶级的立场,所以他对人民的态度既有同情其疾苦的一面,也有反对人民参与政权的消极一面。如他认为"人民参加政府,等于膂力要作机器","由群众统治的政府,这是唯一不负责任的政府";他认为人民理应永远处于被统治、"被保护"的地位,社会应保持资产阶级统治的局面;他认为阶级是永存的,现代社会的秩序也应该永存。

4. 巴尔扎克的宗教思想

巴尔扎克是鼓吹天主教的。他有几部小说专门描写宗教"感化"人的力量。如《乡村本堂神甫》描写一个教士如何把一个偷盗成风的村子淳化成路不拾遗,小说女主人公在他的感化下,作了忏悔,承认曾诱使一个学徒爱上自己,最后她出资改变山村的落后面貌,自己则苦修而死。作者以此说明"基督教是一个对抗人的败坏倾向的完整体系"。

巴尔扎克深深懂得宗教可以作为阶级统治的工具。他说:"来生的教义不单是一种安慰,而且还是一种适于统治的方法";天主教"是稳定社会的最大因素";"宗教感情是唯一能制驭精神的叛逆、野心的算计和形形色色贪婪的";"在政府所能运用的一切方法中,宗教难道不是使人民逆来顺受、一生劳碌的最有效方法吗?"巴尔扎克最后这样剖析宗教:"这也许没有由神祇建立的因素:这或许是人的一种需要。"他还通过人物指出,"宗教是使富人得以安逸地生活的保守原则的纽结"。如此直言不讳地道出宗教的秘密,完全有别于统治阶级和教会;如此清醒地、透辟地分析宗教的性质和作用,更有别于一般的教徒。巴尔扎克说过:"我根本不是正统的教徒,我根本不相信罗马教会。"巴尔扎克既不是真正信教,却又大力鼓吹宗教,原因在于他看到了社会某些不可克服的弊病,而又找不到出路。他认为宗教"是一切社会里,把恶的数量减少,把善的数量增加的唯一手段",认为"基督教告诉穷人容忍富人,告诉富人减轻穷人的困难"。因此,鼓吹宗教是巴尔扎克站在改良主义立场上导致的必然结果。

从上述对巴尔扎克几个方面的思想的分析来看,他的思想的矛盾是有迹可寻的。一方面,他主要是一个唯物论者,这是他能够接受当时进步思想、正确地理解各种事物的基础,而同时又带有唯灵论的成分,甚至相信荒谬绝伦的骨相学、神秘主义、催眠术、占卜术等等;一方面他鼓吹发展资本主义工商业和农业,有时又幻想回到宗法式社会里去；一方面他具有阶级斗争的观点,以此去描绘社会生活深刻而广泛的斗争、变化和发展,另一方面则流露了对必然灭亡的贵族的同情；一方面认识到宗教的作用,而这种认识又使他狂热地鼓吹宗教。这个自称要成为"社会医学的普通医生"的作家,其实并没有、也不可能解决社会问题,最后他只能得出："福祉在理论上是可能的,在实践上却是不可能的。"巴尔扎克思想上的这种矛盾现象有着深刻的社会和阶级的根源。这种矛盾是当时极其复杂的阶级矛盾、社会斗争和历史传统的反映,是19世纪上半叶法国社会生活所处的矛盾状况的表现,也是巴尔扎克所处的阶级地位和所代表的阶级利益的表露。

19世纪上半叶是法国资本主义同封建主义继续斗争,取得最终胜利的时期。随着阶级斗争的深入发展和曲折变化,中小资产阶级的政治地位也发生了变化,从而影响到他们政治态度的变化。在拿破仑时期,中小资产阶级在政治上和经济上都获得了利益。巴尔扎克在《赛沙·比罗图盛衰记》中描写了一个中小资产阶级的典型赛沙·比罗图。他的兴盛是同拿破仑帝国的兴盛同时并行的。拿破仑时期,农民分得了土地,成为自由农民。中小资产阶级可以通过入伍的途径往上爬。这一时期,中小资产阶级拥护大革命、拥护拿破仑。巴尔扎克的家庭和他自己都采取这种立场。随着拿破仑的下台和复辟王朝的建立,中小资产阶级的"黄金时代"过去了。在巴尔扎克笔下,赛沙·比罗图是在复辟时期破产的,"在几年里出现的破产,同旧王朝的两个世纪里出现的一样多。"政治上往上爬的途径也断绝了。这一时期的中小资产阶级走投无路,四处碰壁,有的倾向于空想社会主义,有的投靠复辟王朝。巴尔扎克这时期的思想也处于不断变化之中。最后,在七月王朝中,金融资产阶级独霸天下,中小资产阶级为了反对金融资产阶级日甚一日的压迫,采取不同的对抗形式,其中重要的一种就是同反对派的大土地资产阶级联合起来,力争整个资产阶级的共同统治。"农民反对高利贷和反对抵押制的斗争,小资产者反对大商人、银行家和工厂主等即反对破产的斗争,还隐蔽在反对金融贵族的普遍起义外壳下面"①,巴尔扎克参加保皇党正符合这一社会现象。

19世纪上半叶的法国,占统治地位的是农业,农民和小资产阶级占压倒多数。毫无疑问,巴尔扎克在很大程度上反映了他们的情绪、思想和要求。巴尔扎克广泛地描写了农民的悲惨处境。他尖锐地提出了农民的贫困在于不断分割小块土地,《乡村本堂神甫》列举了小块土地的危害,指出法国有四千万公顷土地,却有一亿二千五百万块地;土地愈分散,农民在经济上愈弱小,生产落后和收入极微的状况也就不能得到改变(有的只有十五至二十五生丁收入),这一切的根源正在拿破仑的《民法》之中。"'拿破仑的'所有制形式,在19世纪初期原是保证法国农村居民解放和富裕的条件,在这个世纪却已变成使他们受奴役和贫穷化的法律了"②。巴尔扎克曾大声疾呼要改革捐税制度,裁减庞大的官僚机构(《职员》),显然,巴尔扎克反映了要求摆脱这种贫困生活条件的农民的

---

① 马克思:《1848年至1850年的法兰西阶级斗争》,《马克思恩格斯选集》第1卷第403页。
② 马克思:《路易·波拿巴雾月十八日》,《马克思恩格斯选集》第1卷第695—698页。

愿望。另一方面,由于农村的闭塞落后,一部分农民对封建贵族言听计从,由于"处在依赖自然力的地位并且对保护它的最高权力采取顺从态度"[1],一部分农民迷信宗教,这些也都在巴尔扎克的思想里得到反映。可以说,汪洋大海似的农民和小资产阶级的革命要求和弱点、弊病直接影响了巴尔扎克,无疑地这是巴尔扎克思想矛盾的社会根源。

由此看来,巴尔扎克的思想在主导方面是进步的,消极面是次要的。《人间喜剧》之所以能深刻地反映现实,与此密不可分。弄清这一问题,不仅具有极大的理论价值和现实意义,而且直接牵涉到如何评价《人间喜剧》。

《人间喜剧》的思想内容

恩格斯在《致玛·哈克奈斯》的信中曾经精辟地论述过《人间喜剧》的深刻意义。

恩格斯指出:巴尔扎克"在《人间喜剧》里给我们提供了一部法国'社会'特别是巴黎'上流社会'的卓越的现实主义历史","他汇集了法国社会的全部历史"。这一高度评价正确地反映了《人间喜剧》的思想内容,概括地指出了《人间喜剧》的不朽价值。

巴尔扎克给自己规定的任务也正在于反映整个社会。他在《人间喜剧序言》中写道:"法国社会将要作历史家,我只能当它的书记","从来小说家就是自己同时代人们的秘书。"在法国文学史

---

[1] 马克思:《路易·波拿巴雾月十八日》,《马克思恩格斯选集》第1卷第695—698页。

上,还没有一个作家给自己提出这样巨大的任务。巴尔扎克要真实地深刻地"再现自己的时代",不是部分地再现,而是整体地再现,使之构成一部通过形象来表现的历史。他反复地强调,要"完成一部描写19世纪法国的作品",他要研究"法国史的主要统治时期",以描绘"构成这个社会的通史"的全部风俗,这部风俗史正是"许多历史家忘记了写的那部历史"。巴尔扎克感到一部作品难以完成这个任务,于是他想到把自己的作品"联系起来,编写成为一篇完整的历史,其中每一章都是一部小说,每一部小说都描写一个时代",这样集合起来,便构成一部"包罗万象的社会史"。巴尔扎克可以说完成了这个任务。

《人间喜剧》首先反映了资产阶级取代贵族阶级的罪恶发家史。恩格斯指出,巴尔扎克"用编年史的方式几乎逐年地把上升的资产阶级在1816年至1848年这一时期对贵族社会日甚一日的冲击描写出来"。恩格斯强调"用编年史的方式",也就是说表现得非常细致。1816年至1848年恰是巴尔扎克的青年时期和创作时期,他对这一段历史最熟悉。巴尔扎克并没有孤立地去描写这段历史。为了充分表现资产阶级取代贵族阶级的历史过程,巴尔扎克对资产阶级的兴起作了深入的研究。他发现从中世纪起,资产阶级的前身市民阶级就逐渐强大起来,它"以商业和一切社会联系反对封建主义,以科学、智谋、金钱反对强权,以天赋人权反对强加的法权,以罗马法反对领主司法"(《论保皇党状况》)。小说《柯内留斯老板》的故事发生在15世纪下半叶,作者把国王路易十一写成一个保护资产阶级,为资本主义发展最先开辟道路的贤明君主。

在小说《两个梦》中,作者指出封建王朝覆灭的起因要追溯到16世纪的宗教改革运动。在《玛拉娜母女》中,巴尔扎克分析道:"法国大革命改变了经过战乱的地方的风俗。"在《婚约》中他进一步指出:"自上次法国革命以来,资产阶级的风俗已经渗入贵族世家。"这是波旁王朝返回法国之前的社会状况。这一历史的回顾是极富于意义的,它更清楚地显示了历史发展不可逆转的趋势。事实正是这样,这一发展趋势并不因为波旁王朝的复辟而中止了。"革命在继续,它植根于法律之中,刻写在土地之上,始终存留于精神之中"(《两个少妇的通信》)。在大革命和拿破仑时期发了横财的大资产阶级,复辟时期经济实力不但没有削弱,而且以更快的速度增长着财富。《老姑娘》描写在外省阿朗松地区资产阶级的头面人物杜布斯吉埃如何战胜旧贵族,娶了当地最有钱的老处女,终于完全控制了这个城市,"毫无能耐的共和国最后终于战胜了标榜骁勇的贵族,而且是在复辟王朝的盛期"。这个资产者获胜的原因是:"社会改变了……随着政治变动而来的,是风俗的改变。"巴尔扎克淋漓尽致地描写了这场阶级斗争,它不仅表现在经济领域,而且表现在宗教领域和政治领域。《都尔的本堂神甫》描写依附于贵族的比罗图神甫被与资产阶级和修道会有紧密关系的特鲁贝神甫赶出了都尔城。《比哀兰德》描写以维奈为首的资产者在自由派的支持下,同当地贵族进行党派斗争,其中还纠缠着婚姻的追逐,最后维奈获得完全的胜利。《职员》中描写到高利贷者高布赛克和吉戈奈以债务相逼,让复辟王朝政府中的主任秘书任命他们的人为司长,"胜利归于金钱"。金融资产阶级能够左右高级官员的任命,说明政权已逐渐落入它的手中。七月革命完成了这一权力的过渡。巴尔扎克描写了七月王朝的统治者银行家、高利贷者等金融资产阶级。《纽沁根银行》的主人公——纽沁根的经历是一部典型的资产阶级的罪恶发家史。早在1804年他就借口要作清理,停止支付金币,而发行银行券,用黄金从事他种投机。他利用酒商的困难,用纸币贱买了三十万瓶酒,滑铁卢战役后,外国军队进入巴黎,他把酒抛了出去。买进时是每瓶一个半法郎,卖出时六法郎,发了巨额的国难财。1815年纽沁根以百分之四十的价钱买下了破产银行的信用券,然后通过政府官员,让复辟王朝以百分之百的价值偿付帝国时期留下的债务,赚了一笔钱。同年,他用获得信誉的纸币购买国家发行的证券,再换成黄金,然后再一次停止支付,却用低于原价百分之二十的价钱买进的铅锌股票来偿付。公债正值处于最低价,他用黄金购入。铅锌矿由于不景气,使股票持有者纷纷破产。1827年经济危机爆发,纽沁根掌握一千一百万资本,他把自己的五百万资本投资到美洲,其余的他让别人出面开设一个银号,以高于实际价值百分之二十的价格出售股票。他以这个银号的股票同落价的铅锌矿股票交换,结果使银号股票一下跌到原价值的百分之四十,他又把股票收回。1830年7月公债升到最高价时,纽沁根将公债抛出,七月革命后却以百分之四十五的价格收回。纽沁根就是这样以买空卖空的手段大发横财。他的发家史是典型的金融资产阶级的发家史,它建筑在成千成万人的破产和贫困之上。《高利贷者》的主人公高布赛克自称是"无人知晓的国王""命运的主宰",王公侯爵要向他借钱,都得听命于他。他的利息起码是一分二,"我有的是钱,那些左右大臣的人物,我可以收买他们的良心。"七月革命以后,他被任命为管理海地商务的官员。《小资产者》写到高利贷者在七月王朝肆虐的情形,那个在《幻灭》中投靠戈安得兄弟的赛利才更为狠毒,他的借贷每星期是二分利息,"从星期四到星期五他是造物主,是上帝。"《阿尔西的议员》和《夏娃的女儿》都描写了银行家如何把持了议会选举,贵族完全依附于他们。总之,巴尔扎克写出了七月王朝时期金融贵族已取代封建贵族而统治一切的历史面貌。《人间喜剧》鲜明地再现了资产阶级上升发展,逐渐代替贵族阶级的整个过程。

在《人间喜剧》中,与这幅图画紧密联系着的是贵族阶级的没落衰亡史。巴尔扎克描写了"贵族社会在 1815 年以后又重整旗鼓,尽力重新恢复旧日法国生活方式的标准。他描写了这个在他看来是模范社会的最后残余怎样在庸俗的、满身铜臭的暴发户的逼攻之下逐渐灭亡,或者被这一暴发户所腐化"[①]。虽然"巴尔扎克在政治上是一个正统派;他的伟大的作品是对上流社会必然崩溃的一曲无尽的挽歌;他的全部同情都在注定要灭亡的那个阶级方面。但是,尽管如此,当他让他所深切同情的那些贵族男女行动的时候,他的嘲笑是空前尖刻的,他的讽刺是空前辛辣的"[②]。巴尔扎克注意到,从资产阶级壮大到足以同贵族阶级对抗的时候起,贵族阶级的腐朽已明显地暴露出来了。《受诅咒的孩子》的故事发

[①] 恩格斯:《致玛·哈克奈斯》(1888 年 4 月初),《马克思恩格斯选集》第 4 卷第 463 页。

[②] 恩格斯:《致玛·哈克奈斯》(1888 年 4 月初),《马克思恩格斯选集》第 4 卷第 463 页。

生在16世纪末、17世纪初,即宗教战争末期及稍后的年代,小说抨击了贵族阶级传宗接代的封建继承观念,把埃鲁德公爵写成一个十分横暴的人物,他象征着没落贵族。《朱安党人》揭露了在1799年煽动暴乱、反对共和国的大贵族和教会,为了恢复封建特权和失去的利益,用天神显灵去欺骗农民,这伙乌合之众终于被共和国的军队镇压下去了。《婚约》写拿破仑帝国后期在外省加斯孔,贵族保尔·德·马奈维尔同一个惯于挥霍的女子结婚,最后破产的经过。《幽谷百合》的背景是在百日时期前后,作者以极大的同情描写莫尔索夫伯爵夫人企图改革土地管理和租佃制度,以不彻底的资本主义的方式去经营农业,以挽救贵族的没落命运;随着她的死去,这个庄园势必迅速陷于破产。《朗热公爵夫人》写复辟时期巴黎的贵族住宅区圣日耳曼区聚集着"路易十五时代最有诗意的残余""现代的遗迹",因而它"不但没有变得年轻,反而变得衰老了",作者认为这样的贵族"更容易被战胜"。《古物陈列室》写的也是复辟时期。被自由党称为"贵族绿洲""古物陈列室"的贵族沙龙,聚集着以埃斯格里荣侯爵为首的最顽固的贵族老古董,"在那里,皇帝和国王永远是指波拿巴先生;在那里,路易十八才是君主",他们甚至认为保皇党的报纸在宣传愚昧、异教和革命的思想。他们企图恢复旧日的生活方式。同这个集团相对立的是以杜克洛亚齐埃为首的资产者集团,他的沙龙人更多,更年轻,更活跃,实际上对社会起着更大的影响。杜克洛亚齐埃本想娶埃斯格里荣侯爵的妹妹,被拒绝了。然而,侯爵本想把儿子维克杜尼埃送到巴黎,作一番光宗耀祖的事业,不料他反而背了一身债,而且债主就是杜克洛亚齐埃,"可怕的命运等待着没落的贵族"。杜克洛亚齐埃声称要贵族承认资产阶级的存在,提出要维克杜尼埃同他的侄孙女结婚,却被拒绝了。小说中的一个人物说:"眼下我们是在19世纪,你们难道还想停留在15世纪吗?亲爱的孩子们,今天已经没有贵族阶级了,而只有贵族风气。拿破仑的《民法》已经砍倒了爵位,正如大炮已经轰毁了封建主义。只要你有钱,就会比现在显得更高贵","我们比在拿破仑治下更为强大"。侯爵死后八天,他的儿子就同意和杜克洛亚齐埃的侄孙女结婚。这个结局表明了贵族阶级已寿终正寝。《老姑娘》中的瓦鲁亚骑士也是一个旧贵族的代表,奇蠢无比,却自视甚高。阿朗松城最富有的老处女的先辈本来一直同贵族联姻,但她最后选择了资产者,瓦鲁亚终于败在资产者(即杜克洛亚齐埃)手下。巴尔扎克清醒地看到,贵族社会"在复辟时期十五年这一段意外胜利期间,没有能够重建,它在资产阶级用羊角槌撞击下,分崩离析了"(《贝娅特丽克丝》)。复辟王朝的政客"不管如何出色,不但没有帮助我们稳固这座建筑,反而继续着使这个社会毁灭的工作"(《两个少妇的通信》)。在这里,巴尔扎克不得不违反自己的阶级同情和政治偏见;他看到了他心爱的贵族们灭亡的必然性,从而把他们描写成不配有更好命运的人。巴尔扎克注意到,贵族阶级必然灭亡的趋势使得一部分贵族采取了同资产阶级联姻的态度。《苏镇舞会》中的德·封丹纳伯爵就是其中的代表。他是贵族世家出身,对波旁王室效过犬马之劳,但他认识到"一切都完蛋了",因而"识时务地"与资产阶级攀亲。他的大女儿嫁给总收税官,二女儿嫁给富有的法官,大儿子娶了大盐商的女儿,二儿子娶了银行家的女儿,三儿子娶了布尔日总收税官的独生女。他认为这样做"符合19世纪进程和改革君主制的思想"。当时这已经成了一种社会风气:"法国的贵族院议员都在为儿子寻找富有的女继承人。"在《人间喜剧》中,贵族阶级的败落衰亡和被资产阶级融化的社会现象,得到了真实的、充分的反映。

在巴尔扎克以前和巴尔扎克的同时代,还没有一个作家这样广泛深刻地从政治上来表现资产阶级的发家史和贵族阶级的衰亡史。这一描绘,确实把资本主义初期的社会概貌反映出来了。在世界文学史上,还没有哪一个作家达到这样高度的成就,即使到后来,有的作家也试图全面地反映他所处的时代阶级的变化,但都远远没有达到巴尔扎克的高度。

上述两个方面,已接触到家庭、婚姻的题目,这是《人间喜剧》的"中心图画"。**巴尔扎克描写了一幕幕惨剧,这些惨剧都围绕着争夺金钱而展开。**《高利贷者》写到做母亲的为了剥夺女儿的财产,烧毁丈夫的遗嘱。《夏倍上校》写一个拿破仑时期的骑兵上校受了重伤,其妻与别人结婚,他归来后,她为了吞没他的财产,不承认他就是夏倍,并企图把他关到监狱里去。《金眼女郎》指出金钱和寻欢作乐是一切感情、信仰和风俗的出发点。《绝对的探求》中的克拉埃斯之所以执着于发明创造,为的是想发大财,以致弄得倾家荡产。《弃妇》《石榴村》等篇写出了贵妇人"怎样让位给专为金钱或衣着而不忠于丈夫的资产阶级妇女"[①]。《改邪归正的梅莫

[①] 恩格斯:《致玛·哈克奈斯》(1888年4月初),《马克思恩格斯选集》第4卷第463页。

特》指出:"1815年以来,金钱的原则代替了荣誉的原则。"小说叙述一个把灵魂卖给魔鬼可以获得无限权力的故事,贵族或小职员终于厌倦了这种享受,宁愿死去也把这一权力转让,但交易所的经纪人居然能从这里生出赚钱的办法,他们用买空卖空的方法转手,自身不损分毫,反而捞了一笔。小说对金钱万能的风气和资产阶级的发财手段的抨击非常辛辣。《禁治产》写埃斯巴侯爵要把自己的家产归还给被他祖先吞没财产的新教徒的后代,他的妻子宣布他为白痴,并控告他。《古物陈列室》写到最守旧的贵族的后代终于拜倒在金钱之下。《老姑娘》描写的婚姻争夺同时又是阶级对垒。《赛沙·比罗图盛衰记》写一个商人的破产,"金钱是没有心肝的"。《幻灭》通过金钱操纵报纸的描述,指出"一切都是被金钱所决定的";父与子只有金钱关系,彼此好像两个互不相识的买卖人,或者利益相悖的对手。《兹·马尔卡》的主人公因为缺乏金钱,在政治上只能扮演配角,他"忧愤于金钱对思想的影响",最后潦倒死去。《揽水女人》围绕外省一家财主的遗产而展开剧烈争夺,"在生活中,利益置于感情之上"。寡廉鲜耻的菲利普背弃了他的密谋伙伴,气死了他的舅外婆,杀死另一恶棍,不管母亲与弟弟,一个人独占了舅舅的财产。《于絮尔·弥罗埃》写的也是争夺遗产的故事。在外省的纳摩,有钱的医生米诺莱被他的亲戚包围着,"金钱是这个新社会的轴心,独一无二的敲门砖",人们不问你是什么,"只问你纳多少税"。医生的遗嘱被利欲熏心的车行老板偷走后,展开了激烈的争夺。《交际花盛衰记》中的吕西安同拉斯蒂涅一样,也在追逐富有的女继承人,不同的是,他最后失败了,"今日,金钱已经成了社会通行的证书了"。《邦斯舅舅》中,一个"穷"亲戚受到百般侮辱,这些上等人一旦知道他是个富有的收藏家,便抓住不放,他周围的人也个个如狼似虎,连偷带抢,谋财害命,而邦斯的挚友因心地善良,却两手空空,被抛在一边,最后也被气死。那班坏家伙则如愿以偿,步步高升。在描绘这部金钱统治一切的社会风俗史时,巴尔扎克一再声称:"在社会阶梯上你越往上走,就知道获得财产的方法越巧妙";"总而言之,小说家自以为是虚构出来的丑史秽行,都在这事实之下"。《人间喜剧》力图再现的,恰是《共产党宣言》中的这一论断:资产阶级使人和人之间除了赤裸裸的利害关系,除了冷酷无情的"现金交易",就再也没有任何别的联系了。

金钱问题当时有不少作家已接触到了,但是,他们都没有像巴尔扎克那样,在几十部小说中从不同的角度去描绘,而且金钱问题还构成小说情节的中心环节。《人间喜剧》得到的艺术效果,是形象地把金钱渗透到一切角落、一切方面的作用反映出来了:这是资本主义社会在家庭、婚姻、人与人关系中起决定作用的因素。所以,巴尔扎克在这方面的成就也是独一无二的。

《人间喜剧》的另一重要内容,是真实地反映了当时社会的经济状况。恩格斯指出:"我从这里,甚至在经济细节方面(如革命以后动产和不动产的重新分配)所学到的东西,也要比从当时所有职业的历史学家、经济学家和统计学家那里学到的全部东西还要多。"[①]在这方面,《人间喜剧》的描写主要集中在资产阶级如何聚

---

① 恩格斯:《致玛·哈克奈斯》(1888年4月初),《马克思恩格斯选集》第4卷第463页。

敛财富,并使其他阶级日益贫困或破产的社会现象上。19世纪上半叶的法国农村十分落后。布列塔尼的农民的穿着活像牲畜,荞麦、栗子是他们主要的粮食,他们采用十分原始的施肥和耕作方法(《朱安党人》)。大革命以后,农民分得了土地,然而一遇天灾人祸,便只得出卖土地,并住在兽窝一样的土屋里(《乡村医生》)。渔民的生活也一样悲惨,每天收入是五至十二个苏(《海滨惨剧》)。小块土地的获得并不能解决农民的问题。他们受到高利贷者或贵族的残酷剥削,最后只得租种农业资本家的土地(《农民》《乡村本堂神甫》)。这一发生在复辟时期的重大社会现象,表明资产阶级在经济上已在农村占统治地位。贵族阶级在经济上的变化同样显著。在拿破仑帝国后期,贵族企图把本钱都放在土地上,同资产阶级对抗(《婚约》),因为贵族如果失去了庄园,也就不能存在了。然而,不事生产的大贵族经过大革命的动乱已经不同于旧王朝时期,他们重新回到法国,也只能得到部分的赔偿,十亿法郎赔款实际上也未如数发放,因而只有部分贵族用这笔钱买回领地(《莫苔丝特·米蓉》)。大贵族由于仍然过着豪华的生活,入不敷出,"王公负债,一切贵族也负债"(《古物陈列室》)。由于取消了长子继承权,遗产平分的结果使得世家旧族维持不了往日的显赫。即使景况较好的,也只有一两万法郎的收入(《幻灭》)。因此,贵族圈子比起资产阶级的圈子,总是一穷一富。资产阶级和贵族在农村进行着殊死的斗争,迫使贵族出卖自己的庄园(《农民》《外省的才女》)。"今天,《民法》的槌子摧毁了贵族的巨大家产"(《三十岁的女人》)。因而大贵族纷纷同资产阶级联姻,摆脱经济困难。另一部分贵族或者企图改革经营方式(《幽谷百合》);或者兴办农场,盖房出租(《绝对的探求》);或者出卖土地,买入公债,因为公债利息远远超过土地收入(《两个少妇的通信》《朗热公爵夫人》)。至于外省小贵族,连门面都难以维持,他们的子弟只能到巴黎另谋生财之道(《高老头》)。而资产阶级本身也经历着兼并的过程,不善经营的(《幻灭》),或囿于老式经营的(《赛沙·比罗图盛衰记》)中小资本家被大资本家吞并了。大资产阶级还利用囤积居奇、哄抬物价、控制市场、买空卖空、弄虚作假、贩卖人口、销售鸦片、放高利贷、杀人灭口等等方法聚敛财富,达到触目惊心的程度。巴尔扎克还注意到每个历史阶段都有一些新生的资产阶级暴发户出现。总之,在经济方面,《人间喜剧》的描写提供了丰富的、形象的实例,对认识19世纪上半叶法国资本主义的发展状况显然具有巨大的价值。

从经济角度去反映社会的变迁和阶级的关系,毫无疑问,能够更加深刻地反映现实。"经济关系的领域是决定性的因素"[①],它决定着社会、政治、精神生活。巴尔扎克在《人间喜剧》中部分地显示了这种关系。除了托尔斯泰,还很少有作家像他那样熟悉经济问题、注意经济问题,反映经济在社会生活中的作用,以致比专门家提供了更多的东西。这一成就是其他作家望尘莫及的。

《人间喜剧》最后一个值得注意的内容,就是对人民群众的描述。 恩格斯指出:巴尔扎克经常毫不掩饰地加以赞赏的人物,"正是他政治上的死对头,圣玛丽修道院的共和党英雄们,这些人在那

---

① 恩格斯:《路德维希·费尔巴哈和德国古典哲学的终结》,《马克思恩格斯选集》第4卷第247页。

时(1830—1836)的确是代表人民群众的","他在当时唯一能找到未来的真正的人的地方看到了这样的人"①。巴尔扎克笔下的共和党英雄,有参加1832年6月的人民起义,在圣玛丽修道院牺牲的克雷斯蒂安,有保持大革命传统、疾恶如仇的农民尼雪龙老爹。在《不自知的演员》中,巴尔扎克描写了另一个"极端共和党人",他追求这样一个社会,那时,"再也没有缺这缺那的人,再也没有百万富翁、吸血鬼和受害者!""人们为国家生产,大家都是法兰西的受益者……人人都像在一艘船上那样有自己的一份口粮,都是各尽其能地工作"。这幅图景和空想社会主义的乌托邦没有什么不同。巴尔扎克敬佩这些人物,正是因为他们代表着人民群众;作家不仅歌颂了他们的高贵品质,而且十分欣赏他们的共和思想。巴尔扎克对拿破仑的赞赏也是从这一点出发的。在《乡村医生》中,他把拿破仑写成"人民的父亲",农民的造福者。在《家族复仇》和《一件无头公案》中,巴尔扎克把拿破仑写成严峻的护法者。巴尔扎克认为,在拿破仑之后,"再也不会有伟大的政治家了"。巴尔扎克对工人的贫困生活十分同情。《法西诺·卡纳》描写工人区的工人穿着破衣烂衫,他们有时不得不愤而反抗虐待他们的工头,小说流露了作者对工人深切的同情。《纽沁根银行》提到里昂的丝织工人起义,政府军炮轰了街垒,"没有人说出真相……工人快要饿死了,劳动所得难以糊口,苦役犯也要比工人幸福。七月革命之后,贫困使得丝织工人揭竿而起:要面包,否则毋宁死!"巴尔扎克在《论工

---

① 恩格斯:《致玛·哈克奈斯》(1888年4月初),《马克思恩格斯选集》第4卷第463页。

人》中还说:"工人的起义不是一件孤立的事情,这是一种弊病。"《无神论者做弥撒》写了一个信仰烧炭党的挑水夫,把自己二十二年的积蓄供给一个有才能的穷大学生上学。《海滨惨剧》也写到盐场工人艰苦的劳动。巴尔扎克还注意到农民暴动:"1830年后,由于法国过于动荡,竟没有注意到伊苏登种葡萄的农民声势浩大的暴动……当局不得不向为首的作出让步,他们有六七千葡萄农的支持";暴动的原因是,他们"日益受到种植费用和捐税的重压"(《搅水女人》)。由此可以看出,巴尔扎克正确地找到了工人和农民起义的真正原因,这是十分难能可贵的。

《人间喜剧》的成就确实是卓绝的。正因为如此,与巴尔扎克同时代和以后的许多作家、评论家,都众口一词地赞赏《人间喜剧》具有对当时社会的认识价值,有的认为他表现了"整个现代文明"(雨果);有的认为他的作品是"风俗史的卷宗,刚过去的半个世纪的回忆录"(乔治·桑);有的认为"今后,不参考巴尔扎克,就不能写出路易·菲力普统治的历史"(福楼拜);有的认为巴尔扎克是"现代法国的伟大历史家"(法朗士)。巴尔扎克是无愧于这些崇高的评价的。

由于巴尔扎克的阶级立场和同情贵族的政治观点,《人间喜剧》的消极面也表现得十分明显。其一,巴尔扎克在不少作品中把某些没落贵族写成"优秀人物",他们虽然人数不多,但是却突出于其他庸庸碌碌、目光短浅的贵族之上,作者认为他们是贵族阶级的"精粹"代表;另外,作者对一些在上流社会的情场中被资产阶级妇女打败的贵妇,倾注了无限的同情。其二,巴尔扎克在不少作品中用人性论代替阶级分析,他往往把某种感情当作绝对的东西,如父爱、母爱、嫉妒等等,也就是把这些必然打上阶级烙印的情感抽象化,其结果不是美化了资产阶级和贵族阶级,歪曲了真实的形象,就是削弱了对社会罪恶的揭露和批判。其三,巴尔扎克是坚决维护私有制的,是主张现存社会的阶级划分的。他同空想社会主义者分道扬镳的原因就在这里。他反对工人、农民执掌政权的立场也正出之于此。《人间喜剧》未能描写资产阶级对工人的残酷剥削,也正因为巴尔扎克始终维护私有制。巴尔扎克塑造了一些正直的公证人、律师,认为社会以他们为楷模,就可以改变风俗和恶习,其思想基础也在这里。最后,这也导致了巴尔扎克认为"财产就是盗窃"这一庸俗的观点。其四,巴尔扎克从宗教可以遏止人欲横流的观点出发,在不少作品中描写了宗教如何改变人们的罪恶感情,建立了新的社会秩序。

《人间喜剧》的艺术成就和特点

恩格斯指出,《人间喜剧》取得的成就"是现实主义的最伟大胜利之一"[①]。**巴尔扎克大大丰富和发展了现实主义的创作方法。**《人间喜剧》在法国乃至欧洲的现实主义发展史上,起着举足轻重的作用,放射着丰富的、独特的、灿烂的异彩,在艺术上无疑是资产阶级文学的一个高峰。巴尔扎克的创作方法和艺术技巧对后世的世界文学起过极其深远的影响,并且还继续发生着影响。

---

① 恩格斯:《致玛·哈克奈斯》(1888 年 4 月初),《马克思恩格斯选集》第 4 卷第 463 页。

从法国文学的角度看,以巴尔扎克为代表的现实主义发展到了一个新的阶段。16世纪文艺复兴时期,拉伯雷的《巨人传》是法国第一部长篇小说,它在现实主义方面的重要成就是塑造了有血有肉的人物形象,然而在艺术上却存在着不成熟之处:结构松散,描述芜杂。17世纪,以莫里哀为代表的戏剧艺术在现实主义创作上有很大建树。莫里哀塑造了众多的艺术典型,但他笔下的一些形象性格有着单一化的缺点。18世纪的启蒙作家最有成就的文学样式之一是哲理小说,哲理小说以讽刺时弊见长,但缺乏人物性格的描绘,人物多半是作家思想的演绎。总的说来,直到19世纪以前,现实主义小说艺术还未达到完全成熟的阶段。巴尔扎克对法国以及欧洲的文学有过大量的深入的研究,进行了对比分析,探究了以往作家在创作上的优劣。据统计,巴尔扎克对之有过较多论述的作家不下五六十个。同时,他对当代作家的作品也十分注意,如对当时还默默无闻的司汤达的《巴玛修道院》作了极有见地的长篇分析。正是在这个基础上,巴尔扎克对小说艺术进行了大胆的探索。1840年,巴尔扎克在回顾自己的探索经验和当时文坛的收获时说:"二十五年来,文学经历的变化,改变了诗艺的法则。"巴尔扎克的创作确实取得了开一代新风的巨大艺术成就。

在理论上,巴尔扎克提出了一系列现实主义的见解。他发表的文学主张虽然比较分散,但集中起来却十分完整和全面。

巴尔扎克能正确理解文学艺术的特点:"最高的艺术是要把观念纳入形象",即要形象思维,同时,要把"逻辑和感情,藏在最强烈的色彩之下;一个字要包含无数的思想,一个画面要概括整套的哲理"(《幻灭》),即形象思维也要蕴含着思想和概括。

巴尔扎克认识到文学艺术典型化的要求。他指出,生活现象只是一堆素材,需要进行艺术加工,"并不是现实生活中发生的一切都得描写成文学中的真实,同样,文学中的全部真实也不就等于现实生活的真实"(《〈古物陈列室〉〈冈巴拉〉初版序言》),因为"艺术的任务不是摹写自然,而是再现自然"。他认为生活中充满了细小的、偶然的事件,但经过艺术加工,却可以从中谱写一个世界。"艺术家的天才就在于选择能成为文学真实因素的自然生活的种种状况,如果他探索不到,他的材料不能一气铸成一座光彩夺目的塑像,那么他的作品就得失败。"(《关于文学的信》)巴尔扎克关于艺术真实的见解并不完全是以往现实主义文艺理论的重复,这里面还灌注着他自己艺术创作的丰富经验。重要的是,巴尔扎克把艺术真实同塑造典型紧密联系起来:"文学真实在于选择事实和性格,使之提高到这一地步:令人看到它们觉得是真实的。每个人都有自己对真实的特殊感觉,应当能在小说家表现的典型的一般色彩中看到自身的色调。"关于典型,巴尔扎克下过这样的界说:"'典型'这个概念应该具有这样的意义,'典型'指的是人物,在这个人物身上,包括所有那些在某种程度跟它相似的人们的最鲜明的性格特征;典型是类的样本。"(《〈一件无头公案〉初版序言》)巴尔扎克正确地理解到典型具有概括意义,并必须通过性格特征表现出来,亦即了解典型是共性与个性的统一体。当时的法国文艺评论家还提不出这样深刻的见解。关于如何塑造典型,巴尔扎克指出:"为了塑造一个人物,往往必须掌握几个相似的人物";"文学采用的也是绘画的方法,它为了塑造一个美丽的形象,就取这个模特儿的手,取另一个模特儿的脚,取这个的胸,取那个的肩"(《〈古物陈列室〉〈冈巴拉〉初版序言》),以此创造出"比真人更真实的人物"。这种综合提炼的手法是现实主义塑造典型的方法。在具体描绘典型时,巴尔扎克十分着重人物的外形,但更强调"不要放过任何本质的东西"。由于"艺术作品就是用最小的面积惊人地集中了最大量的思想"(《论艺术家》),因此艺术家要反映人物的精神面貌和本质特征。巴尔扎克关于文学和塑造典型的一系列重要观点,无疑是对现实主义创作方法的继承和发展,是《人间喜剧》在艺术上取得辉煌成就的基础。

《人间喜剧》的成就集中表现在对典型的塑造上。巴尔扎克明确提出,要"描写一个时代的主要人物,以绘写出这个时代广阔的面貌"。(《〈夏娃的女儿〉和〈玛西米拉·多尼〉初版序言》)他把塑造典型作为再现社会的主要手段。《人间喜剧》素以典型众多著称于世。据统计,在《人间喜剧》中出现的人物达到两千四百多个,这在世界文学史上是罕见的。《人间喜剧》中出现了社会各阶层的人物,以贵族和资产阶级的人物为最多。而具有典型意义的人物就不下六七十个,包括资产者、贵族、野心家、政治家、司法人员、军人、教士、艺术家、农民、工人、科学家、职员、警探等。巴尔扎克认为描写出两三千个人物,就能反映整个社会。《人间喜剧》的创造已达到这一目的,其中出现的人物群获得了"巴尔扎克社会"的称誉。这个社会其实就是当时的法国社会。当时的法国具有资本主义社会初期最典型的特征,巴尔扎克对比了英国、意大利、德国、俄国、西班牙和法国的国情,认为当时的法国"具有比任何别的地方外表更为繁复的'社会的人'"。19世纪上半叶的法国,由于经过了18世纪末彻底的资产阶级革命,成为欧洲最典型的资本主义社会。这个环境的确提供了数量众多的"社会的人"——各种各样典型的模特儿。

然而,由模特儿转为艺术典型,还需要作家付出艰辛的劳动。巴尔扎克的创作实践具有极大的独创性,至少表现在如下几个方面。

首先是通过环境描写来刻画人物,以反映社会。精细入微、生动逼真的环境描写,是《人间喜剧》小说艺术的一个重要特色。《人间喜剧》的绝大多数作品都穿插了大段的环境描写,有的描写城市面貌,有的描写农村风光,有的描写街道楼房,有的描写沙龙内室,有的描写招牌张贴,有的描写家具什物。这些环境描写还伴随着作者有关政治、经济、宗教、法律……的议论。虽然它们有的过于冗长烦琐,妨碍了情节的开展,但在大多数场合下,巴尔扎克笔下的环境描写或者以其叙述的逼真,或者以其观察的细致,或者以其分析的深刻,或者以其安排的得当,紧紧吸引着读者。巴尔扎克的这一手法是别开生面的,它对现实主义小说艺术是一大发展。

巴尔扎克的环境描写服从于再现时代整个面貌的总要求。试以《高老头》为例。它的环境描写颇具代表性,的确起到了再现时代风貌的作用。《高老头》主要描写了两个环境:伏盖公寓和鲍赛昂子爵夫人的府邸,前者是下层社会的缩影,后者是上流社会的写照。小说开卷,就是对伏盖公寓的长篇描绘,酷似一幅精雕细刻的风俗画。这个坐落在偏僻角落里的下等公寓外壳恶俗不堪。作者在夹叙夹议之中,带引读者一直走进公寓,深入到这个下层社会的活动舞台中。随着作者对屋内陈设的绘写,读者仿佛能闻到公寓"闭塞的,霉烂的,酸腐的气味"。这幅图画散发着现实生活的浓烈气息。这是19世纪20年代初巴黎的一隅,是下层社会真实的再现。随着情节进展,读者跟随拉斯蒂涅来到鲍赛昂子爵夫人的府邸,举目所见立时换了一个天地。院子里停着华丽马车,置办这样一部马车至少要三万法郎。连门丁也穿着金镶边大红礼服。楼梯是金漆栏杆,铺着大红地毯,两旁供满鲜花,布置精雅绝伦,别出心裁。复辟王朝时期贵族生活的穷奢极欲跃然纸上。两处环境采取了不同的描写方法,前者由作者介绍,后者借助于人物的所见。巴尔扎克的环境描写是富有变化的。这两处环境描写有长有短,合在一起写出了复辟王朝时期巴黎的概貌,这是一种既概括、又经济的写法。巴尔扎克把环境描写当作细节描写的一部分,认为这种手法构成了"小说作品的价值"的重要所在。他指出,一个典型环境可以反映出整个社会的面貌,正如动物化石反映了一部生物史那样。这个见解指导着他去观察和研究社会环境的变迁,以及随之引起的社会风俗的变化,从而反映出时代的风貌。

从《高老头》的环境描写还可以看到,这类描写是同人物塑造紧密结合的。一种方法是,紧接着环境描写之后,引出在其中活动的人物,小说开卷的描写就是这样,环境描写成为人物描写的先导。先写伏盖公寓,再介绍它的主人伏盖太太,伏盖太太的性格特征——庸俗小气、见钱眼开,便有了非常坚实的基础,令人感到这样的性格确是这样环境的产物,作者出色地写出了"这一个"——典型人物。《高老头》采用的第二种手法,是把环境描写同人物的心理变化和精神状态糅合在一起,一面描写环境,一面塑造人物。例如,作者在描写鲍赛昂子爵府时,也描绘了拉斯蒂涅的心理,随着景物的变换,细腻地刻画了人物渴望能挤入上流社会的心理活动,写出了这个青年野心家成长过程的一个侧面。又如,作者描写鲍赛昂子爵夫人的告别舞会的盛大场面,采用色彩强烈的对照手法,衬托出鲍赛昂子爵夫人表面强颜为欢,私下里黯然神伤的精神状态,勾画出贵族阶级"无可奈何花落去"的衰败处境。

总之,巴尔扎克运用的正是塑造"典型环境中的典型人物"的现实主义原则。巴尔扎克自觉地、有意识地采用这一原则,是从唯物论的反映论出发的。巴尔扎克懂得环境和人物之间存在着有机的联系,看到社会环境对人物的思想、感情和兴趣爱好产生非常重要的影响。因此,他认为要非常精确地描写环境,才能通过典型环境塑造出典型人物,从而再现社会现实。恩格斯正是从巴尔扎克为首的一批现实主义作家的创作中,总结出"典型环境中的典型人物"这一现实主义原则的。由此可以看到巴尔扎克对世界文学的巨大贡献。

其次,巴尔扎克善于作精细的外貌描写,擅长性格化的对话,并以夸张的手法刻画性格特征,取得了在塑造典型上多方面突出的成就。

在巴尔扎克之前,还很少有人像他那样注重人物外形的描绘。他笔下的肖像画往往能使人物像浮雕一样突现出来。巴尔扎克之所以重视人物外形,是因为他发现人物外形很能反映人物的阶级地位、精神面貌、性格特征(当然,他也受到拉瓦特和迦尔骨相学的影响)。以《幽谷百合》的莫尔索夫伯爵为例,这是一个腐朽没落贵族的典型:

> 只有四十五岁,他仿佛已近六十,在结束18世纪的大动乱中,他一下子衰老了……他的脸孔颇像一只白狼,嘴巴红殷殷的,就像生命受到自身原则的影响而消蚀的人一样,他的鼻子火一般红,他的胃十分羸弱,种种旧病使他的脾气变得很坏。他的脸下部尖尖的,因而平板的脑门显得太宽敞了,上面布满了参差不齐的横皱纹,表明他过惯露天生活,而并非是思想的疲惫;表明他经受过长年的不幸,而并非反映控制不幸的努力……他的黄眼睛明彻严峻,活像冬天的阳光一样,虽然明亮,却没有热力,透露出不安,却不包含思想,疑虑不决,却毫无目标……

这幅肖像把一个被资产阶级大革命驱逐出法国,多年过着流亡生活的大贵族的生平、思想、精神状态活生生地呈现在读者面前。像这样成功的外形描绘在《人间喜剧》中比比皆是。巴尔扎克在《法西诺·卡纳》中写道:"在我身上,观察已变成直觉,它深入到灵魂,但又不忽略躯体;或者不如说,它这样出色地抓住了外表细节,一下子就鞭辟入里。"这段话用来说明巴尔扎克如何成功地通过外貌描绘去反映人物的内在心灵,是再恰当不过了。

巴尔扎克塑造人物的另一特点是非常重视人物对话，认为对话是能否写活人物的重要因素。他说，对话一向被人认为是"最末等的文学形式，最不受人重视，认为最容易；可是请看司各特把对话提高到怎样的地步。他用对话来完成肖像的刻划"。(《关于文学的信》)巴尔扎克认识到人物的语言必须符合身份地位，因此，他把各行各业的行话土语纯熟贴切地写到人物的对话之中，银行家有银行家的语言，杂货商有杂货商的语汇，书商出版商又另有他们的行话，至于沙龙语言、法律用语、军事术语、宗教词汇，甚至小偷强盗的切口，都纷然杂呈。《人间喜剧》人物语言的丰富远远超过以语言丰富著称的《巨人传》和莫里哀的喜剧。巴尔扎克对人物对话还作了如下的研究：有一种对话长篇大论，写来是为展开情节服务的，或者是要点出情节的含义；另一种对话则比较简短，但寥寥数语就能体现出人物的鲜明特征，这样的对话容量其实更大。巴尔扎克更欣赏后一种写法，他认为毫无特点的长篇对话不如用描述来代替。巴尔扎克所主张的是人物对话要个性化。在这方面最符合巴尔扎克主张的莫过于葛朗台的语言。这个人物几乎没有长篇讲话，出口往往只有一两个句子，可是句句都符合人物的吝啬性格。下面这段对话是在葛朗台的侄子从巴黎来拜访他，他的女仆为了款待客人，要上街买肉时进行的，葛朗台对女仆拿侬说：

"不用买了；你慢慢给我们炖个野味汤，佃户不会让你闲着的。不过我得关照高诺阿莱打几只乌鸦，这个东西煮汤再好没有了。"

"先生，乌鸦吃死人可是真的？"

　　"你真是个傻瓜，拿侬！它们还不是跟大家一样有什么吃什么。难道我们就不吃死人了吗？什么叫做遗产呢？"

这段绝妙的对话，既写出了葛朗台的吝啬，又写出了这个大资产者的歹毒凶狠心理，是非常形象化个性化的语言。不过，巴尔扎克笔下的人物有的也擅长于滔滔不绝的演说。例如伏脱冷，他的长篇讲话不但不显得啰唆冗长，相反，正是刻画这个人物思想面貌、性格特征不可或缺的重要手段。看过《高老头》的人当读到《幻灭》里那个西班牙教士在发表言辞激烈的高论时，马上会认出这就是伏脱冷。可见巴尔扎克对于这一类野心家的思想和言论把握得多么准确。巴尔扎克还善于在一个盛大的场面中写出各类人物的言谈。高尔基曾经赞叹地指出过，巴尔扎克精于用对话描写人物："当我在巴尔扎克的长篇小说《驴皮记》里，读到描写银行家举行盛宴和二十来个人同时讲话因而造成一片喧声的篇章时，我简直惊愕万分，各种不同的声音我仿佛现在还听见，而且也看见谁在怎样讲话，看见这些人的眼睛、微笑和姿势，虽然巴尔扎克并没有描写出这位银行家的客人们的脸孔和体态。"（《谈谈我怎样学习写作》）鲁迅曾转述过高尔基这段话，赞许巴尔扎克写对话的巧妙（《看书琐记》）。对话写得如此出色，是《人间喜剧》在艺术上取得重大成就的标志之一。

　　巴尔扎克还善用夸张手法去塑造典型性格，他把某一种性格的各种表现都集中在某一个人物身上，不论在什么情况下，这个人物的行动都受某种欲望所支配,这样就形成极为强烈的艺术效果,使形象的典型性格显得非常鲜明突出。他把这种欲望(或称之为情欲)看成典型性格的主要特征。在表现吝啬鬼、好色鬼、野心家等典型时,他是刻画得淋漓尽致的,但在表现嫉妒、父爱、母爱这些所谓情欲时,就暴露出巴尔扎克这种见解的弱点。不过,巴尔扎克在大多数场合下是成功地描写出典型性格的,他这种夸张的,即极度概括集中的手法,建立在他对社会各阶层人物极其细密的观察、分析和研究的基础之上,他实际上是把日常生活中司空见惯的现象提取出来,加以集中表现而已。

巴尔扎克采用这种高度概括集中的手法并不妨碍形象本身的丰富性。巴尔扎克认识到:"生活是由千殊万类的偶然事件、交替出现的欢乐和痛苦所组成的。但丁的天堂,这种理想的崇高表现,这种永恒的蔚蓝色彩,在心灵中并不存在,向生活的各种事物去索取它,这种欲望任何时候都是违反自然的。"(《奥诺丽娜》)巴尔扎克在这里认为生活是复杂的,并不存在和谐的境界,所以,作为生活的镜子的文学也应该反映出这种复杂性。巴尔扎克宣称,在他的作品里,"个人、社会、人类都得到描绘、判断、分析,而绝不重复。"**巴尔扎克的高度艺术造诣表现在,即使是同一类型的人物,他也能写出千差万别,彼此绝不雷同。**巴尔扎克笔下的吝啬鬼形象是一个很好的例子。马克思指出,巴尔扎克"曾对贪欲的各种色层,作过彻底的研究"。[①]《人间喜剧》用夸张的手法描绘了一系列

---

① 马克思:《资本论》第1卷第645页。

的吝啬鬼形象，但却没有重复的描写。在巴尔扎克的第一部小说《朱安党人》中，就出现一个吝啬鬼高利贷者奥日芒，他三句不离本行，爱用金币来打比喻，对救了他的人还念念不忘要借贷给她。高布赛克是早期资产者的代表，他怕别人知道自己有钱，别人捡到他掉下的金币，他不敢认领，生怕露财。他的储藏室既有古董，也堆满了腐烂生虫的食物，他显然还不懂得商品流通和资本周转。柯内留斯老板由于爱财成癖，患了一种夜游症，晚上要起来把自己的珍贵首饰匿藏别处，事后反认为家中有贼，最后因为找不到财产而自杀。葛朗台则不同，他既过着清苦的生活，爱钱如命，又懂得商业投机和证券交易，精明狡猾，这是一个资本主义社会处于上升时期的资产者形象。《幻灭》中的赛夏年纪大了，按理说应当让儿子来接管印刷厂，但他"只打算跟儿子做一笔好买卖"，而"做买卖根本谈不上父子"，他把小到木夹子之类的东西都列入清单，用三倍的价钱把印刷厂盘给儿子。因儿子付不起房租，盈利还得各半均分。他把妻子的一份遗产也吃没了。儿子欠债，他为了控制儿子，宁愿"让他不得自由，倒霉倒下去"。他甚至要偷看儿子做试验，想知道儿子的秘密。赛夏的吝啬发展到对一切人，包括妻子和儿子在内都是如此。纽沁根则是金融资产阶级的典型。他从1815年起"就明白了我们迟至今日才明白的事情：金钱只有到了其多无比时才具有强大的力量。……他有了五百万，就想要一千万！因为他知道，用一千万就能挣到三千万，而五百万却只挣到一千五百万"。他的贪婪不同于老式的剥削者，对别人是穷凶极恶的，连妻子也不例外，而在生活上则穷奢极欲，腐朽透顶。《乡村本堂神甫》

写到的一个吝啬鬼则有点像阿巴公,他家里全是破烂,而把金币埋在地下。《搅水女人》中的奥松则另有特点。他连借一段细绳给别人也要提醒归还。招待客人只给一片面包,吃完了再从食橱切下一片,分成两半,教人不敢再要。他比妻子大十五岁,却希望能继承她,有朝一日掌握所有的财产。他不同于别的吝啬鬼形象,还特别在于他精通法律,深谙宗教在干预遗产分配方面能起极大的作用。拉博德雷则是个执着于"家族观念的吝啬鬼"。里谷的特点是追求肉欲享受,他狠命盘剥四乡农民,连家里的人也被他尽力克和。他"像僧侣那样深藏不露,像一个埋头于写历史的本笃会教士那样沉默"。这是当时农村高利贷者的典型,显然有别于其他吝啬鬼的形象。

巴尔扎克塑造人物还有一个独创的手法,就是人物的再现。巴尔扎克看到,一部小说只能表现人物的一个生活阶段和一个生活侧面。另一方面,巴尔扎克想到要把自己的作品联成一个整体。于是,他别开生面地采用了人物再现的手法。在《高老头》中,巴尔扎克作了第一次尝试。《人间喜剧》的人物再现有多种形式。一种是小说人物在不同作品中反复出现,一些重要人物往往出现过二三十次,在多部小说中反映他们不同的经历,最后构成这个人物的整体,这是主要的一种再现手法。另一种是通过小说人物的叙述,说明小说所发生的事在社会上屡见不鲜,而这些事例都散见于其他小说之中,作者把人物和事件都一一排列出来。还有一种是并列出同一阶层人物的代表,或把小说人物的性格作一对比,而这些人物都是在不同的小说中出现的。《人间喜剧》中出现的再现人物有四百多个，分散于七十五部作品之中，以《交际花盛衰记》为最多，达到一百五十五个。巴尔扎克采用这种独创手法，起到了很好的作用：《人间喜剧》中活动的男男女女恰如生活中的人物一样，时隐时现，彼此关联，形象显得更加丰满，全部作品也连成了一个整体。人物再现手法是巴尔扎克的一大创造，大大丰富了人物典型的塑造方法，为不少后世作家所仿效。

巴尔扎克对小说艺术的发展还表现在小说结构方面。巴尔扎克的小说向以情节曲折著称。**《人间喜剧》的结构多种多样，而又具有独特的风格。**大体说来，巴尔扎克的小说开始是陈述部分，介绍本篇故事的背景和环境。但他的写法有很多变化，有时从一场谈话开始（《贝姨》），有时从描写肖像开始（《邦斯舅舅》），有时从叙述家庭的变迁开始（《古物陈列室》），有时从描述住宅的面貌开始（《高老头》），有时从描绘城市的风貌开始（《幻灭》）。他的行文夹叙夹议，有声有色，读来并不令人腻味和觉得沉闷，这是只有巴尔扎克才擅长的一种本领。陈述之后再引出人物，交代故事发生前的种种情势，构成序幕。故事接着转入正文，正文一开始就展开了矛盾斗争，一环紧扣一环，它或者围绕着婚姻问题，或者围绕着遗产问题，或者围绕着商业上的竞争，或者围绕着政治党派的争斗，或者围绕着宗教势力的争夺，加上法律问题的纠葛，如蜘蛛结网，逐层展开，细分密缕。此时，作者不再浪费笔墨，情节非常紧凑，随着高潮突起，故事便急转直下，迅速结束，并且结束得不同一般。可以看出，《人间喜剧》的小说近似剧本，有序幕、开场、矛盾斗争、高潮、结尾等完整的几个部分。他的大多数小说都是以悲剧结束。

小说人物往往分成两大集团,彼此之间展开激烈的斗争,而其中大多数人物(包括主人公在内)总是以失败告终,只有狡猾的人物(次要角色)得胜。这种安排和结局完全符合生活的真实,所以,巴尔扎克的小说虽然都出于虚构并情节曲折,但读来却很真实,具有巨大的说服力量。以上是巴尔扎克小说结构的一般规律,而在这规律之中,仍然存在着不同的写法。《驴皮记》是古典式逐层展开的。《高老头》则是巧妙地把几个互相关联的情节交织在一起,头绪繁多而又条理分明。《搅水女人》的序幕几乎占了小说的一半篇幅,而序幕同故事本身是相得益彰的,并不显得头重脚轻。《幻灭》则分成几个部分,在不同的环境中进行,彼此互有联系,采取通过几个部分反映出整体的手法。巴尔扎克的后期作品情节更是跌宕起伏,显示出作家在驾驭材料方面已达到了更为纯熟的境地。巴尔扎克的小说也有情节并不曲折的:《哲理研究》小说与《风俗研究》小说的写法就有显著不同。《哲理研究》的不少小说几乎没有什么情节,要有的话也是为了吸引读者阅读作者的长篇议论。当然,这并不是说,《哲理研究》的小说都写失败了,相反,其中不乏成功之作,巴尔扎克不仅以其深刻独特的见解吸引住读者,而且能把议论安排得恰到好处。

最后一点,**巴尔扎克虽然是批判现实主义作家,但他的作品有不少都带着浓厚的浪漫色彩**,特别是《哲理研究》所收的小说。高尔基曾经指出:"在伟大的艺术家们身上,现实主义和浪漫主义好象永远是结合在一起的。"(《谈谈我怎样学习写作》)高尔基以巴尔扎克为例,认为巴尔扎克是个现实主义者,但他的一些长篇如《驴皮记》却远非现实主义的。巴尔扎克的创作主导方面属于现实主义,《人间喜剧》具有宏大的气魄,充溢着作者严峻深邃的思考,显露出作者犀利尖锐的写实风格;而另一方面,作家有时也爆发出绚丽多彩的想象,虚构出离奇怪诞的情节,显示出浓郁的浪漫风格。巴尔扎克的浪漫手法的特点是把他对现实关系的深刻理解寓于大胆新奇的幻想之中:《驴皮记》的驴皮随着据有者欲望的实现而逐步缩小;《改邪归正的梅莫特》中,与魔鬼作了交易,享有无限权力的人随着欲望的实现,他的生命也趋于枯竭;《长寿药水》中能起死回生的药水成为争夺遗产的工具。这是对资本主义社会无边的贪欲的一种夸张的再现,所以《人间喜剧》中的浪漫手法反映的仍然是具有本质意义的现实。浪漫手法虽在《人间喜剧》中没有占据主导地位,但这一艺术特点不应忽视。在作家如长河滔滔、气势浩瀚的行文中,不时会闪现出瑰丽奇伟的灿烂色彩。这就是为什么巴尔扎克的描绘常给人以欣赏油画的感受的原因所在。《人间喜剧》呈现在读者面前的不是淡素雅致的水彩画,而是一幅浓色重彩的、浑厚扎实的风俗画画卷。

《人间喜剧》的艺术成就是巨大的,它在各个方面都对小说艺术的发展作出了贡献,不愧为人类文化宝库中的珍贵遗产。它的成功经验值得我们认真总结,以便从中得到有益的借鉴。

1978 年 4 月

金钱的罪恶
——论《高老头》

《高老头》(1834—1835)是巴尔扎克的著名作品。这部小说深刻地反映了复辟时期的法国社会,暴露了金钱的罪恶作用,在艺术上也是他的作品的一个高峰。

故事发生在1819年末至1820年初的巴黎。在偏僻街区的伏盖公寓,聚集了各种人物。落魄的高老头为两个女儿还债而被榨干了。穷大学生拉斯蒂涅羡慕上流社会的奢侈生活,一心想向上爬。苦役监逃犯伏脱冷企图利用泰伊番小姐的婚姻大赚一笔,他的秘密被老小姐米旭诺和波阿莱使计探知,由警察逮捕归案。此时,拉斯蒂涅的表姐鲍赛昂子爵夫人情场失意,举行了告别上流社会的盛大舞会。高老头受到女儿的催逼而中风,在痛苦中死去,只有拉斯蒂涅为他料理后事。

《高老头》淋漓尽致地揭露了金钱的统治作用和拜金主义的种种罪恶。这在高老头和他的两个女儿的故事中得到集中的表现。高老头是个靠饥荒牟取暴利而后发家的面条商,他把自己的全部感情都放在女儿身上。大女儿仰慕贵族,他让她成了雷斯托伯爵夫人;小女儿喜欢金钱,他让她当了银行家纽沁根的太太。最初他在女儿家里受到上宾待遇,随着他的钱财日益减少,他的地位也就每况愈下,最后竟被闭门不纳。他的遭遇表现了社会的世态炎凉。社会教育和社会风气败坏了高老头两个女儿的心灵,他有钱的时候,她们喊他好爸爸;他没有多少钱了,她们便怕别人看出父女关系;等到榨干了他的钱袋,他便像被挤干了汁水的柠檬一样被她们扔掉。高老头临终时渴望见到女儿一面,她们却托词不来。高老头终于明白过来,她们爱的只是他的钱。他悲愤地喊出:"钱能买到一切,买到女儿。"高老头是拜金主义的牺牲品。巴尔扎克以高老头的父爱,衬托出金钱败坏人心到了触目惊心的地步。他死前的长篇独白是一份深沉有力的控诉书:"把父亲踩在脚下,国家不要亡了吗?"这是对现实社会赤裸裸的金钱关系发出的愤怒谴责。

金钱还腐蚀了大大小小的人物:整个社会从上到下都以不同的方式向金钱顶礼膜拜。伏盖太太看中高老头的钱财,做起了黄金梦;伏脱冷手面阔绰,她又生再醮的念头;她连死人也不放过,高老头入殓时,她狠狠地敲了拉斯蒂涅一笔竹杠。这个人物就像她经营的包饭公寓一样,浑身发出庸俗酸腐的臭气。米旭诺和波阿莱为了得到三千法郎,当了官方密探的走狗。银行家泰伊番为了使自己的产业世代相传,不认他的亲生女儿,怕她带走一笔陪嫁,把她赶出家门。雷斯托伯爵设下圈套,让妻子为情人还债,卖掉钻石项链,然后限制她的行动,逼迫她把全部财产交给他。纽沁根则借口经营地产,要挪用妻子的陪嫁,最后占有了这笔财产。高老头死后,两个女婿不闻不问,只派出两辆有爵徽的空车跟随柩车到公墓。对此,作家深有感慨地说:"没有一个讽刺作家能写尽隐藏在金银珠宝底下的丑恶。"

《高老头》还从不同角度写出政治野心家的成长过程,揭露了统治阶层的卑鄙丑恶,抨击了资产阶级的道德原则,从而揭示了人欲横流的社会现实。

拉斯蒂涅是复辟时期青年野心家的典型。他是外省小贵族的子弟,不愿埋头读书,更不愿顺着社会阶梯一步步攀登,而是羡慕挥金如土的生活。他在鲍赛昂子爵夫人那里接受了社会教育的第一课:"你越没有心肝,越高升得快。你得不留情地打击人家,叫人家怕你。只能把男男女女当做驿马,把它们骑得筋疲力尽,到了站上丢下来;这样你就能达到欲望的最高峰。"她还指点他要把自己的真实感情隐藏起来,以追求一个贵妇作为踏入上流社会的钥匙。伏脱冷给他上了第二课:"要弄大钱,就要大刀阔斧地干,要不就完事大吉。"伏脱冷的邪恶说教在他心里留下难以磨灭的印象,涉世不深的拉斯蒂涅经过伏脱冷的启发,又往社会这个名利场的泥坑深陷了一步。鲍赛昂子爵夫人退出上流社会,使他看到上流社会根本不讲什么感情,只讲金钱和个人利益。高老头之死完成了他的社会教育。他看到两对女儿女婿的无情无义和这个社会寡廉鲜耻的真实面貌。在埋葬高老头的同时,他把剩下的一点神圣感情也一起埋葬了,欲火炎炎地投入社会的罪恶深渊,踏上了野心家的道路。在《人间喜剧》的其他作品中他多次出场:他靠纽沁根夫人爬了上去,娶了她的女儿,被封为伯爵,成为贵族院议员、副国务秘书,大搞投机买卖。他信奉的是极端利己主义。

伏脱冷的身份是苦役监逃犯,实际上是政客和野心家的另一种典型。他深谙这个社会的黑暗内幕,用愤愤不平的语言揭露出来:"雄才大略是少有的,遍地风行的是腐化堕落";"凡是浑身污泥而坐在车上的都是正人君子,浑身污泥而搬着两条腿走路的都是小人流氓。扒窃随便一件什么东西,你就给牵到法院广场上去示众,大家拿你当把戏看。偷上一百万,交际场中就说你大贤大德。你们花三千万养着宪兵队和司法人员来维持这种道德。妙极了!"这种抨击确也一针见血,道出了真相,但这种愤愤不平不是站在反对社会的立场上的,而是一个不得意的野心家发自怨恨的言辞。他千方百计要爬上去,他研究了法网上哪儿有漏洞可钻,利用自己对这个社会政治经济关系的了解,干的是大买卖。他馋涎欲滴地羡慕那些心毒手狠的奴隶贩子,幻想十年之内能挣到三四百万。他信奉的是不择手段向上爬的原则,认为清白老实一无用处,要不怕弄脏手,为了达到目的,哪怕出卖自己。他的哲学体现了占统治地位的恶的观念;这个恶魔般的人物的道德观和他所使用的无耻手段,同当权者并无二致。他在《幻灭》和《烟花女荣枯记》中扮演了同样的恶的教唆者角色。后来,他同当局作了一笔肮脏交易,先后当上了巴黎警察厅的副处长和处长。

《高老头》还反映了巴尔扎克对现实关系的深刻了解。小说通过鲍赛昂子爵夫人情场失意的描写,显示了复辟时期贵族被资产阶级取代的历史过程。鲍赛昂子爵夫人是"贵族社会的一个领袖"。她的客厅是资产阶级妇女梦寐以求的地方,能够在那里露面,其他地方都可以通行无阻。然而,她的情夫阿瞿达侯爵为了娶上暴发户的女儿,得到二十万法郎利息的陪嫁,竟然抛弃了她。这个意味深长的结局说明资产阶级暴发户终于打败了世代簪缨的贵族。

《高老头》在人物塑造、心理描写、情节结构等方面达到了很高成就。

为了塑造人物,巴尔扎克首先描写下层人物的活动舞台——伏盖公寓,它坐落在偏僻角落,外表恶俗不堪,屋内陈设和周围氛围阴森逼人,各层居室分出等级,如同一个小社会。这些环境描写属于风俗描写的一部分,是巴黎下层生活的缩影,它与小说人物的生活、思想、行动有着密切的联系。

小说的几个主要人物性格鲜明。伏脱冷是《人间喜剧》中最有性格魅力的人物之一。这个人物根据大盗维多克的原型塑造而成,他具有强盗首领的那种蛮横、气势逼人和坚强的毅力。小说中的一段肖像描写栩栩如生:

> 在两个青年和其余的房客之间,那 40 上下,颊髯染色的伏脱冷,正好是个中间人物。老百姓看到他那种人都会喊一声"好家伙"。肩头很宽,胸部很发达,肌肉暴突,方方的手非常厚实,手指中节生着一簇簇茶红色的浓毛。没有到年纪就打皱的脸似乎是性格冷酷的标志;但是看他软和亲热的态度,又不像冷酷的人。他的低中音嗓子,跟他嘻嘻哈哈的快活脾气刚刚配合,绝对不讨厌。他很殷勤,老堆着笑脸,什么锁钥坏了,他立刻拆下来,粗枝大叶的修理,上油,锉一阵磨一阵,装配起来,说:"这一

套我是懂的。"而且他什么都懂：帆船,海洋,法国,外国,买卖,人物,时事,法律,旅馆,监狱。

"40上下"和"颊髯染色"的特殊细节引人好奇：他是不是想显得更年轻,不让人认出？"好家伙"的感叹令人回味。他的身体的细节描写给人健壮和粗野的印象。由此可以想到老百姓的感叹是对他大力士的体格出自本能的赞赏。手指中节的浓毛给了他一种野性和可怕的特点。随后的描写由生理特点转向人物的灵魂,画出一个令人不安的人物。早熟的皱纹怎么会出现在这个达观的力士身上呢？这不像是病或忧郁引起的,说不定他有心事或者生活动荡。他的脸有冷酷的标志,却又软和亲热,看来这个人物擅长使用危险的手段,要用亲热软和去引诱人。低中音嗓子与快活脾气相配合,说明了为什么他是饭桌上引人快乐的人。他为何对人殷勤和堆着笑脸呢？底下的描写透露了他是个神秘人物。他会拆锁是为了献殷勤吗？后面的一组动词似乎在模仿这个人物的匆忙、灵活和富有社会经验。"这一套我是懂的"含有深意。最后一个句子透露了他丰富的阅历：他游历过许多地方,无所不知,既有实际知识,又是一个善于观察的人。他怎么会懂法律？他是个警探还是个强盗？他既然了解旅馆,大约是个隐姓埋名、躲躲藏藏的人,再联想到他颊髯染色,又了解监狱,使人心生疑窦：莫非他是大盗或杀人犯？这段描写非常简洁准确,将伏脱冷的性格内涵写了出来。他确实是个胆大包天的"鬼上当"。伏脱冷在其他小说中一再改头换面,以不同的角色出现,但他解剖这个社会黑幕的犀利言辞能使读者一下子便认出他来。

拉斯蒂涅这个典型的刻画方法与伏脱冷不同,巴尔扎克写的是他作为野心家的形成过程,运用了心理描写。他同社会接触的过程中,接受的是罪恶的教育。高老头的悲剧命运是对他的第一次冲击。他认识到他所欣赏的贵族妇女都隶属于金钱关系。她们或者受到丈夫的算计,或者受到债务的催逼,或者情人被人夺走。于是他迈出了第一步,夺去了他的姑母和妹妹们的积蓄。拉斯蒂涅一开始企图抗拒伏脱冷的引诱,他受到高老头无私奉献的爱的影响,不齿于伏脱冷和这个非人道的社会。他内心作着斗争:"想成为大人物或者发财致富,难道不是先得说谎、屈膝、爬行、再挺起身来、谄媚吗?难道不是先得成为那些说谎、屈膝、爬行的人的奴仆吗?跟他们沆瀣一气之前,必须为他们效劳。不!我想正直地问心无愧地工作。"伏脱冷的被捕使他的幻想暂时占据上风。他无私地照顾垂危的高老头。但在埋葬高老头的路上,死者女儿女婿的无情无义使他变得冷静了,他终于向社会发出挑战。巴尔扎克不断描绘这个从外省来到巴黎的青年在与新环境接触时的所思所想,以精细的心理描写刻画了这个年轻野心家的心理变化。巴尔扎克对年轻人的命运十分关注,《人间喜剧》写到一系列年轻人的奋斗史,拉斯蒂涅是作为成功者来刻画的。

高老头的塑造手法又有不同。巴尔扎克用倒叙的方法介绍了他的发家史。在高老头身上有着不择手段牟取暴利的一面;然而,他并没有认识到自己成功的奥秘,直到临终前他才领悟到金钱在维系家庭关系上的重要作用。这个形象存在两重性。用倒叙来刻画人物能全面地表现人物的整体面貌,这是巴尔扎克塑造人物的重要方法。高老头的故事令人想起莎士比亚的《李尔王》,巴尔扎克无疑借鉴了李尔王对两个女儿的深情和她们对父亲的无情无义的情节;两人都年老体弱,后来都呼天抢地咒骂女儿。所不同的是,李尔王的形象是悲惨的帝王,而高老头是愚蠢的资产者;巴尔扎克更为强调金钱的罪恶。

作品中不仅主要人物性格突出,而且次要人物也跃然纸上。伏盖太太的见钱眼开和猥琐浅薄,米旭诺的阴险和鬼鬼祟祟,写得都很生动,各有特色。

《高老头》通过高里奥、拉斯蒂涅、伏脱冷和德·鲍赛昂子爵夫人这四条线索的交叉穿插来组织情节,其中拉斯蒂涅起着穿针引线的作用,全书跌宕起伏,一气呵成,十分紧凑。另外,这部小说第一次运用了人物再现的手法,具有特殊意义。

论《幻灭》

《幻灭》是法国伟大的批判现实主义作家巴尔扎克的代表作之一。如果说,写于1833年的《欧也妮·葛朗台》和写于1834年至1835年的《高老头》标志着作家的创作达到了成熟阶段,那么,《幻灭》就是他力图通过更广阔的社会背景去反映现实的一次有力尝试,是他的创作的另一个重要里程碑。巴尔扎克在1844年为《幻灭》第三部作序时说,这部作品是"迄今为止'风俗研究'中规模最大的作品"。马克思把它誉为一部"脍炙人口的小说"[1]。

这部小说的写作经历了一个曲折漫长的过程。巴尔扎克在写作中不断对题材进行深入的开掘,大大丰富了原先的构思,终于写成一部内容浩瀚的巨著。早在1832年和1833年间,巴尔扎克的脑海里就出现了《幻灭》的题材,特别是关于发明家苦难遭遇的故事。1834年6月,他在信中写道,这部未来的小说写的是一个"巨大的、美好的、壮观的题材"[2]。1836年6月20日,巴尔扎克从巴黎来到安古兰末小憩,在这里开始写作《幻灭》的第一部分。最初,巴尔扎克只想写成一个中篇:"这是一个中篇,它会受到欢迎的。

---

[1] 马克思:《伏格特先生》《马克思恩格斯论艺术》第2卷,第397页。
[2] 巴尔扎克:《致外国女人》第1卷,第164页。

篇幅不长不短。"①当时,巴尔扎克只想描写外省一个家庭和一个印刷厂的变迁。但当动笔的时候,巴尔扎克感到有必要扩大环境和时代风貌的描写,于是描绘了外省这个十分典型的城市安古兰末和它的上层社会。第一部的第二、三、四节就是这样产生的。接着,巴尔扎克又看到,小说第一部并不能构成画面的中心,而仅仅是一个序幕,这样,他描写的"领域不由自主地扩大了"②,他产生了要把"外省风俗同巴黎生活的风尚作一比较"③的想法,试图通过巴黎同外省的关系以及巴黎生活对外省生活的影响,"从一个新的角度去表现19世纪的年轻人"④,并进而反映当时的政治生活。"在把外省生活和巴黎生活作了对比之后,整个作品就会变得更加完美。"⑤小说第二部就这样在作家的头脑中慢慢酝酿成熟了。他力图通过新闻界和文坛的内幕反映复辟王朝的一个侧面。原先构思的发明家的遭遇在第三部也大为扩充了,使之具有更加深广的社会意义。

从这一创作过程可以看到巴尔扎克的一个写作特点:他的一些重要作品往往都是按照题材的需要,从实际生活出发,打破原来构思的框框,深化了主题,从而更全面更深刻地反映了现实。

---

① 巴尔扎克:《致外国女人》第1卷,第337页。
② 《〈幻灭〉第一部序》(1837)。
③ 《〈幻灭〉第一部序》(1837)。
④ 《〈幻灭〉第一部序》(1837)。
⑤ 《〈幻灭〉第一部序》(1837)。

一

在《幻灭》中,首先展现在读者面前的,是一幅外省生活的场景。巴尔扎克认为外省生活富于特点,一切行动都是在静悄悄中完成的,人人的心机都极其巧妙地隐蔽起来,什么都要斤斤计较和经过细密分析,这一切都是为了攫取更多的利益。[①] 在《幻灭》的第一部里,巴尔扎克从政治角度来反映外省生活,描绘贵族阶级和资产阶级的尖锐对立。巴尔扎克的突出成就在于写出了这两个阶级对立的根由和发展过程,以反映贵族阶级的败退和资产阶级的得势这一历史发展趋势。

巴尔扎克对安古兰末的描绘就是别具慧眼的。他清楚地看到这个工商业发达的古城在历史发展的过程中已分成两个区域:上城是贵族居住的禁地和政权的所在地,下城则是资产阶级的势力范围。上城死气沉沉,衰败凋零,下城兴旺富庶,欣欣向荣。上下城是两个对立的阵营。在拿破仑时期,由于资产阶级掌权,这种矛盾"还算缓和"。但在复辟时期,冲突"变得严重了"。因为贵族重新掌握了政权,而资产阶级掌握着经济命脉,彼此之间势不两立,剑拔弩张,要进行最后的较量。这幅出色的社会风俗画真实地再现了复辟时期外省最本质的现实。

对于贵族阶级,巴尔扎克进行了毫不容情的抨击。他以最尖刻不过的口吻为贵族社会的"精华"人物画下了一幅幅鲜明生动的

[①] 《〈欧也妮·葛朗台〉序》。

肖像：从躯体到灵魂都衰朽的巴日东先生，矫饰庸俗、装腔作势的杜乡夫妇，不学无术、惯于招摇撞骗的桑多先生，生活糜烂的巴尔大先生和布勒皮安先生等。这个贵族社会极其闭塞保守，它不遗余力地维护等级观念，贵族的社交场合门禁森严，不仅排斥资产阶级，甚至官方人士也被拒之门外。他们拒绝接受一切新思想，死死抱住"落后的风俗习惯"。这个贵族社会就像颜色发黑的老式银器，看来分量挺重，实际早已过时。毫不奇怪，它是极端保王思想的大本营；贵族们竟认为保王党报纸《每日新闻》太温和，国王路易十八同雅各宾党相去不远。但这个贵族社会在经济上已经完全败落了。这些贵族虽然极力讲究衣着，仍然掩盖不了寒酸相。他们收入微薄，境况最好的巴日东先生年收入也只有一万多法郎，远远比不上那些有钱的资产阶级。在经济上，他们是资产阶级不堪一击的对手。

在这样的背景上，巴尔扎克描写了这两个阶级一触即发的斗争。令人惊叹的是，巴尔扎克在主人公吕西安和巴日东太太的一段恋爱中窥见了阶级对立的内容。巴日东太太是当地贵族上流社会的领袖。这是一个抑郁寡欢、百无聊赖、浮夸造作的贵妇人形象。她在婚姻中得不到爱情的欢乐，便一味追求有刺激性的东西，在这花残叶落的时节，还想最后荒唐一下。她对文学表现出兴趣，接纳一个药剂师的儿子进入她的沙龙，同吕西安谈情说爱，故意让人非议。这无非是逢场作戏，想给精神以新的刺激。这个行动果然激起了贵族社会的愤怒。一个小资产阶级出身的人物，居然能同贵族平起平坐，在贵族眼中，这简直是"一次小小的革命"，由此掀起了一场风波。夏德莱这个老奸巨猾的野心家本来就在追求巴日东太太,认为她可以成为他飞黄腾达的帮手。他制造了阴谋,演成一场决斗,逼使巴日东太太不能再和吕西安见面。这场闹得满城风雨的滑稽剧透露了贵族同资产阶级不可调和的利益冲突。

现实主义的创作原则要求作家通过典型细节和事件去反映社会现实。所谓典型细节和事件就是指能够反映历史本质和历史真实的日常生活的场面。巴尔扎克是非常善于捕捉现实生活中的典型细节和事件的。他从吕西安踏入巴日东太太的沙龙,受到贵族社会侧目敌视,最后竟无立足之地的一段插曲,看到了丰富而复杂的社会内容。这个插曲反映了贵族对其他阶级的排斥:贵族严格恪守等级观念,不让其他阶级的人物踏入他们的任何领域。社交场合尚且如此,他们的政治权力就更不容其他阶级问津和分享了。复辟王朝时期虽是贵族阶级和资产阶级实现妥协的局面,但这两个阶级之间充满着尖锐激烈的斗争。吕西安这一段经历就鲜明地表现了贵族和资产阶级的紧张关系。能透过社会现象看到现实的阶级关系,正是巴尔扎克创作的深刻之处。

二

如果说,在安古兰未贵族和资产阶级的对立还比较隐蔽的话,那么在巴黎这种对立就是公开的、短兵相接的。小说第二部是全书的中心部分,它通过青年野心家吕西安的遭遇,揭露了这种对立的内幕,巴尔扎克改变原来创作构思的地方主要就在这里。他在第一部的序中说,他在写作过程中想到要描绘那些有才能、却不能明辨方向，以致走上邪路的青年野心家，以表现"这个世纪的巨大创疤"，特别是新闻界的黑幕。

青年野心家吕西安是《人间喜剧》中的一个重要人物。他在《幻灭》中是主角，在《交际花盛衰记》中也是主角之一。在后一部小说中，他被人利用去争夺遗产，事败后在监狱里自杀。他的遭遇代表了复辟王朝时期一部分寻找出路、怀才不遇的小资产阶级青年的命运。

吕西安在《幻灭》里的经历自成段落。巴尔扎克起先曾想把他写成有坚强意志的人物，但在写作过程中改变了他的性格特征①。吕西安在小说中是个意志飘忽不定、浮躁轻率、看重虚名、渴慕荣华的小资产阶级典型。巴尔扎克塑造这个典型性格时，笔触细腻，脉络清楚。在《幻灭》中，他的经历分为三个阶段。第一阶段在安古兰末，他为了实现个人主义野心，不顾妹妹的婚礼在即，匆促地跟着巴日东太太出奔。他的轻浮性格已经相当鲜明地显现出来。第二阶段在巴黎，他忍受不了贫苦清寒的生活，却如醉如痴地欣赏巴黎腐败糜烂的生活。"他的筋骨受不住巴黎的压力"，放弃了写作，不择手段地往上爬，从自由派②报馆投入保王党怀抱。这个"缺乏意志而欲望不小的野心家"终于名誉扫地，并得罪了朝廷，在巴黎无立锥之地。在小说第三部，他只听了伏脱冷的一席话就把身体和灵魂都出卖了。这个出乎意料的结局完全符合人物的性格

---

① 参阅贝拉尔：《巴尔扎克的长篇小说〈幻灭〉的渊源》。
② 自由派(Les Lberaux)，中译本译作进步党，似不妥，现按《马克思恩格斯选集》译作自由派或自由党人。

发展。

　　巴尔扎克并没有孤立地去描写吕西安的性格,而是写出了这种性格如何是时代的产物,换言之,是吕西安所代表的社会阶层在社会环境熏染下的产物。吕西安作为小资产阶级青年,他的向上爬欲望反映了当时一部分小资产阶级青年寻找出路的要求。巴尔扎克看到,小资产阶级野心家的出现是复辟时期突出的社会现象。小说中的新闻记者罗斯多对吕西安说:"你的经历就是我的经历,也是一般年轻人的经历;他们每年从外省到巴黎来,数目有一千到一千二。"这么多人拥到巴黎来反映了一个尖锐的社会问题:小资产阶级青年的生活日益变得毫无保障,他们要为生存而奔波挣扎,其中一部分青年受到社会风气的腐蚀走上了野心家的道路:"今日之下,社会……叫他们年纪轻轻就有野心。"正是"复辟政府把青年逼上腐化堕落的路"。对于这种社会现象,巴尔扎克是怀着愤怒的心情加以抨击的。他对吕西安的文学才能被湮没的遭遇寄了同情。

　　巴尔扎克深入一步进行了剖析,指出吕西安的遭遇反映了小资产阶级受到排挤、走投无路的命运。这种状况是在复辟时期出现的。自18世纪末法国资产阶级大革命以来,社会的剧烈变动给小资产阶级提供了改变自己地位、得以步步高升的机会。特别是在拿破仑时代,小资产阶级青年可以通过参加征战,一跃而为高级军官,有不少人还得到拿破仑的封号晋爵,成为新贵族。但到了复辟王朝,这种机会便消失了。复辟王朝重新恢复了森严的等级制度,严格限制人们社会身份的变动。小资产阶级青年失去了通过参军和征战爬上去的机会。另一方面,资产阶级同贵族阶级在各个领域展开争夺,根本不容许小资产阶级分沾利益;这两个阶级虽有矛盾,却是共同排斥小资产阶级的。社会对于小资产阶级青年每一个崭露头角的机会都给予凶狠无情的打击。他们无依无靠,缺乏雄厚的社会力量的支持,因此他们的个人奋斗往往以失败告终。《幻灭》就描写了"三十年来青年一代的惨史"[1]。

吕西安不仅是个失败者,而且还是政治斗争的牺牲品。他进入新闻界之后,卷入了政党斗争的漩涡之中。小说对新闻界的描写,同第一部资产阶级和贵族之间的对立紧相呼应,是对第一部描绘的题材的深化。巴黎是法国文化的中心,也是政治中心。复辟王朝时期贵族和资产阶级的斗争在巴黎得到集中的反映。而报业是在复辟王朝时期才有了迅速发展的。拿破仑时期曾对新闻实行严格的管制,在巴黎只允许四家报纸存在,它们只能刊登官方审定的文章,外省的报纸则只能转载首都报纸的文章。拿破仑垮台后,这种局面完全改变了。当时,各种报纸如雨后春笋般出现。1830年,法国有一百五十一种报纸[2]。资产阶级自由派十分注重这一舆论工具,大量创办了自己的报纸;极端保王党和政府党也分别有自己控制的报纸。当时报纸的发行量虽然远远不及现代,但同过去相比,已经不可同日而语。发行量最大的报纸有四万多份,一般在几千份上下,有的只有几百份。当时一般小说只发行几百本或一二千本。相形之下报纸的发行量是相当不少了,而且报纸具有极大的宣传鼓动力量,成为当时激烈的党派斗争和政治斗争的重

---

[1] 《〈幻灭〉第三部序》(1844)。
[2] 见阿勃拉罕和德斯奈:《法国文学史》第8卷。

要工具。只要指出这一点就够了：1822年,政府曾慑于自由派报刊的威力,颁布了监督报纸的条例,资产阶级自由派的代表人物贡斯当等曾就当局对新闻自由的限制在议会发表多次演讲,成为轰动当时政界的重大事件;1826年,当局再次企图钳制报纸,又遭到失败;1830年七月革命就是因为当局签署了限制新闻出版自由等法令,以此为导火线而爆发的。可见报纸是资产阶级和贵族斗争最激烈的领域之一。巴尔扎克把吕西安放到这一领域中,既能充分展示主人公的性格,写出这个形象的社会意义,又能绘写现实的阶级斗争,深刻暴露丑恶的现实。

巴尔扎克通过吕西安的经历,对自由派、极端保王党和政府党的报纸,统统进行了揭露。他指出,当年战场上的血腥斗争如今已经转到思想领域,"变成议会中的舌战和报上的笔战"。报纸之间的谩骂都是为了争权夺利。自由派报纸利用宗教问题抨击教会,利用宪章反对国王、抨击政府和官吏,表面上冠冕堂皇,但这一切只不过表露了自由派对贵族政权的觊觎。保王党和政府党内部漆黑一团,彼此打击倾轧,阴谋迭出。幼稚无知的吕西安先是站在自由派立场上,得罪了贵族;等到他想转移阵地,实际上已经不可能了,贵族除了把他当作一个打手以外,不会更宽待他。两派都利用吕西安来打击对方,然后一脚把他踩了下去,最后身败名裂的是吕西安。巴尔扎克对这种卑鄙的手腕深恶痛绝,他通过小说人物抨击"报界是一个地狱",报馆是"贩卖思想的妓院",报上的文章是捧是骂要根据政党需要,没有是非曲直,报纸所做的投机生意"比最肮脏的买卖还要狠毒"。《幻灭》对新闻界淋漓尽致的揭露招来了帮闲文人的詈骂。当时有个批评家雅南带头指责巴尔扎克的描绘"太漆黑一团"①。巴尔扎克同右翼的《费加罗报》等早已打过交道,他知道自己这部小说会引起什么效果,在第二部的序中他先发制人地指出:"作者在此只描绘了这种弊病的开端,今日这种弊病已经充分发展了。较之 1839 年的情况,1821 年的报界还处在幼稚的状态中呢。"他严正地表示,他不顾代价如何高昂,也要正视"这种可能吞没法国的癌症",因为"新闻事业在当代风格史中所起的作用如此之大,如果作者在法国搬演的规模巨大的戏剧中遗漏了这一场景,今后就会被人指责为胆怯"。这些话表明了巴尔扎克敢于针砭时弊的极大勇气。

然而,巴尔扎克在描写吕西安"失败的野心"②时是极有分寸的。他既指出这是社会环境造成的,又写出吕西安本身性格所起的作用。吕西安的软弱和缺乏意志力完全符合小资产阶级的不稳定性,这一阶层在不同的情况下,既可能同情劳动人民,向往民主主义思想和空想社会主义,又可能依附于资产阶级或贵族阶级,在政治上摇摆不定。巴尔扎克对吕西安的刻画,正如恩格斯所赞赏的那样,在"富有诗意的裁判"中,包含着"了不起的革命辩证法"③。

小说结尾巴尔扎克对吕西安向上爬的经历作了总结,这一总结是对尔虞我诈、损人利己的社会关系和道德原则的深刻剖析和揭露。那个装扮成西班牙教士的野心家伏脱冷对吕西安进行了一

---

① 见阿当:《幻灭》序(1961)。
② 《〈幻灭〉第三部序》(1844)。
③ 恩格斯:《致劳·拉法格》(1883 年 12 月 13 日),《马克思恩格斯全集》第 36 卷第 77 页。

番"教导",他的话揭开了巴黎社会的内幕。伏脱冷是《人间喜剧》的一个重要人物,他最早的身份是苦役监逃犯,诈骗犯集团"万字帮"的出纳,1819年重新被捕(见《高老头》),后来他再次逃跑,潜入西班牙打扮成教士返回法国。这个人虽是罪犯,却是一个典型的野心家,他深谙统治阶级的内幕和这个社会奉行的准则,愤愤不平于自己不能挤入上层社会,以分享特权阶级的既得利益。他分析吕西安的所作所为,向吕西安传授野心家的处世之道。他告诉吕西安:要支配社会,先要研究社会;不能相信官方的书所写的,那上面都是骗人的话;其实所有的大人物都是禽兽,"大人先生干的丑事不比穷光蛋少,不过是暗地里干的,他们平时炫耀德行,所以始终是大人先生。"伏脱冷振振有词、慷慨激昂的分析确也一针见血,鞭辟入里。但他对社会的分析并不是要批判社会,而是为了顺着社会所信奉的一套爬上去。他指出吕西安不懂得这一套,所以失败了。吕西安公开自己同女戏子高拉莉的关系,等于把自己的疮口暴露给别人看。如果他像那些老于世故、熟悉上层社会假冒为善原则的人,一面暗中保持与女戏子的关系,一面追求和娶上巴日东太太,那就可以成为伯爵和州长。伏脱冷这一番议论也言之成"理",这个"理"就是资产阶级的道德伦理。吕西安的行事违背了资产阶级社会的准则,所以他不但没有爬上去,反而做了别人的垫脚石。吕西安的经历确实给伏脱冷的议论作了印证。作者通过这种手法,巧妙地对吕西安的经历加以概括,提到揭露当时社会人与人关系和道德原则的高度,把批判矛头对准了统治阶级。伏脱冷最后给吕西安拉开了上层社会的内幕,让他看到政治野心家所采用的卑鄙手段。伏脱冷告诉吕西安,野心家的秘诀就在于把人当作工具,对上要采取谄媚奉迎的办法,等到事成之后再毫不留情地把他一脚踢开,"为着权势也要不择手段"。既然这个社会不讲什么道德原则,那么,越是阴险狡猾就越得到别人尊重,因为社会承认既成事实。所以,要像猎人耐心等待猎物一样埋伏着,等待时机扑向猎获物,"别爱惜你的人格,别爱惜你的尊严。"伏脱冷所宣扬的,正是野心家不顾一切向上爬的诀窍,同时这也是当时尔虞我诈、损人利己的社会关系的真实写照。伏脱冷也承认,这是一种"强盗理论",然而它正是这个社会所遵循的最高准则。伏脱冷的"道德课"以毫不掩饰的语言道出了上层社会寡廉鲜耻、卑劣丑恶的黑幕。这一情节反映了巴尔扎克对当时的社会关系具有深刻的理解,并说明他透彻地了解伏脱冷这一类亡命之徒出身的野心家。从思想上说,这也深化了作品的揭露意义,它精辟地揭示了资产阶级极端利己主义的人生观,无情地撕下了统治阶级虚伪的面纱,使这部小说突破了两个青年人悲凉身世的狭小框框,而具有尖锐地批判社会的思想、伦理、政治等方面的广阔、深刻的内容。

三

《幻灭》不仅揭露和批判了现实,而且塑造了当时社会的英雄人物,这是小说取得的另一个突出成就。

巴尔扎克在小说第二部描写了一个小团体[①],刻画了自己理

---

① 据研究,关于这个小团体的长篇描写,是在第五次校样上添加的。

想中的人物形象,并表达了自己钦羡的政治倾向。在巴尔扎克笔下,这个小团体的成员都是当时最优秀的人物。当时社会有很多类似的小团体,较著名的有圣西门派小团体和法国烧炭党等。《幻灭》中的小团体是根据现实生活中的某些进步的、革命的小团体塑造的。巴尔扎克固然企图以此与黑暗的新闻界和文坛相对照,但它的实际意义却大得多。这个小团体的领袖本来是哲学家路易·朗贝尔,据巴尔扎克在同名小说中的描写,朗贝尔"不可抗拒地被导致承认思维的物质性",认为"理智完全是物质的产物",可见朗贝尔是唯物论者,虽然他又承认唯灵论。朗贝尔是一个表达巴尔扎克思想的人物,被巴尔扎克称为"当代最了不起的一个思想家"。小团体当前的领袖是大丹士,他后来成为"当代最杰出的作家之一"。这个团体还有杰出政治学家、医生、生物学家等。他们互相尊重,休戚相关,有难同当,有福共享,把他们联结起来的原则体现了朴素的平等思想。这一思想无论是在复辟时期还是在七月王朝都具有十分进步的意义。

这个小团体最引人注目的人物是"雄才大略的共和党人"米希尔·克雷斯蒂安。巴尔扎克以极大的热情歌颂了这个人物。他生活穷困,处于社会底层,平时替大部头的著作编目,代出版商写说明书,所得甚微。但他非常旷达,显得快活而落拓。他多才多艺,特别喜爱革命民主主义诗人贝朗瑞的诗歌,这说明他的思想同革命民主主义非常接近。他的生活信念是:"我们先要献身于人类,再想到个人。"他的政治才具不亚于法国大革命时期的英雄人物圣于斯特和丹东。他的政治理想是实现欧洲联邦,作者认为,这一主张对欧洲贵族威胁极大。巴尔扎克并没有详细介绍"欧洲联邦"的构想,但无疑这是要在欧洲全面实现共和制①。由此看来,克雷斯蒂安的思想是十分激进的。巴尔扎克认为,那些自命为法国大革命期间产生的国民议会的继承者,他们提倡的自由观念毫不可取,"克雷斯蒂安的理想可不像他们的荒唐,要合理得多。"这里,巴尔扎克明确地表示了自己对共和党人政治理想的赞赏态度。他还注意到,克雷斯蒂安抱着实现欧洲联邦的理想,后来为19世纪30年代的"圣西门运动出过不少力",这个共和党人同空想社会主义者有过非常密切的联系。30年代的圣西门主义者是小资产阶级的一个激进的政治派别,他们批判资本主义社会,对工人阶级表示同情。当时,共和派在反对路易·菲力普的斗争中,也支持工人的请愿罢工斗争;出庭为工人辩护的往往是共和派律师,共和派甚至还参加了工人起义。这并不奇怪,因为共和派也代表着小资产阶级的利益。反对七月王朝金融资产阶级的统治是圣西门派和共和派共同的目标。因此,克雷斯蒂安接近圣西门运动,同这一派有过合作关系是完全符合历史状况的,这一点反映了巴尔扎克对现实的观察非常深入。巴尔扎克以赞美的口吻写道:他"或许还是一个会改变世界面目的大政治家,后来像小兵一般死在圣玛丽修道院"。他参加了1832年六月起义,资产阶级政府开来镇压的军队射出的子弹打中了他——"法兰西最高尚的一个人物"。巴尔扎克把他当作能对人类社会作出重大贡献的大政治家来歌颂,对这个

---

① 据研究,巴尔扎克在手稿上把"欧洲联邦"写作"共和国"。

人物的政治信念作了毫无保留的高度评价。对于他的牺牲,巴尔扎克表示了极大的愤懑,强烈谴责了七月王朝统治者的暴虐。他饱含着激情写道:认识克雷斯蒂安的人无不惋惜他,时常想起这个无名英雄。

巴尔扎克在小说中对克雷斯蒂安虽然着墨不多,却还是写出了他的性格。他对于朋友有火一样的热情,但对卑劣不义的行为却又疾恶如仇。他性好冲动,襟怀磊落。吕西安要踏入新闻界之前,他指责报纸是拿思想做交易的地方,他对吕西安说:"你要是做了奸细,我就痛心疾首,跟你断绝来往。"吕西安昧着良心写文章诋毁大丹士的小说,克雷斯蒂安气愤已极,同吕西安进行了决斗。克雷斯蒂安这种火爆脾气和个性,通过这些细节表现得十分鲜明。当然,《幻灭》对这个形象并没有充分展开描写。但这个人物同小说中卑鄙无耻的资产阶级人物相对照,形象显得相当高大突出。在《人间喜剧》中,克雷斯蒂安是最有代表性的共和党人物,占有非常重要的地位。

这个形象的意义十分重大。巴尔扎克能创造出这个人物,雄辩地说明了他矛盾复杂的世界观中存在着进步的一面,而且这一面起着主导的作用。恩格斯曾经指出,巴尔扎克"经常毫不掩饰地加以赞赏的人物,却正是他政治上的死对头,圣玛丽修道院的共和党英雄们,这些人在那时(1830—1836)的确是代表人民群众的"。[①] 恩格斯这段著名论断指出了一个事实,那就是,巴尔扎克

---

① 恩格斯:《致玛·哈克奈斯》(1888年4月初),《马克思恩格斯选集》第4卷第463页。

所赞赏的共和党英雄在19世纪30年代初代表着人民群众。这是根据历史唯物主义得出的结论。前面已经说过,共和派同工人在这一时期接触很多,他们同情和帮助工人的斗争,1832年六月起义就是共和派同工人一起并肩战斗的一次事件。1832年6月5日,反对波旁王朝和路易·菲力普的拉马克将军出殡,大批工人,包括印染工人、印刷工人、啤酒工人、制帽工人参加了游行。第二天,政府军队前来干涉,在圣玛丽修道院发生了战斗,工人和共和派筑起了街垒,同政府军展开了激烈的对攻,不少工人和共和党人壮烈地牺牲了。共和派和工人行动一致,是因为他们目标相同,他们的斗争"还隐蔽在反对金融贵族的普遍起义外壳下面"①。当时,无产阶级力量还很弱小,未能提出明确的政治主张。取消金融资产阶级统治的政治要求是由共和派明确提出来的,在这一点上,共和派正代表着人民群众的利益。

但是,巴尔扎克所赞赏的共和党人却又正是他政治上的死对头,这应该怎样来解释呢?巴尔扎克于1831年下半年参加了保王党,保王党同共和党在政治上南辕北辙,大相径庭。但要看到,保王党其实是带有贵族色彩的一个资产阶级反对派,它代表着大土地资产阶级的利益②。巴尔扎克之所以参加保王党,主要是由于他不满金融资产阶级的独霸统治。写于1830年七月革命后不久的《关于巴黎的信》这样指出:"由七月所产生的伟大准则,没有一

---

① 马克思:《1848年至1850年的法兰西阶级斗争》,《马克思恩格斯选集》第1卷第403页。

② 马克思:《1848年至1850年的法兰西阶级斗争》,《马克思恩格斯选集》第1卷第451页。

条写进立法中去……政府重操复辟时期的旧业。"他认为七月革命的成果落入了几个"小人物之手"。他在《一年中的两遇》里描写七月革命的参加者被逮捕了,"整个时代的历史可以用一个词来表达:叛变!"他清醒地看到,"以为我们的代表在代表着我们,那就是一个大错误"(《圣西门的门徒和圣西门主义者》)。同时,七月王朝时期,自由竞争激烈,不仅中小资产阶级破产的数目激增,而且可以看到"成百家银号像风吹纸牌一样纷纷倒闭的凄惨景象"[①]。1832年1月14日的《环球报》这样写道:"在各个阶层中失望日益全面扩展。幸福的梦想消失了,在许多人的心中,留恋让位于仇恨。有多少工商业者认识到,七月革命的后果不就是带来了他们自己的破产吗?"[②]巴尔扎克就是对七月王朝的统治者感到失望的一个代表。巴尔扎克还意识到,七月王朝的统治者只是大资产阶级中的一部分:"梯也尔先生是只愿由自己来统治的资产阶级的体现","梯也尔先生不是单个人,而是一个体系,资产阶级政府的体系。"[③]梯也尔当时是议会主席。由此看来,巴尔扎克是不满于七月王朝金融资产阶级的统治才加入反对派的。但是,巴尔扎克并不是一个正统的保王派。他与保王党有过不少矛盾。1832年他在《革新者报》上发表《论保王党状况》一文,指出"保王党和自由党都有极大的错误,它们为了稳住党内群众,而屈服于各自的偏见,进行无理的争论"。他认为,"企图反对1789年的物质成果,反对

[①] 巴尔扎克:《杂文集》第1卷,第466页。
[②] 转引自《〈人间喜剧〉中的社会经济现实》,第130页。
[③] 巴尔扎克:《杂文集》第3卷,第342页,347页,《俄国通信》。

大革命在人们思想中、在事物和利益中产生的结果,那将是用政治语言无法表达的一个错误,因为这样做既很荒谬,又不可能,既是犯罪,又是发狂。这是世界上最不符合理性的行为。"他提出要给"保王党人一种更适合我们所处时代的思想"。巴尔扎克发表的小说《乡村医生》,描绘了一个乌托邦的蓝图,这部小说用巴尔扎克的话来说,受到保王党三份报纸"最深的蔑视"①。保王党还对他的《幽谷百合》不满,因为这部小说的女主人公莫尔索夫伯爵夫人试图用资本主义的方式管理庄园。保王党甚至把巴尔扎克同雨果、大仲马等一起并列,当作政敌看待。巴尔扎克早在《关于巴黎的信》中就渴望出现"一个年轻而强有力的人物",他要具有"高深的教养、明达的智慧、一套道德和政治理论、开明的爱国主义",是个"善于争取自由的天才"。巴尔扎克在 20 年代末接触过圣西门主义,30 年代中期又对傅立叶主义发生了浓厚兴趣。这一阶段正是共和党人十分活跃的时期,巴尔扎克同共和派领袖如阿尔芒·卡雷尔有过不少的接触,对共和党人十分敬佩。他在空想社会主义者,尤其是共和党人身上看到未来社会的希望,认为他们是能领导社会的强有力人物。巴尔扎克的中小资产阶级立场在他加入保王党后并没有改变,这是他同空想社会主义者和共和党人能彼此接近的基础。巴尔扎克塑造了克雷斯蒂安的形象,把他作为人民群众的代表而加以毫不掩饰的赞赏绝不是偶然的,完全符合他当时的思想状况和阶级立场。

---

① 例如保王党报纸《年轻法兰西回声报》认为这部小说是"所有乌托邦的赝品"。

诚然,这里也还有着现实主义艺术的伟大胜利。巴尔扎克能够按照现实生活的真实去再现人物形象。他把自己所看到的、所熟悉的人物不加歪曲地描写出来,严格地遵循现实主义的创作方法去塑造人物,这无疑有助于克服他的某些保王党观点。

事实上,巴尔扎克并没有完全放弃这种观点,这在描写小团体和克雷斯蒂安时就有所流露。例如,他笔下的大丹士"对君主政体的信念同米希尔·克雷斯蒂安对欧罗巴联邦的信念一样坚定";而克雷斯蒂安还"笃信基督教,认为基督是平等的奠基人",坚持灵魂不死的荒谬说教。这种描写只能说明,作家在描绘小团体和克雷斯蒂安时,是受到他的思想和艺术观的制约的。小团体里的人物思想相当复杂,这恰恰反映了巴尔扎克的思想和世界观的矛盾。巴尔扎克并没有完全离开自己的思想立场去刻画当时社会的一群优秀人物。在巴尔扎克看来,主张共和的人物同主张君主立宪的人物可以共处于一体,信仰唯物论的人物同信仰唯灵论的人物也可以结合在一起,小团体就是这样一个混合物。初看起来这是很荒谬的,但是,这不正好说明巴尔扎克的世界观既有保守因素也有进步因素吗?不正好说明他的思想不同于正统的保王党人,仍然保持着中小资产阶级的立场吗?

在《幻灭》里所表现的巴尔扎克思想的矛盾并不是对半分的,而是进步的思想倾向占了主导地位。在克雷斯蒂安身上,他的性格、他的政治理想,是作者着力描写的方面,给人以具体的、鲜明的印象,他的高大形象从这些描写中树立了起来;而关于他的信仰基督教,作者只简单化地提上一笔,一般不细心的读者甚至会忽略过去。大丹士的情况也是这样。这个小团体的领袖热情友善、胸襟坦荡的思想性格和杰出的文学才能,作者花费了许多笔墨,通过他帮助吕西安,宽恕了吕西安对他的攻击中伤,得到了生动的再现;而他对君主政体的信念作者只是一笔带过,读者并不能知悉他的政治信仰的具体内容。这两个例子就足以说明,巴尔扎克在创作这部小说时,他的世界观中的进步倾向得到了充分的表现。

《幻灭》关于克雷斯蒂安和小团体的描写具有重要意义,它展示了巴尔扎克思想中的进步因素和保守因素,他的思想和创作的联系,从而可以作为批判"世界观越反动,作品越伟大"的修正主义谬论的一个有力佐证。

四

《幻灭》值得注意的地方,还在于描写了资本主义自由竞争的吞并现象。在法国文学史上,巴尔扎克是描绘这个题材的第一个人。他在《赛查·比罗图盛衰记》(1837)里描绘了一个老式商人的破产经过,这部小说已写到自由竞争,提到银行家在背后作祟,但比罗图的破产主要由于公证人把他的资金拐走了。《幻灭》则是直接描写大资本家和小资本家的竞争,大鱼如何吞掉小鱼的斗争过程,《幻灭》的内容毫无疑问更有典型意义。

巴尔扎克在小说中接触到大工业生产,这在当时是绝无仅见的。所谓大工业,只是相对而言。19世纪二三十年代法国还没有大规模的重工业。规模大一点的只有轻工业。印刷、造纸业是在复辟时期得到较大发展的大工业之一。资本主义文明的发展,是促使印刷造纸业发生现代变革,即采用更先进的印刷机器和改良纸张的主要原因。报纸的大量出现,书籍的需求增加,加上印刷时间需要缩短,这就要求造出连续快速印刷的机器和廉价轻薄的纸张。在欧洲的一些国家,如英国已经出现了印刷机器改革的热潮,并开始传入法国。机器的改革和纸张的改良必然引起激烈的商业竞争。对现实的观察极其敏锐的巴尔扎克看到了这一现象,小说对印刷机器和纸张的叙述,反映了作家对这个题材的强烈兴趣和深入研究。巴尔扎克在这个领域中看到了重大的社会现象。自由竞争是资本主义生产方式的内在规律。资本主义的发展,从某个方面来说,就是更为狡猾凶狠和实力更为雄厚的资本家吞噬了其他资本家的资本的历史,这是一部罪恶的发家史。《幻灭》形象地通过发明家大卫的印刷厂被戈安得兄弟所吞并,揭示了资本集中过程的内幕,反映了资本主义自由竞争的一个剖面。

戈安得兄弟吞并大卫的印刷厂的过程,是一场非常激烈的、惊心动魄的斗争。资本家戈安得兄弟的形象刻画得非常成功。他们不像不善经营、诚实可欺的大卫,而是十分注意政治对买卖的影响。他们附和政府党的论调,经常到大教堂望弥撒,故意让人知道他们也在守斋。社会上需要宗教书籍时,他们赶紧重印,这样,既占得了优厚利润,又给人以他们重视宗教的印象。果然,州公署和主教公署把本来由大卫承担的印刷业务,都转给了戈安得兄弟。当着贵族的面,他们低声下气,弯腰曲背,其实心里痛恨贵族。做买卖时,哥哥和颜悦色,弟弟则扮演大炮的角色,两人一搭一挡,配合默契。对于大卫,他们布下了天罗地网。先是收买了大卫一手栽培起来的助手赛利才,让他监视大卫的活动。他们同诉讼代理人柏蒂—格劳作了一笔交易,指使他横生枝节,让大卫背上还不清的债。巴尔扎克描写了商业诉讼和法庭是怎样为大资产阶级服务的。负债的大卫由于商务追索而不断增加债务,在短短的两三个月中,债务竟从三千法郎上升到一万多法郎。种种极其烦琐的手续费和无奇不有的诉讼费居然比驴打滚的利息还要厉害,以致负债一方只好束手就擒,任凭债主宰割。司法制度的这种弊端有利于资本更为雄厚的资本家,使他们能轻而易举地吞并其他中小资本家的资财。至此,戈安得兄弟的狡诈阴险已经和盘托出。巴尔扎克最后又添加了一笔,使他们的性格显得更加突出。戈安得兄弟并不以挤垮大卫为满足,他们还要利用大卫的发明大获其利。大卫还有一些难题未获解决,但他找到了一些不值钱的原料。戈安得兄弟一面让大卫继续做试验,一面扬言降低纸浆成本的办法毫无价值。实际上他们偷偷地采用了大卫的发明,发了大财。他们暗地里却散布流言,说是戈安得兄弟被大卫拖累,损失不赀。别的厂商不明底细,不敢采用大卫发明的新方法,而大卫试验一再失败,也感到对不住戈安得兄弟,只得罢手不干,一无所得。等到大卫知道自己被耍弄,他也无可奈何,因为如果要上诉,恐怕要再打十年官司,而大卫宁愿"太太平平地过日子"。戈安得兄弟在经济上发了大财,在政治上也大显身手,七月王朝时期,兄弟俩分别当了议员和进了贵族院。他们的经历正是大资产阶级日益得势的真实写照。

这段描写相当完整地表现了自由竞争的过程,"竞争的结果原是许多较小的资本家垮台,他们的资本一部分转入胜利者手中,一部分归于消灭。"①《幻灭》为马克思的论断提供了十分生动的实例。这部小说不失为资本主义自由竞争现象的一份翔实记录,它提供了极其丰富的经济细节,具有弥足珍贵的历史价值和认识价值。

资产阶级自由竞争现象是复辟王朝时期阶级斗争的一个重要侧面。大资产阶级在这一时期经济实力获得很大发展,这是它战胜贵族的根本条件。这方面的描写有助于更深入地开掘主题。因为它表现了掌握着经济命脉、越来越强大的资产阶级必然要重新夺回政权,而经济上到了穷途末路的贵族阶级终于不堪一击这一历史发展趋势。这就是复辟王朝时期发生的最根本的历史变化。巴尔扎克认识到经济因素对政治局面的巨大影响,这是他能深刻地反映现实的重要原因。

对自由竞争的描写在当时也具有极大的现实意义。七月王朝是法国资本主义处于逐步巩固的时期,当时,自由竞争加剧了,大资产阶级吞并中小资本家的社会现象变得极为频繁。仅在七月王朝时期,破产的中小业主的数目就大大超过了整个复辟王朝时期。当时还出现了不少大企业的联合,如1836年10月大运输公司的联合就是一个突出的例子。据当时报纸报道,这家公司的联合是为了"压垮第三者";资本家通过联合,采用降低价格的手段,以"消灭竞争的对方",一俟竞争结束,便又立刻提高价格②。巴尔扎克

---

① 马克思:《资本论》第1卷,第687页。
② 见《〈人间喜剧〉中的社会经济现实》第272页。

曾亲身经历过商业竞争、企业倒闭,以至破产的遭遇,他把自己的感受融化到小说中去,这既表达了他对大资产阶级穷凶极恶地积聚财富的愤懑,同时也表现了他对七月王朝现实的批判。

五

巴尔扎克在《幻灭》中发表了不少关于文学创作、特别是小说创作的精辟见解。巴尔扎克在创作《人间喜剧》的过程中不断地对小说艺术进行探讨,《幻灭》中就部分记录了他所取得的丰富经验。

巴尔扎克对小说的开展作了一些回顾。他认为,"小说是近代最了不起的创造。"18世纪法国启蒙文学以及司各特的小说都是很有成就的,但启蒙小说有一个缺陷,就是偏于用来图解或阐发某种哲学思想,在形象塑造方面显得不够生动丰满,在情节的连贯、铺叙等方面也显得不够紧凑有力。至于司各特,巴尔扎克批评他描写的人物,如女主人公,过于一模一样,人物性格不够突出。19世纪的小说比起它们就有很大进步,主要表现在能广泛描绘社会生活,突出性格的刻画,善写对话,情节曲折,吸收了其他体裁如戏剧的优点,等等。在这个基础上,巴尔扎克提出了小说创作的一些带根本性的问题,阐明了自己的现实主义文艺观点。

首先是小说的反映对象问题,巴尔扎克提出了需要反映时代的整个面貌的艰巨任务。他谈到历史小说的写作时说,"从查理曼起,每个名副其实的朝代至少需要一部作品来描写,有的还需要四五部……你可以写出一部生动的法国史。"这里谈的虽是历史小说的写作,但同样适用于当代题材的小说。巴尔扎克在《人间喜剧》

的前言中说过,法国社会好比是历史家,而他要担当它的秘书。在《幻灭》第一部的序里,巴尔扎克提出要"从各方面去观察,把握住各个阶段,全面地描绘社会"。《幻灭》就是这样一部小说,它描绘了一个历史阶段的社会情况。《人间喜剧》的许多小说都是这样力图通过一个侧面反映整个社会。正因为如此,巴尔扎克的作品具有浩瀚广阔的内容,反映的社会生活丰富多彩。

巴尔扎克指出了小说和文艺创作的特点是运用形象来表现社会生活,他在《幻灭》中说:"最高的艺术是要把观念纳入形象。"这句话明确地把形象的创作看作小说艺术的基本特征。巴尔扎克曾多次指出,小说要塑造形象和典型。在他看来,所谓形象或典型,就是"包括着所有那些在某种程度跟它相似的人们的最鲜明的性格特征"[①]。巴尔扎克认识到,艺术要"再现自然",要真实地反映现实生活;艺术不等于普通生活,而要对现实生活进行加工、提炼和概括:"什么叫做艺术,还不是经过凝炼的自然!"为了做到这一步,就必须通过人物典型或人物形象来反映社会。在《幻灭》中,巴尔扎克指出,形象或典型要反映"本质的东西";形象或典型具有共性,是一个"社会的人",但又有个性,要具备独特的性格特征。一方面,巴尔扎克提出要进行"生理方面的观察",对人物外貌加以细致入微的描绘,另一方面,他又提出要描写各种人物和奇奇怪怪的社会现象的关系,"描绘最微妙的情欲",赋予人物以生命,只有这样,才能"创造出一些比真人更真实的人物"。所谓"更真实",就是

[①]《〈一件无头公案〉初版序言》。

要具有典型意义。巴尔扎克所说的要描写"情欲",是他的一个重要观点。在他笔下,"情欲"往往就是人物的性格特征,是经过凝炼和集中的某种思想特点,在这种场合下,巴尔扎克的描写总是取得了良好的效果(如对吝啬的描写)。但是,巴尔扎克的这个观点又往往抽掉了"社会的人"的阶级属性,其结果影响了人物的典型意义,这是同作家的主观愿望恰好相反的。

"最高的艺术是要把观念纳入形象"还有第二层意思,这句话强调的是形象应蕴含着思想。可见巴尔扎克非常重视人物形象的社会意义,他的所谓"观念"指的就是形象本身所体现的社会内容和思想意义;这观念不应直通通地由作者道出,而应"纳入形象",即通过形象表现出来。恩格斯曾经指出,"作者的见解愈隐蔽,对艺术作品来说就愈好。"[①]巴尔扎克的见解是符合这一现实主义原则的。巴尔扎克把纯熟地运用这一原则看作"最高的艺术",表明他掌握了艺术创作的奥秘。

在巴尔扎克的许多长篇小说中都出现了众多鲜明的艺术典型。《幻灭》也不例外,除了小说的主要人物以外,一些次要人物都性格突出,栩栩如生。他们包括各个阶层的人物,如贵族、资产者、新闻记者、演员、司法人员等等。有的着墨不多,在小说中甚至只出现过一次,但却给人留下难忘的印象。关键就在于巴尔扎克能够抓住人物的思想性格特征。以出版商道格罗为例,这个人物在小说中的地位并不重要,但写得十分生动。他去看吕西安,想收下吕西安的小

[①] 恩格斯:《致玛·哈克奈斯》(1888年4月初),《马克思恩格斯选集》第4卷第462页。

说的场面写出了商人唯利是图的本质。开始,道格罗决定用一千法郎买下吕西安的小说,一看见吕西安住的旅馆,这个老狐狸马上改变了主意,心想:"住这种地方的青年欲望不大……给他八百法郎就行了。"一打听,吕西安住在五楼,他便想:"这个年轻人……钱太多了会心猿意马……给他六百法郎吧。"进了房门,看到屋里空无所有,便想最好让吕西安这样保持下去,开口只给他四百法郎。这段描写将一个狠毒的出版商的形象十分鲜明地呈现在读者面前。

在怎样把人物写活这点上,巴尔扎克强调了人物对话的重要性。他指出,对话要写得"充实,紧凑,简练,有力"。他笔下的人物对话非常富于个性。赛夏老头的语言就是一例。他同大卫的一段对话活脱脱地显露了他的吝啬性格。赛夏老头要以三万法郎把印刷厂出让给儿子,大卫听到这个数目后惊呼这是要他的命,赛夏老头说:"我生你出来的人要你的命?"这句巧妙的答话写出了他的精明狠毒。当大卫提起还没清理母亲的遗产时,赛夏回答:"你娘的财产吗?她的财产是她的聪明和相貌。"在狡诈之中透露了他的蛮横和无赖作风。他还补充了一句,说是给儿子留下一件宝贝,大卫问什么宝贝,他说:"玛利红。"这是他家的女工兼女仆。把一个工人当作物件看待,恰如其分地反映了他的资本家心理。伏脱冷的语言是另一个实例。读过《高老头》的人可以从他尖锐泼辣、愤愤不平的议论中认出他来,而不会被他的教士外衣所迷惑。巴尔扎克对这一类野心家的言行确实是观察得十分到家的。高尔基和鲁迅曾称赞巴尔扎克的对话写得如闻其声,如见其人,从《幻灭》也可以看到巴尔扎克在小说创作上的这一突出成就。

众所周知，巴尔扎克十分注重风俗环境的描绘。在《幻灭》中，他再次提出了这一主张。他认为反映时代和社会必须"描写各个时期的服装，家具，屋子，室内景象"等等，只有这样才能再现社会生活，反映"时代的精神"，塑造出典型人物。巴尔扎克确信，大至一处环境，小至一件家具，都可以从中反映一个时代的面貌，正如一块化石可以反映一部生物史一样。从这一观点出发，他十分注意风格的变化和环境的变迁，通过这些表现出对人物精神面貌所产生的影响。巴尔扎克的观点反映了他对社会物质生活给予人们思想精神的决定性影响具有一定的了解。这是巴尔扎克超越前人的地方，也是他对小说艺术的一个重大贡献。恩格斯曾经指出，现实主义的创作原则要求"除细节的真实外，还要真实地再现典型环境中的典型人物"。[①] 恩格斯的著名论断正是从一些杰出的现实主义作家，特别是从巴尔扎克的创作中总结出来的。巴尔扎克是最早认识到描写典型环境的重要意义的作家之一，他的小说确是这一现实主义创作方法的典型范例。

此外，巴尔扎克对小说的情节和结构也十分重视。他提出"要有莎士比亚式的伟大的结构"。他反对司各特一开始用长篇谈话引进人物，然后才展开描写和情节。巴尔扎克的小说结构颇多变化。有时采用倒叙写法，有时采用逐层展开的写法，有时把几条线索交织在一起，《幻灭》则用了一种新的结构：小说分成两个环境，通过主人公的往返活动，构成一个整体。《幻灭》的情节具有巴尔

---

① 恩格斯：《致玛·哈克奈斯》(1888 年 4 月初)，《马克思恩格斯选集》第 4 卷第 462 页。

扎克小说的一般特点：戏剧性强，像剧本一样有序幕、进展、高潮和结尾。巴尔扎克的小说创作获得成功，情节结构的丰富多彩是一个重要原因。

最后，巴尔扎克提出作家需要深入研究社会，积累丰富的生活经验，他说，创作"伟大的作品需要长期的社会经验"；作家要研究人们之间的利害关系，"在社会和思想的广阔天地中，千辛万苦地跋涉过。"巴尔扎克从唯物论的反映论出发，认为作家要反映现实，必须先"感受一切"，而且"头脑需要长期的酝酿"。马克思曾经指出，巴尔扎克对现实的阶级关系有"深刻的理解"[①]，这是因为巴尔扎克确实对19世纪上半叶的法国社会状况和人们的阶级关系作过深入的研究。具有丰富的社会生活经验，对社会又有深刻的理解，这是巴尔扎克在小说创作上取得伟大成就的根本所在。

以上是巴尔扎克在《幻灭》里谈到的关于小说创作的一些精辟见解，这是他从自身创作中总结出来的经验之谈，虽然还不足以概括他所有的文艺观点，但基本上已经可以窥见他的创作纲领，因而值得我们重视。巴尔扎克的上述主张无疑建立在现实主义的原则基础之上，闪现着深刻的思想火花，对于我们了解巴尔扎克给予小说艺术的重大发展和贡献会有重要的帮助。

1979年9月初稿
1980年6月定稿

[①] 马克思：《资本论》第3卷第47页。

略论巴尔扎克的中短篇小说

巴尔扎克在世界文学史上的地位早已确定无疑了,这主要是由他的长篇小说取得的伟大成就所奠定的。但是,综观他的创作,不能不看到他的中篇和短篇小说也起着举足轻重的作用,它们组成了他的鸿篇巨制《人间喜剧》不可或缺的一部分,其中不少是翘楚之作,堪称世界中短篇小说中的精品。

巴尔扎克在法国中短篇小说发展史上所起的作用是令人瞩目的。19世纪初,法国中短篇小说正处于发展的转折期。在此之前,中短篇小说应该说还处于萌芽状态,尽管已有不少著名的作品问世。从16世纪开始,玛格丽特·纳瓦尔(1492—1549)的《十日谈》,德·拉法耶特夫人(1634—1693)的《克莱夫王妃》,伏尔泰(1694—1778)的哲理小说《老实人》《天真汉》《查第格》《如此世界》,狄德罗(1713—1784)的《两个朋友》《众口铄金》,萨德侯爵(1760—1814)的《爱情的策略》等,在中短篇小说的发展史上都是不可不提的作品。可是,无论从人物形象的塑造还是结构方面来说,法国中短篇小说在19世纪之前还没有臻于成熟,就短篇而言,只能说这些作家写的是故事,而并非是真正的短篇小说。也许,法国的中短篇小说要从夏多布里昂的《阿达拉》和《勒内》开始。尤其是《勒内》,塑造了所谓"世纪病"的典型——勒内。这个短篇对 19 世纪的法国文学乃至欧洲文学,都产生过重大影响。法国中短篇小说的转折期直到二十多年后,亦即 1830 年前后才算到来。法国短篇小说也是世界短篇小说大师梅里美,这个时期写出了《马特奥·法尔戈纳》《塔芒戈》《伊尔的维纳斯铜像》等脍炙人口的佳作。斯丹达尔写于这一时期的《瓦妮娜·瓦尼尼》也是短篇小说杰作。巴尔扎克正是在这时加入到短篇小说和中篇小说的创作中来。他从 1829 年到 1833 年主要创作中短篇小说,达到几十篇之多,其中就有《戈布塞克》这个名篇。在中篇小说中,《家族复仇》《玩球猫商店》《苏镇舞会》《夏倍上校》《都尔的本堂神父》《费拉居斯》等都是上乘之作。19 世纪三四十年代,法国中短篇小说的创作达到成熟阶段,开出了一朵朵艳丽的奇葩,而巴尔扎克在其中占据了一个重要地位。

巴尔扎克的中短篇小说已经包含了他的长篇小说的基本内容,可以说这是他的创作的一个缩影。正如他的长篇给法国文学注入了新鲜血液那样,他的中短篇小说也给法国的这一文学样式注入了新内容。

首先,巴尔扎克在中短篇小说中深刻地揭露和批判了社会的黑暗面。反映社会的不平等现象在以往的短篇故事中已经屡见不鲜,可是,像巴尔扎克那样入木三分地暴露资本主义社会的弊病,在短篇小说史上则是由他肇始。令人惊叹的是,巴尔扎克在 1830 年已经清醒地认识到金钱在资本主义社会中的巨大作用。在他的中短篇小说中,金钱的作用得到了淋漓尽致的描绘。《戈布塞克》

的主人公说:"金钱是你们当今社会的决定因素","金钱代表人间的一切力量",这是一针见血的断语。戈布塞克宣称:"我毫不费力就控制了社会,而社会却丝毫不能左右我。"资产者主宰了复辟王朝的经济命脉,进而控制了复辟王朝的权力机构,这是当时历史发展的本质现象,巴尔扎克恰如其分地反映了出来。此外,这个短篇描写的雷斯托伯爵夫妇在财产上引起的龃龉,也是日益频繁出现的社会现象。《长寿药水》描写堂璜为了争夺财产,不惜扼死父亲,这一幕令人惊心动魄。《红房子旅馆》描写银行家靠谋财害命发家;资产阶级的每个毛孔本来就充满了血腥气,他们的财富是建立在残酷榨取劳动者的剩余价值的基础之上的,无异于谋财害命。这篇小说被认为是《人间喜剧》中"安置得最好的基石之一"。[1]《法西诺·卡讷》描绘的是对金钱的追逐,小说主人公在人生的搏斗中败北。但他的失败是由于对金钱的贪婪追求造成的,因为黄金的光彩久而久之损害了他的视力,终于导致他失明,他被情妇骗走了钱财。《皮埃尔·格拉苏》则犀利地讽刺了大腹便便的资产者的愚蠢无知,他们对绘画一窍不通,却附庸风雅,以致被狡猾的画商欺骗,把赝品当作真迹,白白耗费了数以十万计的金钱。主人公格拉苏由于艳羡资产者的财产,甘愿去娶一个丑陋的姑娘做妻子,他的选择暴露了灵魂的丑恶卑劣。这是一出金钱婚姻的小小闹剧。《家族复仇》描写了科西嘉岛民固有的一种陋习:一旦两家结仇,便世代沿袭下去,斗个你死我活。梅里美的著名中篇《高龙巴》

---

[1] 安娜-玛丽·梅南杰:《〈红房子旅馆〉导言》,《人间喜剧》第11卷第80页,七星丛书,巴黎加里玛出版社,1980年版。

就写的是家族复仇,他在小说中塑造了一个疾恶如仇、泼辣倔强的女性。似乎是同样的题材,到了巴尔扎克笔下,却具有了不同的意义。巴尔扎克看到,家族复仇乃是封建制度的残余,它是残忍的,同资产阶级法律相抵触,人们有理由反对这种封建意识。然而,作为这种意识的维护者的巴尔托洛梅奥并非一个可恶的人物。在某种意义上,他也是受害者。他的女儿接受了资产阶级思想的熏陶,坚决对这种意识进行了挑战。巴尔托洛梅奥没想到,他的爱女会与他家的仇人之子恋爱结婚,离家出走。他更没有料想到,她会因生活无着,贫病交加而死。对她的死,他有不可推卸的责任,但更大的罪恶在社会方面:一对年轻人即使有反抗封建意识的勇气,可是没有金钱做后盾,最后仍然以悲剧告终。巴尔扎克的观察极为深刻:金钱的力量早已超过了旧传统的作用,它更能置人于死命。法国文学中只有巴尔扎克从这个角度去处理这个题材,从而写出一幕动人的悲剧。如此执着于描写金钱在社会和家庭生活中的作用,又如此力透纸背地写出了人与人的金钱关系,不能不说,这些中短篇确实不同凡响,显示出巴尔扎克敏锐的观察力和深刻的见解,使他凌驾于一般的小说家之上,成为中短篇小说大师。

同样,巴尔扎克也毫不留情地批判贵族。《大望楼》中的梅雷伯爵为了惩罚妻子,砌起一道墙,把她禁闭起来,活活饿死她,这个情节生动地刻画出一个残酷无情的贵族形象。《萨拉金》暴露了18世纪摧残人性的意大利风俗:阉割少年,让他日后男扮女装出现在舞台上,而一手制造这种现象的红衣主教却依仗权力,把内心痛苦不堪的藏比内拉当作私有财产来霸占,他的保护是一种极为自私的占有欲。《长寿药水》里的堂璜保留传说中荒淫无耻的大贵族特点。《戈布塞克》中的伯爵夫人为了情人而挥霍掉自己的财产,转而觊觎丈夫那一份,她千方百计把丈夫与世人隔绝开来,根本不考虑丈夫的死活。这是一个堕落的贵妇形象。在巴尔扎克笔下,贵族已不再是叱咤风云、不可一世的人物了,而是垂死、没落的阶级,他们的地位正日益为发出铜臭味的资产者所取代。巴尔扎克描写贵族的角度已不同于以往的小说家,他是以高屋建瓴的姿态来刻画贵族不可逆转的灭亡命运的。不过,巴尔扎克对贵族和法国大革命仍然抱有偏见和错误看法,从《恐怖时期的一段插曲》可以看到他对处决路易十六的反对态度。

巴尔扎克并非只有揭露和批判,而没有赞美和褒奖。在他赞颂的人物中,最令人感兴趣的是下层人民。《无神论者望弥撒》着意刻画了一个挑水夫,他为了支持一个穷苦的医科大学生学习,不惜把自己存了一辈子,为了买一匹马和一只水桶的积蓄慷慨地拿出来,而且像一个忠仆那样照顾这个年轻人的起居。他的牺牲精神显示了劳动者的优秀品格。《海滨惨剧》描写了一个疾恶如仇的渔民,他为了家族的尊严,不愿意让堕落的儿子在街头示众而亲手处决了这个不肖之子。这篇小说酷似梅里美的《马特奥·法尔戈纳》。不过,《海滨惨剧》中的渔民似乎更有理由处死儿子:他的儿子偷盗成性,是个孬种,处死他是为民除害;而《马特奥·法尔戈纳》中的山民只因儿子出卖了一个强盗便处死他,未免过于严厉。巴尔扎克还描写了这个渔民处死儿子以后的疯癫状态,写出了这个人物仍然有亲子之爱,进一步描绘了他的纯洁心灵,颇有独到之处。在文学史上,迄今为止,对下层人物的歌颂在短篇小说中并不多见。狄德罗的《两个朋友》歌颂了两个平民的友情,是一篇力作,但这样的作品几乎是凤毛麟角。因此,巴尔扎克能在下层人物身上看到优异品质,加以讴歌,确实难能可贵。另外,《刽子手》歌颂了西班牙人民抗击拿破仑入侵的英勇斗争事迹。《泽·马尔卡斯》写的是复辟王朝和七月王朝时期怀才不遇的一代青年,泽·马尔卡斯是他们的代表。他一再被人利用,最后穷困潦倒,郁闷而死。利用他做工具的政客有着梯也尔的影子,狡猾卑鄙,言而无信,并没有什么才干,却飞黄腾达,历经社会变迁而立于不败之地。这个庸才同马尔卡斯相比照,更衬托出后者的悲剧命运。这是一篇政治小说,它抨击了复辟王朝时期小资产阶级青年前途渺茫,无所作为的状况。它写于巴尔扎克试图涉足政界、遭到失败之后,反映了巴尔扎克对七月王朝政治局面的失望态度。《费拉居斯》在巴尔扎克的中篇小说里是题材颇为特殊的一种。在这篇描写帮工会领袖的小说中,可以看到巴尔扎克对当时的下层社会的关注程度。他对秘密团体蔑视当时社会的法律表示了赞赏,他对下层人物因贫穷而犯下过失,便受到社会严厉惩罚,在社会上无立足之地的状况,表示了同情;他对这些外貌粗鄙、言语俚俗的人物内心充满深厚柔和的情感,能为自己所爱的对象献身的高尚情操,表示了赞美。

　　巴尔扎克是一个思想家。他并不满足于对现实生活的观察和描绘,他还力图洞悉造成这些社会现象的内在原因,挖掘出生活的哲理。他的小说往往由于具有某种哲理性而不同于他人的作品。

《人间喜剧》中有不少关于绘画与音乐题材的小说,反映了巴尔扎克在艺术方面深湛的知识。《不为人知的杰作》就融化了狄德罗关于绘画的精辟见解,而又有所发挥,最后将作者自己的艺术观点上升为现实主义的美学原则:"艺术的任务不在于摹写自然,而在于再现自然。"同时,巴尔扎克又十分注重形式,认为应把美与形式联系起来,指出要"经过长期的搏斗",才能抓住形式。全篇的立意在于抨击企图找到"绝对美"的艺术家,他讽刺了这类艺术家的努力是徒劳的,不切实际的。巴尔扎克针砭的是只追求形式美而不顾内容,或者将两者割裂开来的艺术家。有时,巴尔扎克的"哲理"其实是对人物心理的一种解剖和挖掘。《红房子旅馆》中的法国青年普罗斯佩·马尼昂由于有过谋财害命的念头而悔恨不已,认为自己确实有罪,良心极为不安,无法宽解。杀人犯泰伊番也因此而精神受到刺激,始终有负罪感。《长寿药水》中的堂璜头脑中的杀父之念,在巴尔扎克看来是社会中的常见现象。他认为盼望亲人早死,以便夺得遗产的念头是一种普遍存在的社会心理。至于《海滨惨剧》《刽子手》,则探索了亲属观念对人的头脑所起的巨大作用。这两篇小说的主人公即使一时能作出超乎常人的行动,但是到头来依然不免陷入精神危机之中。巴尔扎克列入"哲理研究"中的小说不同于18世纪的启蒙思想家伏尔泰的哲理小说,后者的哲理小说近乎寓言式的小说,它们通过滑稽突梯的形式,貌似童话的内容,拨开不合理的社会现象的迷雾,让人们认清眼前的现实。而巴尔扎克的小说或者直接探索人生哲理(多为长篇),或者提出艺术见解,或者探求人的精神心理现象的特点,已迥异于以往的哲理小说。即使是没有列入"哲理研究"的小说,有的也包含了作家深邃的思索。例如,有的评论家就认为《萨拉金》是"《人间喜剧》中最奇特的故事之一,最复杂的故事之一,也许是能最好地阐明巴尔扎克的心理学最隐蔽的某些领域的故事之一"①。这是就小说涉及的雌雄莫辨的问题而言的。结构主义批评家罗朗·巴特曾对此作过深入分析。《沙漠里的爱情》也是一篇能令人无穷回味的隽永之作。作者显然以人兽的爱情来映衬人与人之间冰水般的冷漠关系。总之,巴尔扎克拓宽了中短篇小说的内容,或者说,改造和发展了中短篇小说的内涵,扩大了它所反映的社会生活和社会现象的范围,这是他对中短篇小说的一大贡献。

从艺术上看,巴尔扎克也做了不少探索,取得了重大成就。

毫无疑问,最突出的一点是巴尔扎克在中短篇小说中塑造了著名的典型。《戈布塞克》的同名主人公是法国文学史上闪光的典型形象之一。他最显著的性格特点是吝啬。他与莫里哀笔下的吝啬鬼阿巴贡有类似之处。他喜欢样样都贮藏起来,别人送来的食品一一照收不误;由于不愿损失三分折扣,宁愿让食品腐烂,也不肯卖给商人。他似乎还不懂得商品流通的诀窍。就其狡猾和洞悉巴黎的商业情况以及各种各样经济情报而言,阿巴贡不能跟他同日而语;他具有丰富的阅历,周游过大半个世界,一直担当分配海地赔款的委员会成员,因而拥有全面的经营管理经验。巴尔扎克把他写成"金钱的化身"或"金钱势力的化身""钞票人"。他确实有

---

① 皮埃尔·西特龙:《〈萨拉金〉导言》,《人间喜剧》第6卷第1036页,七星丛书,巴黎加里玛出版社,1987年版。

无所不知的能耐和左右社会的势力。值得注意的是,巴尔扎克并没有完全否定这个人物,就像对待他后来创造的葛朗台、纽沁根那样,持彻底批判的态度。在小说中,一方面他是"贪得无厌的巨蟒",另一方面他又是"巴黎最高尚和最正直的人",他"既渺小又伟大"。他是德维尔的保护人,他之所以借款给德维尔又收取利息,是为了不让德维尔感谢他,以激励这个诉讼代理人奋发有为。他之所以不肯归还钻石等财产,是为了防止伯爵之子堕落和变得懒惰。因此,戈布塞克是一个远比阿巴贡复杂得多的形象。《柯内留斯老板》以15世纪下半叶路易十一时期为背景,刻画了另一个悭吝鬼形象。他有在睡梦中起来藏匿自己的财宝的怪癖。俗话说,日所思,夜所想。他这种怪癖乃是早期守财奴喜爱贮藏自己的金银财宝这种特点的反映。马克思说过,巴尔扎克"曾对贪欲的各种色层,作过彻底的研究"[①]。巴尔扎克笔下的吝啬鬼不下十个,无一雷同。在这些吝啬鬼中,柯内留斯的辈分最大,因而他的吝啬性格也具有最早期资产者的特色——贮藏癖。巴尔扎克十分注意人物性格形成的社会环境,他对大教堂和都尔城王宫的描绘再现了当时的风貌。尤其是路易十一的形象十分符合这个人物的历史地位:他是一个注重扶持高利贷者和商人的国王,曾给法国资本主义的发展开辟过道路。饶有趣味的是,英国小说家司各特的长篇小说《昆丁·达沃德》也写了路易十一和他的宫廷,但司各特笔下的路易十一蒙上了传奇色彩,并不是真正的历史人物。而《柯内留

[①] 马克思:《资本论》第1卷第645页。

斯老板》在这方面却真实得可以当作历史小说来读。巴尔扎克描写环境和其他历史人物,目的在于刻画主人公性格形成的客观条件,他的描绘确实写出了有贮藏癖的吝啬鬼是在一个"平民化"国王的统治下产生的典型。此外,嗜金成癖的法西诺·卡讷,残忍无情的梅雷伯爵,勤劳正直、助人为乐的挑水夫,平庸而又能随机应变、善于抓住机会、终于志得意满的画家皮埃尔·格拉苏,心狠手辣、竟能下手杀父的堂璜,刚正严厉的西班牙侯爵莱加奈斯,生不逢时、时乖运蹇的泽·马尔卡斯,性格刚烈、激情似火的萨拉金,大义灭亲、铁面无情的老渔夫,能为儿女献身、柔情似水的帮工会首领费拉居斯,都是呼之欲出的生动形象,显示了巴尔扎克精湛的艺术功力。

从叙述学的角度来看,巴尔扎克喜欢采用以小说人物讲故事的方式来引出主要情节。这种方法的优点是能使读者感到亲切和进入故事的氛围中,得到亲临其境的感受。不过,即使都是由人物来讲故事,各篇的写法也不尽相同。在《戈布塞克》中,巴尔扎克第一次运用了在几个人物的谈话之间进行的叙述形式。他通过德维尔之口将戈布塞克的生平事迹讲述出来,写得非常紧凑。唯一令读者不解的是,德维尔何以得知雷斯托伯爵死前家里发生的事,又怎么得知两夫妻的争吵以及孩子和父母之间的对话,而且这样清清楚楚。因为伯爵生前并不认识德维尔,伯爵夫人后来也不可能将家丑外扬,他们的儿子还少不更事,无法述说。很明显,这是小说家的现身说法。这种方法日后巴尔扎克不断运用。与其说这是巴尔扎克的笨拙,还不如说这是他的高明之处:作家以其叙述的生动来掩盖某些漏洞,一般读者会对此毫无感觉。这篇小说被看作是巴尔扎克的"第一篇杰作"和"最完美的作品之一"①。《红房子旅馆》虽然也是由故事中的人物讲故事,但是这次讲的不是自己亲身经历的事,而是听别人转述的。《海滨惨剧》类似《红房子旅馆》,略有不同的是,在公证人家里发生的一幕是让讲故事者的母亲听到的。《萨拉金》先由"我"出场,再由我将萨拉金的生平讲出来,而我是在意大利了解到这个流传甚广的故事的。《泽·马尔卡斯》又不同了,主人公的经历由他本人道出,讲给"我"与另一个同伴听。《无神论者望弥撒》则由德普兰医生讲给他的学生听,为什么他要设立弥撒,再引出挑水夫的故事。《沙漠里的爱情》由"我"将故事写出来,供他的女友阅读,而这个故事是一个老兵告诉他的。《法西诺·卡讷》变成由当事人讲述自己的生平遭遇,接近《泽·马尔卡斯》,不过是单独对我说出。《大望楼》由"我"讲故事,在这个故事中,引出公证人向"我"讲的另一个故事,这才是正题。这是故事中套故事再套故事。上面八个短篇,叙述方法同中有异,百花竞放,各异其趣。在巴尔扎克之前,似乎还没有哪一个小说家将这种故事套故事的写法运用得这么丰富多彩,也许要到莫泊桑的手里,才能达到并驾齐驱的地步。由此可见巴尔扎克在谋篇布局上是下了苦功的。他并不像一般人认为的那样,并不追求形式多姿多彩,在艺术上并没有令人注目的创新。

　　法国结构主义学者托多罗夫对叙述语态大体有三种划分:或

---

① 皮埃尔·西特龙:《〈戈布塞克〉导言》,《人间喜剧》第2卷第945页,七星丛书,巴黎加里玛出版社,1983年版。

者叙述者大于人物,这时叙述者具有全知视角,既能看见人物的外部行为,又能知晓人物的内部心理;或者叙述者等于人物,这时叙述者往往是其中一个角色,既可以通过这个角色来观察,也可以让这个角色自我流露心理意识;或者叙述者小于人物,这时只能看见人物的外部言行而无从知道人物的内心。以此来对照巴尔扎克的叙述方式,可以看到他往往采用第一种或第二种叙述语态,只有少数情况采用第三种叙述语态。例如《红房子旅馆》中的青年泰伊番,只有侧面的描写和烘托,没有正面触及他的心态,留有让读者去回味的余地。诚然,巴尔扎克不像福楼拜,他还没到有意识地将作家自身隐去,以第三者的目光去观察和描写人物。但是,就处于短篇小说的初创时期而言,巴尔扎克的建树已经是有目共睹的了。

无可讳言,巴尔扎克的中短篇小说同他的长篇一样,往往具有他喜爱的风格和叙事方式。他乐于在小说开篇详尽地介绍环境或发表长篇议论。这种开场白少则一两千字,多则七八千字以上。譬如,《萨拉金》的开场白就长达一万字,占全篇的五分之二;《无神论者望弥撒》的引言部分长达七千余字,超过了一半篇幅。好在巴尔扎克以其观察的敏锐、细致和深刻弥补了这多少有点冗长的开端,不致使读者感到枯燥乏味,不可卒读。

巴尔扎克已经懂得悬念的写法。《无神论者望弥撒》就是一篇出色地运用悬念手法的短篇。小说紧紧抓住无神论者居然会去望弥撒这一矛盾现象来做文章,谜底放到小说末尾去揭示。《费拉居斯》写来有点像惊险小说,这种手法与主人公的秘密身份十分合拍,造成了强烈的悬念,吸引了读者。可是,巴尔扎克远远高于同时代的流行小说家,他通过女主人公的爱情生活和悲剧,把读者从社会下层带往社会上层,提高了作品的品位。有时,巴尔扎克舍弃开头的长篇大论的写法,以开门见山的叙述代替。《刽子手》就采用平铺直叙和白描手法,写得简洁、紧凑、一气呵成;《长寿药水》也是这样,不过这一篇夹叙夹议,摇曳多姿;《不为人知的杰作》则别具一格,将议论放在人物的口中道出,作者不直接表露观点。

巴尔扎克喜欢追求强烈的效果。他经常改编传奇故事:《长寿药水》撷取了霍夫曼的小说关于起死回生的药水的怪诞故事,写出惊心动魄的场面。巴尔扎克的小说结尾往往非常突兀,例如《恐怖时期的一件插曲》,小说结尾刽子手终于显现了身份,引出人物的这句感叹:"当整个法国忘恩负义的时候,钢刀却有良心!"这句话似有千钧之力,艺术效果非常强烈。《沙漠里的爱情》情节十分奇特,细节却写得真实可信。《柯内留斯老板》对历史背景的描绘力求真实,而藏匿的财宝再也找不到则神秘莫测。以上各篇充满了浪漫色彩,画面或者绚丽斑斓,或者诡谲离奇,或者阴森恐怖,而又与现实生活相通。巴尔扎克将浪漫主义与现实主义熔于一炉,使他的中短篇既有粗犷浑厚的特点,又有雄奇瑰丽的色彩,自成一格。

《巴尔扎克中短篇小说集》序

长江文艺出版社 2006 年 4 月

沙漠与绿洲
——18世纪法国诗歌

当今的法国评论家众口一词地把18世纪的法国诗歌领域称之为一片沙漠。例如:"对于喜爱诗歌的现代人来说,法国的18世纪是一个沙漠。"①"人们有权把安德烈·谢尼埃出现之前的时期称为'法国诗歌沙漠'。"②"概括地标志了这个时期的特征的表述方式,就是'诗歌的沙漠'。"③"由于不能摆脱影响,又不能革新灵感,18世纪呈现出诗歌沙漠的景象。"④"启蒙时代经历了一次真正的诗歌危机。"⑤"直至安德烈·谢尼埃之前,我们根本碰不到一个伟大的诗歌天才。"⑥"诗歌从来不像18世纪那样有着更为凶恶的敌人。诗人和散文家联合起来扼杀它。……18世纪面向一片非诗意化的原野。"⑦上引数例足以说明评论家的一致看法。18世纪的法国诗歌创作是不是非常贫乏呢? 倒也不是。这一世纪的诗歌

---

① 布吕奈尔等《法国文学史》第1卷第363页。
② 让·罗斯洛《法国诗歌史》第57页。
③ 莫里斯·纳陀《法国诗歌选》,《18世纪》,转引自《18世纪法国诗歌》第153页,拉罗斯古典丛书版,巴黎,1985年。
④ 乔治·蓬皮杜《法国诗歌选》。
⑤ 拉加德和米沙尔《18世纪》第353页。
⑥ 亨利·勒梅特尔《法国文学史》第2卷第473页。
⑦ 保尔·古特《法国文学史》,转自《18世纪法国诗歌》第154页。

创作还是数量众多的。根据一般的区分，至少有如下几种：

史诗：伏尔泰的《亨利亚德》(1728)；

描绘性诗歌：圣郎贝(Saint-Lambert, 1716—1803)的《季节》(1769)，卢歇(Roucher, 1745—1794)的《月份》(1779)，德利尔(Delille, 1738—1813)的《花园》(1780)；

颂歌：让-巴蒂斯特·卢梭(Jean-Baptiste Rousseau, 1671—1741)、勒弗郎·德·蓬皮尼昂(Lefranc de Pompignan, 1709—1784)、勒布伦-潘达尔(Lebrun-Pindare, 1729—1807)、吉贝尔(Gilbert, 1751—1780)的作品；

哀歌：贝尔坦(Bertin, 1715—1794)、莱奥纳尔(Léonard, 1744—1793)、帕尔尼(Parny, 1753—1814)、米勒伏瓦(Millevoye)的作品；

寓言诗：弗洛里昂(Florian, 1755—1794)的作品；

神话诗歌：马尔菲拉特尔(Malfilatre, 1731—1763)的作品；

荒诞与诙谐诗歌：格雷塞(Gresset, 1709—1777)的《维尔-维尔》(1734)等等。

可是，所有这些诗歌或者充满说教气息，或者内容贫乏、肤浅，它们多半拘泥于形式，显得过时；感情的表达冲不破樊篱，而且找不到合适的表达语言。其中大部分作品已经被人们忘却了，只有个别作品还能在诗选中找到。从今天的观点看来，伏尔泰(Voltaire, 1694—1778)是他们之中最重要的诗人。他运用过各种诗体来表达他的思想和感情。除了史诗《亨利亚德》以外，他还写过诗体悲剧多部，以及大量的颂歌、书信体诗和短节诗。《亨利亚德》是他的青年时期的作品,分为10歌,描述亨利四世登基前的宗教纷争,诗人对待历史十分自由,哲学议论占有重要位置:史诗讽刺宗教狂热,宣扬宽忍,批判封建制度。但是这部史诗过分模仿维吉尔、塔索等诗人的作品,而且滥用寓意、梦幻、神奇现象和预言,读来丝毫不能感动人。虽然这部史诗当时获得了成功,如今却被认为是一部失败的作品。伏尔泰的悲剧受到拉辛的影响,较重要的有《查依尔》(1732)等,他认为古典主义戏剧缺乏情节,便寻找各种手段去丰富剧情,如喜欢异国题材:《查依尔》在耶路撒冷进行,《赵氏孤儿》取材于中国故事。他还采用恐怖的场面、奇特的显现。但是他的诗句却缺乏高乃依的雄浑有力和拉辛的和谐,他过于强调偶然因素,从而破坏了悲剧激动人心的魅力。他也不善于描绘女性心灵,而是以情节的曲折去弥补心理分析的不足,以人为的场面效果来引起观众激动。评论家认为,总的说来,"诗歌并不真正符合伏尔泰的气质:他不得不屈从于严格的规则,而不能充分发挥他的热情。"[①]他最有活力的诗歌作品是较为轻灵活泼的一种,也就是符合他的机智幽默的气质的一种:讽刺诗、短诗。他的爱情短诗写得委婉、俏皮。他的讽刺诗则写得十分诙谐、犀利,例如他讥讽死对头、诗人勒弗朗·德·蓬皮尼昂的一首诗写道:

你知道耶律米为什么
一生之中哭得那么多?

[①] 布吕奈尔《法国文学史》第1卷第332页。

> 因为他是一个预言家，
> 知道勒弗朗会出卖他。

（《虚荣心》，1760）

另一首诗讽刺反对启蒙哲学思想的报人弗雷龙：

> 那一天，在深谷之中，
> 一条蛇咬了弗雷龙。
> 你知道出了什么事？
> 那条蛇却倒地而死！

（《可怜虫》，1758）

18世纪的法国诗歌为什么会出现这种一片沙漠的景象呢？这个问题使人不由得要作一番认真的思索。

首先，在18世纪初，文学创作的观念产生了变化。诗歌创作受到了批评家的种种攻击，他们提出要以散文来代替诗歌创作。在17世纪末、18世纪初的"古今之争"中的崇今派是这种主张的发难者。其中的乌达尔·德·拉木特试图创作一首散文颂歌，以证明散文优越于诗歌。在他看来，诗歌语言只不过是一种艰难的、无用的、甚至危险的"杂技"。他说："由于说话的目的只是让人听见，因此强加这样一种约束就好像是不合理的：这种约束往往有碍于让人听见的意图，而且需要更多的时间把自己的思想硬插进去，因为必须按照自己思想的本来次序普普通通地道出，才能创作出好作品。"①他曾经用散文来改写拉辛的一部悲剧的第一幕,以显示散文的优越性,结果当然是失败的。他的朋友、批评家封特奈尔也响应他说:"如果人们终于发现……仅仅为了取悦耳朵而约束自己的语言,甚至弄到自己想说的话说不出来,有时还会说出别的话来,那是很幼稚的,到这一步要作何感想呢?"②德·蓬斯神父宣称:"我认为,诗艺是一种无聊的艺术,如果人们同意摈弃它,不仅我们一无所失,而且我们还会所得甚多。"③他们的观点是不如写作散文。乌达尔·德·拉木尔认为:"如果人们把拉辛的悲剧改写成散文,那么它们丝毫不会失去这些美。"④他确实改写过拉辛的《米特里达德》的第一场。他认为这样改写拉辛的悲剧的美原封不动,其实他的改写是大煞风景,拉辛悲剧的美都消失不见了。这种观点并不是独一无二的。伏尔泰也说过,要衡量诗歌的好坏,就必须把它们改写成散文⑤。认为诗歌语言是一种无用的装饰,那是十分幼稚可笑的;同样,以散文代替诗歌不仅徒劳无益,而且直接导致了诗歌的式微。但可悲的是,18世纪散文的发展确实取得了优势,从而导致诗歌创作的不景气。18世纪中叶,一些批评家已经意识到诗歌的这种境况,狄德罗在《论诗体戏剧》中写道:"一个民族越是文明,它的风俗便越是缺少诗意……诗歌需要某种巨大的、野蛮的和粗野的东西。……什么时候能看到诗人出现?那是

---

① 《论诗歌》,1707,转自拉加德和米沙尔《18 世纪》第 353 页。
② 参见《论诗》,出处同上。
③ 《论史诗》,出处同上。
④ 转引自勒梅特尔《法国文学史》第 2 卷第 474 页。
⑤ 参见《评波利厄克特》。

在经历了灾难和巨大的不幸之后,疲乏不堪的人民开始喘口气的时候。于是想象力在可怕的景象震动之下,给那些没有见过这些景象的人描绘出闻所未闻的事物。"他设想过一种诗歌解放的理论,但是他想用一种辞藻热烈的散文来创造这种新诗,而且他没有写过一部诗歌作品。他把诗人的狂热和哲学家的才能看作对立的东西,因为哲学家是理智的、极其明晰的,而且能压抑情感和敏感。卢梭也主张散文可以用声音的变化来表达激情。① 同样,伏尔泰并没有意识到诗歌需要另一种语言,却自以为是一个杰出的诗人。同18世纪的诗歌出现散文化的倾向并行发展的是,这一时期的散文具有诗意化的特点。

其次,18世纪是宣扬理性的时代,启蒙作家往往都是哲学家,他们更善于用哲学头脑去思索,他们的作品也往往是他们的哲学思想的通俗化。这种现象就导致了议论的增加和诗意的消失。18世纪启蒙作家宣扬的理性与17世纪作家崇奉的理性有所不同。后者是一种精神的、道德的、法律的准则,它以封建国家利益或者家庭荣誉观念为指归。前者以资产阶级的政治、经济、道德、法律等方面的理想为核心,作为批判封建制度的思想武器。因此,它是包容更广的一种思想体系,触及社会生活的各个领域。在文学创作中,古典主义作家并没有、也不需要用理性去代替感情的抒发。而在启蒙作家那里,已发展到用理性去代替感情的阐发。达朗贝在《百科全书引言》中说:"这种哲学精神,今日如此流行,它要达到

---

① 参见《论语言的起源》第一章。

无所不见的地步,它丝毫不作假设;如今它已经一直渗透到文艺领域。有人认为这对文艺的发展是有害的,我们很难回避这一点。"伏尔泰在一首诗中也有意无意地认识到这个事实:"在理性制约下,被压抑的美感使我们的心感到平淡无味。"他认为真正的诗人要善于在一种"理智的热情"中进行创作。他觉得"法国人没有史诗头脑"。①"在所有民族中,法国人最缺乏诗意。"②在世纪之初,不是没有批评家指出感情抒发对诗歌创作的重要性。费纳龙在《致学士院的信》(1714)中就指出过:"必须抓住心灵,使它面向一首诗的正当目标。"对费纳龙来说,诗歌只有作为沟通心灵的语言,才能生存下去。他认为从马莱布开始,诗歌创作已变成一种纯粹的技巧卖弄,走向僵化。同样,杜博斯在《关于诗歌和绘画的批评性思考》(1719)中,也有相似的见解。狄德罗也认识到感情对诗歌的作用。《百科全书》中的"天才"条目如果不是他撰写的,至少也是受他的启发写成的。这一条目写道:"力量和丰沛,难以形容的粗犷,不规则,崇高,动人,这些就是天才表现在艺术中的品格。"可是,18世纪的诗人却缺乏这些条件。

第三,18世纪的诗歌创作墨守成规,极力模仿17世纪的诗歌,少有创造。有的评论家把这种现象称之为"学院派"倾向。这种倾向是"由于普遍模仿古典典范、绝对崇尚规则与准则,对题材、样式和形式的老一套的僵化的结果"。③ 这种学院派倾向是一种

---

① 《论史诗》,1728年。
② 《论诗体戏剧》,1759年。
③ 勒梅特尔《法国文学史》第2卷第476页。

假古典主义，它在形式模仿中凝固了，停滞不前。这种倾向一直延续到 19 世纪浪漫主义兴盛时期。以伏尔泰为例，他在文学上的保守性特别表现在诗歌创作方面。他遵守古典主义悲剧的规则，认为这些规则是"美"的，并用诗体来写悲剧，其结果不是有助于悲剧的延续发展，而是加速悲剧的衰落。他试图写作史诗，模仿古人，形式上毫无创造，便遭到失败。《论人》是一首议论诗，受到蒲伯的启发，今天看来充满说教意味。他的哲理诗在形式上没有什么创造性，并不成功，原因在于他没有摆脱前人的窠臼。其他诗人的诗作也多半是颂歌、宗教题材诗歌、圣诗、田园诗、神话题材诗歌等等，因袭陈规，缺乏创造。从内容上来说，这些诗人的作品不大涉及重大的社会问题，相反，大多抒发个人情感、宗教观念、不着人间烟火的神话故事、田园情趣，视野狭隘，内容浅薄，谈不上有多大的社会意义。比起 17 世纪的诗歌，18 世纪的诗歌明显地后退了一步。就以善写寓言诗的弗洛里昂来说，他写过一些不错的寓言诗，但都是涉及一般的道德问题，缺乏深刻犀利的社会讽刺，较之拉封丹的寓言诗自然略逊一筹。他只是步拉封丹的后尘，根本无法与拉封丹比肩。

　　从上述三点看来，18 世纪的法国诗歌未能取得重大建树就不是偶然的了。但是在 18 世纪末叶，情况有了变化。在这片诗歌沙漠中，终于出现了一片绿洲。这片绿洲就是安德烈·谢尼埃（André Chénier，1762—1794）的诗歌创作。这位诗人只活了短短的 32 岁。他在生前仅仅发表了几篇不起眼的诗歌。他的全部诗作直至 1819 年才得以问世。1815 年，他的弟弟马利-约瑟夫去世了,由后人整理他家的遗产,这才发现了安德烈·谢尼埃的全部诗歌手稿。他的全部诗稿问世引起了很大的反响,自此以后,他被确认为一位诗歌天才。

安德烈·谢尼埃提出了自己的一套诗歌主张,这些主张包含在《致勒布伦的书简诗》①(1785)、《论艺术的完美与衰落的原因》,尤其是在《创造》一诗中。他的观点有如下几个方面:

第一,他主张诗歌要继承古代文学的传统,诗人要利用古希腊古罗马诗人的经验,要毫不犹豫地"掠夺古代作家的财富",模仿他们的作品的内容和形式、感情和表现方式,无须理会别人指责这是抄袭。他受到古希腊文化的深刻影响,熟读古希腊作家的作品;他出生在希腊,母亲有希腊人的血统。从时代风气的影响来看,当时掀起了对考古的兴趣热,在文艺上,新古典主义流行一时,对古希腊古罗马艺术的爱好方兴未艾。这些就是谢尼埃热衷于古代传统的社会背景和个人原因。但他并非泥古不化,他认为要将创造与这种"剽窃"结合起来,这种结合要天衣无缝。诗人要通过不断吸收"内在营养",把他借取的各种材料熔于一炉。他的见解令人想起拉封丹的话:"我的模仿绝不是盲从。"谢尼埃也明白表示:"盲从的模仿者刚生即灭!"显然,他的模仿说并不是要全盘照搬古代诗人的作品,他认为模仿要走新的道路;正如17世纪的古典主义作家主要是借取古人的题材,他在古人那里寻找的是形式美的典范。他特别看重的是古代诗歌的音乐美和雕塑美。为此,他注意语言

---

① 其内容主要是论述自己的作品。

的美,认为"语言拥有难以驯服的障碍,它在抗拒,只肯屈服在灵巧的手下"。

第二,他主张要创造出跟时代合拍的新作品。他认为当今的诗人不应该再满足于按照维吉尔和荷马的轨迹进行创作。古人在他们的作品中也是从他们的时代吸取灵感的:德谟克利特的狭窄世界如今已经变成牛顿的广阔宇宙,因此必须革新文学创作的材料,从古人那里学习到表现世界的方式。他的名言是:"为了描绘我们的思想,请借取他们的色彩;用他们诗歌的火焰,点燃我们的火炬;要以新思想写出古朴的诗句。"尤其是最后一句诗,表达了他的一个重要见解。"新思想"是什么呢?诗人认为他周围的世界都是他的作品的题材,他在"不断地一再翻阅他的心灵和生活"。这就是说,诗人既要面对物质世界,也要转向心灵世界。这个物质世界是社会生活和时代的变化,它既包括个人的生活经历,又涉及当时的大事。至于心灵世界,则是指发掘人的情感和内心,由此形成了他的诗歌对抒情性的重视。他在诗中说:热情是"伟大的品性,噢,天才之母"。他又说:"诗艺只创造诗句,唯有心灵才创造诗人。"他描绘创作中的诗人是这样的:"一个真正的魔鬼压抑着他,主宰着他,使他热情澎湃,他不知道这样的折磨:他思索,他想象。一种意想不到的语言在他的头脑中产生,同他的想法一起出现,拥抱着他,跟随着他。天才孕育的形象和字句,整个宇宙都在里面活动着,呼吸着,这是广阔的、崇高的源泉,永不枯竭,急迫地在诗人的头脑中如潮般奔腾。"这些话充分道出了诗人对激情的重视。浓郁的抒情性是他的诗歌的一个极其重要的特点,也是他与18世纪其他诗人的重要分水岭。他的同行缺乏的正是这一点。他的诗歌之所以熠熠生辉,主要原因也在这里。同时这也是他与19世纪诗人相通的一个重要特征。

第三,作为现代诗人,谢尼埃对科学的发展十分重视。他认为科学的题材不至于严肃到不能入诗。"所有艺术都是结合的,人类科学不同时扩展诗歌的领域,就不能扩大它的帝国的范围。艺术要征服宇宙是多么漫长的工作啊!"他对科学的重视无疑是受到启蒙作家的影响。百科全书派对科学成果的普及和宣传,对诗人起了重要作用。诗人要发现掩藏在科学的严格真实之中的美,他要诗人展开幻想的翅膀:"我常常用布封的翅膀武装起来,在牛顿的火炬照亮下,同卢克莱修一起飞越地球之上伸展的蓝带";"为了穿越天空,请抓住风和闪电的翅膀,抓住有火焰长发的彗星的跳跃。从我的心灵蹦出急促的诗句,要对天神诉说。"他认为思想平庸的诗人才会感到表达科学新天地的困难,诗歌的大门便会向他们关闭。

综上所述,谢尼埃的诗歌主张比18世纪的其他诗人是向前迈进了一步。他并没有完全脱离18世纪,尊重古代传统和模仿的意识在他的头脑中还相当强烈。但是他并不囿于模仿,而是同时注意有所创造。他比18世纪的诗人视野更为广阔。最重要的是他意识到诗的本质在于表达诗人的内心感情,从而导向了19世纪的诗歌获得充分发展的天地。

安德烈·谢尼埃的诗歌创作十分丰富,大致可以分为三个阶段。

第一阶段是从 1785 年至 1787 年,其诗作收入《田园诗》中。这部诗集贯彻他的模仿理论,是一幅幅小型的风俗画,如《年轻的洛克丽爱娜》《塔兰托少女》《尼埃尔》等。其中《塔兰托少女》是一首优秀的短诗,以细节的精细和感情的真挚而令人触目。诗人深深地感受到一个妙龄少女的夭折的可悲命运多么令人忧伤,尤其引起诗人的内心感应:"林神、泉水之神和山岳之神/一齐捶胸顿足,拖着丧服长衣,/围着她的棺椁不断唉声叹气。"异国题材、鲜艳色彩、情感强烈,使这首诗带有浓厚的浪漫情调。《田园诗》中还有一些长诗,属于叙事抒情诗。《盲诗人》写的是荷马这个民间的行吟诗人,向人们讲述他的不幸经历和神话传说。《年轻的病人》叙述一个母亲祈求阿波罗怜悯她的儿子,这个孩子在失恋之中。母亲终于把少妇带到儿子跟前,治愈了儿子的心病。《乞丐》写一个乞丐曾经救过豪富的利库斯,利库斯终于认出恩人的故事。这些诗歌都大量穿插了神话和古代传说。

第二阶段是谢尼埃到伦敦当大使馆秘书的时期(1787—1789)。他在伦敦十分苦闷,远离朋友,考虑写作长篇诗歌,同时受到当时科学发现的巨大震动,动手写作科学题材诗歌:《埃尔梅斯》和《美洲》,《创造》一诗可以看作是这两首诗的序言。这两首科学题材的长诗都未写完。《埃尔梅斯》分为三部分。第一歌写物质的产生、地球的形成、动物的出现和四季的变化。第二歌写人类从野蛮状态到社会产生的进步以及宗教的起源。第三歌写社会:政治、道德、科学发明;人类的未来;永久和平。《美洲》原来打算要写到 12 000 行。诗人试图再现种种探险,直到美洲的发现,他要写出新大陆的气候、环境、风俗、习惯和文化。浪漫虚构无疑会使这首长诗具有史诗的特点。

第三阶段是大革命时期(1789—1794)。谢尼埃在伦敦密切注视着大革命的进程。他受到新思想的鼓舞,离开了外交岗位,同朋友们组织了"八九社",于1790年发表了《关于真正的敌人致法国人民书》。但是,谢尼埃的思想属于稳健派,他不赞成过激的革命行动,反对雅各宾派专政。处决路易十六以后,他被看成可疑人物,1794年3月7日遭到逮捕。在监狱里,他写出了《颂歌集》和《讽刺诗》。这时期写的诗歌可以分为两类诗:爱情诗和讽刺诗。《致法尼》是一组爱情诗。法尼指勒库特夫人,她是诗人在凡尔赛认识的。在这些爱情诗中,他已经摆脱以前在《哀歌集》中的模仿痕迹,带上朦胧的忧郁色彩,咏唱自己的缱绻情怀。讽刺诗是他"在绞刑架下,我再试弹我的琴弦"而写成的,带上了阴沉的悲剧色彩。他要磨快"讽刺诗的锐利雕刻刀",给那些滥杀无辜的"卑劣罪人"以永不磨灭的伤痕;他指责朋友们的怯懦以及那些意气消沉或者无忧无虑的囚犯。所有激动着他的感情,从反抗到绝望,从倨傲到讽刺,都以坦直而有力的口吻表达出来。

谢尼埃的诗歌创作成就和特点表现在如下几个方面:

首先,他重新给诗歌注入了个人抒发情感的灵魂。以《年轻的女囚》为例,表面上他是在同情同狱的一个女囚、美丽的艾梅·德·库瓦尼,即德·弗勒里公爵夫人。其实,她比他更为幸运,没有上断头台。谢尼埃把一首哀诗写成了一首对生活和希望的颂歌。尤其是他在诗中灌注了自己的切身感受:对女囚命运的同情和哀叹，也就是对自己面临死亡的厄运的感叹：

> 我美丽如麦穗，而年轻如葡萄，
> 不管眼前多少祸患，多少烦恼，
> 我还不愿摒弃生命。

不愿离开人生是这首诗反复吟唱的主旋律。诗人对女囚命运的感叹是真挚的，动人的，他对自己命运的真情流露也是真实的，感人的。同样，《塔兰托少女》对溺死的少女的哀叹，也表达了诗人对青春的赞美，甚至有一种面临厄运的预感。浓郁的抒情色彩是谢尼埃的诗歌放射异彩的一大特点。

其次，谢尼埃的诗歌富于雕塑美和音乐美。他像古希腊诗人一样，欣赏艺术作品优美的动作和造型美的姿态。他指出："必须描绘走向一尊天神塑像的行走姿势，她们一只手扶住花篮，顶在头上，另一只手提着长裙的裙裾……还有其他姿态，是从石雕、石像和古代绘画中抽取出来的。"他的一些诗歌是围绕着一种姿态、一种手势写成的，具有一种视觉的美。如他描写拉皮特人和半人半马怪物的搏斗，这是一种活生生的浮雕。站在船头的米尔托和睡着的狄亚娜，旁边坐着她的狗，这幅画面具有雕塑美。他的诗色彩并不斑斓，而是常常向描写对象投以时而明亮时而柔和的光，更具雕塑美。谢尼埃还十分注意诗句的和谐。他喜欢古希腊诗歌的柔美、响亮的音节，将古代诗人的音乐美移植到法语之中。他最喜欢的是柔和纯洁的节奏。他常常运用大胆的跨行、句首字和富有表现力的停顿,使得亚历山大诗行变得灵活,适于表达各种各样优美的动作。他的某些最优秀的诗歌是真正的歌曲,具有拨动人们心弦的力量。

再有,谢尼埃的诗歌具有不少浪漫派诗歌的因素。他在乡村的宁静中感受到一种柔和的忧郁:"一本书捧在手,在小树林里穿行,/毫无遗憾、担心和愿望,享受/宁静,什么也比不上这种乐趣。/柔和的忧郁啊!……"黄昏和山谷也产生这样使人惆怅的心绪:"傍晚时分,从偏僻的山洞出来,/他在山坡上漫步徜徉,/望见天空落日余晖色彩万千,/远方群峰之上,晴日已消失不见。"(《田野的宁静》)这些诗句使人想起拉马丁的《山谷》《黄昏》等诗和忧郁的情调。大自然紧密地同他的感情联结在一起:"噢,天空,大地,海洋,草坪,山岳,河岸,/鲜花,簌簌响的树林,山谷,荒僻的岩洞,/请时常记起她,请永远记着她。"(《尼埃尔》)这几行诗使人想起拉马丁的《湖》情景交融的写法。他对神话和传说的运用,使人想起雨果的《历代传说》。他的讽刺诗同巴比埃的《讽刺诗集》和雨果的《惩罚集》息息相通。巴那斯派就把他视作先驱,试看这几句诗:"肚腹宽大,布满斑点的老虎,/凶猛的豹子,目光灼灼的眼睛","岩石的声响重复他们的歌曲,/暗哑的长鼓,响亮的铙钹,/弯曲的双簧管和双重的响板。"(《酒神》)这些诗行使人想起勒贡特甚至波德莱尔的诗句。更不用说他的富有音乐节奏、哀歌式的叙事抒情诗直接影响了维尼、雨果(《东方集》)和缪塞(《五月之夜》)。

诚然,谢尼埃的诗歌创作也存在一些缺憾。他有时过于模仿古人,还不善于融化借取的材料,给人一种精细的镶嵌画的印象

（如《年轻的病人》）。他也有当时诗人的弊病：滥用神话题材，笔调往往有点程式化和造作，个别句子有矫饰、平淡之嫌。过于相信迂回说法，隐喻过于崇高，这些缺点使他的哀歌显得有点过时，与其他18世纪诗人区别不大。他写诗还过于随便：他写得过多，有时不够精练，也不太注意题材的选择，形式也有不够严谨之处。他的早逝使这个天才还未达到成熟的阶段。

然而，谢尼埃仍然是"哲学家世纪的天生诗人"。[①] 法国诗人亨利·德·雷尼埃认为法国诗史有三位鼎足而立的诗人，他们是龙沙、谢尼埃和雨果。就19世纪上半叶以前的法国诗歌而言，这个评语还是有一定的正确性的。

---

① 卡斯泰等《法国文学史》第507页，阿舍特出版社，1981年。

狄德罗对表演艺术的贡献

狄德罗是现实主义戏剧理论的杰出先驱,他不但在戏剧理论上,而且在表演艺术理论上都有重大建树。他的名篇《演员是非谈》在世界戏剧史上是第一篇关于表演艺术的重要文献,它对现实主义的表演艺术理论作出了极其重要的贡献。狄德罗在这篇对话体的著作中奠定了"表现派"的理论基础。《演员是非谈》一问世,欧洲一些名演员、名导演纷纷著文加以评论,展开了热烈的争论。这一争论一直延续到20世纪。有意义的是,60年代初,狄德罗的《演员是非谈》被介绍到我国,当时也引起了一场热烈的讨论①。狄德罗这篇著作为什么会引起人们这样大的兴趣呢?究其原因,是由于这篇著作以十分生动的形式提出了戏剧表演理论的一些重大问题,并进而牵涉到艺术创作的一些根本问题。但同时,这篇著作有机械论的偏向,有的论述过于绝对化。这样,就势所必然地招致一些演员、导演和戏剧理论家的反对,特别是遭到"体验派"的批评。然而,《演员是非谈》具有十分丰富的内容,时至今日仍然没有失去它的宝贵价值。正确地领会它的主导精神,指出其不足之处,

---

① 朱光潜先生于1961年2月2日在《人民日报》上发表了《狄德罗的〈谈演员的矛盾〉》一文,引起强烈的反响。

这对于我们了解表演艺术乃至一般的艺术创作规律是会大有裨益的。

《演员是非谈》属于狄德罗晚年的作品。1770年,有一位名叫斯提考提的法国演员把一本《盖利克或者英国演员》的英文小册子译成法文出版,狄德罗不同意这本小册子的观点,对他的挚友格林详述过他对表演艺术的看法。格林把他的见解记录下来,发表在1770年10月1日的《文学通信》杂志上。1773年,狄德罗把自己的见解写成对话体形式,1778年又作过改动,但生前一直没有发表。直到1830年,这篇著作才得以问世。

狄德罗对表演艺术的见解是他的戏剧改革理论的重要组成部分。这里有必要概述一下狄德罗的戏剧改革理论。18世纪上半叶,法国古典主义及其变种占据着法国的戏剧舞台,这类戏剧毫无例外都是描写王公贵族,宣扬的是封建意识,以适合封建宫廷的趣味和要求。在经济上已变得十分强大的资产阶级愈来愈不满于这种状况,它要求文艺反映第三等级,提出向封建阶级的意识形态挑战的主张。狄德罗顺应了这个历史的要求,他主编的《百科全书》起到了启迪人们头脑的作用。狄德罗在文艺上特别关心戏剧,就在于戏剧这种文艺形式当时受到封建宫廷的牵制最深,最需要改革。他从17、18世纪之交在英国出现的新剧种"感伤剧"得到启发,这种剧用日常语言描写普通人的生活,情调感伤,法国人称为"泪剧"。狄德罗在"泪剧"的基础上提出了"严肃剧种"的主张,以代替古典主义悲剧和喜剧。狄德罗写了两个"严肃剧"或"市民剧":《私生子》和《一家之长》,各附有一篇论戏剧的论文,即《关于

〈私生子〉的谈话》(1757)和《论戏剧艺术》(1758)。在这两篇文章中,狄德罗阐明了自己的戏剧理论。他提出新剧种要描写市民和家庭,以代替旧剧种只描写贵族和宫廷。狄德罗还对人物、情节、语言提出了新的要求,主张表现人物的各种社会关系,通过戏剧矛盾去刻画人物性格,要用日常语言——散文等等。狄德罗提倡的"市民剧"是后来的"正剧"的前身,他的理论为现代戏剧开辟了广阔的道路。

在《论戏剧艺术》中,狄德罗首次提出了表演问题。他是从剧本创作的角度来谈论的,认为剧作家必须考虑到剧中角色的动作,作出详尽的指示。狄德罗开始认识到戏剧艺术要通过演员的表演才获得更大的生命力的特点,把人物在特定情境下的动作看成剧本创作的一个重要部分。正是从这个角度出发,狄德罗考虑到演员的表演艺术,写出了《演员是非谈》。狄德罗于是进入了一个为历来的文艺批评家所忽视的领域。

《演员是非谈》的第一个重要贡献在于狄德罗把表演艺术建立在唯物主义的反映论的基础上。狄德罗遵奉"艺术要模仿自然"的原则,他把这一原则也运用到表演艺术之中,认为这是表演艺术必须遵循的基本准则。狄德罗曾经说过:"人们去看戏带着这样的信念:这是对某一事件的模仿,而不是要看到事件本身。"既然演戏是模仿某一事件,那么,演员扮演剧中角色,也就是模仿戏剧家塑造的这个形象了。初看起来,狄德罗的"模仿自然"不过是接受前人的文艺观点,并没有什么新鲜的东西。但是,如果我们再深入观察的话,就会看到,狄德罗"模仿自然"的戏剧表演理论有着深刻的现实主义内容。先看看狄德罗反对什么样的表演。狄德罗反对当时以杜麦尼尔为代表的凭灵感和直觉来进行表演,这类演员认为"一个人能有丰富的激情,能呼之则来,并且能在一眨眼就完全忘掉自己投进角色中去——这是一种天赋,任何努力都不能达到的",他们认为这种天赋是"上天的一种特殊恩赐,一种神秘的灵感"。由于他们单凭自己的天赋条件,单凭一时的灵感冲动演戏,他们的演技必然是"有高有低,忽冷忽热,时好时坏",而绝不会"浑然统一"。总之,这类演员的表演相信天赋,相信神秘的灵感,表明他们的观点建立在唯心论的基础上。他们的表演方法无疑是不足取的。狄德罗认为,人们的动作、姿势等是内心感情的表记,换言之,只要准确地抓住并模仿出这些表记,就能表现人物的内心情感,也就能再现艺术形象。伟大的演员就是能够"把这些表记最完善地扮演出来的演员"。因此,狄德罗要求演员"用心模仿自然,在自然门下作一名潜心向学的弟子",要具有"模仿一切的艺术才能","有扮演任何种类性格与角色的无往而不相宜的本领"。以上这些引言抽去了狄德罗的一些偏颇的说法而突出了他的基本观点,这是为了能够抓住他的观点中合理的内核。尤其值得注意的是狄德罗对"情"与"态"的表述。狄德罗认为"态"是"情"的反映,"情"是因,"态"是果,因果互有联系,"模仿越是完美,越是接近于因,我们就会越觉得满意"。所谓"态"就是指动作。手势、面部表情、声音、眼神等等这些"表记"确是人物精神的反映。唯物论的反映论认为,人们的思想情感是在同外界接触或在生活实践中产生的,它通过言语动作表现出来,所谓"言为心声""形之于外"就是符合反映论的表述。毫无疑问,狄德罗抓住了形体动作与内在感情之间的这种反映关系(虽然还没有看到它们之间的辩证关系),这样,他的表演艺术理论就同唯心论划清了界线,而符合唯物论的反映论。

狄德罗这样强调形体动作是否符合戏剧舞台的表演规律呢?显然是符合的。说到底,舞台角色的创造,最终是由形体动作来完成的。难以设想,一个演员只会干巴巴地背诵台词,而缺乏生动准确的形体动作,能把角色演活,或者只沉溺于自己所设想的角色的感情中,却无法在形体动作上表现出来,这样也是演不好角色的。戏剧是一种视觉艺术,观众是通过演员形体动作的表演来感知剧中角色的,形体动作就是戏剧形象得到体现的具体形式。

重要的是,狄德罗用了"表记"这一个词。"表记"不是指一般的形体动作,而是指最准确、最真实地反映人物精神特征的形体动作。狄德罗的这个概念包含两方面的意思。其一,演员为了抓住并扮演出这些特定的形体动作,那就必须对角色进行刻苦的钻研和琢磨,领会角色的内在感情,然后才能准确地模仿和表达出来。狄德罗说过,"模仿美的自然的原则要求对自然的一切产物进行最深入和最广泛的研究",指的就是这个意思。不仅在戏剧上演之前要做这一番最深入最广泛的研究工作,而且在演出过程中还要不断摸索,直到尽善尽美的境地。狄德罗指出,演员要准确地抓住戏剧人物的"表记",往往需要经过五六次的演出才能达到。其二,狄德罗实际上是在强调技巧的重要性。他认为演员必须善于表演喜怒哀乐的形体动作,而且不止于掌握一种角色一种性格的喜怒哀乐，这样他才有可能扮演各种特定的角色。狄德罗在《演员是非谈》中举了一个有名的例子：

> 盖利克在两扇门当中，露出他的头来，脸从狂喜变到小喜，从小喜变到平静，从平静变到诧异，从诧异变到惊奇，从惊奇变到忧郁，从忧郁变到消沉，从消沉变到畏惧，从畏惧变到恐怖，从恐怖变到绝望，又从这么一种变化回复到原样，其间也就是四到五秒钟。

狄德罗为了否定表演时不再需要感受角色的情感而举出了这个特殊的例子，他也没有说明盖利克是在演哪一出戏。不过，这个例子是可以设想实有其事的。从狄德罗的叙述可以看出，盖利克是一个演技相当高超的演员，他至少掌握了十来种不同感情的脸部表情，而且能随心所欲地变化。① 我们并不赞同狄德罗完全否定表演时需要体验角色情感的观点，但是也不能不承认，在戏剧舞台上，是需要掌握各种各样的演技的，在特定的情境下，需要用纯熟的技巧来表演角色复杂的感情变化。技巧是绝对必要的，因为人的感情的自然形态是各种各样的，生活中每个人的喜怒哀乐的表情不能都原封不动地搬上舞台，舞台上的喜怒哀乐的表情无不经过选择和艺术的加工。表演哭泣，绝不能像实际生活那样，眼泪鼻

---

① 有人认为盖利克这样善于脸部表情变化是"进入角色"的结果，这种观点似乎站不住脚。就盖利克这段表演来看，显然是经过加工的形体动作，盖利克多少有点显露自己的艺术技巧，而在实际生活中却绝少甚至不会出现这种表情的迅速而繁复的变化，很难想象"进入角色"能够表现出来。

涕一大把。表演英雄的死,也不能给人以丑恶的感受,"我们希望这个女人倒下去的时候,要端庄、柔和,而这位英雄死的时候,仿佛古代的角斗者,在竞技场上,听着四周的喝彩声,既文雅,又高贵,姿态优美入画。"演员的这种表演,既是对角色的模仿,同时也是对外部形体动作的艺术加工。演员能否表演得恰到好处,表明演技是否达到高水平。

过去有一个偏向,就是怕谈技巧,似乎一谈技巧就是排斥演员体验生活、改造思想的必要。其实,演技有相对的独立性,演员的演技同作家的写作技巧具有同样的性质。作家要写出成功的作品需要掌握出色的技巧,演员要成功地塑造出舞台形象,也同样需要有优秀的演技。大凡杰出的演员都拥有丰富的高超的演技。如果不讲究演技,而只一味讲体验感情,那必然会流于自然主义,不能塑造出生动的准确的舞台形象。技巧是演员借以塑造舞台形象的必不可少的手段,在很多场合还具有决定的意义(上面所引的盖利克脸部变化的例子,技巧的因素就是主要的)。中外古今的一些大演员在演技上精益求精,不断磨砺的成功经验都说明技巧的重要性。狄德罗还指出,一个演员在几十场、上百场的演出中,靠什么来保持表演的一贯完美呢?他认为这就需要靠演技,重复搬演预先设计好的一套动作。不少有经验的演员,甚至反对狄德罗观点的演员也都承认,不可能在戏剧舞台上保持一贯的激情,这时候,就需要用"表演"来代替,这也能达到相当好的效果。例如"体验派"大师意大利名演员萨尔维尼谈到他演自己的拿手好戏《奥赛罗》的一个场面时说:他在美国演《奥赛罗》获得成功。有一次,当他作出惨死的样子倒下去的时候,他对扮演苔丝德蒙娜的女演员低声说:"在这个演出季节里我已经死了一百零三次,但这回是最后一次了!"萨尔维尼显然并没有在体验奥赛罗的感情,否则他不会说出这种玩笑话来的,但这并不妨碍他演好奥赛罗。事实上,不管承认与否,演员大部分时间都在那里复演事先设想好的动作(斯坦尼斯拉夫斯基说过,一场戏中,一个演员"进入角色"的时间只有四五分钟)。既然如此,一切演员就必须把提高演技作为自己的重大课题。

《演员是非谈》的第二个贡献在于狄德罗把艺术典型化的主张运用到表演艺术上,这就是他提出了"理想典范"(或译理想范本)的要求。狄德罗这样说:"最了解和最完美地把根据理想典范设计得惟妙惟肖的外部表记再现出来的人,是最伟大的演员。"以往对于狄德罗提出的"理想典范"的评价是估计不足的,一般的评论者只是从表演方法上去加以考察,而没有从狄德罗的美学观点上去评价,因此未能充分估计"理想典范"的理论意义。

狄德罗对美学研究有重大贡献。他的"美是关系"的论述把美学建立在唯物主义的基础上。他把美的观念同客观的实际生活联系起来,同社会各种关系联系起来,从而把对美的论述大大向前发展了一步。狄德罗的文艺观点贯穿着他的美学思想,"理想典范"就是体现了他的美学思想的一个概念。

在狄德罗看来,什么是"理想典范"呢?所谓"理想典范",就是演员对角色进行充分研究之后,发挥自己的记忆和想象,创造出一个符合"理想美"的舞台典型形象。

狄德罗要求于演员的,并不是模仿一般的"自然",创造出平庸的舞台艺术形象,而是模仿经过艺术加工的"自然",创造出优美的艺术典型。狄德罗并没有用"典型"这个词,但他的"理想典范"的含意却明明白白地指的是"典型"。照狄德罗看来,成功的艺术形象如阿巴贡、达尔杜弗并不等于实际生活中的某一个吝啬鬼和伪君子,"这里有他们最普遍和最显著的特征,而不是任何某一个人的准确画像。"他举出一系列戏剧中的历史人物的名字,然后问道:这"真就是历史人物吗？不是。他们是想象出来的诗的形象"。这就是说,戏剧作品中的形象虽是从现实生活中来的,但又不同于现实生活中的某一个人,他们概括了某一类人最普遍、最显著的特征,意义远远比现实生活中的原型大得多。这些观点难道不是对典型的深刻概括吗？狄德罗还指出,艺术形象应高于"模特儿",体现出"理想美","理想美"是建立在"现实美"的基础之上的。他以雕塑为例子:雕塑家发现有些模特儿比较完美,便作为素材采用了,但在雕塑的时候,他把这些模特儿身上粗糙的缺点改正过来,最后形象完成了,但这雕像已不再是"原人"。狄德罗想说明的意思很清楚:"原人"是现实美,雕像是理想美,理想美来自生活,但高于生活。显而易见,"理想典范"指的就是典型,就是理想美。

在狄德罗看来,典型是美的一种体现。狄德罗说过,"艺术中有两个重要部分,就是模仿性与理想性",又说,"最严格的选择势必导致使之变美或者在一个描写对象中聚集大自然在大量事物中分散显现的各种美。"塑造理想典范就是要表现出这种美来:演员要通过对角色的分析研究,捕捉住绘影绘声的外部动作,使之达到艺术美。生活中并不美的事物如哭泣、死亡，甚至于丑的事物，在舞台上都要表现得具有艺术美感，符合艺术典型的要求。总之，"理想典范"的主张是把艺术典型化的要求贯彻于表演艺术之中。

有一点还需要指出，狄德罗在这里把演剧视为一种新的艺术创作，虽然这只不过是根据剧本角色的一种模仿。既然是艺术创作，那当然就有一个创造典型（舞台形象）的问题，只不过演员是在戏剧家创作的典型上进行再创造而已。"诗人（按，指剧作家）有时候比演员感受更深，有时候（也许更其常见）演员比诗人意会更深。"因为演员从角色出发，进一步体会这个典型的各个方面的特点，使之在舞台上更加形象化。狄德罗举出这样一个例子：名演员克莱隆出色地扮演伏尔泰的一出戏，伏尔泰看后不由得喊道："这出戏真是我写出来的吗？"狄德罗从而得出这样的结论：克莱隆的"理想典范，在演的时候，至少高过诗人在写的时候所创造的理想典范"。这个论断固然存在着值得商榷的地方，但有一点是值得注意的，即他高度评价演员的创作活动，认为演员创造的舞台形象是更加具体、更真实可感的典型，用狄德罗的话来说，则是戏剧家写出野兽，而演员使野兽发出吼声。狄德罗充分估计到演员的主观能动作用和创作舞台形象的意义。

狄德罗还认识到，艺术典型化的问题是同艺术的真实性问题相结合的。他说："什么是舞台上的真实？是动作、谈话、容貌、声音、行动、手势与诗人想象出来的一个理想典范的符合，而这种理想典范又往往被演员加以夸张。妙处就在这里。"可以看出，狄德罗把理想典范看成是符合艺术真实的，演员的表演不完全同生活中的实际情境一模一样,而带有夸张的成分,这种夸张是艺术典型所要求的,符合舞台艺术的美。舞台艺术的妙处就在它符合生活真实,而又不同于实际生活。演员必须认识到这一点,才能不囿于个别的、粗糙的实例的束缚,敢于大胆地探索,从舞台表演的要求出发,找出富于表现力、能反映生活真实的形式来。

综上所述,理想典范是狄德罗要求演员塑造舞台艺术形象或典型的具有深刻意义的概念。他用典范一词来表达后来明确化的典型一词的含义,用理想这一形容词来加强典范这一概念高于生活、比实际生活更美的内容。这一表述形式体现了现实主义的表演艺术的根本原则,虽然在概念上有点重复,因为典范(即典型)本身就包括了"理想"这个形容词的含义。但是,从戏剧表演理论发展史的角度来看,"理想典范"的提出奠定了现实主义的表演艺术理论,对表演艺术的贡献是巨大的。

《演员是非谈》的第三个贡献在于指出了演员创作过程中的矛盾,提出了如何对待的办法。这个问题牵涉到表演艺术的固有特点:演员既要把角色扮演得活灵活现,但又不等于剧中人,这里存在着矛盾,这个矛盾就统一于演员身上。演员怎样解决这个矛盾,关系到他表演的成败,也关系到他表演的风格。

狄德罗认为,演员创造出来的理想典范并不就是演员本人,"假如这个典范只和她(指演员)一样大小的话,她的动作要多软弱、多渺小!"但是,一个身体弱小的演员却可以扮演一个伟大的人物,往往有这样的情形:由于演员成功地扮演了一个伟大人物,使观众也觉得她身材高大。狄德罗举出克莱隆为例子,他在舞台下见到克莱隆以后,才发现她是个身材不高的女演员,同自己看她表演得到的印象不相符合。正由于演员不等于角色,他就要保持非常清醒的头脑,要能控制住自己的一切行动,这样,他才能按照自己创造的理想典范毫不走样地复演出来,即使有时遇到了特殊情况,例如演员身上的饰物掉落在舞台上,他也能冷静地把这饰物踢到后台,或者碰到一张椅子摆得不是地方,他能自然而然地把椅子摆好,使戏正常地演下去。

  狄德罗进一步指出,演员必然带着自己个人的特点去扮演角色,因此,不同的演员对同一角色的扮演,会塑造出不同风格的舞台形象。指出这一点在于强调演员要有自己的表演风格。狄德罗主张演员在舞台上要排斥敏感的表演,代之以冷静、清醒、有控制力和判断力,即所谓"表现派"的表演风格。这里暂且不谈能不能绝对保持不动感情,但以冷静态度为特色的演员在戏剧史上却不乏其人。表现派大师哥格兰就提出演员的双重人格问题,认为每个演员都分"第一自我"和"第二自我",第一自我是扮演者,即按角色想象出要扮演的人物,第二自我是工具,即由自身去表现这个想象中的人物。第一自我要完全控制第二自我,"即使当深受他的表演所感动的观众以为他已经无法控制自己的感情的时候,他仍然应当能看清自己正在做什么,判断自己的表演效果和控制自己——一句话,在竭尽全力、异常逼真地表现情感的同时,他应当始终保持冷静,不为所动。"哥格兰在这里发挥了狄德罗的理论,虽然他完全排斥情感是不对的,但他的观点仍有合理的因素。在理智与情感这两者中,在表演的大部分时间内起主导作用的是理智,这是我们今天已经明确认识到的。狄德罗和"表现派"强调理智还是符合舞台艺术规律的。

"表现派"虽然宣称排斥感情,实际上是做不到的,只不过这一派的表演内心情感的冲动较少而已。而"体验派"虽更注意内心情感的真实流露,但他们也离不开理智。在戏剧史上始终存在着这两大表演流派。应该说,两派的表演艺术家都曾创造出成功的舞台形象,我们没有必要厚此而薄彼。文艺的百花园里需要百花齐放,在表演艺术的领域里,也可以容许不同风格的表演流派并存。"表现派"是有它的长处的,这就是表演得比较精确,能够反映角色的种种极细微的变化层次,用狄德罗的话来说,是"有发展、有飞跃、有停顿、有开始、有中途、有顶点"。表演效果也比较稳定统一。当然,这是相对而言的。

但是,过去似乎有这样一种倾向,就是演员们更愿意承认自己是"体验派",而不愿意属于"表现派",似乎"表现派"是形式主义的,不能塑造出生动的有血有肉的舞台形象。其实这是对真正意义上的"表现派"的误解。这种倾向并不利于各种不同风格的表演艺术的发展。

在指出《演员是非谈》对表演艺术的贡献的同时,也要指出狄德罗的论述所存在的偏激之处。

首先,狄德罗反对演员在舞台上的一切敏感表现、一切情感的流露,把感情和理智完全对立起来。狄德罗不理解感情和外部形体动作之间的有机联系。对演员来说,一定的思想感情的自然形态固然未必能表现为舞台上所要求的形体动作,但是,思想感情总是可以表现为舞台上的形体动作的,当两者达到一致时,能够使形体动作具有更感人的力量。在舞台上这样的时刻虽然很短暂,却十分宝贵。狄德罗看不到这一点,因而把模仿形体动作置于绝对的地位上,认为演员在舞台上的动作完全是不动感情的模仿,演员的表演是模仿骗取观众感情的外在表记。这样,狄德罗便将感情和外部表现形态割裂开来,他看不到演员在流露真实感情时仍然可以理智地控制自己,在进入角色时仍然受到意志力的控制,否则他就不可能背诵台词,按剧本把戏演下去。必须分清凭灵感和一时冲动随意即兴的表演以及受理智控制的、有一定限度的进入角色的表演,不能因为反对前者而否定后者。

再说,舞台上的表演恐怕也难于做到不让任何感情的真实流露。演员在扮演角色之前长时间对这个角色进行了研究,从各方面去领会角色的思想感情,他对这个角色已经有了某种感情,他怎能在演出时完全抛弃角色的思想感情而像机器人一样复演动作呢?如果说,在一定的场合演员通过模仿外形动作来表演还是可能的话,那并不能说在所有场合都能做到这样,否则演员就表达不出自己深有体会的地方(这正是他对角色带有感情色彩的表露),就会是毫无个人特色的表演,角色就会是毫无血肉的。

狄德罗的偏激思想,其根源来自他的机械唯物论。狄德罗不了解理智和感情,外部动作和思想之间的互相影响、互相作用的辩证关系,而往往强调了它们彼此之间的一定独立性。在思想方法上则是形而上学地观察问题:他看到单凭灵感演戏的弊病,就一股脑儿地否定了舞台情感、进入角色,认为这样必然会"表演本人的性格",表演个人的情感。他的模仿说也有绝对化的弊端:他认为演员要按照理想典范一丝不走样地演戏,或者说,理想典范一创造出来,演员就可以一劳永逸了,以后只是重复而已。事实上,理想典范既没有艺术的止境,也不可能每次演出都达到同一标准。演员的舞台实践是一个永不停止的、不断创造的过程,他总是在不断摸索、不断改进自己的表演。狄德罗也承认演员的表演一般是后面比前面好,原因在于演员是在不断总结自己表演的得失而有所提高。

尽管有以上的偏激观点,狄德罗仍不失为第一个系统性总结表演艺术的戏剧理论家,他奠定了表演艺术的现实主义基础,并为演剧两大流派之一的"表现派"提出了理论依据。《演员是非谈》是关于表演艺术的一份重要文献,它的贡献是巨大的,因而得到后世人们的广泛重视。

1979 年 9 月

寓言诗的翘楚
——论拉封丹的寓言创作

拉封丹(1621—1695)是以短小的寓言诗而达到与法国古典主义剧作家莫里哀、高乃依、拉辛齐名的诗人。他的寓言创作不仅在法国文学史上占有独特的地位,而且对欧洲各国的寓言作家产生过重大影响,具有世界声誉。伟大的作家歌德和巴尔扎克都曾高度评价过他的寓言创作,歌德肯定他的寓言具有很高的"诗歌价值",巴尔扎克认为"不幸的经历丝毫没有泯灭他的天才禀赋"。歌德和巴尔扎克的评价代表了后世作家对拉封丹的充分肯定。拉封丹的成就值得我们重视和研究。

寓言是一种古老的文学体裁,它以其短小精悍,富有教育和启发意义而深得群众的喜爱。如我国先秦诸子散文中的寓言历来是脍炙人口的。优秀的寓言保持着经久不衰的魅力,往往会从中产生出一些谚语和成语,从而丰富民族语言。文艺需要各种各样的体裁,不同的体裁都可以产生优秀的作品;寓言是文艺百花园里一个不可忽视的品种。拉封丹的寓言创作就证明了这一点。好好总结他这份优秀遗产,将有助于我国寓言创作的繁荣。

一　生平和思想

拉封丹出生在一个小官吏的家庭里,他父亲是沙多—蒂埃里的水泽森林管理和狩猎官,母亲出身于家境富裕的医生家庭。拉封丹的家庭属于中小资产阶级。拉封丹是长子,得到较好的教育,从小就熟读希腊罗马作家的作品以及 16 世纪马罗、拉伯雷、蒙泰涅和七星诗社诗人的作品,受到人文主义的熏陶。一直到中学毕业,拉封丹都有机会同农村的大自然接触,陶醉在大自然的旖旎风光之中,这对他日后的创作起了十分重要的作用。1641 年拉封丹进入巴黎的一所祈祷派的神学院,一年半后他转攻法律,毕业后任巴黎法院的咨询律师。他耳闻目睹法院的腐败内幕,深感不满,他自小形成的自由不羁的性格使他决然离职回家。这时期他同一个诗人小团体来往密切,对诗歌发生浓厚兴趣。他曾试译过罗马喜剧家泰伦斯的《阉奴》。1652 年,他继任其父的职位,但他既不胜任这个官职,又不善于理财,家境迅速败落。1656 年或 1657 年,他被介绍给财政总监富凯,他献给富凯一首牧歌《阿多尼斯》,富凯给他赏赐,他为富凯作诗,赞美富凯府邸的华美。1661 年 9 月富凯被捕,拉封丹写了一首诗《给伏邸水仙的哀歌》,为富凯说情,后又写了一首颂歌,继续为富凯辩护,这些诗竟得罪了朝廷,甚至有人告状告到国王那里,使他不得不出奔至里摩日。这一事件在拉封丹的生活中起了极大的波澜。自此他对朝廷十分不满,从而开始冷眼观察现实。60 年代初,他开始撰写故事诗,1664 年出版了《故事诗》第一集(至 1685 年才陆续出齐)。《故事诗》的内容是从家庭生活的角度去描写教士、法官的丑态的,虽然有些不健康的地方,但《故事诗》的写作表明作家的创作倾向产生了重要的变化。拉封丹在这之前还只写些不着人间烟火的作品,或者是按神话传说敷衍故事,或者是写些庆贺应酬之作。而《故事诗》则是直接描写社会生活,尽管题材仍然是从薄伽丘等人的作品中撷取而来的。这是拉封丹转向注意观察封建朝廷和社会现实的结果。

这种结果更多地反映在寓言诗的创作上。他写寓言诗也始于60年代初,有的诗先在民间流传。1668年拉封丹出版了《寓言诗》第一集,共六卷,获得了很大成功。《寓言诗》第二集共五卷,于1678年至1679年出版,最后一卷发表于1694年。

拉封丹从事寓言诗创作时已经四十多岁,他的世界观已基本形成。在古典主义作家中,拉封丹的思想同莫里哀较为接近,具有唯物主义和反宗教的倾向。但与高乃依、拉辛等作家不同,拉封丹对笛卡尔唯理主义的某些论点是颇不以为然的,他在寓言诗中多次指出,他不同意笛卡尔认为动物是简单的机器的观点。他明确反对把笛卡尔尊为神(《致拉沙布里埃尔夫人》)。拉封丹信奉的是伽桑狄。他同拉沙布里埃尔夫人来往了二十年,她家的沙龙经常谈论伽桑狄的哲学,有个名叫贝尼埃的甚至为她撰写了一部《伽桑狄哲学简论》,拉封丹颇受影响。在《寓言诗》中,拉封丹对古希腊罗马的唯物论哲学家伊壁鸠鲁和卢克莱修有不少论述,而伽桑狄正是这两个哲学家的继承者。伊壁鸠鲁的学说发展了具有朴素唯物主义的原子论,提出了否认宗教的进步论点,并认为人生的目的是寻求快乐或幸福。在《德谟克利特和阿布德尔人》一诗中,拉封丹认为"伊壁鸠鲁的老师"德谟克利特指出存在原子,强调过要解剖大脑,因此应看作一个哲人。从拉封丹对德谟克利特的赞赏中,可以看到他对伊壁鸠鲁主义的推崇。事实上,拉封丹在唯物论、反宗教和幸福主义等这几方面都接受了伊壁鸠鲁的主张。至于古罗马哲学家卢克莱修,他进一步发展了伊壁鸠鲁的朴素唯物论。拉封丹曾经仔细研读过卢克莱修的著作,有不少段落还能背诵出来。他在《金鸡纳霜》一诗中承认自己是"卢克莱修的门徒"。据研究,《寓言诗》中有上百处能同卢克莱修的观点衔接起来。拉封丹的唯物论思想比较集中地反映在《星占》这首诗中。拉封丹反对星占迷信,否认"在天上就注定了我们的命运"的荒谬说法,指出星占术士鼓吹的人类命运决定于"两星在天空的相遇"是站不住脚的。他讥讽地说,这些星占术士为什么没有一个人能道出目前欧洲局势的发展呢?可见他们并没有预卜的本领。拉封丹进一步阐明,木星、太阳和火星都是没有知觉的物体,另外,宇宙中存在无限的真空。这些观点表明拉封丹接受了当时自然科学得出的先进结论,是个唯物论者,同时,他对无限真空的认识也说明他反宗教的思想有相当牢靠的基础。

但是,拉封丹的世界观具有两重性,他的思想存在着唯心论的地盘。他十分推崇唯心主义哲学家柏拉图,他有时也承认上帝的存在,说什么"人的一举一动都逃不过神明的眼睛"(《神谕和轻慢神的人》)。因此,他在晚年皈依宗教并不是偶然的。拉封丹的思想的两重性还表现在他一方面对宫廷和权贵不满,另一方面又常常接近大贵族,如有可能也极力想获得宫廷和国王的青眼。

然而,在六七十年代,拉封丹的思想主要还是属于较激进的一面,《寓言诗》第一集和第二集就是在这种思想指导下写成的。

二 《寓言诗》的内容

《寓言诗》共有二百三十九首。表面看来,绝大多数诗篇都不满百行,编排也缺乏系统性,题材多半也取自前人,但是,《寓言诗》这种松散的结构却包含着极其丰富的内容。

拉封丹在《寓言诗》中力图描绘的是 17 世纪下半叶的法国社会。他在《老人和他的孩子们》一诗中写道,他的寓言诗多数取材于伊索寓言,如果说他增加了一些什么,那就是"为了描绘我们的风俗"。在另一首诗中他又说,寓言诗的主题"都能在当今现实中碰到"。寓言诗描写的大部分是动物,而其实写的是人间社会:"这些寓言是一幅画卷,我们每个人都在其中得到描绘。"(《寓言诗序》)拉封丹明确地把反映社会现实当作寓言诗创作的根本目的,从而使《寓言诗》具有丰富的社会内容。在这方面,当时只有莫里哀才能与之媲美。

首先,《寓言诗》大胆地对封建王朝的黑暗腐败进行了有力的揭露和抨击。第二集第一首《患瘟疫的野兽》是封建王朝的一幅缩影,诗人用形象的描绘无情地暴露了封建社会的阶级关系。诗歌开篇写群兽中流行瘟疫,因为上天要惩罚"人间的罪行",群兽的生活于是失去了正常秩序。狮王召集群臣开会,由他最先发言。他说,为了平息老天爷的愤怒,需要把"我们之中罪恶最大的"拿去祭献。那么,罪恶最大的是谁呢?狮王无论如何不能回避自己的罪

恶,但他自有办法洗刷自己,他假惺惺地说:

> 我们不要自我吹嘘,要毫不留情
> 察看我们自己的良心。
> 至于我,为了满足贪婪的胃口,
> 吞噬过绵羊不知有多少头。
> 他们冒犯过我吗?没有;
> 有时我甚至吃过牧羊人。
> 因此,如果需要,那我就献身;
> 但我想,人人都像我这样认罪才好;
> 因为根据公道,应该罪最大的作牺牲。

狮王的话锋一转,就把自己排除在祭献者之外。群臣马上接过他的话头。狐狸最狡猾,他谄媚狮子说,国王审慎深虑,无微不至,羊是坏蛋,是贱民,吃羊根本算不了什么罪恶,这反而是给了羊很大的面子。这番话博得了喝彩。狮子不能冒犯,老虎、熊等大野兽也同样不能触动,连守门狗也把自己说成圣徒。轮到老实弱小的驴子说话,它承认自己啃了舌头那么大一块青草。群兽于是起而攻之,有法律人士身份的狼主张把这该死的兽类拿去祭献,认为驴子"罪大恶极,死有余辜"。最后大家将驴子"伏了法"。这首诗中,狮王的虚伪阴险,他的大臣的逢迎拍马、蛮横凶恶,小民的无辜和受宰割,都写得栩栩如生。它显示了封建王朝层层统治机构的暗无天日,表达了作者对统治人物丑恶嘴脸的谴责和对被压迫者的同情。它所反映的正是封建专制制度下的社会现实。当时,国王同群臣的关系,统治者和人民的关系,就处在这样极端专制的状态中。拉封丹笔下的狮王有很多路易十四的特点:他是臣民的主宰,臣民的人身和财产都属于他;他凌驾于法律之上,法律不是为他而设的,或者说,法律只有靠他的权威才具有力量;他是一个十足的专制君主,处于封建金字塔的顶端。在《牝狮的葬礼》中,狮王是一个暴虐的统治者,谁要是不对狮后的去世表示哀悼,就要把他拿去祭奠狮后。在《狮子的朝廷》里,拉封丹指出狮王是用"壮丽堂皇的场面,向他的臣民摆出自己的力量"。而他的罗浮宫是个真正的藏尸所,有谁嗅到扑鼻的臭气而露形于色,便会受到严酷的处罚。这些描写用在路易十四身上,是颇为合适的。同时,拉封丹也写到这个君主虚弱的一面:他到了年老体衰的时候,悲怆、忧郁,廷臣中这个踢他一脚,那个咬他一口(《老了的狮子》),也就是说,豪华显赫的宫廷总有败落的一天,那时,国君就会面临众叛亲离的局面。拉封丹曾明确声称:"人们不能过于颂扬三种人:天神、情人和国王。"拉封丹不仅不过于颂扬国王,反而颇多针砭。把国王的暴虐和他的虚弱揭示得如此鲜明,在法国古典主义文学中,拉封丹是较为突出的作家。

除了国王,《寓言诗》对廷臣的抨击也十分犀利。狮王之下,凶恶的野兽逐级而下,他们也是丛林中的统治者,同时也是人间各级官吏的写照。拉封丹把他们说成是一群"变色的蜥蜴,听话的猴子"。他们为了趋奉求荣,互相之间陷害倾轧:狼在生病的狮王面前毁谤狐狸不来觐见,想给狐狸背后插一刀;狡猾的狐狸见机行事,恣悉病狮用生剥下来的狼皮裹在身上治病,把他的对手置于死地(《狮子、狼和狐狸》)。拉封丹特别揭露了封建官僚机构的徇私舞弊、榨取民脂民膏的黑暗内幕。《颈上挂着主人的膳食的狗》描写一只狗带着主人的膳食回家,途中遇到别的狗都来抢食,他眼看保不住这份食物,便首先咬去一大块,于是猛狗、野狗一起来争食,个个都捞了一把。这些狗就是"议员、市长,大家都在贪污,本事最大的做别人的表率"。《走进谷仓的黄鼠狼》描写一只黄鼠狼从小洞钻进谷仓,大享盛馔,过了一个星期,吃得脸孔通圆,两颊丰满,浑身肥胖,再想从小洞出去已经不可能了。这是对贪污成风、中饱私囊的官吏的辛辣讽刺。至于法院,作者通过蜜蜂和大黄蜂相争认领无主蜂巢的故事,指出在法院案子往往悬而不决,一放就是半年,目的是"鱼肉我们,宰割我们,用拖延的办法来剥夺我们。"(《大黄蜂和蜜蜂》)拉封丹在《狐狸、苍蝇和箭猪》中,直接指责法官和宦官是剥削者。诗人还往往把法官描写成假慈悲的猫,养得又肥又胖,小兔和黄鼠狼到他那里去争讼,却被假仁假义的猫伸出脚爪,抓住他们,吃得咯咯作响(《猫、黄鼠狼和小兔》)。《牡蛎和诉讼者》描写两个旅客在海滩拾到一只牡蛎,请第三者来评判牡蛎属于谁,却被第三者吞吃了去。作者愤愤地说:"试把今日的诉讼费统计一下,再把很多家里所剩下的钱计算一下,你就可以看出,法官是在那里刮钱,只将空钱袋留给诉讼的人。"路易十四时期,法院的贪赃枉法达到空前未有的程度。拉封丹当过最高法院的律师,深谙此种情况,《寓言诗》表达了他对这种腐败制度深恶痛绝的鲜明态度。

拉封丹笔下这幅封建朝廷和统治机构的图画,在同现实繁华辉煌的外表相互对照之下,显得十分刺目,但这却是十分真实的对现实本质的描绘。17世纪六七十年代法国确实走上了封建社会鼎盛的时期,但这是以进一步实施君主绝对专制为代价的:1661年马扎兰病逝,路易十四亲政掌权,他大批撤换官员,起用自己的亲信,财政总监富凯的被捕就是这一行动的先声。路易十四终于达到集政治、经济、军事大权于一身的目的,宣布"朕即国家"。拉封丹从自身经历出发,对这种专制统治心怀不满。六七十年代路易十四自恃国力强盛,发动了一系列对外战争,耗费了大量资财,已经开始隐伏着国内的危机。他的庞大的官僚机构已成为封建制度的一种弊病,卖官鬻爵的制度日益盛行,终于成为封建机体不治的赘瘤。路易十四的宫廷穷奢极欲,开支浩大,也助长了贪污的风气。这些都是专制制度的痼疾。《寓言诗》对之加以暴露具有十分重要的现实意义。

与此同时,《寓言诗》还对封建制度的支柱——贵族和僧侣进行了入木三分的揭露和愤怒的鞭挞。《狼和羔羊》是其中揭露性较强的一篇:

> 一头羔羊正在饮水解渴,
> 就在一条清澈的水流里。
> 一只饿狼乘机猝然而至,
> 把他引到这儿的是饥饿。
> 这怒气冲天的野兽说道:
> "你怎敢来搅混我的饮料?

这样胆大妄为要受惩罚。"
"老爷,请您息怒,"羔羊回答,
"但愿老爷能够体察下情,
我在这条水流之中小饮,
在您的下游有二十多步;
因此饮水绝对不会弄污。"
残暴的野兽吼道:"搅浑了!
再说,去年你讲过我的坏话。"
羔羊说:"那时我没生出来,
怎么会骂您?我还在吃奶。"
"如果不是你,就是你哥哥。"
"我没哥哥。""是你家某一个,
因为你们,牧羊人,还有狗,
对我一点儿也不肯放过。
人家对我说:仇我非得报。"
说到这儿,狼拖走了羊羔,
在森林的深处把他吃掉,
任何形式的审判也用不着。

作者一针见血地指出,在这个社会里,"强者的理由总是最好的理由。"拉封丹的这则寓言通过生动形象的描绘揭露了这条"理由"的荒谬:在狼和羔羊的对话中,恶狼的面目一层层地剥露出来,他杜撰的一个个"理由"都被羔羊批驳了,便索性什么理由也不要,用强力和牙齿来满足自己的欲望；强力和牙齿就是他最后的理由。这篇寓言是对"强权即公理"的豺狼逻辑的生动绘写。在《小母牛、山羊和绵羊跟狮子合伙》中，山羊网到了一只鹿，狮子把鹿分成四份，然后说："第一份应该是我的，理由是我叫做狮子，这是不容有异议的。第二份，根据权利，也应该归我；这个权利，你们知道，就是强权。我最勇敢，因此我要第三份。如果你们之中有谁敢去动第四份，我就立即把他扼死。"在中世纪，这则寓言本是狼、狐狸跟狮子合伙，拉封丹改为弱小动物与狮子合伙，便改造了这则寓言，突出和暴露了强权的横暴。这正是现实生活中封建权贵欺压人民、掠夺人民、为所欲为、作威作福的形象概括。

《寓言诗》还揭露了封建权贵的寄生性和腐朽性。17世纪的封建大贵族享有很多特权，他们可以在自己的领地上称王称霸，讲究排场，过着荒淫无耻的生活，他们是一股落后的保守的势力。在《想变成像牛一样大的青蛙》中，作者借不自量力，企图与牛比试谁的个儿更大，结果胀破肚皮的青蛙，指责封建大老爷讲求威势，也要像国王一样有侍从少年，甚至派出自己的"大使"。《园丁和贵族》抨击了大贵族在自己领地打猎的特权：一个市民有块园地，发现有只兔子在园里偷吃菜蔬，他没有权利打猎，只能请求贵族来猎取兔子，这样一来便遭了殃。贵族带了一班人马，除了大吃一顿，调戏主人的女儿，还把园地踩得一塌糊涂，"猎犬和猎人在一小时内所造成的损失比全国所有兔子一百年可能造成的损失还要大。"这幅情景在夸张中隐含真实，当时，贵族常常打猎自娱，农民要忍受他们对农田的糟蹋，有如忍受一场飞来横祸。《人和蛇》对贵族的寄生生活也有深刻的揭露。诗中写道：显贵人物"老是以为一切都为他们而生"，所以，他们吃了母牛的乳，出卖小牛，母牛老了，便被甩到一边；公牛为他们辛勤耕作，到头来却被当了祭牲；树木给他们避暑挡风御雨，还给他们以果实，最后成了他们炉中的炭薪。他们的寄生性是如此可憎可恶，通过寓言的描写，使人一目了然。封建权贵在精神上是非常空虚的。《狐狸和半身像》一开篇就说："高贵人物大部分都是舞台上的假面具；他们的外表吓倒了庸俗的偶像崇拜者。"而其实，大贵族恰好像半身像，有"很美的人头，可是没有脑子"。《猴子和豹》讽刺封建权贵"只有衣服是他们的一切才华"。这是对行尸走肉的封建权贵的深刻揭露。

僧侣同贵族一样是特权阶级，过着寄生生活。他们不同于贵族的地方，在于更加虚伪，可以披着宗教外衣，无恶不作。《背神像的驴子》的结论似乎在指责不学无术的法官，而寓言本身其实是抨击僧侣：一头驴子背了神像，以为旁人是在礼拜他，所以就傲步而行，架子十足地接受香火和圣歌。这难道不是靠宗教迷信享受特权的僧侣的写照吗？同样，《老鼠会议》似乎是嘲讽朝廷里空谈的议士，最后则直接点出教士会和牧师会。拉封丹的手法十分巧妙，他似乎在针对比较便于批评的法官和议士，其实这是一种遮眼法。看起来，内容和结论是矛盾的，实际上却完全可以一致：僧侣、教会、法官和朝廷议士虽然职责不同，却都起着维护封建统治的作用。《小公鸡、猫和小鼠》把僧侣比作外貌温和、谦逊、仁慈、文雅的猫，其实是伪装的凶恶的敌人，"他的饭餐是建立在吞噬我们的基础之上的"，一语道破了天主教会的伪善和压榨人民的本质。

在《寓言诗》中，反映劳动人民悲惨生活的内容占有重要地位。拉封丹总是同情生活在社会底层的人们，站在弱小者一边。《死神和樵夫》是他直接描写农民困苦生活的杰出诗篇：

> 一个穷樵夫，全身被枝叶盖住，
> 不堪柴捆的重压和岁月的重负，
> 呻吟叹息，弯腰曲背，步履沉重，
> 费力地走回被烟熏黑的茅屋。
> 他终于心酸难熬和筋疲力尽，
> 放下了柴禾，寻思自己的不幸。
> 自从来到人间，他可享过欢乐？
> 比他更穷的人，世上何曾有过？
> 往往没有面包，从来没有休息，
> 他的妻子，他的儿女，捐税兵痞，
> 债主临门，还有徭役，各种重压，
> 完整地构成一幅穷人的图画。

这首诗真实地描绘出 17 世纪下半叶的法国贫苦农民的悲惨处境，他们既要交纳多如牛毛的捐税，又要去服繁重的徭役，一方面要遭受高利贷者驴打滚的经济剥削，另一方面还要忍受兵痞的骚扰滋事，更有妻子儿女的拖累，因此缺吃少穿，终年得不到休息，生来没有享受过人间欢乐。从这首诗可以看到拉封舟对挣扎在死亡线上的农民抱有深挚的同情。《老妇和两个女工》反映了手工工人所受的沉重压榨。诗中写道,每天天不亮公鸡一啼叫,可恶的女主人就"点着了灯,一直跑到那两个可怜的女工还在沉睡的床边",催她们上工。她们忍受不了这牛马般的生活,开始进行反抗,把公鸡杀死。但是,女主人代替了公鸡,她怕错过时辰,像夜游神一样半夜就起来活动。拉封丹注意到手工工人的生活处境,并描写到她们的初步反抗,这在当时来说,是十分难能可贵的。《多瑙河的农民》塑造了一个敢于藐视强暴的农民形象。诗歌叙述一个来自受罗马人蹂躏的多瑙河畔的农民代表,他到罗马后向罗马帝国的掌权者们发表滔滔讲话,要求罗马人撤离。他的雄辩不得不使罗马统治者折服。《鹰和甲虫》是弱小者战胜强暴者的一曲小小的颂歌。甲虫因为鹰不肯放过自己邻居兔子约翰的性命,将鹰卵打得粉碎。鹰在更高的山岩筑巢,甲虫再次报复成功。鹰求天王保护,将卵置于天王膝头。甲虫把兽粪落在天王衣服上,天王起身拂拭,鹰卵又落地而碎。出庭辩论,甲虫有理,天王只得息事宁人。在这首诗里,弱小者的智慧和胆量得到了歌颂,弱小者的正义得到了伸张。这首诗同《狮子和小蚊虫》比较起来就有力得多了,后面这首诗先写小蚊虫逗惹狮子,使狮子狂怒却无可奈何,终至筋疲力尽。可是作者笔锋一转,让小蚊虫落入蜘网,这个转折不免大煞风景,虽然作者想说明别的问题,但对小蚊虫的形象塑造不够理想。小蚊虫不像小甲虫那样,小甲虫是个完整的小斗士的形象。《寓言诗》还赞扬了劳动者的一些美德。《补鞋匠和银行家》描写一个以唱歌为乐的补鞋匠自从得了银行家的一百块银币以后,就失去了歌声、失去了欢乐和安宁,他终于不要这些银币,要恢复过去的生活,这则寓言写出穷人对"人们日夜为之辛劳的那样东西"——金钱的鄙弃。《樵夫和默居尔》也赞扬了樵夫不贪财的可贵品质。正是在这些生活在社会底层的劳动者身上,作者看到了他们诚实勤劳的美德。

《寓言诗》中大量的诗篇是关于生活经验的,涉及面相当广泛。作者总结出许多有意义的生活哲理,有些是直接继承以往寓言家的结论,有的则是作者从当时社会生活中提取的有益见解。较有价值的首先是对劳动的赞颂。《农民和他的孩子们》写道:"要工作,要勤劳;劳动是最可靠的财富。"作者叙述了这样一个故事:一个农夫觉得自己不久于人世,把他的孩子们都叫来说:千万不要变卖遗产,因为有一宗财宝藏在里面,你们一找就会找着的:秋收之后,去犁一犁田,到处都要翻遍。农夫一死,儿子们把田好好翻了一遍,一年以后获得丰收。田里其实并无所藏,"可是父亲真是明智,在临终时告诉他们劳作就是宝藏。"这则寓言古已有之,拉封丹从中抽出的教训进一步赞美了劳动创造一切的生活真理。拉封丹对劳动的看法并非孤立地只有这一篇。在《商人、贵族、牧人和王子》这则似乎完全是他构想出来的寓言中,他叙述了四种不同阶层的人遇难流落到新大陆,沦为乞丐。商人想以替人补习算术来谋生,王子表示要教授政治,贵族说要讲授徽章学,牧人则认为他们都是纸上谈兵,无以济急,解决不了当天的饭餐。他马上到树林里去砍了好几捆柴,解决了生计。作者的结论是:"由于天赐的才能,手的劳动是最可靠和最迅速的援助。"这则寓言比前面那则更进了一步,作者甚至将劳动者的作用置于商人、贵族、王子这些高贵人物之上,认为劳动者掌握了劳动的本领,在特定条件下要比这些高贵人物更有用,另外也说明了直接解决人们生活问题的首先是劳动这一平凡的真理。从这种观点出发,拉封丹在《寓言诗》中贬斥了好逸恶劳的思想。有名的一篇寓言《知了和蚂蚁》写道:

> 知了整个夏天
> 都在唱歌消闲,
> 北风终于来到,
> 她可样样缺少,
> 没有一点苍蝇,
> 小虫更不见影。
> 她找邻居蚂蚁,
> 前去叫饿喊饥,
> 恳求蚂蚁宽容,
> 借给几粒麦种,
> 捱到春天来临:
> "动物一言为定,
> 明年秋收以前,
> 连本带利还清。"
> 蚂蚁不爱出借,
> 多少算是缺陷。
> 她对借债者说:
> "热天你没干活?"

> "请您不要见怪,
> 逢人唱个痛快。"
> "唱歌?真是舒服:
> 何不现在跳舞!"

这首诗是对游手好闲的懒汉的绝妙讽刺。知了被写成只知玩乐、不事劳动的反面形象,勤劳的蚂蚁理所当然的拒绝借贷。这首诗放在诗集的第一首,固然是因为写得别致,但也说明拉封丹对其内容的重视。这与他同情劳动人民的悲惨命运、赞赏劳动者的优秀品质是一脉相通的。

《寓言诗》有不少诗篇是总结斗争经验的。《乡下人和蛇》是伊索寓言中著名的一篇,拉封丹改变了结尾,描写乡下人发现蛇苏醒后要咬他,愤怒地用斧头将蛇砍为三段:"慈善本来是好的:但是对谁讲慈善?问题就在这里。至于忘恩负义之徒,结果没有一个不惨死的。"这个乡下人十分机警,他能当机立断,将蛇杀死,才幸免于难。他不同于伊索寓言中那个农夫的地方,就在于他具有农民迅速适应实际生活的本领,能从斗争中学习斗争方法。作者的结论也颇能发人深省。《狼和绵羊》描写绵羊和狼彼此议和,狼以小狼作押,绵羊以狗作押。小狼长大后把肥羊咬死拖走,而老狼也把高枕无忧地睡着的狗统统扼死:"对于坏人必须继续战斗下去。和平本身是极好的,这点我同意;但是遇到不守信用的敌人,和平又有什么用处呢?"这首寓言诗谈的也是对敌人要保持警惕性,不可松懈战斗意志。同上篇对慈善的看法一样,作者的见解包含着一点辩证的思想:我们既需要和平,但又要认清敌人的本性,作好两手准备。这不能不说是从人民的斗争中总结出来的相当深刻的哲理。在《寓言诗》中,拉封丹对欺骗、奸诈尤为痛恨:"阴险的口舌,用了它那恶毒的手法,什么阴谋干不出来!从潘多拉①的箱子里散布出来的许多罪恶之中,最值得令宇宙痛恨的,在我看来,就是奸诈。"(《鹰、野母猪和牝猫》)《变成牧人的狼》写道:"骗子的诡计始终要给人拆穿的",豺狼的本性不会因为披上了人皮而有丝毫改变,它的本性会暴露自己。《公鸡和狐狸》中,狐狸想把公鸡骗下树来,公鸡以其人之道还治其人之身,慌说看见猎犬来了,把狐狸吓跑,"对骗子施行欺骗是加倍的痛快。"拉封丹指出:"世界上从没有缺少过骗子:自古至今,以行骗为职业的人多不胜数。"(《骗子》)然而,"计划得最周密的诡计可以危害诡计的制造者;缺乏信义的行为往往害了自己。"(《青蛙和老鼠》)除了对欺骗行为的谴责以外,《寓言诗》还强调团结互助的必要(《老人和他的孩子们》《驴子和狗》等),认为实用胜于美观(《望见水影的鹿》等),向往自由的生活(《城里老鼠和乡下老鼠》《狼和狗》等),凡此种种,都是从生活中撷取的经验,有的至今仍然保持它们的价值。

综上所述,《寓言诗》的内容反映的是17世纪下半叶的法国封建社会,从它所揭露的专制王朝的黑暗腐败、贵族和僧侣阶级的横行霸道、劳动人民的悲惨生活,以及充斥当时社会的种种恶习,可以看到法国封建社会开始趋向没落的历史现实。上文已经提到,

---

① 潘多拉:希腊神话中火神之女。丘比特为了惩罚普罗米修斯盗取天火给予人类,命令她下凡,并送给她一只箱子,打开以后,里面所藏的一切灾害都散布人间。

拉封丹写作《寓言诗》的年代，法国封建王朝正达到极盛时期。但这一阶段十分短暂，它一到达顶峰便开始走下坡路，转向衰落的过程。《寓言诗》所描绘的，正是封建社会所呈现的种种败象。这种败象从社会的上层到社会的底层都有所表现。拉封丹由于自身的经历对现实有着比较清醒的认识，又由于有着唯物论的指导，对问题分析得比较深刻，能做到由表及里。归根结底，拉封丹是站在中小资产阶级的立场上来观察现实的。这一阶层的地位很不稳固，他们受到大贵族和大资产阶级的压迫和排挤，常常入不敷出，经济拮据，稍有风波，便濒于破产。因此他们对统治阶级怀有不满，对下层人民又有一定的同情。拉封丹自己就是日渐贫困，以致只能仰人鼻息，寄人篱下的。从《寓言诗》也可以看出他的中小资产阶级的立场。《牧人与海》是影射东印度公司的，该公司于1664年建立，1667年开始衰败，1672年宣告破产倒闭，这一事件轰动了当时的社会。在这个过程中，极少数大资产者发了横财，而无数中小资产者却破了产。拉封丹不由得发出"一人致富，万人荡产"的感叹。他正是站在破了产的中小资产阶级的立场上抨击封建社会的黑暗，而对劳动人民表示同情的。

《寓言诗》揭露和抨击现实的锋芒激怒了封建朝廷，拉封丹自此以后受到宫廷的冷落。古典主义理论家布瓦洛的重要著作《诗艺》出版于《寓言诗》第一集之后(1674)，但布瓦洛却把寓言排除在各种文艺形式之外，悲剧和喜剧不用说，寓言的地位连牧歌、颂歌等形式都比不上——布瓦洛根本没有列举寓言。这究竟是什么原因？布瓦洛和拉封丹有忘年之交，就在1664年拉封丹发表了两篇故事诗,遭到攻击时,布瓦洛曾经撰文对其中一篇表示赞赏,说它出自阿里奥斯托的思想,写得朴实自然。布瓦洛和拉封丹的友谊一直没有出现什么挫折,这里面不可能有个人恩怨的关系。布瓦洛是接近宫廷和国王的,他的《诗艺》是在宫廷许可的范围内阐述古典主义的理论。他没有把寓言列入文学样式之内,应该说反映了当时宫廷的态度。还有一件事实:1683年拉封丹与布瓦洛同为学士院的候选人,在预选时拉封丹的票数遥遥领先,但在路易十四的干预下,竟让布瓦洛入了学士院,国王的态度反映了宫廷对拉封丹的创作的不满。后来拉封丹入学士院,还当众宣布了国王的圣旨,说拉封丹承认了自己的"过错",表示要有所改变云云。

然而,宫廷的冷眼对待以及《诗艺》的贬抑都不能抹杀《寓言诗》的价值,《寓言诗》在古典主义文学中占据着独特的地位。从寓言的发展史来看,拉封丹的《寓言诗》正是由于深刻揭露和抨击了丑恶现实、反映了时代面貌,而发展了这一文学体裁。寓言在古代可分成两个系统,一是东方寓言,一是古希腊罗马寓言。东方寓言较发达流行的国家是印度(我国古代寓言对欧洲寓言影响较小),东方最有名的一部寓言约写于公元前10世纪,后传至中亚和西亚,以《五卷书》的形式留传于世。这部书在13世纪被译成拉丁文,16世纪译成西班牙语、意大利语和法语。拉封丹仔细研读过这部东方寓言集。至于寓言的另一个系统,情况是这样:在古希腊,荷马史诗中已有寓言存在(写老鼠和青蛙的战争),历史家希罗多德以及普鲁塔克等人的作品中也夹有寓言。伊索寓言约写于公元前 6 至 3 世纪,集古希腊寓言之大成。古罗马时期,最有名的寓言家是菲德罗斯,他的寓言基本上是对伊索寓言的改写。在罗马帝国之后,寓言同古希腊罗马文化一起湮没无闻了几百年。但在中世纪的骑士传奇中,已有人引用过伊索寓言,从 15 世纪末开始,人文主义者比较深入地发掘和研究伊索寓言。16 世纪的法国,希腊罗马寓言已经翻译得相当多,17 世纪上半叶出版了几个较完整的译本。从思想内容来看,最早的两部寓言集《伊索寓言》和《五卷书》绝大多数是总结生活经验,得出指导人们行为的教训。寓言这种体裁到了古罗马的菲德罗斯手里有了发展。他把伊索寓言改写成拉丁诗,但他往往同时改写了寓言的经验教训,使之具有政治讽刺的内容,为此,他被流放了好几年。菲德罗斯的贡献在于扩大了寓言反映现实的范围:能直接干预现实。拉封丹从菲德罗斯那里得到很大的启发(菲德罗斯的寓言在 1643 年有了一个比较完善的法文译本)。在形式上他还吸取了将寓言写成诗体的经验。拉封丹从东方寓言中也得益匪浅。东方寓言中直接写人的较多,带政治内容的也较多,拉封丹在写作《寓言诗》第二集时从中撷取的东方题材数量大为增加,诗集的揭露锋芒也比第一集激烈得多。

  拉封丹的创造性发展表现在这里:在拉封丹之前,寓言要么只是总结生活经验,要么只是对某些政治事件进行讽刺,不管前者和后者,都比较零碎,在反映现实方面视野不够宽广,往往只针对某一点而有所感、有所发;拉封丹则不同,《寓言诗》力图反映作者生活时代的整个社会面貌。拉封丹说过,"为说故事而说故事,一钱不值。"他提出要描绘当时的社会风俗,要把寓言写成"一部巨型喜剧,幕数上百,宇宙是它的舞台,人、神、兽,一切都在其中扮演某个角色"。(《樵夫和默居尔》)他列举了其中的主要角色是暴君、大坏蛋、欺诈者、忘恩负义者、谄媚者等等(《不忠实的受托人》)。拉封丹认识到寓言也能反映广阔的社会现实的功能,因而不满意宫廷把寓言置于毫不足道的地位,他在序言中据理争辩说:"自古以来,在一切崇尚诗歌创作的民族中,文艺之神都认为这(指寓言)属于他管辖的领域。"他在《寓言的力量》中叙述了古希腊的一个故事:有个演讲家为了挽救垂危的民族,登台演说,但他用尽钩心夺魄的口才,足以激发顽石的慷慨陈词,都不能使人感动,于是他讲起一则寓言,马上吸引了听众的好奇心,终于使他们注意到国家危急存亡的现实。作者说,这就是寓言的光荣。寓言能用新奇的故事使人把注意力投向社会现实,这就是拉封丹所要指出的寓言的作用,同时也是他对寓言的特殊功能和地位的看法。由于寓言具有别的文学样式所没有的魅力,它对社会现实的反映就有其独到的地方。但有一点,寓言也能像别的文学样式一样,广泛地反映社会各阶级的状况。拉封丹的观点是对寓言创作的一次大的总结,他的创作则是对寓言的一次大的发展。在法国古典主义文学领域内,寓言已同喜剧和悲剧并列而毫无愧色。《寓言诗》能达到这样的成就是同它的作者对寓言的发展、使之运用来反映法国封建社会盛极而衰的现实分不开的。

　　如果仔细分析一下拉封丹对寓言创作的发展,那么就会发现,除了寓言反映的社会生活范围扩大了以外,拉封丹对寓言的道德教训的作用也给予了更多的重视。拉封丹在序言中说:"寓言是身体,道德教训是灵魂。"整篇寓言的意义都集中在短短两三行的道德教训上。莱辛在拉封丹之后也曾强调过:"谁要是想在寓言里面不说道德教训,而说别的什么教训,那他就滥用了寓言。"他又说:"创作寓言的目的,就是一句道德教训。"①道德教训对寓言确实是非常重要的。顾名思义,寓言即是寓有道德教训的小故事,或者说,它通过动物故事(也可以直接是人物出场)来表达某种具有深刻意义的哲理教训。由于它的篇幅一般来说非常短小,它要说明的道德教训不被点明的话,读者未必都能领会;作者加以点明,则起着画龙点睛的作用(不点明道德教训的寓言,应该含意相当明确)。再者,同一则寓言,作者立意不同,则会得出不尽相同的结论。菲德罗斯的寓言大多取自伊索寓言,而其道德教训并不相同;拉封丹的寓言有不少取自这两位寓言家,但他得出的道德教训也多半不同于原来的寓言。从这里可以看出,道德教训确是寓言的灵魂。拉封丹重视寓言的道德教训同他认识到寓言的教育作用有关。他说:"在我的作品里,动物是人的教师。"他又说,寓言包含着用作教训的真理,"我利用动物来教育人。"他同意柏拉图的见解,认为儿童从小需要学习寓言,以形成智慧和道德。同样,大人也可以从中获得有益的东西,并通过他们自身的经验去印证寓言的教训,进而移风易俗,干出大事业来。拉封丹的观点比前人都提得更为明确,可以说抓住了寓言的特点,所以《寓言诗》的道德教训往往

---

① 莱辛:《论寓言的本质》。

写得更加精辟。

　　总之,寓言创作到了拉封丹手里,在内容上有了较大的突破;《寓言诗》的产生标志着寓言创作发展到一个新阶段。就它反映了当时社会概貌这一点来说,在世界上除了俄国的克雷洛夫以外,还没有别的寓言作家达到了这样的成就。

三 《寓言诗》的艺术成就

　　《寓言诗》的成就不仅表现在思想内容方面,而且表现在高度的艺术水平上。不少评论家都认为拉封丹是 17 世纪最杰出的诗人,这是不无道理的。拉封丹在诗歌形式上很有独创性,他的不少寓言诗都是完美的艺术品。拉封丹虽然推崇古人的作品是不可企及的典范,但同时也宣称:"我的模仿绝不是成为奴隶。"事实上他对古人的寓言从内容到形式都进行了改造,使之成为一件新的艺术品,在艺术上大大超越了前人,获得了杰出的成就。

　　首先应该提到《寓言诗》的诗的形式。《寓言诗》采用自由体。自 16 世纪七星诗社提倡亚历山大诗体(即每行诗有十二个音节)以来,法国诗歌纷纷加以采用,高乃依和拉辛的悲剧,莫里哀的诗体喜剧用的都是亚历山大诗体。在《寓言诗》中,既有十二音节的诗句,也有十音节、八音节的诗句,甚至两三个音节(一个字)就算一行的诗句。以诗体来说,这是一种很大的革新,从此开创了自由诗的形式。《寓言诗》的音节虽然变化万千,却遵循着押韵这一原则。寓言诗的韵律也是千变万化,丰富异常,而且极其和谐。拉封丹开创了法国的自由诗体，一下子就达到了成熟的阶段：正是由于它富于变化，所以读来显得极其顺畅自然，毫无雕凿痕迹；又因为做到押韵并注意诗行的节奏停顿，所以朗朗上口，优美动听，极适宜于朗诵。诗歌的体裁要求简洁凝练，这就多少弥补了寓言这种体裁的短小所带来的某种局限，但诗句并没有束缚住拉封丹去表达自己的思想，拉封丹善于用极精练的语言去叙述故事，使寓言诗具有精巧的形式。

在克服寓言篇幅短小的局限而写得曲折有致时，拉封丹的一个重要的手法是运用对话。在他手里一篇寓言诗仿佛是一出小小的戏剧，主要篇幅由对话组成："我的作品里一切都能说话"，"宇宙中一切都能说话，样样东西都有自己的语言。"既是寓言，动物、植物当然都能说人的语言，这是寓言的特点。拉封丹喜用对话是充分运用了这个特点。拉封丹的艺术造诣表现在他不仅能把对话写得生动活泼，而且能在短短的对话中，通过富于心理活动的语言写出动植物（其实是人的写照）的思想性格。下面试举《橡树和芦苇》为例：

> 有一天，橡树对芦苇说：
> "你很有理由控诉大自然；
> 一只小鸟对你是副重担；
> 一阵微风偶尔掠过，
> 把那一片湖水吹皱，
> 不得不使你低下了头，

可我的头颅像高加索山,
不但可以阻止阳光侵犯,
而且能够对抗风暴摧残。
对你一切是北风,对我却像是和风。
你若生为我的邻居,
得到我的枝叶庇护,
就不会受这些苦痛:
我会为你抵御风雨。
可是你通常生长在湖泽附近,
我觉得大自然对你真不公平。"
芦苇回答他说:"你的同情,
出自好意,但别为我担心:
风对我不像对你那么可怕;
我弯曲而没有折断在地下。
至今你抵挡住了
狂风可怕的吹打,
你的腰没有折断,
但是且看结局吧。"
芦苇正说话之际,
北风从天边袭来,
呼啸着猛烈无比。
橡树顶着,芦苇弯曲,
风儿越刮越猛,无可抵御,

>　　那上达云天下入黄泉的橡树
>
>　　终于被连根拔去。

这首寓言诗取自伊索寓言《芦苇和橄榄树》。橡树通常代表力量，用来代替橄榄树显然要好得多。这首诗里橡树成了活生生的人，体现拥有力量者的骄傲。这种骄傲隐藏在对表面柔弱的芦苇的怜悯之中。他甚至越过了怜悯，似乎要表现出宽宏：他要保护他的邻居。然而这是表面的怜悯，廉价的宽宏。橡树的心理表现得很曲折，他的傲慢和虚情假意的性格烘托得很鲜明。另一方面，芦苇虽是个弱者，却知道自己的力量所在，不为橡树的傲慢所辱没，甚至反唇相讥，预见到橡树的结局。他的凛然不可侵犯的气概也跃然纸上。这篇寓言通过对话塑造了两个生动的形象，它像一出小小的独幕剧。

　　对话在拉封丹的寓言中不但构成故事的主体，而且活跃了行文，避免了平铺直叙之嫌。在寓言中这样有意识地运用对话，是拉封丹对寓言创作的一个重要发展。拉封丹以前的寓言创作虽然已经出现了对话的形式，但并不普遍，而且不作为主要的艺术表现方式之一。对话的普遍运用无疑使寓言这种短小的体裁也能写得跌宕起伏，迂回曲折，其文学价值显然提高了一步。对话还有一种作用，就是使寓言这样一种以动物为主要登场人物的文学样式具有浓厚的生活气息，因为在这里动物已经拟人化了，某种动物就是某种类型的人物，例如通常狮子代表国王，狐狸代表奸猾者，猫代表法官或阴险的角色，驴代表愚蠢的人，等等。动物或植物之间的对话,往往是不同思想的交锋,故事结局则是矛盾的解决,这样,富有哲理意义的生活场面便得到了集中的表现。由于对话,寓言具有了生活的真实感,充满着生活的情趣。拉封丹强调寓言要有趣味和魅力,他就是以动植物之间或它们与人类之间生动的、戏剧性的对话表达出某种生活情趣,从而达到这种效果的。

《寓言诗》中的动物固然是拟人化了,但还保持着动物的特点。寓言不需要细致描绘动物的外形,因而拉封丹一般只用极简洁的一两个形容词来描写,例如,他用修长、细瘦这两个词来形容黄鼠狼,"轻巧的动物"指的是兔子。他更善于描绘动物的神态:乌龟像议员那样迈着方步;受到报复吃了亏的狐狸"夹着尾巴,两耳下垂",灰溜溜地走了;小兔子"吃吃草,溜达溜达,到处转悠";老鼠以为捕捉他们的猫死了,"往空中露出鼻尖,把头伸出一点,然后又缩回洞里,以后又出来走了几步,最后才开始觅食"。动物的不同神态都写得活灵活现,颇为有趣。拉封丹对各种动物作过细密的观察,所以他对动物的描绘十分逼真。当然,在寓言中用不着严格按照动物的习性来写,如乌鸦不会吃烙饼却可以写它吃烙饼,知了不吃苍蝇却可以写它吃苍蝇。[①] 因为寓言毕竟不是动物志,它要表现的是人间社会,是"我们或好或坏的缩影",可以容许有较多的自由。

拉封丹十分喜爱大自然。他说自己常常远离城市和喧嚣,整

[①] 有人从这方面对拉封丹进行指责。

个身心沉浸在大自然之中,"我只爱歌唱树荫、植物、回声、和风、它的温柔的呼吸、绿草坪、银白的喷泉。"又说:"森林、水泽、草地,是甜蜜的梦幻之母。"在《寓言诗》中,拉封丹并没有像小说家那样大段描绘风景,他往往只用一两句诗来描写大自然,然而从整体来看,《寓言诗》对大自然的描绘还是很多的。在法国古典主义作家中,拉封丹在描绘大自然方面独占鳌头。他描绘大自然的手法相当高妙。《百灵鸟和她的小鸟和麦田主人》就是一幅非常出色的农村风景画。这个寓言的背景是一片麦田。百灵鸟本应在世界万物如海底的鲨鱼、林中的老虎从事恋爱与繁殖之际在麦田里筑巢的,可是有一只百灵鸟时至春深还没有享受过春情之乐。等她孵出小鸟,麦子已开始成熟。麦田主人几次三番要来收割麦子,都因各种原因没有来。小鸟们非常着急不安。百灵鸟问明情况,一再安慰小鸟。直到麦田主人真要动手收割,百灵鸟才带领着扑棱扑棱的小鸟踉跄离去。这篇寓言富于抒情意味,具有浓郁的农村气息。开首几句对大自然优美的抒写同后面描绘的农田里庄稼的成熟、生物的繁殖和谐地结合起来,给我们揭开了大自然的一角,让我们看到自然界万物生长的一个剖面:到处是生机勃勃、活跃紧张,大自然的美就寓于其中。这是一幅充满诗情画意的写生。这首寓言历来为人们所称道,是拉封丹描绘自然的一篇力作。

　　《寓言诗》的语言极其富丽多彩,内中既运用了上流社会社交场合的辞藻,也插入了司法方面的习惯用语,既用了古字,也有民间语言、甚至农民的村言土语,既采用日常用语,也有从拉伯雷等作家的作品中取来的语言。这些语言都同诗中人物的身份或所写的题材相符,用得十分确切自然。《寓言诗》中不少的诗句至今已成为谚语和成语。

拉封丹的《寓言诗》也存在着局限性。由于作者出身于中小资产阶级,因而《寓言诗》也反映了这个阶层易于接受的安分守己、逆来顺受的保守思想。如《要有国王的青蛙》通过青蛙不要"一声不响"的橡木做国王,结果被鹤大嚼一顿的故事,劝告人们应当知足,保留在位的国王,以免碰到更坏的君主。在描写劳动人民悲惨命运的诗篇中,作者也往往宣扬了这种消极思想,如《死神和樵夫》的结语是:"与其死去,不如受苦,这是人们的箴言。"这则箴语似乎是乐观的(要生活下去),其实仍然是消极的(安贫知命)。拉封丹毕竟生活在法国封建王朝的盛世,他还不可能完全否定当时的社会,也不可能去反抗这个社会的恶势力,所以《寓言诗》中表现以弱胜强的诗篇极少,而较多地宣扬了顺从命运的观点。《寓言诗》的另一局限表现在作者寄希望于统治阶级的上层人物,他把《寓言诗》献给王太子,劝说国王要借助于身份低于自己的人,不要运用暴力与激怒,要考虑积德防怨,以免将来受到臣民的攻击。《寓言诗》的最后一卷反映了更多的消极倾向,这一卷赠给权贵名媛的诗大为增加,有的吹捧肉麻。拉封丹自己也承认在晚年"岁月削弱了"他的想象,"我的精神减退了。"在最后的十几年里,他的寓言诗写得很少,质量也大大降低。

《寓言诗》虽有不足之处,然而它的成就却是主要的。在 17 世纪,《寓言诗》曾再版二十多次。在 18 世纪,《寓言诗》再版了一百二十五次,19世纪更是猛增至一千二百多版。《寓言诗》早已收入教科书之中。在法国,几乎人人都能背诵拉封丹的几句寓言诗,拉封丹早已有"民族诗人"的尊称。他的影响远远超出了法国,《寓言诗》出版以后,欧洲各国也开始流行起这种形式来了。

1980 年 5 月

论法国短篇小说

法国短篇小说在世界文苑中的地位,如果不能说首屈一指,那么也是名列前茅的。就其源远流长,产生年代的古老来说,只有意大利和英国的短篇小说可与之媲美。19 世纪是欧洲资产阶级文学的黄金时代,短篇小说也相应发展到高峰。19 世纪法国短篇小说的成就在其中占据了重要的一席地位,似乎只有俄国短篇小说能与之并列。20 世纪,短篇小说在美国获得了有利的发展条件,形成十分兴盛的局面。20 世纪的法国短篇小说依仗着丰富的传统,依然取得了令人瞩目的成就,能与 20 世纪的美国短篇小说相颉颃。从这个简略的说明来看,法国短篇小说在每一个历史时代都处于世界短篇小说的发展前列,从总体来看,确实瑰丽多彩,涌现了数量可观的短篇小说作家,其中就有莫泊桑这样的世界上数一数二的短篇小说大师。因此,法国短篇小说值得人们给予更多的注意。

从这种文学形式的发展史来看,法国短篇小说大致可以分为三个阶段: 15 世纪至 18 世纪末;19 世纪;20 世纪。第一阶段是短篇小说的发展初期,第二阶段为成熟时期,第三阶段的总趋势是向多样化发展。

在法国，短篇小说的起源可追溯到中古时代，第一部用散文写作的短篇小说集是《新故事百篇》(1456—1457)。在这部作品之前，已有故事性质的作品存在，但这是用诗写成的，即《故事诗》(12至14世纪)。《新故事百篇》的题材大多取自《故事诗》，内容多半描写愚笨的丈夫如何受到精明的不贞的妻子捉弄，或者写狡诈的僧侣怎样夺走天真无辜的少女的贞操。《新故事百篇》保留了说话人的口吻，如"请听"，"你们应该知道"，"我对你们说"，"正如你们所听到的"等等插入语。可以说，《新故事百篇》是一些口述的故事，或者是用散文写成的故事诗，具有口头文学的性质。

在《新故事百篇》之后，出现了许多同类性质的小说集，但都缺乏独创性，其中，玛格丽特·德·纳瓦尔的《七日谈》(1549)是最著名、艺术水平最高的一本短篇小说集。《七日谈》无疑直接受到意大利文艺复兴时期著名的小说家薄伽丘的《十日谈》的影响。作品的框架结构师承《十日谈》。大部分故事似乎仍然吸取了故事诗的传统题材。但作者的创造性表现在：她避免描写粗鄙的细节，不用生涩的词汇，注意描绘富有戏剧性的故事，着重绘写人物在特殊遭遇中的情感，篇末还有人物评述故事的材料、意义和价值。有的故事插入书信，使行文曲折有致。情节展开了，不像故事诗那样篇幅短小。《七日谈》将短篇小说提高到一个新的水平，使之具有更多的文学性。在某种意义上，《七日谈》是法国第一部真正有文学价值的短篇小说集。

短篇小说在17世纪得到一定的发展。17世纪初，塞万提斯的短篇集传入法国，使人耳目一新，于是模仿之作纷至沓来，有的越写越长,题材则千篇一律,人物千部一腔:两个情人虽遭到家长反对和情敌作梗,但最后终成眷属。与此同时,历史题材的短篇小说也发展起来,这类小说往往描写不同地位的情人由于政治原因导致其中一人死亡而不能结合,但这类历史小说缺乏历史真实性,而更注重传奇性。

在17世纪众多的短篇小说家当中,以斯卡隆和拉法耶特夫人的作品较有价值。斯卡隆的《悲喜短篇小说集》(1661)从西班牙的题材中吸取素材,用以针砭法国的社会现实。《对贪婪的惩戒》塑造了一个悭吝人的形象,作者通过细节的积累来刻画人物的性格。斯卡隆所描写的不同于流行的题材,可见他是独具慧眼的。他还描写过伪善者。这些题材后来为莫里哀、巴尔扎克提供了再创造的基础。

拉法耶特夫人在法国小说史上占有一个特殊的地位:她首先把心理分析引入文学,中篇小说《克莱芙公主》以心理描写细致地刻画了女主人公的感情世界,从而开了心理小说的先河。女作家在短篇小说中同样运用了心理描写,《蒙庞西埃王妃》和《唐特伯爵夫人》都丝丝入扣地描绘了主人公的嫉妒、痛苦、悔恨的心情和曲折反复的爱情纠葛。拉法耶特夫人善于集中描写几个突出的场面,情节逐渐向高潮发展,小说写得紧凑、脉络清楚,较为完整。总之,拉法耶特夫人的短篇已不是口头文学,而是笔头文学,在短篇小说史上迈出了一大步。

18世纪作家为短篇小说达到成熟阶段准备了充分的条件。这一时期的短篇首先当推启蒙作家的作品。伏尔泰的哲理小说是他传播启蒙思想的有力工具，在他的作品中，这是最有生命力的文学形式。他的短篇哲理小说有不少精彩之作。这些作品不以人物形象鲜明或者情节曲折动人取胜。作为法国第一流的散文家和讽刺家，伏尔泰善于将科学知识通俗化，抽取出复杂事物的前因后果，嬉笑怒骂，皆成文章，行文如清泉般流畅自如。《如此世界》对封建社会进行了全面的抨击，笔势恣肆辛辣；《雅诺和科兰》则以隽永的风格讽刺了爱富嫌贫的炎凉世态。短篇小说到了伏尔泰手里，成为批判和针砭现实的武器，无论从内容和形式上都丰富了短篇小说的表现手法。

  狄德罗被认为是第一个近代小说家，他的重要性表现在理论和实践上都有重大建树。狄德罗提出小说必须反映现实生活，符合真实，既要严格的准确，又要有虚构成分。同时，狄德罗提出要重视细节，注意人和物的外表描绘，而人物在其中活动的环境也应得到再现。狄德罗还提出小说家应采取客观的态度，但作品的效果要催人泪下。狄德罗的观点已接近19世纪的现实主义小说家。狄德罗能以辩证的观点去观察复杂的社会生活现象，他的小说反映了他对现实生活的深刻观察和理解。《布博纳的两个朋友》以下层人物为描写对象，一改往昔以贵族男女为主角的旧传统，他歌颂了下层人物至死不渝的友谊，反映了他描写第三等级人物的民主主义激情。《这不是故事》和《众口铄金》将善与恶糅合在一起描绘，对复杂的社会现象作了深入剖析，抨击了封建社会的法律和风俗，读后令人深思。尤其是这两篇小说采用了对话体，充分表达作者的观点和印象，具有天然粗放、亲切随和的艺术魅力。对话体短篇小说是狄德罗的一种创造,丰富了短篇小说的表现形式。

18世纪下半叶,短篇小说相当盛行,受到伏尔泰影响的马蒙泰尔和卢梭的信徒雷蒂夫是其中的佼佼者。马蒙泰尔的《道德故事集》(1761)曾风行一时,其中的《游移不决》(或名《挑剔的爱情》)写得相当别致,作者以几个内容各不相同的故事组成一篇完整的小说,从不同角度绘写人物的面貌,创造了一个三心二意却又讲求实际的女性形象。作者的叙述方式也有多种变化,时而是主人公的内心独白,时而是对话,时而是含讥带讽的评论,时而通过小说人物发表见解。这篇小说反映了马蒙泰尔对短篇小说表现技巧的革新和追求。雷蒂夫则师法卢梭,善于描绘人物情感起伏的波澜,而且将目光投向农民和城市底层人物。《路易丝和苔蕾丝》就以两个弱女子为描写对象。作者从《忏悔录》得到启示,用第一人称的写法,具有抒发感情的浓烈色彩。第一人称的写法用于短篇小说中无疑是一个发展,预示了近代短篇小说的一个重要手段。同样是描绘弱女子的《波莉娜的故事》则偏重揭露法国大革命前夕道德沦丧的社会风貌。这个短篇的内容已接近19世纪现实主义小说的暴露倾向。法国大革命前夕,贵族社会已腐朽透顶,而萨德是从病态的角度去描绘贵族这种荒淫无耻的两性关系的。但《爱情的策略》能以对话写出人物微妙的心理活动,又较得体地借用女扮男装和男扮女装的故事,具有一定的美学价值。它代表了18世纪短篇小说的一个侧面。

从15世纪到18世纪末,短篇小说处在不断发展的状态中,概括起来表现在如下几个方面:1. 从半口头文学向笔头文学过渡,最早的《新故事百篇》是半口头文学,至拉法耶特夫人发展为笔头文学;2. 从平铺直叙发展为多种形式,包括心理分析、哲理小说、对话体、书信体、倒叙、第一人称叙述等;3. 从最初提出表现真实开始,发展到明确提出反映现实生活,《七日谈》的作者表明"没有一篇小说不是真实的小说",狄德罗则主张严格的真实,但可虚构,重视细节和环境,保持客观态度等等,已接近 19 世纪的现实主义文艺理论。一句话,18 世纪的短篇小说从内容到形式,从理论到实践,都为即将到来的繁荣局面打下了坚实的基础。

19 世纪的法国,是浪漫派率先登上历史舞台的,夏多布里昂作为浪漫派的先驱,是先以短篇小说饮誉文坛的。他的短篇小说《勒内》曾产生过重大影响,熏陶过后来的浪漫派作家雨果、拉马丁、维尼等,甚至给现实主义作家如巴尔扎克以直接影响。《勒内》是浪漫派文学的先声。这个短篇塑造了一个世纪病的典型。勒内的形象也许是有史以来第一个个性鲜明的文学典型了,这个人物所产生的影响之强烈自然并不奇怪。夏多布里昂显示了他擅长刻画人物内心世界的才能,他还善于将人物的情感与大自然的景物紧密结合起来,创造出浓厚的抒情气氛,这一写法确实是别出机杼。

紧随在夏多布里昂之后,相继出现了诺迪耶、维尼、大仲马、乔治·桑、奈瓦尔、缪塞、戈蒂埃等浪漫派作家。他们的短篇小说各有其特点,展现出浪漫派文学绚丽多姿的异彩。诺迪耶和奈瓦尔有相近之处,他们最早意识到梦幻的作用,将梦幻与现实交织起来描写,这种手法启发了后来的超现实主义者。《一点钟》(又名《幻觉》)将幽灵和活人、现实和幻觉相混杂,写得迷离恍惚,令人如雾中看花。小说对人物的变态心理作了一些探索。《西尔薇》是奈瓦尔的名篇,主人公在梦和理智之间半下意识地进行回忆,情节若隐若现,朦朦胧胧而又串成一个整体,再加上自然风光和民间风俗的绘写,散发出浓郁的奇异的浪漫情调。这篇小说是浪漫派最富有特色的作品之一,又具有现代文学的内涵和风格。戈蒂埃也写了梦,但在他笔下,梦是与鬼相连的,或者作为人物日间苦索的一种必然反映,它带有神秘的色彩。它与现实结合,又代替了现实。戈蒂埃认为梦具有神话一样的艺术魅力,所以尤为重视。《翁法勒——罗珂珂故事》《女尸恋爱记》《木乃伊的脚》如同三则聊斋故事,情节离奇,构思精巧。尤其是《女尸恋爱记》刻画了人物的双重人格,他忽而是梦境中的人物,忽而是现实中的自我,竟至分不清哪一个是真我。作者通过这种描写,抨击了宗教对人的情感禁锢所产生的毒害。这篇独特的小说是浪漫派文学的一篇小小杰作。

维尼是个善于作哲理沉思的作家,他出身贵族,为贵族的灭亡唱了一生的挽歌。《红色印章》就反映了维尼对历史发展所感到的沉重情绪。他对法国大革命的某些过头措施发出深沉的悲愤呼喊。不过,小说的结构是巧妙的,"图穷匕首见",结尾具有千钧之力。

大仲马的名字与历史小说分不开,他注重情节的传奇性。短篇小说不是他的特长,《德·冈热侯爵夫人》却能反映他的某些创作特点:以历史人物的秘史作为小说加以铺陈敷衍的情节,传奇性和神秘性相结合,并注意刻画人物性格,写得扣人心弦。人们不妨将这类作品称为通俗短篇小说。

乔治·桑一向标榜追求理想真实,摈弃对风俗的认真描绘。在《侯爵夫人》中,她采用了回忆手法,以便更多地揭示女主人公丰沛激荡的感情世界。她笔下的人物既能洁身自爱,又能将澎湃的激情压抑在心底,这样塑造理想人物的方法正是乔治·桑奉行的理想真实的浪漫手法。但小说写得悲怆动人而又真实可信。一个得不到爱情的贵族妇女只能在古典主义悲剧中找到迷恋的对象,这本身就是一个悲剧;她无法与扮演悲剧主角的演员相爱,阶级界限起着阻碍作用,这个结局符合生活的真实。从这一点来看,《侯爵夫人》比女作家后来描写贵族妇女与平民结合的长篇更为高明。

缪塞的短篇小说带有浓厚的诗意,风格柔和,像童话一般优美。《克洛瓦齐勒》歌颂了在这个金钱世界纯真爱情的可贵,读来别具一格,在色彩繁丽的浪漫派短篇小说中,这篇小说犹如一朵淡雅的素色小花。

上述作品都写于19世纪上半叶,浪漫派作家对短篇小说的贡献主要表现在对人物的内心世界和精神生活的发掘上,从描绘人物的特定精神个性到运用梦幻和回忆的手法,都作了深入的探索。这不仅丰富了文学描写技巧,而且更重要的是以人为表现主体的文学得到深化的发展,人的形象表现得更复杂、更全面、更丰富。

浪漫派在19世纪下半叶仍然有相当大的影响,巴尔贝、维利埃等作家可以称为后期浪漫派作家,虽然文学史家把他们算作超自然主义派或超现实自然主义派。巴尔贝追求的是恐怖奇特的事件,描绘社会这个地狱里的恶魔故事。维利埃同样描写奇异的,在现实生活中往往不可能发生的故事。他们的小说明显地带上了浪漫气息,同前期浪漫派的创作特点有一脉相通之处。《一个女人的报复》的构思相当奇特,公爵夫人的报复令人难忘,虽然这种报复具有反抗强暴的意义,却是只有在特定条件下才能出现的手段。女主人公的感情汹涌澎湃,谁也无法阻挡她的意愿得以实现。这样的人物完全是浪漫派的典型。而《薇拉》描写了爱情的超自然力量能使死者复活,写出了想象力的奇特作用;《陌生女人》中,作者认为情人之间也无法沟通思想,小说通过一个聋子能从别人脸部表情猜度出要表达的话的特殊才具,构想出一个奇特的故事。从艺术上看,巴尔贝运用对话,尤其是由人物讲故事的手法得心应手,引人入胜。维利埃则善用象征手法。他们的小说笼罩着阴郁的悲惨的情调,较之前期浪漫派作家的作品更显沉郁悲切。他们的小说向20世纪的现代小说迈进了一步。

波德莱尔早期创作的《芳法洛》显然受到浪漫派的影响。男主人公性格的复杂(他想象怪诞,有自大狂等),以及女主人公作为纯粹美的化身,都具有浪漫气息。小说虽然写得不够成熟,但作者笔下的形象,他在小说中阐发的文艺见解却有发人深省之处。

把短篇小说推到发展高峰的应是19世纪的现实主义作家;现实主义的短篇小说构成了19世纪短篇的主潮。

短篇小说的第一位大师是梅里美,其标志表现在这几个方面:

1. 他在短篇小说中塑造了性格鲜明的典型形象,例如疾恶如仇、刚烈正直的马泰奥,不屈不挠、有勇有谋的塔芒古。梅里美笔下的人物大多是强者,他们具有坚韧的毅力和不屈服的意志,给人留下难以忘怀的印象。

2. 他把短篇小说写得极为凝练,他说过:"我憎恶无用的细节,另外,我认为不必向读者说出他能想象出的一切。"梅里美善于总结别的作家的经验,例如他这样评价普希金:"我尤其欣赏他的简洁和他善于选择最引人注目的特点,同时又摈弃许多会损害想象的细节这种艺术。"他赞赏普希金写得简洁,同样自己也奉行简洁。为达此目的,他的小说有的只延续几个小时(《马泰奥·法尔戈纳》),有的几天,情节单一:《马泰奥·法尔戈纳》写父亲杀儿子,《伊尔的维纳斯铜像》写铜像杀新郎,《塔芒古》写黑奴在船上的起义,情节都非常集中。而且梅里美只在有决定意义的时刻或重要场面上才展开叙述,其他情节一笔带过,以节省笔墨。他往往用有承上启下作用的字句来分阶段,点明这些重要场面的到来。如《塔芒古》,在高潮到来时作者这样写道:"长时间的等待过去了,复仇和自由的伟大日子终于来临,"接着是黑人起义的壮烈场面。有时梅里美用删节号分阶段,略去多余的话:《塔芒古》的末尾叙述到船上只剩下塔芒古和爱歇两人后,是一行删节号;爱歇死后又是一行删节号,略去累赘的交代,叙述显得极为简练。不仅简练,而且层次分明,这是梅里美的短篇的显著特点,尤其是《马泰奥·法尔戈纳》,发展脉络清楚:第一阶段写巡逻队追逐强盗,故事发生在马泰奥离家"几个钟头之后";第二阶段写孩子出卖强盗,从"过了几分钟……"开始,第三阶段写马泰奥回家:"兵士们忙忙碌碌……";第四阶段写马泰奥杀子,从"约莫过了十分钟……"到结尾。

环环相扣,交代清楚,衔接利索,迅速推向高潮。简练、层次分明、紧凑、高潮突出、扣人心弦,这些就是梅里美的短篇在形式上达到的高度。短篇小说顾名思义就是写得短,因而简洁明晰是短篇小说本身所要求的要素之一,梅里美在这方面刻意求工是抓住了根本。

3. 现实主义是梅里美创作的主导方面,他着意搜集准确的材料和真实的细节,有机会就进行调查研究,了解民情风尚,并喜欢保持漠然的语调和客观的态度。与此同时,梅里美善于将浪漫主义与现实主义结合起来。他对奇特事物、特殊的性格、强烈到不可抑制的激情、浓墨重彩的描绘、异国情调和地方色彩都着意追求,甚至爱好神秘因素。他这样评价屠格涅夫:"谁也不如最伟大的俄国小说家那样,善于让心灵掠过朦胧的陌生事物引起的战栗,并在奇异故事的半明半暗中让人看到不安的、不稳定的、咄咄逼人的事物的整个世界。"这段评价适用于他自己。梅里美对神秘事物有特殊的偏爱,在小说中这种神秘性表现为浪漫色彩。《伊尔的维纳斯铜像》的艺术魅力正是将现实主义与浪漫主义结合起来而产生的。作者对比利牛斯山区的婚礼风俗以及人物的刻画无疑是现实主义的笔触,而在这样的框架中梅里美根据中世纪的一则传说插入了一个铜像杀人的故事,使小说充满神秘的奇特的浪漫色彩,给人以艺术美的回味。

4. 梅里美在语言上有深厚的功底,他的语言极为纯粹洗练,常用第一人称娓娓道来,显得亲切随和。这种古典式的语言同具有强烈激情的人物恰成对照,相得益彰。同时他善用方言土语,既烘托出地方色彩,又使人物栩栩如生。梅里美也许是最早将方言土语有意识地运用到短篇小说的作家之一,对后来的作家影响是深远的。

仅就这四个方面来看,梅里美已将短篇小说的写作提高到成熟的地步,难怪评论家蒂博岱说:短篇这种文学样式"在梅里美之前并不存在"。这句话虽然说得有些过分,但把它理解为梅里美是法国第一位真正的短篇小说作家,则有精到之处。

簇拥在梅里美周围的有一大批现实主义作家。在莫泊桑之前和稍后,司汤达、巴尔扎克、戈比诺、鲁马尼尔、福楼拜、埃尔克曼-沙特里昂、凡尔纳、路易丝·米歇尔、左拉、都德、法朗士、布尔热、库特林等,在短篇小说方面都写出过名篇,这批作家形成浩浩荡荡的队伍。

司汤达是同梅里美比较接近、互有影响的作家,作为 19 世纪的现实主义大师,他擅长心理分析。但他的著名短篇《瓦妮娜·瓦尼尼》以及《箱子和鬼》都写于成熟期前夕,显得似乎是长篇小说主旋律的两支前奏曲。即使如此,瓦妮娜这个受到资产阶级新思潮影响的贵族少女异常任性、充满浪漫想象的形象,仍然是光彩熠熠的。司汤达笔下的女主人公往往具有不同寻常的毅力,令人想起梅里美的小说人物。作为批判现实主义作家,司汤达是站在民主主义的高度去俯视现实、给以评价的,他的作品具有深刻的思想性,同样,作为冷静的观察者,他的行文简朴、明晰,力求用最少的字去交代必要的情节发展,给人以茂林修竹一样的清爽气息。

巴尔扎克写过不少短篇小说,不乏精彩之作。《大望楼》塑造的冷酷无情地把妻子和她的情人禁闭起来活活饿死的贵族形象,是《人间喜剧》典型形象画廊中颇具特色的一个;《刽子手》歌颂了西班牙人反抗拿破仑入侵的大无畏牺牲精神,展示了惊心动魄的一幕惨剧;《不为人知的杰作》讽刺了一个追求绝对美的画家;《长寿药水》描写争夺遗产、儿子杀父的故事,这是《人间喜剧》的典型题材。在艺术上,这几个短篇显示了巴尔扎克多种多样的小说技巧。《大望楼》用叙述套叙述、层层剥笋的方法写成,讲故事人的个性不同,叙述也各有特色;《刽子手》用的是白描手法,逐渐走向高潮,写得扣人心弦;《不为人知的杰作》富有哲理意义,寓现实主义创作原则于生动的故事之中,足见作者的大手笔;《长寿药水》用的是浪漫主义手法。但巴尔扎克的浪漫手法不同于浪漫派作家,它是现实生活的一种变异形式,是社会现实的一种扭曲反映,体现的仍然是具有本质意义的人与人的社会关系。总之,短篇小说到了巴尔扎克手里已达到相当完美的地步,其中的优秀之作可以列入短篇名作而毫不逊色。

戈比诺的创作受到梅里美和司汤达的影响,他喜爱描绘具有坚强意志力的女性形象。《红色手绢》的女主角索菲颇有高龙巴的遗风,为了爱情,她毫不容情地将反对她恋爱的教父杀死,性格强悍而又有心计,是个女中豪杰。《阿黛拉伊德》的同名女主人公热衷于争斗,同母亲争夺情人,即使她早已不爱这个男子。她的性格泼辣骄矜。戈比诺的小说富有异国情调,同时又十分注意绘写形成人物性格的社会教育和环境,使得他的人物有血有肉,真实可信,具有强烈的感染力。

福楼拜是19世纪中叶的重要作家。他本来主张纯客观的描写,但在乔治·桑的影响下,写出了倾注自身同情于其中的《一颗简单的心》。福楼拜不愧为现实主义的大师之一,在塑造人物方面有独到之处。他选取人物一生中能反映精神世界的事件去描写,像运用聚光灯一样,展示人物的精神品质,简繁得当。同时,他不专门描写环境,而是着意于时代和环境对人物性格的影响,写出平凡的性格是平庸的环境产物,将典型环境与典型性格作了有机的结合,由此揭露了现实。福楼拜对现实主义的发展表现在此。他的这个短篇也成了不可多得的杰作,闪射出独特的光彩。

在19世纪的现实主义流派中,出现了一批乡土作家,他们的创作丰富和扩大了文学的反映面。鲁马尼尔以法国南方的普罗旺斯方言写作,他的《居居尼昂医生》是篇讽刺小品,它采用冷讽笔法,由人物口中道出大实话,以刻画炎凉世态,写得轻灵而又深邃。埃尔克曼-沙特里昂本是两个写通俗小说的作家,但他们的《莱茵河畔的故事》(1862)和《伏斯日故事集》(1877)属于乡土文学。其中的《拐小孩的女人》描写了偏远小城的传奇风俗,展示了外省的风貌。《蓝色轻骑兵团的司号员》则从刻画敌人的歹毒卑鄙去反映普法战争,不同于这类题材的其他作品。曲折的情节加上地方风情绘写,是埃尔克曼-沙特里昂擅长的方法。都德的短篇创作其实也是乡土文学中的一种,《磨坊文札》(1866)像一支支田园牧歌。其中的《群星》以抒情笔调去写牧童的初恋,普罗旺斯的田园风光展现出一派幽美恬静的景象。《专区区长在田野里》以微温的讽刺口吻刻画一个乡镇官吏。这两篇小说都散发出浓郁的乡土气息。

在描写普法战争的短篇中,都德的《最后一课》和《柏林之围》均属名篇。前者选取了最典型的事例——与祖国分离的前夕面临失去祖国语言,即将成为亡国奴的现实给阿尔萨斯和洛林人民带来无比悲痛。这曲爱国主义的悲歌,以少不更事的孩子的感受写出,更具有震撼人心的强大力量,充分显示了短篇小说以小见大的功能。后一篇用反衬法去塑造一个爱国军人的形象,也感人至深。都德虽然怀有巨大的激情,却不直接流露在笔端,而让情节和叙述自然表现出来,体现了他高超的小说艺术。以极短的篇幅去反映重大题材,而又取得如此的成功,在世界文学中也并不多见。

凡尔纳是科幻小说之父,从创作方法来看,他无疑属于现实主义流派。在《二八八九年一个美国新闻界巨子的一天》中,作者的科学幻想无一不是建立在一定的科学根据之上的,并非胡乱臆测或无稽之谈。至于风俗小说《让·莫雷纳斯的命运》,则塑造了一个农村木匠忠于爱情的动人形象,是用严格的写实手法叙述的。凡尔纳是一个相当高明的小说家,他以幽默的笔调来叙述科幻故事,令人读来饶有趣味。风俗小说也写得波澜起伏,充满戏剧性,故事逐层展开,插入倒叙,以介绍身世,而不是平铺直叙。在19世纪的法国短篇中,真正的劳动者形象并不多见,让·莫雷纳斯的形象显得尤为可贵。

在为数不少的无产阶级文学的作家中,巴黎公社的参加者、女诗人路易丝·米歇尔写过一些短篇小说,她的《猛禽》揭露了第二帝国黑暗腐败、不法分子横行的社会现象,令人触目惊心。人们感兴趣的地方还在于,这篇写实小说运用了新闻报道式的写作手法,夹叙夹议,作为一种新形式值得重视。

左拉是自然主义的倡导者,但他的优秀短篇却见不到自然主义的痕迹,完全是严格的现实主义作品。《陪衬女》的别致之处在于无曲折情节、无主人公,而且通篇议论,在一般短篇中这种写法本是大忌,而《陪衬女》却处理得妙趣横生,可见这是一篇格局新颖的小说。《磨坊之役》是一篇巴尔扎克式的作品:从环境描写入手,塑造几个爱国者的形象;这里,优美的大自然是主人公产生爱国主义的根由。翁婿两代人之间的感情联系也是真挚动人的,这种情感越发衬托出他们的高尚情操。《苏尔蒂太太》描写一个有才能的画家在糜烂的资产阶级生活方式腐蚀下的毁灭,作家在这个故事中突出了艺术需要独特个性的哲理,深化了小说的内涵。这篇小说更多地反映了左拉的风格:他偏爱于从平凡的生活中去发掘体现时代风貌的事件;从容不迫地展开故事,情节像生活一样慢慢流逝,发展到高潮后戛然而止。左拉的取材和叙事方法随着自然主义在世界上的流行而产生广泛的影响。

19世纪的现实主义继承了古典传统,常常运用讽刺这个武器,上述作家的短篇有的就是讽刺小说。但法朗士的《克兰比尔》或许是19世纪末20世纪初法国短篇讽刺小说中最有名的一篇了。小说写的是一个小贩无端被判刑和罚款,以致无法谋生的悲惨故事,其实这是在影射轰动一时的德雷福斯冤案。在塑造一个弱小者的典型时,作者运用了多种讽刺手段:或用反语,或罗列事实,或幽默诙谐,或犀利抨击。《克兰比尔》不愧为讽刺小说的典范之作,克兰比尔已成为无辜受害者的同义语(爱情小说《罗克姗娜小姐》也描写了一个弱女子)。库特林也是一个讽刺小说作家,作品多半取材于军旅生活,他的讽刺小品带有喜剧色彩,谐多于谑,《喉咙痛》就是这样一则写弄假成真的故事。库特林熟悉士兵语言,人物写得活灵活现,富有生活气息,无论在题材还是在表现形式上,都自成一家。

此外,布尔热的《维普尔先生的哥哥》是篇很有特色的小说,它以1814年神圣同盟军队入侵法国为背景,小英雄只身独胆制敌于死命的爱国主义题材可说是凤毛麟角;叙述者假托他人讲述自己的所作所为,更是构思巧妙,却又合情合理。这篇小说反映19世纪的法国作家刻意求新的倾向和成功尝试。

现实主义潮流是如此壮大,就连浪漫派的主将雨果也受到影响。《克洛德·格》完全是一篇现实主义小说,它以真人真事为基础,通过一个穷苦人的遭遇抨击了法律和社会制度的弊端。雨果意犹未尽,后来将这个故事敷衍成长篇小说《悲惨世界》。19世纪的现实主义短篇包括《克洛德·格》一篇,可见声势和影响之大。

19世纪后期法国最重要的短篇小说作家自然是莫泊桑,他是和契诃夫并列的世界上两位短篇小说大师之一。莫泊桑在短短十年内创作了三百个短篇,在题材上几乎无所不包,主要表现在写普法战争、小资产阶级生活、农村生活、家庭、婚姻和爱情等方面。

莫泊桑曾得到福楼拜的指点,进行了七年的习作,他还师承左拉和巴尔扎克的创作方法,在短篇小说的技巧上进行了极富成效的探索,把短篇小说艺术提高到梅里美还不曾达到的高度。

1. 在莫泊桑笔下,短篇小说有各种各样的描写角度,有时截取生活的一个横断面(如《羊脂球》),有时写人物相当长的一段生活(如《项链》),有时在几个小时内进行(如《我的叔叔于勒》),有时从侧面去烘托(如《月光》),一般采用白描手法,但经常进行心理探索(如《小萝克》《绳子的故事》),也有神秘色彩浓厚的短篇(如《奥尔拉》),既有平铺直叙,也有倒叙、回忆,可以说集19世纪短篇小说写法之大成。在谋篇布局上,莫泊桑不愧为大师。一般而言,莫泊桑比较喜欢这样的结构:先以简练和富有表现力的语言勾画出背景,它们是农庄院子、市场、花园或车厢;然后引出人物,准确有力地勾勒出他们的外貌特征;接着开始正文,故事简单而平凡,或是偶然遇到的渔猎故事,或者是乡村和巴黎生活的一则社会新闻,意料不到的事态使情节急转直下,向悲剧发展,而叙述仍保持冷静、客观。《两个朋友》很能反映莫泊桑的这种写法。小说开头只有三句话:"巴黎被包围了,在饥饿中苟延残喘。屋顶上难得看见麻雀,阴沟里的老鼠也少了。人们不管什么都吃。"寥寥数语,围城中的巴黎的艰难处境完全烘托了出来。随后人物出场,作者三言两语描画出他们的身影和爱好。正文开始后,写他们相约去钓鱼,不料碰到普鲁士人。于是情节骤然转折,惨剧来临。作者无一字评点,但对侵略者的愤怒控诉却力透纸背。这是一篇相当完美的艺术杰作。由此可见莫泊桑在谋篇布局上的精湛功力。在这方面,他比梅里美更为成熟。

2. 表面看来,似乎莫泊桑是随手拈来,取材不费思索,其实他对题材的选择是非常严格的,他认为"艺术是有选择和有表现力的真实",因此,应该力图"提供比现实本身更全面、更鲜明、更使人信服的生活图景"。写普法战争的短篇很多,而《羊脂球》能鹤立鸡群就在于作者对生活的提炼别具只眼。莫泊桑选取了一个处于社会最底层、受人歧视的妓女作为正面人物来描绘,已是与众不同;他将这个妓女同形形色色、道貌岸然的资产阶级人物作对比,后者为了自身利益,不但连普通的爱国心都没有,甚至在人格和礼仪上也相形见绌,这样描写更是别出心裁。从这一精选的场景中,莫泊桑确实提供了比现实更全面、更鲜明、更使人信服的东西。莫泊桑的大多数短篇由于题材选择的精到而具有强烈的思想性,这一点无疑比梅里美略胜一筹。

3. 莫泊桑的短篇小说写得简洁、紧凑、准确、毫无废话,浓缩到最高度,这些技巧没有谁能运用得比他更娴熟。《项链》在这方面很有代表性,作者将故事分为几个阶段。每个阶段用空一行来表示,省却交代的文字:在开场白之后空了一行,接着便写这对小职员夫妇接到部长邀请参加晚会;第二阶段是女主人公向女友借项链,第三阶段写晚会上丢失了项链;第四阶段写负债还项链,第五阶段写这对夫妇生活在贫困中;第六阶段是结尾,女主人公从女友那里获悉以前借的是一条假项链。语言真是精简到最高程度,但却层次分明,一环紧扣一环,导向高潮,再突然刹住。莫泊桑在划分情节发展的阶段时,往往用一个起连接作用的词串起来,如"可是""一天""随后""就这样",等等,承上启下,妥帖自然,尽量简约。莫泊桑的短篇小说绝大部分在万字之内,真正做到了"短"。

4. 莫泊桑大大发展了第一人称的叙述方法,他的短篇有一半是用第一人称来写的,细分起来,有如下五种:其一,叙述者向听故事的人讲述他亲身经历或目睹的遭遇(47篇);其二,叙述者遇到一个朋友或相识者,将自己的往事讲给他听(32篇),这两类叙述的结尾,几乎总是回到开头的场面,作个交代(如《我的叔叔于勒》);其三,叙述者直接诉诸读者,讲述个人回忆(39篇);其四,叙述者讲述他听到的一件事,故事正文则用第三人称(24篇);其五,用书信的形式来写,口气是第一人称(8篇)。莫泊桑认为,亲口叙述故事能得到直接感动人的效果,这是用第三人称写作的短篇所做不到的。因而在这样的短篇结尾,听故事者往往会泪如雨下或捧腹大笑。据研究,不仅莫泊桑,19世纪的其他作家也酷爱第一人称写法,力求显得更加真实,并同读者直接交流。

5. 莫泊桑是语言大师。他不以纤巧华美的词藻取胜,而是以平易通俗、准确有力、能为所有人接受的文学语言征服读者。很少有作家能写出比他更明晰、更清澈如水、更难以捕捉到的语言了。也很少有读者读不懂莫泊桑的短篇小说,因为其中没有丝毫晦涩的东西,读者只觉得莫泊桑找到了最恰当的文字和描述方式,而无法换一种文字和方式来表达。同时,莫泊桑也使用方言土语,但总是以读者能了解为限度。由于语言的纯粹,莫泊桑的短篇已成为学习法语者的范文。

19世纪的法国短篇其重大成就可以概括为如下几个方面：1. 出现了浪漫主义和现实主义的两大流派，短篇的内容和形式丰富多彩，为以往的短篇所无法比拟。19世纪的短篇小说旗帜鲜明地提出要干预现实，揭露社会的黑暗面；在形式上，浪漫派对感情、梦幻和回忆的描绘令人注目，现实主义尤以塑造典型环境中的典型人物著称，这两种文学流派塑造的众多形象大大丰富了文学宝库；2. 出现了世界上第一流的短篇作家梅里美和莫泊桑，他们将短篇小说的技巧推进到完美境界，除了他们以外，司汤达、巴尔扎克、福楼拜、左拉、都德等都写出了短篇杰作，19世纪的短篇作家确实是群星灿烂；3. 19世纪作家普遍意识到短篇小说要写得简练，篇幅相对要短，短篇小说最终成为独立的文学形式，能同长篇、中篇媲美；4. 小说语言也取得长足的进步，或以华美辞藻取胜，如夏多布里昂，或以平易准确赢得读者，如莫泊桑，不少作家善用方言土语，掌握个性化的人物语言，写景状物能随心所欲。毫无疑问，19世纪的短篇小说达到了前所未有的高峰。

20世纪的法国文坛，形形色色的现代派层出不穷，它们在短篇小说中留下了深深的痕迹。从文学发展史的角度来看，现代派在表现形式和技巧上是有所贡献的，有的加强了对人的内心世界的挖掘，有的将哲理与文学作了更紧密的结合，有的对事物的描绘达到极致地步。它们对当代文学已产生并对未来的文学将产生重大影响。

普鲁斯特是意识流小说的鼻祖，他早年写出的《薇奥朗特》和

《一个少女的自白》已显示了他的一些基本写作手法。《薇奥朗特》描写一个贵妇人黯淡凄凉的一生,着重刻画她的精神世界。她喜欢沉思凝想和自我欣赏,在冬天寻找怕冷的乐趣,在狩猎中追求秋天的忧郁,这种细微复杂的贵妇心理,得到了纤毫毕现的描绘。《一个少女的自白》像《追忆逝水年华》一样,由回忆组成,一个堕落少女弥留之际对自己的一生作了回顾。这不是一般的回忆,而是意识不断涌流的表现:回忆犹如一面魔镜,再现人的内心生活;回忆是往昔和现在之间的一道桥梁,沟通时间与空间。人处在朦胧状态中的感觉,同其他细微感觉一样,是普鲁斯特所偏爱的"细节",他认为转瞬即逝的印象能织成无比丰富的实感,小说家应该捕捉住。因此,普鲁斯特的意识流有别于一般的心理描写,它发掘到人的潜意识和更深一层的精神状态。意识流小说确实丰富了对人的内心世界的探索手段。

存在主义是第二次世界大战前后兴起和流行的一个文学流派。它的特点是在文学作品中表达存在主义观点,两者结合得非常紧密。18世纪的启蒙作家曾经将哲理寓于文学作品中,但他们是在作品中宣扬启蒙思想——揭露和批判不合理的封建制度的弊端和意识形态,这比较易于理解。而存在主义哲学深奥难懂,即使在萨特和加缪的文学作品中只表达了存在主义的一些基本观点,读者还是不易理解。但由于萨特和加缪将他们的哲学思想通俗化和形象化,还是写出了成功的文学作品,从而将哲理性小说提到一个新的高度,这些作品以其独具一格而惹人注目。《墙》一方面揭露了佛朗哥政权残酷镇压人民的暴行,另一方面又阐释了萨特对生与死问题的观点,小说的主人公是一个带有虚无主义思想的硬汉子,性格较为复杂,必须了解萨特的思想,才能正确理解这个形象。小说以其独特的深奥哲理性而具有艺术魅力。《沉默的人》描写工人对自身命运的探索,工人们的希望是朦胧的,但沉默到最后总要爆发。在加缪笔下,这个世界是冷漠和荒诞的,它对人缺乏同情,人生活在这个世界上有流亡者的隔膜之感。加缪善于用浅显简短的语言和淡雅素净的风格去表达自己的哲学思想。这种语言和风格具有古典式的庄重和优美。

二次大战后兴起的新小说派尤其注重对物的描绘,有的小说甚至排除了人的存在。这种倾向影响了不少作家,勒·克列齐奥就擅长描写大海、沙漠、森林,《未见过大海的人》是他的短篇代表作,小说对大海的描绘真是有声有色,气象万千,令人叹为观止,足见作者驾驭文字、写景状物具有出神入化的功力。这篇小说反映了当今法国部分青少年的精神苦闷。应该说,这类小说只要触及社会题材,还是有发展前途的。

维昂是个黑色幽默派作家。《回忆》写得别出心裁,通篇贯穿了一种令人心酸的幽默意趣。作者运用了荒诞、夸张、意识流等艺术手段,确有独特之处。

20 世纪法国短篇小说的另一个发展侧面,是众多不同体裁的形式的出现。散文体小说、幽默幻想式小说、瞬间小说、传记小说、纪实小说、新闻报道体小说,都各有特色。当然,以现实主义传统手法写出的优秀短篇还是数量最多的。两次世界大战提供的题材,对上层人物的揭露、讽刺和抨击,描写小人物等,都有不少佳作。不过,似乎还未出现具有世界影响的短篇小说家,这与法国评论界更为注重长篇小说的倾向不无关系。

《当代外国文学》,1989 年第 1 期

法国散文概述

散文古已有之。古希腊古罗马就有不少杰出的散文家。就法国而言,中世纪已经出现了散文作品,其中有四个代表作家:维尔阿杜安、儒安维尔、傅华萨和科米纳。他们的作品是历史纪事或传记。有的章节描绘生动,人物刻画传神,类似司马迁的《史记》,虽然艺术成就稍逊一筹。

法国散文真正登堂入室,步入文坛,功绩归于蒙田。16世纪下半叶,随着宗教战争的兴起,散文作品如雨后春笋般出现,涌现了一大批散文作家,蒙田是其中的佼佼者。蒙田的《随笔集》是人文主义思想经过长期发展的产物。他开创了"杂谈式"的散文,形式不拘一格,自然亲切,却又寓意深邃。另一优点是旁征博引,知识渊博,又善用比喻,富有形象性。蒙田的散文不仅在法国,而且对欧洲的散文发展产生了良好影响。

17世纪的古典主义散文有不少引人注目之处。种类有书简、箴言录、杂感、随笔、回忆录、诔词、演讲词、对话录、历史政治读物,等等,不一而足,散文领域扩大了。这些散文常常运用在日常生活和人际交往中,实用性很强。

18世纪的启蒙思想家则利用散文作为传播思想的工具,甚至用作斗争的武器。他们的小说也有散文化倾向,他们往往用书信体、对话体或回忆录的方式写小说。就小说而言,这是一种新创造。但是否也可以看作这是散文的一种发展呢?

法国大革命期间,演说词和政论获得了长足发展,比之16世纪,这类散文在语言方面有明显进展,雄辩性、鼓动性、逻辑性都大大加强。

法国散文发展至18世纪末,属于第一个阶段。这一时期各种体裁的散文作品大体具备了,而且不乏优秀作品。它们为19世纪散文的繁荣准备了条件。

19世纪是法国文学乃至欧美文学发展到高峰的时期,散文也不例外,出现了欣欣向荣的局面。19世纪法国散文的繁荣有如下几个特点。

首先,散文作为一种独立的文学体裁已经得到了确认。不少作家有意识地撰写散文作品,他们重视写札记、日记和书信等等,不是纯粹为了记录、交往的需要而写,而是当作一种文学创作来对待。他们认为即使一时不能发表,日后总是要面世的,这种明确的意识无疑超过了前人的写作目的。因此,一些大作家的散文作品往往不止一两本,有的多至十余本,例如雨果的散文就有数百万字,数量惊人。

其次,有的体裁得到蓬勃发展,譬如游记、报刊随笔。19世纪以前很少有游记,卢梭的小说《新爱洛依丝》和《忏悔录》包含了不少游记成分,但毕竟不是游记。而从夏多布里昂开始,游记大为盛行。他的《基督教真谛》展示了美洲风光,吸引了许多作家。此后,司汤达、雨果、乔治·桑、戈蒂埃、莫泊桑、都德等都步其后尘,发表过一本或数本游记。游记之多,蔚为大观。报纸是 19 世纪风行起来的,它能容纳各种各样类型的散文,小品文、杂文、随笔、议论文、散论、人物速写、回忆、游记、艺术欣赏、动植物素描……无所不包。报纸促使散文向多样化发展,并把这种文学样式普及到广大读者之中。

第三,19 世纪的法国作家力求在散文的内容和形式上有所发展。比如,列那尔对动物的描绘就不同于布封,前者以猎人的眼光去观察动物,传达出动物和大自然生机盎然的气息,而后者则以博物学家的眼光去观察动物,喜爱从动物的习性和动物之间的差异去描写。显然,列那尔的散文更具文学色彩。19 世纪散文的一大发展是散文诗的出现。散文诗是散文与诗的结合,它兼具诗歌的音乐节奏和散文的叙述自由的优点,可以说是一种更精炼的散文,文字更加优美而且富于抒情意味。

第四,在法国,一般将史学家的著述列入散文范畴。19 世纪上半叶的史学家如米什莱等,他们的史学著作颇具个性,观点鲜明,灌注了自己的感情,不失为优秀的散文。况且他们之中有的以历史典籍中的某些篇章写成故事,如米什莱对贞德事迹的描述,又如奥古斯丁·蒂埃里的《墨洛温时代的故事》,甚至夏多布里昂的《殉教者》,都可列入这一类。这是中世纪历史散文的延续和发展。

第五,19 世纪法国散文百花齐放,各个作家风格迥异。散文可以用来衡量一个作家的语言功底和风格,夏多布里昂的华丽多彩、司汤达的简洁流畅、雨果的热情澎湃、大仲马的轻快风趣、乔治·桑的感情洋溢、莫泊桑的准确平实、都德的优美抒情、波德莱尔的含蓄精粹、马拉美的朦胧不定、魏尔伦的飘忽柔和、兰波的诡奇怪异,都各有特色,自成一家,他们跻身于散文大家之林而毫无愧色。

20世纪的法国散文是19世纪散文的赓续,但也有其特点。

其一是传记文学的兴盛。司汤达写过一些艺术家、音乐家和政治家的传记,成就不算很高。莫洛亚则将传记文学提高到一个新水平,他的成功引起法国乃至欧美传记文学的繁荣。《雪莱传》等几部传记已成为经典之作,至今还没有出其右者。他善于利用传记对象的生平轶事,写出其音容笑貌、性格特点。

其二是哲理散文的开拓。启蒙思想家的散文倒不一定是哲理散文,而往往是哲学思想的通俗阐释。蒙田的随笔包含着哲理,帕斯卡尔的《思想录》、苏利·普吕多姆的《沉思录》均是哲理散文,但屈指可数。20世纪法国作家则不同,他们更加热衷于这种哲理散文。阿兰是哲理散文的大家,他并不酷爱过于高深的哲学,相反,他喜欢从日常生活的琐事或人们习以为常的现象入手,"见微而知著",一层层深入挖掘和推论,给人以生活品行的启迪。克洛岱尔的《认识东方》等散文集,罗曼·罗兰的《内心旅程》,甚至马尔罗的《反回忆录》等等,都力图归结到哲理的高度。可以看到,20世纪的法国作家大多对人的命运进行思索。两次世界大战的浩劫和物质世界对人类精神的压迫,都促使作家考虑人的处境,他们不仅在小说、诗歌、戏剧中表现这种思考的结果,而且在散文中加以归纳和阐述,因而哲理散文受到了青睐。

其三是散文诗的空前繁荣。几乎没有一个诗人不写散文诗。20世纪散文诗的几大家是：克洛岱尔、圣琼-佩斯、沙尔、米肖、蓬热等。如上所述，散文诗可以列入散文范畴。20世纪散文诗多半抒写作者对大自然的感慨或者描绘大自然的一草一木、一山一石、物体人体，描写对象是扩大了，但作家的思想更深藏不露。他们要么在大自然面前自感渺小悲哀，要么对西方文明表示失望，对东方，尤其对中国感到极大的兴趣，要么描绘自己的内心世界。由于散文诗的盛行，散文诗的文风对散文产生了影响。

综上所述，法国散文浩如烟海，企图在二十万字的篇幅内囊括净尽，显而易见是难以办到的。这本选集不可避免要挂一漏万。我们的编选原则是略古详今。19世纪以前的散文只选择了六家，让读者大致有个了解。重点放在19世纪和20世纪的散文，然而篇幅有限，仍未能将所有的佳作一一选入。好在入选的大半是名篇，为避免与别的选本重复，又不得不费了一番选译的功夫，以求以较新的面貌奉献给读者。本选集有十四篇是新译的，约占三分之一篇目。总的编排也有别于其他选本。但愿这个选本能给读者一份精美的精神食粮，读者从中能了解到法国散文的概貌。

《法国经典散文》前言
上海文艺出版社，2004年4月

法国第一位抒情诗怪才
——维庸及其《绞刑犯谣曲》

法国诗史上有不少怪才,他们之中有的青春年少便写出才华卓绝的诗篇,彪炳于后世,但刚刚显露出异乎寻常的才思,便像倏忽而过的陨星,或者停止了创作,或者过早地夭折;有的身世离奇,过的不是正常人的生活,却写出了风格怪异、内容别开生面的诗作;有的生前几乎默默无闻,死后才被发现,而成为某一流派的先驱。弗朗索瓦·维庸在这些怪才中,可说是第一个。他怪在哪里?

首先他的身世不同寻常。作为中古时代法国最伟大的诗人,维庸一生的经历似乎同他的诗人桂冠极不相称:他是个惯偷、斗殴者、杀人犯。在法国文学史上,作过小偷,进过牢狱,而后成为作家的,并不止一个,例如当代的荒诞派剧作家让·谢奈,谢奈因受到存在主义作家萨特的赏识和保举,才脱离了与社会渣滓为伍的地位,跻身于作家之列。但综观法国文学史,像维庸那样,作为惯偷和杀人犯,被判过死刑又被赦免的名作家,恐怕是独一无二的了。不过,还应该具体分析维庸的这种犯罪经历。维庸是个孤儿,他生于1431年末或1432年初,出身贫贱,"我从青年时代起就一直贫穷,出身贫贱低微。"(《大遗言集》)他原名叫弗朗索瓦·德·

蒙柯比埃或弗朗索瓦·德·洛日。不要以为这个姓氏中有一"德"字，便以为维庸是贵族出身，这只是表明家庭出身的地方而已。维庸很早丧父，由巴黎地区的一名神父吉约姆·德·维庸过继抚养，维庸的姓得之于此。长大后，他在巴黎大学的艺术系（即文学系）攻读，于1452年获艺术"大师"学位（分学士、硕士、大师三级），因而他的文化修养相当广泛扎实。但是，当时的大学生很不规矩，经常惹是生非，甚至为非作歹。维庸看来生性喜欢玩乐，是个落拓不羁的青年。他认识一些名声不好的人物，光顾一些见不得人的场所，参与闹事行动。无独有偶，拉伯雷在《巨人传》中塑造过一个爱闹事的大学生巴汝奇，他机智狡黠，酷爱恶作剧，可见大学生的滋事生非直至16世纪上半叶依然尚未断绝。不过维庸不止恶作剧或斗殴，他发展到杀人。1455年，他在一次斗殴中杀死一个教士，不得不离开巴黎，稍后获得赦免，但并没有洗手不干，1456年又牵涉到一桩偷盗案中，同年写出《小遗言集》。1456年12月底，他又离开巴黎，足迹遍及安杰尔、布尔日、布洛瓦，在布洛瓦受到诗人沙尔·德·奥尔良公爵的保护。1461年，人们在司法档案中发现他被奥尔良主教关在卢瓦尔河上的墨恩。恰值刚登位的路易十一途经此地，赦免了他。维庸于是隐藏在巴黎郊区。1461年冬至1462年他写出《大遗言集》。他重新接二连三地犯罪，1462年他被关在巴黎的监狱，11月获释，由于斗殴再次入狱，被判处死刑，他在狱中写出杰作《绞刑犯谣曲》，又名《维庸的墓志铭》。经他上诉，大法院取消了这一判决，但认为他犯有前科，禁止他十年之内不得住在巴黎。从此，维庸杳无音信，不知所终。他的结局很可能是悲惨的。如果他被处决,那么判决的档案应该保存下来。他是否可能弃恶从善呢？拉伯雷搜集了两个传说。其一说是维庸可能移居英国;其二说是维庸到了晚年曾在波瓦图地区组织过宗教剧的演出。维庸改邪归正的形象固然很吸引人,但缺乏任何根据,并不足信,也许这是后人对这位大诗人的一种美好愿望吧。这种美好传说的不足信也可以从1463年以后再也见不到维庸的新作这一事实得到证明。惯偷、杀人犯兼诗人是统一在维庸身上的,这是后世人们按照事实对维庸作出的认识。维庸的偷盗带有恶作剧性质,他的杀人也不可与当今的杀人罪同日而语,其情节恐怕令人也难以弄清,他的是非同样难以评说,否则大法院又为何改判死刑为逐出巴黎？无论如何,维庸的一生是在动乱、流浪,甚至无家可归之中度过的,他的这种经历倒是对他的创作产生了直接影响,他的不同寻常的一生使他的诗作的内容也不同一般。

  维庸的怪也指的是他的诗歌内容的怪异。这从他的杰作《绞刑犯谣曲》中得到鲜明的体现。这首诗是维庸的"天鹅之歌"——绝唱。据说天鹅临死之前要对天长鸣,以绝尘世。因而,"天鹅之歌"是哀歌,是悲歌,凄切哀婉,动人心魄,既悲壮而又优美。这首诗表达了诗人临终之前的内心情感,像绝命书一样令人震动。全诗如下：

> 在我们之后存世的人类兄弟,
> 请不要对我们铁石心肠,
> 只要我们受到你的怜惜,

上帝就会提前对你们恩赏。
你们看到我们五六个相依傍:
我们的皮肉,曾保养得多鲜活,
早就被吃光和烂掉剥落,
我们的骨头成了灰烬和齑粉。
没有人嘲笑我们的罪恶;
请祈求上帝,让大家宽恕我们!

我们兄弟般呼喊你们,你们对此
不要不理,尽管我们被判上了法场
一命归阴。但你们深知
凡是人理智都要热狂;
请原谅我们,既然我们已死亡,
来到圣母玛丽亚之子面前悔过,
但愿他的恩泽不要所剩不多,
让我们免受可怕雷霆的劈分。
我们已经离世,不受心灵折磨;
请祈求上帝,让大家宽恕我们!

雨水将我们湿透和淋洗,
晒干和晒黑我们的是太阳;
喜鹊、乌鸦啄食我们的眼珠子,
把胡须和眉毛也都拔光。

> 我们任何时候都在摇晃；
> 风向忽东忽西，随意变化交错，
> 不停地把我们吹得忽右忽左，
> 鸟啄食我们就像戳顶针。
> 因此，不要加入我们一伙，
> 请祈求上帝，让大家宽恕我们！

> 圣子耶稣，我们都受他掌握，
> 你不要让地狱成为我们安身之所：
> 我们不需要它，也不用对它报恩。
> 人们啊，快不要对此加以奚落；
> 请祈求上帝，让大家宽恕我们！

　　作为抒情诗，这首诗以全新的意象呈现读者面前。诗中刻画的不是贵族男女谈情说爱的温馨场面，也不是风花雪月的大自然优美景致，既不是对爱情的咏唱，也不是对日常生活的吟诵，这些都是以往抒情诗常见的题材。这首诗甚至不同于维庸以前写过的抒情诗，不是对历史现象的感叹追怀，也不是对个人生活的咏叹描写。诗中出现的是几个在风中摇曳的绞刑犯尸体，而且它们受到日晒雨淋，昔日光洁鲜活的皮肉不是被乌鸦啄光，就是腐烂剥蚀掉，眼珠子、胡须和眉毛也都被啄掉了。这些意象与其说是可怕的，不如说是可怜巴巴的，它们给读者的印象是令人难堪、震动，十分强烈。不要以为维庸是故作惊人之笔，以生活中难得见到的景象摄入诗中。须知维庸生活的时代,英法百年战争刚刚结束,人们记忆犹新,战场上尸体成堆,旷野或广场上绞刑架耸立,吊在上面的尸体令人触目惊心。即使在百年战争之后,上绞刑也是常见的刑罚。所以说,《绞刑犯谣曲》呈现的是一幅生活画面,而且是颇具典型性的一幅画面,它是百年战争之后人民生活在水深火热之中的一种概括而形象的写照。读者从中可以想见当时的法国满目疮痍、生灵涂炭的景象。维庸呼吁后人去同情这些绞刑犯,他满怀激情地在开篇第一句喊出:"在我们之后存世的人类兄弟",他要唤起人们心中的人道情感(人道情感虽然在 16 世纪的法国才得以发扬,但在维庸的这首诗中已见端倪),呼吁人们对绞刑犯不要铁石心肠,不要嘲笑他们犯有罪恶,相反,要向上帝祈祷,让大家宽恕他们。为什么要同情和宽恕他们? 因为他们也是人,是人类兄弟中的一分子。生在这多灾多难,生活极不稳定的时代,犯有一些罪恶,难道不可原谅吗?

维庸在处理这个新题材时是匠心独运的。他不是以白描的手法去勾画一幅绞刑犯陈尸旷野的景象。他是设身处地,作为绞刑犯,而且是已死的绞刑犯的一员,在向活人诉说,这种别出心裁的叙述方式使整首诗变得轻灵自如,颇有趣味,而不是呆板乏味。正因诗的叙述方式不是白描,而是第一人称(诗中的第一人称多数是第一人称的婉转用法)的口吻,因而显出了抒情色彩。第一人称的口吻热烈奔放,既有坦然的分析,也有恳切的呼喊("请不要对我们铁石心肠","我们兄弟般呼喊你们");既有诚挚的恳求("请祈求上帝,让大家宽恕我们","但愿他的恩泽不要所剩不多,让我们免受雷霆的劈分"，"你不要让地狱成为我们安身之所"，"人们啊，绝不要对此加以奚落"），也有直率的表白（"凡是人理智都要热狂"）；既有诚心的忏悔（"来到圣母玛丽亚之子面前悔过"），也有对现状的无可奈何的认可——自作自受。

　　叙述者的口吻虽然是第一人称的，可是观照的角度却似乎有两个：一是全景式的描绘，把整幅绞刑图展示在读者面前；一是聚光式的描绘，从叙述者的目光去透视每一个局部细节。这三节半诗是一种交叉式的描述：第一节中，在发出感叹和呼吁之后，是全景式的描绘（"你们看到我们五六个相依傍"），把绞刑犯吊死在绞架上的景象勾勒出来。接下去是作补充，描绘绞刑犯死后的惨状：皮肉不存，骨头松脆成灰。第二节中，在再次发出呼吁之后，回到自己身上，进行反思，为自己的行为寻找遁词，要求耶稣给以轻一点的惩罚。第三节又回到外表的描绘；但这不是第一节描绘的重复，这一节的描绘更为具体，写的是大自然对死尸的摧残和鸟兽啄食的痛苦，画出了绞刑犯只剩下骨架。这幅画面既有色彩，又有动感（风吹引起尸体摆动）和活人才有的感觉（鸟的啄食像受顶针戳）。至此，把绞刑犯自身的叙述写活了，就像但丁的《神曲》中，炼狱里的灵魂在受煎熬的情景。维庸可说是在但丁之后以非人间的事物来象征人间事物的第一个法国大诗人。

　　如同但丁是意大利最后一位诗人，同时也是文艺复兴的第一位诗人一样，维庸也是法国中世纪的最后一位诗人，同时预示着文艺复兴的精神的诞生。至少这首《绞刑犯谣曲》便可看出这一点。维庸的现代性则表现在这几方面：

第一，维庸的个人剖白已经预示着资产阶级的个性解放。应该说，个人剖白并不自维庸始，早在13世纪的吕特博夫也是个巴黎人，他的诗歌也注重"个人抒情"，他抒写自己的悲苦生活、婚姻和怨言，如《吕特博夫的贫困》《吕特博夫的婚姻》《吕特博夫的诉怨》等，以自己的身世作为抒情诗的题材，开创了个人抒情的先例。吕特博夫的诉怨虽然描画了自己的悲惨处境，但他的心境并不是"凄凄、惨惨、戚戚"的，多少带点自我调侃意味，显示出对生活的乐观情调。但吕特博夫的抒情诗基本上用的是白描手法，叙述贫困的状态多，而个人内心的思绪流露少。维庸与他的不同之点主要在此，这也是维庸对吕特博夫的"个人抒情"的发展。《绞刑犯谣曲》的抒情特点是将个人内心与悲惨现状结合起来描绘。其一，他把自己内心的愿望直接表露出来：希望世人不要铁石心肠，表现出怜悯之心；祈求上帝和耶稣开恩，不要让罪人们忍受酷刑。其二，他展示自己和绞刑犯的惨状，以博得世人的同情，将自己微妙的心理巧妙地述说出来（单单描写这种惨状就没有这样的心理效果）。其三，他为自己的过错辩白，认为凡是人理智都要狂热，因而这类过错也应得到谅解，这也是曲折的心理描写。最后，维庸的复杂心理展露无遗：他在死前想到死后的状况，不免发怵、恐惧、忏悔、辩解、要人原谅的心情一齐涌现出来，酸甜苦辣，五味俱全，一个有文化的走上邪路的绞刑犯死前的内心思绪活生生地被勾画了出来。这是前人没有写过的，作为人的这种复杂心理，只有到18世纪卢梭写出《忏悔录》以后才更鲜明地得到描画。至于诗歌方面，则只有到了19世纪才有人这样剖析自己的复杂（包括错误的、见不得人的)情感。《绞刑犯谣曲》确实开了个性解放的风气之先河。

第二，维庸以死亡题材入诗，这是一种近代意识。所谓以死亡题材入诗，并非指诗人提到一两句关于死的思索，而是整首诗以正面描写死亡为特点。维庸一生中有几次面对死亡的来临，正是在这样的时刻，他写下了《小遗言集》《大遗言集》和这首《绞刑犯谣曲》。他对死亡的感受比一般人来得丰富。在《大遗言集》中有一首《死亡的幽灵》，可以说是以死亡为题材的抒情诗。在诗中，维庸回顾了自己低贱的身世和贫穷的遭遇，无法与豪富和皇亲国戚的命运相比，即使这样，维庸得出的结论依然是追求生的欢乐，而且是贫穷地生活的欢乐："与其当老爷和在豪华的坟墓下腐烂，还不如穿着粗布衫，一贫如洗地生活。"追求生的欢乐是文艺复兴时期高扬的人文主义精神之一，而维庸已经敏锐地捕捉住这种精神意识了。《绞刑犯谣曲》的写法较为曲折，生的欢乐这种意识没有明白道出，但包含在字里行间。首先，整首诗的出发点便是对死的恐惧，对生的渴望。死亡的形象越是可怕和惨不忍睹，便越发衬托出生的欢乐。《绞刑犯谣曲》的独特之处是以具体形象写出死亡的恐怖，这种反衬法是对死亡发出感叹的一种发展。

面对死亡题材，维庸继承了中世纪时期法国优秀抒情诗人的现实主义传统。在《死亡的幽灵》中，维庸描写死亡的困扰时，既憎恨死神，又被死亡所吸引，因为他看到死亡的强大，它对帝王和小人物一视同仁："我知道，穷人和富人，／圣者和疯子，教士和在俗教徒，／贵族和平民，大方和吝啬的人，／瘦小和高大，漂亮和丑陋，／穿翻领的贵妇，／不管什么地位状况，／穿着贵族或平民的衣服，／死神都毫无例外抓住不放。"但这种命运的平等并不减少垂危的可怕痛苦和肉体的变形。在《绞刑犯谣曲》中，维庸进一步刻画了死者的种种惨状，绞刑犯死后仍不得安宁，按照基督教的说法，他们的灵魂在地狱还要忍受永恒的煎熬。对绞刑犯来说，死亡不是一种解脱，一种摆脱世上困苦和不公平命运的安稳的归宿之地，而是另一种苦难，千百倍超过人间苦难的另一开端。《绞刑犯谣曲》具有深沉的悲剧色彩，给人以巨大的压抑感，促使人们对绞刑犯的命运，对死亡进行深入思索。

人生的意义和变化无常，命运的不合理安排，这些是维庸诗作中不断思索的问题。在《往日贵妇的谣曲》中，维庸列举历史上的名媛贵妇无不灰飞烟灭，不禁发出深沉的感叹："往日的白雪如今安在？"或者在另一首诗中发出："英勇的查理大帝如今安在？"在怀古之情中插入对生活和命运的思索，对不可捉摸的命运和眼前渺茫的现实提出委婉的疑问。维庸描绘的虽是个人感受，其实却表达了百年战争结束后混乱的社会状况和人们无所适从的心理状态。当时，社会笼罩着虚幻和希望相混合的情绪：一方面对满目废墟感到泄气，另一方面对新生活又产生希冀。维庸内心的迷茫，对美好生活的眷恋就是这种情绪的反映。维庸表达了中世纪后期人们精神的危机感，而这种危机感又透露出文艺复兴的曙光。

第三，维庸化丑为美，丑中见美的描绘和艺术观，最早体现了近代资产阶级文学揭示的一条艺术准则。呈现在读者面前的是一幅陈列绞刑犯尸体的形象丑陋不堪的图画，大约这是中世纪文学中形象最丑的画幅了。但是,艺术美的规律却起着相反的作用,在生活中显得丑的东西,在文学艺术作品中却改变了性质。早在 15 世纪的手抄本中,就已出现了《绞刑犯谣曲》的木刻插图,可见当时的人们就认为这是一幅具有艺术欣赏价值的图画。饶有趣味的是,这幅木刻笔触稚拙可爱,风格沉凝浑厚,相当出色地表现出《绞刑犯谣曲》的意境。对于生活中丑陋的事物,维庸的艺术观与同时代人一般的审美观显然不同,或者说具有更高明之处。这样说绝非武断。无独有偶,维庸另有一首名作《美丽的制盔女》。这首诗叙述一个昔日佳人到了暮年顾影自怜。诗歌先是叙述这个年迈的制盔女回忆自己当年的风韵:金发白肤,黛眉弯弯,面露酒窝,嘴唇艳红,双乳娇小,腰股丰满;如今呢,额头起皱,头发灰白,眉毛脱尽,眼睛昏花,面如死灰,唇如皮革:

> 人的美就这样终止!
> 背已驼,双肩已佝偻,
> 玉臂僵缩,手成爪子,
> 双乳瘪到一无所有,
> 臀部也像乳房干瘦,
> 迷人的宝藏全凋残!
> 玉腿萎缩得多丑陋,
> 就像腊肠污迹斑斑……

老妇人最后哀叹:"啊,我们曾那么娇美! 但这条路谁人能免?"19世纪的大雕塑家罗丹从中得到启发,塑造了一尊同名塑像(日译《欧米哀尔》,即制盔女的译音)。这尊塑像把维庸笔下的形象具体化了,但更突出了丑的形象,确有动人心魄的效果。除了罗丹的雕塑和小说家如雨果、巴尔扎克等人的描绘,在诗歌上以丑为美作为描写对象的,自然首推波德莱尔的《恶之花》,里面描写到女尸、乞丐、妓女等等形象,与维庸笔下的绞刑犯尸体和制盔女有异曲同工之妙。如《女尸》写道:"苍蝇嗡嗡地聚在腐臭的肚上,/黑压压一大群蛆虫/从肚子钻出来,沿着臭皮囊/像稠脓一样地流动",真是极尽写丑之能事。维庸领悟到丑中之美比后人早了三百年。维庸对此的发现同他的经历有关,他一生接触的几乎全是下层社会,不断目睹社会底层的现象,对人世沧桑深有体会。他见过妓女、坏女人、乞丐、伪币制造者、小偷、逗乐者、小丑、演员、卖艺者、农民、马夫,等等,无奇不有,无疑,绞刑犯、憔悴的制盔女他见到的不会少。他的艺术感受力是从生活中耳濡目染,最后得到升华而形成的。维庸在社会生活中看到丑或丑恶事物远比美或美好事物要多得多,丑更能反映社会生活的本质方面。而且,从理论上说,丑的确具有巨大的认识价值,同时也具有崇高的美学价值,因为丑的形象已成为一种蕴含着丰富的社会意义的典型。制盔女的人老珠黄和形体的变异,反映了一部深刻的下层妇女的生活史,绞刑犯的尸体丑态则反映了特定社会时期动乱的生活的产物。他们都具有代表性,体现了"这一个"。到下层社会中寻找丑的形象是19世纪资产阶级文学获得的重要艺术成就之一,维庸在这方面是个先行者。

第四，维庸诗作中谑而不虐、亦庄亦谐的风格表明他的艺术和技巧比前人跨进了一大步，向着近代诗所重视的幽默感靠近，这是维庸作为近代第一位诗人在艺术上的一大特征。维庸在诗歌形式上不是一个革新者，但他善于运用已有诗歌形式，尤其善于运用民歌形式，例如谣曲。谣曲出现于 14 世纪，它包含三节半诗，如果是八音节诗，则由三个八行诗节和一个四行诗节组成；如果是十音节诗，则由三个十行诗节和一个五行诗节组成（《绞刑犯谣曲》属于后者）。每一诗节押韵相同。这种诗歌形式在 16 世纪至 18 世纪消失了，直至浪漫派才重新发现谣曲。维庸一般喜爱写八音节的八行诗和十音节的十行诗，前者押韵方式为 ababbcbc，后者为 ababbccdcd（《绞刑犯谣曲》属于后者），最后一节由半节诗组成，韵从后半节诗。谣曲的技巧相当困难，但维庸运用得十分娴熟，韵律丰富和谐。每节诗的最后一行往往重复，这能增加感叹的力量，如"请祈求上帝……"，"往日的白雪如今安在"等。有时他在诗中大量引用古今人名，既显示他的学识，也表明他敢于以难以入诗的词写入诗中的技巧。有时他的行文有点散文化，表现出古法语的特点。有时他用"半行诗体"的写法（如"我深知奶中的苍蝇，我深知穿长袍的人，我深知好天和坏天"，前半行"我深知"每行诗相同），有时他模仿谚语，有时他采用矛盾对称的表达法（如"我在泉边渴得要命"）。在他笔下，谣曲的表现方法大大丰富了，抒情的格式也灵活多变。但更值得人们重视的是，维庸将严肃的情调与讽刺相结合，以细腻的感情与粗鲁的用词或粗俗画面相调和，而不是唯有哀怨而无调侃，唯有悲惨而无戏谑，唯有绝望而无希望，唯有叹息而无隽语。这种谑而不虐、亦庄亦谐的写法被称为"令人毛骨悚然的幽默",反映了维庸没有被不幸压垮的精神状态,在艺术上则反映了他敏锐的感受力,喜爱多样化而不是单一化,把谣曲这种民歌体改造成较为高雅的艺术形式。描写的强劲有力、风格的朴实崇高、韵律的柔美、音节的响亮、感情的细腻,这些因素造就了一个第一流的抒情诗人。这些优点都能在《绞刑犯谣曲》中找到。面对死亡,诗人的悲切与调侃语调同时可见;面对死亡,诗人的严峻和嘲讽态度也见诸笔端;面对死亡,诗人的恐惧与希望同时呈现。押韵的严格,节奏的平稳,几次反复同一行诗好像一唱三叹,深沉有力而又隽永婉转,耐人寻味,这首诗不愧是维庸最成熟、最有代表性的作品。

《名作欣赏》1988 年第 6 期

法国诗歌概述

中国读者大半只知法兰西是个小说王国,殊不知它也是个诗歌王国,在欧美各国中,就其丰富性、成就和影响来说,均是数一数二的。尤其近代,法国诗歌曾经在相当长一段时期里独领风骚,执世界诗坛之牛耳。

雨果曾经说过,中世纪的文学领域是"诗歌的海洋",真是一语中的。诗歌在中世纪占了绝对优势,诗行的全部总数要以七位数来计算。现今发现的英雄史诗有一百部左右,传唱英雄史诗的行吟诗人约有四百人。其后出现的骑士抒情诗和叙事诗也数量惊人。随着城市的出现,12世纪,市民文学问世。小故事诗、列那狐故事诗、玫瑰传奇和市民抒情诗应运而生。市民抒情诗最为引人注目,其代表人物是维庸。市民抒情诗之所以重要,是因为它开了法国近代文学的先河。市民抒情诗注重个人内心情感的抒发,突破了英雄史诗、骑士叙事诗以他人为描绘对象的格式。而这一点正是近代意识,因为重视个人情感乃是对人性的探索,直接导向文艺复兴的人道主义思潮。维庸的近代意识十分强烈:他的个人剖白大胆无情,含有个性解放的因素;他敢于面对死亡,从对死的恐惧中流露出对生的渴望,且带有幽默和揶揄的意味,向近代诗所重视的幽默感靠近;他还能化丑为美,丑中见美,体现了近代文学揭橥的一条艺术准则。在艺术上,他运用谣曲体裁得心应手。这种形式虽来自民间,但经过几个世纪的发展,已成为要求极严的一种体裁。而在维庸手里,它既能咏史,又能用来自感自叹,灵活多变,毫无拘束,显示了他的才能确实不同凡响。

文艺复兴时期是法国诗歌的一个重要发展阶段。16世纪中叶出现的七星诗社有两个历史功绩。一是提倡完善法语,以创造出光辉的民族文学;二是在抒情诗的领域成绩斐然。七星诗社的主将是龙沙和杜贝莱。龙沙是写爱情诗的圣手,对大自然也充满热爱之情。他的爱情诗写法多种多样,有赞颂式、启发式和感伤式,后两种见出他的匠心独运之处:思维方式趋于复杂,能以诗人心中的火花去点燃读者心中的火花;不用平铺直叙,而是运用间接叙述和颠倒回忆的笔法,颇为别致。杜贝莱的眼界比龙沙要开阔一些。他对祖国忆念之深沉,他对教廷佞臣讥讽之犀利,跟龙沙和其他七星诗社的诗人相比都是独树一帜的。杜贝莱擅长十四行诗,这种从意大利借鉴来的诗体在他手里经过改造而法国化了:他将十四行诗分为四节,后六行的押韵创造了几种变化。十四行诗是一种短小精悍的诗体,韵律要求很严,不易驾驭。可是,正因如此,它受到诗人们的欢迎。在杜贝莱之后,德·拉博埃西、左岱尔、帕斯拉、德波特、德·斯蓬德都在十四行诗中各显神通。此后一直到20世纪,诗人们仍然不断尝试,在音节和押韵方式上加以翻新,以求有新的创造。追根溯源,不能不首先看到杜贝莱的贡献。此外,七星诗社大力推广亚历山大体(十二音节),使这种诗体成为法国诗歌的重要诗句形式。

此后,法国诗歌经历了巴洛克诗歌、马莱布及其弟子们追求辞藻美的发展阶段,直至古典主义时期到来。古典主义的悲剧和喜剧不少都运用诗体,作为诗剧,达到了最高成就。但我们要论述的是短诗。斯卡隆和布瓦洛对现实的描绘和嘲讽留下了17世纪的市民生活写照,令人兴味盎然。高乃依文笔的老练和机智令人赞叹,拉辛对矛盾的内心情感的剖析显示了他固有的才能。毫无疑问,寓言诗人拉封丹的成就最令人瞩目。他的不少诗歌写得完美无缺。和谐丰富的韵律、自由多变的诗行与风趣巧妙的思路紧密结合,这是他的寓言诗的一大特点,迥异于伊索寓言等较为直白的抨击和平铺直叙的散文。他的创造还表现在将一首寓言诗写成一幕短剧,人物或动物的对话成为诗篇的主体,从而使整首诗显得生动活泼,跌宕起伏。难能可贵的是,拉封丹的寓言诗不再只着眼于普通的道德教训,它们反映了17世纪下半叶的法国社会,他笔下的动物是各种阶层人物的写照。拉封丹的成就后人望尘莫及,除了18世纪下半叶的弗洛里昂还算写出一些较优秀的寓言诗以外,在这个领域中,拉封丹高踞其上,地位不可动摇。

18世纪的诗坛相对冷落。伏尔泰的哲理诗缺乏强大的生命力,已无人问津。唯有世纪末的安德烈·谢尼埃还写出一些隽永的抒情诗。他的异国题材的诗歌使他成为浪漫派的先行者。这一世纪的诗歌如果有什么与众不同的话,应该指出具有爱国精神和反封建思想的民歌或民谣。大革命风暴的酝酿和到来给这类诗歌准备了土壤和条件。《马赛曲》和《出征歌》洋溢着充沛的战斗激情和为国捐躯的大无畏精神,它们是法国人民推翻封建制度和维护新秩序的思想记录。至于《卡玛纽勒》《一切都会好》和《自由帽》,则是对封建贵族的有力抨击和对自由的美好向往,表达了人民对进步事业的坚定信念。在这方面,三十多年以后出现的歌谣诗人贝朗瑞的作品是与此一脉相承的,只不过贝朗瑞的讽刺更为机智,技巧更为纯熟。在嘲讽社会现实方面,还可举出巴比埃、阿尔塔罗舍等诗人。他们的诗歌能抓住嘲弄对象的形体和思想特点,加以夸张,甚至不惜漫画化,勾勒出滑稽可笑的形象,给予致命的一击。雨果的《皇袍》也有异曲同工之妙,这首诗抓住拿破仑第三的皇袍上所绣的蜜蜂大做文章,攻其一点,加以引申,揭穿其丑态。这些诗章都是讽刺诗的典范。

法国诗歌发展到 19 世纪达到鼎盛时期:群星灿烂,大放异彩,越出本国,影响世界;这十六个字便是概括。

首先是浪漫派异峰突起。法国浪漫派兴起在德国和英国的浪漫主义运动之后,显然受到外国的影响。政治动荡产生了强烈的思想冲突。新的一代诗人摒弃了伪古典主义,重新发现了古典主义时代所抛弃的民族遗产。中世纪成为热门题材,东方和《圣经》《可兰经》中提到的阿拉伯世界具有巨大的魅力,对异国文明渴望了解。无论神话或历史,还是人类的童年或当代,都吸引他们的注意。但是历史材料十分缺乏,只能依靠想象来补充,于是想象被看成"才具的女王"。给想象以头等重要地位的主张在创作中注入了新的生命,引发了大量作品的问世。此其一。新的一代作家十分注重内心的发掘,他们的作品有对孤独苦闷等心境的描绘,有对内心世界神秘活动的探索,有对沉思的爱好,有对回忆的抒写,有对与大自然沟通的写照,有对梦境的发掘,有对自省的描摹。由于创造了一种能表达内心活动的语言,浪漫派打开了诗歌创作的现代之路,展示了一个新的天地。此其二。浪漫派诗人注重意象,诸如拉马丁将自然景物拟人化,维尼强调寓意和象征,雨果擅长隐喻,奈尔瓦追求梦境显现。他们的诗歌具有视觉的、有启发性的、优美的和怪诞的艺术特点。此其三。浪漫派并非不注意日常现实和环境。穷人的困苦生活、新兴工业或意外事件使儿童遭殃、妇女的失足,甚至巴黎公社社员的被镇压,全都在他们的视野之内。至于大自然,他们感受到它的无穷变幻和魅力,认为诗人应当分辨出大自然蕴含的信息。他们要找到人与世界之间失去的统一,诗歌在他们手里成为寻找美好生活的工具。此其四。浪漫派企图革新史诗,拉马丁的《天使谪凡》和《若瑟兰》从神话中撷取题材,维尼改造英雄史诗或咏唱东方故事,雨果的《历代传说》成功地创造出"小型史诗",勾画了人类的历史。这种新型史诗较为简短精练,是现代史诗,扩大了诗歌的表现力。此其五。有的浪漫派诗人过分追求形式美,例如戈蒂埃,认为"不要思索,不要废话,不要思想",美就是一切。这种"为艺术而艺术"的观点直接影响了巴那斯派。

巴那斯派虽然一度在它的旗帜下聚集了六十三位诗人,实际上并没有形成一个真正的文学流派。它只不过是一个松散的运动,持续时间不长。巴那斯派的领袖勒贡特·德利尔强调形式重于内容,反对浪漫派的雄辩滔滔和一泻千里,提倡冷漠态度和科学精神,乐于漫游古代和动物世界。在描绘事物的缓慢进展与静止状态上,勒贡特·德利尔是准确而目光敏锐的,他的诗确实较为简洁,具有雕塑的凝重和分明的轮廓。苏利·普吕多姆的《天鹅》、埃雷迪亚的十四行诗、邦维尔和柯佩等诗人的作品都体现了类似特点,他们力图"寻觅一块完美的大理石,凿出彩瓶一只"。

然而,巴那斯派并没有找到这块完美的大理石,因而也未能对浪漫派构成有力的冲击。这个任务要由波德莱尔来完成。他发现了语言中的通感现象,认为色、香、味能互相交流。这个观点给后来人打开了一条新路,它就像一把万能钥匙一样,打开了通向现代派的所有大门。波德莱尔擅长用象征手法去表达抽象的精神心理状态,借有形寓无形,显示出复杂的、丰富的、深邃的、哲理的内涵。同以往的诗人相反,他不从大自然中去寻找意象,而是用日常实物去喻指自然景物,以奇取胜。波德莱尔运用全新的艺术手法革新了诗歌,又以精美绝伦的形式使浪漫派诗歌显露了拖沓的缺陷。他还拓展了丑中见美的美学观。这颗新星的出现震动了世界诗坛。随后,魏尔伦和兰波承袭了波德莱尔的诗歌主张。魏尔伦将诗画结合,注重音乐性,他善于将自我美妙的,但不安的情感消融在景物描绘中,写出极其明快、柔和、轻灵、抑扬顿挫的诗句,情调极为忧郁悲怆。他喜爱短促的诗行,这能产生跳荡的节奏感,加以他运用了大量的谐韵和迭韵,给人十分优美动听的感受。兰波则提出诗人是"通灵者",要探索不为人知的领域。为此,诗人要运用"语言炼金术",将色、香、味熔于一炉,发现"有朝一日为一切感官所接受的诗歌语言"。他从字母中看到色彩和各种意象。作为通灵者,他感受到并写出了人的异化现象,探索了许多非理性的下意识感觉(《醉船》)。他怪诞的想象激起了现代派作家的共鸣。在他之后的拉福格、雅里及超现实主义诗人无不以怪诞为其诗歌特色。

波德莱尔、魏尔伦和兰波的创作为象征派的崛起铺平了道路。1880年以来,马拉美每个星期二都在他的住宅接待一批年轻诗人。1886年9月18日,《费加罗报》发表了莫雷亚斯的文学宣言。从1886年起,《象征诗人》杂志将一批诗人聚集在它的大纛下。象征派终于成为一股潮流。法国象征派有前期和后期之分,前期象征派以马拉美为代表,包括莫雷亚斯、苏利·普吕多姆、萨曼、雷尼埃等诗人;后期象征派以瓦莱里为代表。马拉美等诗人师承波德莱尔的方法,用具体的象征来表白抽象的内心情感,即所谓"象征派诗歌力图使观念具有可感的形式"(《文学宣言》),也就是马拉美所说的给人以"暗示"。不过,马拉美更强调诗歌的神秘性,认为诗要写得朦朦胧胧,晦涩难懂,有多层含义,这是他与波德莱尔的不同之处。其次,马拉美等诗人更加着意追求形式美,认为"诗人应该使人们注意到隐藏在不完美的生活的过渡形式下美的永恒观念"。马拉美为了达到这种形式美,不惜从罕见字和罕见韵中寻找诗歌素材,置内容于不顾,以便创造出"形式纯粹"的作品。瓦莱里的诗作较之马拉美的作品要更为明快些:脚步象征灵感,石榴象征思考的大脑,鸽子象征大海上的白帆,形象优美而明晰。但瓦莱里的诗歌更有哲理,他认为:"真正的诗人,其正确辩理与抽象思维的能力,比一般人所想象的要强得多,'诗人'有他的哲学。"这种哲理性又与抒情相结合,深邃的哲理使他的诗篇具有恢宏的气度,而浓郁的抒情气息又使他的诗歌带上华美的色彩,两者结合,意趣无穷。瓦莱里同马拉美一样，十分注意作品的形式和结构，而且他力求创新，例如用五音节和八音节诗来写十四行诗，用十音节诗来写长诗，在形式上有所突破。

20世纪法国诗歌最强大的潮流是超现实主义，它延续了半个多世纪。在某种意义上，超现实主义是象征派的发展。两者之间承上启下的诗人是阿波利奈尔。他的作品反映了现代生活的快速进行和复杂性。他注意吸收传统手法，包括民歌、浪漫派和象征派的艺术技巧，同时提倡"新精神"，认为应该允许进行文学试验，博采众长。在这种思想指导下，他把立体派绘画的拼贴方法引进诗歌，创造楼梯式诗行，取消标点符号，以诗歌的内在节奏来代替，创作以诗行组成图画线条的图像诗，最后，正是他第一个使用"超现实主义"这个词。超现实主义经历了达达主义的过渡，在20年代初形成，聚集了一大批诗人：布勒东、艾吕雅、阿拉贡、德思诺斯、维尔德拉克、米肖、沙尔、普雷维尔、格诺等等。超现实主义着意于发现下意识，描写梦幻，力图探索前人所不曾注意或注意得不够的领域。从艺术上来看，超现实主义偏爱意象的堆积，在他们的诗中，意象杂乱地呈现出来，包括具体可感的意象和抽象的不可触摸的意象。意象的集中出现能产生始料不及的强烈效果。超现实主义者喜爱写自由诗，就是为了让意象如同烟火一样爆发开来。有些诗人虽然后来脱离了超现实主义，但仍保留爱用意象的艺术手法。从艾吕雅、阿拉贡、普雷维尔的后期诗作中，都可以明显地看到这一点。但他们摒弃了超现实主义的晦涩怪异，换以比较明白晓畅的内容。那些触及社会现实和反对法西斯的诗篇有不少一直脍炙人口。超现实主义影响很大,曾波及南斯拉夫、比利时、秘鲁、捷克、美国、德国、英国和墨西哥,成为国际性的文学潮流。

20世纪的散文诗在19世纪散文诗的基础上有了较大发展。19世纪上半叶的莫里斯·德·盖兰和阿路易修·贝特朗以及下半叶的波德莱尔、兰波等诗人都写出过优秀的散文诗。20世纪的散文诗大家为:克洛岱尔、福尔、圣琼·佩斯、亨利·米肖、勒内·沙尔等诗人。其中,福尔的散文诗形式较为短小精粹,而克洛岱尔、圣琼·佩斯和亨利·米肖擅长宏大的构思,咏唱自然界的风雪,对人类命运进行思考,写出鸿篇巨制。他们的诗篇将哲理与抒情相糅合,力图创造一种空灵、博大、高远的意境。

当代法国诗人数量庞大,可是,翘楚之作如凤毛麟角。他们尽管不断花样翻新,却很难说这是有价值的新创造。

《法国诗选》序
河北教育出版社,2004年1月

失恋者之歌
——法国爱情诗一瞥

优秀爱情诗几乎半数是失恋者之歌,阿波利奈尔这首名诗的标题道出了爱情诗的一个奥秘;至少从法国爱情诗来看,这个立论是断然不错的。谓予不信,请看事实:

玛丽·德·法兰西的《金银花》是描写特里斯当和王后绮瑟的爱情悲歌,抒发失恋者的幽怨和激情;

佩奈特·杜·吉耶与莫里斯·塞夫相恋,却未能结合,由此产生了诉说失恋痛苦的一系列爱情诗;

马罗爱上他的保护者的侄女安娜·德·阿朗松,但无法与她结合,他写下一组给"高贵朋友"的爱情诗;

龙沙曾爱过意大利银行家的女儿卡桑德尔·萨尔维亚蒂,这是柏拉图式的恋爱,卡桑德尔并不知晓,龙沙自作多情,写出了《颂歌集》《爱情集》,将卡桑德尔看作彼特拉克笔下的劳拉;龙沙后来又爱上了在内战中失去未婚夫的爱伦娜·德·舒尔热尔,后者比他小得多,自然这也是不能实现的爱情,龙沙却写出了《致爱伦娜十四行诗》;

拉马丁于1816年布尔谢湖边结识了朱丽·沙尔,两人相爱,相约来年在湖边再见面,但朱丽因患严重肺病,濒临死亡边缘,不能赴会,名诗《湖》便是拉马丁触景生情,思念垂危中的恋人而写下的;

雨果发现妻子与圣伯夫的暧昧关系以后,痛苦万分,他和妻子的爱情难以破镜重圆,在这种情况下,雨果爱上了演员朱丽叶·德鲁埃,他俩有时秘密出游;1837年10月,雨果一家来到拉比埃弗尔山谷的农家小住,雨果将朱丽叶安顿在别的地方暂居;雨果的感情生活处于一种极其复杂和矛盾的状态中,面对他和恋人游历过的一切,他不由得感情汹涌起伏,写下了《奥兰匹欧之愁》;

1835年缪塞同乔治·桑相恋了两年后关系破裂,胸中块垒不吐不快,他在两夜和一个白天中写出了长诗《五月之夜》,心情才平静下来,卸下了心头重负,心灵的创伤愈合了;

费利克斯·阿维尔对玛丽·诺蒂埃怀着胆怯的爱情,写出那首著名的十四行诗;

《恶之花》中收入了波德莱尔的三组爱情诗,第一组是他同让娜·迪瓦尔相爱后他对这个冰冷的美人的赞颂与谋求和解的呼吁,第二组是他对高等交际花萨巴蒂埃夫人单相思的表露,第三组歌咏玛丽·杜布伦(她拒绝了诗人的追求);显而易见,这些爱情诗要么是诗人在一厢情愿地表白爱情,要么是表白失恋之痛苦,要么是同情人争吵后心情苦闷的产物;

魏尔伦的爱情生活很短暂,他和妻子的关系在婚后不久便冷淡下来,随后,他悔恨自己有酗酒的毛病,这是他与妻子不和的起因,他想弥补同妻子的关系,于是写出《无言的情歌》;

阿波利奈尔短暂的一生有过五次恋爱，前四次都只有失败的记录：1899年他在阿尔登纳地区遇见玛丽，留下了美好的记忆；1901年他爱上在新格鲁克古堡作教师的英国小姐安妮·普莱登，后来到英国去向她求婚，被她拒绝，《失恋者之歌》是在这次失恋后写出的；1908—1912年他与玛丽·洛朗散交往，感情破裂后写出《米拉波桥》；第一次世界大战前夕他认识路易丝·德·柯利尼-沙蒂荣，产生组诗《给露的诗》，失恋是阿波利奈尔爱情诗的主旋律；

克洛岱尔在中国遇到一个叫伊塞的女人，分手之际写下了一组爱情诗。

上述诗人的爱情诗几乎包括了最优秀的法国爱情诗，还不说尚未提及有的诗人在某种不为人知的失恋状态下写出的爱情诗，我们只不过将诗史上人人皆知的事实罗列一下而已。这些事实足以说明，失恋诗在爱情诗中的比例和分量是很大的。如果再加上写爱情折磨的诗，这个比例就更大了；受爱情折磨在某种意义上也是一种失恋状态——要么是受到恋人的轻慢，要么是竭力争取爱情而又未能获得，这时便流露出烦恼、痛苦。这类爱情诗，我想不必一一列举，那是为数不少的。至于失恋诗在爱情诗中所具有的重要性，则可以从下列几方面来看。

首先，从爱情诗的发展史来看，失恋诗在内容和艺术技巧上起了重大的推进作用。这里可以龙沙的爱情诗为例。龙沙的爱情诗有三类：赞颂式、启迪式和感伤式。第一类是对情人的赞美，爱用最高级的形容词来歌颂情人，充分反映了诗人丰富的想象力。例如这几句："你眼睛是如此可爱，眨一眨就可以使我丧命，再一眨又突然使我活命,眨两下子使我死去活来。"这首诗采用避实就虚的写法,不描绘情人如何美丽,而是写自身的感情如何炽烈,以此衬托情人之美。但这样形容毕竟属于"豪言壮语",以致所歌颂的女子成了高不可攀的女性,不像凡人。龙沙的第二、第三类爱情诗在技巧上有了提高,他不是这样直露地写爱情。启迪式的爱情诗(如《宝贝,咱们去看玫瑰……》)将青春比作玫瑰,呼吁情人珍惜年华,接受爱情,投身爱情。诗人虽是失恋者,却与诗中人是平等的,这是现实生活中的恋人,诗人与她进行思想交流,以自己心中的火花去点燃恋人心中的火花,这种表现方式给读者的感染力更强烈、更直接。龙沙后期的爱情诗以《待你到垂暮之年……》为代表,诗中渗透了深深的感伤情调,这种情调形成了浓郁的诗意,对后来的爱情诗产生巨大影响,拉马丁、缪塞等都步他的后尘。总之,从龙沙的爱情诗来看,失恋诗在内容和艺术上都比以前的赞颂式爱情诗迈进了一步。

　　写失恋无疑是在抒写真情实感。失恋是爱情遭到挫折后所呈现的最突出最尖锐的失望状态,在这种状态下写出的诗歌也就最集中地表现了失恋者——诗人的复杂心绪,它们由痛苦、烦闷、苦恼、悲哀、悔恨以及回忆美好的往昔、眷念,对情人的呼吁等等情愫交织而成,感情的丰富为一般的歌颂、赞美爱情的诗歌所不及。试以拉马丁的《湖》为例。这首诗以感情真挚著称,诗人对自己的情感毫无掩饰,诗歌细腻地表达了诗人的惆怅、失望、悲哀、对恋人的向往、对幸福的无限怀念、对人生的哲理沉思等等复杂的心境。诗人将湖拟人化,向它尽情表白,这一诗意的处理是出于诗人感情澎湃,无法自制,力求向别人宣泄内心积忧所产生的一种需要。诗人在极度亢奋中甚至出现了一种幻觉,他似乎听到了恋人的话语声在湖上回荡。这是对恋人极端思念而引起的感觉,生动而真实地表现了诗人的精神状态。最后,诗人的痛苦自然而然升华为对人生幸福的思索,它使诗人的感情变得更为深沉。《湖》中折射出来的诗人情感是异常丰富的,与一般的爱情诗不可同日而语。

俗话说,愤怒出诗人。其实,痛苦也出诗人,尤其是爱情诗人。失恋往往生出极其强烈的、乃至痛不欲生的情感,用缪塞的话来说,"最绝望的歌才是最优美的歌,我所知不朽的歌是呜咽痛彻"(《五月之夜》)。至少,失恋诗的特点是有感而发,它避免了造作、矫饰或虚假,它嫌恶夸张、无病呻吟和空泛的辞藻,相反,它要挖掘诗人的心理状态,并用诗歌语言和特殊手段表述出来。例如阿波利奈尔的《失恋者之歌》中关于"七把剑"的描写就是典型的例子。诗人将忍让、怀念、自怜、肉欲、幸福的觉醒、自暴自弃、背叛等等物化为七把剑——这个题材来自耶稣心中的七种痛苦,其中有真实的感觉,也有象征的成分。因而从艺术上来说,失恋诗在描画心理活动方面丰富了诗歌的表现内容和形式,具有很大的美学价值。

处在幸福状态中写出的爱情诗之所以一般不如在失恋状态中写出的爱情诗动人,原因在于美满的爱情使人处于一种满足、平静的心境中,感受不如失恋时那样情感冲突强烈、尖锐、丰富,也缺乏那种感人至深的冲动。因而赞颂幸福美满爱情的诗歌在感情上往往会显得平淡、单调,表达上也会随之变得单纯而缺少变化,只能产生令人赞赏的心理,却不能产生动人心魄的力量。所以,前者的优秀诗作不及后者多也就不足为怪了。

　　法国爱情诗的产生,几乎与诗歌的产生是同步的。织布歌是最古老的法国诗歌之一,也是最古老的爱情诗。顾名思义,织布歌是用来取悦于刺绣或织布的贵妇或妇女的,它似乎介于"破晓歌"(写两个情侣在天亮时由担任警戒的人唤醒)和田园牧歌之间。如《盖叶特和奥莉娥》就以农村为背景,却将一对情侣的相会放在白天。但这是民歌,具有民歌的质朴美。

　　随后,爱情诗由于骑士文学的产生而得到发展。骑士文学中的长篇叙事诗都是描写爱情的:写骑士对贵妇忠贞不渝的爱情。骑士之爱同宗教所宣扬的禁欲主义格格不入,具有进步意义。在艺术上,骑士文学创造了标准语言,为当时的欧洲各国所望尘莫及。《金银花》文字表达的精确和叙事的简繁得当便可见一斑。

　　14世纪至15世纪,爱情诗仍为诗人们所喜爱,但他们运用短小精悍的形式:回旋曲、摇曲等等。马肖注重比喻和韵律。傅华萨擅长语义双关和联想。德尚从民歌中汲取养料,用词大胆,节奏跳荡而和谐。沙尔·德·奥尔良的爱情诗典雅而真诚。他们的爱情诗各有特色。

　　总的来说,中世纪的爱情诗在内容和形式表现上还处于初级阶段。中世纪爱情诗多半与民歌有联系,内容比较简单,稍为复杂一点也只是采用语义相关。表达的情感也比较单纯,无非是渴求、思念、痛苦等等,而且大多只写其中一种。

　　文艺复兴时期,爱情诗得到很大发展。马罗从意大利诗歌中汲取营养,形式轻巧而自由,感情真挚,善于借物比兴。龙沙的出现是爱情诗发展史上的里程碑,他是写爱情诗的圣手。他的诗歌精巧优美,意象鲜明,节奏和谐。他和七星诗社其他诗人一起,从意大利引进十四行诗,手法娴熟;他们提倡亚历山大体,发扬了法国诗歌中的一种主要形式;龙沙还创造了不同类型的爱情诗,丰富了这种诗歌的内容和表现形式。自龙沙开始,短小的爱情诗成了人们喜爱的诗歌形式,而他的诗也达到了家喻户晓的程度。龙沙倚仗爱情诗成为法国的大诗人。16世纪的其他诗人中,吉耶的诗纯朴热烈、明白流畅,拉贝的十四行诗真诚坦率,心理活动用确切的比喻描画出来,这两个女诗人有着女性的细腻和纯真。拉博埃西具有人文主义者的书卷气,以古希腊传说中的人物作铺垫;左岱尔巧妙运用自然景象来畅叙心怀;帕斯拉的对月吟唱不落俗套,别有新意,结尾含蓄;伏克兰·德·拉弗雷奈能抓住生活中刹那间的感受;德波特善于雅致地委婉表白。16世纪的爱情诗在表现形式上显然大大发展了以往的爱情诗,留下了不少优秀篇章。这一时期的爱情诗由于吸收了古希腊罗马的诗歌形式,种类有了不少增加,尤其是十四行诗这一韵律严格的诗体运用得十分纯熟,而且有创造性,成为诗人们最喜爱的诗体之一。16世纪的诗人在表达情感方面较之中世纪的诗人要细腻得多,有启发、回忆、对物吟唱、运用典故等多种方式。更重要的是,爱情被真正当作人类的自然情感来抒发,它不再是贵族的典雅情趣,而是"返璞归真",被当作高尚优美的人类本性来歌咏。

17世纪和18世纪爱情诗的发展势头有所低落,好诗不多。马莱布的风格是抒情中带有雄辩。特里斯坦·莱尔米特描写死前的一吻有感人至深的力量。高乃依以有力的议论去说服对方,与马莱布的风格相近,但高乃依显然更为振振有词。莫里哀则以缓解的口吻,体贴的话语去劝说恋人,议论方式又略有不同。伏尔泰仍然沿着这条路子走下去,不过他表达得更为轻巧、妩媚,语气自然灵活,略带忧郁。法布尔·代格朗丁用民歌体去写爱情诗,亲切柔美,稚拙可爱。安德烈·谢尼埃喜爱古希腊罗马的传说题材,有一种幽渺、旷远、忧郁的意味,或者在甜蜜的回忆中带上淡淡的哀愁,在艺术上较为精致,能令人回味。这两个世纪爱情诗的发展,表现在善于采用议论,这是龙沙启发式爱情诗的一种延伸。

19世纪,法国在爱情诗发展史上达到高峰。诗人层出不穷,形式丰富多彩。女诗人德博尔德-瓦尔莫善于描画蛰居家中的女性焦思苦虑、等待情人、孤独苦闷、依依惜别、甜蜜约会的场景。她既采用古代波斯的诗歌形式,又爱运用民歌的节奏和韵律,写得自然亲切,缠绵悱恻。拉马丁是最早产生重大影响的浪漫派诗人,《湖》是爱情诗名篇,除了上述的优点以外,这首诗大量采用了小舌音,全诗共十六节,诗人一共用了十次小舌音来押韵。小舌音发出名和的颤声,起到如诉如怨的效果,回环往复,和谐动听。雨果既善于运用滔滔不绝的诗行去表达喷涌而出的感情,又能创作短小精美的爱情小诗。布里泽写出了青梅竹马式的天真美好的爱情。圣伯夫的十四行诗似在表白失恋痛苦,又似在追忆早年的爱情,朦朦胧胧,让人琢磨。阿维尔写出单相思的心灵酸甜苦辣的种种滋味。奈瓦尔的爱情诗写得像梦幻一样,少女的娇姿在诗人心头留下了不可磨灭的剪影,她们在公园的小径一闪而过,或者只存在于冥冥之中,令人有凄冷、渺茫之感。缪塞才华横溢,既能押出奇僻的韵和写出精警之句,又能注入瑰丽浪漫的诗情。在所有浪漫派诗人中,他是最不加修饰地袒露心灵的一个;他反对在诗中发议论,主张保持情感的原始自发性。他擅长难度较大的对话体诗。戈蒂埃喜用比喻手法来映照爱情的盲目、不知不觉、难以实现,风格清淡而隽永。勒贡特·德利尔显示了运用和谐韵律的高超本领,他的诗爱用异国题材,对民歌也表示出同样浓厚的兴趣。波德莱尔的《恶之花》使法国诗歌在世界文坛产生了前所未有的影响。他深厚的功力在爱情诗中同样得到了体现。无论《黄昏的和声》运用马来诗体产生的和谐音响效果,还是《起舞的蛇》用词大胆、形象精确、诗句节奏起伏,或者《遨游》的异国情调和斑斓色彩,都是极有艺术魅力的。众所周知,波德莱尔是运用通感的大师,这种具有独创性的艺术手法在他的爱情诗中比比皆是,它们表明了波德莱尔对词与词之间奇异组合的极端敏感。诗人以通感手法扩大了语言的表现力,为现代派的产生提供了有力的手段。苏利·普吕多姆善于刻画爱情易于破裂的特点和幸福美好的感受,有时则带点神秘意味,对心理状态有独到的写照。他的象征手法十分细腻,如能抓住眼睛与星光的相似,从而发出对人生的感叹。柯佩写出对恋人殷切期待以及对爱情惶恐不安的心情。克罗斯向往典雅、高贵或纯真美好的爱情生活,愿在爱情中忘却一切。马拉美的爱情诗不多。他的诗歌特点是朦胧晦涩,这在爱情诗中也不例外。从字面看他似乎在写爱情,然而其中包含着更深一层的哲理,这要由读者去细细思索。魏尔伦能写出温柔动人的情思,也能写作凄清、冷峻的爱情诗篇。他既善于创造出情景交融、幽雅而富于诗情画意的场面,又善于刻画幽怨惆怅的心理状态。他喜用短句、奇数音节、迭韵、谐韵、多变的节奏等等,产生富有魅力的音乐效果。他以不同色彩来表达感情的欢快或阴郁,这种心灵写照具有创造性。魏尔伦在诗艺上的创新和对通感的成功运用(在某种程度上,他是将波德莱尔的通感手段通俗化),使他拥有广大的读者。柯比埃尔通过母亲对睡着孩子的独语,语义双关地吐露自己的情怀。黎上盼用民歌形式写出母亲对儿子过分的溺爱,她为满足狠心姑娘的无理要求而甘愿献出自己的心,诗歌写得悲怆感人。努伏追求幻想中的美好爱情,有时也描写傲视一切、要取得爱情的大无畏决心,有时则描写富于肉感的爱情。萨曼将自己的心灵比作公主,让人进入梦幻般的仙境,沉醉在爱的温馨中。古尔蒙以诗集《西蒙娜》闻名诗坛,《雪》足以代表他善于将民歌体和象征手法熔于一炉的技巧。拉福格在忧郁的情调中带上幽默意味,幻想离奇的不可企及的爱情,这种幻想新颖,并具有真诚的动人之处。

19世纪的爱情诗在艺术上有较大的创新。浪漫派大量吸收外国诗歌形式,在对话体、长短句混合、韵律节奏多变等方面都有新的发现。尤其是浪漫派对心理描画更加细致入微,采用了回忆、幻觉等多种手段,将爱情诗写得曲折动人。象征派诗歌一改浪漫派诗歌不够精练的缺点,更加讲究形式的工整和简约,并从通感的艺术理论出发,运用了象征手段,将色、香、味熔于一炉,并用叠韵、谐韵等手段,尽力捕捉词语的音乐性,充分显示语言的组合功能的丰富性。象征派爱情诗在这个基础上提高了描摹人的心理的能力,将本来难以描述的抽象情感用具体可感的意象表达出来,使爱情心理得到淋漓尽致的描摹。同时,有的象征派爱情诗又写得扑朔迷离、朦胧晦涩、隐隐约约,创造出另一种意境。浪漫派和象征派的创新为 20 世纪诗歌开辟了发展道路。

19 世纪和 20 世纪之交出现的几位诗人继承了象征派的传统。雷尼埃早期善写自由诗,但随后又回复到格律诗上来。他对大自然有特殊的感受力,从中发掘出爱情的温馨。图莱擅长短诗,在令人心碎的愁苦中,在大自然的殷红景色中,抒发绵绵情思。克洛岱尔早年写出的爱情诗也受到象征派影响,他描写初恋的羞涩和爱情不可抗拒的力量,抒写情侣分手的痛苦和担心,另有一番新意。亨利·巴塔伊继承浪漫派的传统,对光与景色有特殊爱好。雅可布通过希腊神话传说追寻神秘莫测的爱情。阿波利奈尔是 20 世纪爱情诗人中的佼佼者,他最著名的作品都属于爱情诗之列。他注重民歌形式;一面倚重传统,一面又大力宣扬和运用新形式;他将立体派、未来派的理论在诗歌创作中进行实践;他取消标点符号,代之以内在节奏;他创造楼梯式诗歌,还创作图像诗(即以诗行为线条,勾画出标题所命名的诗篇的实物形体)。毫无疑问,他是 20 世纪现代派的先驱之一。例如《失恋者之歌》就运用了象征手法,并包含了未来派、立体派的特点,写成了"一篇爱情得胜和被背叛的纪事,它丰富、复杂、多姿多彩,达到纯情和浓郁抒情性的几个高峰"[①]。诗人把神话、《圣经》传说、民间故事、史实和自身经

[①] 贝尔纳·勒歇博尼埃《阿波利奈尔的醇酒集》第 43 页,费尔南·纳唐出版社,1983 年。

历融合在一起,写成一首内容丰富的诗篇,堪称杰作。维尔德拉克将格律诗与自由诗混合起来,节奏轻快。女诗人诺埃尔爱用民歌体写爱情诗,《圆舞曲》塑造了一个反抗强迫婚姻的女子形象。卡尔科描写了特定情景中幽会的甜蜜,情景交融。艾吕雅的爱情诗运用超现实主义手法,用各种不同的意象去写爱情,不时闪现出警句。布勒东的《我的妻子》更是一连用了六十个意象去写"我的妻子",想象丰富、奇特甚至不可思议,确实有点"自动写作法"随手拈来的味道。阿拉贡的爱情诗同样具有意象丰富的特点,但他汲取了民歌的形式和节奏,写得清新、热烈、奔放,韵律也异常优美,他的句法始终保持现代派特点,例如《元旦的玫瑰》就巧妙地运用词语的重叠,或颠倒或跳跃,创造出特殊的韵味,结尾笔锋一转,点出赞美对象,是画龙点睛之笔,手法新颖独特。普雷维尔的爱情诗有点像一则小故事,谜底直至最后才显现,令人拍案叫绝。他往往写的是生活中平凡的场景,但这场景抽取出来却显得异常独特,富有诗意。他的诗句不拘一格,或长或短,而大多是自由诗。

20世纪的法国爱情诗有三个特点:一、自由诗居多,这一点同自由诗在20世纪诗歌中占据优势是相应的。自由诗在19世纪已经出现,但当时格律诗仍占据统治地位。随着现代派诗歌的兴起,诗歌格律首当其冲,受到挑战,自由诗于是便占领了诗坛。二、民歌体在爱情诗中重新受到重视,也许这是由于诗人们发现民歌体易于表达爱情的纯朴、缠绵和淳厚的缘故。三、意象的大量运用,这种手法从象征派开始注重,经过阿波利奈尔和超现实主义的大力提倡,在爱情诗中运用得十分普遍。与以往诗歌中出现的意象不同,20世纪的诗歌中出现的意象往往彼此缺乏表面联系,千奇百怪,从而产生奇妙的幽默效果。这是在潜意识和幻觉中出现的意念,它们不可能是互相连贯的,但却有内在的统一。这个特点构成了20世纪爱情诗现代性的主要因素之一。

《失恋者之歌——法国爱情诗选》序
上海译文出版社,1991年2月